LENA KIEFER

# KNIGHTS

Ein gefährliches Vermächtnis

*Für Gerlinde,*
*ohne dich hätte ich mich längst im Dschungel verirrt.*

# Knight-Gnaden – Team Stanham

ARTHUR
*Oscar Blackwell*

**Macht**
Gerechtigkeitssinn
Willensstärke
Verantwortungsgefühl

LANCELOT
*Noel Mayfield*

**Liebe**
Vertrauen
Hingabe
Inspiration

GAWAIN
*Xavia Dupree*

**Mut**
Furchtlosigkeit
Hoffnung
Zuversicht

KAY
*Zephaniah Marconi*

**Treue**
Loyalität
Ehrgefühl
Ergebenheit

TRISTAN
*Levi McGuire*

**Mitgefühl**
Höflichkeit
Großzügigkeit
Milde

PERCIVAL
*Thora Lindholm*

**Glaube**
Vertrauen
Zielstrebigkeit
Beharrlichkeit

# Prolog

*Homines sumus, non dei.*

Vier Worte. Vier tiefschwarze Worte, die für die Ewigkeit auf meinen Unterarm geschrieben waren und nun sichtbar wurden, als wir den Pub betraten und ich meine Jacke auszog.

»Menschen sind wir, keine Götter«, übersetzte Oscar neben mir mit getragener Stimme und stieß mich in die Seite. »Dabei wissen wir doch beide, dass das nicht stimmt. Oder, Noel?«

»Understatement ist eine Tugend, Oz«, gab ich grinsend zurück. »Das wirst du auch noch irgendwann merken.«

»Ja, vielleicht. Aber heute sicher nicht.«

Ich zog den Ärmel meines Pullovers herunter und das Tattoo verschwand, als könnte ich so aus meinem Kopf verbannen, was diese Worte bedeuteten. Welche Verantwortung sie bedeuteten. Zumindest für diesen einen Abend.

Der Empty Grail war brechend voll und wir mussten uns den Weg durch die Menschen bahnen. Der einzige freie Tisch befand sich hinten in der Ecke, weit weg von der Tür. Oscar rutschte auf die Bank und griff gleichzeitig nach der folierten Speisekarte auf dem Tisch. »Ich habe noch nie so sehr einen Burger gebraucht. Wie viele Einsätze hatten wir allein in diesem Monat? Zwanzig? Oder sogar mehr?«

»Definitiv mehr.« Ich wusste, was er meinte. Wir hatten so viel zu tun, dass kaum genug Zeit zum Schlafen oder Essen blieb. Tage verschwammen ineinander, genau wie Zeitzonen und Aufträge. Das hier war der erste freie Abend seit Wochen. Was auch der Grund war, warum wir beschlossen hatten, nach London zu fahren – wir brauchten dringend ein bisschen Normalität. Oder eher die Illusion davon, denn an unserem Leben war gar nichts normal.

Aufmerksam sah ich mir die Leute um uns herum an: die Gruppe von Studentinnen am Nebentisch, den Junggesellenabschied in der Nähe der Toiletten, die beiden Pärchen direkt an der Garderobe. Sie wirkten alle harmlos. Kurz checkte ich die Uhr an meinem Handgelenk, die mit meinem Handy gekoppelt war. Keine neuen Nachrichten.

»Sieht so aus, als hätten wir Glück«, sagte ich. »Kein Auftrag in Sicht.«

»Gut so.« Oscar nickte zufrieden und schaute sich dann um. »Dafür irgendwelche großen Liebespaare? Ich wette, hier sind maximal drei, denen du mehr als fünf Jahre gibst.«

Ich musste lachen. Dieses Spiel hatten wir früher oft gespielt, als wir noch Teenager in der Ausbildung gewesen waren und bei jeder Gelegenheit unsere Kräfte getestet hatten. Jetzt war das Überprüfen zur Routine geworden, aber ich tat Oscar trotzdem den Gefallen.

Unauffällig deutete ich auf die Pärchen, die ich vorhin noch ins Visier genommen hatte. »Die da vorne, maximal zwei Monate. Die beiden hinten am Tresen, eventuell ein Jahr, wahrscheinlich weniger. Kommt darauf an, ob sie noch versuchen, es zu retten.« Ich drehte den Kopf und mein Blick blieb an zwei Jungs hängen, die so aussahen, als wären sie nur Freunde. Aber ich wusste es besser. »Die beiden Typen an der Dartscheibe, das hat Potenzial«, sagte ich und nahm dann die Karte. »Zumindest wenn sie damit aufhören, umeinander herumzuschleichen.«

Oscar grinste breit. »Gott, was würde ich dafür geben, deine Fähigkeit zu haben.«

»Warum, ist deine eigene dir langweilig geworden?« Ich hob eine Augenbraue.

»Ja, ein bisschen schon.« Mein Freund zuckte mit den Schultern. »Klar, Macht ist was Cooles, aber Liebe … daraus sind die wirklich großen Geschichten gemacht.«

»Nein, die sind aus Hass gemacht«, sagte ich sarkastisch. »Und den kann ich dir echt nicht empfehlen.« Bei meinen Worten tastete ich die Umgebung nach genau diesem Gefühl ab, konnte aber keine größeren Mengen davon finden. Allerdings wusste ich nicht, ob mich das tatsächlich beruhigte. Seit den Vorfällen in den letzten Monaten vermutete ich sie überall. Warum sollten sie uns nicht genau dann angreifen, wenn wir uns in Sicherheit glaubten? Ich hätte es so gemacht.

Eine der Bedienungen trat an unseren Tisch. »Hey, Jungs, was kann ich euch bringen?«

Ich ahnte, dass Oscar den Pub wegen der hübschen Studentinnen ausgesucht hatte, die hier kellnerten. Dieses Mädchen war da keine Ausnahme. Sie hatte blonde Haare, in der Farbe von hellem Stroh, zum Zopf gebunden. Ihre Augen waren braun, ein Karamellton, soweit ich es in diesem Licht erkennen konnte. Unter der Schürze, die sie um ihre Hüften gewickelt hatte, trug sie zerschlissene schwarze Jeans und Sneakers, darüber ein dunkelgraues T-Shirt mit dem Logo des Pubs. Ihre Finger hatten Schwielen, auf ihrem Handrücken war der verblasste Stempel eines Clubs zu sehen. Ich brauchte keine Sekunde, um das alles zu bemerken. Sie brauchte kaum länger, um Oscars Bestellung aufzunehmen.

»Und was ist mit dir, Champ?«, fragte sie und sah mich zum ersten Mal direkt an. Ich lächelte, aber als unsere Blicke sich trafen, erstarrte ich. Es war, als wären plötzlich nur noch sie und ich im Pub, alle anderen Menschen und Geräusche waren ausgeblendet. In meinem Inneren breitete sich eine Wärme aus, die ich in meinem Leben noch nie gespürt hatte, und die Sorge, die gerade noch da gewesen war, verschwand, ebenso wie sämtliche Ängste, die seit Monaten meine ständigen Begleiter waren. Es war, als hätte dieses Mädchen sie allein durch ihre Anwesenheit vollkommen ausradiert. Was unmöglich war.

Oder auch nicht.

Es dauerte nur einige Augenblicke, kam mir aber vor wie eine Ewigkeit. Kurz hatte ich das Gefühl, dass sie ebenfalls spürte, was da zwischen uns passierte. Aber dann wiederholte sie nur freundlich ihre Frage und zeigte ein unverbindliches Lächeln. Ich räusperte mich.

»Ich hätte gern den BBQ-Burger und ein Ale, bitte.«

»Klar.« Sie notierte sich nichts und nickte. »Kommt sofort. Wobei, das ist gelogen. Es ist viel los, wahrscheinlich müsst ihr ein bisschen warten.«

»Das macht nichts«, ließ Oscar sie wissen und grinste. »Du darfst uns gerne warten lassen.«

»Ach, wirklich?« Sie wirkte amüsiert. »Mal sehen, ob du das in einer Stunde auch noch sagst.« Damit ging sie zur Theke zurück, um unsere Bestellung aufzugeben. Ich sah ihr nach, bis Oscar mich anstieß.

»Alter, alles in Ordnung mit dir?«, fragte er.

»Klar«, sagte ich und riss meinen Blick los. »Warum?«

Mein Freund warf mir einen belustigten Blick zu. »Weil du diese süße Blonde gerade angesehen hast, als wolltest du ihr einen Antrag machen. Was war das, ein spontaner Anfall von Liebe auf den ersten Blick?« Sein Grinsen verschwand aus seinem Gesicht. »Oh, fuck. Im Ernst? Du meinst, sie ist ...?«

»Nein, ist sie nicht«, sagte ich schnell. »Ich finde sie nur hübsch, das ist alles. Es hat nichts zu bedeuten.«

Das war eine Lüge, und ich musste froh sein, dass Oscar sie schluckte. Die Wahrheit war: Leute wie ich waren Profis für das

Erkennen von dauerhaften Verbindungen – und diese Fähigkeit endete nicht vor der eigenen Haustür. Wir brauchten keine fünf Dates, lange Gespräche oder eine gemeinsame Nacht, um zu wissen, ob jemand zu uns passte: Erben von Lancelot bemerkten es nach nur wenigen Sekunden. Ich hatte das gewusst, theoretisch. Aber erlebt hatte ich es bei mir selbst noch nie.

Bis jetzt. Eigentlich hätte ich sofort gehen müssen. Von hier zu verschwinden und den Pub nie wieder zu betreten, war das Beste, was ich in dieser Situation tun konnte. Ich durfte dem Gefühl keine Beachtung schenken, nicht bei der Lage, in der wir uns momentan befanden. Aber wenn ich Oscar sagte, dass ich gehen wollte, wusste er Bescheid und würde mich schon allein deswegen daran hindern. Also blieb ich, setzte mein bestes Pokerface auf und tat so, als wäre alles in bester Ordnung, während mein Herzschlag sich nur sehr langsam beruhigte.

Die Getränke und das Essen kamen, gebracht von einer anderen Bedienung, und die leeren Teller gingen wieder. Oscar und ich alberten herum und ich merkte, dass ich mich tatsächlich entspannte. Zwar wollte mein Blick immer wieder zu dem blonden Mädchen wandern, aber ich widerstand dem Drang eisern und sah nicht zu ihr.

Ablenkung nahte, als Oscar ein paar Studentinnen zu uns an den Tisch holte, weil er unseren Plan, sich heute zu amüsieren, im Gegensatz zu mir nicht vergessen hatte.

»Und, welche Fächer habt ihr belegt?«, fragte eine von ihnen, eine niedliche Brünette.

»Ach, so dies und das.« Oscar grinste.

»An welcher Uni?«

»Oh, wir sind an keiner Uni.«

»Das heißt, ihr macht ein Fernstudium?«

»Ja, so was in der Art. Es ist eine Mischung aus … Genetik und Geschichte.«

»Klingt spannend«, sagte die Brünette. Ich grinste. Das klang nicht spannend, sondern total absurd. Trotzdem kam es der Wahrheit ziemlich nahe.

»Was ist denn da los?« Eines der anderen Mädchen reckte den Hals in Richtung Theke. An der Bar gab es einen Tumult.

»Vergreif dich noch einmal an meiner Freundin und es setzt was!« Zwei Kerle hatten sich miteinander angelegt, es schien um eine Frau mit rot gefärbten Haaren zu gehen. Ich spürte eine Welle von Abneigung und Eifersucht, als ich mich auf die beiden konzentrierte. Der Größere der Kontrahenten, Marke Bodybuilder, schob die Rothaarige zur Seite. Dann ging er auf seinen Gegner zu.

Der reckte das Kinn. »Ach, komm schon, verpiss dich, Justin. In zwei Wochen hat sie eh genug von dir.«

Justin machte noch einen Schritt nach vorne – in der gleichen Sekunde standen Oscar und ich auf, eingespieltes Team, das wir waren. Wenn ich etwas näher herankam, konnte ich die Gefühle von beiden ohne große Anstrengung neutralisieren. Aber bevor sich einer von uns einmischen konnte, kam ein blonder Zopf dazwischen.

»Das ist ein Pub, kein Fight Club, okay? Regelt euren Mist draußen.« Die hübsche Bedienung schubste den Schmaleren der beiden weg und packte den bulligen Kerl an der Jacke. Ich bewunderte ihren Mut. Sie war nicht klein, aber doch zierlich und sicher nur halb so schwer wie der Unruhestifter.

»Hast du Todessehnsucht, Püppchen?« Justin baute sich drohend vor ihr auf. Ich schob mich durch die gaffende Meute, um ihr zu helfen. Allerdings hatte sie das nicht nötig.

»Nein, aber du offenbar schon.« Sie funkelte ihn an und ließ seinen Ärmel nicht los. »Was wird wohl deine Mum tun, wenn ich ihr erzähle, wie du dich hier aufführst? Ich glaube nicht, dass du dann noch viel zu lachen hast, sobald du nach Hause kommst.«

Der Schrank wurde mit einem Mal ganz blass.

»Du wirst ihr doch nichts davon verraten, oder?«, fragte er kleinlaut.

»Nicht wenn du dich verziehst und hier nie wieder Ärger machst.« Mit der freien Hand öffnete sie die Tür und stieß den Typen in die kalte Januarluft hinaus. Kaum war er weg, applaudierten die Gäste, Oscar pfiff sogar mit den Fingern. Das Mädchen verneigte sich spöttisch, bevor sie zurück an die Theke ging.

Dort wartete jemand auf sie, ein großer Mann Mitte dreißig mit unordentlichen blonden Haaren. Er wirkte besorgt und redete auf sie ein, aber sie winkte nur ab, bevor sie sich ein Tablett mit vollen Gläsern schnappte und es zu einem Ecktisch brachte. Ich beobachtete, wie sie über die Bemerkung eines Gastes lachte und tief in meinem Magen spürte ich wieder diese Wärme von vorhin. *Verdammt, Schluss damit.* Es gab wirklich keinen schlechteren Zeitpunkt dafür als jetzt.

Ich wollte zu meinem Tisch zurück, da bemerkte ich, dass der Typ hinter der Theke mich ansah. Es war kein normales Mustern, eher eine Art misstrauisches Starren. Erst dachte ich, es wäre der strenge Blick eines Chefs, der seine Bedienungen beschützen wollte. Aber als ich ihm in die Augen schaute, fühlte ich plötzlich einen tiefen Schmerz, der mir körperlich so wehtat, dass es mich für einen Moment lähmte. Ich konnte nicht wegsehen, bis *er* es schließlich tat. Er sprach mit dem Barkeeper, dann verschwand er durch eine Tür in den Gang dahinter.

»Noel, alles okay?« Oscar tauchte neben mir auf und folgte meinem Blick, zog aber nur die halbwegs richtigen Schlüsse. »Sicher, dass du nicht mit der hübschen Blonden reden willst?«

»Ja, ganz sicher«, antwortete ich und sagte nichts von dem, was ich da gerade wahrgenommen hatte. Dieser Mann musste einen heftigen Verlust erlitten haben – nach beinahe zehn Jahren Training kam es nur noch sehr selten vor, dass ich ungefragt etwas abbekam. Aber das war seine Angelegenheit und hatte mich nicht zu interessieren.

»Was dagegen, wenn wir noch woanders hingehen?«, fragte ich Oscar und mein Blick flog zu unserer Bedienung, ohne dass ich es verhindern konnte.

»Nein, gar nicht.« Mein Freund schüttelte den Kopf. »Gib mir nur zehn Minuten, damit ich die kleine Brünette und ihre Freundinnen überreden kann mitzukommen.«

Während er zurück an unseren Tisch ging, checkte ich meine Uhr und sah, dass ich einen verpassten Anruf von einer unbekannten Nummer hatte. Ich gab Oscar einen Wink, dass ich schon rausgehen würde und er zahlen sollte, schnappte mir meine Jacke und ging vor die Tür, um zurückzurufen. Eigentlich waren alle wichtigen Nummern unter Codenamen eingespeichert, aber es kam vor, dass jemand ein fremdes Telefon benutzen musste. Hoffentlich war es kein Notfall. Wobei, vielleicht wäre ein Einsatz jetzt genau das Richtige gewesen, um mich abzulenken.

Vor der Tür des Pubs war fast so viel los wie drinnen, also lief ich um die Ecke in die nächste Seitengasse, um die fremde Nummer anzurufen. Es klingelte, aber niemand ging ran. Ich versuchte es ein zweites Mal, wieder nichts.

»Hey«, sagte jemand hinter mir. »Kann ich mal vorbei?«

Ich drehte mich um und schaute ausgerechnet dem blonden Mädchen aus dem Pub ins Gesicht. Sie stand im Schein der Lampe über der Seitentür, hatte einen ganzen Stapel flach gedrückter Kartons in den Armen und schien zu dem Container zu wollen, der etwas weiter vorne in der Gasse stand.

»Warte, ich helfe dir.« Ich steckte mein Telefon weg und griff nach den Kartons. Das Mädchen ging vor und öffnete den Deckel des Containers, damit ich den Müll hineinwerfen konnte. Dann schloss sie ihn wieder.

»Danke, nett von dir.« Sie lächelte.

»Kein Problem.« Ich erwiderte das Lächeln, und obwohl ich es besser wusste, ging ich nicht direkt wieder. Es lag aber nicht nur an der Anziehung, die sie auf mich ausübte. Es lag auch daran, dass ich ein Echo darauf von ihr wahrnahm. Ein Echo, das meinen Pulsschlag erneut nach oben trieb. Ich wollte sie noch nicht gehen lassen. »Gute Aktion, das mit den zwei Streithähnen vorhin«, sagte ich also.

Sie nickte, aber ihr Lächeln war jetzt ein bisschen stolz. »Es war auch nett, dass du und dein Freund helfen wolltet. Die meisten Leute gaffen immer nur.«

»Die Hilfe war ja nicht nötig«, erinnerte ich sie. »Du hattest die Sache schließlich vollkommen im Griff.«

Sie winkte ab. »Ach, mit der Zeit lernt man, wie man mit den schweren Jungs umgehen muss. Viele von denen sind eigentlich nur zu wenig geknuddelt worden, als sie Kinder waren.«

»Oder zu viel.« Ich grinste. »Woher wusstest du, dass er noch zu Hause wohnt?«

»Ich kenne seine Mum.« Sie zuckte mit den Schultern. »Sie kommt immer am Montag mit ihren Bridgefreundinnen her und jammert, dass der liebe Justin nicht ausziehen will.«

»Vielleicht sollte sie sich von dir erklären lassen, wie man jemanden rauswirft«, sagte ich trocken.

Sie lachte. »Ja, vielleicht. Wobei ich fast bereue, das getan zu haben. Ich hätte gern gesehen, wie du das ohne mein Insiderwissen erledigst.« Es klang neckend.

»Traust du mir das etwa nicht zu?« Ich hob amüsiert eine Augenbraue.

»Oh, doch. Ich traue dir das mehr als zu.« Sie sagte es auf eine Art, die mich für einen Moment glauben ließ, sie wüsste über mich Bescheid. Aber das konnte nicht sein – was wir taten, war mehr als nur geheim. »Ich meine, wer diese *wirklich* schweren

Pappkartons tragen kann, wird sicherlich auch mit Justin fertig«, schob sie spöttisch nach.

»Autsch, das tat weh«, ich griff mir ans Herz. »Vielleicht sollte ich ein paar Getränkekisten für dich tragen, damit ich mein Ego wieder aufpolieren kann.«

»Volle oder leere Kisten?« Sie schaute mich unschuldig an und ich grinste.

»Okay«, lachte ich. »Jetzt bin ich wirklich beleidigt.«

»Nein, bist du nicht.« Ihr Widerspruch klang vertraut und das Gefühl in meinem Magen drehte eine Extrarunde. Da fiel mir auf, dass ich meine Manieren wohl im Pub gelassen hatte, als ich hier rausgekommen war.

»Ich bin übrigens Noel«, stellte ich mich vor.

Das Nennen meines Namens schien sie kurz aus dem Konzept zu bringen, denn für eine Sekunde schaute sie mich nur an, bis ihr einzufallen schien, dass sie noch nichts gesagt hatte. »Ich bin Charlotte.«

»Freut mich, Charlotte.«

»Ja, mich auch.« Sie nickte und lächelte, aber jetzt war es ein bisschen verlegen, was ich bei ihr nicht erwartet hätte. Dann zeigte sie zur Tür. »Ich sollte wohl besser wieder rein. Du hast ja gesehen, was los ist. Und die Getränkekisten tragen sich nicht von allein.«

»Mein Angebot steht noch«, sagte ich.

Charlotte schien einen Moment zu überlegen, dann nickte sie. »Okay, komm mit.«

Ich folgte ihr ins Innere und dann in einen Flur, der nach rechts um eine Ecke bog. Wir waren fast am Ende des Ganges angekommen, als plötzlich die Beleuchtung an der Decke ausging und alles dunkel wurde.

»Keine Sorge, ich kenne mich hier aus.« Charlotte streckte instinktiv die Hand nach mir aus und fand meinen Arm. Ich legte wie automatisch meine Finger auf ihre und unsere Blicke trafen sich im schwachen Licht der Notausgangsbeleuchtung.

Es war, als hätte jemand die Zeit für einen Moment angehalten. Ein Schlag fuhr durch meinen Körper wie eine Vorahnung. Der Blick aus Charlottes braunen Augen verband sich mit meinem zu etwas, das ich nie hätte benennen können. Und sie merkte es auch, ich konnte es fühlen, klarer als jemals etwas zuvor.

Sie kam so nah, dass ich die Wärme ihres Körpers an meinem spüren konnte. Ich hörte sie zitternd einatmen, hatte den Drang, ihr noch näher zu kommen, aber ich beherrschte mich, überließ die Entscheidung ihr. Es dauerte nur eine Sekunde, dann verschwand das Zögern aus Charlottes Blick. Sie hob die Hand und berührte mich an der Wange, ich spürte ihren Atem auf meiner Haut. Und endlich erlöste sie uns beide und küsste mich.

Im ersten Moment war der Kuss sehr sanft und trotzdem heftiger als alles, was ich bisher erlebt hatte. Tausend Empfindungen explodierten in meinem Körper, es fühlte sich an, als hätte ich mein ganzes Leben nur darauf gewartet, sie zu küssen – als hätte ich genau gewusst, dass ich es irgendwann tun würde. Aber es war nicht genug, ich wollte mehr, wir beide wollten mehr. Ich zog Charlotte enger an mich, sie schlang ihre Arme um meinen Hals und öffnete ihren Mund. Ich spürte ihre Zunge an meiner und unterdrückte den Laut, der mir die Kehle hochstieg, als Charlotte mir meine Jacke von den Schultern zog und ihre Hände unter meinen Pullover schob. Unsere Lippen trafen sich erneut, ich vertiefte den Kuss, löste ihren Zopf, vergrub meine Hände in ihren Haaren.

Da ging das Licht plötzlich wieder an.

Charlotte versteifte sich, als wäre ihr plötzlich klar geworden, was wir da taten. Dann machte sie sich von mir los. »Scheiße«, stieß sie aus und trat einen Schritt zurück, jetzt nur noch Verunsicherung und Bedauern in ihren Augen. »Es tut mir leid, ich hätte nicht … es tut mir leid.« Sie sah mich nicht an, während sie ihre Entschuldigung stammelte. Dann drehte sie sich um und stürmte in die Richtung davon, aus der wir gekommen waren.

Ich blieb allein zurück, holte Luft, weil ich sie die ganze Zeit angehalten hatte. Was war das denn gewesen? *Das weißt du genau*, sagte eine Stimme in meinem Kopf, und sie hatte recht. Mein Gefühl, als ich Charlotte zum ersten Mal angesehen hatte, war richtig gewesen – sie hatte mich völlig aus der Bahn geworfen. Aber das hieß nicht, dass ich dem Gefühl nachgeben musste. Ich konnte mich dagegen entscheiden, und genau das war es, was ich tun würde. Ganz egal, wer ich war und was ich in ihrer Gegenwart fühlte. Wir befanden uns im Krieg. Ich durfte mich im Moment auf nichts einlassen, das mich von meiner Pflicht ablenkte. Und wenn ich es noch so sehr wollte.

Ich nahm meine Jacke vom Boden und ging zurück in den Pub, um Oscar zu holen, damit wir endlich gehen konnten. Aber als ich meinen Blick über die Leute schweifen ließ, konnte ich sein Gesicht nirgendwo entdecken. *Wo bist du, verdammt noch mal?* Die Brünette, mit der er geflirtet hatte, war an den Nebentisch verschwunden, wo sie Selfies mit jemandem machte, der aussah wie Ed Sheeran. Aber mein Freund war nirgends zu sehen. Ich benutzte meine Fähigkeit, aber bei dem Chaos in meinem Inneren war sie alles andere als zuverlässig. Also half nur die altmodische Suche.

Ich nahm mein Handy und rief ihn an, aber er ging nicht ran. Also zwängte mich eilig durch die Menge zu den Toiletten, folgte dem miesen Gefühl, das ich hatte. Dabei rempelte ich zwei Typen an.

»Hey, Alter, pass gefälligst auf!«, raunzte der eine.

Ich murmelte eine Entschuldigung. Da trat mir der andere in den Weg.

»Willst du Ärger, Mann?«

Ich verdrehte die Augen. Natürlich hätte ich mich mit ihnen anlegen können und wäre garantiert nicht als Verlierer aus der Nummer rausgegangen. Aber ich suchte meinen Freund. Ich hatte keine Zeit für eine Prügelei.

Schnell packte ich den zweiten Kerl an den Schultern und drückte ihn an die Wand. Dann sah ich ihm fest in die Augen und dachte an etwas anderes als meine Panik und seine Wut. Der Willen des Typen wehrte sich nur einen winzigen Moment, dann gab er nach. Sein Blick wurde leer und ich schob ihn zur Seite.

»Geht doch.« Ich ging vorbei zu den Toiletten und stieß die Tür auf, um mich umzusehen. Zwei Kerle standen an den Pissoirs und beäugten mich misstrauisch. »Bist du schwul oder was?«, fragte der eine aggressiv.

»Japp, bin ich«, sagte ich sarkastisch. Was hatte ich an mir, dass jeder Ärger mit mir anfangen wollte? Ach ja, richtig. *Mein Erbe.* »Und hey, weil ich mich mit euch im selben Raum aufgehalten habe, seid ihr es jetzt auch. Gratulation.«

Oscar war nicht in den Kabinen, und bevor zwei weitere Manipulationen fällig wurden, trat ich den Rückzug an. Aber auch im Flur war er nicht, ebenso wenig an der Theke. Ich suchte den gesamten Gastraum nach ihm ab, aber er war nicht mit irgendeinem Mädchen in eine Ecke verschwunden. Also ging ich wieder vor die Tür. Vielleicht war Oscar eine rauchen gegangen. Wenn wir unterwegs waren, tat er das manchmal.

Immer noch standen viele Leute vor dem Pub, Oscar war nicht dabei. Ich fragte mich durch, ob sie ihn gesehen hatten – Fehlanzeige. Aber wer achtete heutzutage noch auf einen Typen, der Feuer schnorrte oder auf dem Bürgersteig neben einem stand?

Ich wollte gerade loslaufen, um in der Hauptstraße von Camden nach Oscar zu suchen, als sich zwanzig Meter vor mir wieder die Tür vom Seitenausgang öffnete und ein blonder Zopf auftauchte. *Charlotte.* Sie sah mich nicht, sondern stellte eine Kiste mit Altglas auf den Boden und verschwand dann wieder.

Ich folgte ihr mit den Augen und schob den Schmerz weg, der sich mir aufdrängte und sich anfühlte, als hätte ich sie verloren. Es war unlogisch, aber trotzdem erschreckend real. Deswegen dauerte es, bis mich etwas aus meiner Erstarrung riss: ein Funkeln auf dem Gehsteig, das Display eines Handys. Ich lief hin, rutschte auf einem vereisten Stück Boden beinahe aus und fing mich nur dank guter Reflexe. Dann ging ich in die Hocke.

Die anderen nannten mich oft paranoid und vielleicht hatten sie recht. Der Rest des Teams hätte behauptet, Oscar wäre mit einem Mädchen ins Wohnheim verschwunden, und sie hätten prophezeit, dass ich mir vollkommen umsonst Sorgen machte. Aber in dieser Sekunde, als ich sein kaputtes Smartphone vom Asphalt hob, wusste ich es: Sie hatten ihn. Sie hatten Oscar.

Und das war meine Schuld.

# VIER MONATE SPÄTER

# 1

»Guten Abend, Charlotte. Das Gleiche wie immer?«

Ich grinste. »Du kennst mich, Mohana. Ich bin ein Gewohnheitstier.«

»Das sind mir die liebsten.« Die Inderin lächelte breit. »Ich bin gleich wieder da. Amar hat die Bestellung bestimmt schnell fertig.«

»Macht euch keinen Stress, ich habe Zeit.« Ich sah Mohana nach, wie sie in der Küche verschwand. Dann stellte ich meine Sporttasche ab und lehnte mich gegen den mit orangefarbenem Stoff bespannten Tresen.

Das Indian Dreams war an diesem Dienstagabend mäßig besucht, nur drei Tische waren besetzt. An einem lärmte eine Familie mit vier Kindern, der zweite wurde von einem Paar um die fünfzig in Beschlag genommen. Am letzten saß eine junge Frau allein vor drei vollen Platten, ohne etwas anzurühren. Sie hatte die Hände gefaltet, als würde sie beten. Es wirkte merkwürdig, sogar hier. In London gab es so ziemlich jede Religion, die unsere Welt zu bieten hatte. Aber diese Frau, in ihrem Kapuzenpulli und mit dem unordentlich gebundenen Zopf, sah nicht so aus, als würde das tägliche Gebet zu ihr passen.

Ich beobachtete sie einen Moment, da sah sie plötzlich auf und schaute mich direkt an. Fast wäre ich einen Schritt zurückgewichen, so durchdringend war ihr Blick. Trotzdem schaute ich nicht weg, das tat ich nie. Stattdessen straffte ich die Schultern und hob das Kinn. Die Frau quittierte es mit einem schmalen Lächeln. Dann senkte sie den Kopf und faltete ihre Hände erneut.

»So.« Mohana kam zurück und lenkte mich von ihrem unheimlichen Gast ab. »Hier haben wir einmal die 24, dann noch die 48 und zweimal die 12. Das macht 26 Pfund und 30 Pence.«

Ich nahm einen Fünfziger und schob ihn über den Tresen. »Machen wir dreißig.«

»Vielen Dank.« Mohana gab mir einen Zwanziger zurück.

»Nein, ich danke dir.« Ich schob das Restgeld in die Hosentasche. »Wenn ihr nicht wärt, bekäme ich nicht jeden Dienstag das beste indische Essen in ganz London.«

»Wenn das nur mehr Leute so sehen würden ...« Mohana seufzte, als sie einen Blick in den Gastraum warf. Ich konnte die dunkle Wolke mit all den Sorgen über ihrem Kopf förmlich sehen. Zu gerne hätte ich dafür gesorgt, dass es ihr besser ging. Aber das durfte ich nicht. *Nicht so.*

»Läuft es zurzeit nicht gut?«, fragte ich stattdessen vorsichtig. Das Restaurant von Mohana und ihrem Mann Amar Batra war wie die beiden selbst in die Jahre gekommen, aber trotzdem sehr gemütlich. Gut, ich hätte wahrscheinlich ein paar der 364 Elefanten entfernt und das Orange reduziert. Aber sonst gab es nichts zu meckern.

»Wir hatten ein paar schlechte Google-Bewertungen in den letzten Monaten, und seit an der Early der Schickimicki-Inder aufgemacht hat, ist es noch schwieriger geworden.« Mohana hob die Schultern. Ich sah sie mitfühlend an.

»Kann ich irgendetwas tun? Soll ich Dex fragen, ob er eine Idee hat?«

»Nein, bitte nicht.« Sie schüttelte den Kopf. »Wir möchten deinem Bruder nicht zur Last fallen.«

»Das tut ihr nicht. Er freut sich, wenn er helfen kann.«

Mohana schüttelte den Kopf. »Danke für das Angebot, aber das ist nicht nötig.«

»Okay.« Mehr konnte ich nicht tun.

»Aber sag Dex einen lieben Gruß. Wenn er zur nächsten Versammlung mit der Gastro-Gewerkschaft kommen würde, wäre das eine große Hilfe.«

»Ich richte es ihm aus.« Mit Schwung hob ich die Papiertüte vom Tresen und nahm meine Tasche. »Einen schönen Abend, Mohana. Grüß Amar von mir.«

»Dir auch, Liebes. Ich richte es ihm aus.«

Ich ging zur Tür und war schon fast draußen, da fiel mir die unheimliche Frau wieder ein. Schnell warf ich einen Blick über die Schulter, um zu ihr zu schauen, aber sie war weg. Auf dem Tisch stand nur das unberührte Essen.

Es dampfte immer noch.

Bis nach Hause war es nicht weit, deswegen ging ich zu Fuß. Gemächlich schlenderte ich durch die Straßen und versuchte, niemanden mit meiner Sporttasche anzurempeln. Camden war um diese Uhrzeit ziemlich belebt – Studenten, die noch keine Lust auf ihr Acht-Quadratmeter-Zimmer hatten, Leute auf dem Weg von der Arbeit nach Hause, Touristen mit ihren Einkäufen vom Market. Einige von ihnen hatten das gleiche Ziel wie ich: Sie steuerten direkt auf einen Pub zu, der prominent an der Ecke thronte. Die dunkle Holzvertäfelung brauchte demnächst eine Renovierung, aber der goldene Schriftzug über den Buntglasfenstern trotzte Wind und Wetter.

»The Empty Grail?«, motzte davor ein Tourist mit deutlichem US-Akzent. Um seinen Bauch baumelte eine Gürteltasche. »Die spinnen doch, die Briten. Überall Arthur und Ritter und die Tafelrunde. Das sind alles nur Mythen, aber die tun so, als gäbe es den Heiligen Gral wirklich. Und dann noch dieses Wortspiel! Hier esse ich nicht.«

Ich lächelte in mich hinein, ignorierte die beiden und schob die Tür zum Pub auf. Sofort empfing mich eine vertraute Atmosphäre. Die abgewetzten dunklen Tische, die alten Leuchter und der honigfarbene Dielenboden, dazu der Geruch nach Ale, deftigem Essen und günstigen Kerzen aus dem Großhandelsmarkt – das war meine Heimat. Wenn ich nicht gerade meinen Hobbys nachging, spielte sich mein Leben in diesen vier Wänden ab. Zwar war Dex nicht begeistert gewesen, als ich ihm im letzten Sommer gesagt hatte, ich wolle ein Jahr warten, bevor ich mich für ein Studium entschied, aber ich wusste, er war froh, dass ich regelmäßig im Grail bediente oder am Tresen stand.

»Wie war das Training, Charles?« Mortimer, unser Barkeeper, bediente die Zapfanlage, denn im Gegensatz zum Indian Dreams war der Pub gut gefüllt. Auf dem Fernseher hinter der Bar liefen die Nachrichten, irgendetwas über den Brexit und die Auswirkungen davon. Unten im Bild kreisten weitere Schlagzeilen, allesamt Negativmeldungen über verstorbene Musiker, einen Militärputsch und Selbstmordattentate. Die Welt hatte momentan ganz schön zu kämpfen. Noch mehr als sonst auf jeden Fall.

»Das Training? Anstrengend.« Ich stellte das mitgebrachte Essen auf den Tresen. »Aber es war trotzdem gut.«

»Ich habe immer noch Probleme, mir dich als Ballerina vorzustellen, wenn du hier die Störenfriede rauswirfst.« Mortimer lächelte breit unter seinem liebevoll gezüchteten Schnurrbart.

»Erstens werfe ich nur selten jemanden raus. Und zweitens tanze ich nicht Ballett, sondern Hip-Hop. Das ist viel cooler.« Und es passte besser zu mir. Bei dem Gedanken daran, wie ich versuchte, in einem Tutu in die Luft zu hüpfen, musste ich grinsen.

»Solange du nicht halb nackt bei MTV herumspringst.« Der Barkeeper warf mir einen strengen Blick zu. »Ich habe die Musikvideos gesehen.«

Ich schnalzte mit der Zunge. »Wann war das, 1995? MTV ist lange tot, Morty. Fang endlich an, YouTube zu gucken.«

Morty brummte etwas Unverständliches in seinen Bart, vermutlich über die verdammte moderne Technik und dass niemand diesen Unfug brauchte. Ich sah mich im Pub um.

»Wie macht sich die Neue?« An dem voll besetzten Ecktisch stand eine junge Frau mit Kurzhaarschnitt und versuchte, alle Bestellungen auf ihrem Block zu notieren.

»Ganz gut«, nickte Morty. »Aber ob sie durchhält, werden wir wohl erst am Wochenende sehen, wenn es wirklich stressig wird.«

Da hatte er recht. An Tagen wie heute war zwar auch etwas los, aber es war kein Vergleich zu der Hölle, die freitags und samstags über uns hereinbrach.

»Wir geben ihr einfach ein paar Tische weniger«, sagte ich. »Den Rest kann ich übernehmen.«

Morty sah mich an. »Ich dachte, du wolltest am Wochenende zu diesem Festival oben in Glasgow. Hatten Otis und du das nicht schon seit Monaten geplant?«

»Oh, das ...« Ich rieb über einen Brandfleck auf der Holzoberfläche des Tresens. »Das wird nichts. Otis und ich haben uns getrennt. Und da er gesagt hat, dass es ihm lieber wäre, wenn wir uns erst mal nicht sehen, bleibe ich hier.«

»Getrennt?« Morty machte große Augen. »Wann ist denn das passiert?«

»Letzten Monat oder so«, sagte ich vage. Dabei erinnerte ich mich sehr gut an den Tag, als ich meinem Freund gesagt hatte, dass ich unsere Beziehung beenden würde. Wir waren seit letztem Sommer zusammen gewesen und ich hatte geglaubt, es könnte etwas Ernsteres werden, denn Otis und ich kannten uns schon ewig und waren gute Freunde gewesen, bevor wir gemerkt hatten, dass da vielleicht mehr war. Aber seit diesem einen Abend im Januar hatte mich das Gefühl nicht mehr losgelassen, dass es anders sein sollte, wenn man sich in jemanden verliebte – von meinem schlechten Gewissen ganz zu schweigen. Ich hatte versucht, das Ganze wegzuschieben und zu vergessen, aber Otis hatte gemerkt, dass etwas nicht stimmte, und schließlich hatte ich ihm die Wahrheit gesagt: dass zwischen uns Freundschaft war, aber eben doch nicht mehr.

»Das tut mir leid«, sagte Morty. »Ich mochte den Kerl, auch wenn ich mich erst an den Gedanken gewöhnen musste, dass du langsam erwachsen wirst. Für mich bist du nicht achtzehn, sondern wirst auf ewig zwölf Jahre alt sein und am Tresen deine Matheaufgaben machen. Jungs passen da nicht ins Bild.«

Ich grinste. »Sorry, Morty, ich kann nicht ewig Single bleiben, damit du beruhigt bist.«

»Ach, dann gibt es schon jemand Neues?«

»Nein.« Obwohl es nicht gelogen war, kam mir bei Mortys Worten sofort jemand in den Sinn. Jemand mit dunkelbraunen Haaren, die ihm in die Stirn gefallen waren, als wir uns geküsst hatten. Jemand mit grünen Augen, die mich angesehen hatten, als wüsste er etwas über uns, das mir bisher verborgen geblieben war. Obwohl seitdem vier Monate vergangen waren, erinnerte ich mich genau an seine Gesichtszüge, an seine Stimme, an dieses Gefühl, das seine Gegenwart in mir ausgelöst hatte. *Noel.* Ich würde ihn niemals vergessen können, das wusste ich. Schließlich hatte ich es mit aller Macht versucht.

Er war mir bereits aufgefallen, als er den Pub betreten hatte – aber nicht wegen seines Äußeren. Unser Pub war ein Anlaufpunkt für Studenten, jedes Wochenende tauchten gut aussehende Jungs auf, daran war ich gewöhnt. Nein, ich hatte Noel *wiedererkannt*. Ich hatte zwar kein gutes Gedächtnis für Gesichter und seinen Namen hatte ich bis zu diesem Tag nicht gewusst. Trotzdem waren Menschen für mich unverwechselbar. Das Gesamtpaket ihrer Eigenschaften und Gefühle war wie Lichter in einem zugefrorenen See, heller oder dunkler, stärker oder schwächer, je nach Person. Es war eine Signatur, die man nicht vor mir verstecken konnte, vor allem Noel nicht. Nicht hinter zehn Jahren verstrichener Zeit, nicht hinter einer trainierten Statur oder einer selbstsicheren Ausstrahlung.

Ich hatte mir nichts anmerken lassen, obwohl all meine inneren Alarmglocken gleichzeitig geschrillt hatten. Trotz des warnenden Pochens in meinen Fingerspitzen hatte ich meine Bedienungsnummer abgezogen wie sonst auch, hatte mit ihm und seinem Freund geflirtet, ich hatte Noel sogar »Champ« genannt. Und ich hatte mich krampfhaft davon abgehalten, zu ihm zu sehen, obwohl jeder Nerv in mir genau das gewollt hatte. Es hatte halbwegs funktioniert – bis wir uns hinten in der Gasse begegnet waren und ich ihn schließlich im dunklen Gang zum Lager am Arm berührt hatte.

In diesem Augenblick war da etwas gewesen, das ich bis heute nicht richtig beschreiben konnte. Ein Gefühl von Vollkommenheit, so als hätten alle Fragen, die ich je gestellt hatte, eine Antwort bekommen. Und eine Anziehung, die weit über die körperliche Ebene hinausging. Es hätte mich nicht überraschen sollen, nicht überraschen *dürfen*. Und trotzdem hatte es mich vollkommen überwältigt, wie stark dieses Gefühl gewesen war, genau wie der Drang, Noel zu küssen. Es war mir so richtig vorgekommen, ihm nachzugeben, und es hatte sich unglaublich angefühlt – bis das Licht wieder angegangen und mir klar geworden war, dass ich das nie hätte tun dürfen. Also war ich schnell verschwunden, hatte meine Schicht beendet und war in die Wohnung geflüchtet. Gesehen hatte ich Noel seit diesem

Abend nie wieder. Erst hatte ich an den Wochenenden ständig voller Hoffnung zur Tür geschaut, aber dann war ich erleichtert gewesen. Es war gut, dass er nicht wiedergekommen war. Es war sicherer so.

»Hey, Erde an Charlotte, jemand zu Hause?« Morty wedelte mit dem Geschirrtuch vor meinem Gesicht herum.

»Ja, sorry.« Ich packte Noel und diesen Abend inklusive aller Gefühle wieder in das abschließbare Fach in meinem Gedächtnis.

»Es ist schon fast acht. Ist alles bereit für euren Geschwisterabend?«

»Natürlich.« Ich nickte und zeigte auf das Essen. »Fehlen nur noch unsere Couch und die Fernbedienung.«

»Was schaut ihr euch heute an?« Morty wusste, dass Dex und ich den Dienstagabend grundsätzlich nutzten, um aufgenommenen Quatsch der letzten Woche zu gucken und darüber zu lästern. Mein Bruder hatte mit dem Pub so viel zu tun, dass er schon seit Jahren einen Abend freihielt, damit wir Zeit miteinander verbringen konnten.

Ich seufzte. »Britain's got Talent ist seit zwei Wochen vorbei und X-Factor läuft noch nicht. Also habe ich mich von Dex breitschlagen lassen, endlich Star Trek eine Chance zu geben.«

»Ist das diese Sache mit dem Typen, der ein Atemwegsproblem hat?«

»Nein, das ist Star *Wars*. Und du kannst froh sein, dass Dex das nicht gehört hat.« Ich hob mahnend den Zeigefinger. »Ist er im Büro?«

»Kann sein. Ich habe ihn heute noch gar nicht gesehen.«

»Den ganzen Tag nicht?« Ich nahm mein Telefon und checkte meine Nachrichten. Vor einer halben Stunde hatte ich Dex ein »Bin mit Warpgeschwindigkeit auf dem Weg nach Hause« geschickt, aber er war schon seit dem Morgen nicht mehr online gewesen. *Komisch.* Normalerweise sah mein Bruder regelmäßig auf sein Handy. »Ich gehe mal hoch, vielleicht ist er dort.«

»Mach das. Er ist sicher da, er vergisst euren Abend doch nie.«

Das stimmte. Dex war ein impulsiver und manchmal nervtötend sprunghafter Mensch, aber der Dienstagabend war ihm heilig. Uns beiden. Ich nahm das Essen und ging zum Durchgang hinter dem Tresen.

»Bis später, Morty.«

»Schönen Abend, Charles.« Morty zwirbelte seinen Bart, drehte mir seinen massigen Rücken zu und widmete sich wieder dem Bier.

Das Treppenhaus roch wie immer nach Holz, Frittierfett und alter Tapete. Ich atmete tief ein, ging eine Etage nach oben, das Essen in einer Hand, meine Sportsachen in der anderen. Vor unserer Tür kramte ich nach meinem Hausschlüssel, der sich in der letzten Ecke der Tasche versteckt hatte. Dann schloss ich auf und ging in die Wohnung.

»Dex?« Niemand antwortete. »Dex, bist du da?« Immer noch nichts.

Die Tasche landete in der Ecke, direkt neben meinen Schuhen und meiner Jacke. Warum war Dex nicht da? Wie Morty gesagt hatte: Mein Bruder verpasste nie einen Geschwisterabend.

Ich lief einmal durch unsere Wohnung und das liebevolle Chaos, das wir in den letzten zehn Jahren zu unserem Zuhause gemacht hatten. Das Wohnzimmer mit der alten und löchrigen Ledercouch, die Küche mit dem abgetretenen Fliesenboden und das Bad, in dem der Boiler nie richtig funktionierte und daher entweder kaltes oder kochend heißes Wasser ausspuckte. Daneben lag mein Zimmer mit Blick auf den Kanal, eingerichtet mit Möbeln von Trödelmärkten und Ikea, die wir mit Farbe und Halbwissen aufgehübscht hatten. Dex' Zimmer gegenüber hatte den zweckmäßigen Charme einer Junggesellenbude, mit Bett,

Schrank und einem Sessel für die Dreckwäsche. Wir hatten seit meinem Einzug kaum etwas geändert, aber mir war das nur recht. Ich war vorher genug umgezogen, um eine Wohnung zu schätzen, die immer gleich blieb.

Das Festnetztelefon zeigte keinen verpassten Anruf an und ich griff nach dem Handy, um die Nummer meines Bruders zu wählen. Es klingelte lange, dann ging die Mailbox ran. Ich versuchte es ein zweites Mal. Gleiches Ergebnis.

Ich zog die Schuhe wieder an, schob mein Handy in die hintere Hosentasche, schnappte meinen Schlüssel und wanderte zurück ins Erdgeschoss. Mein Ziel war das Büro am Ende des Flurs. Dort brannte Licht, Dex war trotzdem nicht da. Ich wollte gerade die Lampe ausschalten und gehen, da fiel es mir auf: Der Schreibtisch war aufgeräumt. *Was zur Hölle?* Dex räumte nie auf. Warum also lagen nun penibel aufgeschichtete Papierstapel auf dem matt glänzenden Holz? Und wann hatte ich dieses Holz zum letzten Mal gesehen? Seit ich mich erinnern konnte, war der Tisch unter Lieferscheinen, Getränkebestellungen und Rechnungen begraben gewesen. Ein ungutes Gefühl kroch meinen Nacken hinauf. Irgendetwas stimmte nicht.

Morty hatte zwar gesagt, dass er Dex den ganzen Tag nicht gesehen hatte, aber ich ging trotzdem Richtung Pub, um die anderen zu fragen. Vielleicht wusste unsere Köchin Eliza, wo mein Bruder war. Sie kam meist früher als der Barkeeper.

In der Küche war es gefühlt zehn Grad wärmer, der Grill zischte, der Fettabzug röhrte. Eliza und ihre beiden Hilfen Ed und Lewis flitzten von einer Seite auf die andere. Die Luft waberte von dem Duft nach Steak, Chili und Pommes.

»Hey, Charles.« Eliza, mit einer Grillzange bewaffnet und einem roten Bandana über den schwarzen Locken, grinste. »Brauchst du was? Ich dachte, heute ist Geschwisterabend.« Jeder im Pub wusste, dass wir dann Essen von Mohana und Amar holten.

»Ja, ist er auch ... eigentlich. Aber Dex ist nicht da. Hat einer von euch ihn heute gesehen?«

Ed und Lewis schüttelten die Köpfe. Aber Eliza nickte.

»Heute Morgen, bevor ich zum Großmarkt gefahren bin. Dex war im Büro und hat irgendetwas gesucht. Es schien wichtig zu sein – und eilig. Ich wollte ihn nach der Speisekarte fürs Wochenende fragen, aber er hat gemeint, er hätte keine Zeit dafür und ich solle das allein entscheiden.«

»Hat er gesagt, wo er hingeht?«

»Nein, tut mir leid.« Eliza sah mich bedauernd an. »Aber du kennst doch Dex und seine Flausen. Er ist sicher bald wieder da.«

»Ja, bestimmt.« Ich quetschte ein Lächeln hervor. In dem Moment kam die Neue durch die Schwingtür in die Küche, in der Hand mehrere Bons. Ihre Tirade über das bösartige Kassensystem füllte den Raum, aber ich nahm sie gar nicht richtig wahr. Ich sah nur die beiden Typen, die bei Morty an der Bar standen.

Sie waren jung, Mitte zwanzig, gekleidet wie Studenten. Aber das konnte mich nicht täuschen, denn ich sah viel mehr als nur ihre Kleidung oder Gesichter – und was ich sah, jagte mir einen kalten Schauer über den Rücken.

Dunkelheit.

Es dauerte nur eine Sekunde, dann schwang die Tür wieder zurück und ich ging eilig zur Durchreiche, um zu hören, was gesprochen wurde. Das zischende Fett und der Lärm der Abzugshaube machten es mir schwer, aber ich verstand ein paar Fetzen.

»... müssen sie dringend finden ...«

»... vielleicht in Gefahr ...«

»... eine Frage der Sicherheit ...«

Ich wagte es und warf einen Blick durch die Öffnung zum Gastraum. Einer der jungen Männer zeigte Morty gerade ein Bild auf seinem Handy. Ich konnte sehen, dass es abfotografiert und von schlechter Qualität war. Aber wen es zeigte, konnte ich trotzdem sehr gut erkennen.

Das war ich vor zehn Jahren.

Ruckartig wich ich zurück. Mein Körper wurde taub, mein Hirn stellte vor Schock den Dienst ein. Aber eine Erkenntnis kam noch durch, so klar, als hätte man sie vor mir in die Luft geschrieben.

*Sie sind hier. Sie haben mich gefunden.*

# 2

*Du musst verschwinden! Los, beweg dich!*

Obwohl meine innere Stimme mich anschrie, blieb ich stocksteif stehen wie einer der Pantomimen, die in der Camden Street die Touristen unterhielten. Aber immerhin sprang mein Kopf wieder an. Dieses Foto. Diese Typen. Dex' Verschwinden. Hing das zusammen?

»Tut mir leid, ich kenne das Mädchen nicht.« Die Abzugshaube war nun leiser, deswegen konnte ich Morty besser verstehen. »Ich habe sie noch nie hier gesehen.«

»Soll das ein Witz sein?«, fragte einer der Typen. »Wir wissen, dass dieser Pub dem Bruder von Charlotte Stuart gehört. Sie sollten uns besser nicht anlügen.«

Plötzlich tauchte Eliza vor mir auf und ich erschrak.

»Charles, ist alles in Ordnung? Du bist weiß wie ein Seelachs.«

Ich hörte sie kaum. Ich hörte nur Mortys brummenden Bass und dann wieder den Kerl, der nach mir suchte: »Wenn Sie uns nicht helfen, werden wir uns selbst umsehen müssen.«

Er hatte eine angenehme Tonlage, irgendwie warm und behaglich. Aber seine Worte waren für mich trotzdem wie scharfkantige Scherben aus Eis.

»Charlotte? Hey.« Eliza berührte meine Schulter.

»Es ist alles okay«, murmelte ich. »Ich muss nur …« Keine Ahnung, was ich musste.

Die Schwingtür machte einen Satz, als die Neue mit zwei Tellern hinausstürmte. Das Geräusch riss mich aus meiner Starre. *Weg hier!,* brüllte die Stimme noch einmal. Aber ich hörte nicht darauf. Dex hatte einmal gesagt, dass jeder normale Mensch vor gefährlichen Situationen davonlief – nur ich nicht. Ich hatte die Angewohnheit, direkt darauf zuzulaufen.

So wie jetzt.

Ich machte meinen Rücken gerade, strich mir eine lose Strähne aus dem Gesicht und öffnete die Schwingtür. Mit festem Schritt ging ich zum Tresen und trat neben Morty. Ich musste wissen, wer die beiden geschickt hatte und wie viel sie über mich wussten.

»Kann ich euch helfen?«, fragte ich und sah die Typen an. Der eine war groß und kräftig, der andere etwas schmaler, hatte sehr gut aussehende Züge, tiefbraune Haare und ein Lächeln im Mundwinkel, mit dem er mich jedoch nicht täuschen konnte.

»Bist du Charlotte Stuart?« Er sah mich aus dunklen Augen an. Sein Blick schien mich abzutasten, blieb an verschiedenen Stellen in meinem Gesicht hängen. Ich versuchte, meine Abneigung gegen diese Musterung nicht zu zeigen.

»Kann sein«, sagte ich kühl. »Allerdings dachte ich immer, wir Briten wären so ein höfliches Volk. Vielleicht sagt ihr mir erst, wer ihr seid. Dann kann ich mir überlegen, ob ich den Gefallen erwidere.«

Die Augenbraue des Typen zuckte, trotzdem nickte er. »Gerne. Aber nicht in aller Öffentlichkeit.« Er sah kurz zu seinem Kollegen, dann ging er allein zu einem Tisch am Fenster. Morty sah mich besorgt an, aber ich schüttelte den Kopf und folgte dem Fremden.

»Also, wer seid ihr?« Ich setzte mich und verschränkte die Arme. Hinter der Theke hatte ich mich sicherer gefühlt.

»Warum so feindselig? Wir sind die Guten.« Der Kerl mit den

dunklen Augen sah mich immer noch mit diesem forschenden Blick an. Das war allerdings nicht das, was meine Hände klamm werden ließ. Es war das, was ich *Feld* nannte, die Gesamtheit der Gefühle eines Menschen, für mich sichtbar durch Licht und Schatten. Zwischen Dunkel und Hell gab es Unmengen von Abstufungen, die mir sagten, ob jemand Liebe, Hass, Wut, Kummer, Unbehagen, Trauer, Begeisterung oder etwas anderes empfand. Aber das Feld des Typen vor mir war anders. Wo bei normalen Menschen Lichter und Schatten sich meist die Waage hielten, herrschte bei ihm beinahe vollständige Dunkelheit. So etwas hatte ich noch nie gesehen.

»Wenn du Freundlichkeit erwartest, solltest du nicht mit einem alten Foto hier auftauchen und von Gefahr und Sicherheit reden, als wärst du von Scotland Yard.« Er hatte mir seinen Namen immer noch nicht gesagt. »Oder *bist* du von Scotland Yard?«

»Nein«, sagte er offen. »Wir sind von einer anderen Organisation.«

Das wusste ich längst. Ich wusste auch, dass er mich niemals hätte finden dürfen. »Und was will diese Organisation von mir …?« Ich ließ das Ende des Satzes als Frage ausklingen, um herauszufinden, wie er hieß. Er kannte meinen Namen, da war es nur fair, wenn ich gleichzog.

»Killian. Ich bin Killian Mayfield.« Er lächelte halb und streckte die Hand aus. Ich ergriff sie nicht. »Du stehst wohl nicht auf Small Talk«, stellte er fest. »Sollen wir lieber Klartext reden?«

»Ich bitte darum«, sagte ich. »Du und deine Freunde seid ja sicher nicht wegen der 84 Biersorten hier, die wir haben.« Mir war aufgefallen, dass nicht nur Killian und sein Kumpel im Pub waren, sondern noch zwei weitere Männer und eine Frau. Sie verhielten sich unauffällig, aber ihre Felder … es war die gleiche Dunkelheit, nicht so stark wie bei Killian, aber deutlich genug.

»Du kannst es also tatsächlich.« Seine Augen leuchteten auf. »Auch die Sache mit den Essenzen? Oder ist das nur ein Gerücht?«

Essenzen? »Ich kann mir acht Bestellungen auf einmal merken und bin echt gut im Tischkickern. Von Essenzen weiß ich nichts.« Meine Lässigkeit war nicht besonders gut gespielt. Killian bemerkte es.

»Ich dachte, wir wollten Klartext reden?«

»*Du* wolltest Klartext reden«, stellte ich richtig. »Nur habe ich bisher nichts in der Richtung von dir gehört.« Ich wich seinem Blick nicht aus, obwohl es unangenehm war, ihm in die Augen zu sehen.

»Also gut.« Killian nickte und die Maske aus Freundlichkeit verschwand. Seine Stimme wurde leise und messerscharf. »Wir wissen, was du kannst, Charlotte. Wir wissen es, weil du bei uns warst, bevor Dex so dumm war, dich und deine Gnade vor der Welt zu verstecken.«

»Ich habe keine Ahnung, wovon du redest.« Meine Stimme zitterte. »Ich habe keine *Gnade*.« Ich sprach das Wort aus, als hätte ich es noch nie gehört.

»Ach nein?« Killian lehnte sich vor. »Du hast nie dieses besondere Vibrieren gespürt, wenn du jemandem begegnet bist? Du hast Menschen nie verändern wollen, vor allem jene, deren Abgründe so tief und dunkel waren, dass man sich hoffnungslos darin verirren konnte? Hast nie daran gedacht, dass du mit einer kleinen Anstrengung deines Geistes einen anderen, einen besseren Menschen aus ihnen machen kannst? Niemals, Charlotte?«

Während er sprach, wurde es still um uns herum, als hätte jemand den Ton abgedreht. Das Lärmen des Pubs war noch da, aber ich hörte es nicht mehr. Ich hörte nur Killian, und seine Worte trafen nicht einen Nerv, sondern Tausende. Seit Jahren hatte ich mit niemandem außer Dex über meine Gnade gesprochen. Manchmal hatten wir am Wochenende einen Ausflug gemacht, und mein Bruder hatte mich gebeten, die eine oder andere Essenz von Menschen zu verändern, die es nötig hatten. Aber niemand sonst wusste davon. Das war unser Geheimnis.

»Niemals«, krächzte ich.

Killian lachte auf. »Lügen ist offenbar nicht deine Stärke. Aber das macht nichts, dafür brauchen wir dich nicht.« Er beugte sich vor. »Ich erkläre dir jetzt, wie das hier laufen wird. Du wirst gleich aufstehen und mit uns kommen. Dabei wirst du kein Aufsehen erregen, keine Szene machen und niemandem hier das Gefühl geben, es wäre nicht deine freie Entscheidung, uns zu begleiten.«

Ich lachte zittrig. »Oh, aber sicher. Ich bin doch nicht irre. Du denkst, nur weil du mir das sagst, gehe ich mit dir mit?«

Killian sah mir erneut tief in die Augen. »Genau das glaube ich.«

Als er das sagte, spürte ich, wie etwas an meinem Willen kratzte wie eine Katze an einer Fußmatte. Es zog an mir, ließ meine Gedanken leicht werden, weich, biegsam. Plötzlich fühlte ich Zuneigung zu Killian und Hingabe für diese Organisation, von der er gesprochen hatte. Ich wollte mitkommen, ich wollte ihn begleiten, ganz egal, wohin er mich brachte.

Aber in dem Moment, als ich fast schon bereitwillig nickte, schoss ein anderer Gedanke wie eine Pistolenkugel dazwischen: *Bist du eigentlich total bescheuert? Merkst du nicht, was er da tut?*

Ich kam wieder zu mir, während Killian mich immer noch ansah, fast schon zufrieden. Da kapierte ich, was passiert war: Er hatte versucht, mich zu manipulieren. Das war schließlich das, was Typen wie er taten.

»Vergiss es«, knurrte ich. »Das funktioniert bei mir nicht.«

»Beeindruckend«, kommentierte er. »Es gibt nicht viele, die mir widerstehen können.«

»Da bin ich sicher. Dieses Psychopathen-Ding beschert dir bestimmt reihenweise Verabredungen.« Es gab mir neue Kraft, dass ich standgehalten hatte. »Meine Antwort ist Nein, also verschwindet«, sagte ich fest und erhob mich.

»Wir werden leider darauf bestehen müssen, dass du mitkommst.« Killian stand ebenfalls auf. »Anderenfalls kann das echt hässlich werden. Es gibt doch sicher ein paar Leute, die dir etwas bedeuten, oder?«

Plötzlich kam mir ein Gedanke in den Kopf. Dex, der nicht erreichbar war. Der unseren Geschwisterabend einfach vergessen hatte. Wütend starrte ich Killian an. »Was habt ihr mit meinem Bruder gemacht?«

»Mit deinem Bruder?« Seine Augen wurden schmaler. »Wir haben nichts mit ihm gemacht. Ist er etwa weg? Dann hat er wohl selbst entschieden, dich nicht länger zu beschützen.«

»Das ist Schwachsinn! Er würde mich niemals KORT überlassen!« Morty sah zu uns herüber. Killian bemerkte es und lachte, als hätte ich etwas Lustiges gesagt. Aber es fiel ihm so schnell aus dem Gesicht, wie es gekommen war.

»Also erinnerst du dich an KORT.« Es war keine Frage.

Ich presste die Lippen aufeinander und sagte nichts. Natürlich erinnerte ich mich an KORT. An das Gerede über die Verantwortung des Erbes, über die Nachfahren der Ritter. Ich erinnerte mich an die ganzen Leute, die mit mir gesprochen, die mich analysiert und benutzt hatten. An dieses weiße, leere Zimmer und die endlosen Stunden allein. An die Beurteilung der Kinder, die auf die Initiation vorbereitet werden sollten. Sie hatten eine Wahl gehabt. Ich nicht.

Ich machte einen Schritt zurück. »Du kannst KORT ausrichten, dass ich kein Interesse habe, ihren illustren Reihen beizutreten. Und jetzt entschuldige mich. Wenn ihr etwas bestellen wollt, wir haben heute Chili auf der Tageskarte.« Ich machte einen Schritt zur Seite, da packte Killian mich unauffällig am Arm. Ein unangenehmes Ziehen kroch mir vom Handgelenk hoch bis zur

Schulter. Seine Dunkelheit war wie ein Virus, das durch Berührung übertragen wurde.

»Letzte Chance, Charlotte.« Er sprach leise, fast schon vertraulich. »Hier sind um die fünfzig Leute, die einen schönen Abend haben wollen. London hatte in den letzten Monaten doch genug schlechte Presse, denkst du nicht?«

Mein Blick fiel auf die Gruppen von Studenten, auf die Touristen, auf Morty und die neue Bedienung, die gerade etwas in die Kasse tippte und dabei leise vor sich hin fluchte. Am Ecktisch saß ein junges Pärchen, das sich eine Portion Pommes teilte und verliebt anlächelte. Ich sah sie alle, mit ihren Mischungen aus guten und schlechten Gefühlen, aus Hell und Dunkel, sich keiner Gefahr bewusst. Und ich wusste, dass ich keine Wahl hatte.

»In Ordnung«, sagte ich mehr als widerwillig. »Ich komme mit.«

»Braves Mädchen.« Killian ließ meinen Arm los und wies zur Tür. »Nach dir.«

Ich gab Morty ein Zeichen, dass ich kurz nach draußen gehen würde, dann lief ich Richtung Ausgang. Killian war hinter mir, ich spürte ihn wie einen Schatten in meinem Nacken. An der Tür blieb ich stehen.

»Ich brauche meine Jacke«, sagte ich. »Draußen ist es nicht sonderlich warm.« Vielleicht konnte ich auf dem Weg nach hinten jemanden warnen, um die Leute rauszuschaffen. Ich hatte zwar mein Handy in der Hosentasche, aber ich würde es nicht herausholen können, ohne dass Killian es merkte.

Leider war er nicht dumm. Kurzerhand griff er an die Garderobe und nahm wahllos einen dunklen Mantel, der direkt unter dem »Für Garderobe keine Haftung«-Schild hing. Mit einer endgültigen Geste hielt er ihn mir hin.

»Hier. Sieh es als Typveränderung.« Abfällig ließ er seinen Blick über meine schwarzen Jeans und das ausgeleierte graue Sweatshirt schweifen. Ich riss ihm stumm den Mantel aus der Hand und trat nach draußen.

Direkt vor dem Pub parkte ein Wagen, ein bulliger SUV mit getönten Scheiben und eingeschalteten Scheinwerfern, deren Helligkeit mir in die Augen stach. Killian hielt mir die hintere Tür auf und ich stieg ein. Seine Begleiter nahmen links und rechts neben mir Platz, er selbst setzte sich auf den Beifahrersitz. Wenn ich keine Angst gehabt hätte, wäre mir sicher ein CIA-Vergleich über die Lippen gekommen. Aber so blieb ich still.

Die Türen schlossen sich und der Wagen fuhr an, schlängelte sich im Schritttempo durch den Abendverkehr von Camden. Niemand redete mit mir, aber das war mir recht. Ich musste nicht fragen, wofür sie mich brauchten, denn ich wusste es schon. Es würde genauso sein wie vor zehn Jahren. Vielleicht sogar schlimmer.

Es war höchste Zeit, einen Plan zu machen. Mir zu überlegen, wie ich aus dieser Nummer wieder herauskam. Wie ich mich selbst retten konnte, nachdem die Leute im Pub außer Gefahr waren. Nur war ich nicht gut im Planen. Wenn ich mal etwas im Voraus durchdachte, warf ich später immer alles über den Haufen.

»Die M1 ist dicht, da ist ein Unfall«, sagte der Fahrer des Wagens. »Wir müssen über Hendon.«

»Ein Unfall, klar.« Killian schnaubte. »Das sind *sie*, ganz sicher. Diese Dilettanten. Nimm trotzdem die 1, wir fahren nicht durch ein Wohngebiet.«

»Du glaubst, sie wollen uns unterwegs abfangen?«, fragte die Bewacherin auf meiner linken Seite. Sie hatte rotblonde Haare und wasserblaue Augen. Die verbliebenen Lichter in ihrem Feld flackerten schwach.

»Das passt doch zu ihnen, oder nicht?«, meinte Killian. »Ein Angriff ohne Finesse ist genau ihr Stil.«

Alle lachten, als wäre das lustig gewesen. Aber ich wurde hellhörig. Wer waren *die*? Vielleicht Leute, die mir helfen konnten? Die auch Dex helfen konnten, wenn er irgendwo gefangen war? Woher sollte ich wissen, dass Killian nicht gelogen hatte, was ihn betraf? KORT hatte eine Menge Macht.

Als ich an Dex dachte, kam mir plötzlich eine Erinnerung in den Sinn. Sie flatterte vorbei wie ein herrenloser Plastikbeutel im Wind.

*Die dürfen dich nicht in die Finger kriegen, Charles. Niemals. Vielleicht werden sie irgendwann kommen, vielleicht werden sie uns finden. Aber ganz egal, was passiert, du darfst dich von ihnen nie wieder für ihre Zwecke benutzen lassen. Deine Gabe darf keinem von denen in die Hände fallen, sonst steht mehr auf dem Spiel als nur dein Leben. Versprich mir, dass du das verhindern wirst.*

»Ich verspreche es«, murmelte ich.

»Was?«, fragte die Rothaarige neben mir.

»Nichts.«

Wir waren immer noch in Camden und kamen nicht besonders schnell voran. Das Auto rollte, gab mal mehr Gas, dann wieder weniger. Draußen sah ich ein rot geklinkertes Gebäude und ein vertrautes Schild, blau mit einem roten Kreis, angeleuchtet von einer Straßenlaterne. *Das ist es.* Ich war vielleicht nicht gut im Planen. Aber ich war echt gut darin, spontan zu handeln.

Ohne Vorwarnung holte ich aus und rammte der Rothaarigen meinen Ellenbogen ins Gesicht. Sie brüllte auf und griff sich an die Nase, der Fahrer bremste, aber da war ich schon am Türhebel und zerrte daran. In der nächsten Sekunde gab er nach und die Tür schwang auf. Jemand griff nach mir, ich schlug die Hand weg, hechtete an der Rothaarigen vorbei aus dem fahrenden Auto und knallte mit der Seite auf den Asphalt. Der Schmerz jagte durch meinen Körper, ich ignorierte ihn, sprang auf die Füße.

Dann rannte ich los.

# 3

So schnell ich konnte, sprintete ich über die Hauptstraße von Camden in Richtung U-Bahn-Station, rempelte einige Leute an und stieß einen Postkartenständer um. Viel Vorsprung hatte ich nicht. In meinem Rücken brüllte Killian seine Gefolgsleute an, mich ja nicht entwischen zu lassen.

Eigentlich hatte ich direkt zur Station laufen wollen, aber die Typen waren zu dicht hinter mir. Ich würde sie nicht abhängen können, bevor ich eine Bahn bekam. Aber zum Glück war das hier nicht Kensington oder Belgravia oder wo auch immer Killian und seine Leute herkamen. Camden war mein Zuhause. Ich hatte mein halbes Leben auf diesen Straßen verbracht.

Abrupt änderte ich meinen Kurs, tauchte in der Menge unter und lief zum Mass Market, einem Club direkt neben dem Ein-Pfund-Shop. Vor dem Eingang wandte ich mich nach links und riss eine rostige Metalltür auf, hinter der es stockdunkel war. Schnell schlüpfte ich hindurch und zog sie zu, bahnte mir blind einen Weg durch den schmalen Gang, bis ich an der anderen Seite ankam.

Hinter der zweiten Tür lag der Hauptraum des Clubs, in dem um diese Uhrzeit noch nicht viel los war. An den Tischen und am Tresen saßen und standen kleine Gruppen von Leuten zusammen. Einer der Barkeeper grüßte mich, als ich quer durch den Laden lief, und ich erwiderte es, bevor ich die Tür zum Lager aufstieß, nach links abbog und mich an einer Reihe Getränkekisten vorbeiquetschte. Die Hintertür führte direkt auf die Parallelstraße hinaus. Hektisch schaute ich mich um, aber niemand war zu sehen. *Nehmt das, ihr KORT-Idioten*, dachte ich. Es ging doch nichts über Ortskenntnis. Wenn ich Glück hatte, würde die Suche auf der Hauptstraße sie lange genug aufhalten, damit ich verschwinden konnte.

Eilig setzte ich mich wieder in Bewegung und nur zwei Minuten später rannte ich in die U-Bahn-Station von Camden. Die Bahn öffnete gerade die Türen, davor drängten sich die Leute. Wer von Camden in die Londoner Innenstadt wollte, musste mit der Northern Line fahren – dementsprechend voll war es an einem Abend wie diesem. Trotzdem quetschte ich mich in den Wagen, während jenes hohe Piepen ertönte, das die Abfahrt ankündigte. Keine Sekunde zu früh: In dem Moment, als sich die Türen hinter mir schlossen und die Bahn anrollte, sah ich Killian die Treppen hinunterrennen. Aber es war zu spät, um mich zu erwischen, denn der Zug fuhr schon aus der Station heraus und tauchte in das undurchdringliche Dunkel des U-Bahn-Schachtes ein. Erleichtert atmete ich aus. Ich war entkommen. Vorerst.

Als ich mich in eine Ecke des Wagens durchdrängelte und endlich wieder einen klaren Gedanken fassen konnte, ploppte ein Name in meinem Kopf auf: *Isobel*. Ich musste zu Isobel. Sie war Dex' ehemalige Freundin und hatte früher vorübergehend bei uns gewohnt. Mittlerweile lebte sie im Süden Englands, in einem kleinen Küstenort namens Bridport, das waren etwas mehr als vier Stunden mit dem Zug von King's Cross. Ich war einmal dort gewesen, um sie zu besuchen. Bei ihr und ihrem Freund, einem Polizisten, war ich bestimmt in Sicherheit.

Wir hielten in Mornington Crescent und ich scannte nervös die einsteigenden Leute, um im Notfall aus dem Zug springen zu können. Killian und die anderen ließen sich jedoch nicht blicken. Als wir wieder anfuhren, zog ich mein Handy aus der Tasche und wählte erneut Dex' Nummer. Ich erwartete nicht, dass er diesmal dranging. Aber ich wollte es wenigstens versuchen, bevor ich das Telefon abschaltete, weil KORT mich darüber orten konnte.

»Charlotte?«, erklang plötzlich seine Stimme aus dem Handy. Beinahe wäre es mir aus der Hand gefallen.

»Dex!« Ich brüllte fast vor Erleichterung. Ein Businesstyp neben mir sah mich schräg an und ich drehte mich weg. »Wo zum Teufel bist du?!«, zischte ich. »Ich versuche seit Ewigkeiten, dich zu erreichen!«

»Ich weiß. Der Geschwisterabend muss leider ausfallen.« Dex' Stimme klang nüchtern, fast schon distanziert. In Gefahr schien er jedenfalls nicht zu sein. »Es gibt da etwas Wichtiges, was ich erledigen muss.«

»Scheiß auf den Geschwisterabend!«, rief ich gedämpft. »Hier ist die Hölle los! Da waren Typen im Pub, die –«

Er unterbrach mich.

»Ich habe dafür jetzt keine Zeit, Charles. Egal, welche Dramen sich im Pub abspielen, ich bin sicher, du kommst allein damit zurecht.«

»Was?« Ich griff nach der Haltestange. »Es geht doch nicht um irgendwelche Pub-Dramen! Da war eine ganze Gruppe von Leuten, die mich mitnehmen wollten, Dex. Sehr dunkle Leute.« Er wusste, was ich damit meinte. »Sie kamen von KORT.«

»KORT?«, wiederholte er.

»Ja, genau, KORT!« Vielleicht hatte ich jetzt endlich seine Aufmerksamkeit. Eine ganze Organisation von Bösewichten, die seine Schwester kidnappen wollten, war ja wohl wichtiger als diese verdammte Sache, die er erledigen musste.

»Das kann nicht sein.« Ich konnte förmlich sehen, wie Dex mit dem Kopf schüttelte. »KORT kann ni–«

»Oh, ich hab Neuigkeiten für dich – sie können!«, fuhr ich ihn an. Der Typ im Anzug musterte mich jetzt, als wäre ich nicht ganz dicht. Wahrscheinlich hatte er recht.

Dex kommentierte meinen Ausruf nicht weiter. »Wo bist du?«, fragte er schlicht.

»Ich …« Es brachte mich völlig aus dem Tritt, dass er nicht wie sonst reagierte. Kein panisches Nachfragen, kein typischer Wutanfall. Als Bernie Langstone mir in der sechsten Klasse Kaugummi in die Haare geschmiert hatte, war Dex komplett ausgerastet. Aber wenn man mich ernsthaft bedrohte, dann blieb er cool? Da stimmte doch etwas nicht. »Was ist los mit dir? Hast du Probleme?« Wie ironisch, dass *ich ihn* das fragte.

»Nein, es ist alles in Ordnung.« Das mit dem miesen Lügen hatten wir wohl beide von unserem Vater geerbt. »Bitte sag mir, wo du bist.«

»Ich bin abgehauen und jetzt in der U-Bahn. Ich will zu Isobel in den Süden.« Krampfhaft zwang ich mich, die Haltestange loszulassen. Das war doch alles nicht wahr. Das war einer dieser dummen Träume, aus denen man aufwachte und sich schämte, weil man sie für real gehalten hatte.

»Gut. Das ist gut.«

Es hätte mich nach dem bisherigen Verlauf des Gesprächs nicht wundern sollen, dass nicht mehr kam. Aber es versetzte mir einen Stich, einen sehr tiefen Stich. Ich hatte ihn seit Jahren nicht gespürt. Nicht mehr, seit Dex damals in der Tür gestanden und verkündet hatte, dass ich ab jetzt bei ihm leben konnte.

»Kommst du dorthin?«, fragte ich, nun sehr zaghaft. »Zu Isobel?«

Dex seufzte. »Ich kann hier nicht weg, Charles. Es tut mir leid.«

»Es tut dir leid?« Ich spürte, wie mir Tränen in die Augen schossen. Es war ein Wunder, dass sie so lange damit gewartet hatten. »KORT hat versucht, mich zu manipulieren! Die wollten mich entführen und einsperren, genau wie damals! Du hast mir immer gesagt, dass das nie wieder passieren darf. Wieso ist dir das jetzt egal?«

»Es ist mir nicht egal!«, rief er. Zum ersten Mal zeigte er eine Emotion. »Aber ich bin nicht in der Lage … ich *kann* gerade nichts für dich tun. Geh zu Isobel, sie wird sich um dich kümmern.«

»Wann kommst du zurück?« Ich hasste es, wie hilflos ich klang. Die letzten Jahre hatte ich mich immer auf meinen großen Bruder verlassen können, in jeder Situation – und er genauso auf mich. Aber jetzt fühlte ich, wie diese Verbindung plötzlich schwächer wurde, ohne dass ich es verhindern konnte. Er war noch nie einfach so verschwunden. Was war da los?

»Das weiß ich nicht«, sagte er. »Es kann eine Weile dauern.«

»Heißt das, du lässt mich im Stich?«, brachte ich heraus. »Was ist mit ›Ab jetzt hast du eine Familie‹? Mit ›Wir beide gegen das Empire‹?«

Im Hintergrund hörte ich eine männliche Stimme, die etwas in einer fremden Sprache sagte. Dex nahm das Telefon vom Ohr und antwortete. Wessen Stimme war das? Ich hatte sie noch nie gehört. Ich erinnerte mich auch nicht, dass Dex irgendwelche Fremdsprachen beherrschte, abgesehen von ein paar Flüchen auf Spanisch und einigen Brocken Französisch.

»Ich kann es nicht ändern, Charles«, sagte er leise, als er wieder mit mir sprach. »Was ich hier mache, ist sehr wichtig. Mehr kann ich dir nicht verraten.«

Da hakte endgültig etwas in mir aus.

»Du bist mein Bruder, ich bin deine Schwester!«, herrschte ich ihn an. »Was auf dieser gottverfluchten Welt kann es Wichtigeres geben?«

Stille am anderen Ende. Sie dauerte so lange, dass ich schon glaubte, er hätte aufgelegt. »Dex?«, flüsterte ich. Angst schnürte mir die Luft ab, große Angst, aber nicht um mich. Es war die Ahnung, dass ab jetzt alles anders sein würde.

»Du solltest das nie erfahren, Charlotte, aber in Anbetracht der Umstände …« Er holte Luft, und ich spürte, dass es ihm wehtat. Aber das war nichts gegen das, was ich empfand, als er weitersprach. Es war der letzte Satz, bevor es knackte und das Gespräch beendet war.

Ich blieb wie paralysiert stehen, dann sank ich im vollen Zug gegen die Wand. Langsam rutschte ich hinunter bis zum Boden und krallte meine Hände ineinander, als würde das etwas ändern, als *könnte* es etwas ändern. Als könnte ich jemals löschen, was ich gerade gehört hatte. Die Erinnerung an Dex' Stimme hallte durch meinen Kopf, als würde er es mir immer wieder ins Ohr flüstern.

*Ich bin nicht dein Bruder. Es tut mir leid.*

Ein tiefer Schluchzer quälte sich meinen Hals hoch, machte ihn eng und rau. Ich kämpfte dagegen an und rang nach Luft, schüttelte heftig mit dem Kopf. Das konnte nicht sein. Es musste ein Scherz sein, einer von der ganz grausamen Sorte. Aber ich wusste, dass es keiner war. Und je öfter ich die Worte in meinem Kopf wiederholte, desto wahrer wurden sie.

*Nicht dein Bruder.*

*Nicht.*

*Dein.*

*Bruder.*

*Es tut mir leid.*

»Ja«, stieß ich hervor. »Mir auch.«

# 4

»Miss? Geht es Ihnen gut?«

Ich sah hoch. Ein älterer Herr stand vor mir, in einer Hand seinen Gehstock, in der anderen eine Einkaufstüte von Tesco. Wie lange hatte ich hier in der Ecke gesessen und vor mich hin gestarrt? Welche Haltestelle kam als Nächstes?

»Nein«, sagte ich ehrlich. Mein Bruder hatte mir gerade gesagt, dass er nicht mein Bruder war. Dex, der mich aufgezogen und beschützt hatte, der alle Wehwehchen kuriert und jede Teenager-Krise der letzten Jahre mit mir bewältigt hatte, war ein Lügner und dazu ein Fremder. Wie sollte es mir jemals wieder gut gehen?

»Brauchen Sie Hilfe? Soll ich jemanden anrufen?« Der alte Herr kramte umständlich in seiner Jackentasche und zog ein Handy Baujahr 1999 heraus.

Ich zwang ein Lächeln hervor und stand auf. »Das ist sehr lieb von Ihnen. Aber ich will zu einer Freundin, die im Süden wohnt. Ich muss nur nach King's Cross und dann weiter.«

»Sind Sie sicher?«

»Ganz sicher. Vielen Dank, dass Sie mir helfen wollten.«

»Sehr gerne, Miss. Bitte passen Sie auf sich auf. Und verzweifeln Sie nicht. Manchmal erscheinen die Dinge viel dunkler, als sie sind.« Er lächelte mich an und durchquerte dann den Wagen bis zum Ausgang.

»Nächste Station ist King's Cross St Pancras«, teilte die automatische Ansage mit. Mein Glück, dass ich nicht vorbeigefahren war.

Ich wickelte den fremden Mantel enger um mich und ging zur nächsten Tür, obwohl meine Beine mich nicht tragen wollten. Dabei gingen mir die Worte des Alten durch den Kopf. Vielleicht schienen die Dinge wirklich dunkler, als sie waren. Vielleicht wurde Dex bedroht und hatte deswegen gesagt, dass er nicht mein Bruder war. Das war doch möglich.

Aber während ich die U-Bahn verließ und checkte, ob mich jemand verfolgte, wusste ich, dass Dex die Wahrheit gesagt hatte, ich spürte es tief in meinem Bauch. Und das bedeutete, ich war allein. Zum ersten Mal seit fast zehn Jahren.

Immerhin waren mir King's Cross und die britische Eisenbahngesellschaft wohlgesonnen: Ein Zug Richtung Southampton sollte nur zehn Minuten, nachdem ich das Restgeld von Mohana in den Ticketautomaten gefriemelt hatte, losfahren. Ob ich damit weiter bis Bridport kam, wusste ich nicht, aber es war mir auch egal. Erst mal musste ich raus aus London, weg von Killian und seinen Leuten. Alles andere kam danach.

Ich wollte mich dem Strom von Menschen anschließen, der zu den Zügen drängte, bewaffnet mit Rollkoffern und Rucksäcken. Aber plötzlich blieb ich stehen, ein ungutes Gefühl befiel mich. Ich konnte Felder nur erkennen, wenn ich die Person dazu ebenfalls sah, aber diese Dunkelheit war stark genug, um sie auch so zu spüren.

Sie waren hier.

Ich blieb stehen, fuhr herum, sah hinter mich. Die Leute rempelten mich an, eine Frau blaffte unfreundlich, ohne dass ich ihre Worte hörte. Ich riss mich aus meiner Starre, scherte aus der Menge aus und landete vor einem Zeitungsladen, ging hinter einem Regal mit Souvenirs in Deckung.

Vorsichtig spähte ich hervor, schaute nach rechts und links.

Und da sah ich sie. Sie kamen aus verschiedenen Richtungen auf mich zu, bewegten sich scheinbar wie alle anderen, aber ich sah die Kontrolle in ihren Schritten, das Prüfende in ihren Blicken. Wenn ich hierblieb, würde es nicht lange dauern, bis sie mich fanden. Das schien auch mein Gehirn zu wissen, denn es brüllte mich aus vollem Hals an:

*Lauf!*

Diesmal hörte ich darauf und rannte in die einzige Richtung, die nicht von den Typen versperrt war, Richtung Westausgang. Vor einigen Ticketautomaten krachte ich direkt in die Warteschlange, fiel fast, entschuldigte mich mehrfach, rannte weiter zum Ausgang, an ein paar Geschäften vorbei, und dann raus auf den großen Platz hinter dem Bahnhof. Der fremde Mantel behinderte mich, also zog ich ihn aus und warf ihn auf den Boden, bevor ich weiterlief.

»Da ist sie!«, schrie jemand hinter mir.

Ich legte an Tempo zu und lief über den erleuchteten Platz an den Fahrradständern vorbei in Richtung der Parkhäuser. Es gab eine Grünanlage direkt dahinter, vielleicht konnte ich da untertauchen. Ich war zwar hier nicht die Einzige mit einer Fähigkeit – aber auch wenn mein Wissen über die Gnaden der KORT-Leute ein paar Jahre auf dem Buckel hatte, war es unwahrscheinlich, dass sie mich auf größere Entfernungen aufspüren konnten.

Die Menschen starrten mich an, während ich an ihnen vorbeihetzte, als ginge es um Leben und Tod – sie wussten schließlich nicht, dass es genau so war. An der Einfahrt zu einem Parkhaus bremste ein Auto gerade noch rechtzeitig und der Fahrer hupte wütend, aber ich sparte mir die Entschuldigung, sondern rannte weiter und bog dann um eine Ecke, weil ich glaubte, dass es dort zu dem Park ging. Vor mir tat sich jedoch nur der Eingang zu einem Bürogebäude auf und ich wurde langsamer.

Dann merkte ich, dass es eine Sackgasse war.

»Verdammt«, keuchte ich, lief zu allen verfügbaren Türen und drückte dagegen, aber keine öffnete sich. Also zurück. Wenn ich schnell genug war, würde ich vielleicht rechtzeitig vorne an der Straße ankommen, um den richtigen Weg einzuschlagen. Ich gab also Gas, während meine Lunge sich langsam beschwerte, genau wie meine Muskeln, nachdem sie heute schon ein hartes Tanztraining hinter sich hatten. Aber kurz bevor ich an der Biegung ankam, trat mir jemand in den Weg. Es war die Rothaarige, deren Nase ich gebrochen hatte.

»Game over, Snowflake«, sagte sie in wütendem Tonfall. Trotz der Dunkelheit konnte ich das getrocknete Blut in ihrem Gesicht erkennen. Sie kam näher, bis sie direkt vor mir stand. »Tu uns beiden einen Gefallen und mach nicht wieder Ärger. Sonst muss ich dir wehtun.«

Wie automatisch sah ich an ihr herunter, ob sie eine Waffe trug, aber konnte keine erkennen. Es wunderte mich nicht. Diese Leute brauchten keine Waffen, um jemanden zu etwas zu zwingen.

»Komisch«, sagte ich selbstsicherer, als ich mich fühlte. »Ich wollte genau das Gleiche sagen.«

In der nächsten Sekunde packte ich sie an den Schultern und sah ihr direkt in die Augen. Ihr Feld tat sich vor mir auf, mit all den erloschenen Lichtern, die mir sagten, wie wenig Gutes noch in ihr war. Und ich erkannte ihre Essenz, heftige Schwingungen voller Aggression und Dominanz. Aber es reichte nicht, ich musste durch das Feld hindurch, sonst kam ich nicht ran.

Ihr Geist leistete nur kurz Widerstand, dann knickte er um wie ein Strohhalm. Ich konzentrierte mich auf ihre Essenz und brachte die Schwingungen mit der Kraft meines Willens abrupt zum Stillstand. Dann verließ ich ihren Kopf so schnell, wie ich gekommen war.

Der wütende Blick der Rothaarigen wurde stumpf, dann sanft.

Aber im nächsten Moment legte sie ihre Hände an die Schläfen und begann, so schmerzvoll zu stöhnen, als würde ihr alles wehtun.

»Scheiße, was hast du mit mir gemacht?!«, fluchte sie und griff grob nach meinem Pullover.

»Game over«, antwortete ich nur und stieß sie von mir weg. In dem Moment, als sie zu Boden sank und zu schreien begann, war ich schon auf dem Weg in die Dunkelheit.

Die Schreie verfolgten mich auch noch, als ich sie längst nicht mehr hörte. Ich hasste es, so etwas tun zu müssen, und hatte es sehr lange nicht mehr gemacht. Jemandem Schmerzen zuzufügen, war nie richtig, das hatte Dex mir eingeschärft. Aber Dex war nicht hier und hatte mich damit in eine Situation gebracht, in der mir die Optionen ausgegangen waren.

Außer Gefahr war ich noch nicht – Killian und die anderen würden die Rothaarige sicher bald gefunden haben. Also rannte ich erneut los, feuerte meinen müden Körper an, noch einmal alles zu geben, und stieß dann eine Metalltür auf, die in den Park führte. Die Bäume und Büsche standen hier sehr dicht, die Wege waren nicht beleuchtet, also konnte mich niemand sehen, aber ich sah ebenfalls wenig. Ich hörte nur meinen eigenen Atem und meine Schritte auf dem weichen Boden, außerdem ein leises Plätschern, irgendwo musste ein Teich sein.

»Hast du sie?«, rief da plötzlich jemand schräg hinter mir und brachte mein Adrenalin wieder auf Hochtouren. Ich lief, lief erneut, so schnell ich konnte, es wurde heller, weil ich in die Nähe der Straße kam. Hastig sah ich über die Schulter nach hinten, ob mich irgendjemand verfolgte …

… und prallte im nächsten Moment gegen einen Baum.

Zumindest fühlte es sich so an.

Aber dann griff der Baum nach mir und verhinderte, dass ich von dem heftigen Aufprall umgeworfen wurde.

»Na na, nicht so stürmisch«, sagte eine tiefe, mir unbekannte Stimme.

Ich unterdrückte einen Aufschrei und machte mich los, taumelte ein paar Schritte zurück, um meinen Gegner zu erkennen. Vor mir stand ein hünenhafter Kerl in schwarzen Klamotten, der mich sicher um einen Kopf überragte und doppelt so breite Schultern hatte wie ich.

»Ich habe sie gefunden«, sagte er und ich wusste, er redete nicht mit mir. »Camley Park, östliche Seite. Ich bringe sie zum Wagen.«

»Vergiss es!«, zischte ich, als würde das einen Typen wie ihn beeindrucken. Aber versuchen musste ich es immerhin. Ich war schließlich nicht um mein Leben gerannt, um mich nun doch wieder schnappen zu lassen.

Ein Auto fuhr auf der Straße heran und plötzlich war es taghell. Ich sah, dass der Typ vor mir wilde rote Locken hatte und etwas an seiner Hüfte trug, das aussah wie … war das ein Schwert? Was sollte das denn? Hatte KORT etwa noch nichts von Schusswaffen gehört?

»Wir müssen hier verschwinden.« Er klang eindringlich.

»Nein, *ich* muss hier verschwinden«, korrigierte ich ihn. »Und wenn du vernünftig bist, hältst du mich nicht auf.«

In der Sekunde, als er einen Schritt auf mich zumachte, wollte ich flüchten, aber da kam jemand angelaufen. Jemand mit dunklen Haaren und geschmeidigem Gang, dessen Feld mir mehr als bekannt vorkam, weil es auf ewig in meiner Erinnerung bleiben würde. Ich wollte weglaufen, ich *musste* weglaufen, aber ich stand nur da wie erstarrt.

»Noel«, sagte ich so leise, dass ich es selbst kaum verstand. Meine Gedanken rasten. *Nein. Nein, nein, nein. Das kann nicht sein.* Er hätte auf keinen Fall hier sein dürfen, bei diesen Leuten. Ich hatte genau das vor zehn Jahren verhindert, verdammt noch mal. Oder nicht?

»Was dauert da so lange?«, fragte er. Auch er hatte ein Schwert um die Hüften gegürtet und trug die gleiche dunkle Kleidung wie sein Kollege. »Warum seid ihr nicht längst im Auto?« Sein Blick fiel auf mich, aber er konnte kein weiteres Wort sagen, bevor ich es tat.

»Du bist einer von *denen*?«, platzte es aus mir heraus.

»Oha«, murmelte der Hüne. »Das hier ist eindeutig ein Job für dich, No.« Damit verschwand er in der Dunkelheit und ich blieb allein mit Noel zurück.

»Charlotte, bitte hör mir zu –«

»Gehörst du zu KORT?«, fuhr ich ihm dazwischen. Ich musste es von ihm hören, obwohl es gar keinen Zweifel geben konnte.

»Warum willst du das wis–«

»Bist du ein Knight, ja oder nein?!«, unterbrach ich ihn erneut heftig. In meinem Inneren kämpfte Angst gegen ein ganz anderes Gefühl, das in mir aufkam, als ich ihn ansah. Die Angst gewann für den Moment.

»Ja«, sagte er dann. »Ich bin ein Knight.«

Also war es wahr. Er gehörte zu den Leuten, die seit zehn Jahren meine erklärten Feinde und mein größter Albtraum waren. Die mich verfolgten und einsperrten und meine Gnade für ihre Zwecke missbrauchen wollten. Die Erkenntnis traf mich sehr viel härter als Killians Versuch, mich zu entführen – und fast genauso hart wie Dex' Offenbarung, nicht mein Bruder zu sein. Vor allem, weil es Noel war. Er wusste nicht, dass unsere gemeinsame Geschichte lange vor der Begegnung im Pub begonnen hatte, aber ich schon. Und deswegen presste es mir die Luft ab, dass er nun ein Knight war.

»Ich kann mir vorstellen, dass du Fragen hast«, sagte er jetzt. »Aber das hier ist nicht der Ort dafür. Wir müssen dich schnell in Sicherheit bringen.«

»Sicherheit, klar«, schnaubte ich. »Ich weiß, wie eure Sicherheit aussieht. Danke, ich verzichte.«

Hinter uns erklangen Schritte und der Hüne tauchte wieder auf.

»Ich spüre sie ganz in der Nähe«, sagte er. »Wenn wir keinen Kampf wollen, müssen wir jetzt weg.«

»Wie viele?«, fragte Noel knapp.

»Vier, inklusive Killian. Könnte interessant werden, wenn du mich fragst.«

Noel schnaubte nur halb belustigt. »*Interessant* ist nicht das Wort, das ich dafür wählen würde.« Dann schaute er mich an. »Bitte komm mit uns. Die dürfen dich nicht in die Finger kriegen, Charlotte. Niemals.«

Das klang genau wie Dex und es half dem Hin und Her in meinem Kopf gar nicht. Aber selbst wenn ich es gewollt hätte – ich hatte keine Zeit mehr abzuhauen. Denn in der nächsten Sekunde war das Brechen von Ästen zu hören und die schnellen Schritte von mehreren Menschen. Was jetzt? Ich war denen einmal entkommen, aber ohne Hilfe schaffte ich das nicht noch mal. Also sah ich Noel an, erinnerte mich an das, was ich seit Jahren über ihn wusste, hörte auf meinen Instinkt. Und traf dann eine Entscheidung.

»Okay, wohin?«, rief ich.

»Zur Straße!«, antwortete Noel und wir rannten los, direkt zur Camley Street, wo ein Geländewagen mit laufendem Motor wartete. Er riss die hintere Tür auf und ich stieg ein, der Hüne folgte mir. Auf dem Fahrersitz saß ein dritter Knight, der in diesem Moment auf die Beifahrerseite rutschte und Noel das Steuer überließ. Hinter uns ertönte wütendes Geschrei. Ich fuhr herum, schaute aus dem Heckfenster, um etwas zu erkennen. Aber in der Sekunde, als einige dunkle Gestalten hinter uns aus dem Park rannten, trat Noel bereits aufs Gas und wir rasten davon.

# 5

Schon nach wenigen Minuten war ich froh, dass ich einen stabilen Magen hatte, denn Noel fuhr wie der Teufel durch die schmalen Straßen von St Pancras. Die Anspannung im Auto war greifbar, vor allem für mich, weil ich die Felder der drei Jungs sehen konnte. Sie war jedoch nichts gegen meine eigene atemlose Angst.

Noel schaute während der Fahrt immer wieder in den Rückspiegel, so als wäre es nicht eine Frage, ob etwas passierte, sondern nur, wann. Als wir auf der Höhe des Hyde Parks waren, holte er Luft.

»Fuck, sie sind da. Zeph?«

»Schon dabei.« Der Hüne neben mir beugte sich nach hinten und zog etwas hervor, das wie die Harpune an einem Schiff aussah. Er ließ das Seitenfenster herunter und ich hielt die Luft an, als mir klar wurde, was er vorhatte. »Halt die Karre ruhig, No«, sagte er noch, dann schob er seinen Oberkörper aus dem Fenster und ich konnte hören, wie er das abfeuerte, was er da in der Hand hielt.

Sekunden später erklang hinter uns ein ohrenbetäubendes Krachen. Schnell drehte ich mich auf meinem Sitz herum und sah, dass der Wagen, der uns verfolgt hatte, zum Stehen gekommen war – ziemlich verformt, als wäre er auf ein unsichtbares Hindernis geprallt. Rauch stieg aus der Motorhaube auf und ich erkannte, wie jemand ausstieg, aber im nächsten Moment bogen wir um eine Kurve und der Wagen verschwand aus meinem Sichtfeld.

»Was war das denn?«, keuchte ich, als dieser Zeph wieder ins Auto kam und das Fenster schloss.

»Das war Lucy.« Er streichelte den Lauf der monströsen Waffe, bevor er sie wieder hinter uns auf die zweite Sitzreihe warf. »Sie hat was gegen Arschlöcher und ist echt gut darin, sie aufzuhalten.«

Ich fragte nicht weiter nach, weil ich relativ sicher war, dass ich es gar nicht wissen wollte.

London rauschte an uns vorbei, denn obwohl uns der Wagen nicht mehr verfolgte, schien Noel dennoch schnell aus der Stadt kommen zu wollen. Ich ballte die Fäuste, spürte das Adrenalin und schaute immer wieder nach hinten, ob nicht doch jemand auftauchte.

»Prognose?«, fragte Noel den Typen neben sich knapp.

»43 Prozent.«

»Das ist immer noch zu viel. Welche Route?«

»Besser über die Nebenstraßen.«

Als wir an Heathrow vorbei waren, bog Noel auf die Landstraße Richtung Süden ab. Der Knight neben ihm gab während des Fahrens weiterhin Zahlen durch, bis sie niedrig genug zu sein schienen, dass sich alle entspannten. Okay, alle außer mir. Denn je weniger Angst ich vor Killian und seinen Leuten haben musste, desto größer wurde mein Unbehagen, was die Menschen in diesem Auto anging. Nur weil sie mir geholfen hatten, bedeutete das nicht, dass sie auf meiner Seite waren. Oder mich nicht irgendwohin verschleppen würden. Was, wenn das hier der Plan gewesen war? Wenn ich ihnen freiwillig in die Falle gelaufen war?

Panik befiel mich, meine Brust wurde eng, ich hatte das Gefühl, keine Luft mehr zu bekommen. Ich zerrte an meinem Sicherheitsgurt und lehnte mich schließlich nach vorne.

»Sind wir außer Gefahr?«, fragte ich Noel.

»So halbwegs«, sagte er.

»Dann halt an. Ich will raus.«

»Was? Ich kann nicht –«

»Halt sofort an, verdammt!«, forderte ich ihn auf.

Wir waren irgendwo im Niemandsland, um uns herum nur Felder, schwach beschienen vom Mond, aber es war mir vollkommen egal. Noel fuhr an den Rand der Straße und hielt an, und sobald der Wagen stand, öffnete ich meine Tür und stürzte heraus in die Dunkelheit. Ich kam nur ein paar Meter weit, dann stützte ich meine Hände auf die Oberschenkel und rang nach Luft. Ich hatte keine Kraft für eine weitere Flucht. Aber ich hatte auch keine Sekunde länger in diesem Wagen bleiben können.

Eine Autotür ging auf und ich hörte, dass jemand zu mir kam. Ich drehte mich um und sah Noel ins Gesicht. Der Ausdruck darauf war schwer zu deuten, aber zum Glück musste ich das nicht: Sein Feld verriet mir, dass er in Sorge war. Aber ob es dabei um mich ging oder um seine Mission, konnte ich nicht sagen.

»Was hast du jetzt vor?«, fragte er mich sanft. »Willst du von hier aus nach Hause laufen? Ich bin nämlich nicht sicher, ob das die richtigen Schuhe dafür sind.«

»Wenn es sein muss, laufe ich auch barfuß«, entgegnete ich hart. »Besser, als mit drei KORT-Leuten in einem Auto zu sitzen.« Ich hatte keine Ahnung, wo ich war, aber allein Noels Anwesenheit beschwor Wut in mir herauf. Wut auf KORT, Wut auf ihn, weil er einer von denen war. All die Jahre war ich mir sicher gewesen, dass meine Gefangenschaft wenigstens *ein* Gutes gehabt hatte – seine Sicherheit. Aber da hatte ich mich offenbar geirrt.

»Was kann ich tun, damit du mir vertraust?«, fragte er ruhig.

»Dir vertrauen? Wie soll ich dir denn vertrauen? Du gehörst zu KORT!« Glaubte er, ich hätte mir diese fürchterliche Zeit damals nur eingebildet? Oder dass ich sie vergessen könnte, nur weil wir uns geküsst hatten? Offenbar gab es da irgendeine interne Fehde bei den Knights und sie bekämpften sich gegenseitig, aber das bedeutete nicht, dass ich ihm glauben konnte.

»Ja, ich gehöre zu KORT, aber ich bin nicht dein Feind«, stellte Noel klar. »Was ist passiert, dass du uns derartig misstraust?«

»Wenn du das nicht weißt, dann ist es nur der Beweis dafür, dass ich mit meinem Misstrauen recht habe«, raunzte ich unfreundlich. Wieder zog dieses warme Gefühl an mir, das ich bei den Begegnungen mit Noel immer verspürte, und ich nannte mein Herz einen Verräter. Trotzdem wurde meine Angst schwächer, genau wie meine Verzweiflung. Aber es war nicht, weil er mich manipulierte, denn das hätte ich gespürt. Es war einfach nur, weil er da war. In diesem Moment hasste ich, dass es diese unerklärliche Verbindung zwischen uns gab.

Noel seufzte. »Okay. Dann verrate mir wenigstens, was jetzt dein Plan ist. Denn egal zu wem du gehst, du bist dort nicht sicher. Die Leute, die dich verfolgen, werden dich auf jeden Fall finden, und sie sind skrupellos und gefährlich.«

»Ach, und du bist das nicht – gefährlich?« Natürlich war er das. Gegen die Knights waren die Navy SEALs kleine Jungs, die gerne im Sandkasten spielten. Und niemand wusste besser als ich, welche Kräfte Noel besaß. Das in Kombination mit seiner Ausbildung war nichts, dem man sich entgegenstellen sollte.

»Nein«, antwortete er. »Nicht für dich.«

»Und das soll ich dir glauben?« Ich schüttelte den Kopf. »KORT ist ein Haufen wahnsinniger Fanatiker. Eine Truppe von Ritter-Nachfahren, die glauben, sie müssten die Welt verändern, aber natürlich nur nach ihren eigenen Vorstellungen. Ich verstehe nicht, wie du für sie arbeiten kannst!« Ich atmete schwer, nachdem ich das losgeworden war. Erst dann sah ich hoch und erkannte Verletztheit in Noels Augen. Es war mir egal. Zumindest redete ich mir das ein. »Ich will mit KORT nie wieder etwas zu tun haben«, schob ich nach. »Das habe ich mir geschworen, als mein … als Dex mich damals befreit hat.«

»Befreit? Was meinst du damit?« Noel klang alarmiert. Offenbar wusste er tatsächlich nichts von meiner Gefangenschaft. Hatte KORT bis heute vor ihm geheim gehalten, wer damals die Kandidaten für sie ausgesucht hatte?

»Du weißt es wirklich nicht, oder?«, fragte ich leise und schlang meine Arme um mich. Dann entschied ich, ihm die Wahrheit zu sagen. »Als ich neun war, hat mich KORT aus dem Kinderheim entführt und in eurem Ausbildungszentrum eingesperrt. Sie brauchten damals meine Fähigkeiten, also war ihnen jedes Mittel dafür recht. Man hat mich nur aus meinem Zimmer geholt, wenn ich Kandidaten beurteilen sollte, was ich ständig tun musste, ob ich die Kraft dazu hatte oder nicht, ob ich krank war oder nicht. Ich durfte nie nach draußen, ich durfte mit keinem anderen Kind sprechen oder spielen, niemand hat mich auch nur im Ansatz wie einen Menschen behandelt. Ich war ein Werkzeug. Sonst nichts.«

Stille. Ich spürte den Schock über diese Neuigkeit in Noels Feld.

»Davon hatte ich keine Ahnung.« Tiefes Bedauern begleitete seine Worte. »Und es tut mir wahnsinnig leid, dass man dir das angetan hat. Aber das war niemand aus unserem Team, wir sind nicht so, die Knights sind nicht so. Gib uns eine Chance, dich zu beschützen, Charlotte.« Er sah mir in die Augen. »Ich verspreche dir, niemand wird dich zu etwas zwingen, und du kannst jederzeit verschwinden, wenn du es willst. Die Typen, die dich heute verfolgt haben, um deine Kräfte für sich zu nutzen, waren nicht von uns. Im Gegenteil, wir bekämpfen sie. Und wir könnten deine Hilfe dabei gebrauchen.«

Ich schwieg, ließ seine Worte auf mich wirken, betrachtete sein Feld. Es war nicht mehr das gleiche wie vor zehn Jahren und hatte einiges an dunklen Schatten hinzubekommen, aber das

Licht überwog immer noch und an einer Stelle leuchtete es auf eine Weise, die mich magisch anzog. Schon bei unserer Begegnung im Pub hatte ich das gesehen. Aber bevor ich ergründen konnte, was dieses Licht war, sprach Noel weiter.

»Zwölf Stunden, mehr will ich nicht«, sagte er. »Du kommst mit uns, kannst uns alles fragen, und wenn du danach immer noch weg möchtest, fahre ich dich, wohin du willst.«

Ich musste gegen meinen Willen grinsen. »Was, wenn ich in den Himalaja will?« Da gab es ganz sicher keine KORT-Zweigstelle.

Noel hob nonchalant die Schultern. »Wir haben auch ein Flugzeug.«

Natürlich hatten sie ein Flugzeug. Wieso wunderte mich das nicht? Weil ich wusste, wer sie waren. Und irgendwie doch nicht so ganz. Also verließ ich mich wie schon vorhin auf mein Gefühl.

»Okay, zwölf Stunden«, sagte ich. »Mehr nicht.«

»Du hast mein Wort. Falls das etwas wert ist.«

Ich zögerte kurz, dann nickte ich. »Ist es.«

Er lächelte und wieder war da dieses Licht in seinem Feld, das ich nicht richtig greifen konnte. Es leuchtete heller als die anderen und pulsierte, fast so, als wäre es lebendig. Ich hatte so etwas noch nie gesehen. Was war das?

»Charlotte?«, riss mich Noel aus meinen Gedanken. »Wenn wir nicht laufen wollen, solltest du vielleicht wieder einsteigen.«

»Oh. Klar.« Schnell ging ich zum Auto.

»Ich bin übrigens Zeph«, sagte der Hüne, als ich wieder neben ihm auf den Sitz fiel. Ich hatte so eine Ahnung, dass er alles mitbekommen hatte, was ich zu Noel gesagt hatte. »Freut mich, dich kennenzulernen, auch wenn die Umstände … na ja.«

Ich ergriff seine Hand und war froh, dass Zeph sie sanfter drückte als erwartet. »Charlotte. Aber das wusstest du sicher längst.«

»Allerdings. Das da vorne ist Levi. Noel kennst du ja offenbar schon.«

Der blonde Typ auf dem Beifahrersitz drehte sich um, während Noel wieder anfuhr. »Sorry, unsere Manieren sind echt nicht berauschend, wenn wir verfolgt werden.« Auch er gab mir die Hand. »Sehr erfreut, Charlotte.«

Ich nickte nur und lehnte mich dann in meinem Sitz zurück. Draußen zog die Dunkelheit an uns vorbei und erinnerte mich daran, dass ich keine Ahnung hatte, was eigentlich unser Ziel war.

»Wohin fahren wir?«, fragte ich. Die Angst, einen Fehler gemacht zu haben, drückte weiterhin auf meinen Körper, als würde ich mich in tiefem Wasser befinden. Was, wenn ich mich falsch entschieden hatte – wenn Noel einfach seine Gnade eingesetzt hatte, um mich zu überzeugen? Nein, das hätte ich gespürt, bei Killian hatte ich das schließlich auch. Trotzdem fühlte ich mich nicht sicher. Meine Erfahrungen mit KORT hatten sich zu tief eingebrannt.

»Wir haben unsere Basis eine Stunde südwestlich von London«, antwortete Noel von vorne. Sein Blick begegnete meinem im Rückspiegel. »Dort bist du sicher vor den Darks.«

»Darks?« Waren das die Typen, die mich verfolgt hatten? »Wer sind die Darks?«

Levi schaltete sich ein. »Die Kurzfassung? Es sind abtrünnige Knights, die ihre Teams verlassen haben. Sie glauben, dass die Menschheit nicht zu retten ist, deswegen wollen sie das ganze System dem Erdboden gleichmachen und eine neue Weltordnung erschaffen – natürlich mit ihnen als Anführern.«

Zeph schnaubte abfällig. »Wir nennen sie Darks, weil Batman zu der Zeit gerade im Fernsehen lief und mein Vorschlag ›Die größten Arschlöcher des Jahrtausends‹ leider abgelehnt wurde.«

Ich hätte gelacht, aber wahrscheinlich war das gar kein Witz. »Und ich dachte, es liegt an …« Ich brach ab.

»An was?«, hakte Zeph nach.

»An der Dunkelheit«, sagte ich. »Du weißt schon, in ihren … ihren Feldern. Ihr nennt das wahrscheinlich anders.«

»Wow.« Seine Augen wurden groß. »Es ist also wahr, was man über dich sagt. Kein Wunder, dass die Darks dich in die Finger kriegen wollen.«

»Was sie nicht schaffen werden.« Noel sagte es voller Überzeugung. »Auch wenn sie ab jetzt keine Gelegenheit ungenutzt lassen.«

Mir lief ein Schauer über den Rücken, aber nicht wegen Noels Worten, sondern wegen ihrer Bedeutung. Es war das, wovor mich Dex immer gewarnt hatte – dass jemand herausfand, wo ich war, und mich dann wieder zwingen würde, meine Gnade einzusetzen.

»Keine Sorge«, sagte Zeph zu mir. »Wenn du bei uns bist, musst du keine Angst haben.«

»Ich habe keine Angst«, log ich.

»Das ist nicht wahr.«

Er sagte es mit einer solchen Überzeugung, dass mir etwas in den Sinn kam, was ich in meiner Zeit bei KORT aufgeschnappt hatte.

»Du bist ein Kay-Erbe, oder?«, fragte ich ihn.

KORT-Teams bestanden immer aus sechs Personen, sechs Knights, die von verschiedenen Vorfahren abstammten: Arthur, Lancelot, Gawain, Kay, Percival und Tristan. Sie verfügten über verschiedene Fähigkeiten, je nach Ritter, aber alle waren in der Lage, andere Menschen in bestimmter Weise zu manipulieren. Dazu kamen ein paar zusätzliche Kräfte – Kay-Erben konnten zum Beispiel erkennen, wenn jemand log, besser als jeder Lügendetektor.

»Und stolz drauf«, sagte Zeph mit einem entsprechenden Lächeln. »Ich weiß, die meisten denken, Arthur oder Lancelot wären die besten, vielleicht auch noch Tristan mit seiner doofen Isolde, aber sind wir mal ehrlich – ein verliebter Mann gewinnt keine Kriege, nicht wahr?«

»Halt die Klappe, Zeph«, ertönte es zweistimmig von vorne und ich musste grinsen. Mein Sitznachbar dagegen hob die Nase etwas höher.

»Sie können die Wahrheit einfach nicht vertragen.« Er sagte es verschwörerisch und leise zu mir, war aber nett genug, mir meine Lüge nicht noch einmal unter die Nase zu reiben. Denn Fakt war: Ich hatte Angst. Wie hätte ich auch keine haben sollen, nach allem, was heute passiert war? Mein Leben war von einer Sekunde auf die andere aus den Fugen geraten, hatte sich quasi aufgelöst. Ich hatte erfahren, dass mein Bruder gar nicht mit mir verwandt und dazu noch verschwunden war, und saß nun in einem Auto mit drei fremden Kerlen, die ich nur zu ihrer Basis begleitete, weil ich keine andere Wahl hatte. Das letzte Mal, dass ich mich so ähnlich gefühlt hatte, war zehn Jahre her.

Und es hatte ebenfalls mit KORT zu tun.

# 6

Ich war nie eines der Heimkinder gewesen, die jede Nacht im Bett weinten, weil sie sich ein richtiges Zuhause wünschten. Als ich klein gewesen war, hatte ich das Leben dort sogar gemocht. Ich hatte Freunde gehabt, die Erzieherinnen waren nett zu mir gewesen, außerdem hatte ich es nicht anders gekannt. Als ich jedoch älter geworden war, hatte man mich nach ein paar gescheiterten Ausflügen in Pflegefamilien in ein Heim für größere Kinder verfrachtet. Dort hatte es nicht zur Jobbeschreibung gehört, freundlich zu sein – dafür aber, dass öfter mal die Hand ausrutschte. Das war allerdings nicht so schlimm gewesen wie der Ort, an den man mich danach gebracht hatte. Der Ort, wo man mich benutzt, aber nicht umsorgt hatte. Ein Ort, wo sogar ich angefangen hatte, nachts zu weinen, weil ich mir ein Zuhause wünschte:

Das Ausbildungszentrum von KORT.

*»Charlotte, kommst du? Es ist Zeit.« Die Frau mit der blonden Lego-Frisur streckte ihren Kopf in mein weißes Zimmer. Ihr Name war Mary. Ihr Job war ich.*

*»Zeit wofür?« Ich sah sie müde an. Wieder hatte ich in der Nacht kaum geschlafen. Dass sie mich ständig meine Gnade benutzen ließen, machte schlimme Träume. Außerdem war mir kalt. Mir war immer kalt, seit ich hier war.*

*»Wir brauchen dich, um einige Kandidaten zu beurteilen.« Mary lächelte, aber es schwappte nicht bis zu ihren Augen. Ihr Feld war ruhig, ein sanftes Schimmern. Sie war nicht böse, sie war nicht gut. Manchmal waren das die Schlimmsten.*

*»Schon wieder? Das habe ich doch gestern erst gemacht.« Ich legte die Arme fest um meinen Stoffesel. Er war das Einzige gewesen, was ich hatte mitnehmen dürfen. Nicht einmal meinen Lieblingspullover mit dem Nashorn hatten sie mir gelassen. Stattdessen trug ich jetzt immer irgendwelche Kleidchen, die brav und langweilig waren. Heute war es ein gelbes mit Libellen darauf.*

*»Es sind andere Kinder als gestern«, sagte Mary. »Und du weißt, dass es bis zur Initiation nicht mehr lange dauert. Bis dahin brauchen wir die Kandidaten.«*

*»Ich will nicht.« Fest schüttelte ich den Kopf und zog mich an das Ende meines Bettes zurück. Vor dem Fenster regnete es Bindfäden auf die langweilige Landschaft.*

*»Das ist sehr wichtig, Charlotte. Und du bist doch ein großes Mädchen, oder nicht?« Ihre Stimme hatte einen drohenden Unterton.*

*Am liebsten hätte ich ihr gesagt, dass ich mit neun Jahren noch nicht besonders groß war. Aber ich wusste, dass es keinen Sinn hatte. Jetzt war Herbst – als sie mich hergeholt hatten, waren die Bäume gerade grün geworden. Seitdem hatte ich mich nicht ein einziges Mal drücken können. Nicht einmal, als ich Grippe und Fieber gehabt hatte.*

*»Schön.« Mary nahm mein Schweigen als Zustimmung. »Dann komm mit, die anderen warten schon.«*

*Ich stand auf und ging zu ihr, meinen Esel unter dem Arm.*

*»Das Stofftier lassen wir hier, oder? Das brauchst du nicht.«*

Doch!, *hätte ich am liebsten gerufen. Aber ich hatte Angst, dass sie es mir wegnehmen würde. Also legte ich den Esel auf das Bett und deckte ihn zu. Mary streckte mir ihre Hand entgegen, aber ich nahm sie nicht. Stattdessen ging ich an ihr vorbei durch die Tür. Ich kannte den Weg.*

*Sie standen zu dritt in dem Raum vor der großen Glasscheibe: der Doktor, der Direktor und ein unbekannter Mann im Anzug. Mary gab ihnen die Hand und stellte mich dem Fremden vor.*

*»Du bist also Charlotte«, sagte er freundlich. »Es freut mich, dich kennenzulernen. Ich habe schon viel von dir gehört.«*

*»Ich von Ihnen nicht«, antwortete ich.*

*»Das ist kein Verbrechen.« Er lachte. Sein Feld war auf den ersten Blick schön, es leuchtete gleichmäßig und klar. Aber dann sah ich einen tiefschwarzen Fleck in der hinteren Ecke. Unwillkürlich wich ich zurück.*

*»Ich heiße Ethan«, sagte der Mann da. »Ich gehöre zur Gilde.«*

*Die Gilde. Das waren die, die mich hergeholt hatten. Es gab noch andere – Knights, Consultants und Divines. Soweit ich wusste, waren die von der Gilde die Chefs. Aber man hatte mir nicht viel darüber gesagt. Nur dass ich hier war, weil ich etwas konnte, wozu keiner der Knights fähig war: das Wesen eines Menschen zu erkennen. Ich konnte es sogar verändern, deswegen hatten sie mich überhaupt erst erwischt. Ich hatte nicht aufgepasst und ein paar der grässlichen Betreuer verändert. Aber bisher hatte die Gilde das nicht von mir verlangt.*

*»Hier sind die heutigen Kandidaten.« Mary schob mich direkt vor die große Scheibe, die von der anderen Seite verspiegelt war. Dahinter saßen drei Kinder auf grauen Polsterstühlen. Es waren zwei Mädchen, eins mit langen schwarzen Zöpfen, eines mit feinen blonden Haaren und Gesichtszügen wie bei einer Puppe. Daneben saß ein Junge mit tiefbraunen Haaren und sah unruhig umher.*

*»Fang an, Charlotte. Du weißt, was zu tun ist.«*

*Mittlerweile wusste ich, worauf ich achten musste – auf das, was sie Essenz nannten. Es war die auffälligste Stelle im Feld, jene Eigenschaft, die einen Menschen am meisten ausmachte. Die Essenzen waren es auch, was mich so müde machte. Denn ich musste fühlen, was sie fühlten, zumindest für einen Moment. Das war im besten Fall anstrengend, im schlechtesten furchtbar. Meine Albträume hatten oft die Gesichter dieser Kinder.*

*Ich atmete ein und aus, dann sah ich mir die Mädchen an. Die Schwarzhaarige hatte ein Feld wie ein Schachbrett, Licht und Schatten überall, immer in Bewegung, ohne Pause oder Ruhe. Ich hatte Angst vor ihrer Essenz, noch bevor ich sie mir ansah. Dann fegte eine Welle aus Wut über mich hinweg und spülte mir die Kraft aus den Knochen. »Die nicht«, sagte ich dünn und zeigte auf sie. Das war nicht das, was KORT suchte.*

*Das Feld des blonden Mädchens dagegen war wie eine Horde Glühwürmchen, die absolut synchron tanzten. Ihre Essenz war eine der angenehmsten der letzten Monate – ihre Toleranz kitzelte meine Nerven, aber ließ mich ansonsten in Ruhe. »Sie ist geeignet«, sagte ich.*

*»Gut, dann nur noch er.« Der fremde Mann, Ethan, kam näher an die Scheibe. Ich sah, wie sein Feld an einer Stelle deutlicher leuchtete, als ginge es darum, einen Preis zu gewinnen.*

*»Kennen Sie ihn?«, fragte ich.*

*»Charlotte, keine Fragen«, mahnte der Doktor.*

*»Nein, lassen Sie nur.« Ethan sah mich an. »Ja, ich kenne ihn. Der Junge ist mein Sohn.«*

*»Und möchten Sie, dass er ausgewählt wird?« Ich schaute ihn an.*

*»Das wäre sehr schön.« Er lächelte. »Mein Sohn möchte unbedingt ein Knight werden. Das wünscht er sich schon seit Jahren.«*

*Der Doktor trat zu uns und sagte etwas darüber, dass der Mann mich nicht beeinflussen sollte. Aber ich hörte nicht zu. Ich sah den Jungen an, der unbedingt ein Knight werden wollte, ein Knight of the Round Table, ein Teil von KORT. Ich konnte erkennen, dass es stimmte: Seine Unruhe war keine Angst vor den Leuten hinter dieser Scheibe, sondern Unsicherheit. Er hatte Sorge, etwas falsch zu machen. Ich fragte mich, ob er wusste, was ihn hier erwartete. Sicher nicht. Sonst hätte er sich das niemals gewünscht.*

*»Charlotte?«, erinnerte mich der Doktor. Ich atmete tief ein, kratzte meine letzten Kraftreserven zusammen und wappnete mich. Aber das war gar nicht nötig.*

*Das Feld des Jungen war anders als alle anderen – hell und gewaltig, und ich spürte keine Furcht, als ich in seine Essenz eintauchte. Es war pure Hingabe, sie war unheimlich mächtig und hätte beängstigend sein können, aber für mich war sie behaglich wie ein Lagerfeuer, gemütlich und warm. Das Feuer schien mich zu rufen, und tief in meinem Magen antwortete etwas, als hätte es seit Ewigkeiten darauf gewartet. Ich spürte Kraft, jede Menge Kraft – zum ersten Mal machte es mich nicht müde, sondern stärker. Der Junge schien es auch zu merken, denn er stand auf, kam zur Scheibe, als würde er von mir angezogen werden. Ich wollte aus dem Raum, zu ihm. Ich musste zu ihm.*

*»Und?« Ethans Stimme bremste meinen Drang und riss mich aus dem wundervollen Gefühl. Sie wollten, dass ich den Jungen beurteilte, erinnerte ich mich. Ich unterbrach den Kontakt und überlegte einen Moment, während das Feuer sich zurückzog und schließlich verschwand. Dann traf ich eine Entscheidung.*

*»Nein«, sagte ich. »Tut mir leid.« Es war eine Lüge, eine riesige, fette Lüge. Der Junge war perfekt für KORT, er war besser geeignet als alle anderen. Aber er musste beschützt werden, er durfte kein Knight werden. Wenn das, was er dann tun musste, so ähnlich war wie mein Leben hier, dann musste ich ihn davor retten.*

*»Bist du sicher?« Ethan war enttäuscht und wütend, das merkte ich.*

*»Ja«, sagte ich trotzdem.*

*Im nächsten Moment wurde es draußen laut.*

*»Wo ist sie?«, polterte jemand. »Sagt mir sofort, wo sie ist!«*

*Ich hörte ein dumpfes Geräusch und ein paar Flüche, für die man uns im Heim drei Abende ohne Essen ins Bett geschickt hätte. Dann stürmte der Jemand in den Raum, ein Mann mit wilden dunkelblonden Haaren, er hatte eine Lederjacke und Jeans an. Sein Feld war so lebhaft wie er, dabei jedoch hell und warm. Er war keine Gefahr. Zumindest nicht für mich.*

*»Wer sind Sie? Was wollen Sie hier?« Der Direktor schien den Lederjackenmann nicht zu kennen.*

*»Was ich will? Euren verdammten Laden dem Erdboden gleichmachen, das will ich!« Der Blick des Mannes fiel auf mich. Er war laut und wild, ich hatte trotzdem keinen Funken Angst vor ihm. »Aber von mir aus könnt ihr hier weiter eure kranken Spielchen treiben. Nur werdet ihr das ohne Charlotte tun. Ich nehme sie mit.«*

*»Sie haben keine Befugnis, das zu tun«, stammelte der Direktor.*

*»Oh, und ob ich die habe«, knurrte der Mann. »Schließlich sind wir miteinander verwandt.« Er ging vor mir in die Hocke und lächelte freundlich. »Hi, Charlotte. Ich bin Dex. Alles okay bei dir?«*

*»Ja, schon«, sagte ich. Seine Augen waren braun wie meine und er war nicht gut rasiert. »Stimmt das, was du gesagt hast? Sind wir verwandt?«*

*»Das sind wir.« Er lächelte immer noch. »Bestimmt klingt das komisch für dich, aber ich bin dein großer Bruder.«*

*Skeptisch sah ich ihn an. »Bist du nicht viel zu alt, um mein Bruder zu sein?«*

*Er lachte. »Was glaubst du denn, wie alt ich bin?« Hinter ihm rannte Mary aus der Tür, der Doktor und der Mann im Anzug drängten sich an die Wand und tuschelten. Das schien diesen Dex nicht zu beunruhigen. Er sprach mit mir, als wäre sonst niemand da.*

*»Hm.« Ich sah ihn abschätzend an. »Vielleicht … 40?«*

*Er lachte wieder. »Nicht ganz. Ich bin 28.«*

*»Das ist gar nicht so alt«, sagte ich.*

*»Na, das hoffe ich doch.« Dex nickte. »Und ich bin streng genommen auch nur dein Halbbruder. Kennst du deinen Dad, Charlotte?«*

*Ich schüttelte den Kopf. »Nein. Meine Eltern gibt es nicht.« So hatte man es mir gesagt. »Oder kennst du sie?«*

*Sein Lächeln wurde ein bisschen traurig. »Dein Dad … unser Dad … ich kenne ihn. Oder habe ihn gekannt. Aber von deiner Mutter weiß ich nichts. Sie ist nicht meine Mum, verstehst du?«*

*»Klar. Ich bin ja nicht doof.«*

*»Das dachte ich auch nicht.« Dex stand auf. »Komm, wir gehen.«*

*»Wohin?« Ich sah ihn groß an.*

*»Nun … nach Hause. Das kommt jetzt sicher sehr plötzlich für dich, aber ich habe wirklich lange nach dir gesucht. Und wenn du willst, kannst du bei mir leben. Bei mir und meiner Freundin Isobel.«*

*Nach Hause? Das klang toll. Und ungewohnt.*

*»Werden die das nicht verhindern?« Ich zeigte auf die Sicherheitsleute, die hinter Mary in den Raum strömten.*

*Dex grinste so breit, dass die Sonne aufzugehen schien. »Nein. Das werden sie nicht.« Er hob mich hoch und ich fühlte mich sofort sicher auf seinem Arm. Dann fiel mir jedoch etwas ein.*

*»Wir müssen meinen Esel holen!«, sagte ich. »Er fürchtet sich ohne mich.«*

*»Dann werden wir ihn natürlich mitnehmen«, antwortete Dex ernst. Und in diesem Moment war mir zum ersten Mal seit meiner Ankunft nicht mehr kalt.*

*Wir gingen zur Tür, die Sicherheitsleute hielten uns nicht auf, sie schienen wie erstarrt. Mein letzter Blick galt dem Jungen, der immer noch hinter der Scheibe stand und suchend umhersah. Mein Herz schmerzte einen Moment so stark, dass ich keine Luft bekam – weil ich wusste, ich würde ihn nicht wiedersehen und das wunderbare Gefühl von vorhin nie wieder spüren. Aber immerhin würde ihm nichts passieren. »Jetzt sind wir beide in Sicherheit«, flüsterte ich ihm zu. Dann nahm mich Dex mit nach draußen und wir verschwanden.*

Die Erinnerung an diesen Tag trieb mir Tränen in die Augen, aber ich gab mir alle Mühe, sie zurückzuhalten. Dass Dex mich im Stich ließ, passte nicht zu ihm, und trotzdem war ich mir sicher, dass er nicht von jemandem dazu gezwungen worden war zu verschwinden. Ich fragte mich, was er wohl dazu sagen würde, dass ich jetzt bei einem KORT-Team war, obwohl er das all die Jahre verhindert hatte. Und was ich alles noch nicht über diesen Mann wusste, der sich als mein Bruder ausgegeben hatte.

Aber als ich versuchte, Dex aus meinem Kopf zu verbannen, wurde mir Noels Anwesenheit umso mehr bewusst. Nach seinem Besuch im Pub vor vier Monaten hatte ich nicht damit gerechnet, ihn wiederzusehen – unter diesen Umständen erst recht nicht. In seiner Nähe zu sein, löste ein Chaos an Gefühlen in mir aus. Einerseits wusste ich um seine Essenz, und sie war auch zehn Jahre später noch die schönste, die ich je gesehen hatte. Andererseits war er Teil einer Organisation, die mir Fürchterliches angetan hatte. Wäre er kein Knight gewesen, hätte ich ohne Zögern mein Leben in seine Hände gelegt. Aber so …

… so hatte ich keine Ahnung, ob ich ihm vertrauen konnte.

# 7

Ich wusste nicht genau, wie lange wir gefahren waren, als Noel von der Landstraße abbog und langsamer wurde. In der Dunkelheit war nicht viel zu erkennen, aber als wir an einem hell erleuchteten Schild vorbeifuhren, konnte ich immerhin lesen, wo wir waren.

WILLKOMMEN IN STANHAM – HEIMAT DES STEINS

Heimat des Steins? War das deren Ernst? Wahrscheinlich war das Nachbarkaff Heimat des Gänseblümchens und das dahinter Heimat des Grashalmes. Erfinderisch waren diese Städtchen ja. Wenn man nicht den ältesten Pub Englands besaß oder die Queen 1984 in der Nähe auf einen Hirsch geschossen hatte, musste man sich etwas anderes einfallen lassen, um Touristen anzulocken.

Der Ort war hübsch, soweit ich das erkennen konnte – wir fuhren durch schmale Sträßchen mit Restaurants und Geschäften, dann durch ein Wohngebiet mit Reihenhäusern und weiß gestrichenen Zäunen. Danach kam eine kurze Weile nur Wald, bevor wir auf ein Haus zufuhren, das am Ende einer langen Auffahrt stand. Es war modern, mit viel Glas, in dem sich die Scheinwerfer des Autos spiegelten, bevor es in eine Tiefgarage hinunterfuhr. Noel parkte neben einer ganzen Reihe weiterer Wagen und stellte den Motor ab.

»Home sweet home«, sagte Zeph und grinste mich an, bevor er nach hinten griff, Lucy schnappte und ausstieg. Ich blieb auf meinem Platz sitzen, immer noch zutiefst verunsichert. Was bedeutete es, dass ich hier war? Was hatten sie mit mir vor? Wann konnte ich wieder nach Hause? Und wieso hatte ich sie das nicht auf der Fahrt gefragt? Vermutlich weil ich Angst vor den Antworten hatte.

Zeph streckte den Kopf wieder ins Auto. »Kommst du mit, Wundermädchen, oder willst du im Wagen übernachten?«

Jetzt bewegte ich mich endlich, öffnete die Tür und stieg aus. Und nun, in der Beleuchtung der Tiefgarage, konnte ich zum ersten Mal klar erkennen, wer mir da geholfen hatte.

Groß waren sie alle drei, aber ansonsten hätten sie nicht unterschiedlicher sein können. Levi hatte sandfarbene Haare und sehr feine Gesichtszüge, typisch für Tristan-Erben, erinnerte ich mich. Er war außerdem eher schlaksig, ganz im Gegensatz zu Zeph, der mit seinen wilden roten Haaren und den breiten Schultern wirkte, als wäre er ein Nachfahre der Wikinger, nicht der Tafelrunde. Und dann war da natürlich noch Noel, den ich als Einzigen bereits kannte, mit seinen aristokratischen Zügen, den dunklen Haaren und grünen Augen, die mich prüfend musterten, als fragte er sich, was es wohl zu bedeuten hatte, dass wir uns auf diese Weise wiedersahen. Für einen kurzen Moment zogen sich seine Brauen zusammen, dann jedoch lächelte er, und ich konnte nicht verhindern, dass ich es erwiderte. Die Erinnerung an unseren Kuss drängte sich auf, aber ich schob sie beiseite, so gut es ging. Das alles war schon kompliziert genug.

»Willkommen in der Knight Cave.« Zeph ging voran und stieß eine Tür auf, die ins Haus führte.

»Nennt ihr das wirklich so?«, fragte ich Noel neben mir. Er grinste.

»Ich würde gern Nein sagen, aber Tatsache ist – wenn Zeph irgendetwas einen Namen gibt, dann nennen wir es früher oder später alle so. Das muss seine eigene Form von Magie sein. Egal wie bescheuert die Bezeichnung ist, man kann sich nicht dagegen wehren.«

Ich lächelte und spürte, dass mein Herz ein bisschen leichter wurde. Das änderte sich jedoch schlagartig, als ich die Cave betrat.

Wir liefen durch einen mit schwarzen Fliesen ausgelegten Gang, der auf einer Seite Glasscheiben besaß und so den Blick auf verschiedene Räume dahinter freigab, die im Schein einer schwachen Notbeleuchtung lagen. Im Laufen gürteten Noel und Levi ihrer Schwerter ab und betraten schließlich einen Raum, in dem das Licht automatisch anging, als einer von ihnen einen Fuß über die Schwelle setzte.

Ich blieb wie angewurzelt stehen, als ich erkannte, dass wir offenbar die Waffenkammer betreten hatten. Mit großen Augen starrte ich auf die gegenüberliegende Wand, an der hinter zusätzlichen Eisengittertüren ein Arsenal hing, das für eine kleine Armee gereicht hätte: Von modernen Pistolen über silbrig glänzende Granaten bis zu futuristisch anmutenden Gewehren und sogar einer Armbrust war alles dabei. Dazu kam eine ganze Reihe an Schwertern aus mattschwarzem Stahl, die genauso aussahen wie die, die alle drei Jungs nun auf dem Tisch in der Mitte neben Lucy ablegten – von kleineren Details wie dem Heft oder Griff abgesehen.

»Ihr habt doch eure Gnaden«, sagte ich verwundert. Zwar hatte ich nie einen Knight in Aktion erlebt, aber ich wusste, wie stark ihre Kräfte waren. »Wozu braucht ihr da noch so viele Waffen?«

Zeph schnaubte, weniger belustigt als bitter. »Du vergisst, dass unsere Gegner ebenfalls über Gnaden verfügen.«

»Was du da siehst, ist zur Hälfte normales Standard-Equipment für Aufträge, die uns in gefährliche Ecken oder zu kritischen Zielpersonen führen.« Levi zeigte auf die linke Seite der

Wand. »Der Rest sind Spezialwaffen gegen die Darks. Granaten, spezielle Projektile und natürlich die Schwerter.«

Noel schien zu merken, dass vor allem das Benutzen dieser uralten Waffen mich irritierte. »Man kann einen anderen Knight am besten mit dem Schwert töten«, erklärte er mir. »Wir regenerieren schneller als normale Menschen, deswegen ist das meiste andere nicht nachhaltig wirksam. Außer vielleicht eine Panzerfaust.«

»Aber die sind leider so unhandlich im Nahkampf.« Zeph nickte, als hätte er darüber schon öfter nachgedacht.

»Am einfachsten geht es, wenn man den Kopf abtrennt.« Levi zuckte mit den Schultern und hängte die drei Schwerter ordentlich an ihre Plätze an der Wand. »Für diesen Zweck sind Schwerter die beste Waffe – vor allem die hier, weil sie die Regeneration bis zu einem gewissen Grad unterdrücken können. Und wir trainieren eh von klein auf damit, deswegen bietet es sich an.«

Mich schauderte bei der Vorstellung, dass einer von ihnen einem der Darks den Kopf abschlug. Auch wenn ich zugeben musste, dass es beruhigend war, ein Mittel gegen diese Typen zu kennen, hoffte ich, dass ich nie dabei sein würde, wenn das passierte. Moment mal. Dachte ich jetzt wirklich schon in der Zukunftsform über die Knights nach?

»Komm, lass uns nach oben gehen«, schlug Levi vor, als würde er merken, dass ich mich in diesem Raum nicht so richtig wohlfühlte. Wobei … wahrscheinlich merkte er das tatsächlich.

Noels Handy klingelte, als wir hinausgingen – oder eher seine Uhr, die damit gekoppelt war. »Das ist Jules. Ich komme gleich nach, ich gehe schnell und erstatte Bericht.« Damit verschwand er und ging zu dem einzigen Raum auf dieser Ebene, der nicht verglast, sondern mit massiven Wänden ausgestattet war.

Ich folgte Levi und Zeph zu einem Fahrstuhl, der am Ende des Ganges war. Als wir einstiegen, hob ich eine Augenbraue.

»Müssen Knights nicht superfit sein?«, fragte ich die beiden amüsiert.

»Wir *sind* superfit«, sagte Zeph im Brustton der Überzeugung.

»Und trotzdem habt ihr einen Fahrstuhl? Bei drei Etagen?«

»Den haben wir aus Sicherheitsgründen.« Er machte ein wichtiges Gesicht. »Und weil Treppensteigen scheiße ist.«

Ich musste lachen, und es tat echt gut, das zu tun.

Der Aufzug hielt und glitt auf. Wir verließen ihn und wieder schaltete sich automatisch Licht ein, als ich gemeinsam mit den beiden Jungs das Erdgeschoss betrat.

»Meine Güte«, stieß ich aus. »Jetzt weiß ich, warum ihr freiwillig diesen Job macht.«

Vor mir lag ein riesiger Raum mit einer Fensterfront bis zur Decke und Dielenparkett auf dem Boden. In einem Bereich stand ein gewaltiges graues Sofa mit einigen Sesseln und Sitzkissen darum, auf der anderen Seite ein Esstisch, an dem vermutlich die ganze ursprüngliche Tafelrunde Platz gefunden hätte. Daneben war die Küche, superstylish mit Beton-Arbeitsfläche, grauen Hochglanzfronten und Mittelblock. Alles in allem sah es aus wie ein Musterhaus für Design-Fanatiker mit sehr großem Geldbeutel … in dem eine WG junger Leute wohnte. Denn am Kühlschrank hingen wild durcheinander Fotos und Einkaufszettel, auf dem Tresen standen diverse Behälter mit Tee und unter dem Fernseher sah ich gleich mehrere Spielekonsolen.

»Fühl dich wie zu Hause«, sagte Zeph.

*Das wird schwierig,* dachte ich. Nicht nur, weil das hier eine KORT-Basis war. Unsere gesamte Wohnung hatte weniger Quadratmeter als dieser Raum.

»Oben sind unsere Zimmer und auch das Gästezimmer.« Levi zeigte zu der Galerie, die ich bisher nicht bemerkt hatte. Sie war aus Chrom und Glas, dahinter reihten sich mehrere Türen auf.

»Ich zeige es dir, wenn du willst. Oder möchtest du etwas essen? Es ist noch was von gestern da.«

»Nein, ich brauche nichts, danke.« Zwar war das Essen mit Dex ausgefallen, aber trotzdem verspürte ich keinen Hunger. Nur Unsicherheit. »Was passiert denn jetzt mit mir?«, fragte ich nun doch. Auch wenn ich Angst hatte, was die Antwort war, kam es mir komisch vor, in dieser Basis zu stehen und keine Ahnung zu haben, wie es weiterging. Die Knights taten so, als wäre ich einfach nur bei ihnen zu Besuch, aber eigentlich wussten wir alle, dass das Quatsch war. Sie waren nicht zufällig vorbeigekommen, als ich Hilfe gebraucht hatte.

»Das hängt von dir ab.« Zeph sah mich an. »Wie Noel gesagt hat, niemand von uns zwingt dich zu irgendetwas.«

»Dann war euer Auftrag also nur, mich vor den Darks zu retten und in Sicherheit zu bringen?« Das konnte ich mir kaum vorstellen. KORT hatte mich damals sehr gezielt entführt und sicherlich auch jetzt Pläne mit mir.

»Im Prinzip schon«, nickte Zeph. »Du bist erst heute auf unserem Radar aufgetaucht. Wir hatten natürlich von dir gehört, du bist ja so eine Art Legende, aber –«

»Legende?«, unterbrach ich ihn.

»Ja. Das Mädchen, das ohne Initiation und lange vor dem entsprechenden Alter ihre Gnade bekommen hat. Dazu eine, die komplett anders ist als die normalen Knight-Fähigkeiten. Viele denken, du wärst so was wie die Auserwählte.«

Das war ungefähr das, was mir Dex gesagt hatte, immer und immer wieder über die Jahre hinweg. Aber mit der Zeit hatte ich immer mehr daran gezweifelt, ob es tatsächlich stimmte oder ob er mich mit seinen drastischen Schilderungen nur davon überzeugen wollte, gut auf mich aufzupassen. Ich war nicht übermäßig stark, ich regenerierte nicht schneller oder hatte eine der anderen Fähigkeiten, die Knights besaßen. Wenn ich eine

Art Legende war, was waren dann die Leute, die in diesem Haus wohnten?

»Zeph übertreibt.« Levi schüttelte den Kopf. »Aber was stimmt, ist, dass KORT dich die ganze Zeit finden wollte. Offenbar hat dich jemand beschützt und verhindert, dass man dich aufspürt.«

Also hatte KORT nach mir gesucht, aber mich nicht gefunden. Dex musste irgendwie dafür gesorgt haben, eine andere Erklärung gab es nicht. Ich hatte nie etwas davon mitbekommen, dass er selbst über Kräfte verfügte, aber wahrscheinlich kannte er Leute, die welche hatten. Allerdings war Dex seit heute weg. Und damit offenbar auch sein Schutz.

Mein Hals wurde eng, als ich an ihn dachte. Ich atmete aus und versuchte, mir nichts anmerken zu lassen, hatte aber vergessen, dass die Knights genau wie ich in der Lage waren, Gefühle anderer wahrzunehmen. Es würde eine Weile dauern, mich daran zu gewöhnen, dass ich nicht mehr die Einzige in meinem Umfeld war, die das konnte. Und es erinnerte mich daran, dass mein Leben, wie ich es kannte, nun offenbar vorbei war.

Die Erkenntnis legte sich wie ein schweres Gewicht um meinen Körper und zog mich nach unten – und der Wahnsinn der letzten Stunden forderte seinen Tribut. Da ich vor den beiden Jungs jedoch auf keinen Fall heulen wollte, fingierte ich ein Gähnen. Prompt erfolgte die Reaktion.

»Morgen ist noch genug Zeit, um über alles zu reden, dann ist der Rest des Teams auch wieder da«, sagte Levi, und es schien, als wäre er froh, dass er etwas zu tun bekam. »Ich zeige dir dein Zimmer.«

Zeph wünschte mir eine gute Nacht und blieb unten, wo er im Kühlschrank herumrumorte, während ich Levi die Treppe hinauf folgte. Das Gästezimmer schien direkt das erste auf dem Flur zu sein, denn er öffnete die Tür und hielt sie mir auf.

»Hier ist es.«

Das Zimmer hatte zu meiner Erleichterung eine normale Größe und war alles andere als ungemütlich mit den hellen Holzmöbeln, dem Schaukelsessel in der Ecke und den warmen Naturtönen von Teppich, Vorhängen und Bettwäsche.

»Es ist sehr hübsch«, sagte ich, weil ich glaubte, dass man so etwas sagen sollte.

»Danke«, antwortete Levi stolz, und ich ahnte, dass er derjenige war, der es eingerichtet hatte. »Das Bad ist direkt nebenan, zwar klein, aber du hast es für dich allein, und hier«, er zog die Tür des Wandschranks auf, »findest du ein paar Standardklamotten in verschiedenen Größen, außerdem Zahnbürste, Handtücher und so weiter. Solltest du sonst noch etwas brauchen, frag uns einfach. Und wenn du doch Hunger bekommst, der Kühlschrank ist voll. Oder eher halb voll, wenn Zeph fertig ist.«

Ich rang mir ein Lächeln ab und bedankte mich noch einmal bei ihm, er lächelte ebenfalls und ging dann hinaus.

Eigentlich wusste ich, dass ich jetzt in Sicherheit war, und dass ich die richtige Entscheidung getroffen hatte, mit den dreien mitzukommen. Und trotzdem schnürte sich mein Hals zu, sobald sich die Tür hinter Levi schloss und ich auf das Bett sank. Alles hier war mir fremd, alles roch anders als zu Hause und ich vermisste mit einem Mal mein Zimmer, meine Sachen und den Pub, ich vermisste Dex und unser Leben. In diesem Moment hatte ich das Gefühl, vollkommen allein auf der Welt zu sein – und die Tränen ließen sich nicht länger aufhalten. Ich weinte stumm, weil ich nicht wollte, dass es jemand mitbekam. Trotzdem klopfte es ein paar Minuten später an meine Tür. Ich wischte mir schnell mit dem Ärmel über das Gesicht und ging dann, um zu öffnen. Noel stand davor.

»Hey.« Er schaute mich aufmerksam an. »Hast du alles, was du brauchst?«

»Ja.« Ich holte ein bisschen zittrig Luft. »Ja, habe ich. Danke.

Auch für eure Hilfe heute. Es wirkt nicht so, aber ich bin froh, dass ihr da wart.«

»Das sind wir auch.« Er lächelte, und ich spürte wieder den Kloß in meinem Hals, weil mir in diesem Moment bewusst wurde, dass mir doch nicht *alles* in diesem Haus fremd war. Noel war es nicht und seine Anwesenheit machte es mir schwer, die Fassung zu behalten. »Kommst du klar?«, fragte er weich.

»Sicher.« Ich nickte tapfer und presste die Lippen fest aufeinander, um nicht wieder loszuheulen.

Noel kam auf mich zu, einen besorgten Ausdruck auf dem Gesicht.

»Dir kann hier nichts passieren, okay? Es gibt kaum einen Ort, der sicherer ist.«

»Das ist es nicht. Ich bin nur …« Ich brach ab, weil meine Stimme nicht mehr funktionierte.

»Ist alles ein bisschen viel, oder?«, fragte er mitfühlend.

Ich nickte, während ich spürte, dass mir längst wieder Tränen herunterliefen. Noel bemerkte es auch, denn er zögerte nicht, sondern überwand den letzten halben Meter bis zu mir und schloss mich dann einfach in seine Arme. Es fühlte sich an, als hätte er das schon hundertmal getan, und es war genau das, was ich in diesem Moment gebraucht hatte. Seine Nähe tat so gut, dass ich mich an ihm festhielt und an seiner Schulter weinte, während seine Wärme auf mich überging und mich auf eine Weise einhüllte, die nichts mit seiner Gnade, aber sehr viel mit ihm zu tun hatte. Schon vor zehn Jahren hatte ich diese Wärme gespürt und sie hatte nichts von ihrer Wirkung auf mich verloren. Vielleicht hätte mir das Angst machen sollen, jetzt wo ich wusste, dass Noel zu KORT gehörte. Aber so war es nicht. Es war das Gegenteil.

»Alles wird gut«, flüsterte er mir zu.

Und obwohl sämtliche Fakten dagegen sprachen, wollte ich ihm glauben.

# 8

Am Morgen wurde ich wach, weil ungewohnte Stimmen an mein Ohr drangen, dazu das Geklapper von Geschirr und das Geräusch einer Kaffeemaschine. Ich öffnete die Augen und nach nur einem Blick auf meine Umgebung wusste ich sofort wieder, wo ich mich befand und was gestern passiert war: die Darks im Pub, meine Flucht, dann Noel und die Knights. Ich war in ihrem Haus, nein, ihrer *Basis*.

Ich hatte die Vorhänge am Abend nicht zugezogen, deswegen war es wirklich hell im Zimmer. Vor der großen Glasfront, die eine ganze Wand des Zimmers einnahm, erkannte ich Bäume, die sich leicht im Wind hin und her wiegten. Ich stand auf und trat an das Fenster, um hinauszusehen. Offenbar befand sich das Haus am Rande eines Waldes, denn es gab nichts als Bäume und Sträucher, so weit das Auge reichte. Ich konnte mich nicht erinnern, wann ich zuletzt so viel Natur auf einmal gesehen hatte.

»Ist sie schon wach?«, fragte irgendwo im Haus Zeph mit seinem tiefen Bass, der durch die Wände dröhnte.

»Na, spätestens jetzt ist sie es«, tadelte eine junge weibliche Stimme. War der Rest des Teams schon wieder da? Drei Mitglieder hatte ich schließlich noch nicht getroffen.

Meine Neugier trieb mich ins Bad, dann zog ich meine Jeans von gestern wieder über und öffnete den Wandschrank. Levi hatte recht gehabt, in den Fächern lagen schlichte weiße Shirts mit Größenangaben, dazu hingen an der Kleiderstange schwarze Sweater und mehrere Jacken. Ich nahm ein Shirt und einen der Pullis, um beides überzuziehen. Dann band ich meine Haare zusammen, ging hinaus – und prallte beinahe mit jemandem zusammen.

»Sorry«, sagte ich schnell.

»Nichts passiert«, kam direkt die Antwort. Das Mädchen trat einen Schritt zurück, und ich hatte Gelegenheit, mir anzuschauen, mit wem ich da beinahe einen Unfall verursacht hatte.

Es war Fitness-Barbie. Zumindest sah sie genauso aus wie die Puppe, die ich früher gehabt hatte. Das Schwarze Mädchen vor mir trug an ihrem durchtrainierten Körper violette Lauftights und eine enge Jacke in derselben Farbe. Sie hatte die dunklen Haare straff zum Zopf zurückgebunden, in ihren Ohren sah ich kabellose Kopfhörer und an ihrem Oberarm war eine schmale Tasche mit einem Handy befestigt. Ihre Füße steckten in Schuhen, die neonviolett leuchteten und sicher der neueste Schrei waren. Alles an ihr war straff, aufrecht und perfekt. Dazu hatte sie ein sehr helles Feld, fast schon ungewöhnlich. Ich fand sie ein bisschen einschüchternd, aber gleichzeitig wusste ich: Sie gehörte, wenn es die Guten überhaupt gab, zu ihnen.

»Hey«, strahlte sie mich an. »Du musst Charlotte sein. Ich bin Xavia. Mit a hinten, nicht wie der Männername.«

»Freut mich, Xavia.« Ihr Händedruck war fester als der von Zeph gestern, und ich ahnte, dass man dieses Mädchen nicht zur Feindin haben wollte – helles Feld hin oder her. Vermutlich war sie in der Lage, drei Typen gleichzeitig auszuschalten und dabei immer noch umwerfend auszusehen.

»Ich war laufen und muss noch duschen, aber dann gibt es Frühstück. Wenn du schon einen Kaffee willst, die Maschine ist an. Bis gleich.« Damit verschwand sie hinter einer der Türen weiter hinten auf dem Gang und ich war wieder allein. Kaffee klang jedoch himmlisch in meinen Ohren, also machte ich mich auf den Weg zur Treppe. Dann allerdings hörte ich unten im Wohnzimmer meinen Namen. Sofort blieb ich stehen und lauschte.

»Stimmt es, was sie sagt? Dass KORT sie eingesperrt hat, um Kandidaten zu beurteilen?« Zeph hatte offenbar wirklich alles mitbekommen, was ich an der Landstraße gesagt hatte.

»Ich wüsste nicht, warum sie lügen sollte.« Das war Noels Stimme. »Die Gilde hat schon öfter krumme Dinger gedreht, von denen kein Knight etwas wusste. Und als unser Jahrgang für die Initiation ausgewählt werden sollte, waren sie verzweifelt.«

»Du meinst, weil kurz vorher das mit Iria und Dan passiert ist?«, fragte Levi.

»Genau. Als die beiden getötet wurden, hatte die Gilde keine Divines, also war die Suche nach den richtigen Initianten blindes Stochern im Nebel. Ich habe gestern noch die Daten gecheckt und gesehen, dass sie sehr bald Juleon und Scarlett gefunden haben, nachdem Charlotte befreit worden war. Sonst wäre das alles sicher ganz anders gelaufen.«

*Wenn du wüsstest*, dachte ich. Offenbar hatten diese Divines namens Juleon und Scarlett mein Urteil über Noel umgekehrt. Ich hatte keine Ahnung, ob mich das freuen sollte.

»Also kann Charlotte wirklich Essenzen erkennen?« Das war Zeph.

Ich gab meinen Lauschposten auf und trat lauter als nötig auf die Treppe. »Ja, kann sie.« Als ich hinunterkam, sah ich in betretene Gesichter.

»Wir wollten nicht …«, begann Levi.

»Mach dir keinen Kopf.« Ich winkte ab, dann traf mein Blick den von Noel.

»Gut geschlafen?«, fragte er mit einem Lächeln. Mir wurde warm, als ich an die Umarmung gestern Abend dachte. Oder an unseren Kuss vor ein paar Monaten. Aber ich tat so, als wäre nichts.

»Geht so.« Ich hob die Schultern. »Allerdings hat Xavia etwas von Kaffee gesagt, also habe ich Hoffnung, dass ich bald ein wenig wacher bin.«

»Ich mache dir einen.« Zeph war schon auf dem Weg in die Küche und ich folgte etwas langsamer, kam dabei am Esstisch vorbei, der sich unter einer großen Auswahl von Toast, Brötchen, Scones, Cookies und Müsli bog.

»Ist das etwa ein normales Frühstück bei euch?«, fragte ich verwundert. Für gewöhnlich schlang ich morgens nur eine Schale Fruit Loops runter. Im Stehen.

Zeph schüttelte den Kopf. »Nein. Aber Xavia und Levi dachten, dass der Anlass es wert wäre. Außerdem sind wir nur selten alle gleichzeitig hier, deswegen nutzen wir das.« Er schielte auf den Tisch. »Hey, willst du schon mal einen Cookie? Die sind immer ziemlich schnell weg.«

»Ja, weil du sie alle vertilgst«, sagte Levi, der jetzt an den Kühlschrank ging, aber es klang liebevoll. Wenn man sie so untereinander reden hörte, hatte man fast den Eindruck einer normalen WG. Oder eher einer Familie, was wohl besser zu sechs Menschen passte, die seit etwa ihrem zwölften Lebensjahr zusammen aufgewachsen und gemeinsam trainiert worden waren. Dass an ihnen eigentlich kaum etwas normal war, merkte man ihnen in diesem Moment nicht an. Vor allem, weil sie jetzt Klamotten trugen, die sie offenbar privat anzogen – Zeph ein Bandshirt mit Jeans und Levi ein Hemd mit Stoffhose und Hosenträgern. Noel schien im Gegensatz zu ihnen dunkle Farben auch außerhalb von Einsätzen zu bevorzugen, denn sowohl sein Hoodie als auch seine Hose waren schwarz. Mein spezieller Blick fiel wieder auf sein Feld, aber ich konnte dieses intensive Leuchten von gestern nicht entdecken. Merkwürdig. Aber vielleicht hatte es gar nichts mit mir zu tun gehabt.

Xavia kam herunter, mit nassen Haaren und in Jogginghosen,

und nach und nach setzten sich alle. Ich wusste nicht, ob sie feste Plätze hatten, also nahm ich einen der freien Stühle. Allerdings fehlten noch zwei Leute. Schließlich hatte Zeph gesagt, dass sie gerade alle hier waren.

»Morgen.« Ein großes, schlankes Mädchen mit grau gefärbten Haaren schlurfte heran, setzte sich an den Tisch und faltete ihre langen Beine unter den Körper. In dem Moment, als ich ihr Feld sah, erinnerte ich mich an sie, denn ich hatte sie damals für KORT beurteilt. Sie war das blonde Mädchen mit den Glühwürmchen gewesen. »Gibt es noch Tee?«

»Ja, in der blauen Kanne.« Zeph sah mich an. »Charlotte, Milch oder Zucker?«

»Nein, einfach schwarz.«

Er klopfte mir auf die Schulter. »Du gefällst mir.«

»Mir gefällst du auch.« Das grauhaarige Mädchen legte den Kopf schief und musterte mich. »Du hast so etwas Unabhängiges.« Sie reichte mir eine schmale Hand über den Tisch. »Ich bin übrigens Thora.«

»Charlotte. Freut mich.« Okay, die war ein bisschen merkwürdig. Nett, aber irgendwie entrückt. Als würde sie in einer Parallelwelt leben.

Zeph stellte einen Becher mit Kaffee vor mir ab und damit schien das Frühstück offiziell eröffnet zu sein. Ich wunderte mich zwar, weil die Teams immer aus sechs Leuten bestanden und das letzte Mitglied rein rechnerisch noch fehlte, aber dann fiel mir ein, dass Levi gesagt hatte, die Darks würden aus abtrünnigen Knights bestehen. Vielleicht war der sechste Erbe bei ihnen, also fragte ich nicht nach, sondern folgte meinem knurrenden Magen und griff nach einem Scone.

Alle stürzten sich auf Toast und Brötchen und die Unterhaltungen flogen wild über den Tisch. Es ging um irgendeinen Filmabend in der letzten Woche, um Zephs Unfähigkeit zum ernsthaften Flirten, und Thora redete von der Schönheit des Buddhismus, während Levi und Noel über etwas diskutierten, das verdächtig nach einem Xbox-Spiel klang. Ich konnte nicht immer folgen, aber ich fand es trotzdem unterhaltsam. Zumindest, bis Thora mich plötzlich ansprach.

»Hat KORT dich damals tatsächlich eingesperrt? Warum?« Sie sah mich aus ihren hellen Augen an. Die anderen am Tisch verstummten schlagartig.

»Ähm … ich sollte Kandidaten für sie beurteilen«, antwortete ich vage.

»Oh, wie interessant! Und, hast du einen von uns beurteilt?« Ihr Blick wurde neugierig, aber ich zögerte und die Antwort blieb mir im Hals stecken. Ich wollte das nicht sagen. Vor allem nicht vor Noel.

»Hey, hör auf damit.« Ausgerechnet er war es, der zu meiner Rettung eilte. »Wir wollten Charlotte doch davon überzeugen, KORT nicht für das personifizierte Böse zu halten. Sie soll *uns* ausfragen, nicht umgekehrt.«

Alle sahen mich erwartungsvoll an, also war Noels Hinweis wohl eine verbindliche Ansage und die versprochene Fragerunde eingeläutet. Ich musste jedoch erst einmal überlegen, was ich wissen wollte, denn mein Bild der Knights war so anders als das, was ich seit gestern mit dem Team erlebt hatte, dass mir nach wie vor der Kopf schwirrte.

»Okay, vielleicht wäre es für den Anfang gut, wenn ihr mir sagt, was ihr eigentlich genau tut.« Als ich bei KORT gewesen war, hatte mir das niemand erklärt und auf Dex' vorgefertigte Meinung der Organisation konnte ich mich nicht mehr verlassen. Wenn ich entscheiden sollte, ob ich heute dieses Haus verließ oder hierblieb, musste ich die Lücken in meinem Kopf füllen.

Levi setzte sich aufrecht hin und dehnte die Finger. »Lasst mich das machen.«

»Achtung, jetzt kommt der Erklärbär«, witzelte Zeph.

Levi ignorierte ihn.

»Es ist eigentlich ganz einfach«, sagte er mit bedeutungsschwerer Stimme. »KORT hält die Welt im Gleichgewicht.«

Zeph schnaubte. »Wow, gratuliere. Jetzt setzt Charlotte auch noch Arroganz auf die Liste unserer Eigenschaften.«

Levi ignorierte ihn wieder und schaute mich an.

»Wenn du dir ansiehst, was für furchtbare Dinge auf der Welt passieren, dann weißt du, dass wir immer mehr in Schieflage geraten. Dafür können die Menschen nichts, es ist die schlichte Evolution ihrer Eigenschaften. Machthunger, Gewalt, Gier, Dominanz, so etwas setzt sich durch, während Freundlichkeit, Liebe und Großzügigkeit nach und nach aussterben. Es geht immer nur ums Gewinnen, um Leistung, ums Vorankommen – auch wenn man dabei über Leichen gehen muss.«

»Und ihr tut was? Dagegensteuern?« Dex hatte mir das anders erklärt. In seiner Version war KORT ein international operierendes Ärgernis, das er lieber heute als morgen hätte verschwinden lassen. Ich war noch lange nicht bereit, das Gegenteil anzunehmen, aber ich hatte gesagt, dass ich ihnen eine Chance geben würde.

»Wir versuchen es zumindest.« Xavia nickte bescheiden. »Die Teams suchen Menschen auf, die einen wichtigen Part in unserer aktuellen Zeit zu spielen haben, ob politisch, wissenschaftlich oder künstlerisch. Dann greifen wir ihnen unter die Arme, indem wir das verstärken, was sie für ihre Aufgabe brauchen.«

»Ihr manipuliert sie also«, stellte ich fest.

»Wir nennen das *leiten*«, sagte Levi. »Das klingt weniger übel.«

»Und es passt besser.« Noel drehte seine Tasse in den Händen. »Was wir hervorrufen, ist bereits vorhanden, aber zu schwach oder auch verschüttet. Wir legen es einfach nur frei.«

»Das ist alles?« Es klang viel weniger beängstigend als alles, was ich über KORT wusste. Bei Dex hatte es immer nach grausamen psychischen Manipulationen und Folter geklungen – und meine eigenen Erinnerungen hatten das nicht gerade entkräftet.

»Im Prinzip schon«, nickte Xavia. »Die Knights haben auch manchmal den Auftrag, jemanden zu beschützen, nachdem sie ihn oder sie geleitet haben, weil es natürlich sein kann, dass negative Einflüsse unsere Arbeit schnell wieder zunichtemachen. Aber die meisten Fälle erfordern nur ein einmaliges Eingreifen. Zumindest war es früher so, vor den Darks.«

Ich überlegte. »Also kehren die Darks eure Beeinflussung wieder um?«

»Auch, ja.« Xavia seufzte. »Sie sind ziemlich gut, was Zerstörung und Chaos angeht. Hast du mitbekommen, dass es immer mehr üble Nachrichten gibt – Tod, Krieg, Populismus? Die Darks wissen sehr genau, wo sie nachhelfen müssen.«

»Krass.« Damit hatte ich nicht gerechnet. »Mir ist aufgefallen, dass die Welt langsam vor die Hunde geht. Ich wusste nur nicht, dass jemand das beschleunigt. Wie lange gibt es sie denn schon?«

»Es ist etwas mehr als ein Jahr her, seit sie abtrünnig geworden sind.« Noels Miene war düster.

Seine Antwort brachte mich darauf, wie Killian im Pub aufgetaucht war. »Wisst ihr, was ich an der ganzen Sache nicht verstehe? Es sind zehn Jahre vergangen, seit ich bei KORT war, aber in der ganzen Zeit war nie jemand deswegen bei uns.« Nicht einmal Noel hatte mich an dem Abend im Pub erkannt. »Und dann suchen plötzlich diese Darks *und* ihr am selben Tag nach mir. Warum? Wie habt ihr davon erfahren, dass ich nicht mehr unter dem Schutz stehe, der all die Zeit aktiv war?«

Noel sah mich an. »Du bist auf der Map aufgetaucht.«

»Auf der Map? Was ist eine Map?«

»Die Map ist … ach, das ist zu kompliziert.« Xavia stand auf, genau wie Zeph und Noel. »Ich glaube, es besser, wenn wir sie dir zeigen. Komm mit.«

Ich erhob mich ebenfalls und folgte ihnen, spürte in mir nicht nur Argwohn, sondern auch Neugier. Wir gingen wieder zu dem Fahrstuhl von gestern, nur dass auf dieser Etage etwas angebracht war, das wie ein Tablet aussah. Xavia näherte sich der Fläche und hielt ihr Gesicht davor, bis es einen leisen Ton gab. Dann legte sie ihre Hand auf das Pad und schloss für einen Moment die Augen, als würde sie sich konzentrieren.

»Iris-Scanner plus Gnaden-Detektor«, erklärte mir Zeph, während wir in die Kabine traten und nach unten fuhren. »Jetzt, wo die Darks im Spiel sind, können wir nicht vorsichtig genug sein. Außerdem wäre es echt blöd, wenn jemand unser ganzes Spielzeug dort unten entdecken würde.«

Wir stiegen aus dem Fahrstuhl, und ich betrat erneut das Untergeschoss, nur dass jetzt alle Räume beleuchtet waren und ich erkennen konnte, was sich darin befand. In einem lagen Matten, und dort stand auch eine Trainingspuppe sowie eine Halterung mit glänzenden Schwertern, die wahrscheinlich zur Übung da waren. Dann schien es einen Schießstand zu geben, einen Kraftraum mit Geräten wie in einem Fitnessstudio, ein Lager für allerhand technisches Equipment und in einem anderen Raum waren die Wände voller Metallschränke, mit einer Behandlungsliege in der Mitte.

»Gibt es oft Verletzungen?«, fragte ich verwundert.

»In letzter Zeit ja. Leider.« Noel presste die Lippen aufeinander.

Ich sah ihn an. »Liegt das auch an den Darks? Ich dachte, dass Knights durch die Initiation bessere Reflexe bekommen und die körperlichen Fähigkeiten verbessert werden. Und ihr habt gestern selbst gesagt, dass ihr schneller regeneriert.«

»Das stimmt auch«, sagte Noel. »Es ist der Grund, warum immer nur sechs Kandidaten ausgebildet werden und nicht mehr. Zwar dauert es nach der Initiation eine Weile, bis sich die körperlichen Attribute ausbilden, aber bis wir aktiv werden, ist das längst passiert. Deswegen gab es vor den Darks nur wenig, das uns ernsthaft verletzen konnte. Aber sie finden immer öfter Wege, wie sie es doch schaffen.«

Mir wurde kalt, als ich ihn das sagen hörte. Vielleicht lag es daran, dass ich den Darks nur knapp entkommen war und erst jetzt langsam kapierte, wie gefährlich sie tatsächlich waren.

»Hier geht es lang.« Zeph zeigte nach vorne.

Die drei gingen zu dem Raum, der als einziger massive Wände hatte, und ich folgte ihnen hinein. Der Bereich wirkte wie die Brücke eines Raumschiffs. Ein schmaler schwarzer Tisch mit metallenen Stühlen ging fast von der einen bis zur anderen Seite, darauf lagen zwei Tablets und alles war in kühles Licht getaucht.

Noel trat an den Tisch und aktivierte etwas auf einem der Tablets. Der Raum verdunkelte sich und drei der Wände verwandelten sich in riesige Displays. Erst waren sie schwarz und leuchteten nur schwach, dann aber erschien ein feines Netz aus grauen Linien mit verschiedenen Kreisen, kleineren und größeren. Darunter mischten sich Vierecke, Achtecke und Dreiecke in verschiedenen Abstufungen von Weiß bis Schwarz, manche waren beschriftet, andere nicht. Alles schien sich zu bewegen, die Formen verschwanden, tauchten an anderer Stelle wieder auf oder entfernten sich voneinander. In der Mitte prangte ein großer Kreis: *Charlotte Stuart, geb. Hennessy* und daneben meine Geburtsdaten, dann *Priorität A++, Linie unbekannt, Freigabe Stufe 3.*

Ich konnte nicht verhindern, dass meine Augen groß wurden, als ich diese überwältigende Menge an Informationen sah, die offenbar eine Art Karte meines Lebens abbildeten.

»Wow«, entfuhr es mir.

»Darf ich vorstellen?« Zeph deutete auf die Wände. »Das ist die Map.«

# 9

Mit offenem Mund starrte ich an die Wand, meine Augen verfolgten immer noch die Linien auf der Map bis zu verschiedenen Punkten: Da waren meine Freunde aus dem Tanzkurs, mein Ex-Freund Otis, mein Englischlehrer Mr Hayden, sogar Morty stand drauf. Andere Flächen waren nicht beschriftet, vor allem ein großer Kreis in der Nähe von meinem. Ob das Dex war? Der Gedanke an ihn zog an meinem Herzen.

»Cool, oder?« Zeph sah stolz aus.

»Total«, musste ich zugeben. »Was ist … ich meine, was macht sie?«

»Die Map zeigt alle Verbindungen einer Person an, von denen sie Kenntnis hat. Und jene, die wichtig werden könnten. Siehst du die Linie zu meinem Kreis?« Xavia zoomte mit einer Handbewegung in eines der Symbole in der Nähe meines Namens, sodass es in den Mittelpunkt rückte: *Xavia Dupree, Gawain-Linie 43-X-7, Team SH*, was vermutlich Stanham bedeutete. Um den Kreis herum waren noch fünf weitere, die mit den Namen der Teammitglieder, ihren Geburtsdaten und der Zugehörigkeit zu ihren Rittervorfahren beschriftet waren. *Zephaniah Marconi – Kay, Thora Lindholm – Percival, Levi McGuire – Tristan*, etwas weiter entfernt und blasser *Oscar Blackwell – Arthur* und zu guter Letzt *Noel Mayfield, Lancelot-Linie 11-F-4, Team SH.*

»Moment, Mayfield?« Ich stockte und schaute von der Map zu ihm. »Der Dark gestern –«

»… hieß Killian Mayfield. Ich weiß.« Noel hatte jetzt einen fast schon tödlichen Ton in der Stimme. Als er mich ansah, erkannte ich aber nicht nur Wut. »Er ist mein älterer Bruder.«

Ich starrte ihn an, nicht zu einer Antwort in der Lage. Der Anführer dieser Leute, die unsere Welt ins Chaos stürzen wollten, war Noels Bruder? Der Typ, der gestern fünfzig Pubgäste bedroht hatte, um mich zum Mitkommen zu zwingen? Der Terroristen half und damit Menschenleben auf dem Gewissen hatte? Das war wirklich schwer zu verkraften, sogar für mich. Wie musste es dann erst Noel damit gehen?

Ein schwaches Licht in seinem Feld gab mir einen Hinweis darauf. Es fühlte sich ein bisschen so an, als wäre es mein eigener Kummer.

»Tut mir wirklich leid«, sagte ich leise.

»Ja, mir auch«, antwortete er gedämpft. Dann klingelte sein Handy und er zog es hervor. »Ich muss kurz telefonieren, bin gleich wieder da.« Ich sah ihm nach, während er durch den Flur davonging.

»Das muss echt scheiße sein«, stieß ich aus.

»Ist es, glaub mir.« Zeph seufzte.

Mein Blick wanderte von Noels Namen zu dem Einzigen im Team, den ich noch nicht kennengelernt hatte. *Oscar Blackwell.* Wieder lag mir die Frage nach ihm auf der Zunge, aber diesmal überrannte meine Neugier mein Taktgefühl.

»Kann ich euch was fragen?« Ich sah die beiden an.

»Natürlich.« Xavia nickte.

»Wo ist euer Arthur-Erbe?«

»Oh, du meinst Oscar. Er …« Zeph zoomte auf den Kreis mit dem Namen seines Teamkollegen. »Er ist leider vor einigen Monaten verschwunden.«

Ich stockte. »Also ist er zu den Darks übergelaufen?«

Beide sahen mich entrüstet an. »Nein, auf keinen Fall!«, sagte Xavia mit Nachdruck. »Er ist nicht freiwillig bei denen. Sie haben ihn entführt.«

»Entführt?« Mir wurde eiskalt. Das war genau das, was mir gestern beinahe auch passiert war. Mein Blick fiel auf Oscars Foto und trotz meines schlechten Gedächtnisses für Gesichter erkannte ich ihn plötzlich wieder. »Moment mal … ich kenne ihn. Er war mit Noel bei uns im Pub.« Typ Sonnyboy, wenn ich das richtig im Kopf hatte. Ich hatte ihn nicht groß beachtet, schließlich hatte Noel meine gesamten Gedanken eingenommen. Aber bemerkt hatte ich ihn dennoch.

Xavia seufzte lautlos. »Ja, das war der Abend, als er verschwunden ist.«

»Oh. Das wusste ich nicht.« Nachdem ich Noel geküsst hatte und dann geflüchtet war, hatte ich nur noch den Müll rausbringen und meine Schicht beenden wollen. Ich erinnerte mich zwar, dass ich Noel draußen hatte stehen sehen, aber ich war schnell weggegangen, um nicht noch einmal in Gefahr zu geraten. War Oscar da schon verschwunden gewesen? War es vielleicht genau dann passiert, als Noel und ich uns geküsst hatten?

»Es hätte überall passieren können«, sagte Zeph, der meine Schuldgefühle spüren oder mir vielleicht auch nur aus dem Gesicht ablesen konnte. »Das hatte nichts mit eurem Pub zu tun.«

Das war nicht ganz die Wahrheit. Ich wusste zwar nicht, warum es diese Verbindung zwischen Noel und mir gab, im Gegensatz zu ihm hatte ich allerdings damals auf der Seite der Scheibe gestanden, die nicht verspiegelt gewesen war. Ich hätte ahnen können, dass diese starke, aber damals noch harmlose Anziehung fast zehn Jahre später andere Wege gehen würde. Dabei hatte ich ihn in all der Zeit nicht vermisst, ich hatte nicht einmal an ihn gedacht. Aber in dem Moment, als er in den Pub gekommen war, hatte ich mit einem Mal wieder gewusst, wie es war, sich auf eine Art vollständig zu fühlen, die mit Worten nicht zu beschreiben war. Und genau deswegen hätte ich mich fernhalten müssen. Ich hätte Dex sagen sollen, dass es mir nicht gut geht, damit ich Noel aus dem Weg gehen konnte. Oscars Verschwinden war meine Schuld.

Aber da Zeph und Xavia nicht zu wissen schienen, was zwischen Noel und mir passiert war, sagte ich kein Wort darüber. Wenn er darüber geschwiegen hatte, sollte ich das auch tun.

»Habt ihr irgendeine Ahnung, wo sie Oscar festhalten?«, fragte ich stattdessen. »Die Map zeigt ihn ja noch an.«

»Ja, deswegen wissen wir, dass er noch lebt. Aber seit er weg ist, scheint seine Map wie eingefroren zu sein.« Xavias Blick war ebenfalls auf Oscars Namen gerichtet. »Das ist das Werk der Darks. Sie haben keine Map, aber sie haben offenbar einen Weg gefunden, unsere zu blockieren. Deswegen ist es so schwer, Oscar aufzuspüren. Wir gehen natürlich jedem Hinweis nach, aber bisher hatten wir kein Glück.«

Ich schwieg und spürte ihre Sorge, genau wie mein eigenes Mitgefühl. Wie furchtbar musste es sein, wenn man nicht wusste, wo eine geliebte Person war und ob es ihr gut ging?

Auf der Map öffnete sich ein rot umrandetes Kästchen mit verschiedenen Mitteilungen, an denen *Important* stand, die aber nichts mit Oscar zu tun hatten.

»Was bedeutet das?«, fragte ich.

»Es gibt neue Ergebnisse.« Xavia zoomte heraus. »Die Map kann viel mehr, als nur den Status quo abzubilden. Sie errechnet vor allem Wahrscheinlichkeiten. Wo ein Krieg ausbricht, wer der nächste Staatsführer in einem Land wird, welcher Konzern als Nächstes eine bahnbrechende Technologie entwickelt, welche Künstlerin in der Zukunft die Massen inspiriert.« Sie sah mich an. »Kurz gesagt: Sie verrät uns, wann jemand so wichtig wird, dass wir uns mit ihm befassen sollten. Und erteilt dann den Auftrag, diese Person aufzusuchen.«

»Woher bekommt die Map diese Daten?« Ich verstand nicht viel von Computern. Aber dass sie sich so etwas nicht selbst ausdachten, wusste sogar ich.

»Es gibt verschiedene Quellen. Das Internet, diverse Geheimdienstserver, unser Zugriff auf zigtausend Rechner auf der ganzen Welt, das Darknet ...«

»... aber vor allem die Divines.« Zeph sagte es mit bedeutsamer Stimme.

»Also gibt es wieder welche?«, fragte ich. Das hatte vorhin jemand gesagt, als ich oben an der Treppe gestanden hatte. Die Namen hatte ich allerdings wieder vergessen.

Xavia schien sich nicht mehr zu wundern, dass ich auch darüber etwas wusste. »Hat man dir gesagt, was die Divines tun?«

»Sie sind so eine Art Medium, sie sehen Ereignisse vorher und manchmal auch etwas aus der Vergangenheit.« Ich kramte in meinem Kopf. »Es sind immer zwei, immer Geschwister, immer ein Junge und ein Mädchen. Sie sind Erben wie die Knights auch, aber sie durchlaufen eine andere Initiation. Und sie werden verdammt gut versteckt und bewacht, in irgendeiner streng gehei men Basis mit Hunderten Analysten und ebenso vielen Sicherheitsleuten.«

Kurz herrschte Stille.

»Du bist viel zu gut informiert«, sagte Zeph dann trocken.

»Hey, ich wusste immerhin nichts von der Map.«

»Soll mich das beruhigen?« Er hob eine Augenbraue.

Xavia musterte mich nachdenklich. »Weißt du denn eigentlich, von wem du abstammst? KORT weiß es nämlich nicht.« Sie wechselte wieder auf meine Ansicht der Map und markierte eine Zeile. *Linie unbekannt.*

»Nein.« Ich schüttelte den Kopf. »Das konnten sie damals schon nicht herausfinden. Ich tauche in keiner der bekannten Ahnenlinien auf und meine Gnade ist wohl auch nicht gerade … typisch.« Mich hatte das nie gestört. Aber jetzt, neben diesen Leuten, die genau wussten, wer sie waren und wer ihnen ihre Kräfte vererbt hatte, kam ich mir irgendwie blöd vor.

»Nein, typisch kann man das wirklich nicht nennen.« Xavia schüttelte den Kopf. »Bis man uns gesagt hat, wozu du in der Lage bist, hatten wir davon noch nie etwas gehört. Essenzen sehen und verändern, das kann keiner von uns.«

Da hatte sie recht. Die Gnaden der Knights waren je nach Ritter auf bestimmte Leitgefühle beschränkt. Gawain-Erben wie Xavia konnten Menschen dazu bringen, mutig zu sein oder entschlossen zu handeln, Zephs Gnade von Kay hatte mit Ergebenheit, Treue und Ehrgefühl zu tun, die von Levi als Tristan-Erbe drehte sich um Mitgefühl und Freundlichkeit. Thora stammte von Percival ab und war deswegen für Glauben jeder Art zuständig. Alle von ihnen konnten also diese Dinge spüren, verstärken oder vermindern, aber an die Essenzen kamen sie nicht heran.

Xavias Blick wurde neugierig. »Kannst du es beschreiben? Wie deine Gnade funktioniert?«

»Ähm … klar.« Ich erklärte den beiden die Sache mit dem Feld aus Lichtern unter der Decke aus Eis. Es war ein Bild, das von Anfang an da gewesen war, ohne dass ich mich bewusst dafür entschieden hatte. Alles andere hatte sich mit der Zeit verändert, auch meine Sicht auf die Essenzen, die früher meist Bilder erzeugt hatten und heute nur noch Gefühle in mir auslösten. Aber das Eis und die Lichter waren geblieben. »Die Essenz ist keine spezielle Stelle im Feld, sondern liegt dahinter. Wenn ich sie mit meinen Gedanken berühre und mich hineinfallen lasse, fühle ich, was dort ist. Wut oder Angst, Traurigkeit oder Hoffnung, aber auch Sachen wie Disziplin oder Dominanz.«

»Das ist so cool«, sagte Zeph begeistert. »Kannst du mal bei mir nachgucken? Ich würde zu gern meine Essenz kennen.«

»Ja, sicher …« Mittlerweile machte es mich nicht mehr müde, mir die Essenzen von Menschen anzusehen. Ich tat es immer noch nicht gerne, aber bei Zeph konnte ich es riskieren. Ein Blick in seine Augen, er wehrte sich nicht dagegen und so dauerte es nicht lange, bis ich fündig wurde.

»Es ist Loyalität«, sagte ich knapp.

»Krasser Scheiß!« Er sah mich an. »Kannst du es auch ändern?«

»Wie meinst das?«

»Na, ob du einen untreuen Trottel aus mir machen kannst.«

»Klar. Nur kann ich es nicht rückgängig machen, zumindest nicht sofort.«

»Oh. Dann lieber nicht.« Der erschrockene Ausdruck auf seinem Gesicht verschwand jedoch schnell wieder. »Verrückt, dass du quasi eine verlorene Erbin bist. Ich liebe solche Rätsel.«

»Du hasst Rätsel«, spottete Noel von der Tür aus. Ich hatte nicht bemerkt, dass er zurückgekommen war. »Wenn wir früher Cluedo gespielt haben, hast du die ganze Zeit gejammert und nur mitgemacht, wenn wir dir danach zwei Runden Herr-der-Ringe-Risiko versprochen haben.«

»Schon gut, schon gut«, murrte Zeph. »Aber dieses Rätsel mag ich. Bestimmt stammt Charlotte von Kay ab, genau wie ich. Wir haben Treue im Blut, Ehre und Ergebenheit. Wir sind unbestritten die Besten.« Seine Brust wurde noch ein bisschen breiter. Ich musste ehrlich lachen, das erste Mal heute.

»Wer weiß? Aber wenn nicht einmal die Gilde es lösen konnte, ist das Rätsel wohl schwieriger als der Mord an Dr. Black.« Auch ich hatte viel Cluedo gespielt, als ich noch jünger gewesen war.

»Die Gilde? Die wissen gar nichts.« Noel kam zum Tisch und setzte sich. »Die könnten sich nicht einmal die Schuhe binden, wenn die Knights nicht wären.«

Verwundert schaute ich ihn an. »Ich dachte, sie hätten das Sagen bei KORT?«

Er schüttelte den Kopf. »Das wünschen sie sich zwar, aber es ist nicht der Fall. Die aktiven Knights unterstehen keiner anderen Instanz als sich selbst. Wir funktionieren demokratisch, jeder von uns hat dasselbe Stimmrecht, egal, aus welchem der Teams er oder sie stammt. Die Consultants haben keine Befehlsgewalt und die Gilde ist nur für die Vorauswahl, einige organisatorische Dinge und die Finanzierung zuständig. Natürlich versuchen sie trotzdem ständig, uns reinzureden.« Noel verdrehte die Augen. »Wenn du mich fragst, sind sie nichts weiter als ein Haufen weltfremder alter Männer und Frauen, die glauben, dass ein Titel oder ein Sitz im Parlament sie zu Göttern macht.«

Zeph grinste. »Meine Damen und Herren, Sie hörten den Abgesang auf den britischen Adel, live vorgetragen von Lord Noel Mayfield, Sohn des Duke of Bedford.«

Ich starrte Noel an. »Dein Vater ist ein Duke? Nicht dein Ernst.« Okay, er sah schon ein bisschen nach Adelsfamilie aus. Aber wir waren schließlich in Großbritannien. Hier hatten auch ganz normale Bürgerliche solche Wangenknochen. Zumindest manchmal.

»Ich fürchte, doch.« Er hob unzufrieden die Schultern und grinste dann schief. »Aber du darfst es gerne wieder vergessen. Ich mache das schließlich auch so.«

»Na, immerhin weißt du, von wem du abstammst«, sagte ich. »Ganz im Gegensatz zu mir.«

»Das können wir vielleicht ändern.« Er schaute mich prüfend an, dann erhob er sich von seinem Stuhl. »Komm mal mit«, forderte er mich auf.

»Warte«, sagte Xavia. »Vorher müssen wir noch Bescheid geben, dass Charlotte hier ist.«

»Oh super, London wird begeistert sein«, murmelte Noel.

»Na, dann bringen wir es lieber sofort hinter uns.« Xavia rief eine Karte von Großbritannien mit sechs verschiedenen Punkten auf, beschriftet mit Leeds, Newcastle, Caerleon, London, Tintagel und Stanham. Das mussten die Standorte der sechs Teams sein. KORT stellte in regelmäßigen Abständen eine neue Gruppe zusammen, die im Alter von 12 Jahren ihre Initiation bekam und dann mehrere Jahre ausgebildet wurde, bevor sie mit Volljährigkeit aktiv wurde. Und alle Knights in Stanham waren um die zwanzig, also …

»Seid ihr das jüngste Team?«, fragte ich.

»Noch, ja.« Xavia wählte London an. »Nächstes Jahr wird es ein neues geben und die Knights in Tintagel in den Ruhestand schicken.«

»In den Ruhestand? Die sind doch höchstens …«, ich rechnete, »Mitte dreißig. Wieso hören sie dann schon auf?«

»Sie haben keine Wahl«, meinte Noel. »Das ist das Alter, in dem die Gnaden langsam schwächer werden. Spätestens mit vierzig sind sie dann ganz verschwunden. Ist so eine Art Sicherheitsmaßnahme.«

Ich wollte weiterfragen, aber ich kam nicht dazu. Die Verbindung nach London baute sich auf und eine Sekunde später war ein Gesicht auf dem Bildschirm zu sehen.

»Xavia. Noel. Zephaniah.« Ein Typ mit aschbraunen Haaren nickte uns zu. Er trug ein rotschwarzes Karohemd und hatte einen ordentlich gestutzten Bart. »Ihr habt sie also.« Er deutete mit dem Kinn auf mich. Kein Hallo, keine Vorstellung, kein »Schön, dass du nicht den Darks in die Hände gefallen bist«. Den KORT-Benimmkurs hatte London wohl geschwänzt.

»Lloyd.« Noel erwiderte das Nicken knapp. »Ja, Charlotte ist seit heute Morgen bei uns. Wir wollten euch nur darüber informieren, dass sie so lange hierbleiben wird, bis wir wissen, wie es weitergeht.«

Lloyd schnaubte. »Vergesst es. Wir lassen sie nicht bei euch in der Provinz. Unser Team wird sich um sie kümmern.«

»Sie ist in London nicht sicher«, sagte Zeph. Ich spürte seine Anspannung. »Hier können wir sie besser beschützen.«

»Klar doch, gerade ihr«, höhnte Lloyd. »Ihr schafft es ja noch nicht einmal, auf eure eigenen Teammitglieder aufzupassen. Oder ist Oscar inzwischen wieder aufgetaucht?«

Noel zuckte nach vorne, in seinen Augen ein gefährliches Funkeln.

»Pass bloß auf, was du sagst«, knurrte er.

»Sonst was? Läufst du über, so wie dein Bruder?« Lloyd sah ihn finster an. »Ihr Lancelots habt doch eine Vorliebe für Verrat. Würde mich nicht wundern, wenn du deiner Linie treu bleibst.«

Noel ballte die Fäuste. »Wiederhol das, dann komme ich vorbei und prügle dir die –«

»Schluss jetzt!«, mischte sich Xavia ein. Ich sah ihr an, dass sie Lloyd gerne selbst ein paar verpasst hätte. Trotzdem rang sie sich ein Lächeln ab. »Wir sind auf derselben Seite, schon vergessen? Die Darks machen genug Ärger. Wir brauchen nicht auch noch internen Zoff.«

Lloyd verdrehte die Augen, Noel presste die Lippen aufeinander. Sein Feld bebte förmlich vor meinen Augen. Mein Magen pulsierte als Antwort darauf.

»Wir sollten die Sache mit dem Mädchen zur Abstimmung bringen«, sagte Lloyd mühsam beherrscht.

»Ihr Name ist Charlotte«, korrigierte ihn Noel. »Und es wird keine Abstimmung geben.«

»Ach, und wer sagt das, du etwa? KORT ist eine Demokratie, schon vergessen?« Lloyd hob das Kinn. »Was mit ihr passiert, ist nicht deine Entscheidung, Mayfield.«

Die Art, wie er das sagte, zwickte einen Nerv in meinem Nacken. Ich machte einen Schritt nach vorne.

»Nein, seine nicht. Sondern meine.« Ich sagte es mit der Stimme, die ich bei betrunkenen Pub-Gästen benutzte, um ihnen zu sagen, dass sie kein sechstes Bier mehr bekamen.

Lloyd blieb unbeeindruckt. »Falsch gedacht, Herzchen. Du bist jetzt eine Angelegenheit von KORT. Deswegen werden wir –«

»Ihr werdet gar nichts!«, fuhr ich ihn an. »Ich bin kein Eigentum von euch, über das ihr verfügen könnt! Und deswegen entscheide ich, dass ich in Stanham bleibe. Wenn schon jemand auf mich aufpassen muss, dann nehme ich lieber ein paar fähige Leute und keinen Möchtegern-Holzfäller mit Gottkomplex.«

Lloyd starrte mich wütend an, holte ein paarmal Luft, sagte aber nichts. »Wir melden uns wieder«, stieß er schließlich hervor. Dann war die Verbindung unterbrochen.

Ich atmete aus und drehte mich um. »Der wird meinem Fanclub wohl nicht beitreten, schätze ich.«

Zeph machte ein komisches Gesicht.

»Was ist?«, fragte ich.

»Nichts.« Er unterdrückte ein Prusten, aber dann platzte es doch heraus. »Möchtegern-Holzfäller mit Gottkomplex«, lachte er. »Das war brillant. Ich habe Lloyd noch nie so sprachlos gesehen.«

»Ist doch wahr«, brummelte ich. »Was denkt er eigentlich, wer er ist?«

»Ein Arthur-Erbe.« Noel grinste. Auch seine Laune schien sich nach dem Streit mit Lloyd gebessert zu haben. »Die halten sich oft für was Besseres.«

»Was wird er jetzt tun?« Lloyd wirkte nicht wie jemand, der sich von einer Ansage von mir langfristig beeindrucken ließ.

Xavia sah auf das Display. »Sicherlich mit den anderen Teams sprechen. Aber das muss uns nicht interessieren, bis er sich wieder meldet.«

Noel zeigte zur Tür. »Dann können Charlotte und ich ja jetzt unseren kleinen Ausflug machen.«

»Einen Ausflug?«, fragte ich skeptisch. »Wohin?«

»Wir besuchen die Ahnen.« Er lachte, als er meinen Gesichtsausdruck sah. »Keine Sorge, es ist nicht weit. Wir müssen dafür nicht einmal das Haus verlassen.«

Zeph pfiff uns nach, als ich aufstand und Noel nach draußen folgte. »Tut nichts, was ich nicht auch tun würde. Ihr wisst, die Ahnen sehen alles.«

Noel streckte seinen Arm wieder durch die Tür, und obwohl ich es nicht sehen konnte, war ich mir sicher, dass er Zeph den Mittelfinger gezeigt hatte.

»Warum sagt er das?«, fragte ich, während wir uns von dem Raum mit der Map entfernten. »Ich hatte nicht den Eindruck, dass er weiß, was im Pub zwischen uns passiert ist.«

»Weiß er auch nicht.« Noel schüttelte den Kopf und hielt mir die Tür zu einem langen Korridor auf. »Zumindest nicht alles. Ich habe ihnen gesagt, dass wir in deinem Pub waren und ich dich getroffen habe, aber mehr nicht.«

Tief holte ich Luft. »Ich hatte keine Ahnung, dass Oscar an dem Abend verschwunden ist. Wenn ich es gewusst hätte, dann –«

»Dann was? Hättest du die Zeit zurückgedreht?« Noel schüttelte den Kopf. »Nein, es war mein Fehler. Ich hätte besser aufpassen müssen.«

Ich konnte seine Schuldgefühle förmlich spüren. Nicht nur, weil sein Feld es mir sagte – es war Teil unserer besonderen Verbindung, dass ich besser als bei jedem anderen wusste, was er gerade fühlte.

»Das stimmt nicht.« Ich blieb stehen. »Ich habe dich geküsst. Also ist es meine Schuld.«

Noels Blick wurde intensiver, als er mich ansah. »Hattest du den Eindruck, dass ich dich *nicht* küssen wollte?«, fragte er und der dunkle Klang seiner Stimme beschwor in mir genau die Wärme herauf, die zu unserem verhängnisvollen Kuss geführt hatte.

»Nein«, sagte ich leise. Es war das Gegenteil gewesen, genau wie jetzt.

»Siehst du.« Noel kam näher und ich spürte die Anziehung zwischen uns plötzlich sehr deutlich. Sie war zwar die ganze Zeit da – irgendwo unter der Oberfläche –, aber in diesem Moment streifte sie um uns herum und zog uns zueinander, ohne dass ich es verhindern wollte. Er hob die Hand und strich mir eine Strähne aus dem Gesicht.

»Noel …«, sagte ich leise, ohne genau zu wissen, worum ich ihn bat.

Er schien es zu wissen, denn der Ausdruck in seinen Augen wurde mit einem Mal sehr klar. Seine Hand glitt in meinen Nacken, meine strich über seine Brust nach oben und der Sog zwischen uns wurde übermächtig. Wir holten gleichzeitig Luft, ich zog ihn näher zu mir …

»Die Ahnen sehen alles!« Eine donnernde Stimme ließ uns erschrocken auseinanderfahren. Es war Zeph, der am Ende des Ganges stand und sich kaputtlachte, als wir uns zu ihm umdrehten. »Ihr solltet mal eure Gesichter sehen. Weltklasse! Aber macht ruhig weiter. Wir haben so selten Gelegenheit für ein bisschen Spaß.«

Die Tür fiel wieder zu.

»Man sollte ihm eine Glocke umhängen«, sagte ich atemlos und spürte die Anspannung immer noch in meinem Körper.

Noels Blick streifte mich, aber wir wussten beide, der Moment war vorbei. Dann sah er zur Tür, hinter der Zeph verschwunden war. »Ich glaube, er braucht einfach mal wieder ein Date. Seit wir mit den Darks beschäftigt sind, haben wir echt kaum noch Zeit für so was. Und sein letzter Freund fand es nicht besonders toll, dass Zeph nie da war.«

»Sein Freund?« Überrascht sah ich ihn an. »Ihr könnt Beziehungen haben?«

»Klar. Was dachtest du denn?« Noel hob eine Augenbraue. »Dass wir wie Mönche leben müssen?«

»Nein, aber … ihr dürft doch nicht sagen, was ihr macht. Und es ist vermutlich schwierig, jemanden nach Hause einzuladen.«

»Das geht im Prinzip schon, schließlich sind die geheimen Knight-Dinge alle hier unten. Aber du hast recht, einfach ist es nicht, vor allem für uns jüngere Teams. Wenn es mit jemandem wirklich ernst wird, darf man ihn oder sie einweihen und einige ältere Kollegen sind sogar verheiratet. Vorher muss man jedoch lügen – und das tut keiner Beziehung gut. Also bleibt es meistens bei kurzen, oberflächlichen … Bekanntschaften.«

Ich grinste, weil er das so elegant umschrieb, dass ich ihm die Adelsfamilie für einen Moment deutlich anmerkte. »Dann bist du deswegen in den Grail gekommen? Für eine kurze, oberflächliche Bekanntschaft?«

Seine Augen verengten sich leicht. »Das glaubst du nicht ernsthaft, oder? Dass ich dich deswegen angesprochen habe.«

»Nicht?«, fragte ich in heiterem Ton. »Du bist doch ein Lancelot-Erbe. Ich dachte, das wäre deine Vorstellung von einem gelungenen Abend.«

Noel lachte. »Dein Bild von Lancelot braucht dringend ein Update, glaube ich. Lass mich raten, es stammt aus irgendeinem Hollywoodfilm.« Er verdrehte gutmütig die Augen und ging weiter. »Wer hat dich verdorben? Richard Gere? Ioan Gruffud? Oder der eine Typ mit den langen Haaren, der immer so schief auf seinem Pferd saß?«

»Keiner davon, obwohl ich sie alle mochte, wie ich anmerken will. Nein, mein Bild von Lancelot stammt aus einem Referat, das ich mit vierzehn gehalten habe.« Ich hob die Nase. »Es war wirklich hervorragend recherchiert, ich habe Stunden damit zugebracht, die Infos aus dem Internet herauszusuchen. Frag mich ab, ich weiß immer noch alles über ihn.«

»Da bin ich mir sicher. Aber mich interessiert eigentlich nur eine Sache.« Noel sah mich aufmerksam an. »Hast du Herzchen um seinen Namen gemalt?«

Ich presste die Lippen aufeinander und antwortete nicht.

»Du *hast* Herzchen um seinen Namen gemalt!«, feixte Noel und lachte so laut, dass es in dem Gang widerhallte. »Echt mal, Charlotte, von dir hatte ich mehr erwartet.«

»Ich war vierzehn!«, verteidigte ich mich, nur halbwegs beleidigt. »Und schwer verknallt in Bernie Langstone, einen Jungen aus meiner Klasse, der aber nichts von mir wissen wollte. Da wünscht man sich eben einen Ritter, der vorbeikommt und einen mit auf sein Schloss nimmt.«

»Oh ja, vielen Dank an Disney«, sagte Noel und ich sah den Nachhall seines Lachens immer noch. »Da tun sich ja echt Abgründe bei dir auf.«

»Wieso bei mir? Du bist doch derjenige hier, der behauptet, als Lancelot-Erbe *kein* Experte für Liebesangelegenheiten jeglicher Art zu sein.«

»Das habe ich niemals behauptet. Ich kann dir bei jedem Paar sagen, wie lange die Beziehung hält, plus-minus ein paar Monate. Und ich kann auch jemanden dazu bringen, sich in jemand anderen zu verlieben – genau wie das Gegenteil. Es gibt jedoch Grenzen. Ich kann zum Beispiel niemanden mit meiner Gnade für mich gewinnen. Das ist eine Art Sperre, um unsere eigene Macht einzuschränken. Sonst könnte ich ja jeden Menschen auf der Erde dazu bringen, sich in mich zu verlieben, und zack, wäre meine Herrschaft über die Welt nicht mehr aufzuhalten.«

»Das klingt nach einer sehr langwierigen Strategie«, witzelte ich, dachte aber doch darüber nach. »Das bedeutet, du bist bei dir selbst vollkommen blind? Wenn du jemandem begegnest, kannst du nicht sehen, ob es Für-Immer-Potenzial hat oder nicht?«

Er blieb stehen und sah mich an.

»Würdest du das wissen wollen?«, fragte er, ohne mir eine Antwort zu geben.

»Keine Ahnung«, sagte ich. »Aber es würde vermutlich vieles einfacher machen.«

»Oder schwieriger.« Er hob die Schultern, und ich wurde zum ersten Mal, seit ich ihn kannte, nicht schlau aus seinem Feld. »Ich glaube, es ist ein Segen, nicht alles über das eigene Leben zu wissen. Egal worum es dabei geht.« Kurz lächelte er mich an, und ich wusste, damit war das Thema beendet.

Wir bogen um eine Ecke in einen weiteren Gang, aber in diesem waren die Wände nicht leer. Es waren Gemälde der Ritter daran aufgehängt und ich blieb vor einem davon stehen. Darauf war Arthur zu sehen, Excalibur in der einen Hand und einen mächtigen Schild in der anderen. Es war genau die Version des Königs, die man aus dem Kino kannte: blond gelockt, groß, gut aussehend und herrschaftlich. Daneben war ein Schwert aufgehängt, das ziemlich alt wirkte. War das etwa …?

»Excalibur?«, hauchte ich beinahe ehrfürchtig und streckte die Hand aus, berührte es aber nicht.

»Das ist nicht Excalibur«, sagte Noel neben mir nüchtern. »Excalibur hat nie existiert. Oder hundertfach, je nach Sichtweise.«

»Was? Ich meine … was?« Jetzt hatte er meine volle Aufmerksamkeit. Dex hatte es nie gerne gesehen, wenn ich etwas über die Tafelrunde las, deswegen hatte ich mich mit dem Thema nicht viel befasst, von dem Lancelot-Referat abgesehen. Aber nun war ich neugierig. KORT zu hassen war das eine, aber eine Erbin war ich trotzdem.

Noel zeigte auf das Schwert. »Jeder hat immer nur Excalibur gesehen, das Arthur aus dem Stein gezogen hat. Oha, hat man sich gesagt, wenn jemand das schafft, dann muss er begnadet sein, zu Höherem berufen, ein Auserwählter.« Sein Tonfall war spöttisch. »Aber das Schwert war nichts Besonderes. Es war absolut durchschnittlich.«

»Also hat es seine Macht von Arthur erhalten?« Schließlich konnten Arthur-Erben genau das, wenn ich mich richtig erinnerte – sie verliehen anderen Menschen Macht. Warum dann nicht auch ihr Vorfahre?

»Nein, so ist das nicht.« Noel schüttelte den Kopf. »Die Frage, die du dir stellen musst, ist: Was ist wohl mächtiger? Ein Schwert, das feststeckt – oder der Stein, der es festhält?«

Ich starrte ihn an, dann lachte ich ungläubig.

»Du verarschst mich doch.«

»Absolut nicht.«

»Du willst sagen, dass nicht nur das Schwert seine Macht von dem Stein hatte – sondern auch Arthur selbst?«

»Nicht nur Arthur. Alle Ritter, damals wie heute. Hast du keine Initiation miterlebt, als du noch bei KORT warst?«

Jetzt schüttelte ich den Kopf. »Ich war weg, bevor die endgültige Auswahl getroffen wurde.« *Bei der sie sich für dich entschieden haben, obwohl ich ihnen davon abgeraten habe.* Wahrscheinlich hätte ich ihm davon erzählen sollen. Aber es war gerade so entspannt zwischen uns, dass ich es nicht riskieren wollte. »Also ist der Stein das besondere Relikt? *Er* kann Gnaden verleihen?«

Noel nickte. »Es ist genau der Stein, den man vor etwa eintausendfünfhundert Jahren hier in der Nähe gefunden hat. Mittlerweile ist er allerdings von KORT an einen geheimen Ort gebracht worden.«

»Heimat des Steins«, murmelte ich. Und ich hatte mich darüber lustig gemacht. »Weiß man, woher er diese Kräfte hat?«

»Darum ranken sich einige Legenden und Theorien.« Noel zeigte auf die Bilder an den Wänden. »Am wahrscheinlichsten ist die, dass Merlin die Kräfte der Natur gebündelt und in den Stein transferiert hat, um die ersten Ritter zu erschaffen. Die Zeiten damals waren sehr düster, und er hat einen Weg gesucht, etwas gegen die vielen Kriege und den Tod unzähliger Menschen zu unternehmen.«

Ich runzelte die Stirn. »Warum hat er das nicht selbst erledigt? Ich meine, er war Merlin, oder?«

Noel grinste leicht. »Das weiß wohl nur er. Die Quellen aus der Zeit sind leider ziemlich ungenau, was den Ursprung der Macht angeht. Aber was wir wissen, ist, dass die Energie des Steins bei der Initiation auf uns übergeht und unsere Kräfte aktiviert – genau wie die Verbindung zu unseren Ahnen.«

Ich nickte, weil ich verstand. »Und was muss *ich* jetzt machen, um die Ahnen zu treffen?«

»Das zeige ich dir.«

Wir gingen auf eine Tür am Ende des Korridors zu und ich besah mir im Vorbeilaufen die Porträts der Ritter. Alle sahen tatsächlich so aus wie in Filmen und Serien: Gawain als Koloss mit wilden Haaren, Tristan mit zartem, verträumtem Gesicht und natürlich Lancelot, der dunkelhaarige Ritter mit den intensiven Augen und dem ernsten Zug um den Mund. Immer wenn ich früher ein Bild von ihm gesehen hatte, war mir vollkommen klar gewesen, warum Guinevere ihm verfallen war. Jetzt warf ich wie automatisch einen Blick zu Noel. *Japp. Immer noch klar.*

»Was hast du?«, fragte er mich. Offenbar hatte ich ihn etwas zu lange angesehen.

»Gar nichts. Ich habe mich nur gefragt, was sich wohl hinter dieser Tür verbirgt.«

»Das wirst du gleich sehen.« Noel legte seine Hand auf einen ähnlichen Scanner wie oben am Aufzug und öffnete dann die Glastür. Dahinter befand sich ein runder Raum, dessen Wände, Boden und Decke aus grob behauenen Steinen bestanden, die von Lampen an der Wand sanft angeleuchtet wurden. Sie waren über sechs Nischen angebracht, verteilt ringsherum in der Wand. Jede dieser Aussparungen war mit einem anderen Stück Stoff ausgekleidet – Leinen, Wolle, Seide – und auf diesen Stoffen lagen Gegenstände. Ich erkannte einen Dolch, einen Ring, eine Art Trinkgefäß, eine Axt und zwei Sachen, die ich nicht identifizieren konnte. Das eine war länglich und aus Metall, das andere schien ein Stein zu sein.

»Sind das …?«

»Echte Relikte, ja.« Noel zeigte auf die Nischen. »Es sind Gegenstände, die Arthur und den anderen Rittern zu ihren Lebzeiten gehört haben. Sie wurden aufbewahrt, um späteren Knights zu helfen, aber sie müssen wegen ihrer Magie gesichert und abgeschirmt hier im Schrein gelagert werden.«

»Was können sie?« Ich streckte die Hand nach dem Ring aus, aber traute mich nicht, ihn einfach zu berühren.

»Eine Verbindung herstellen.« Noel nahm die Axt von ihrem Platz und legte sie auf den steinernen Altar, der in der Mitte des runden Raums stand. »Manche Knights sehen Szenen von früher, wichtige Momente des Ritters oder der gesamten Tafelrunde. Für andere ist mehr das Gefühl von Vereinigung mit dem Vorfahren – und Zeph behauptet steif und fest, er würde hier unten mit Kay die Rugby-Ergebnisse der English Premiership diskutieren.«

Ich lachte bei der Vorstellung. »Wie ist es bei dir?«

Noel hob die Schultern. »Ich verbinde mich nicht mehr mit Lancelot. Er war eine eher tragische Figur, wie du ja sicher weißt. Und es hat sich herausgestellt, dass es mir für meine Arbeit nicht weiterhilft, wenn ich an seinem Leben teilhabe.« Er sagte es lässig, fast beiläufig, aber obwohl ich ahnte, dass mehr dahintersteckte, bohrte ich nicht nach. Stattdessen zeigte ich auf die Artefakte.

»Also gut. Das bedeutet, wenn ich diese Gegenstände berühre, sagt mir das, wer mein Vorfahre ist.«

»Möglich wäre es.« Noel nickte. »Du hattest nie eine Initiation, deswegen funktioniert es vielleicht nicht. Aber es ist einen Versuch wert.«

Ich dehnte meine Finger. »Alles klar. Ich bin bereit.« *Und aufgeregt.*

»Dann los.« Noel deutete auf die Axt. Ich stellte mich direkt vor den Altar, hob die Hand, bewegte sie auf die Waffe zu, berührte das kühle Metall der Schneide, dann den Griff. Ich erwartete irgendeine Vision, einen Aha-Moment oder beides. Aber es passierte nichts. »Hm«, machte ich enttäuscht.

Noel nahm die Axt und legte sie zurück. »Gawain also schon mal nicht.« Als Nächstes nahm er das Trinkgefäß, einen schmalen goldenen Becher mit Verzierungen auf dem Rand. Ich berührte ihn, wieder nichts. »Kay auch nicht.«

»Zeph wird enttäuscht sein«, sagte ich. Dann probierte ich es mit der kleinen Steinfigur von Percival, dem länglichen Metallgegenstand von Tristan und Arthurs Ring. Als ich ihn berührte, juckte mein Finger, aber das war eher Zufall. Ich schaute zu Noel, dessen Miene in den letzten Minuten immer ratloser geworden war. Ich wusste, warum – es fehlte nur noch ein Ritter.

Er nahm das seidene Kissen mitsamt dem Dolch von Lancelot und trug beides zum Altar, diesmal so vorsichtig, als wäre es ein Kilo TNT. Anschließend ging er zurück an die Wand, verschränkte die Arme und biss sich konzentriert auf die Unterlippe.

Ich atmete ein, dann nahm ich den Dolch. Noch mehr als bei den anderen Relikten erwartete ich eine Reaktion, aber auch Lancelot ließ mich im Stich. Der Dolch lag schwer und geschmeidig in meiner Hand, aber das war auch alles.

»Nichts?«, fragte Noel.

»Nein.« Ich schüttelte den Kopf. »Wahrscheinlich bin ich gar keine von euch. Vielleicht stamme ich von dem Monster von Loch Ness ab. Oder von Heinrich dem Achten.«

»Unwahrscheinlich. Oder hast du manchmal das Bedürfnis, irgendwelche Menschen zu enthaupten?« Noel grinste.

»Selten«, gab ich zurück. »Aber ist schon vorgekommen.«

»Okay, wir sollten die Schwerter besser vor dir wegschließen.« Noel schaute mich an und schüttelte dann den Kopf. »Keine Sorge, wir finden noch raus, von wem du abstammst. Vielleicht ist es eine der alten Linien, von denen jeder glaubt, sie wären irgendwann versandet. So etwas kommt vor.«

»Ja, vielleicht.« Ich legte den Dolch samt seinem seidenen Kissen zurück und glättete dann das Tuch auf dem Altar. »Sechs Nieten. Das ist wie früher auf der Kirmes, da hatte ich auch nie Glü–«

Es passierte ganz plötzlich, ohne jede Vorwarnung. Der Boden unter mir verschwand, genau wie die Wände. Ich wurde aus dem Raum gerissen und in einen anderen hineingezogen, ein großes Zimmer mit schmalen Fenstern und altertümlicher Einrichtung. Aber ich war nicht allein. Dort war noch jemand, eine Frau. Sie saß mit dem Rücken zu mir, nein, sie kniete auf dem steinernen Boden. Ein Kleid aus dünnem Stoff bedeckte die zarten Schultern, schwarze Haare fielen lang und schwer über ihren Rücken. Ihre Füße waren nackt.

»Du hast mich lange warten lassen«, sagte sie mit einer Stimme, die mir durch Mark und Bein ging. Nicht weil sie unangenehm klang, sondern weil sie voll widersprüchlicher Gefühle war – Wut, Verlangen, Zuneigung und Hass, alles gleichzeitig. »Ich verabscheue es zu warten, wie du weißt.«

Sie erhob sich und drehte sich zu mir um. Fast wollte ich mich entschuldigen, aber mir blieben die Worte im Hals stecken. Ich sah in ein feines Gesicht, alterslos schön, aber auf eine Art, die gefährlich war. *Sie* war gefährlich, das wusste ich mit absoluter Gewissheit. Das war es jedoch nicht, was mir eine ganze Armee von kalten Schauern über den Rücken jagte. Es war ihr Feld. Denn es war nicht einfach nur dunkel, so wie bei Killian.

Es war schwärzer als jede Nacht.

# 10

Die Frau kam auf mich zu, in leichtem, fast schon anmutigem Schritt. Sie strich sich die Haare zurück und das Kleid rutschte über ihre Schulter ein Stück herunter. Ihre nackte Haut hatte eine hypnotische Wirkung auf mich. Ich war wie erstarrt, konnte nicht wegsehen.

»Liebe ist etwas Furchtbares, nicht wahr?«, hauchte sie leise und vertraulich. »Sie hebt uns hoch und lässt uns fallen, beides zugleich. Und wenn wir fallen, dann fallen wir unendlich tief.« Sie starrte mich aus ihren schwarzen Augen so durchdringend an, dass ich nicht blinzeln konnte. Dann legte sie eine Hand in meinen Nacken. »Ich habe dir gesagt, du sollst mich nicht fallen lassen, Geliebter. Niemals.« Ich spürte etwas Kaltes an meinem Bauch und mein Atem stockte. War das ein Messer? Ich konnte nicht herunterschauen, weil ich von ihrem Blick vollkommen gebannt war. »Aber genau das hast du getan. Und jetzt werde ich mit dir das Gleiche tun.«

Sie stach zu, rammte mir das Messer in den Bauch, drehte es herum. Ich wollte schreien, aber der Schmerz erstickte jeden Laut, überflutete mich, trieb mir das Blut in den Kopf und Tränen in die Augen. Die Frau trat zurück, ließ das Messer los und sah mich an.

»Fahr zur Hölle«, sagte sie voller Abscheu und Hass. Dann ging sie aus dem Raum und ließ mich allein.

In der nächsten Sekunde brach ich zusammen, presste meine Hände auf den Bauch, aber mein Leben sickerte trotzdem aus mir heraus wie Wasser aus einem undichten Eimer. Das war mein Tod, ich wusste es. Das war das Ende.

Aber dann wurde ich zurückgerissen, zurück in meinen eigenen Körper, zurück in den runden Raum in der Basis von KORT. Es passierte so schnell, dass mir die Luft wegblieb. Keuchend sank ich auf den Boden.

»Charlotte!« Noel war sofort bei mir. »Was ist passiert?«

»Sie … sie hat mich getötet.« Hastig tastete ich meinen Bauch ab, aber ich war nicht verletzt. Natürlich nicht. Das war nicht ich gewesen, sondern jemand anderes. Wahrscheinlich vor Hunderten von Jahren.

»Wer hat dich getötet?« Noel hockte sich hin, berührte mich am Arm. »Was hast du gesehen?«

»Eine Frau … sie …« Ich hatte immer noch Probleme, Luft zu bekommen. Die Angst war einfach zu stark. Mein Verstand wusste, dass keine Gefahr drohte. Aber der Rest von mir wollte nicht darauf hören.

Noel bemerkte es. »Du hyperventilierst. Hör mir zu: Atme vier Sekunden ein und dann sechs wieder aus. Dann wird es besser, glaub mir. Eins, zwei …«

Ich befolgte seinen Rat, er zählte mit mir mit und tatsächlich wurde das Atmen etwas leichter. Tief holte ich Luft.

»Diese Frau war … sie hat jemanden erstochen. Jemanden, den sie geliebt und der sie dann verraten hat. Es muss sehr lange her sein, ihre Kleidung war alt, genau wie das Zimmer.« Ich schluckte den Kloß in meinem Hals weg, aber es bildete sich gleich ein neuer.

»Was hast du berührt, als es passiert ist?«

»Keine Ahnung. Das Tuch dort, glaube ich.« Ich zeigte zum Altar.

»Das Tuch?« Noel sah sich um. »Das gehörte keinem der Ahnen. Es ist nicht einmal alt, soweit ich weiß.«

»Dann ist der Schrein wohl kaputt oder … verdammt, alles dreht sich.«

Mir war schwindelig und übel. Ich wollte aufstehen, aber mein Körper gehorchte nicht. Ich spürte immer noch das Messer in meinen Eingeweiden und das Gefühl von langsam verblassendem Leben. So furchtbar hatte ich mich noch nie gefühlt, so endgültig verloren, so leer. Es war, als hätte diese Begegnung mir alle Lebensenergie ausgesaugt.

»Komm, ich helfe dir.« Noel richtete sich auf und streckte mir seine Hand entgegen. Ich ergriff sie und ließ mich von ihm hochziehen.

»Ich fühle mich, als wäre ich ungefähr 80 Jahre alt«, ächzte ich. Jeder Muskel in meinem Körper tat mir weh. Das hatte ich zuletzt erlebt, als mich Dex dazu überredet hatte, mit ihm den South West Coast Path zu wandern. Am ersten Abend hatte ich mich trotz des regelmäßigen Tanztrainings nicht mehr bewegen können.

»Dann bist du die hübscheste 80-Jährige, die ich je gesehen habe«, versuchte Noel, mich aufzuheitern. »Okay, nach Mrs Finkle aus dem Ort, die uns immer Kekse backt. Aber es ist ein guter Platz 2.«

»Vorsicht, Lancelot«, murrte ich unwillig. »Ich könnte den Leuten erzählen, dass du gar nicht so charmant bist, wie alle denken.«

»Mrs Finkle findet mich total charmant.«

Ich musste grinsen, aber es verging mir schnell. »Noel, wer war das in meiner Vision? Etwa meine Vorfahrin?« Was für eine gruselige Vorstellung, von einer Frau abzustammen, die Leute ermordete, die sie mal geliebt hatte. Plötzlich fühlte ich mich unwohl.

Noel wirkte nicht sehr beunruhigt. »Du hast gesagt, sie hat dich erstochen, richtig? Also denjenigen, in dessen Körper du dich befunden hast.«

Ich nickte nur.

»Dann ist es wahrscheinlich, dass der arme Kerl, den sie umgebracht hat, dein Vorfahre ist.« Er überlegte. »Mir fällt auf die Schnelle kein Ritter ein, der auf diese Art gestorben ist. Trotzdem ist es ein Anhaltspunkt. Wenn wir die Datenbanken durchsuchen, dann –«

»Noel?«, rief jemand von draußen und nur ein paar Sekunden später öffnete Xavia die Tür zum Schrein.

»Was ist los?«, fragte er.

»Wir haben einen Notfall.« Sie sah von mir zu ihm. »Lester Wade ist auf Stufe 6 gesprungen.«

»Fuck. Wann?«

»Gerade eben«, sagte sie. »Ich habe es gegengecheckt, aber es gibt keinen Zweifel. Du weißt, was das bedeutet.«

»Ja, natürlich. Aber warum wir?« Noel runzelte die Stirn. »Caerleon ist viel näher dran.«

»Jade ist nicht da, sie hat einen Auftrag im Irak. Das ganze Team ist mit ihr dort.«

Noel stieß die Luft aus. »Wie viel Zeit haben wir?«

»Drei Stunden vielleicht, maximal vier. Wade hat eine Privatmaschine für den Abend gebucht und wird sicher längst packen.«

»Okay, dann müssen wir los.« Er schaute mich an, und ich verstand den Wink – was immer ich gesehen hatte, musste warten. Wir verließen den Raum und liefen diesmal deutlich schneller an den Porträts vorbei und weiter, bis wir wieder im Map-Raum ankamen. Mehrere Mitteilungen mit der Überschrift *Alert* waren auf dem Display zu sehen, die Personen zeigten und dazu den Namen des Ritters, dessen Nachfahre den Auftrag ausführen sollte. Eine Frau kam mir aus den Nachrichten bekannt vor, sie war Politikerin, wenn mich nicht alles täuschte. Ihr Alert trug den Hinweis »Stufe 5«, darunter stand »Kay«. Das war wohl ein Job für Zeph – und als ich mich umdrehte, sah ich ihn bereits im Techniklager, wo er ein paar Geräte aus den Regalen nahm und einpackte. Danach kam er herein, und ich wich ein paar Schritte zurück, weil ich irgendwie das Gefühl hatte, im Weg zu sein.

»Wie machen wir es?« Die Frage war an Noel gerichtet, der neben Xavia stand, die Ansicht von Lester Wade aufrief und sich verschiedene Zahlen anschaute. Ich fragte mich, wie man das alles so schnell durchblicken konnte, aber vielleicht lernte man auch das in der Ausbildung.

»Du nimmst Thora mit, Xavia und ich gehen zu Wade.«

»Ich dachte mir, dass du das vorschlagen würdest. Deswegen habe ich ihr schon Bescheid gesagt.« Zeph zeigte auf Thora, die das Waffenlager betrat und ein paar Magazine aus dem Schrank einsteckte. Mir dieses fast schon sphärische Mädchen dabei vorzustellen, wie sie eiskalt auf jemanden schoss, war ziemlich grotesk.

Levi kam herein, in der Hand zwei Autoschlüssel. Noel nahm ihm einen ab und warf ihn Zeph zu. Der warf einen Blick darauf und verzog das Gesicht.

»Der Land Rover? Ernsthaft? Warum bekomme ich nie den Aston oder den Bentley?«

»Weil die bei deinem Opa-Fahrstil reine Verschwendung wären.« Noel grinste. »Außerdem müsst ihr nur zum Flugplatz, wir aber bis nach Cardiff.«

Zeph zeigte mit dem Finger auf ihn. »Jaja, erfinde du nur irgendwelche Ausreden, weil du denkst, dass ich deine schönen Autos kaputt mache. Ich schwöre dir, es kommt noch der Tag, an dem du meine Rücklichter sehen wirst.«

»Sicher«, lachte Noel. »Zum Beispiel gleich, wenn du mit dem Rover im Schneckentempo wegfährst.«

»Schluss jetzt, Jungs.« Xavia ging dazwischen. »Zeph, ich habe Jackie Bescheid gesagt, sie ist auf dem Weg zum Jet und wartet auf euch. Habt ihr alles?«

»Ja, Mum.« Zeph verdrehte gutmütig die Augen. »Du tust so, als würden wir das zum ersten Mal machen.«

»Ich sorge mich um euch, du Idiot.«

»Und wir lieben dich dafür.« Er beugte sich vor und drückte Xavia einen Kuss auf die Wange. »Aber es gibt keinen Grund dafür. Das ist eine Politikerin, kein Warlord. Wir fliegen nach Deutschland, hauchen ihr ein bisschen Treue zu ihrer Partei ein, und zack, sind wir wieder draußen.«

»Das Problem ist nicht der Job, sondern die Darks.« Noel zog die Augenbrauen zusammen.

»Wir wissen, hinter wem die Darks gerade her sind – und das bin nicht ich«, erwiderte Zeph und überprüfte den Inhalt seiner Tasche und den Sitz des Holsters an seinem Gürtel, bevor er sich zu mir umdrehte. »Wo wir gerade von dir reden, Wundermädchen – gab es im Schrein irgendwas Interessantes? Außer Noel natürlich.«

Ich wollte ihn boxen, aber er wich aus. »Jein. Ich habe was gesehen, aber nichts Eindeutiges.«

»Wir kümmern uns darum, aber das wird warten müssen, bis wir wieder da sind.« Noel sah zu Thora, die gerade in den Raum kam und Bescheid gab, dass sie fertig war. »Bitte passt auf euch auf.«

»Immer.« Thora umarmte erst ihn, dann Levi und Xavia. »Wir sind morgen früh wieder da, so Vishnu es will.« Auch ich bekam eine Umarmung, von Zeph gab es einen Schulterklopfer und ein »Bleib tapfer«, dann gingen beide. Levi begleitete sie zur Tiefgarage.

Ich sah ihnen nach. »Vishnu? Ist Thora Hindu?«

»Diese Woche schon.« Xavia hob die Schultern. »Aber das wechselt häufig. Zu Zeiten von Percival gab es hier vielleicht nur

Heiden und Christen, aber Thora denkt, als Nachfahrin müsste sie der Vielfalt gerecht werden. Ihre Worte, nicht meine.«

»Das ist ziemlich weise«, sagte ich erstaunt.

»So ist Thora. Manchmal denkt man, sie hat sie nicht mehr alle, aber es ist einfach ihre eigene Art zu denken. Man gewöhnt sich daran.« Xavia lächelte und sah dann zu Noel. »Wir sollten uns dann auch fertig machen. Ich such die Sachen raus.«

Sie ging, und Noel folgte ihr, nachdem er noch einige Informationen abgerufen hatte. Ich blieb, wo ich war, weil ich keine Ahnung hatte, was ich nun tun sollte oder was von mir erwartet wurde. Es dauerte keine halbe Minute, bis Noel den Kopf wieder hereinstreckte. »Kommst du?«

»Ich soll mit zu diesem Auftrag?« Ich sah ihn an.

»Wenn du einverstanden bist. Das Haus ist sicher, aber Levi ist auf Abruf für das Team aus Leeds und muss vielleicht heute noch weg. Deswegen wäre es besser, du kommst mit Xavia und mir.«

Ich überlegte nicht lange. »Okay.« Hier herumzusitzen und darauf zu warten, bis alle zurückkamen – oder die Darks auftauchten –, klang nicht wie eine tolle Vorstellung.

»Sicher?« Er verzog das Gesicht. »Ich weiß, dass ich dir versprochen habe, dich nach zwölf Stunden hinzubringen, wo du möchtest. Und das ist vermutlich nicht Cardiff.«

Er hatte recht, diese Zeit war rum. Aber ich hatte seit sicherlich ein oder zwei Stunden nicht mehr daran gedacht, von hier zu verschwinden. Ja, diese Leute gehörten zu KORT, aber nichts an ihnen warnte mich – im Gegenteil, ich fühlte mich fast schon wohl in ihrer Gegenwart. *Gilt das für einen von ihnen vielleicht ganz besonders? – Ach, halt die Klappe.* Das hier war momentan der sicherste Ort für mich. Und wenn ich herausfinden wollte, von wem ich abstammte, war dieses Team meine beste Chance. Von möglichen Nachforschungen, was Dex anging, ganz zu schweigen.

»Ja, ich bin sicher«, sagte ich. »Allerdings sollte ich wohl im Pub Bescheid geben. Morty macht sich bestimmt Sorgen, wenn ich nicht wieder auftauche. Und ich will wissen, ob es allen dort gut geht.«

»Das hat Xavia bereits heute Morgen erledigt.« Noel lächelte. »Sie hat dem Barkeeper gesagt, dass du Ärger mit ein paar Typen hattest, aber jetzt in Sicherheit bist. Und dass du dich meldest, wenn du weißt, wann du zurückkommst.«

»Okay. Das war nett von ihr.« Ich fragte mich, wie sie es hinbekommen hatte, dass Morty keine Rückfragen gestellt hatte. Aber ich würde ihm bald eine Nachricht schreiben, damit er beruhigt war.

Noel nickte. »Dann komm, wir müssen uns noch umziehen.«

*Umziehen?*

Ich folgte ihm in einen verglasten Raum, der mir bisher nicht aufgefallen war – vielleicht weil er nur aus einer gepolsterten Bank und einem Wandschrank bestand, der jetzt jedoch geöffnet war. Darin sah ich Kleiderstangen, an denen Unmengen Klamotten hingen, teils noch mit Etiketten. Noel drückte auf eine Schaltfläche an der Wand, und die Stangen begannen, sich nach links zu bewegen. Ich starrte darauf, als hätte er mir gerade den Schrank nach Narnia gezeigt.

»Ihr habt einen verdammten *Klamottenladen* im Keller?«

Noel stoppte die Stangen und griff nach einem dunklen Hemd. »Das ist nur der Kram für Undercover-Missionen.«

»Nur«, wiederholte ich ungläubig. Ich hatte bereits mehrere Designerteile vorbeifahren sehen, für die manche Leute gemordet hätten. »Wenn ich ein paar von den Sachen bei eBay verkaufe, bin ich reich.«

»Ach, das ist dein Plan, jetzt verstehe ich das.« Noel grinste, nahm auch noch ein Sakko vom Bügel und legte es mit dem Hemd auf der gepolsterten Bank ab. »Du könntest dich uns auch einfach anschließen, dann kannst du dir von dem Zeug nehmen, was du willst.«

»Wieso hast du das nicht gleich gesagt?«, antwortete ich sarkastisch. »Wo muss ich unterschreiben?«

Xavia kam aus einer Tür neben dem Schrank. »Ihr seid ja immer noch nicht umgezogen«, tadelte sie uns milde und rief meine Erinnerungen an die Heimaufseherinnen von früher wach. Allerdings sah sie sehr viel schicker aus. Nachdem sie heute Morgen geduscht hatte, war sie in Jogginghose und Pullover herumgelaufen. Jetzt trug sie eine Hose aus edlem Stoff, hohe Schuhe und eine helle Bluse unter einem blauen Blazer. Die schwarzen Haare fielen ihr in großen Wellen offen über die Schultern. An ihren Ohren hingen teuer aussehende Hänger.

»Bin sofort fertig.« Noel nahm das Hemd vom Bügel und zog dann kurzerhand seinen Pullover und das Shirt darunter aus. *Halleluja.* Beim Anblick seines freien Oberkörpers wurde mir plötzlich ziemlich warm. Das Training der Knights war offenbar sehr … effektiv. Und hatte er da ein Tattoo am Unterarm? Ich konnte den Schriftzug nicht entziffern, es schien kein Englisch zu sein.

»Charlotte?« Xavia hinderte mich daran, Noel noch länger anzustarren. Ich drehte mich zu ihr um und sie drückte mir einige Klamotten an Kleiderbügeln in die Arme. »Hier sind Sachen für dich. Es ist meine Größe, aber die müsste dir passen. Da vorne ist die Kabine, da kannst du auch noch mal deine Haare checken.«

»Warum müssen wir uns überhaupt umziehen?«, fragte ich und nahm die Sachen entgegen.

»Die Familie von Lester Wade veranstaltet heute eine Kunstauktion bei sich zu Hause«, erklärte Xavia. »Dort sind eher konservative Leute zu Gast. Wenn wir also nicht auffallen wollen, müssen wir uns anpassen.«

»Und ich dachte immer, KORT-Teams wären wie Ninjas – rein, raus, nicht gesehen werden.« Ich sah mir die Klamotten genauer an. Es war ein schwarzer Pullover aus dünner, weicher Wolle, dazu eine graue Hose und ein dunkler Blazer aus Tweed. Nicht gerade mein Stil.

»Manchmal. Nicht immer.« Noel richtete den Kragen seines Hemdes und knöpfte es zu, was gut für meinen Pulsschlag war. »Wenn es eine Tarnung gibt, mit der wir ohne große Vorbereitung reinspazieren können, spart das eine Menge Zeit.«

Das leuchtete ein. Also nahm ich die Klamotten an mich und zog mich eilig in dem separaten Räumchen um, während Xavia und Noel draußen miteinander über den Auftrag redeten und dabei Abkürzungen und Begriffe verwendeten, die ich noch nie gehört hatte.

»Fertig.« Ich kam aus der Kabine und zupfte das Jackett aus Tweed zurecht.

»Sehr schön.« Xavia gab mir ein paar flache Ballerinas, gegen die ich meine heiß geliebten Vans eintauschte. Dann sah sie mich kritisch an und zupfte ein paar Strähnen meiner Haare zurecht. »Ich glaube, das wird gehen. Wie fühlst du dich?«

»Verkleidet.« Nicht einmal für den Schulausflug in der achten Klasse zur Royal Albert Hall hatte ich so etwas angezogen.

»Dann ist es perfekt«, nickte sie. »No, was meinst du?«

Noel sah zu mir rüber. »Schick. Erinnert mich an meine Lehrerin in der dritten Klasse, Mrs Richardson. Sie war ungefähr sechzig.«

»Oh, schon wieder so charmant, Mylord?« Ich streckte ihm die Zunge raus.

»Natürlich. Ich würde es nicht wagen, dich in dieser Hinsicht zu enttäuschen, Mylady.« Er grinste, verneigte sich leicht und nahm dann den Autoschlüssel von Xavia entgegen, bevor wir hinausgingen und er mir die Tür zur Garage aufhielt.

Während wir an einem Oldtimer vorbei zu einem schnittigen schwarzen Wagen gingen, schaute Xavia mich fragend an. »Wird dir beim Autofahren schnell schlecht?«

Ich musste grinsen. »Keine Sorge, mein Magen ist seit gestern Noel-erprobt.«

»Perfekt.« Sie öffnete die Beifahrertür und setzte sich ins Auto. Ich nahm die Rückbank und zog die Tür zu, bevor Noel den Wagen zurücksetzte, um aus der Lücke zu kommen. Im nächsten Moment glitt das Tor auf, und ich wunderte mich noch, wie normal es mir bereits vorkam, das hier zu tun, als wir längst ins Licht hinausfuhren.

# 11

Wahrscheinlich wäre es besser gewesen, noch nicht an Noels forschen Fahrstil gewöhnt zu sein, denn dann wäre ich auf dem Weg nach Cardiff mit etwas anderem beschäftigt gewesen, als über die gruselige Frau aus meiner Vision nachzudenken. Ich konnte nur hoffen, dass sie wirklich nicht meine Vorfahrin war, denn wenn doch, hatte ich wahrscheinlich ein ernsthaftes Problem.

Xavia und Noel sprachen nach der Abfahrt nur wenig – er konzentrierte sich aufs Fahren, sie hatte eine kleinere Version der Map auf ihrem Tablet und checkte alle Veränderungen, die sich in der Karte von Lester Wade zeigten. Dann telefonierte sie kurz mit Levi, und als sie auflegte, lehnte ich mich vor.

»Wer ist eigentlich dieser Lester Wade?«, fragte ich.

»Unser Ziel.« Xavia sah über ihre Schulter zu mir. »Lester ist der 24-jährige Sohn einer schwerreichen Familie, der zwei Fährgesellschaften gehören. Sie haben nicht viel mit Umweltschutz am Hut, Lester aber schon. Er setzt sich gegen die Verwendung von Schweröl in der Urlaubs- und Industrieschifffahrt ein, unterstützt einige Nationalparks und so weiter.«

»Ein echter Wohltäter also?«

»Er bemüht sich. Aber seine Familie macht es ihm nicht leicht. Deswegen hat KORT ihn schon lange auf dem Schirm – falls er kippt.«

»Und nun ist er gekippt?« Ich hielt mich am Fahrersitz fest, weil Noel in eine scharfe Kurve fuhr.

»Sozusagen.« Xavia nickte. »Allerdings nicht weil die Eltern Druck machen. Lester hat ein Mädchen kennengelernt, eine Studentin vom King's College, sie heißt Laura und ist ein paar Jahre jünger als er. Die beiden haben sich Hals über Kopf verliebt und sind seitdem unzertrennlich.«

»Uh, ich ahne Drama. Lass mich raten: Sie ist Walfängerin?«

Xavia grinste. »Nein, eher das Gegenteil. Laura ist bei Greenpeace aktiv, kämpft gegen das Waldsterben im Dschungel, demonstriert gegen Atomkraft … die beiden sind total auf einer Wellenlänge. Lester hat ihr vor ein paar Wochen sogar einen Antrag gemacht. Und sie hat Ja gesagt.«

Verwirrt runzelte ich die Stirn. »Ich warte immer noch auf das Problem.«

»Das Problem ist seine Familie.« Jetzt seufzte Xavia. »Sie halten Lesters Umweltschutzprojekte zwar für Flausen, aber sie lassen ihn trotzdem machen. Laura hingegen lehnen sie kategorisch ab, genau wie eine Hochzeit. Deswegen kamen schon vor ein paar Wochen erste Warnungen durch, weil die Divines gesehen haben, dass die beiden durchbrennen könnten. Das darf aber auf keinen Fall passieren. Denn wenn Lester mit Laura abhaut, ist sein Zugriff auf das Geld der Familie Geschichte. Dann kann er es nicht mehr benutzen, um Wälder und Ozeane zu retten.«

Ich hob die Schultern. »Warum kann er nicht einfach mit Laura für Greenpeace arbeiten? Die tun doch auch Gutes.«

»Klar könnte er das.« Noel überholte rasant einen Kleinwagen. Der ältere Mann darin starrte erschrocken aus dem Fenster. »Aber Lester ist zu Größerem berufen. Wie würde Levi es ausdrücken? Es wäre eine globale Katastrophe, wenn er heute mit diesem Jet abhebt.«

Ich sank zurück in meinen Sitz und sah wieder aus dem Fenster. Die Welt von KORT hätte mir verrückt vorkommen müssen, dieses Gerede von Menschen, die in der Zukunft dieses oder jenes sein würden – und dass man dafür sorgen musste, dass sich ihr Schicksal erfüllte. Aber stattdessen war es auf seltsame Weise gewohnt. Meine Ausflüge mit Dex waren schließlich auch nichts anderes gewesen als Aufträge.

Ich hatte ihn nie gefragt, woher er die Informationen zu den Leuten bekam, die ich beeinflussen sollte. Vielleicht hatte er eine Verbindung zu KORTs Map gehabt, ohne dass sie es mitbekommen hatten – oder andere Quellen, die ich nicht kannte. Ich musste bei Gelegenheit unbedingt nachforschen. Ich wollte wissen, warum er mich angelogen hatte. Und was es da noch gab.

Nach etwas mehr als zwei Stunden Fahrt kamen wir in einem kleinen Ort in der Nähe von Cardiff an. Der Stammsitz der Familie Wade war ein typisches altes Herrenhaus aus grauem Stein mit weißen Sprossenfenstern. Die Wände waren von dunklem Efeu bewachsen, den man akkurat gestutzt hatte. Vor dem Haus parkten eine Menge Autos, alles teure, exklusive Marken.

»Fühlt sich an wie zu Hause, hm?«, witzelte Xavia und stieß Noel an.

»Nicht ganz«, sagte er trocken, fuhr vorbei und parkte den Wagen in einer Seitenstraße. »Das hier sind schließlich Leute, die ihr Geld mit ehrlicher Arbeit verdient haben.«

»Mehr oder weniger.« Xavia grinste.

»Na, immerhin mit Arbeit.« Noel griff nach einer Box im Handschuhfach. Dann schoben Xavia und er sich kleine Stöpsel in die Ohren. Mir hielt er auch einen hin. Ich nahm das kleine Gerät entgegen und setzte es nach dem Vorbild der beiden ein, verkniff mir aber jeden James-Bond-Kommentar. Xavia packte derweil das Tablet in ihre Tasche, nachdem Noel und sie einen letzten

Blick auf den Grundriss des Hauses geworfen hatten. Dann angelte er sein Sakko vom Rücksitz.

»Bist du bereit?«, fragte er mich.

»Kein bisschen«, antwortete ich. Xavia hatte mir zwar erklärt, wie das Ganze ablaufen würde, aber ich fühlte mich trotzdem wie vor einem Sprung in eiskaltes Wasser. Dex und ich hatten den jeweiligen Menschen einfach einen Besuch abgestattet, manchmal hatte es Kaffee oder sogar Kekse gegeben. Mit Ohrenstöpseln und Einsatzplänen kannte ich mich nicht aus. »Aber wird schon schiefgehen.«

»Das tut es immer.« Noel grinste, dann öffnete er die Fahrertür und stieg aus. Als ich ihm zum Kofferraum folgte, diskutierte er gerade mit Xavia. Ich sah einen Behälter aus Metall mit einer Einlage aus Schaumstoff, in dem feinsäuberlich einige Waffen aufgereiht waren.

»Ich finde es nicht gut, wenn wir ohne reingehen.« Noel runzelte die Stirn.

»Ich auch nicht«, sagte Xavia. »Aber das Risiko, dass Waffen dort auffallen, ist zu hoch. Außerdem sind die Leute dadrin keine Gefahr für uns.«

»Die Leute dadrin sind nicht das, worum ich mir Sorgen mache. Wenn wir schon keine Schwerter tragen können, sollten wir wenigstens ein bisschen was von dem anderen Zeug mitnehmen.« Er zeigte auf den Inhalt des Koffers.

»Die Darks werden uns hier nicht in die Quere kommen, No.« Xavia schien weniger besorgt. »Das ist nicht Killians Stil.«

»Als hätten wir irgendeine Ahnung, was mittlerweile sein Stil ist«, sagte Noel bitter, aber er klappte den Behälter wieder zu und verschloss ihn sorgfältig.

Xavia sah auf die Uhr. »Wir sollten los.« Sie zog eine Einladung aus schwerem Papier hervor und ging die Zufahrt hinauf zum Eingang des Hauses. Während sie trotz hoher Schuhe aufrecht voranschritt und Noel die eleganten Klamotten offenbar ebenfalls gewohnt war, fühlte ich mich wie eine ungelenke Parallelversion von mir selbst – Charlotte, die Buchhalterin. *Zieht jemand so konservatives Zeug wirklich freiwillig an?*

Offenbar taten das sogar viele. Das sah ich, als wir das Haus betraten. Der Salon – die Bezeichnung Wohnzimmer wäre mir nie in den Sinn gekommen – der Familie Wade schien voller Menschen zu sein, an denen die neuesten Trends vorbeigegangen waren. Tweed war allgegenwärtig, genau wie Krawatten, Anzüge und Twinsets. Passend dazu trugen die meisten Leute ernste, bedeutungsvolle Mienen und teuren Schmuck. Sie standen in Grüppchen herum oder besahen sich gelangweilt uralte Gemälde und hässliche Statuen.

»Es wundert mich, dass Lester Wade nicht schon viel früher abgehauen ist«, raunte ich den anderen zu. Wenn man irgendwo sicher keinen Spaß haben konnte, dann hier.

»Glaub mir, Familien wie diese sind sehr gut darin, dich von ihnen abhängig zu machen.« Noel klang so, als wäre das nicht nur eine Vermutung von ihm. »Ist Lester irgendwo zu sehen?«

»Bisher kann ich ihn nicht entdecken.« Xavia nahm von einem Kellner drei Gläser entgegen und verteilte sie an uns. »Ich mische mich mal ein bisschen unters Volk. Haltet euch bereit.« Sie strich sich die Haare zurück und ging auf das nächste Grüppchen von Leuten zu. Fast fürchtete ich, dass man sie als Fremde unhöflich behandeln würde, denn die Mienen waren skeptisch bis misstrauisch. Aber Xavia sagte nur zwei Sätze und schon waren alle interessiert und freundlich.

»Wie macht sie das?«, fragte ich Noel und nippte an dem Inhalt meines Glases. *Bäh, Champagner.*

Er lächelte, während er Xavia beobachtete. »Sie tut so, als wäre sie die Freundin irgendeines Bekannten, der heute nicht da ist, macht ein paar Komplimente – und schon verlieben sie sich in sie. Vergiss ihre Gnade. Die ist auch beeindruckend, aber das da ist ihre eigentliche Superkraft.«

»Und was ist deine Superkraft?«, fragte ich geradeheraus.

»Mein Charme natürlich«, antwortete er trocken und wir mussten beide lachen.

»Lester ist nicht hier unten«, erklang Xavias Stimme kurz darauf in meinem Ohr. Sie war auf dem Weg zu einer anderen Gruppe von Leuten. »Seine Eltern haben ausrichten lassen, dass er sich nicht wohlfühlt und der Auktion deswegen fernbleibt.«

»Das ist unser Stichwort.« Noel stellte sein Glas ab. »Er hat das Haus noch nicht verlassen, sonst hätten die Divines es gesehen. Also muss er oben sein.«

Xavia nickte uns quer durch den Raum zu. »Ich bleibe hier und sorge dafür, dass euch niemand folgt.«

In einem unbeobachteten Moment verschwanden wir aus dem Salon und bogen in einen holzvertäfelten Korridor ein, der mit dickem Teppich ausgelegt war. Noel hatte sich den Grundriss offenbar sehr gut eingeprägt, denn er ging nur einige Schritte weiter und stieß dann eine versteckte Tür auf, die zu einer nackten Treppe mit kühler Beleuchtung führte. Als der Durchgang hinter uns zufiel, schnaubte ich belustigt.

»Mir ist jetzt klar, warum es diese ganzen Klischees über reiche Menschen gibt: Sie sind alle wahr.« Ich stieg die Stufen nach oben.

»Fast alle.« Noel kam mir nach, seine Stimme hallte in dem Treppenhaus. »Es stimmt zum Beispiel nicht, dass alle Kinder von reichen Leuten einen Sportwagen zum 18. Geburtstag kriegen. Manche bekommen ihn auch erst zum Schulabschluss.«

Ich grinste. »Das ist ja so viel besser.«

»Dachte ich mir doch, dass dir das gefällt.« Noel schob die Tür im ersten Stock eine Handbreit auf und spähte hindurch. »Keiner da.«

Der Flur war wie ausgestorben, nur der Gesprächslärm von unten drang über die offene Treppe herauf. Zielstrebig ging Noel nach rechts und dann um die Ecke. Am Ende des Ganges stand eine Tür ein Stück offen. Durch den Spalt sah ich den Rücken eines jungen Mannes mit mausbraunen Haaren, der Kleidung in einen Koffer packte. Er machte es hastig, faltete die Sachen nicht und telefonierte währenddessen.

»Nein, Liebling, ich habe das für uns geregelt. Du musst nur zum Flugplatz fahren. Ich verspreche dir, es wird alles gut. In einer Stunde sind wir auf dem Weg in die Freiheit.« Er legte auf und warf das Handy beiseite.

»Wir müssen uns beeilen.« Noel klang, als würde er bedauern, was nun folgen würde, und allmählich dämmerte mir, was hier sein Job war. Die Knights konnten nicht nur ihre jeweiligen Leitgefühle in Menschen entfachen, sie konnten sie auch abschwächen oder ganz verschwinden lassen. So wie bei Lester: Was ihn von dem Geld seiner Familie trennte, war seine Liebe zu Laura.

Musste Noel ihm diese Liebe etwa nehmen?

Er atmete tief ein, dann hob er die Hand und klopfte an die halb offene Tür. Lester fuhr erschrocken herum, die Haare zerzaust, der Blick gehetzt. Dann wurde seine Miene verwirrt.

»Wer seid ihr? Was wollt ihr hier? Die Auktion findet unten statt.«

»Hallo, Lester«, sagte Noel mit weicher, freundlicher Stimme, die in mir ein leichtes Vibrieren auslöste. »Können wir kurz miteinander reden?«

»Ich habe jetzt keine Zeit.« Lester schloss den Koffer. »Meine Eltern sind im Salon. Sie werden euch sicher weiterhelfen können.«

»Aber es wäre wirklich wichtig.« Noel trat ins Zimmer, vorsichtig, als wäre er ein Raubtier, das sich seiner Beute näherte. »Schließlich geht es um Laura.«

Er schien Lester bereits zu beeinflussen, denn der schien sich nicht darüber zu wundern, dass zwei wildfremde Leute um die zwanzig mit ihm über seine Verlobte reden wollten. »Ich werde sie heiraten, ganz egal, was passiert«, sagte er mit fester Stimme.

»Natürlich.« Noel nickte verständnisvoll. »Aber genau deswegen müssen wir über sie sprechen. Bitte. Es dauert nur fünf Minuten.«

»Okay, dann ...« Lester wies auf eine Sitzgruppe mit zwei Sesseln, die am Fenster stand. Noel und er setzten sich, ich blieb an der Tür. »Was ist mit Laura? Wir haben gerade noch telefoniert, da schien alles in Ordnung zu sein.«

»Es geht ihr gut. Niemand hat vor, ihr zu schaden.« Noel beugte sich vor und sah Lester in die Augen. »Erzähl mir von ihr.«

Er sagte nur diese vier Worte, mehr nicht. Aber er sagte sie auf eine Art, die in mir das Verlangen auslöste, ihm auf der Stelle jedes meiner Geheimnisse, jedes verborgene Gefühl, jede dunkle Stelle auf meiner Seele verraten zu wollen. Ich wollte ihm sagen, wie ich meine Kindheit verbracht hatte, was mit Dex in London passiert war, ich wollte ihm erzählen, wie ich mich in seiner Nähe fühlte – dass ich von ihm angezogen wurde, als wäre ich eine Motte und er das einzig verfügbare Licht. Unzählige Worte voller Zuneigung, Hingabe und Leidenschaft kamen mir in den Kopf, Worte, die ich sonst niemals verwendet hätte. Ich wollte sie ihm sagen, alle auf einmal, jetzt sofort.

Aber da sah ich, wie Lesters Feld an einer speziellen Stelle hell aufleuchtete und in seinen Augen nichts als Liebe zu sehen war. Da verstand ich plötzlich und mein Kopf wurde wieder halbwegs klar. Scharf atmete ich ein. *Heilige Scheiße.*

Das war sie also.

Das war die Gnade des Lancelot.

# 12

Es war hundertmal stärker als das, was Killian im Pub bei mir versucht hatte – vielleicht weil ich bei Noel offener dafür war, vielleicht auch, weil er seine Gnade besser beherrschte als sein Bruder. Fakt war, ich konnte kaum widerstehen, obwohl ich drei Meter entfernt stand und Noel nicht in die Augen sah. Lester Wade hatte jedoch keine Chance. Die Worte sprudelten nur so aus ihm heraus, alle zusammen eine einzige Liebeserklärung an diese Frau namens Laura, die für ihn das pure Geschenk zu sein schien. Er schwärmte von ihrem Humor, ihrem Willen, ihren Haaren, ihrer Intelligenz – und merkte nicht, wie er sie mit jedem Satz mehr und mehr verlor.

Möglicherweise lag es daran, dass ich sein Feld sehen konnte, mit dieser hell strahlenden Stelle, die immer dunkler wurde, je länger Lester sprach. Vielleicht hätte aber auch jeder andere gespürt, wie die Liebe förmlich aus ihm herausfloss. Wie Noel nach und nach Lesters glückliche Erinnerungen zu gefühlsleeren Ereignissen machte, die ihm bald vorkommen würden, als wären sie jemand anderem passiert. Es tat körperlich weh, dabei zuzusehen, und ich wollte am liebsten zu Lester stürzen und ihn anbrüllen, dass er verschwinden und sich in Sicherheit bringen sollte. Aber ich tat nichts. Ich stand wie festgewachsen an der Tür und ließ es geschehen.

Noch schlimmer als das Wissen, dass Lester gerade die Liebe

seines Lebens verlor, war jedoch der Ausdruck in Noels Augen. Wenn ich je Mitgefühl im Gesicht eines anderen Menschen gesehen hatte, zerfiel die Erinnerung daran in diesem Moment zu Staub. Noel litt Höllenqualen, während er dem Mann vor ihm sein Glück zerstörte. Aber trotzdem tat er es, tat seine Pflicht, die ihm von KORT auferlegt worden war und die nichts mit der Art von machtgieriger Manipulation zu tun hatte, von der Dex immer gesprochen hatte. Im Gegenteil, Noel schien sich der Zwiespältigkeit seiner Aufgabe mehr als bewusst zu sein. Lancelots Gnade war eine der schwersten, das wurde mir in diesem Moment klar. Bei den anderen ging es um Macht, um Mut, um Treue oder Glaube. Das war alles wichtig für das Leben eines Menschen. Aber Liebe war etwas so Tiefes, so Elementares und Wertvolles – wenn man sie auslöschte, veränderte das jemanden für immer. Ich konnte Noel ansehen, dass er das ganz genau wusste. Und ich fühlte seinen Schmerz, der dieser Gewissheit folgte. Wie stark musste man sein, um das auszuhalten?

Alles dauerte nicht länger als ein paar Minuten, dann verebbte das Gespräch und ich sah Noel schwer ausatmen. Er rieb sich über das Gesicht, dann berührte er Lester am Arm und stand auf. Der junge Mann blieb auf seinem Sessel sitzen, Leere in den Augen. Ich wusste, das war normal. Eine Gnade zu benutzen, verschleierte gleichzeitig, was man tat. Wenn wir zur Tür hinausgingen, würde sich Lester schon sehr bald nicht mehr an uns oder die letzten zehn Minuten erinnern können. Alles, was zurückblieb, waren leichte Kopfschmerzen und ein bisschen Desorientierung, die schnell verging.

»Ich bin fertig«, sagte Noel mit gedämpfter Stimme. Ich dachte, er redete mit mir, aber dann hörte ich Xavia in meinem Ohr.

»Ist alles glattgegangen?«, fragte sie.

»Geht so etwas jemals glatt?« Noel sah hoch und sein Blick fiel auf mich. Ich wollte etwas sagen, etwas Hilfreiches am besten, aber der Ausdruck in seinen Augen machte mich stumm. Es gab nichts, das es besser machte.

»Es war das Richtige, No«, sagte Xavia. »Das weißt du.«

»Ja. Natürlich. Es ist immer das Richtige.« Er nickte mechanisch. »Lasst uns verschwinden. Er wird bald wieder klar sein.«

»Ich warte draußen auf euch.«

Wir schauten noch einmal prüfend zu Lester, dann öffnete Noel die Tür und wir gingen hinaus. Der Gang bis zur Treppe erschien endlos und ich kämpfte immer noch mit dem, was ich gerade erlebt hatte.

»Was ist mit Laura?«, fragte ich leise. »Musst du auch mit ihr reden?«

Noel atmete ein. »Nein. Die Map hat für Laura keinen Auftrag gegeben. Was bedeutet, dass es bei ihr keine Rolle spielt, ob sie Lester liebt oder nicht.«

»Aber wäre es nicht humaner …« Ich sprach den Satz nicht zu Ende. Noel brauchte vermutlich keine Erinnerung daran, was er getan hatte.

»Ihr ebenfalls ihre Liebe zu nehmen? Vermutlich wäre es das.« Er nickte. »Nur dürfen wir aus Mitgefühl nicht einfach jemanden leiten. So etwas gegen die Vorhersagen der Divines zu tun, kann schlimme Konsequenzen für das Gesamtgefüge haben. Schmetterling und Hurrikan, du weißt schon.«

Ich nickte und hoffte, dass Dex und ich mit unseren Besuchen nichts in der Art angerichtet hatten. Aber ich sagte nichts, und wir gingen schweigend weiter in Richtung Treppe, um das Haus der Wades so schnell wie möglich zu verlassen.

Wir waren schon auf den Stufen nach unten, da erfasste mich plötzlich eine heftige Welle aus Verzweiflung. Abrupt blieb ich stehen und versuchte, die Quelle auszumachen.

»Wir müssen zurück«, sagte ich dann. »Ich glaube, mit Lester stimmt etwas nicht.«

Noel fragte nicht weiter, vielleicht spürte er es auch selbst. Wir machten auf dem Absatz kehrt und rannten zurück. Die Tür zu Lesters Räumen war geöffnet, aber als wir dort ankamen, war er nicht da. Dafür stand eine Luke offen, aus der eine Klappleiter herunterhing. Kühle Luft drang ins Zimmer.

»Er ist auf dem Dach.« Noel war mit zwei Schritten bei der Leiter und stieg hinauf. Ich folgte ihm und trat ein paar Sekunden später neben ihn auf eine flache Plattform zwischen zwei Giebeln. Lester stand am Rand und sah nach unten.

»Ach du Scheiße.« Ich sagte es nicht nur, weil seine Schuhspitzen über die Kante ragten und es so wirkte, als wollte er sich hinunterstürzen. Sondern weil sein Feld aussah wie nach einer Schlacht. Das Eis war brüchig, überall waren Flecken von roter Hitze, das Licht pulsierte in schnellem Rhythmus unter der Oberfläche. Und ich erkannte nichts als Angst. Alles verschlingende, ohnmächtige Angst. Wo kam die plötzlich her?

»Lester?«, sprach Noel ihn an, wieder mit dieser sanften Lancelot-Stimme. Aber kaum hörte Lester ihn, begann er zu zittern und starrte uns mit großen Augen an, sagte aber kein Wort.

»Lester, bitte rede mit mir«, legte Noel nach. »Was ist los?«

»Es soll aufhören!«, rief er und drehte sich wieder in Richtung Kante.

Ich machte einen Schritt nach vorne. »Was soll aufhören, Lester?«, fragte ich freundlich, als würde ich mit einem Kind sprechen.

»Es ist alles schwarz, da ist nur noch Dunkelheit. Ich will, dass es aufhört!« Er griff sich an den Kopf, schwankte heftig an der Kante, bedenklich nah am Abgrund. Sein Feld pulsierte weiter.

»Er besteht nur noch aus Angst«, sagte ich zu Noel. »Kommt das häufiger vor, wenn du jemandem seine große Liebe wegnimmst?«

»Nein, niemals.« Er sah mich an, mehr als nur beunruhigt. »Es war doch nur Laura und ich habe die Hingabe zu seiner Familie noch verstärkt. Das hätte nicht passieren dürfen.« Er legte die Hand ans Ohr. »Xav? Ich brauch dich hier oben auf dem Dach. Vielleicht kann Mut ihm helfen.«

»Bin schon auf dem Weg.« Es war gut, dass Xavia so gerne joggte: Sie war in Rekordzeit bei uns. Aber auch als sie mit Lester redete, drang sie nicht zu ihm durch. Ich sah zwar, wie Gawains Mut ihn erreichte, aber er war wie ein Eimer Öl bei einem Flächenbrand – der Effekt wurde verstärkt. Sein Feld war völlig außer Kontrolle. Ich hatte so ein Chaos noch nie gesehen.

Oder doch?

»Verdammt, ich brauche Körperkontakt«, fluchte Xavia neben mir.

»Das wird nichts bringen. Du wirst es nur schlimmer machen.« Ich hörte mich selbst, als wäre ich woanders und meine Stimme in dem Stöpsel in meinem Ohr. Denn es war mir wieder eingefallen: dieses eine Mal, als Dex mich aus einer Wohnung gezerrt hatte, weil unser Ziel völlig ausgerastet war. Eine Frau, deren Persönlichkeit sich von einem Moment auf den anderen um 180 Grad gedreht hatte. Ihr Feld hatte so ähnlich ausgesehen.

»Woher willst du das wissen?« Xavia sah mich an.

»Weil ich das schon mal erlebt habe«, sagte ich hastig. »Lesters Feld, das ist nicht natürlich.« Was hatte mir Dex damals über diese Frau gesagt? *Sie ist nicht zu retten. Jemand war vor uns hier.* »Wir sind nicht die Ersten«, sagte ich.

»Nicht die Ersten bei was?«, fragte Noel.

»Bei Lester. Vor dir hat ihn schon jemand anders beeinflusst. Derjenige hat ihm auf einer versteckten Ebene so viel Angst eingepflanzt, dass er zusammenbrechen musste, sobald die Liebe zu Laura weg ist.« Eine solche Grausamkeit schnürte mir die Luft ab. »Es ist wie ein Sprengsatz – mit Lancelots Gnade als Zünder.«

»Die Darks«, knurrte Noel hasserfüllt. »Das ist ihr Werk.« Er sah zu Lester, Entschlossenheit in den Augen. »Ich muss das wieder rückgängig machen.«

»Das kannst du nicht.« Ich hielt ihn zurück. »Das ist genau das, was es erst ausgelöst hat. Die Darks haben euch vorausgesehen, Xavia und dich.« Vielleicht hatten sie für alle aus dem Team vorgesorgt. Aber hatten sie auch mit mir gerechnet?

Plötzlich wusste ich, was ich zu tun hatte. »Lester?« Ich ging nah an die Dachkante, parallel zu ihm, ein paar Meter entfernt. Wow, da ging es echt tief runter. »Lester, du musst mir zuhören.« Ich sah ihn an. »Kannst du mir sagen, ob du dich in den letzten Tagen komisch gefühlt hast? War dir übel oder hattest du Kopfschmerzen?«

»Was machst du da? Charlotte, das ist gefährlich!« Ich hörte Noels Angst in seiner Stimme, aber ich brachte ihn mit einer Handbewegung zum Schweigen.

»Ich … ja, vorgestern.« Lester neigte den Kopf, er sprach leise. Tränen liefen ihm über die Wangen. »Da habe ich eine Schmerztablette gebraucht. Ich dachte, es läge am Wetter, aber –«

»Gut«, unterbrach ich ihn. »Gut, schon in Ordnung.« Vorgestern also. Da war ich noch nicht auf der Map aufgetaucht, also hatte Killian nichts von mir gewusst. Ich hatte eine Chance.

»Ich will, dass es aufhört!«, wimmerte Lester.

»Das wird es«, versprach ich ihm. »Ich kann machen, dass es aufhört. Aber dazu muss ich näher zu dir kommen. Ist das okay?«

Seine Augen blieben groß, aber er nickte.

»Cool.« Ich bewegte mich langsam auf ihn zu und stand schließlich direkt neben ihm an der Dachkante. Vorsichtig fasste ich ihn an den Schultern und sah ihm in die Augen. »Wehr dich nicht, in Ordnung? Sonst brauchst du noch mehr Schmerztabletten.«

Er gab mir sein stummes Einverständnis und ich glitt ohne Gegenwehr in seinen Geist. Das war aber auch das Einzige, was daran einfach war.

Die Darks hatten ganze Arbeit geleistet. Lesters Feld fühlte sich an, als würde ich mitten im Auge eines Tornados stehen, im Zentrum einer Welt, die in Stücke gerissen wurde. Die Lichter pulsierten wie ein Stroboskop, überschattet von unendlicher Angst, die alles auslöschte. So etwas Gewaltiges hatte ich noch nie unter Kontrolle bringen müssen. Ich hatte auch keine Ahnung, ob ich es konnte.

*Er ist nicht zu retten,* sagte Dex in meinem Kopf. Ich befahl ihm, die Klappe zu halten. Vielleicht war Lester nicht zu retten, aber versuchen wollte ich es trotzdem. Wenn ich diesen Mann vor dem Tod bewahren konnte, dann *musste* ich es tun. KORT hin oder her: Das war es, was eine Nachfahrin tat.

Ich sah Lester weiterhin in die Augen und machte mich an die Arbeit. Zuerst kümmerte ich mich um die ganzen Brandherde in seinem Feld, legte Gelassenheit darüber, brachte Licht an die dunklen Orte. Dann bekämpfte ich die Hoffnungslosigkeit, ersetzte sie durch den Mut, den Xavia Lester gegeben hatte und der nutzlos durch die flackernden Lichter fegte. Blieb nur noch die Angst, die wie ein übermächtiger Gegner über mir hing und alles verbrennen wollte, was in Lesters Feld hell und gut war. Plötzlich konnte ich den Wunsch, sich vom Dach zu stürzen, gut nachempfinden.

Was war das Gegenteil von Angst? *Vertrauen.* Ausgerechnet die eine Sache, bei der mein eigener Vorrat auch nicht gerade groß war. Trotzdem versuchte ich, Lester so viel wie möglich davon zu geben. Aber es reichte nicht aus.

*Hilfe. Ich brauche Hilfe.* Für einen Moment wusste ich nicht, ob ich es nur gedacht oder laut gesagt hatte. Dann spürte ich eine Hand auf meiner Schulter und plötzlich griff Wärme auf mich über. Ohne dass wir ein Wort sprachen, verband sich Noels Kraft mit meiner, machte mich stärker, unendlich stark. Ich dehnte diese Stärke aus, verwandelte sie in ein riesiges Tuch aus Vertrauen und warf es über Lesters Panik wie eine Löschdecke. Die Angst wehrte sich, fast konnte ich die Darks spüren, wie sie dagegenhielten. Dann löste sich die Panik auf und das Chaos verschwand.

Es hätte keine Sekunde länger dauern dürfen: In dem Moment, als Lesters Angst erstickt wurde, verlor ich die Verbindung. Meine Beine gaben nach, aber ich fiel nicht. Jemand fing mich auf, zog mich vom Rand weg und ließ mich vorsichtig auf den Boden herunter.

»Gute Arbeit«, sagte Noel zu mir.

»Du aber auch, Lancelot.« Ich lächelte. Dass man auf diese Art Energie teilen konnte, hatte ich nicht gewusst, und im Nachhinein kam es mir ziemlich intim vor. Noel jedoch ließ sich nichts anmerken, also tat ich es auch nicht. »Geht es Lester gut?«, fragte ich stattdessen.

»Ja, Xavia ist bei ihm. Er hat sich beruhigt.« Noel stand auf. »Ich muss nach ihm sehen. Kann ich dich allein lassen?«

»Klar.« Ich sah zur anderen Seite des Daches, wo das jüngste Opfer der Darks am Schornstein lehnte. Xavia hockte vor ihm, aber ich konnte trotzdem die Ruhe in Lesters Feld sehen, die sanft leuchtenden Lichter unter dem Eis – auch die erloschene Stelle, wo vorher die Liebe zu Laura gewesen war. Ich hatte sie nicht wieder entflammt, denn das stand mir nicht zu. In dem Moment, als ich in Lesters Geist eingedrungen war, war mir klar geworden, dass ich keine Ahnung hatte, was richtig oder falsch für ihn war.

»Kannst du aufstehen?« Xavia kam zu mir und half mir hoch. Meine Knie waren wieder halbwegs in den festen Aggregatzustand übergegangen.

»Danke«, sagte ich.

»Dito.« Sie sah mich ernst an. »Ohne dich hätten wir ganz schön alt ausgesehen.«

Noel brachte Lester nach unten, Xavia und ich folgten ihnen. Gerade als wir die Luke wieder geschlossen hatten, kam jemand ins Zimmer. Er sah Lester sehr ähnlich, war allerdings jünger als er.

»Les? Was ist passiert?« Er sah erschrocken aus.

»Nichts, ich … es geht schon wieder.« Lester lächelte leicht.

»Wir müssen jetzt gehen«, sagte Noel und sah den jüngeren Wade eindringlich an. »Pass gut auf ihn auf, okay? Er wird dich in der nächsten Zeit brauchen.«

»Klar.« Er nickte. »Das mache ich.«

Ich checkte noch einmal, ob es Lester und seinem Feld wirklich gut ging, dann sorgte Noel mit einer kleinen, harmlosen Manipulation bei dem jüngeren Bruder dafür, dass er sich nicht an uns erinnerte. Wir verließen das Haus, so schnell wir konnten, und stiegen in der Seitenstraße ins Auto, diesmal mit Xavia am Steuer. Sie lenkte den Wagen auf direktem Wege aus dem Ort heraus und fuhr auf die Bundesstraße.

Mittlerweile dämmerte es und ich sah die Umrisse des bleichen Halbmondes am Himmel. Wir sprachen kein Wort, niemand von uns. Ich sah nur, wie Noel und Xavia bald einen stummen Blick wechselten und sie nickte. An der nächsten Abfahrt fuhr sie raus und durchquerte ein Dorf, dann noch eins, bis wir an einem Parkplatz ankamen, hinter dem das Meer begann. Kein anderes Auto war zu sehen.

Kaum hatten wir gehalten, stieg Noel aus, und Xavia wartete einen Moment, bis sie es ebenfalls tat. Als die Tür aufging, konnte ich das gleichförmige Rauschen der Brandung hören und verließ ebenfalls den Wagen. Wind pfiff mir um die Nase und ich zog das ungeliebte Tweedjackett enger um mich.

Xavia lehnte mit verschränkten Armen an der Motorhaube und starrte in die immer stärker werdende Dunkelheit. Etwa hundert Meter weiter konnte ich gerade noch erkennen, wie sich Noel mit schnellen Schritten entfernte.

»Was ist mit ihm?«, fragte ich.

»Er muss sich abreagieren. Manchmal braucht man das, wenn man seine Gnade benutzt hat. Zumindest wenn es auf diese Art passiert.«

»Und was genau tut er da draußen?« Ich lehnte mich neben sie an das Auto.

»Keine Ahnung.« Sie hob die Schultern. »Jeder von uns hat sein eigenes Ventil. Ich gehe joggen, Oscar wirft ein paar Körbe, Thora meditiert, Levi sortiert irgendwas um und Zeph spielt Gitarre. Aber was Noel macht, weiß keiner. Meistens wartet er, bis wir wieder zu Hause sind, dann nimmt er ein Auto und haut ein paar Stunden ab. Aber heute …« Sie hob die Schultern.

»Heute hat er es nicht ausgehalten.« Kummer zupfte an mir, aber es war nicht mein eigener.

»Nein, hat er nicht.« Sie seufzte. »Es ist schwer genug, was er den Leuten manchmal antun muss. Aber wenn wir dann noch sabotiert werden, dazu von Killian … Den eigenen Bruder zum Feind zu haben, ist für Noel kaum zu ertragen.«

Ja, das hatte ich deutlich gespürt. »Wie ist das mit Killian eigentlich passiert?«, fragte ich. »Warum ist er bei den Darks?«

Xavia stieß die Luft aus. »Das ist eine lange Geschichte. Nur so viel – Noels und Killians Vater ist mit Vorsicht zu genießen. Er ist ein Mensch, der wohl jeden in den Wahnsinn treiben kann, wenn er es nur beharrlich genug versucht. Und der immer seinen Willen bekommt, ganz egal was es kostet.«

»Ja, genau so habe ich ihn in Erinnerung.« Ethan Mayfields freundliches Lächeln hatte mich nicht über die tiefschwarzen Stellen in seinem Feld hinweggetäuscht. Er war der Inbegriff eines Tyrannen. Damals hatte ich dieses Wort noch nicht gekannt, aber trotzdem hatte ich es gespürt.

»Mayfield senior ist dir begegnet?«, fragte Xavia überrascht. »Wann?«

»Damals, als ich bei KORT war.« *Als ich Noel beurteilt habe und verhindern wollte, dass er ein Knight wird.*

Wenn ich an den Auftrag bei Lester dachte, wusste ich nicht, ob das richtig gewesen war. Seine Gnade und diese Aufgabe kosteten Noel wahnsinnig viel, nichts war mir jetzt klarer. Aber trotzdem war er wie gemacht dafür – er hatte die Kraft, die man brauchte, um nicht wahnsinnig zu werden oder daran zu zerbrechen. Das hatte ich damals schon gespürt. Aber mein neunjähriges Ich hatte zu viel Angst um ihn gehabt.

»Er kommt zurück«, sagte Xavia, weil sich am Strand etwas bewegte.

Aus der Dunkelheit tauchte Noel auf, die Haare zerzaust, die Hände in den Taschen seiner Hose. Xavia stieß sich vom Wagen ab. »Soll ich zurückfahren oder willst du?«, fragte sie ihn, als er bei uns war.

»Nein, ich mach das«, sagte er und lächelte. Ich erkannte, dass er ruhiger wirkte, aber sein Feld ließ die Spuren seines Jobs bei Lester deutlich erkennen. »Du hast letzte Nacht kaum geschlafen, weil ihr erst so spät zurückgekommen seid.«

Sie strich ihm liebevoll über den Rücken. »Ja, aber mit einem Kaffee von der nächsten Tankstelle würde ich das trotzdem schaffen.«

»Ist nicht nötig, Xav.« Er ging zur Fahrertür. »Mir geht es gut.«

Xavia holte sich eine Decke aus dem Kofferraum und fragte, ob es okay wäre, wenn sie die Rückbank in Beschlag nahm. Also setzte ich mich auf den Beifahrersitz und kurz darauf fuhr Noel wieder los Richtung Stanham. Xavia schlief nur ein paar Minuten später ein – und Noel und ich schwiegen, während er den Wagen über die M4 steuerte. Es war kein unangenehmes Schweigen, eher die Sorte, wo jeder seinen Gedanken nachhing, man aber froh war, nicht allein zu sein. Ich spürte Noels Feld, seine Sorge vor einer ungewissen Zukunft, den Kummer und die Wut wegen seines Bruders. Aber ich erinnerte mich auch an die enorme Stärke, die er bei Lester bewiesen hatte, genau wie danach bei mir. Und es brachte mich auf eine Frage.

»Was du da vorhin gemacht hast, als ich Lesters Feld in Ordnung bringen wollte und nicht genug Kraft dafür hatte … können das alle Knights? Oder nur du?«

»Wir alle«, nickte er. »Innerhalb des Teams ist es ganz normal, dass wir uns gegenseitig auf die Art unterstützen, wir lernen das sogar in der Ausbildung. Mit anderen ist es allerdings schwierig oder funktioniert gar nicht. Es geht nur, wenn man eine Verbindung zueinander hat.« Er warf mir einen schnellen Blick zu und ich verstand, was er meinte – wir hatten diese Verbindung, die ich mir vermutlich besser erklären konnte als er. Aber auch jetzt konnte ich ihm nicht sagen, wann und unter welchen Umständen wir einander zum ersten Mal begegnet waren. Also schwiegen wir wieder, bis Noel Luft holte.

»Und?«, fragte er mich. »Wo soll ich dich nun hinbringen, Mylady? Du hast die freie Wahl. Himalaja, Australien … oder vielleicht Disneyland?«

Ich lächelte, weil er sein Versprechen nicht vergessen hatte. Aber ich verspürte kein Bedürfnis, von dem Angebot Gebrauch zu machen. »Nirgendwohin«, sagte ich leise und sah ihn an. »Ich glaube, ich bin gerade genau da, wo ich sein sollte.«

# 13

»Hallo?«

Mir fiel erst auf, wie dümmlich das klang, als ich es bereits ausgesprochen hatte. Mitten in einer leeren Küche. Nein, offenbar mitten auf einer leeren Etage. Denn in dem ganzen riesigen Haus der Knights schien keine Menschenseele zu sein.

Ich war heute Morgen erst spät aufgewacht, irgendwann nach zehn – mein Einsatz bei Lester Wade hatte mich ziemlich ausgeknockt und ich war wie tot ins Bett gefallen. Die anderen waren sicher lange vor mir aufgestanden, aber dass es so still war, kam mir doch ein bisschen komisch vor. Hatten die mich hier allein gelassen? Nein, sicher nicht. Bestimmt waren sie unten in der Cave.

Entschlossen ging ich zu dem Fahrstuhl, der sich im Flur hinter der Küche befand, stoppte aber bald: Ich hatte keine Zugangsberechtigung für das untere Stockwerk. Probehalber hielt ich trotzdem mein Gesicht vor die Fläche, aber es ertönte nur ein abwehrender Pieplaut und auf dem Display erschien »Zugriff verweigert«. *Alles klar. Dann eben nicht.*

Ich lief zurück in die Küche und dort zu einem technischen Gerät, das mich hoffentlich nicht abweisen würde – der Kaffeemaschine. Es war so ein Hightech-Vollautomat, der ungefähr 100 Spezialitäten zubereiten konnte, aber ich drückte einfach nur auf die Taste für normalen Kaffee und stellte einen Becher darunter, auf dem »World's Best Knight« stand und der sicherlich Zeph gehörte.

Bewaffnet damit ging ich wieder in die obere Etage, um nachzusehen, ob vielleicht jemand aus dem Team in seinem Zimmer war. Es stand nur eine Tür offen. Ich klopfte an den Rahmen, keine Antwort. Neugierig machte ich zwei Schritte ins Zimmer, um herauszufinden, welcher der Knights hier lebte.

Die Einrichtung wirkte klassisch und schlicht, es lag nicht viel herum, eigentlich gar nichts. Die Möbel bestanden aus Holz und Chrom, die ordentlich drapierte Bettwäsche war dunkelgrau, genau wie der Bezug des Sessels, auf dem ein paar Kleidungsstücke lagen. Ich stellte den Kaffee ab und nahm eins davon hoch, einen schwarzen Pullover mit Kapuze. Das Material fühlte sich weich und wertig an, aber vor allem vertraut. Ich wusste, wieso – den Pullover hatte Noel getragen, bevor wir uns für den Einsatz in Cardiff umgezogen hatten. *Er* wohnte hier? Meine Neugier verdoppelte sich schlagartig.

Mit nur mäßig schlechtem Gewissen, weil ich herumschnüffelte, ging ich zu der Wand gegenüber, wo ein schmaler Schreibtisch stand. Darüber hing eine graue Pinnwand aus Metall und daran waren Fotos gepinnt, die meisten vom Team, immer in anderer Besetzung. Ich entdeckte ein nicht allzu altes Bild von Noel und Oscar, auf dem beide Badeshorts trugen, nasse Haare hatten und sich aus vollem Halse über etwas kaputtlachten. Ich musste grinsen. Es sah so aus, als hätten sie vor den Darks nicht nur Sorgen, sondern auch Spaß gekannt.

Als ich weiterschaute, fiel mir ein Foto ins Auge, das etwa zwei oder drei Jahre nach der Initiation aufgenommen worden sein musste, als das Team mitten in der Ausbildung gewesen war. Alle sechs waren Teenager: Xavia lächelte strahlend in die Kamera und zeigte dabei eine feste Zahnspange, ihren Arm hatte sie um Levi gelegt, der noch schlaksiger gewesen war als jetzt. Daneben stand Thora, so zart und aschblond, wie ich sie bei der Beurteilung gesehen hatte. Zeph lag quer auf dem Boden, den Schalk in den dunklen Augen, direkt vor Oscar mit seinem selbstsicheren Lächeln – und Noel, dessen Anblick mich an unsere erste Begegnung erinnerte. Seine Haare waren im Gegensatz zu jetzt akkurat kurz geschnitten und seine Haltung war längst nicht so selbstsicher wie heute. Trotzdem war er auf dem Bild nicht mehr der verschüchterte Junge, den ich beurteilt hatte. Seine Augen leuchteten, er wirkte inmitten seiner Freunde zufrieden, vielleicht sogar glücklich. Ihn so zu sehen, kratzte an meinem Herzen. Mit einem Mal spürte ich Erleichterung, dass man damals nicht auf mich gehört hatte.

»Charlotte?«

Ich fuhr erschrocken herum. In der Tür stand Levi.

»Hi«, sagte ich und machte zwei Schritte von der Pinnwand weg.

»Hi. Was machst du hier?« Er sagte es überrascht, nicht misstrauisch.

»Ich habe euch gesucht – und nicht gefunden, wie man sieht.« Erst jetzt fiel mir auf, dass ich immer noch Noels Pullover in der Hand hielt. Schnell legte ich ihn zurück auf den Sessel. »Wieso habt ihr mich nicht geweckt?«

Levi schob die Daumen in seine Hosenträger. »Wir dachten, du hättest es nach gestern verdient auszuschlafen. Außerdem hast du recht blumig geflucht, als ich vor einer Stunde an die Tür geklopft habe.«

»Echt? Daran erinnere ich mich gar nicht.« Allerdings hatte Dex das auch öfter behauptet. *Verdammt, Dex.* Für eine Nacht und zwanzig Minuten hatte ich ihn vergessen. Ich sah Levi an. »Was auch immer ich gesagt habe, es tut mir leid.«

»Halb so wild.« Er grinste. »Oscar flucht schlimmer, wenn man ihn weckt. Oder geweckt hat …«

»Bestimmt kommt er zurück.« Ich wusste nicht, warum ich das sagte. Vielleicht, weil ich die Fotos gesehen hatte. Vielleicht auch wegen Levis Traurigkeit, die ich deutlich wahrnehmen konnte.

»Ja, bestimmt.« Er nickte, nicht sehr überzeugt. »Kommst du mit nach unten in die Cave? Wir haben gleich eine Besprechung, bei der du dabei sein solltest.«

»Das klingt ernst«, sagte ich. »Habe ich etwas angestellt?«

Levi schüttelte den Kopf. »Nein. Es geht eher darum, was du anstellen *könntest.*«

Das klang noch weniger gut, aber ich stellte keine weiteren Fragen, sondern folgte Levi nach unten und wir fuhren mit dem Aufzug in die Cave. Dort liefen wir direkt zum Map-Raum, wo nicht nur Xavia am Tisch saß, sondern auch Zeph und Thora. Offenbar hatte bei ihrem Auftrag alles nach Plan geklappt. Nur Noel fehlte.

»Da ist sie ja.« Zeph strahlte mich an. »Man hört die abenteuerlichsten Dinge über dich. Du sollst in unserer Abwesenheit gestern diverse Hintern gerettet haben.«

»Wer erzählt denn so etwas?« Ich schüttelte den Kopf. »Noel und Xavia haben die Arbeit gemacht. Ich habe nur ein bisschen auf dem Flächenbrand der Darks herumgetrampelt.«

Xavia wedelte mit der Hand. »Ehre, wem Ehre gebührt, erste Regel der Knights.«

Dagegen konnte ich nichts sagen, also schwieg ich und schaute zur Map. Dort war ein Alert zu sehen, der irgendetwas mit einem Typen aus Marrakesch zu tun hatte, denn der Name der Stadt stand unten in dem Kästchen, genau wie »Lancelot«. War das Noels Auftrag? War er deswegen nicht hier?

Thora schien meine Gedanken zu lesen.

»Noel ist vor zwei Stunden mit dem halben Team aus Newcastle nach Marokko aufgebrochen. Ihre Lancelot-Erbin wurde beim letzten Job von den Darks verletzt und liegt auf der Krankenstation. Sie wird es überleben, aber sie fällt erst mal aus.«

Ich sah Thora an. »Aber Noel war doch schon gestern im Einsatz.« Und am Abend davor hatte er mit Zeph und Levi nach mir gesucht. Egal welche Kräfte Knights hatten – schlafen mussten sie trotzdem.

»Wir können uns das nicht aussuchen. Wenn wir nicht einmal unsere normalen Aufträge schaffen, werden uns die Darks immer einen Schritt voraus sein.« Xavia hob die Schultern.

»Keine Sorge, Noel macht das nicht erst seit gestern. Er hält das aus.« Zeph zog mir einen Stuhl heran und klopfte auf die Sitzfläche. »Es ist zwar nett von dir, dass du dich um ihn sorgst, aber glaub mir, es ist unnötig.«

»Sicher.« Ich kam mir plötzlich albern vor. Zeph hatte recht, diese Einsätze waren tägliches Geschäft für die Knights. Nur weil es für mich ungewohnt war, durch die Welt zu jetten, um Leute zu manipulieren, und sich Gefahren auszusetzen, galt das nicht für Noel oder die anderen. Deswegen fragte ich auch nicht, wann er zurück sein würde. Obwohl ich es gerne gewusst hätte.

»Wie war das mit der Besprechung, bei der ich dabei sein sollte?«, fragte ich. »Levi sagte, es ginge dabei um mich.«

»Es ist ein offizielles Meeting mit den anderen Teams«, sagte Xavia. »Sie haben natürlich gesehen, was gestern mit Lesters Map passiert ist. Wir haben versucht, deine Beteiligung daran herunterzuspielen, aber das hat nicht geholfen. Lloyd will deinen Fall zur Abstimmung bringen.«

Jetzt wusste ich, warum Levi vorhin so ernst geklungen hatte. »Und was bedeutet das für mich? Muss ich jetzt … zu denen?« Die letzten Worte würgte ich durch meinen engen Hals. Bevor das passierte, würde ich abhauen. Keine zehn Pferde brachten mich zu dem Team in London.

»Darüber wurde noch nicht entschieden.« Xavia verzog den Mund. »Wir haben heute Morgen bereits mit London darüber gesprochen, aber Lloyd und seine Leute waren dafür und wir dagegen. Es ging ziemlich heiß her.«

»Der Zoff zwischen Lloyd und Noel war *episch*«, sagte Zeph. »Wenn wir hier unten keine schalldichten Wände hätten, wärst du davon bestimmt aus dem Bett gefallen. Du und ganz Stanham. Vielleicht sogar ein paar Leute drüben in Westlake.«

Ich konnte es mir nach dem Zusammenstoß gestern lebhaft vorstellen. Aber gleichzeitig stahl sich Wärme in meinen Magen, weil Noel sich vor Lloyd erneut für mich eingesetzt hatte. »Was sagt der Rest?« Schließlich gab es noch mehr Teams und jeder Knight hatte das gleiche Stimmrecht.

»Noch nichts, deswegen ja diese Besprechung mit allen.« Xavia sah auf die Uhr. »Wir wollten, dass du dabei bist, schließlich geht es darum, wie es mit dir weitergeht.«

Ich spürte Unbehagen bei ihren Worten, denn sie klangen, als läge mein Schicksal nun doch nicht mehr in meinen Händen. Noel hatte mir versprochen, sie würden mich zu nichts zwingen. Aber konnte sich das Team aus Stanham allen anderen Knights widersetzen, wenn sie etwas anderes entschieden?

Bevor ich danach fragen konnte, gab Xavia schon etwas auf dem Tablet ein und nach wenigen Augenblicken baute sich genau wie gestern eine Verbindung auf – nur diesmal zu allen fünf Teams, nicht nur zu dem in London. Mehrere Fenster öffneten sich und ich erkannte neben Lloyd einige andere Leute, die in vier Fällen in ihrem eigenen Map-Raum zu sitzen schienen, nur eine junge Frau mit schulterlangen dunklen Haaren war vor dem Hintergrund eines orientalisch wirkenden Zimmers zu sehen. Sie war allein, während bei den anderen Teams mindestens zwei Knights anwesend waren. Wahrscheinlich war das die Gruppe aus Caerleon. Hatte Xavia nicht gesagt, sie wären im Irak?

»Hi, zusammen«, begann Xavia. »Habt ihr alle das Briefing bekommen?«

Einhelliges Nicken war die Folge und die dunkelhaarige Frau meldete sich zu Wort. »Ich spreche für den Rest des Teams. Sie begleiten Jade gerade zu ihrem Einsatz, aber wir haben vorher geklärt, wie wir zu der Sache stehen.«

»Gut.« Xavia nickte und deutete dann auf mich. »Für alle, die sie noch nicht kennen – das ist Charlotte.« Einige nickten, manche sogar freundlich, von Lloyd und den anderen aus London natürlich abgesehen. Ich grüßte mit gehobener Hand zurück.

»Zu ihrer Gnade muss ich nichts sagen, schätze ich, wir wissen alle seit Jahren darüber Bescheid«, sprach Xavia weiter. »Also können wir auch direkt zur Sache kommen: In Noels Abwesenheit stelle ich als Vertretung den offiziellen Antrag, Charlotte vorübergehend als Teil unseres Teams anzuerkennen, bis die Bedrohung durch die Darks für sie beseitigt ist. Alle von uns stimmen dafür. Gegenstimmen?«

Sofort wurde es in den Fenstern vor uns unruhig bis laut. Ich versuchte, all die Reaktionen auf einmal zu erfassen, scheiterte aber kläglich, und da ich ihre Felder nicht sehen konnte, war ich auch auf diesem Auge blind.

»Nacheinander bitte«, brummte Zeph unwirsch. »Wir sind hier nicht im Kindergarten. Caerleon?«

»Wir stimmen dem Antrag geschlossen zu«, sagte die Brünette und nickte. »Das Team vertraut euch.«

»Danke, Amira.« Xavia lächelte. »London?«

»London stimmt dagegen«, gab Lloyd die entsprechende Antwort und die beiden Leute links und rechts neben ihm nickten bekräftigend.

Levi schnaubte. »Was für eine Überraschung.«

»Es wäre fahrlässig, etwas anderes zu entscheiden – schließlich ist die Frage ihres Vorfahren komplett ungeklärt«, beschwerte sich

Lloyd. »Wie sollen wir jemanden an unseren Geheimnissen teilhaben lassen, wenn wir keine Ahnung haben, woher ihre Gnade überhaupt stammt? Wer sagt, dass sie auf unserer Seite ist?«

»Ich«, sagte Zeph hart. »Oder möchtest du meine Fähigkeiten anzweifeln?«

Lloyds Mund wurde zu einem schmalen Strich. »Nein«, sagte er dann. »Aber auch du kannst nicht leugnen, dass sie eine Blackbox ist. Wir wissen gar nichts über sie.«

»Das stimmt«, schaltete sich ein Knight mit dunklem Bart aus Tintagel ein. »Abgesehen von ihrer Gnade haben wir erschreckend wenig Informationen über Charlotte.«

»Was wollt ihr denn wissen?«, fragte ich, weil es mir wieder einmal gewaltig gegen den Strich ging, dass man über mich redete, als wäre ich nicht anwesend.

»Von wem du abstammst«, antwortete Lloyd wie aus der Pistole geschossen.

»Das weiß ich selbst nicht. Sonst würde ich es euch verraten.«

»Würdest du? Vielleicht ja auch nicht, wenn es deinem Plan zuwiderläuft. Aber so oder so gibt es Möglichkeiten, es herauszufinden.« Er reckte herausfordernd das Kinn. »Es heißt, du hättest nie eine Initiation gehabt. Unterzieh dich einer, dann haben wir alle Klarheit über dich. *Das* wäre der richtige Antrag für heute gewesen.«

Xavia schüttelte den Kopf. »Vergiss es. Wir werden hier nicht darüber abstimmen, ob Charlotte eine Initiation durchläuft oder nicht. Das ist ihre freie Entscheidung, wie bei uns allen. Wenn wir jemanden zu so etwas zwingen, sind wir nicht besser als die Darks.«

»Dann sollte sie nicht bei euch bleiben«, sagte Lloyd. »Sie könnte schließlich gefährlich sein.« Er sah mich an, als wäre ich eine tickende Zeitbombe, die jeden Moment hochgehen könnte, und in mir hakte etwas aus.

»Dann mache ich eben eine verdammte Initiation!«, rief ich. Sofort herrschte Stille, und das Team, in dessen Haus ich mich befand, starrte mich mit großen Augen an. Erst da bemerkte ich, was ich gerade gesagt hatte. Aber da war es längst zu spät.

»Wunderbar.« Lloyd lächelte zufrieden. »Ich sage der Gilde Bescheid. Und nach der Initiation können wir erneut über euren Antrag abstimmen. Alle einverstanden?«

Die meisten Teams nickten, und es wurde noch irgendetwas besprochen, von dem ich aber nichts mehr mitbekam, weil ich von meiner eigenen Courage schachmatt gesetzt worden war. Hatte ich gerade echt eingewilligt, mich einem Knight-Ritual zu unterziehen, das mich offiziell zu einem Teil von KORT machen würde? War ich eigentlich irre?

»Charlotte?«, sprach mich jemand an. Es war Thora. Ich tauchte aus meiner Panikspirale auf und sah in vier besorgte Gesichter. »Du bist ziemlich blass. Brauchst du etwas?«

»Eine Tüte zum Reinatmen wäre super«, brachte ich hervor. An der Wand war wieder die Map zu sehen, die Besprechung schien beendet zu sein. »Wieso habe ich das gesagt, zum Teufel?«

Zeph machte ein finsteres Gesicht. »Lloyd hat dich provoziert, das hat niemand besser drauf als er. Aber du musst es nicht durchziehen. Wir können sagen, dass du es dir anders überlegt hast.«

»Und was passiert dann?«, fragte ich.

Xavia hob die Schultern und sah unzufrieden aus. »Nachdem die meisten Teams der Ansicht sind, dass deine Anwesenheit ein Risiko ist, solange wir nicht wissen, von wem du abstammst, werden wir wohl nicht durchsetzen können, dass du bei uns bleiben darfst. Natürlich würde KORT für deine Sicherheit sorgen, weil du von den Darks bedroht bist, aber …«

»Aber nicht bei euch«, beendete ich den Satz. Das bedeutete, dass ich von hier wegmusste. Und wohin sollte ich dann gehen?

Zurück nach Camden oder doch zu Isobel konnte ich nicht, solange die Darks mir auf den Fersen waren. Und in irgendeine sichere Unterkunft von KORT würde ich mich garantiert nicht verfrachten lassen. Ich fasste allmählich Zutrauen, was dieses Team anging. Das bedeutete aber nicht, dass ich vergessen hatte, was früher passiert war.

In diesem Moment wünschte ich mir, Noel wäre da. Nicht nur, weil seine Anwesenheit mich immer beruhigte, sondern weil er auch derjenige war, dem ich am meisten vertraute. Was würde er von dieser Sache halten? Fände er es gut, wenn ich mich der Initiation tatsächlich unterzog? Oder eher nicht?

*Er würde vermutlich sagen, dass es deine Entscheidung ist.*

Ich lächelte, als mir das klar wurde, und wusste im gleichen Moment, dass ich nicht zurückrudern würde. Ja, Lloyd hatte mich mit seiner dämlichen Art provoziert. Aber am Ende saß ich so lange zwischen den Stühlen, bis ich wusste, von wem ich abstammte, und der einfachste Weg zu dieser Erkenntnis war die Initiation.

»Ich mache es«, sagte ich mit fester Stimme. »Das ist die beste Lösung für uns alle, oder nicht? Und ich will selbst wissen, wer mir diese Gnade vererbt hat.« Außerdem war da immer noch die Sache mit Dex. Allein würde ich über ihn bestimmt nichts herausfinden.

»So will ich dich hören, Wundermädchen.« Zeph grinste breit und hielt mir die Hand zum Einschlagen hin. »Eine Initiation ist eh nicht die riesige Sache, zu der sie alle machen. Meine war total easy.«

»Sag das nicht.« Thora sah ihn skeptisch an. »Meine war echt heftig.«

»Meine auch«, stimmte Levi zu.

Das klang nicht gerade beruhigend. »Also läuft das bei jedem anders ab?«

Xavia schüttelte den Kopf. »Der Ablauf ist immer derselbe. Man muss ein paar Tests absolvieren, unter anderem eine medizinische Untersuchung, damit festgestellt werden kann, ob du gesund bist und die Initiation reibungslos ablaufen kann. Dann geht man mit seinem Guide – das ist jemand, der dich während des Rituals begleitet – in den Raum, berührt den Stein, bekommt dadurch seine Gnade und das war es. Danach gibt es noch eine Befragung durch die Gilde und du schwörst einen Eid, um an KORT gebunden zu werden.«

»Klingt doch okay«, stellte ich fest. Klar, medizinische Untersuchungen waren nicht mein liebster Zeitvertreib, aber allzu schlimm würde das schon nicht werden.

»Xavia hat auch das Wichtigste vergessen«, hakte Thora ein. »Während man den Stein berührt, sieht man Bilder von seinem Vorfahren, manchmal fühlt man auch etwas von ihm. Ich habe Percivals halbes Leben gesehen, inklusive seinem Tod. Das hat mich ziemlich geschafft.«

Ich dachte an meine Vision unten im Schrein und konnte sehr gut verstehen, was sie meinte.

»Das habe ich *nicht* vergessen.« Xavia warf Thora einen strengen Blick zu. »Ich wollte Charlotte nur nicht beunruhigen.«

»Das ist nett von dir«, sagte ich, »aber sie ist eh schon beunruhigt.«

»Es wird auf jeden Fall spannend.« Zeph sah mich an. »Es gab seit Ewigkeiten keine Initiation mehr, bei der man den Vorfahren nicht schon vorher kannte. Erben wachsen entweder mit dem Wissen auf, so wie Levi, Noel oder Xavia – oder sie erfahren es spätestens bei der Vorauswahl, wie Thora und ich.«

»Will ich wissen, was passieren kann, wenn man es nicht vorher schon weiß?« Ich verzog das Gesicht.

»Selbst wenn du es wissen wolltest, könnte es dir niemand so genau sagen.« Levi runzelte die Stirn. »Man wird bei der Initiation mit dem Geist des Vorfahren erfüllt. Je nachdem, wer es ist und was derjenige für ein Leben geführt hat, kann das harmlos werden … oder nicht.«

»Tolle Aussichten.« Mein Mut sank noch ein Stück.

»Ach, mach dir keinen Kopf. Wir versuchen einfach, vorher herauszufinden, von wem du abstammst.« Zeph winkte ab. »Die Gilde ist echt lahm, was Termine angeht, bestimmt haben wir mindestens eine Woche, bis sie deine Initiation ansetzen. Vielleicht sogar zwei.«

Als hätte jemand ihn gehört, klingelte in diesem Moment Xavias Telefon und sie ging dran. Ihren kurzen Antworten war nichts zu entnehmen, aber ihr Gesichtsausdruck sprach Bände.

»Was?«, fragte Levi sie besorgt.

»Das war die Gilde.«

»Jetzt schon?« Er sah zu mir. »Was haben sie gesagt?«

Xavia atmete geräuschvoll aus. »Sie haben den Termin für Charlottes Initiation bereits angesetzt, offenbar sind die total aus dem Häuschen deswegen. Die können es gar nicht erwarten, dich endlich zu einem Teil von KORT zu machen.« Sie schaute mich an. Mein Magen begann zu schmerzen, als hätte ich eine Rolle Stacheldraht verschluckt.

»Und wann ist der Termin?«, fragte ich mit dünner Stimme.

»In zwei Tagen.«

»In zwei Tagen?!«, keuchte ich. »Kann man das nicht verschieben?« Ich rang nach Atem. Mein Gesicht war sicherlich knallrot.

»Wir könnten, aber das macht die Gilde und die anderen Teams nur misstrauisch. Die denken sowieso, dass wir mehr über dich wissen als sie. Es wäre weder für dich noch für uns gut, wenn wir es verschieben.«

»Keine Sorge, das ist eine ganze Menge Zeit.« Zeph nickte zuversichtlich. »Wir sind Experten in Sachen Tafelrunde. Wäre doch ein Witz, wenn wir nicht in 48 Stunden herausfinden, wer dir deine Gene vermacht hat.«

»Wenn du das sagst.« Sein Optimismus war bewundernswert – und sogar echt, wie ich seinem Feld ansehen konnte. Nur war er leider nicht ansteckend. Randalierende Pubgäste, motzige Touristen, gewalttätige Erzieher, das waren Dinge, mit denen ich umgehen konnte. Aber das hier?

»Ja, sage ich.« Zeph stand auf. »Also los. Holen wir uns Kaffee und fangen an.«

# 14

»Sie war dunkelhaarig und zierlich, sagst du?« Xavias Hand schwebte über dem Tablet. Wir hatten uns in die KORT-Datenbank eingeklinkt und suchten nach der unheimlichen Frau aus meiner Vision.

»Ja, genau.« Nebenan rumorte es im Waffenlager. Levi und Thora bereiteten einen Einsatz vor, der reingekommen war, kurz nachdem ich entschieden hatte, das mit der Initiation durchzuziehen.

»War an ihr irgendetwas Besonderes? Optische Merkmale oder so?«

»Nein, nichts. Abgesehen von dem pechschwarzen Feld natürlich.«

»Ihr Feld war schwarz?« Xavia verengte die Augen. »Was bedeutet das? Dass sie böse ist?«

»Vereinfacht gesagt, ja.« Ich vergaß immer wieder, dass die Gnaden der Knights nicht so funktionierten wie meine. Sie hatten ein sehr feines Gespür für die Tugenden ihres Ritters – und das Gegenteil davon –, aber sie sahen einen Menschen nicht wie ich. »Jeder hat dunkle Stellen in seinem Feld, das ist normal. Man kann nicht jedes positive Gefühl oder jede Eigenschaft ausleben – deswegen verkümmern manche davon und werden dunkel. Aber wenn Stellen wirklich schwarz sind, dann heißt das, derjenige hat sich bewusst davon abgewandt. Wenn du zum Beispiel über Jahre hinweg niemanden findest, den du lieben kannst, dann wird das Licht an der Stelle dunkler. Aber wenn du ganz bewusst entscheidest, keine Liebe mehr empfinden zu wollen, dann wird dein Feld an der Stelle schwarz. Meist unwiderruflich. Und sobald es so ist, kann ich auch nicht mehr erkennen, was vorher dort war.«

Zeph und Xavia sahen sich an, und ich wusste, was sie sich fragten.

»Ihr habt keine schwarzen Stellen in euren Feldern«, beruhigte ich sie. »Dunkel ja, aber nicht schwarz. Keiner aus dem Team.«

Xavia nickte erleichtert. »Aber das bedeutet, das Feld der Frau war deswegen schwarz, weil sie sich bewusst gegen das Positive in sich entschieden hat? Wie oft kommt das vor?«

»Ich habe so etwas vorher noch nie gesehen. Killian hat einige schwarze Stellen, aber das meiste ist auch bei ihm nur dunkel.« Was schlimm genug war, wenn man es ehrlich betrachtete. »Diese Frau muss sich von allem Guten abgewendet haben. Habt ihr eine Ahnung, wer sie sein könnte?«

Xavia und Zeph wechselten erneut einen Blick. »Nicht nur eine Ahnung.« Sie nahm das Tablet und gab etwas ein. Ergebnisse erschienen, sie klickte das erste an. Meine Augen wurden groß, als ich das Bild sah.

»Das ist sie!« Eindeutig. Das schmale Gesicht, die dunklen Haare, die tiefschwarzen Augen – es war nur ein Gemälde, aber wirklich sehr lebensnah. Ich wollte fragen, wer sie war, da sah ich, was Xavia eingegeben hatte. Mir stockte der Atem. »Morgana? Ist das nicht …?«

»Arthurs Halbschwester, seine größte Feindin und die dunkelste Magierin aller Zeiten«, referierte Zeph düster. »Egal welche Intrige in der Zeit gesponnen wurde, sie war daran beteiligt. Sie ist sozusagen die Grande Dame des Bösen.«

Stille machte sich zwischen uns breit. Ich räusperte mich.

»Könnte sie vielleicht doch meine Vorfahrin sein? Noel meinte zwar, es wäre unwahrscheinlich, aber vielleicht irrt er sich ja.« Oder er hatte mir nur meine Sorgen nehmen wollen.

»Nein, Morgana hat Unmengen an Leuten getötet«, beruhigte mich Zeph auf seine eigene Art. »Dass einer dieser Morde für sie so wichtig war, dass er dir in deiner Vision erschienen ist, glaube ich nicht.«

Ich zog die Schultern hoch. »Na, immerhin ging es da um jemanden, den sie geliebt hat. Vielleicht war das ein Schlüsselerlebnis für sie.«

»Wenn du sagst, dass ihr Feld schon da komplett schwarz war, dann hat sie nicht erst zu der Zeit damit begonnen, sich vom Guten abzuwenden.« Xavia überlegte. »Ich bin sicher, es geht um den Mann, den sie getötet hat. Wir müssen nur herausfinden, wer er war.«

Ich war ein bisschen erleichtert, aber das Gefühl, wie Morgana mich erstach, blieb trotzdem. Wie schrecklich es gewesen sein musste, von jemandem auf diese Weise getötet zu werden … denn dass mein Vorfahre sie gemocht hatte, war eindeutig gewesen.

»Also, wir brauchen einen Ritter der Tafelrunde, der was mit Morgana hatte und von ihr getötet worden ist.« Zeph gab ein paar Worte in die Suchmaske ein, es erschienen jedoch keine Ergebnisse. Er versuchte andere, wieder nichts. Offenbar gab es in der Datenbank keinen Hinweis auf einen Ritter der Tafelrunde, auf den diese Dinge zutrafen.

»So wird das nichts.« Er stand auf, Xavia ebenfalls.

Ich sah hoch. »Was habt ihr vor?«

»Wir müssen da auf die altmodische Art ran.« Zeph ging quer durch die Cave zu einer Tür, die mir bisher nicht aufgefallen war, weil sie sich unscheinbar in die dunkle Wand einfügte. Er öffnete sie und schaltete das Licht ein, und als ich ihm nachkam, fand ich mich in einer kleinen Bibliothek wieder, die bis zur Decke mit Regalen vollgestellt war. Diese wiederum waren mit Büchern bestückt, von alt und in Leder gebunden bis zu neu mit buntem Schutzumschlag. Ich überflog ein paar Titel. In jedem einzelnen davon schien es um die Tafelrunde zu gehen.

»Was ist das alles?«

»Das sind ältere Bücher zu den Rittern und aktuelle Forschungsliteratur von heute. Das meiste neuere Zeug haben wir auch digital, aber KORT ist paranoid, wenn es um die persönlichen Aufzeichnungen der Ritter geht. Deswegen haben wir die nur in Papierform.« Zeph ging zu einem Regal und zog einige große Wälzer heraus. »Zum Glück sind es Abschriften, die keine konstante Umgebungstemperatur und Luftfeuchtigkeit brauchen. Die Originale liegen bei der Gilde.« Er ließ die Bücher auf den Tisch fallen und es staubte. »Am besten suchen wir nach Hinweisen auf deine Gnade und allem, was Techtelmechtel mit Morgana angeht.«

Ich schlug eines der Bücher auf. Das gezeichnete Bild eines zerstückelten Körpers mit rostroten Flecken sah mir entgegen.

»Urgs«, machte ich. »Die haben das Mittelalter wohl nicht umsonst *dark age* genannt.«

Zeph sah mir über die Schulter. »Ah, das ist der medizinische Almanach. Den brauchst du nicht. Hier, das ist besser.« Er legte mir ein anderes Buch hin. »Aufzeichnungen verschiedener Ritter, auch von alten Linien, die längst nicht mehr existieren, soweit wir wissen. Vielleicht findest du da etwas, das dir bekannt vorkommt.«

»Allerdings brauchen wir noch etwas anderes.« Xavia ging zu der einzigen Wand, die nicht von Regalen in Beschlag genommen wurde. Dort hing ein großes Gemälde, das eine Landschaft mit einer beeindruckenden Festung zeigte. Xavia klappte es zur Seite, um an einen Tresor mit Fingerabdrucksensor und Tastenfeld zu kommen. Sie gab einen Code ein und hielt ihren Daumen davor, bis die Tür aufsprang. Dann beugte sie sich vor und zog zwei große Bücher aus dem Tresor. Sie hatten mehrere alt aussehende Zeichen auf dem Deckel, eine dornenbesetzte Blume, zwei Sterne und einen Halbmond.

»Sind die von Morgana?« Das dunkle, kaum abgegriffene Leder strahlte eine düstere Energie aus, die mir aus meiner Vision bekannt vorkam. »Warum sind sie hier im Tresor und nicht bei der Gilde?«

»Wegen der Magie darin.« Xavia legte die beiden Bände auf den Tisch. »Dunkle, verbotene Magie der übelsten Sorte, die keinem Dark in die Hände fallen darf. Stanham verfügt über den stärksten Schutz von allen Teamquartieren, weil der Stein von hier stammt. Deswegen bewahren wir sie in unserem Tresor auf.«

Es waren also tatsächlich Originale. »Warum sehen die dann noch so gut aus?«

»Die Dinger sind gegen Einflüsse von außen vollkommen resistent«, sagte Zeph. »Morgana muss sie verhext haben, damit sie niemals zerfallen. Ich habe sogar mal Kaffee darübergeschüttet – er ist abgeperlt, als wäre es Folie. Gruselig.«

Ich griff trotz seiner Worte mutig nach einem der beiden Bücher und schlug es vorsichtig auf. Die Seiten waren mit einer kleinen, steilen Schrift bestückt und mit vielen Zeichnungen versehen. Als ich eine davon, einen vielzackigen Stern, berührte, zuckte ein scharfer Schmerz durch meine Finger. Schnell zog ich die Hand weg.

»Pass auf damit«, mahnte Zeph. »In diesen Büchern steckt vieles, das wir nicht verstehen.«

Ich wusste, was er meinte. Deswegen schob ich die Bücher von Morgana doch erst einmal so weit wie möglich zur Seite und griff nach den Aufzeichnungen der Ritter. Das erschien mir ungefährlicher.

Sofern man in meinem Fall überhaupt von ungefährlich sprechen konnte.

»Wenn ich noch einmal davon lesen muss, wie schön dieses oder jenes Antlitz war, muss ich mich übergeben.« Ich sah über den Tisch hinweg zu Xavia. »Was war Camelot, so eine Art Victoria's-Secret-Show des Mittelalters? Es kann gar nicht sein, dass es da so viele hübsche Frauen gegeben hat.«

Sie lächelte müde. »Ich glaube, viele dieser Einträge sind nicht ganz nüchtern geschrieben worden. Oder sie wurden gepimpt, damit man keinem Ritter nachsagen kann, er wäre auf eine Frau abgefahren, die nicht überirdisch schön war.«

Ich klappte das Buch vor mir zu und holte ein neues zu mir heran. »Nicht ein einziger Hinweis«, seufzte ich und unterdrückte ein Gähnen. Es war bereits weit nach Mitternacht und wir saßen seit eineinhalb Tagen über diesen Büchern, nur unterbrochen von ein bisschen Schlaf und dem einen oder anderen schnellen Snack. In etwas weniger als 17 Stunden war meine Initiation, und wir hatten immer noch keine Ahnung, welchen Ritter Morgana in meiner Vision getötet hatte. Es gab zwar manchmal kryptische Hinweise, vor allem in Morganas eigenen Aufzeichnungen, die wir nur mit spitzen Fingern durchblätterten. Aber keiner davon hatte bisher zu etwas geführt.

»Noch haben wir Zeit«, erinnerte mich Xavia, auch wenn sie ähnlich mutlos klang, wie ich mich fühlte. Zeph grunzte leise, er war schon vor einer Stunde auf der Ledercouch in der hinteren Ecke der Bibliothek eingeschlafen. »Aber für heute sollten wir Schluss machen. Wenn man müde ist, übersieht man am Ende noch was.«

»Ja, wahrscheinlich hast du recht.« Schließlich konnte ich meine Augen kaum noch aufhalten. »Was machen wir mit ihm?« Ich zeigte auf Zeph.

»Wenn er mal eingeschlafen ist, lässt er sich eigentlich nur mit einem Erdbeben wecken. Wir lassen ihn hier.« Xavia ging hinaus und kam mit einer Decke zurück, die sie über Zeph ausbreitete, dann folgte ich ihr nach draußen. Aber als ich aus der Bibliothek trat, wurde mein Blick zu der offenen Tür gelenkt, die in den Raum mit der Map führte. Sie war aktiv, wahrscheinlich weil ein Teil des Teams nicht vor Ort war. Ich sah die schwarzen Linien und die grauen Kreise, die sich bewegten, und blieb stehen.

»Ist es okay, wenn ich nachkomme?«, fragte ich Xavia. »Ich muss noch kurz einen Gedanken notieren.«

»Klar. Gute Nacht, Charlotte.« Sie nickte und verschwand Richtung Aufzug. Ich ging zurück in die Bibliothek und schrieb alibimäßig irgendeinen Unsinn auf den Block, den ich für Notizen benutzte. Dann spähte ich in den leeren Gang und lief eilig hinüber zum Map-Raum. Leise schloss ich die Tür und setzte mich hin, nahm eines der Tablets in die Hand. Auf den großen Displays war gerade Levis Anzeige aktiv, aber ich hatte gut aufgepasst und konnte mit wenigen Befehlen auf die von Noel umswitchen. Ich wusste nicht, warum etwas in mir darauf gedrängt hatte, nach ihm zu sehen – und wieso ich dafür sogar Xavia angelogen hatte. Aber irgendwie beruhigte es mich, den grauen Kreis mit Noels Namen darin zu sehen und zu wissen, dass er sich offenbar nicht in akuter Gefahr befand.

Seit ich mich für die Initiation entschieden hatte, waren hundert andere Sachen in meinem Kopf gewesen als er. Aber trotzdem fühlte es sich so an, als wäre es falsch, wenn wir nicht in der Nähe des anderen waren. Was verrückt war, wenn man bedachte, dass wir bis auf diese kurze Begegnung im Januar seit meiner Gefangenschaft immer voneinander getrennt gewesen waren. Ob Dex etwas über diese Verbindung zwischen uns wusste und mir nicht gesagt hatte? Ich hatte so viele Fragen an ihn. Und über ihn, wenn wir schon dabei waren.

*Dann stell sie doch,* forderte mich eine Stimme in meinem Kopf auf. Ich drehte den Kopf. In einem Fenster an der linken Wand war immer noch die Datenbank von KORT geöffnet. Zeph hatte mir erklärt, dass man darüber nicht nur Zugriff auf die internen und streng geheimen Informationen der Organisation hatte, sondern auch auf die anderer Institutionen: CIA, NSA, Interpol und die meisten Polizeibehörden. Wenn ich irgendwo Antworten zu dem Mann bekam, der sich als mein Bruder ausgegeben hatte, dann hier. Und jetzt.

Ich ging zur Tür und warf einen Blick auf den Gang, aber der war immer noch leer und bis auf Zephs Schnarchen aus der offenen Bibliothek auch still. Also setzte ich mich wieder, atmete kurz durch und gab dann »Dexter Stuart« in die Suchmaske ein. Ich ahnte zwar, dass nach allem, was ich erfahren hatte, auch dieser Name falsch sein konnte, aber irgendwo musste ich anfangen.

In den KORT-Archiven gab es einen Treffer und mein Herz klopfte mir bis zum Hals, als ich ihn anwählte. Nach drei Sekunden jedoch atmete ich enttäuscht wieder aus – in dem elektronischen Dokument stand absolut nichts außer seinem Namen, einem Hinweis auf die Verwandtschaft zu mir und ein »Aufenthaltsort unbekannt«.

»Wie hilfreich«, murmelte ich und besah mir die Treffer in den anderen Datenbanken, aber es waren zu viele, und in keinem davon schien es um meinen Dex zu gehen, denn entweder stimmte das Alter nicht oder andere Parameter. Ich suchte noch einige Minuten vergeblich nach einem Anhaltspunkt, dann lehnte ich mich frustriert auf meinem Stuhl zurück. Wie konnte es sein, dass nichts über ihn zu finden war? Es kam mir vor, als würde er gar nicht existieren.

Wahrscheinlich ging kein Weg daran vorbei, doch das Team um Hilfe zu bitten, wenn ich überhaupt etwas herausfinden wollte. Allerdings musste ich ihnen dann auch verraten, dass Dex gar nicht mein Bruder war.

*Charlotte.*

Die Stimme war plötzlich in meinem Kopf, aber es war nicht meine eigene, so wie sonst. Sie war scharfkantig und eisig, sodass mich eine merkwürdige Kälte befiel. Denn ich kannte diese Stimme. Ich hatte sie in meiner Vision gehört.

*Charlotte, hör mir zu.*

»Ganz sicher nicht«, antwortete ich angespannt. Offenbar sorgte meine Müdigkeit dafür, dass ich Dinge wahrnahm, die gar nicht da waren.

*Wir sind Seelenverwandte.* Morgana ließ sich von meiner Abfuhr nicht beeindrucken. *Zwei einsame Seelen in einer Welt, die uns nicht versteht. Niemand kann das, was wir können, niemand weiß, wie es sich anfühlt. Es ist wie Lichter in einem See im Winter, wie Fackeln unter gefrorenem Eis.*

Ich erstarrte. Das war genau die Beschreibung meiner Gnade, fast Wort für Wort. Oh Gott. Also war doch Morgana meine Vorfahrin? Nein. Die anderen hatten gesagt, das wäre komplett unwahrscheinlich.

»Charlotte?«

Ich schrak hoch und fuhr herum. In der offenen Tür stand Zeph, mit zerzausten Haaren und fragendem Gesichtsausdruck. »Was machst du hier?«

Hastig sah ich zur Wand und erkannte, dass das Fenster mit der Suche zu Dex noch geöffnet war. »Ich …«

»Du solltest lieber ins Bett gehen, als hier auf dem Tisch zu schlafen«, mahnte er grinsend. »Ich habe das oft genug gemacht, um zu wissen, dass es keine gute Idee ist.«

Ich hatte geschlafen? Prüfend griff ich mir in die Haare und bemerkte, dass sie tatsächlich an einer Seite platt gedrückt waren. Also hatte ich das mit Morganas Worten über meine Gnade nur geträumt? Erleichterung und Enttäuschung durchströmten mich gleichermaßen. Es war gut, dass diese Hexe nicht tatsächlich in meinem Kopf gewesen war. Andererseits bedeutete es auch, dass ich immer noch keinen Hinweis hatte, von wem ich abstammte.

»Du hast nach deinem Bruder gesucht?«, fragte Zeph, kam herein und setzte sich neben mich. »Warum machst du das heimlich? Du hättest uns fragen können.« Es klang ein bisschen beleidigt und ich konnte es ihm nicht verdenken. Als Kay-Erbe traf es ihn wohl am meisten, wenn ich kein Vertrauen zu ihnen hatte.

»Weil …« Ich stockte. Sollte ich es ihm sagen? Vielleicht war es besser, ich machte reinen Tisch. Sie hatten sich so für mich eingesetzt. Es war angebracht, mich mit etwas Offenheit zu revanchieren. »Weil Dex gar nicht mein Bruder ist. Er hat es mir gestanden, als ich auf der Flucht vor den Darks war.«

Zephs Augen weiteten sich leicht. »Du meinst, der Mann, bei dem du jahrelang gelebt hast, hat dich angelogen?«

Ich nickte. »Nicht nur das. Er ist auch an dem Tag verschwunden, als ich auf der Map aufgetaucht bin. Also nehme ich mal an, er war es, der mich davor beschützt hat, gefunden zu werden. Und als er beschlossen hat, dass es Wichtigeres gibt als mich, ist der Schutz verschwunden.«

»Wow.« Zeph stieß die Luft aus. »Was für eine Scheiße.«

»Du sagst es.« Ich zeigte auf das Display. »Deswegen dachte ich, dass ich seinen Namen eingeben und nachschauen könnte, ob ich etwas über ihn finde. Aber es war dumm, das heimlich zu tun, entschuldige.«

»Schon okay.« Er schaute sich die Treffer an und schien schnell zu erkennen, dass ich nicht fündig geworden war. »Nichts?«

»Nein. Aber vielleicht habt ihr ja noch andere Quellen, die etwas wissen könnten?«

»Haben wir. Levi ist unser Mann für solche Fälle, wir sollten ihn bitten, sich mal umzuhören.« Zeph unterdrückte ein Gähnen. »Aber nicht mehr heute. Erst mal müssen wir deine Initiation über die Bühne bringen, dann können wir nach Dex suchen.« Er sagte das so selbstverständlich, dass mir ganz warm ums Herz wurde. Ich war gerade mal ein paar Tage bei ihnen und trotzdem behandelten sie mich wie ein Mitglied ihres Teams.

»Danke«, sagte ich und meinte es mehr als ernst. »Danke, dass ihr da seid.«

»Das ist unser besonderer Service für verlorene Erbinnen«, witzelte Zeph. »Empfehlen Sie uns gerne weiter, Ma'am.« Dann streckte er sich und stand schließlich auf. »Kommst du mit rauf? Wir sollten nur Morganas Folianten vorher noch in den Safe legen.«

»Ich helfe dir.«

Wir gingen in die Bibliothek, und Zeph nahm das eine Buch mit Morganas Aufzeichnungen, das geschlossen auf dem Tisch lag, während ich das holte, das aufgeschlagen war. Als ich es zuklappen wollte, fiel mir auf, dass nicht die Seiten zu sehen waren, die ich zuletzt studiert hatte. Sondern eine Doppelseite mit einer detaillierten Zeichnung – eine Lichtung im Wald mit einer Hütte im Hintergrund. Ich hatte das Bild noch nie gesehen, obwohl ich mir sicher war, das Buch in den letzten Stunden komplett durchgeblättert zu haben. Und genauso wenig hatte ich die Worte gelesen, die in einer geschwungenen Handschrift darunter standen.

*Wir sind Seelenverwandte. Zwei einsame Seelen in einer Welt, die uns nicht versteht. Niemand kann das, was wir können, niemand weiß, wie es sich anfühlt. Es ist wie Lichter in einem See im Winter, wie Fackeln unter gefrorenem Eis.*

Mein Puls begann zu rasen, als mir klar wurde, dass das genau die Worte waren, die Morgana vorhin in meinem Kopf zu mir gesagt hatte.

»Hast du etwas gefunden?«, fragte Zeph, der gemerkt hatte, dass ich in das Buch starrte.

Ich sah auf und wollte ihm schon sagen, was ich da entdeckt hatte. Aber als ich wieder auf das Buch schaute, war da eine ganz normale Seite, und was ich gesehen hatte, war verschwunden. Die Aussicht auf meine Initiation machte mich offenbar langsam verrückt. Ich musste wirklich dringend ins Bett.

»Nein«, antwortete ich also und klappte den Folianten zu, um ihn in den Tresor zu legen. »Ich werde nur allmählich gaga, fürchte ich. Lass uns schlafen gehen.«

Aber auch, als wir das Licht löschten und die Tür schlossen, war da immer noch dieses Bild in meinem Kopf, genau wie Morganas Stimme. *Wir sind Seelenverwandte.*

Ich hoffte, dass sie damit nicht recht hatte.

# 15

Eine fast schlaflose Nacht und einen ergebnislosen Tag später saß ich vollkommen übermüdet auf dem Rücksitz des Land Rover, links neben mir Thora, rechts Levi. Xavia fuhr, Zeph saß auf dem Beifahrersitz. Es war kurz nach sieben und wir zehn Kilometer vor London, alle waren angespannt, aber niemand mehr als ich. Obwohl ich heute direkt am Morgen noch mal in das Buch geschaut hatte, waren die Seiten mit dem Bild und der Beschreibung meiner Gnade nicht auffindbar gewesen. Vielleicht hätte mich das erleichtern sollen, aber das tat es nicht. Denn wir hatten auch keinen Hinweis auf einen Ritter gefunden, der von Morgana getötet worden war. Also war ich jetzt mit einer gehörigen Portion Angst im Bauch auf dem Weg zu meiner Initiation, die ein kompletter Blindflug werden würde.

»Habt ihr nicht gesagt, Morgana hatte nur zwei Liebhaber in den Reihen der Tafelrunde – Arthur und Lancelot?« Thora wollte offenbar die Suche nach der Wahrheit nicht aufgeben, obwohl wir höchstens noch eine halbe Stunde bis zur Zentrale hatten.

»Ja, nur dass bei Lancelot und Arthur im Schrein nichts passiert ist. Außerdem ist keiner von ihnen auf diese Art gestorben.« Levi schüttelte den Kopf. »Sehen wir es ein: Du wirst dich überraschen lassen müssen.« Was gefährlich sein konnte. Zwar hatte Zeph die möglichen Folgen einer solchen Initiation immer mehr heruntergespielt, aber ich hatte vier Felder um mich herum, die vor Sorge pulsierten und mich damit nicht gerade beruhigten. Von der Möglichkeit, dass doch Morgana meine Vorfahrin war, ganz zu schweigen.

»Noch kannst du verschwinden«, sagte Thora neben mir. »Die können dich nicht zwingen. Nicht so wie früher.«

Da hatte sie recht und ich hatte in den letzten zwölf Stunden mehr als einmal darüber nachgedacht. Nur gab es keine Alternative zur Initiation. Nicht nur weil ich das Team mochte oder weil ich die Darks bekämpfen wollte. Sondern weil ich wissen musste, wer mein Vorfahre war – und die Hoffnung nicht aufgab, dass es doch jemand anderes war als Morgana.

»Nein, können sie nicht. Aber ich will es machen.« Ich nickte und versuchte, mir Mut zuzureden. »Im Ernst, bisher hat noch jeder seine Initiation überlebt, oder? Dann werde ich das auch schaffen.«

»So klingt ein echter Knight«, sagte Zeph nicht ohne Stolz. Er checkte sein Smartphone, aber es gab keine neuen Nachrichten oder Anrufe. Ich wusste, worauf er wartete.

»Noel wird nicht rechtzeitig zurück sein, oder?«, fragte ich.

»Nein, sieht nicht so aus.«

Ich lächelte, als würde mir das nichts ausmachen. Aber das tat es. Mir wäre sehr viel wohler gewesen, wenn ich ihn in der Nähe gewusst hätte. Seit er gegangen war, hatte ich nicht mit ihm gesprochen, und auch wenn ich mich bei den anderen mehr als willkommen fühlte – Noel gab mir einfach eine andere Art Sicherheit.

Wir fuhren nach London hinein, und ich sah durch das Fenster die Häuser von Kingston Vale und die Bäume und Mauern, die den Blick auf Richmond Park versperrten. Es war kein Viertel, in dem ich früher oft gewesen war, aber trotzdem meldete sich Heimweh. London war mein Zuhause. Ich wollte im Moment zwar die Provinz nicht gegen die Großstadt tauschen, aber vielleicht konnte ich irgendwann hierher zurück. Wenn alles vorbei war. Was immer »alles« in diesem Fall bedeutete.

Xavia verließ einige Kilometer weiter die Schnellstraße und überquerte die London Bridge. Erst als wir zehn Minuten später immer noch Richtung Osten unterwegs waren, sagte ich wieder etwas.

»Wohin fahren wir genau?« Ich hatte erwartet, dass KORT ein altehrwürdiges Herrenhaus oder eine Villa in einem der Reichenviertel hatte, in Belgravia, Mayfair oder Kensington. Aber stattdessen ragte jetzt Canary Wharf vor uns auf, mit seinen Fassaden aus Glas, Stein und Chrom. Das war ein Geschäftsviertel. Was hatte KORT hier zu suchen?

»Die Zentrale ist in Canary Wharf.« Levi zeigte raus. »Die Gebäude sind hochmodern und leichter zu sichern als irgendein Altbau. Vorher war die Zentrale außerhalb von London auf dem Land. Aber als die Darks auf den Plan getreten sind, brauchten wir einen neuen Ort.«

»Verstehe.« Das Ausbildungszentrum war auch weit draußen gewesen, irgendwo in der Einöde. Und obwohl diese Umgebung nichts damit gemein hatte – als wir eine Rampe hinunterfuhren, wurde die Erinnerung an meine letzte Begegnung mit der Gilde wieder sehr lebendig. Ich schluckte.

Xavia hielt eine Schlüsselkarte an das Terminal und ein Rolltor glitt auf.

»Wir sind da«, sagte Zeph überflüssigerweise.

Es war eine Tiefgarage, in der wir hielten. Einige andere Autos waren hier geparkt, allesamt SUVs und Sportwagen. Ich stieg aus und ging mit dem Team zu einer Stahltür. Dabei nahmen sie mich in ihre Mitte und schirmten mich zu allen Seiten ab, die Hand an die Waffen gelegt, die sie bereits seit der Abfahrt trugen. Mir wurde wieder bewusst, dass sie Profis waren, taktisch geschult und für extreme Situationen ausgebildet. Man konnte das vergessen, wenn Levi sich über die Unordnung in der Küche beschwerte oder Zeph seine Witze machte. Aber nicht in Momenten wie diesen, wo man genau merkte, wie gut sie ihren Job beherrschten.

Eine Gruppe von Sicherheitsleuten bewachte den Zugang zur Zentrale – neben ihnen wartete eine Frau um die vierzig, die einen Hosenanzug trug und ihre Haare zu einem straffen Knoten gedreht hatte.

»Miss Stuart.« Sie reichte mir die Hand. »Willkommen bei den Knights of the Round Table. Mein Name ist Madeline Faulkner, ich bin die Zeremonienmeisterin der Gilde.«

»Sehr erfreut«, sagte ich, ohne es zu meinen. Ich traute vielleicht dem Team aus Stanham, aber der Rest von KORT war ein ganz anderes Kapitel. Mrs Faulkner war mir zwar unbekannt, ich mochte sie trotzdem nicht. Was die Gilde betraf, konnte ich lebenslang nachtragend sein.

»Folgen Sie mir.« Sie sagte es freundlich, aber ließ keinen Zweifel daran, dass es eher ein Befehl war. Ich fühlte mich wie eine Antilope, die sich in einen Käfig voller Löwen traut, als ich durch die Tür trat und mit den anderen in einen mit schwarzem Schiefer vertäfelten Flur einbog. Nachdem wir ein paar Minuten gelaufen waren, hielten wir schließlich an.

»Bitte warten Sie hier. Wir rufen Sie dann herein.« Mrs Faulkner wies mir einen Platz vor einer großen Tür zu. Ich nahm den Stuhl daneben, ein kleiner Akt der Rebellion. Keiner von uns hatte sich schick gemacht, aber jetzt wünschte ich mir, einfach die zerrissene Hose und mein ausgeleiertes Sweatshirt angezogen zu haben, statt der intakten Jeans und dem hübschen graublauen Wollpullover aus dem Undercover-Schrank in der Cave. Die Gilde sollte bloß nicht denken, ich wolle ihnen gefallen.

Der Rest des Teams setzte sich rechts und links neben mich, niemand sagte etwas. Vor allem bei Zeph war das auffällig.

»Alles okay bei euch?«, fragte ich, als die Zeremonienmeisterin verschwand. Meine Nervosität trieb den Puls in meinen Hals.

»Ja, natürlich«, antwortete Thora.

»Warum seid ihr dann so still?«

»Man sollte möglichst wenig sagen, wenn man hier ist.« Levi sah in eine der Ecken an der Decke. »Diese Wände haben größere Ohren als unser geliebter Thronfolger.«

Ich nahm den Ratschlag ernst und schwieg, was das Warten nicht gerade erleichterte. Lange blieben wir jedoch nicht allein. Schritte kamen näher, dann bog jemand um die Ecke.

»Charlotte Stuart.« Ich sah mich Ethan Mayfield gegenüber, dessen tiefbraunes Haar einige graue Strähnen mehr hatte, und sein Feld im Gegenzug neue dunkle Stellen. Er musterte mich aus den fast schwarzen Augen, die er nur einem seiner Söhne vererbt hatte. »Ich hätte nicht gedacht, dich jemals wieder bei KORT zu sehen.«

»Nun, offenbar war ich nicht in der Lage, es zu verhindern«, antwortete ich und stand auf.

»Offenbar nicht.« Sein Lächeln wurde schmaler. Dann begrüßte er die anderen und sah sich um. »Mein Sohn ist nicht hier?«

»Welchen von beiden meinen Sie?«, fragte ich scheinheilig. Die Bemerkung saß – Mayfields Blick traf mich mit aller Härte, aber ich hielt stand. In meinem Leben hatte es einige Tyrannen gegeben, aber bei keinem von ihnen hatte ich klein beigegeben. Für Ethan Mayfield machte ich keine Ausnahme.

»Du solltest gut aufpassen, was du sagst.« Seine Stimme wurde messerscharf und ich sah in seinem Feld sein wahres Ich. Aber bevor er weiterreden konnte, war Mrs Faulkner zurück.

»Wir sind so weit.« Überrascht bemerkte sie Noels Vater. »Sir? Sie sollten nicht hier sein. Mit den Kandidaten vor der offiziellen Befragung zu sprechen, verstößt gegen das Protokoll.«

*Na, das scheint ja so eine Art Hobby von ihm zu sein.*

»Nicht doch, Madeline.« Mayfield lächelte jovial. »Miss Stuart und ich sind alte Freunde. Ich wollte nur hören, ob ich etwas für sie tun kann.«

Ich hätte zu gerne widersprochen, aber er ließ mir keine Gelegenheit. Mit einem Gruß verschwand er durch die große Tür und ließ das Team und mich mit Mrs Faulkner zurück.

»Das Prozedere ist das Folgende.« Sie sah mich ernst an. »Sie werden nun von der Gilde begrüßt und bekommen einige Fragen gestellt, die Ihre Vergangenheit betreffen. Danach –«

»Ich dachte, ich werde erst nach der Initiation befragt?«, unterbrach ich sie. Die anderen aus dem Team schienen ebenso irritiert zu sein wie ich.

»Üblicherweise ist das so.« Mrs Faulkner nickte. »Aber unter diesen speziellen Umständen will die Gilde sich vorher ein Bild von Ihnen machen. Schließlich waren Sie einige Jahre verschwunden. Und verfügen bereits über eine Gnade, was Sie in jeder Hinsicht für uns zu einem besonderen Fall macht.«

Das vertraut ungute Gefühl kroch mir den Nacken hinauf, die Erinnerung an Morganas Stimme in meinem Kopf mischte sich darunter. Aber ich hatte beschlossen, das hier durchzuziehen.

»Okay«, sagte ich. Je schneller ich die Zentrale wieder verlassen konnte, desto besser. Ich hatte das Gefühl, die Wände kamen auf mich zu.

»In Ordnung. Dann können wir beginnen.« Sie öffnete die Tür, durch die Ethan Mayfield gegangen war, und hielt sie für mich auf. Die anderen erhoben sich, machten aber keine Anstalten, sich in den Raum zu begeben.

»Ihr kommt nicht mit?«, fragte ich.

»Das ist unüblich«, antwortete Mrs Faulkner für sie.

*Na toll.* Mein Herz sank noch weiter.

»Du schaffst das«, sagte Xavia mit ihrer wie üblich zuversichtlichen Stimme und umarmte mich. Die anderen folgten ihrem Beispiel.

»Mach uns stolz, Wundermädchen«, fügte Zeph an, und Thora sagte irgendeinen Segensspruch, bei dem ich nicht einmal wusste, welche Sprache es war.

»Wir warten nach der Initiation unten auf dich, wenn du rauskommst.« Levi lächelte.

Ich brachte es nicht fertig, etwas zu erwidern. Also nickte ich nur und ging dann durch die Tür. Mrs Faulkner schloss sie hinter mir. Das Geräusch klang unangenehm endgültig in meinen Ohren.

»Guten Abend, Charlotte«, sagte Ethan Mayfield. Ich machte den Rücken gerade und sah mir an, mit wem ich es zu tun hatte.

Es waren sicher zwanzig Leute, mehr Männer als Frauen, alle jenseits der fünfzig und in spießigen, zugeknöpften Klamotten. Die meisten hatten wechselhafte Felder, einige waren dunkler, als sie sein sollten. Was hatte Noel gesagt? *Sie sind nichts weiter als ein Haufen nerviger alter Männer und Frauen, die glauben, dass ein Titel oder ein Sitz im Oberhaus sie zu Göttern macht.*

Aber genau wie Götter wirkten sie, wie sie da saßen, in den ansteigenden Reihen aus dunklem Holz. Sie beäugten mich entweder sensationsgierig oder misstrauisch, als wäre ich die Angeklagte in einer Gerichtsverhandlung. Ich ließ mich sonst nicht so leicht einschüchtern, aber jetzt fühlte ich mich sehr klein – wie damals im Ausbildungszentrum. Mir war auch genauso kalt wie damals.

»Setz dich doch.« Ethan Mayfield hatte mitten in der ersten Reihe Platz genommen und deutete auf einen Stuhl, der gegenüber des Tribunals stand. Ich hätte lieber gestanden, aber ich fügte mich.

Offenbar war Noels Vater der Boss der Truppe oder zumindest ihr Sprecher. Denn jetzt schlug er eine Mappe auf und nahm ein Dokument heraus. »Wir möchten kurz die Details klären. Du bist

Charlotte Hennessy, geboren in Manchester. Als du neun warst, erfolgte dann eine Namensänderung in Stuart und der Umzug nach London. Deine Knight-Linie ist unbekannt. Ist das korrekt?«

»Ja«, sagte ich.

»Du hast die letzten Jahre bei deinem Bruder gelebt, einem gewissen Dexter Stuart?«

Ich nickte. Wenn sie nach wie vor glaubten, dass Dex mein Bruder war, würde ich ihnen sicher nicht die Wahrheit verraten.

»Er hat dich im Umgang mit deiner Gnade unterwiesen?«

Ich nickte wieder. Das war kein Geheimnis.

»Dieser Dexter Stuart ist kein Mitglied von KORT, richtig?«

»Nein.« *Als wüsstest du das nicht.*

»Dennoch hat er dich jahrelang erfolgreich vor KORT verborgen. Wie hat er das gemacht?« Mayfield musterte mich mit höflichem Interesse, aber sein Feld verriet mir, wie gierig er auf die Antwort war.

»Das weiß ich nicht.« Ich hob die Schultern. »Bis vor einigen Tagen wusste ich nicht einmal, dass er das getan hat.«

Seine Augen verengten sich. »Du möchtest uns sagen, dass dein Bruder dich in Bezug auf deine Gnade unterrichtet hat, du aber geglaubt hast, er hätte selbst keine Kräfte?«

»Richtig.« Es war die Wahrheit. Dex konnte kein Knight sein. Bei ihm fehlte dieses spezielle Leuchten, das bei allen aktiven Teammitgliedern zu sehen war. Ich hatte es erst nicht bemerkt, aber seit ich ständig von mehreren Knights umgeben war, konnte ich es erkennen.

»Charlotte, das hier ist eine offizielle Befragung.« Die Stimme von Noels Vater hatte einen drohenden Unterton. »Lügen sind da vollkommen fehl am Platz.«

»Das ist mir bewusst. Aber ich lüge nicht.« Meine Zähne knirschten, weil ich mich bemühte, ihn nicht anzufahren. Bei dieser Befragung ging es offenbar gar nicht um mich. Es ging nur darum, Dex besser einschätzen zu können. Was wussten die über ihn? Und vor allem – was wusste *ich* nicht?

»Ach nein?« Mayfield legte betont langsam den Stift hin und ich spürte Hass in seinem Feld. Mit einem Mal fragte ich mich, ob er wusste, was ich getan hatte. Dass ich gelogen und Noel vor einigen Jahren entgegen meinem Gefühl nicht für die Initiation empfohlen hatte.

»Nein«, sagte ich trotzdem. Er konnte mich nicht danach fragen, nicht vor all diesen Leuten. Das spürte ich, ohne es zu wissen. Aber genau das machte ihn wütend.

»Schon wieder eine Lüge!«, polterte er los. »Ich werde nicht erlauben, dass –«

»Sie werden *was* nicht erlauben?«, blaffte ich ihn an und sprang auf. Meine Beherrschung war dahin. »Das ist keine Gerichtsverhandlung und ich sitze nicht auf der Anklagebank! Wenn hier jemand Rede und Antwort stehen müsste, dann sind Sie das, weil sie mich damals eingesperrt haben! Also hören Sie auf, mir irgendwas zu unterstellen!«

Es wurde still. Mayfield sah mich an, lange und durchdringend, und ich erwiderte den Blick mit der gleichen Abscheu, die er mich spüren ließ. Wie musste es sein, so jemanden zum Vater zu haben? Jemanden, der so machtbesessen und kontrollsüchtig war?

Eine Frau mit einer grauen Kurzhaarfrisur durchbrach die Stille, aber wenn ich mit einer Entschuldigung für damals gerechnet hatte, war ich auf dem Holzweg. »Vielleicht könnten wir damit weitermachen, dass Miss Stuart ihre Gnade bereits als Kind erhalten hat.« Noels Vater nickte widerwillig und fuhr fort.

»Wann ist dir deine Gnade zum ersten Mal bewusst geworden?« Er nahm einen weiteren Ordner. Vom papierlosen Büro hatte hier wohl noch niemand gehört.

»Sie war schon immer da«, antwortete ich und atmete meine Wut aus, bevor ich mich wieder setzte. Am liebsten hätte ich meinen Stuhl umgeworfen und wäre gegangen, aber ich wollte wissen, wer mein Vorfahre war – und vor allem wollte ich nicht wieder komplett auf mich allein gestellt sein. »Ich erinnere mich nicht an einen bestimmten Tag, an dem ich sie bekommen habe.«

»Also erinnerst du dich auch nicht an eine Initiation?«

»Nein. Soweit ich weiß, gab es keine.«

»Aber Sie haben Ihre Gnade dennoch eingesetzt.« Das war wieder die grauhaarige Frau. Ihre Bemerkung klang nicht wie eine Frage und ich wollte keine Antwort geben. »Miss Stuart?« Okay, vielleicht war es doch eine.

»Ab und zu«, sagte ich vage.

»Für welche Zwecke?«, fragte die Frau weiter. »Haben Sie versucht, sich auf die Art Vorteile zu verschaffen?«

»Nein!«, antwortete ich heftig. »So etwas würde ich nie tun!«

»Was dann?« Sie ließ nicht locker.

»Es waren … wenige Gelegenheiten. Wenn jemand Hilfe brauchte.« Fröstelnd zog ich die Schultern hoch.

»Haben Sie selbst entschieden, wem Sie diese Hilfe angedeihen lassen wollten?«

Jetzt musste ich überlegen, was wichtiger war. Wenn ich Dex raushielt, dachte die Gilde vielleicht, dass ich auf eigene Faust gehandelt hatte. Wollte ich ihn schützen und damit ein Risiko für mich eingehen? Hatte er das verdient?

»Nein«, sagte ich mit fester Stimme. »Mein Bruder hat das entschieden.«

Die Gilde schien diese Antwort zu schlucken.

»Wir würden wirklich gerne mit ihm sprechen. Wissen Sie, wo er sich gerade aufhält?«

»Nein. Dex ist auf Reisen.«

»Wissen Sie denn, ob er KORT schaden möchte?«

»Ich weiß nichts über seine Pläne. Aber er hat in den letzten zehn Jahren nichts gegen KORT unternommen, also gehe ich davon aus, dass er es auch jetzt nicht will.«

Die grauhaarige Frau legte die Mappe beiseite. »In Ordnung. Dann brauchen wir jetzt die Dokumente.«

Wie, das war es schon gewesen? Keine Frage nach den Zielen, die wir besucht hatten? Keine Frage nach meiner Gnade? Offensichtlich hatten sie wirklich nur etwas über Dex herausfinden wollen und nichts über mich. Vielleicht weil sie schon alles wussten, was mich betraf. Vielleicht auch weil sie ahnten, dass ich nicht wieder so schnell von der Bildfläche verschwinden würde wie letztes Mal und sie deswegen alle Zeit der Welt hatten.

Mrs Faulkner kam aus einer Seitentür, einen schmalen Hefter unter dem Arm. Sie legte mir einige Papiere vor und machte Kreuzchen an mehreren Stellen. »Unterzeichnen Sie bitte hier, hier und hier.«

»Und was unterzeichne ich da?«, fragte ich.

»Es ist die Einverständniserklärung, Teil eines KORT-Teams zu werden, dazu einige Geheimhaltungsvereinbarungen.«

»Teil eines KORT-Teams?« Ich sah sie an. »*Irgendeines* KORT-Teams?«

Der Blick von Mrs Faulkner zuckte zu Ethan Mayfield. Er durchbohrte mich förmlich mit seinen dunklen Augen.

»Das hier ist kein Wunschkonzert, du kannst dir nicht aussuchen, zu welchem Team du gehören wirst. Momentan fehlen in jeder Gruppe eines oder mehrere Mitglieder. Welchem du zugeteilt wirst, entscheidet sich also nach deinem Vorfahren und nicht nach dir. Es kann sein, dass du all die Jahre machen konntest, was du willst, aber mit diesem Egoismus ist jetzt Schluss. Bei KORT läuft es nicht nach dem Willen eines Einzelnen, sondern danach, was am besten für alle ist.«

Ich starrte ihn an, fassungslos über seine Dreistigkeit. Am liebsten hätte ich ihm ins Gesicht gesagt, dass ich wusste, wie groß *sein* Egoismus gewesen war, als es um seinen Sohn gegangen war. Aber ich wusste, es war der falsche Zeitpunkt dafür.

»Wo muss ich unterschreiben?«, fragte ich daher nur und nahm mit kalten Fingern den Stift, um meinen Namen unter die Dokumente zu setzen. Nachdem ich fertig war, fühlte ich mich seltsam gebunden. Wieder ein Schritt Richtung KORT, wieder ein Schritt weg von meinem alten Leben. Aber ich hatte keine Wahl. Dex hatte mir keine gelassen.

Mrs Faulkner sammelte die Papiere ein und schob sie in ihre Mappe. »Das war alles. Kommen Sie bitte mit.«

Ich verneigte mich mit nur schlecht versteckter Abneigung und einem Hauch Spott vor der Gilde, dann folgte ich Mrs Faulkner. Sie öffnete mir eine schmale Tür an der Seite, die in einen kleinen Raum führte, und winkte mich hindurch. Sie selbst blieb zurück und richtete das Wort an die Mitglieder der Gilde, die bereits dabei waren, sich zu erheben.

»Warten Sie bitte einen Moment«, bat sie. »Es gibt noch einen dringenden Antrag, über den entschieden werden muss.«

»Ein Antrag, jetzt?«, fragte Ethan Mayfield. »Von wem?«

Mrs Faulkner senkte die Stimme. »Von Ihrem Sohn, Sir.«

*Sein Sohn? Noel war hier?* Von Killian konnte sie ja kaum sprechen.

»Er soll reinkommen.«

Sofort kehrte die Wärme in meinen Körper zurück, als hätte man mir eine Decke umgelegt. Schnell drehte ich mich um, aber die Zeremonienmeisterin schloss die Tür hinter uns beiden, bevor Noel den Raum betreten hatte.

»Was ist das für ein Antrag?«, fragte ich sie.

»Das ist für Sie nicht von Interesse«, sagte Mrs Faulkner. »Aber die Initiation wird sich etwas verzögern. Bitte gedulden Sie sich kurz.« Damit schlüpfte sie wieder durch die Tür und ließ mich in dem kleinen Raum zurück.

# 16

Kaum war sie weg, ging ich zur Tür und legte mein Ohr dagegen. Mehr als ein dumpfes Brummen konnte ich allerdings nicht hören, offenbar war der Raum schallisoliert. Verdammt. Ich hätte nur zu gerne gewusst, was Noel von der Gilde wollte. Er hatte doch deutlich gemacht, dass sie den Knights nichts zu sagen hatte. Wieso also dieser Antrag? Und warum hatte er niemandem Bescheid gegeben, dass er wieder da war? Weil er irgendetwas vorhatte, von dem der Rest nichts wissen sollte?

Auf der anderen Seite war eine Tür, die nach draußen zum Gang führte, aber ich traute mich nicht, nach dem Team zu suchen. Also lehnte ich mich an die Wand und wartete, mehr oder weniger geduldig. Bald wurde ich jedoch hibbelig. Die Minuten dehnten sich endlos und meine Nervosität machte mit. Warum dauerte das so lange?

Dann hörte ich etwas draußen auf dem Gang, eine laute Stimme, die sehr wütend klang. Mit zwei Schritten war ich an der Tür und öffnete sie einen winzigen Spalt, um lauschen zu können.

»Wie kannst du es wagen, vor der Gilde so mit mir zu reden?!« Das war eindeutig Ethan Mayfield. Schnell ging ich von dem Spalt weg, damit er mich nicht sah.

»Tu doch nicht so, als könnte ich deinen Ruf ruinieren«, antwortete jemand, dessen Stimme mir sehr bekannt war. *Noel.*

Mein Puls beschleunigte sich automatisch. »Jeder von denen weiß, was du getan hast. Ich habe es ihnen nur in Erinnerung gerufen.«

»Du hast gefälligst Respekt zu zeigen!«, bellte Mayfield senior. »Ich bin immerhin dein Vater!«

»Respekt?« Noel schnaubte. »Wofür sollte ich *dich* denn respektieren? Deine Intrigen? Das, was mit Killian passiert ist? Oder dafür, dass du meinen Job sabotierst?«

»Ich sabotiere deinen Job?« Jetzt war es sein Vater, der schnaubte. »Dein Job ist es, die Menschheit zu beschützen. Es ist *nicht* dein Job, unsere Familie für einen deiner Egotrips der Lächerlichkeit preiszugeben. Die Gilde muss doch jetzt glauben, dieses Mädchen hätte dir das Gehirn vernebelt!«

Moment mal, das *Mädchen*? Ging es bei dieser Sache etwa um mich? Gänsehaut ließ meine Arme prickeln. Was bedeutete es, wenn ich der Grund für einen solch üblen Streit war?

»Oh, wirklich?«, fragte Noel sarkastisch. »Wie furchtbar. Dabei ist es mir doch so wichtig, was die Gilde über mich denkt.«

»Was soll das? Was hast du mit Charlotte Stuart zu schaffen?«

»Das geht dich absolut nichts an«, antwortete Noel kühl. »Aber wenn du sie nicht in Ruhe lässt, wirst du erleben, dass du sehr viel mehr verlieren kannst als nur meinen Respekt.«

Ethan ließ einen wütenden Laut hören. »Großer Gott, Noah –«

»Nenn mich nicht so!«, unterbrach Noel ihn harsch.

»Das ist dein Name!«, brüllte sein Vater. »Du bist Noah Elias Mayfield, ob du das nun willst oder nicht. Und dieser Name bringt Verantwortung mit sich. Verantwortung gegenüber deiner Familie, auch wenn du das vergessen hast!«

»Welche Familie denn?«, rief Noel nicht weniger laut. »Killian hast du vertrieben und Mum verbringt die meiste Zeit in Frankreich, weil sie dich nicht erträgt, aber auch nicht verlassen kann.

Ich habe Verantwortung für nur *eine* Familie und das ist mein Team. Falls du es vergessen hast – das sind die Leute, die ihr Leben riskieren, um *deine* Fehler auszubügeln.«

»Du benimmst dich so verdammt kindisch«, schnappte Ethan.

»Besser kindisch als selbstgerecht! Nach allem, was du getan hast, solltest du dich hier nie wieder blicken lassen. Aber stattdessen stolzierst du herum und spielst dich als großer Boss auf – dabei hast du uns nichts zu sagen, weder mir noch meinem Team und erst recht nicht Charlotte!«

»Und schon wieder Charlotte.« Ethans Worte vibrierten zornig, als er antwortete. »Wenn du klug bist, hältst du dich fern von diesem Mädchen. Nicht nur wegen ihres Bruders. Sie könnte uns alle in den Abgrund reißen.«

»Nein, kann sie nicht. Denn das hast *du* längst erledigt.« Noels Stimme war voll kalter Verachtung. »Und deswegen werden wir jetzt da hineingehen und du sagst der Gilde, dass sie meinem Antrag zustimmen soll. Wenn nicht, werde ich ihnen ein paar Dinge erzählen, die sie noch nicht wissen.«

Ethan holte wütend Luft. »Du wagst es, mich zu erpressen?«

»Allerdings, *Vater*.« Noel betonte das Wort abfällig. »Schließlich ist das die einzige Sprache, die du verstehst.«

Mayfield antwortete nicht, aber ich hörte, wie die Tür zum Befragungsraum geöffnet und geschlossen wurde. Ich blieb auf meinem Lauschposten zurück, hundert Fragen in meinem Kopf. Was hatte Ethan Mayfield getan, das seinen eigenen Sohn dazu brachte, ihn derartig zu verachten? Und was war das für eine Aussage über mich? *Sie könnte uns alle in den Abgrund reißen.*

»Sind Sie bereit?«

Ich fuhr herum. Wie aus dem Nichts war Mrs Faulkner aufgetaucht.

»So bereit, wie ich sein kann.« Ich sah zu der Tür, hinter der ich Noel gehört hatte. Ich hätte ihn wahnsinnig gern gesehen, bevor ich ging, aber ich hatte keine Ahnung, wie lange das mit der Gilde dauerte. Und Mrs Faulkner schien nicht warten zu wollen. Sie trat auf den Gang und schritt in forschem Tempo los. Ich musste mich beeilen, um mitzuhalten, in meinem Kopf noch den Streit zwischen Noel und seinem Vater, aber vor allem die Angst vor meiner Initiation.

»Wissen Sie, wer mein Guide sein wird?«, fragte ich Mrs Faulkner. Wenn jemand das wusste, dann wohl sie.

»Es wird jemand sein, der Ihnen hilfreich zur Seite steht. Machen Sie sich keine Gedanken.«

*Klar doch. Mach dir keine Gedanken, wir stecken dich nur mit einem Wildfremden und einem magischen Stein in einen Raum und gucken, was passiert. Das wird lustiger als jeder Kindergeburtstag.*

»Wenn Sie es wissen, wieso sagen Sie mir nicht einfach, wer es ist?«

»Miss Stuart.« Mrs Faulkner blieb stehen. »Ich bin Zeremonienmeisterin und keine Hellseherin. Die Entscheidung über die Zuteilung Ihres Guides unterliegt nicht mir, sondern dem Gremium. Aber Sie werden sehen, dass es keinen Grund zur Sorge gibt.«

Sie öffnete eine Tür mit ihrer Schlüsselkarte, dann ließ sie mich in einen kleinen Vorraum eintreten, der wie ein Büro aussah – mit einer massiven Tür auf der anderen Seite, die gesichert war wie der Aufzug im Haus in Stanham.

»Eigentlich erfolgen einige Untersuchungen, bevor jemand zur Initiation zugelassen wird, außerdem Gespräche mit den Eltern und psychologische Tests. Aber da Sie bereits erwachsen sind und über eine Gnade verfügen, hat die Gilde einem vereinfachten Verfahren zugestimmt und wird Sie dementsprechend ohne Prüfung zulassen.«

Ich wusste nicht, ob das ein gutes Zeichen war, aber ich nickte trotzdem.

Mrs Faulkner zog aus einem Regal eine Plastikbox wie bei den Sicherheitskontrollen am Flughafen. »Elektronische Geräte bitte hier rein, vor allem Ihr Handy, wenn Sie eines dabeihaben.«

Ich schüttelte den Kopf. »Das habe ich in der Basis gelassen.« Levi hatte gesagt, dass es besser war, wenn ich es nicht mitnahm, weil die Darks es vielleicht orten konnten. Und ein KORT-Telefon würde ich erst bekommen, wenn ich offiziell dazugehörte.

»In Ordnung.« Sie stellte die Box wieder weg und ging zu der Tür auf der anderen Seite. Es brauchte einen Zahlencode, einen Daumenabdruck und einen Irisscan, um sie zu öffnen. Dann streckte Mrs Faulkner den Arm aus, um mir die Richtung zu weisen.

»Gehen wir.«

Ich trat durch die Tür, die sicher einen halben Meter dick war und aussah wie bei einem Tresor. Dahinter führte eine Treppe aus Schiefer nach unten, einzelne Lampen spiegelten sich matt an den Wänden. Nur zögerlich ging ich vor. Ich hatte das Gefühl, in meinen eigenen Untergang zu laufen.

Dabei war es unten gar nicht so übel. Teppich lag in dem breiten Flur, der auf eine Doppeltür zuführte, die offen stand. Dahinter war ein Raum, ungefähr so groß wie das Wohnzimmer der Knights. Bis auf einen halbhohen Steinzylinder in der Mitte war er jedoch leer. Ich ging hinein, Mrs Faulkner trat neben mich.

»Ihr Guide wird sicher gleich da sein. Sobald Sie bereit sind, legen Sie gleichzeitig Ihre Hände auf den Stein und folgen dann den Visionen und Bildern, die Sie bekommen. Ihr Guide sieht alles, was Sie sehen, und kann eingreifen, sollte es Probleme geben. Wenn die Initiation vorbei ist, treten Sie durch diese Tür dort und treffen auf das Gremium. Noch Fragen?«

»Hunderte. Aber Sie werden mir wohl keine davon beantworten.« Ich rieb meine Hände aneinander. Hier unten war es kühl und mein dünner Pullover alles andere als warm.

Mrs Faulkner ließ ein leises Lächeln sehen. »Ich wünsche Ihnen viel Erfolg, Miss Stuart.« Sie nickte mir zu, dann ging sie hinaus und schloss die massive Doppeltür hinter sich. Das Schloss rastete laut ein. Ich war allein.

Langsam ging ich um den Stein herum, besah ihn mir genauer. Der geschliffene Zylinder schien nicht von dieser Welt zu sein, er warf alle Schattierungen des Lichts zurück und schien trotzdem jeden Funken in sich aufzusaugen. Die Oberfläche wirkte wie diese Ringe, die je nach Stimmung die Farbe wechselten – aus einem Winkel schien der Stein tiefschwarz zu schimmern, dann war er wieder grün oder blau. Ich spürte Neugier, aber die Angst war trotzdem größer. Was, wenn Morgana als meine Vorfahrin auftauchte? Wie würde KORT reagieren, wenn sie erfuhren, dass ich die Erbin einer Mörderin und Hexe war?

Es vergingen fünf Minuten, dann zehn. Ich fuhr mit meinen Händen über meine Arme. Wie lange konnte es noch dauern, bis der Guide endlich auftauchte? War das Teil der Prozedur? Eine Art Geduldsprobe? Ich sah zu dem Eingang, durch den ich hereingekommen war. Kam ich wieder heraus, wenn ich wollte, oder war ich jetzt eingesperrt? Seit meiner Zeit bei KORT hasste ich das Gefühl von verschlossenen Räumen.

Dann endlich öffnete sich eine schmale Seitentür, die sich perfekt in die schwarze Schieferwand eingefügt hatte. Sie schwang lautlos auf und blieb offen stehen. Und ich hörte etwas: Schuhe auf dem nackten Boden im Gang dahinter, relativ schwer, es waren die Schritte von Stiefeln und sicherlich nicht die einer Frau. *Der Guide wird schon in Ordnung sein,* versicherte ich mir, meist war es einer der Consultants, das hatte Xavia mir gesagt. Nur die besten und loyalsten Knights wurden zu Beratern gewählt, nachdem ihre Gnaden verschwunden waren. Aber mein Bauch ließ sich nicht von meinem Kopf beruhigen. Ich wich zurück und brachte den Stein zwischen mich und die Öffnung in der Wand.

Mein Guide war bald nur noch wenige Schritte entfernt, vielleicht drei oder zwei, nein, einen. Ich hielt die Luft an. Dann kam jemand durch die Tür.

»Tut mir leid, dass du warten musstest. Die Gilde hat sich quergestellt.«

»Du?« Mein Herz setzte aus und verdoppelte dann seine Schläge. Ich konnte nicht anders, als ihn anzustarren. »Du bist mein Guide?«

»Zu Diensten, Mylady.« Noel verbeugte sich leicht und lächelte. »Leider konnte ich dich nicht fragen, ob du das für eine gute Idee hältst. Ich bin erst ziemlich spät hier angekommen.« Das konnte man sehen: Die funktionale, staubige Kleidung, die er trug, war sicher noch von dem Auftrag in Marokko. Ebenso wie der Hauch Farbe in seinem Gesicht und die Müdigkeit in seinen Augen. Sie leuchteten trotzdem, als er mich ansah, und ich spürte die Antwort darauf tief in meinem Magen.

»Glaub mir: Das ist die beste Idee, die du je hattest.« Mit lautem Poltern fielen sämtliche Felsbrocken von meinem Herzen. Ich hätte ihn gern umarmt, aber ich wusste nicht, ob jemand uns beobachtete, also ließ ich es sein. »Wie hast du das angestellt?« Noch während ich das aussprach, wurde es mir klar. Der Streit von Ethan und Noel auf dem Flur. Mrs Faulkners Bemerkung, dass jemand ein dringendes Anliegen hatte. Noel hatte seinen Vater erpresst, um bei meiner Initiation dabei zu sein? Die Wärme in meinem Inneren wurde stärker.

Noel hob die Schultern. »Sagen wir einfach, ich konnte sie überzeugen.« So konnte man das auch nennen. Aber ich fragte nicht, warum er das getan hatte.

»Danke«, sagte ich stattdessen und meinte es ehrlich. »Du hast etwas gut bei mir.«

»Ich komm drauf zurück.« Er sah mich lächelnd an und die Luft zwischen uns lud sich auf, wie damals im Pub. Aber angesichts des Steins vor mir verflog das Gefühl sehr schnell wieder.

»Sehen die uns?« Ich suchte den Raum nach Kameras ab.

»Wer? Die Gilde? Nein.« Noel schüttelte den Kopf. »Die Initiation ist keine Sache für die Öffentlichkeit. Sie sprechen nachher mit uns, aber sie schauen nicht zu.«

»Das ist gut.« Ich hatte schon gedacht, es gäbe auch hier so eine Scheibe wie im Ausbildungszentrum, hinter der die Gilde beobachtete, was ich tat. »Dann ist wohl jetzt die Stunde der Wahrheit.«

»Ihr habt also nicht herausfinden können, wer dein Vorfahre ist?« Noel trat näher an den Stein heran.

»Nein.« Ich schüttelte den Kopf. »Wir denken, dass es ein Liebhaber von Morgana war, aber wer genau – keine Ahnung.«

»Morgana?« In Noels Blick flackerte etwas. »Dann war sie das in deiner Vision.«

»Sieht so aus.« Ich sagte nicht, dass ich Angst hatte, sie könnte meine Vorfahrin sein. Wenn es so war, würde er es eh gleich sehen.

Noel nickte nur als Antwort. »Wurdest du instruiert?« Ich spürte keine Unsicherheit bei ihm. Sein Feld war ruhig wie das Meer an einem windstillen Tag und diese Gelassenheit beruhigte mich ebenfalls. *Es wird schon nicht Morgana sein,* sagte ich mir. *Bestimmt nicht.*

Ich stellte mich direkt vor den Stein. »Du meinst, es gibt dazu mehr zu sagen als ›Leg deine Hände hier drauf und dann viel Spaß‹?«

»Eigentlich nicht.« Noel lächelte. Dann sah er mich aufmerksam an. »Fühlst du dich denn bereit dafür?«

»Keine Ahnung. Lass uns anfangen, bevor ich feststelle, dass ich es nicht bin.« Ich hielt die Hände über den Stein und sah ihn an. »Noel? Wenn irgendetwas passiert, etwas Unerwartetes, dann –«

»Keine Sorge. Ich passe auf dich auf.« Er nickte ernst und hob seine Hände ebenfalls. »Ein Tipp noch: Egal was du gleich siehst, lass es einfach passieren. Wehr dich nicht, sperre dich nicht dagegen, versuch nicht, es zu verstehen. Dann ist es schnell vorbei.«

»Okay.« Ich senkte die Hände, wir wechselten noch einen Blick, dann berührte ich den Stein.

In der nächsten Sekunde explodierte der Raum.

Farben. Formen. Lichtblitze in einem Gewitter aus Gefühlen und Gedanken. Es riss mich mit wie eine riesige Lawine, wie eine übermächtige Version von allem, was ich je von anderen gefühlt und gesehen hatte. Da waren Visionen von den Rittern, ich erkannte Arthur in einer Schlacht, Excalibur in seiner Hand, Lancelot, Kay, Gawain. Sie wollten mich weiter fortreißen, die Stimmen, die Emotionen, die Macht. Ich versuchte zu bleiben, wo ich war, versuchte, die Kontrolle zu behalten. Dann kam mir Noels Stimme in den Kopf.

*Wehr dich nicht dagegen. Lass es einfach passieren.*

Ich atmete tief ein und folgte seinem Rat.

Das Gewitter legte sich, um mich herum wurde es ruhig, beinahe gespenstisch still. Ich war plötzlich in einem Raum, dem gleichen wie bei meiner letzten Vision. Es war fürchterlich kalt, als wäre der Winter hereingebrochen. Aber die Kälte kam nicht von außen, sondern aus meinem Inneren. Mein Blick ging nach unten und ich sah das Messer, es steckte noch in meinem Bauch. Morgana hatte mich längst ermordet. Warum sah ich das schon wieder? Musste ich jetzt den Tod meines Vorfahren erleben, um zu wissen, wer er war?

*Versuch nicht, es zu verstehen.*

Ich sah eine Hand – meine, aber doch nicht meine – die den Dolch aus dem Körper zog. Es tat höllisch weh, ließ mich beinahe bewusstlos werden. *Mach das nicht, du Idiot*, wollte ich ihm zurufen. Jeder wusste, dass man das nicht durfte, man musste einen

Krankenwagen rufen oder einen Heiler oder was zu der Zeit angesagt gewesen war. Aber die Hand zog weiter, entfernte den Dolch, ließ ihn klirrend zu Boden fallen. Ich sah runter, Blut lief aus dem Schnitt, verteilte sich auf den Steinen unter mir. Ich spürte Angst und noch mehr Kälte. Gleich war ich tot.

Aber dann waren da Worte, leise und gemurmelt, mit einer Stimme, die mir nicht gehörte, in einer Sprache, die ich nicht verstand. Und plötzlich wurde es besser. Die Wärme kam zurück, sie kam aus meinen Fingerspitzen und strömte in den Rest des Körpers, ich fühlte sie, konnte spüren, wie das Leben zurückkehrte. Ich konnte aufstehen, ich konnte laufen, bald tat es nicht mehr weh. Der Fleck auf der Kleidung, einem edlen grünen Gewand, blieb. Aber die Wunde war nicht mehr da. Sie war einfach verschwunden.

Im nächsten Moment trat ich aus dem fremden Körper heraus und wurde zu mir selbst, in meinem graublauen Pullover und Jeans. Und vor mir stand ein Mann, etwas größer als ich, schlank und mit Bart, in dem blutbefleckten Gewand. Er war zeitlos jung im Gesicht, aber das war es nicht, was mich überwältigte. Es war die Wucht an Gefühlen, als ich ihn ansah: Glückseligkeit. Frieden. Liebe. Die Gewissheit, dass ich richtig war, dass *alles* richtig war. Ich hätte heulen können, so schön war es.

»Endlich sind wir eins«, sagte er und berührte mich an der Wange. »Sei stark, Charlotte. Ich verlasse mich auf dich.«

Eine Sekunde später löste sich der Raum um mich herum auf, aber ich brach nicht zusammen, ganz anders als vor ein paar Tagen im Schrein. Ich blieb aufrecht, mehr als das, ich kehrte als neue Version von mir zurück. Niemals in meinem Leben hatte ich mich stärker gefühlt, so angekommen, vollkommen und sicher. Ich ließ den Stein los und holte Luft.

»Merlin«, flüsterte ich. Er hatte mir seinen Namen nicht gesagt, aber ich kannte ihn trotzdem. Er war mein Vorfahre, Merlin war mein Vorfahre. Nicht Morgana. Unendliche Erleichterung machte sich in mir breit. Alles war gut.

Noel sagte nichts, aber sein Schweigen wurde irgendwann so laut, dass ich den Kopf hob. Ich erschrak, als ich ihm in die Augen sah – sie standen vor Furcht in Flammen. Das schöne Gefühl in meinem Inneren begann zu verschwinden. Ich wollte es festhalten, aber es rieselte durch meine Finger wie Asche.

»Was ist los?« Ich wusste, es war ernst. Wenn Noel so aussah, wenn sein Feld so aussah wie jetzt, war es ernst.

Er strich sich die Haare zurück und holte Luft. »Wir haben nicht viel Zeit. Sie wissen, wie lange der Stein aktiv ist.« Mit zwei Schritten war er neben mir, legte seine Hände an meine Arme. »Hör mir genau zu, Charlotte«, sagte er eindringlich. »Du darfst denen nichts davon sagen.«

»Nichts? Du meinst –«

»Kein Wort von dem, was du gerade gesehen hast. Du darfst der Gilde nichts von Merlin erzählen.«

»Warum?«

»Versprich es mir«, bat er mich eindringlich.

»Ich … okay, ich verspreche es.« Mir war immer noch ein bisschen dämmrig und ich fröstelte. Das Gefühl von Vollkommenheit verschwand und hinterließ einen leeren, kalten Krater. Ich sah Noel an. »Warum hast du solche Angst? Nur weil mein Vorfahre kein Ritter ist, sondern irgendein Zauberer? Keine Sorge, damit komme ich schon zurecht.«

»Irgendein Zauberer?« Noel schnaubte. »Merlin war nicht einfach irgendein Zauberer. Er war der mächtigste Magier aller Zeiten. Er war es, der die Geschehnisse damals gelenkt hat, er hat dafür gesorgt, dass Arthur gezeugt wurde, er hat ihn auf den Thron gebracht, hat seine Feinde aus dem Weg geräumt. Er ist der Ursprung von allem, was wir sind. Und seit zweihundert Jahren hat es keine Erben von ihm gegeben, hast du eine Ahnung, warum? Weil es von KORT verboten worden ist! Wenn sie das herausfinden, werden sie dich einsperren oder Schlimmeres.« Ich hatte Noel noch nie so beunruhigt gesehen. Der Krater in mir füllte sich mit schwarzer Angst.

»Aber die befragen mich doch!«, rief ich. »Was soll ich denen sagen? Dass ich gar nichts gesehen habe? Oder irgendetwas Ausgedachtes? Ich bin die schlechteste Lügnerin der Welt, Noel. Das glauben die mir nie!«

»Du schaffst das.« Er holte Luft und konzentrierte sich, um mir etwas von seiner warmen, stärkenden Energie abzugeben. Dann fixierte er mich mit seinem Blick. »Sag ihnen, du hast Arthur gesehen. Einen großen König, der mit anderen am Tisch saß, unter ihnen, als wäre er gleichgestellt. Du hast Zuneigung gefühlt, große Zuneigung, für dein Land, für deine Männer, deine Frau, deine Untertanen.« Er sprach schnell, ich hatte Mühe zu folgen. »Und dann hat dir jemand ein Schwert gegeben und dich zu einem Stein geführt – jemand, nicht Merlin. Erwähne ihn auf keinen Fall. Auf dem Schwert war eine Gravur, eine Blume am Heft, eine schwarze Rose ohne Dornen, mit acht Blättern, vier überdecken die anderen vier. Das ist wichtig, dass du das erwähnst, okay? Die Rose ist extrem wichtig.«

Ich nickte nur. »Aber was, wenn –«

Mehr konnte ich nicht sagen. Denn im nächsten Moment glitten die Türen auf der anderen Seite des Raumes auf und das Gremium der Gilde wurde sichtbar. Sie waren nebenan, saßen auf Stühlen mit hohen Lehnen und warteten auf mich.

»Denk an das, was ich gesagt habe«, raunte Noel mir zu und ließ mich los. Sein Feld bebte im Takt mit meinem Herzschlag. »Dann wird alles gut.«

*Dann wird alles gut?*

Diesmal glaubte ich ihm kein Wort.

# 17

»Eine Rose?«

»Ja, richtig.« Ich nickte. »Sie hatte acht Blütenblätter, die übereinanderlagen. Ich könnte es aufmalen, aber ich bin nicht besonders begabt in diesen Dingen.« Entschuldigend lächelte ich die Gildenmitglieder an.

Seit über zwanzig Minuten war meine angebliche Vision Thema der Befragung. Etwa genauso lange schwitzte ich unter meinem Pullover wie bei den heftigsten Einheiten im Tanztraining. Dabei machte ich es gar nicht so schlecht. Ich erzählte Noels Worte relativ frei nach und schmückte alles ein bisschen aus, damit es glaubwürdig klang. Trotzdem hämmerte die Wahrheit unerbittlich gegen meinen Schädel, als wollte sie unbedingt raus. *Sag es ihnen!*, rief eine Stimme in meinem Kopf. *Sag ihnen, wie es wirklich ist!* Aber das durfte ich nicht. Ich hatte Noels Gesicht gesehen und seine Angst gespürt, ich wusste, dass ich bei der Geschichte bleiben musste. Nur wurde es mit jeder Minute und mit jeder weiteren Frage schwieriger.

»Welche Farbe hatte die Rose?« Ethan Mayfield nahm mich mit seinem durchdringenden Blick ins Visier. Ich wich ihm nicht aus.

»Welche Farbe?«, fragte ich, um Zeit zu gewinnen. Vielleicht ahnte er, dass etwas nicht stimmte. Aber wenn er es uns nicht nachweisen konnte, war das egal.

»Ja, richtig.«

Ich wusste, dass Noel es mir gesagt hatte, aber ich kam nicht drauf. »Also, die Rose …«

»Du hast die Rose doch gesehen, oder nicht?«, bohrte Ethan Mayfield weiter.

»Natürlich.« Ich drehte meinen Kopf leicht, sodass ich Noel sehen konnte, der schräg hinter mir stand. *Hilf mir,* bat ich stumm. Aber das konnte er wohl kaum. Nicht wenn wir beide so unter Beobachtung waren.

Doch dann bewegte er unauffällig seine Hand und berührte den Ärmel seines schwarzen Langarmshirts. War das ein Hinweis?

Die grauhaarige Frau neben Noels Vater holte meine Aufmerksamkeit wieder zur Gilde zurück. »Miss Stuart, wenn Sie nicht wissen, wel–«

»Schwarz«, sagte ich, so überzeugend ich konnte. »Sie war schwarz.«

Es schien die richtige Antwort gewesen zu sein, denn ich sah, dass mehrere der Gildenmitglieder nickten. Mein erleichtertes Aufatmen bemerkten sie hoffentlich nicht.

»In Ordnung, dann sprechen wir als Nächstes über –«

Weiter kam sie nicht. Ein lauter Ton hallte durch den Raum mit den hohen Decken, ein lautes blechernes Geräusch, das sich im Abstand von ein paar Sekunden wiederholte. Die Mitglieder der Gilde begannen zu tuscheln, ihre Felder wurden unruhig.

»Was ist das?«, fragte ich Noel, der bereits beim ersten Signal neben mich getreten war.

»Der Alarm«, sagte er, zwischen den Augenbrauen eine tiefe Falte.

»Alarm wofür?«

In dem Moment öffneten sich die Haupttüren zum Raum und Zeph kam herein, gefolgt von Xavia, Levi, Thora und einer ganzen Horde Sicherheitskräfte.

»Wir müssen sofort evakuieren«, sagte er ernst. »Die Darks sind im Gebäude.«

*Die Darks? Hier? Ausgerechnet jetzt?* Das konnte kein Zufall sein.

Die Sicherheitskräfte nahmen die Gildenmitglieder in ihre Mitte und gingen mit ihnen hinaus. Xavia und Thora verschlossen den Durchgang zum Stein, Zeph die Türen zur anderen Seite. Levi gab Noel ein Schwert, das er sich routiniert umgürtete. Dann nahm er noch eine der Schusswaffen aus dem Anti-Dark-Arsenal entgegen und lud sie durch.

»Wie viele sind es?«, fragte er Levi.

»Etwa fünfzehn, wahrscheinlich alle Darks plus einige ihrer Söldner.«

»Wo sind sie reingekommen?«

»Vorne. Sie sind durch den Haupteingang spaziert, als wäre es nichts. Drei von den Gilden-Guards sind tot, die anderen halten sie momentan noch in Schach. Viel Zeit haben wir nicht.«

*Drei Menschen waren tot?* Meine Hände verkrampften sich und die Angst umwickelte meinen Hals wie ein Strick. Ich hatte gewusst, dass die Arbeit für KORT gefährlich war. Aber jetzt war es plötzlich brutale Realität.

»Was ist mit Verstärkung für uns?« Noel setzte den Ohrstöpsel ein, den sein Kollege ihm hinhielt.

»London ist unterwegs hierher, ebenso wie Newcastle«, sagte Levi und gab mir ebenfalls einen Stöpsel. »Die waren aber schon auf dem Weg zu ihrer Basis. Sie werden zwanzig Minuten brauchen.«

»Okay. Das schaffen wir schon.« Die tiefe Falte auf Noels Stirn und das Flackern in seinem Feld sagten mir, der Optimismus war nur Fake. Er sah mich kurz an, dann ging er mit schnellen Schritten zu Zeph und Xavia, die an einem Monitor standen, der hinter einer Klappe in der Wand eingelassen war.

Levi berührte mich am Arm. »Charlotte, alles okay?«

»Ja, geht schon.« Ich zeigte auf das Schwert, das er trug. »Sollte ich nicht auch eine Waffe haben? Nur zur Sicherheit?«

»Kannst du denn damit umgehen?«, fragte Levi.

»Ich ... na ja ...«, druckste ich. »Nein.«

»Dann besser nicht. Aber wir passen schon auf dich auf.« Er ging zu den anderen und ich folgte ihm. Auf dem Monitor sah man Bilder der Videoüberwachung. Meist waren es leere Gänge, aber auf zweien erkannte man Mündungsfeuer und einige leblose Körper. Xavia skippte durch die verschiedenen Ansichten.

»Die Guards am Eingang können das nicht mehr lange halten«, sagte Zeph. »Und wir können uns alle denken, wo die Darks dann hinwollen.«

»Wir können denen nicht die KORT-Zentrale überlassen. Nicht kampflos.« Thora starrte auf den Monitor.

In dem Moment stiegen mehrere dunkel gekleidete Gestalten über die besiegten Guards und liefen aus dem Bild, die Waffen vor sich im Anschlag, an ihren Hüften ebenfalls Schwerter. Als wäre es ein verabredetes Zeichen, sahen alle von uns Noel an.

»Was denkst du?«, fragte Xavia.

Er rang mit sich, ich konnte es spüren. Seine Kiefermuskeln traten hervor, in seinem Feld pulsten Sorge und Entschlossenheit um die Wette.

»Ich denke, es ist klar, auf wen sie es abgesehen haben«, sagte er schließlich und schaute zu mir. »Also müssen wir dich hier rausschaffen, das hat oberste Priorität.«

Levi nickte. »Wie willst du es machen?«

»So unauffällig wie möglich.« Noel sah ihn an. »Charlotte kommt mit uns beiden, ihr anderen geht zum östlichen Eingang und sichert ihn ab, bis London und Newcastle da sind.«

»Aber was, wenn sie doch den Stein –«, begann Thora.

»Der Stein ist ihnen scheißegal, glaub mir«, unterbrach er sie düster. Auf dem Monitor erkannte man mehrere Darks, die eilig voranschritten. Noel ging wieder in den Raum mit dem Stein und öffnete die Tür, durch die er vorhin zu mir gekommen war. »Xavia, hast du das Buch? Wir müssen Charlotte noch den Eid abnehmen.«

Sie kam zu uns, mit einer kleinen quadratischen Kladde, die ich vorhin auf Ethan Mayfields Tisch gesehen hatte. »Hier ist es.«

»Jetzt?« Ich zeigte auf das Büchlein. »Sollten wir das nicht später machen? Wenn es sicher ist?«

»Nein, es muss jetzt sein.«

Thora und Levi schlüpften zuerst in den schmalen Gang, Xavia und ich folgten, Zeph und Noel kamen zuletzt und zogen die Tür hinter sich zu. Dicht gedrängt legten alle eine Hand auf das abgegriffene Leder, ich tat dasselbe.

»Sprich mir nach«, sagte Zeph. »Ich schwöre, den Knights of the Round Table mein Leben und meinen Tod zu opfern, zum Wohle der Menschheit und aller unschuldigen Seelen. Ich gelobe Aufrichtigkeit und Mut, wenn wir ihn am dringendsten brauchen. Und ich verspreche, meinen Kameraden zu vertrauen, ihnen zu folgen und sie niemals im Stich zu lassen.«

Ich sprach die Worte nach und fühlte, wie sie sich um mein Herz legten und fest damit verbanden. Aufrichtigkeit und Kameradschaft. Mein Leben und mein Tod. All das gehörte nun KORT. *Ich* gehörte nun zu KORT. Bis zum bitteren Ende.

Was sonst vermutlich ein feierlicher Moment war, endete in der Sekunde, als ich das letzte Wort gesprochen hatte. Noel zog seine Hand weg und gab Xavia das Buch zurück.

»Gehen wir.«

Er lief vor, wir anderen folgten eilig durch den schmalen Gang, der bald an einer steilen Treppe endete. Zeph stieß eine weitere Tür auf, zog seine Waffe und trat hinaus. Xavia und Thora gingen mit ihm. Ein »Passt auf euch auf« war das Letzte, was wir hörten, bevor der Durchgang zufiel.

»Hier entlang.«

Levi ging die Treppe hinauf, zahllose Stufen, bei kaltem Licht. Ich blieb direkt hinter ihm, Noel in meinem Rücken. Am Ende war ein weiterer Korridor, er war mit schwarzem Schiefer vertäfelt wie alle anderen. Ohne Hilfe hätte ich mich gnadenlos verlaufen. Levi prüfte die Umgebung und nickte dann.

»Weiter.«

Wir liefen so leise und schnell wie möglich, zu einem Ziel, das ich nicht kannte. Ein Gang kreuzte, wir bogen ab, eilten weiter. Es war nichts zu hören. Meine Finger waren feucht vom kalten Schweiß, in meinem Nacken spürte ich ein unangenehmes Prickeln. Die nächste Kreuzung, Levi sah um die Ecke – und zuckte zurück. Im gleichen Moment knallte ein Schuss durch die Luft, Schiefer splitterte. Ich starrte auf die Brocken zu meinen Füßen.

»Charlotte, pass auf!« Noel riss mich von der Kante weg.

»Was ist bei euch los?«, hörte ich Xavia in meinem Ohr.

»Wir haben zwei Darks an der Backe«, meldete Levi, der kurz die Augen geschlossen hatte. Offenbar konnte er spüren, wer da in dem anderen Gang stand. Dass Knights dazu in der Lage waren, hatte ich nicht gewusst. Extreme Gefühlswallungen konnte ich auch auf eine gewisse Entfernung spüren, aber wenn ich die Person nicht sehen konnte, war ich ansonsten völlig blind. »Annabelle, Trevor und zweimal Kanonenfutter.«

»Sollen wir kommen?«, fragte Xavia.

»Nein.« Noels Tonfall ließ keine Widerrede zu. »Wir halten uns an den Plan.«

Wieder ein Schuss. Schiefersplitter regneten durch die Luft, ein paar landeten in Levis blonden Haaren. Er zog eine seiner Granaten und warf sie, ohne um die Ecke zu sehen. Es gab eine

Explosion, aber die Schüsse hörten nicht auf. Noel und Levi wechselten einen Blick.

»Ich gebe euch Feuerschutz«, sagte Noel. »Bring du Charlotte rüber.«

Damit ging er zur Kante, wagte sich aus der Deckung und feuerte ein halbes Dutzend Schüsse in den Flur.

»Komm!« Levi nahm meine Hand und zog mich mit.

Wir liefen, so schnell wir konnten, landeten auf der anderen Seite der Kreuzung. Atemlos lehnte ich mich an die Wand. Levi war längst dabei, den Weg für Noel zu sichern. Kaum war er bei uns, rannten wir los.

»Hinterher!«, brüllte eine weibliche Stimme.

Der Gang war breit und verdammt lang, also sprinteten wir, als wäre der Teufel hinter uns her. Unsere Schritte trommelten auf dem Steinboden wie Salven aus einem Maschinengewehr. Es reichte trotzdem nicht. Bevor wir am Ende des Ganges waren, ertönte ein Schrei hinter uns, dann flogen uns Projektile um die Ohren. Noel packte meinen Arm, schirmte mich ab und zog mich in eine Nische.

Mit Levi quetschten wir uns in die Aussparung mit dem Feuerlöscher, so gut es ging. Noel riss ihn von der Wand und warf ihn in den Gang, damit wir mehr Platz hatten.

»Und nun?«, keuchte ich. Wir konnten nicht raus, weil die Darks dann freies Schussfeld hatten. Vielleicht konnte man einen Knight nur töten, wenn man ihm den Kopf abschlug, aber das galt leider nicht für mich – und es war nicht der richtige Moment, um zu testen, ob die Initiation in dieser Hinsicht schon etwas bewirkt hatte.

Noel legte die Hand auf den Griff seines Schwerts. »Wir warten. Die werden sicher herkommen.«

Da klopfte plötzlich etwas an, eine bleierne Schwere. Sie zog mich nach unten, wollte mir jeden Mut nehmen, jede Hoffnung, jeden Glauben. Es erreichte mich nicht bis ins Innere, aber es kratzte spürbar an mir, genau wie damals bei Killian. Ich brauchte einen Moment, um zu kapieren, woher das kam. *Gawain und Percival.*

»Die benutzen ihre Gnaden gegen uns?«, fragte ich.

»Allerdings.« Noel presste den Kiefer zusammen. Ich ahnte, dass so etwas in der Welt der Knights Hochverrat war. »Aber das können wir auch. Levi?«

»Schon dabei.«

Beide konzentrierten sich, und ich konnte erkennen, dass das spezielle Knight-Leuchten in ihnen stärker wurde. Mut und Hoffnung flackerten zwar bedenklich, aber das hielt sie nicht davon ab. Trotzdem dauerte es nur ein paar Sekunden, bis sie sich ratlos ansahen.

»Die absorbieren die Energie.« Levi verengte die Augen. »Die Granate hatte auch kaum Wirkung. Seit wann können die das?«

»Keine Ahnung. Versuch es weiter.« Das Leuchten von Noels Knight-Licht wurde noch heller, genau wie das von Levi. Ich verfluchte meine Gnade, weil sie nur funktionierte, wenn ich jemanden vor Augen hatte: Ich konnte die Felder der Darks nicht angreifen, ohne sie zu sehen.

Aber ich konnte Noel und Levi vielleicht trotzdem helfen.

Erst befreite ich beide von Annabelles und Trevors Einfluss, indem ich in ihren Feldern Mut und Hoffnung wieder entflammte. Damit war die Manipulation der Darks vorbei. Aber da war noch dieses Leuchten, das mit ihren Gnaden zusammenhing. Ob ich es verstärken konnte?

Direkt nach der Initiation war ich noch voll mit Merlins Energie. Ich fühlte mich stärker als je zuvor, meine Gnade war klar wie nie. Zuerst kümmerte ich mich um Levi, drehte den Regler für seine Knight-Energie auf Anschlag. Dann tat ich das Gleiche bei Noel. Nur wenige Sekunden später hörte man ein schwaches Jammern draußen auf dem Flur. Es klang nach tiefem Kummer.

Ein Lächeln stahl sich auf mein Gesicht.

»Charlotte, was hast du getan?« Noel sah mich schockiert an.

»Ich habe euch geholfen.« Mutig trat ich aus der Nische und sah die rothaarige Annabelle ein Stück entfernt am Boden, ihr Gesichtsausdruck war verzweifelt. Daneben lag der andere Dark, auch er schien nicht mehr in der Lage zu sein, sich zu bewegen. Ich spürte den Sieg in meinen Adern, und es war das beste Gefühl überhaupt, gegen die Darks gekämpft und gewonnen zu haben.

Dann hörte ich jedoch Annabelle etwas murmeln. »Killian, komm runter, Ebene 4B. Sie ist hier.«

*Sie?* Meinte sie mich?

»Weg hier!« Noel verlor keine Zeit. Er und Levi zogen ihre Schwerter und nahmen mich in die Mitte. Wir liefen bis zum Ende des Ganges und dort um die Kurve. Als Noel wieder sprach, redete er jedoch nicht mit mir.

»Levi, bring Charlotte nach oben. Phil ist da, er wird euch nach Stanham fliegen. Ich halte die Darks auf und sorge dafür, dass euch keiner folgt.«

»Alles klar.« Levi nickte.

»Was …? Nein!« Jetzt verstand ich erst, was Noel gesagt hatte. Abrupt blieb ich stehen. »Ich werde nicht wie der letzte Feigling abhauen. Ich kann helfen! Hast du das nicht gemerkt?«

»Natürlich habe ich das, genau wie die Darks!«, rief er. »Sie sind nur deinetwegen hier. Und nun hast du ihnen auch noch demonstriert, wie wertvoll du für sie bist!«

»Na und?«, antwortete ich. »Die werden dich trotzdem umbringen oder gefangen nehmen, wenn sie können!«

»Das werde ich schon zu verhindern wissen. Aber du musst dich jetzt in Sicherheit bringen.«

»Was, wenn ich das nicht will? Du hast gesagt, du würdest mich nie zu etwas zwingen.« Für mich sollte sich niemand opfern. Ich konnte meine Kämpfe selbst ausfechten.

»Das gilt nicht, wenn es um dein Leben geht«, sagte er hart. In der Nähe waren laute Rufe zu hören und er hob sein Schwert. »Verschwindet jetzt, sofort!« Er wartete keine Antwort ab, sondern warf mir einen letzten Blick zu und verschwand dann um die Ecke, in Richtung der Darks. In Richtung Gefahr. Ich war drauf und dran, ihm zu folgen, als mich Levi am Arm packte.

»Charlotte, wir müssen hier entlang«, sagte er.

»Du bist auch dafür?« Ich starrte ihn an. Niemand traute mir offenbar zu, gegen die Darks zu kämpfen. Das tat weh.

»Ich kann mir denken, dass du das nicht verstehst. Aber du musst dich jetzt auf uns verlassen. Das hast du vor zwanzig Minuten geschworen.«

»Auch wenn Noel sich den Darks allein stellt, nur damit ich in Sicherheit bin? Das ist Irrsinn!« Wie sollte ich mir je verzeihen, wenn ihm oder einem der anderen etwas passierte?

»Das ist es, was wir tun«, beharrte Levi. »Wir beschützen Menschen.«

»Ja, schwache Menschen«, sagte ich abfällig. Aber das war ich nicht. Ich hatte gerade bewiesen, dass ich es mit denen aufnehmen konnte.

»*Wichtige* Menschen. Nicht schwache. Das ist ein Unterschied. Und jetzt komm, schnell.«

Ich folgte ihm widerwillig. Sorge begleitete mich, als wir um die nächste Ecke liefen und dann um zwei weitere. Keiner folgte uns. Bald tauchten vor uns zwei Fahrstühle auf. Levi zog eine Schlüsselkarte hervor und rief einen davon. Dann sicherte er den Korridor ab und ich wartete, als wäre ich ein dummes Kind, das man im Möbelhaus bei der Betreuung abgab. Als der Fahrstuhl sich öffnete, hörte man irgendwo hinter uns das Klirren von Metall, lautes Rufen und dann einen Schrei. Ich erstarrte und drehte mich um, aber Levi schob mich kurzerhand in den Fahrstuhl und hieb mit der Hand auf einen Knopf ganz oben. Die Türen glitten zu.

»Wer hat da geschrien?«, fragte ich. Es war eine männliche Stimme gewesen, aber ich konnte nicht sagen, wem sie gehörte. Noel? Zeph? Einem von den Darks? Ich tippte an mein Ohr, aber es wurde keine Verbindung aufgebaut.

»Hier drinnen funktionieren die Dinger nicht.« Levi heftete seinen Blick auf die Anzeige, die eilig nach oben schnellte. »Du musst weg von hier. Alles andere ist jetzt nicht wichtig.«

»Es ist sehr wohl wichtig!« Meine Angst um Noel schnürte meiner Wut die Luft ab – und mir genauso. »Ich … er …« Ich brach ab. Ich konnte das nicht in Worte fassen.

»Hör zu«, Levi drehte sich zu mir um und fasste mich an den Schultern. »Es ist scheiße, nicht helfen zu können. Ich kenne dieses Gefühl, glaub mir. Aber Noel weiß genau, was er tut. Wenn er dir wirklich wichtig ist, dann musst du ihm jetzt vertrauen.«

Darauf hatte ich nichts zu erwidern, weder ich noch meine Sorge oder die Wut über meine Hilflosigkeit.

Der Aufzug stoppte, auch hinter dieser Tür war es ruhig. Levi warf zu beiden Seiten einen Blick in den Gang, dann rannten wir durch einen schmalen Tunnel, der nur mit Folie gedämmt war. Dahinter befand sich das Dach. Ein Helikopter wartete mit eingeschalteten Rotorblättern, ein Mann mit Glatze saß auf dem vorderen Sitz. Der Wind wehte mir die Haare ins Gesicht, und ich strich sie zurück, als wir zum Heli liefen.

»Hey, Phil.« Levi sprang auf die hintere Bank und reichte mir die Hand, um mich hochzuziehen. Ich fiel neben ihm auf den Sitz.

»Nur ihr beide?«, fragte Phil.

»Nur wir beide«, bestätigte Levi. »Vorerst.«

»Ich verstehe.« So ruhig, wie Phil blieb, war er wahrscheinlich ein ehemaliger Soldat oder so etwas. Bombenangriffe, Scharfschützengewehre oder eine Horde Darks schienen ihn nicht aus dem Konzept zu bringen. Ganz im Gegensatz zu mir.

»Dann los.«

Der Helikopter schwankte im abendlichen Wind, als er seinen sicheren Stand auf dem Dach verließ und Richtung Big Ben einschwenkte. Ich schnallte mich an und krallte meine Hände um den Gurt. In diesem Moment, krank vor Angst und Sorge, war es mir egal, dass ich eigentlich nicht an Gott glaubte, und begann zu beten. *Bitte mach, dass sie in Ordnung sind. Bitte mach, dass ihnen nichts passiert.*

Wenn auch nur einer von ihnen meinetwegen verletzt wurde oder Schlimmeres … das würde ich mir nie verzeihen.

# 18

Wir brauchten keine zwanzig Minuten, bis wir in Stanham ankamen. Phil landete auf einer Lichtung in der Nähe der Basis, und wir liefen so schnell wie möglich zum Haus und dann direkt ins Untergeschoss, um die Map zu aktivieren. Levi hatte sie während des Fluges auf seinem Handy aufgerufen und verfolgt, wie die Anzeigen von Thora, Zeph, Xavia und Noel jede Sekunde etwas anderes meldeten, Prognosen ausspuckten und Gefahren neu bewerteten. Das Team war massiv unter Beschuss, aber solange wir flogen, gab es keine Meldung darüber, ob die Darks jemanden erwischt hatten. Eine Beruhigung war das jedoch nicht.

Auf dem großen Display sah das Ganze noch viel beängstigender aus. Abgesehen von dem kleinen Fenster, in dem rund um die Uhr eine Abfrage nach Oscar lief, war der Bildschirm voller rot umrandeter, blinkender Kreise mit den Namen der Teammitglieder. London und Newcastle waren mittlerweile in Canary Wharf angekommen und kämpften mit ihnen, aber das schien die Lage nicht zu entspannen – die Prognosen schwankten weiter wie wild, die Herzfrequenzen, die über die Uhren der Knights gemessen wurden, waren unnatürlich hoch. Bei jeder Änderung zuckte ich zusammen, sah mit bangem Blick auf die Kreise, die sich mit neuen Linien verbanden und die Teammitglieder ständig mit anderen Wahrscheinlichkeiten verknüpften. Noch waren sie alle am Leben. Und ich saß hier und konnte absolut nichts tun, damit das so blieb.

»Wie schaffst du es, so ruhig zu bleiben?«, fragte ich Levi irgendwann. Ich war in der letzten halben Stunde hundertmal aufgestanden, durch den Raum getigert, hatte mich hingesetzt, nur um bei der nächsten Änderung auf der Map wieder aufzuspringen. Levis Feld war zwar alles andere als entspannt, aber trotzdem unter Kontrolle.

»Jahrelanges Training.« Er zoomte Zeph heraus und Xavia heran. »Mit der Zeit lernt man, es auszuhalten. Aber besser wird es nie.«

Ich sah sein ernstes Profil und verstand. Tristans Gnade drehte sich um Milde, Großzügigkeit und Freundlichkeit. Es war die Fähigkeit, die man am schlechtesten gegen einen Gegner richten konnte, und damit war Levi derjenige, der wohl am häufigsten zusehen musste, wie seine Freunde sich in Gefahr brachten.

Ich sah auf die Map, fixierte Noels Kreis, der nahe bei dem von Xavia rot umrandet aufleuchtete. Ich wünschte mir nichts sehnlicher, als dass er einfach wieder seine normale graue Farbe annahm und nicht mehr blinkte wie der Timer einer Bombe.

»Wer ist es?«, zog mich Levi aus meinen Sorgen.

»Was meinst du?«, fragte ich und griff nach der Tasse vor mir. Ich hatte vorhin Kaffee gemacht, damit ich irgendetwas zu tun hatte, aber er war längst kalt.

»Dein Vorfahre.« Er sah mich an. »Wenn die Darks sogar die Zentrale überfallen, nur um dich in die Finger zu bekommen, dann muss es jemand Wichtiges sein.«

Ich dachte daran, wie erhebend das Gefühl direkt nach der Initiation gewesen war. Aber der Rausch, den ich verspürt hatte, nachdem Merlin mir seine Hände aufgelegt hatte, war längst verklungen. Jetzt wünschte ich mir, ich hätte es nie erfahren.

»Es ist Merlin«, sagte ich leise.

»Merlin?«, wiederholte Levi langsam. »Meine Güte.«

Ich nickte und wir schwiegen wieder, starrten auf die Map. Irgendwann hielt ich die Stille nicht mehr aus. »Noel hat gesagt, die Gilde hätte Merlin-Erben verboten. Weißt du, was mit ihnen passiert ist?«

»Das ist lange her, ungefähr zweihundert Jahre, also weiß das niemand so genau. Ich würde gern sagen, dass man die Angehörigen der Linie einfach gebeten hat, keine Kinder zu bekommen, aber ...« Levi brach ab.

»Aber es ist nicht sehr wahrscheinlich«, beendete ich den Satz. »Wieso ist es so eine Katastrophe, wenn man von ihm abstammt?«

Er warf mir einen verwunderten Blick zu. »Wieso denkst du, dass es so ist?«

»Komm schon«, schnaubte ich. »Ich habe dein Gesicht gerade gesehen, als ich es dir gesagt habe. Und Noel hat mich geradezu angefleht, die Gilde über meine Vision anzulügen und zu behaupten, ich hätte Arthur gesehen. Offenbar ist es schlimmer, von Merlin abzustammen, als von Morgana oder Mordred oder einem der anderen Psychopathen.«

»Es ist nicht schlimm. Nur wahnsinnig gefährlich.« Levi atmete aus. »Merlin war mächtig und einflussreich, klug und gerissen. Das Bild vom Berater, der Arthur mit väterlicher Weisheit gelenkt hat, ist etwas, das die Legenden aus ihm gemacht haben. In Wahrheit war er nicht nur der Typ mit den guten Ratschlägen, er hat auch selbst die Strippen gezogen, viel mehr, als die ganzen Sagen vermuten lassen. Seine Fähigkeiten waren unglaublich, seine Magie einzigartig. So viel Macht in einer einzigen Linie, das bringt das Gleichgewicht durcheinander – und das Risiko, dass sich jemand mit Merlins Fähigkeiten für die dunkle Seite entscheidet, war und ist KORT zu groß.«

»Aber wenn alle Merlin-Erben die gleichen Fähigkeiten haben wie ich, warum hat dann nicht jeder bei KORT gleich gewusst, dass ich von ihm abstamme? Darüber muss es doch Aufzeichnungen geben.«

Levi schüttelte den Kopf. »Die wurden vor Ewigkeiten verbrannt, um ja niemanden auf dumme Gedanken zu bringen. Heutzutage weiß niemand mehr etwas über Merlin und seine Erben. Deswegen hat Noel vollkommen recht – die Gilde darf nichts davon erfahren. Wenn sie herausfinden, dass Merlins Nachfahren offenbar keine Initiation brauchen, um ihre Gnaden zu bekommen … das gäbe Panik.«

»Also hat KORT die Merlin-Linie nur aus Angst ausgerottet.« Das passte zu ihnen.

Er nickte unwillig. »Aus Angst passieren viele grausame Dinge, wenn nicht sogar alle. Aber offenbar hat KORT es nicht geschafft. Schließlich sitzt du hier.«

Ich sah auf meine Hände. »Ja, ich sitze hier. Aber ich weiß nicht, wie lange ich KORT weismachen kann, ich wäre eine Arthur-Erbin. Ich kann nicht das, was Oscar kann. Wie soll das funktionieren?«

Levi öffnete den Mund, aber er kam nicht mehr zu einer Antwort. Ein Alert zuckte über den Bildschirm, dann ein zweiter, ein dritter kam dazu. Hastig griff Levi nach dem Tablet und verschob den Bildausschnitt weg von Xavia hin zu Thora.

»Was ist passiert?«, fragte ich alarmiert.

»Weiß ich noch nicht.« Er zoomte auf Zeph und schließlich auf Noel. Alle Kreise waren jetzt tiefrot, blinkten und verschoben sich jede Sekunde. Warnmeldungen tauchten auf und verschwanden wieder, ich sah Worte wie »kritisches Level« und »Gefahr«. Levi fluchte. Sein Gesicht war eine harte, verzerrte Maske.

»Was bedeutet das? Sind sie –«

»Nicht jetzt«, würgte er mich ab. Dann wählte er mit fliegenden Fingern eine Schaltfläche in der oberen Ecke an. Eine Verbindung baute sich auf.

»Levi, mein Lieblings-Tristan. Was kann ich für dich tun?« Auf dem Bildschirm erschien ein Junge, etwa in meinem Alter, mit hellen langen Haaren, die ihm offen über die Schultern hingen. Er trug Jeans und ein weißes Shirt und fläzte auf einem Stuhl, die nackten Füße auf dem Tisch.

»Das fragst du noch?!«, herrschte Levi ihn an. Zum ersten Mal, seit ich ihn kannte, verlor er die Geduld. »London, Newcastle und Stanham sind unter Beschuss und die Map blinkt wie ein Weihnachtsbaum! Was ist da los?«

»Ach, das.« Der Junge winkte ab. »Mach dir keinen Kopf. Die Prognose ist gut. Ich habe nichts gesehen, das dich beunruhigen muss. Die Darks werden nicht bekommen, was sie wollen. Alles andere ist nur Gerangel.«

»Ach ja? Das Gerangel kann tödlich sein!«

»Kann, ja. Aber es ist unwahrscheinlich.« Er wedelte mit der Hand.

Levi stand auf. »Juleon, ich schwöre dir, wenn du nicht sofort –«

»Mein Lieber, das würde ich wirklich gerne erleben. Aber ich habe hier echt viel zu tun. Wir hören uns später.« Die Verbindung wurde getrennt.

»Vielen Dank für nichts, Divine«, knurrte Levi.

»Das war einer der Divines?« Meine Augen wurden groß.

»Kaum zu glauben, oder? Er kann echt ein arroganter Idiot sein.« Levi ließ sich wieder auf seinen Stuhl fallen. »Aber er ist auch nahezu unfehlbar in seinen Vorhersagen. Seine Schwester Scarlett ist ein Kopfmensch und interpretiert manchmal zu viel. Jules liegt so gut wie immer richtig.«

Ich hatte Probleme damit, einem flegeligen Kerl zu vertrauen, der wie Legolas aussah und ein Waffengefecht für »Gerangel« hielt – zumindest solange die Map weiter blinkte. Aber die Divines waren eine Instanz, die viel mächtiger war, als man bei

Juleons Anblick glaubte. Ich wollte hoffen, dass er auch diesmal richtiglag.

Und tatsächlich: Einige angespannte Minuten später schien sich die Map zu beruhigen, die Warnungen verschwanden. Im nächsten Moment klingelte Levis Handy. Er griff eilig danach.

»Ja?«

Ich hörte nicht, was am anderen Ende gesprochen wurde, aber sein Feld verriet mir genug. Juleon hatte recht gehabt: Sie waren in Ordnung.

»Okay. Bis gleich.« Levi legte auf. »Den anderen geht es gut, es gab ein paar Blessuren, aber nichts Ernstes. Sie sind auf dem Weg hierher. Team London und die Gilden-Guards verfolgen die Darks Richtung Norden, also sind wir erst mal sicher.«

Ich atmete auf und merkte erst jetzt, wie verspannt ich war. Meine Muskeln schmerzten, mein Nacken brannte, genau wie meine Augen. Als Levi mich schnell umarmte, liefen mir ein paar Tränen der Erleichterung herunter.

»Kommen sie mit Phil?« Ich wischte mir über die Augen.

»Ja. In zwanzig Minuten sind sie hier.«

»Wer zur Hölle ist eigentlich Phil?«, schniefte ich.

Levi lachte. »Er ist ein ehemaliger Kampfpilot und hat früher für die Mayfields gearbeitet, aber seit zwei Jahren nicht mehr. Noel kann ihn trotzdem noch um den einen oder anderen Gefallen bitten.«

Noel bat Phil um Gefallen? Ich stockte. »Dann hatte er das schon vorher geplant? Er hat Phil gebeten, dort oben zu warten, um mich im Fall eines Angriffs wegzubringen?« Einerseits bescherte mir diese Tatsache ein warmes Gefühl im Bauch, denn auf diese Art von Noel beschützt zu werden, fühlte sich gut an. Andererseits fragte ich mich, warum er niemandem etwas davon gesagt hatte. Oder hatte er nur mich im Dunkeln gelassen? »Wusstet ihr etwas davon?«

»Nein. Wahrscheinlich hatte er einfach keine Zeit, uns einzuweihen. Aber du solltest froh sein, dass er paranoider ist als der Rest von uns.« Levi stand auf und warf noch einen Blick auf die Map. Dann nahm er das Tablet. »Ich gehe rauf und mache etwas zu essen. Kommst du mit?«

»Ja, klar.« Es war schon nach elf, aber wir hatten vor der Fahrt nach London nur ein Sandwich im Vorbeigehen verdrückt – ich sogar nur ein halbes. Das Team würde sicher Hunger haben.

Wir gingen in die Küche und Levi legte das Tablet mit der Map beiseite, um in den Kühlschrank zu sehen. »Wir wollten mit dir eigentlich zur Feier des Tages beim Italiener im Ort essen gehen«, sagte er. »Aber jetzt hat er längst zu.«

»Was haben wir noch an Essen da?« Ich sah über Levis Schulter.

Er zählte auf. »Drei Paprika, mehr oder weniger frisch, eine Stange Lauch, zwei Zucchini, einen Kopf Salat, ein Päckchen Hummus, Würstchen, Käse … und vier Tafeln Schokolade.« Ein bisschen ratlos zog er den Kopf aus dem Kühlschrank. »Keine Ahnung, was man damit machen soll. Ich koche immer nach Rezept.«

Ich grinste, das erste Mal seit Stunden. »Dann lass mich das machen. Ich bin Expertin für Resteessen.«

Levi und ich schnippelten das Gemüse und die Würstchen, brieten alles in der Pfanne an und kochten Nudeln dazu. Während wir arbeiteten, schwiegen wir – etwas, das man mit Levi sehr gut konnte. Die Map zeigte derweil nichts Ungewöhnliches mehr an. Das Londoner Team blieb weiterhin auf sekundärem Alarm, aber da sie die Darks verfolgten, war das nicht ungewöhnlich.

In der Sekunde, als wir fertig waren, schneite das Team herein, aufgekratzt und laut – wie Soldaten nach einer siegreichen Schlacht. Thora und Xavia fielen Levi gleichzeitig um den Hals, ich umarmte Zeph, der einen Kratzer im Gesicht hatte, und ließ mir von ihm versichern, dass er ansonsten in Ordnung war. Als Letzter kam Noel herein. Er war im Gegensatz zu den anderen still und in sich gekehrt, er sagte nicht viel und gab direkt Bescheid, dass er nach unten gehen würde. Außerdem mied er meinen Blick, bevor er zum Aufzug ging und darin verschwand. Verwundert sah ich ihm nach. War er sauer, weil ich mich zunächst geweigert hatte, seinen Anweisungen Folge zu leisten? Das konnte ich mir kaum vorstellen.

»Denen haben wir es echt gezeigt!« Zeph war noch ganz euphorisch, aber ich sah in seinem Feld, dass es vor allem die Verarbeitung der Anspannung war, die er während des Kampfes gespürt hatte. »Es gibt nichts Besseres, als ein paar Darks in den Arsch zu treten.«

Thora grinste. »Mit so vielen von uns hatten die nicht gerechnet. Ich glaube, die dachten, wir bringen Charlotte zu zweit oder dritt dorthin. Dass das ganze Team da sein würde und dann auch noch London und Newcastle, das hatten sie nicht erwartet.«

Ich rührte den Inhalt der Pfanne herum und stellte den Herd aus. »Dann waren sie wirklich nur meinetwegen da?«

Die anderen wurden still, sogar Zeph. Schließlich nickte er. »Da gibt es wohl keinen Zweifel. Killian war außer sich vor Wut, als er gemerkt hat, dass du entkommen bist.«

»Also werden sie mich so lange jagen, bis sie mich erwischen.« Hilflosigkeit machte sich in mir breit. Ich konnte doch nicht immer Angst vor den Darks haben. Was war das für ein Leben?

»So darfst du das nicht sehen.« Levi schüttelte den Kopf.

»Wie soll man das anders sehen?«

»Sie wollen dich unbedingt in die Finger kriegen, das stimmt.« Er nickte. »Aber du hast heute den Eid gesprochen. Das bedeutet, du bist jetzt ein Teil von KORT und damit durch den Stein geschützt. Deswegen haben sie dort angegriffen. Damit sie dich erwischen, bevor du vereidigt wirst.«

Das war für mich nicht logisch. »Die Darks waren auch mal Teil von KORT, sie haben alle diesen Eid gesprochen. Und trotzdem sind sie jetzt, was sie sind.«

»Sie haben KORT abgeschworen, in einer Zeremonie mit dunkler Magie.« Zeph bewegte die Finger, als wollte er etwas herbeihexen.

»Wozu sie mich auch zwingen könnten«, warf ich ein.

»Das kann man nicht. Den Eid zu brechen, das geht nur aus freien Stücken und im Vollbesitz deines Willens.«

*Oscar ist trotzdem nicht hier,* dachte ich, aber ich sagte es nicht laut. Sie hatten heute Abend genug durchgemacht. Ich musste sie nicht daran erinnern, dass ihr Freund verschwunden war.

Xavia sah mich an. »Die wissen, dass du von ihnen nicht manipuliert werden kannst. Deswegen haben sie dich nach der Initiation angegriffen – weil sie dachten, dann bist du geschwächt. Die wollen dich nicht nur schnappen. Sie fürchten dich auch. Das ist unser Vorteil.«

Ich glaubte nicht daran, dass Killian irgendetwas fürchtete, aber wieder sagte ich nichts. Stattdessen nahm ich Teller aus dem Schrank und stellte sie auf die Ablage. Die anderen redeten weiter miteinander, aber jetzt, wo die Gefahr für alle gebannt war, kam mir meine Initiation wieder in den Sinn.

*Jetzt sind wir eins.* Ich sah wieder Merlins Gesicht und hörte seine Worte, spürte wieder diese unglaubliche Kraft, die durch meine Adern geflossen war. Aber es war nur ein billiger Abklatsch, eine Erinnerung. Das Gefühl von Glückseligkeit hatte längst einen schalen Beigeschmack bekommen – wie eine köstliche Portion Pommes, die kalt und matschig geworden war. Ich war jetzt nicht mehr die unbekannte Erbin, sondern eine verbotene Nachfahrin, von der niemand etwas wissen durfte. Ich würde lügen müssen, obwohl ich das nicht gut konnte, um den Schein zu wahren. Ich würde so tun müssen, als wäre ich eine

Arthur-Erbin, obwohl ich die entsprechende Gnade nicht hatte. Wie lange würde ich KORT an der Nase herumführen können?

Ich dachte an Dex. Hatte er davon gewusst? Hatte er gewusst, von wem ich abstammte, ohne es mir zu sagen? Wahrscheinlich schon. Ich wünschte, ich hätte so ein Talent zum Lügen gehabt wie er. Das hätte alles einfacher gemacht.

Xavia nahm die Teller und fragte mich, ob alles okay wäre. Ich nickte und warf einen Blick zum Aufzug. Aber auch als wir uns gesetzt hatten und sich alle reihum etwas von Levis und meinem Guerilla-Gericht auftaten, war Noel immer noch nicht wieder da.

»Sollte ihm nicht jemand Bescheid geben?«, fragte ich.

Zeph schüttelte den Kopf. »Er taucht schon auf, wenn er es will.«

Ich fragte mich, ob irgendetwas in der Zentrale vorgefallen war, das Noels Rückzug erklärte, aber da außer mir niemand beunruhigt wirkte, behielt ich den Gedanken für mich. Ich hatte meine Portion jedoch noch nicht angerührt, als ich die Gabel wieder hinlegte. Wenn es Noel nicht gut ging, wollte ich wissen, was los war. Denn mein Gefühl sagte mir, dass seine abweisende Haltung etwas mit mir zu tun hatte.

»Ich … bin gleich wieder da«, sagte ich und stand auf.

»Das hoffe ich doch«, antwortete Zeph. »Nach einem erfolgreichen Kampf gucken wir nämlich immer *Ritter der Kokosnuss* von Monty Python und essen Chips und Eis im Unverstand. Außerdem willst du doch bestimmt über diese Merlin-Sache sprechen, oder nicht?« Offenbar hatte Noel es den anderen unterwegs gesagt.

»Ich glaube eher, *du* willst darüber sprechen.« Ich lächelte schief. »Aber keine Sorge. Ich bin gleich wieder da.«

# 19

Zur Cave hatte ich gestern einen Zugang von Xavia bekommen, deswegen konnte ich den Fahrstuhl ohne Hilfe der anderen rufen. Während ich nach unten fuhr, spürte ich mein Herz schlagen, ohne genau zu wissen, warum mein Puls so hoch war. Er vermischte sich mit wummernden Bässen, die ich bereits hören konnte, bevor die Türen wieder aufglitten.

Als sie es taten, hallten mir die letzten Takte eines Songs entgegen, bevor es ein paar Sekunden still wurde und dann mit dem nächsten, basslastigen Track weiterging. Dank der Glaswände hatte ich keine Probleme, Noel zu finden – er war im Trainingsraum und bearbeitete gerade den Dummy, ein merkwürdiges Gebilde mit Querstreben, das für den Nahkampf benutzt wurde. Ich blieb stehen, wo ich war, und beobachtete ihn. Die kontrollierten Bewegungen, die trotzdem so viel Wucht hatten, dass man das Geräusch der Treffer über die laute Musik hinweg hören konnte. Sein konzentriertes Gesicht, das nicht darüber hinwegtäuschen konnte, wie sehr sein Feld gerade in Bewegung war. Aber bei all dem wechselnden Licht und Schatten hatte ich keine Ahnung, was ihn dazu gebracht hatte, sich nach einem Kampf auf Leben und Tod noch hier unten abreagieren zu müssen. Ging es tatsächlich um mich? Oder um etwas anderes?

Ich überlegte noch, einfach wieder in den Aufzug zu steigen und Noel in Ruhe zu lassen, als er von dem Dummy abließ, hochschaute und mich entdeckte. Er machte per Sprachsteuerung die Musik leiser und ich trat in die Tür zum Trainingsraum.

»Hey«, sagte ich.

»Hey«, erwiderte er und griff nach dem Handtuch, das auf einer niedrigen Bank lag.

»Ist alles okay mit dir?«, fragte ich.

»Klar.« Er hob die Schultern und wischte sich mit dem Handtuch über das Gesicht.

»Warum bist du dann hier und nicht oben bei uns?«

»Weil Essen und Monty Python mir nicht dabei helfen können, mein Adrenalin loszuwerden.« Er warf das Handtuch wieder hin.

»Und warum weichst du *mir* aus?«, fragte ich leiser. »Liegt es an Merlin? Daran, dass er mein Vorfahre ist?«

Er sah mich immer noch nicht an. »Nein, natürlich nicht.«

»Was ist es dann? Was ist in der Zentrale passiert, dass du mich nicht einmal mehr ansiehst?« Ich fragte es nicht vorwurfsvoll, eher unsicher. Denn es verunsicherte mich, dass er so auf Abstand ging.

Noel zögerte, als wüsste er nicht, ob er mir tatsächlich die Wahrheit sagen sollte. Dann holte er Luft. »Ich hatte Angst«, sagte er dann. »Nein, eigentlich habe ich immer noch welche – weil mich die Vorstellung, dass dir etwas passieren könnte, zu Tode ängstigt. Versteh mich nicht falsch, wir passen im Team aufeinander auf, und ich sorge mich immer um die anderen, wenn sie unterwegs sind. Aber dieses überwältigende Verlangen, jemanden zu beschützen, das kannte ich bisher nicht.«

Einen Moment war ich berührt von seiner Ehrlichkeit und wusste nicht, was ich darauf antworten sollte. Aber dann kamen die Worte beinahe ohne mein Zutun aus meinem Mund, gesteuert von einem plötzlichen Impuls.

»Ich schon.« Mit einem Mal wusste ich, dass ich ihm endlich die Wahrheit über seine Beurteilung damals bei KORT sagen musste. Auch wenn danach vielleicht alles zwischen uns anders wurde … es war längst überfällig, dass er davon erfuhr.

»Du schon?« Er sah mich ratlos an. »Was meinst du damit?«

Zum zweiten Mal innerhalb von zwei Tagen hatte ich mich in eine Situation manövriert, aus der es kein Entkommen gab. Aber auch diesmal wollte ich nicht zurückrudern.

»Vor ein paar Tagen hat Thora gefragt, ob ich in meiner Zeit bei KORT jemanden von euch beurteilt habe. Dank dir musste ich ihr keine Antwort geben, aber ich glaube, du solltest wissen, dass … dass ich damals *dich* beurteilt habe.«

Nachdem ich das gesagt hatte, holte ich Luft, um Mut zu fassen für die ganze Wahrheit, aber dann schaute ich in Noels Gesicht und sah, dass er sie längst kannte. Denn er war nicht verwirrt oder fragte, was daran das Problem war, wie ich es erwartet hatte – schließlich war er Teil dieses Teams. Nein, da war etwas ganz anderes in seinem Blick: Schock. Und Erkenntnis.

»Also hast *du* ihnen gesagt, ich wäre nicht geeignet?«, fragte er leise.

»Ja«, stieß ich aus. »Aber woher weißt du davon, dass ich sie angelogen habe, ich –«

»Angelogen?« Er starrte mich an, fassungslos. »Du hast ihnen gesagt, ich wäre nicht geeignet, obwohl du etwas anderes gesehen hast? Warum hast du das getan?«

Ich spürte sein Unverständnis genau wie eine ordentliche Ladung Traurigkeit, auch wenn ich nicht wusste, woher sie kam. Trotzdem gab ich ihm eine Antwort. Er verdiente sie.

»Weil ich dich beschützen wollte. Vor KORT.« Wenn er so vor mir stand, groß, trainiert und bereit, sich wohl jedem Kampf zu stellen, kam es mir lächerlich vor. Aber der schlaksige Junge von damals, der so unsicher und verloren gewirkt hatte, dem hatte ich all das ersparen wollen. »Deine Essenz war anders als alles, was ich vorher gespürt hatte. Da war so viel Kraft, so viel Licht …

zum ersten Mal seit meiner Ankunft dort hat es mich nicht geschwächt, sondern stärker gemacht. Ich wusste, dass du etwas Besonderes bist, deswegen wollte ich dir helfen. Für mich war KORT etwas Schlechtes, Böses. Ich wollte nicht, dass sie dich genauso benutzen wie mich.«

Noel presste die Hand auf seinen Mund, trotzdem kämpfte sich ein Laut seine Kehle nach oben, eine Mischung aus Verzweiflung und etwas anderem, das ich nicht greifen konnte. Dann stieß er die Luft aus und atmete wieder ein, als würde das helfen, meine Worte zu verarbeiten. Ich spürte, wie sehr er versuchte, die Kontrolle über seine Gefühle zu behalten, die aus ihm herauszubrechen drohten.

»Ich wollte dir nie wehtun«, sagte ich und meinte es ehrlich. »Ich dachte, es wäre das Beste für dich.«

Noel drehte sich wieder zu mir um und schaute mich an, als würde er mich zum ersten Mal sehen. Dann kam er näher, hob die Hand und strich sanft über meine Wange. Ich spürte seinen tiefen Kummer, den ich mir nicht erklären konnte, aber der sich anfühlte, als wäre es mein eigener.

»Es tut mir so leid«, sagte ich leise.

»Das muss es nicht«, antwortete er kaum lauter. »Ich hätte es wissen müssen. Dass du dort warst, auf der anderen Seite.«

Ich wollte fragen, was er damit meinte, aber ich brachte keinen Ton heraus. Die Berührung seiner Finger auf meiner Haut brachte meinen Kopf zum Stillstand und mein Herz zum Rasen, und es erschien mir das einzig Richtige, den Abstand zwischen uns zu überwinden. Meine Hände glitten in seinen Nacken, Noel schob mir die Haare aus dem Gesicht und zog mich an sich. Keiner von uns atmete, bis wir es beide gleichzeitig taten.

Und dann küsste er mich.

Es war nicht wie im Pub, wo wir uns fast schon vorsichtig herangetastet hatten. Dieser Kuss war voller Sicherheit und Leidenschaft und drängendem Verlangen. Es dauerte keine Sekunde, bis ich meinen Mund öffnete, um ihn einzulassen – und Noel nahm die Einladung ohne Zögern an. Seine Zunge glitt über meine, so verführerisch, dass ich aufseufzte, als ich es spürte. Seine warmen Hände strichen über meinen Rücken, und ich schmiegte mich noch enger an ihn. Verdammt, ich hatte das so vermisst.

Aber plötzlich, von einer Sekunde auf die andere, unterbrach Noel den Kuss so wie ich damals – und sah mich an, als wäre ihm soeben etwas klar geworden.

»Fuck«, stieß er aus. Er machte einen tiefen Atemzug, dann ließ er mich los, langsam, so als würde sich alles in ihm dagegen sperren. Trotzdem tat er es und trat einen Schritt zurück, und ich konnte förmlich sehen, wie er sich verschloss.

»Was hast du?« Ich schlang die Arme um meinen Körper, denn plötzlich war mir kalt. Ich wusste, woran es lag – die Wärme, die ich sonst immer in Noels Nähe spürte, war verschwunden. Und sein Feld war mehr in Aufruhr, als ich es je gesehen hatte, mehr als nach dem Einsatz bei Lester Wade oder vorhin bei der Initiation.

»Das muss aufhören.«

»Aufhören?« Meine Stimme war dünn. »Was muss aufhören?«

»Das mit uns.« Noel schluckte. »Egal was ich gesehen habe, wir dürfen das nicht.«

»Was meinst du damit?«, fragte ich. »Was hast du gesehen?«

Er holte Luft und schien sich zu wappnen. »Du wolltest doch wissen, ob meine Fähigkeit auch bei mir selbst funktioniert«, sagte er dann und ich nickte. »Die Antwort ist Ja. Seit dem Moment im Pub, als wir uns das erste Mal in die Augen gesehen haben, weiß ich, was du für mich sein kannst. Was wir füreinander sein können.« Er schaute mich an, und in seinem Blick sah ich etwas, das mein Herz unter anderen Umständen vor Freude zum Platzen gebracht hätte. Aber jetzt fühlte ich nur, wie es sich schmerzhaft zusammenzog. »Ich habe es verdrängt, weil ich dachte, du wärst ein normales Mädchen, aber als dann klar war, dass du eine von uns bist, dachte ich … ich dachte, es wäre ein Zeichen.« Er lachte bitter auf. »Dämlich von mir zu glauben, dass es okay wäre, so für dich zu fühlen.«

»Warum sollte es nicht okay sein?« Ich fühlte doch das Gleiche, wie konnte das falsch sein? Wie konnte etwas falsch sein, das er mit seiner Gnade als absolut richtig wahrnahm?

»Weil ich ein Lancelot-Erbe bin«, stieß er verzweifelt hervor. »Als die Darks heute aufgetaucht sind und dich holen wollten, da konnte ich kaum noch klar denken. Ich hätte alles getan und jeden geopfert, damit du in Sicherheit bist, ich wäre gestorben, um dich zu beschützen. In meinem Kopf war nichts anderes als du, nicht das Team, nicht KORT, nur du.« Er holte zittrig Luft. »Erst habe ich geglaubt, das läge daran, dass du eben nicht ausgebildet bist und Schutz brauchst. Nicht an dem, was ich in deiner Nähe empfinde. Aber jetzt, wo ich weiß, dass du damals auf der anderen Seite dieser Scheibe warst und ich schon da genau das gleiche Gefühl hatte … jetzt ist mir klar, dass ich dich immer über alle anderen stellen würde, wenn ich das zwischen uns zulasse. Genau wie *er* vor über tausend Jahren, als er sie getroffen hat.«

Ich wusste sofort, wovon er sprach – von Guinevere. Von Lancelots Liebe zu der Frau seines Königs, die nicht nur ihn, sondern auch viele andere ins Unglück gestürzt hatte.

»Du glaubst, wir würden so werden wie sie?«, fragte ich leise.

»Ich weiß es nicht«, sagte Noel. »Aber es darf auf keinen Fall passieren. Oscar ist bereits verschwunden, weil wir uns nicht voneinander fernhalten konnten. Was, wenn es das nächste Mal Xavia ist oder Levi? Wenn jemand *stirbt*, weil du mir wichtiger warst als der Rest des Teams?« Er schüttelte den Kopf. »Ich muss damit aufhören, dich auf diese Art zu wollen, oder ich riskiere, alles zu verlieren.«

Ich presste die Lippen aufeinander, um die Tränen zurückzuhalten, weil Noels Verzweiflung in diesem Moment zu meiner wurde und ich wusste, dass ich nichts sagen konnte, das ihn umstimmen würde. Ich wollte es auch gar nicht. Niemals würde ich von ihm verlangen, dass er sich gegen sein Team oder seine Verpflichtung stellte. Dafür bedeutete er mir viel zu viel.

»Ich verstehe«, sagte ich und schluckte den Kloß in meinem Hals weg.

»Charlotte, bitte glaub mir, ich … ich will das mit uns, ich will es mehr als alles andere.« Noels Stimme war leise und hilflos. »Aber ich darf nicht so egoistisch sein. Nicht jetzt. Nicht bei allem, was uns noch bevorsteht.«

Er beugte sich vor und küsste mich auf die Stirn. Und dann, nach einem unerträglich langen Moment von Stille, ging er, und ich blieb im Trainingsraum zurück, allein mit der Gewissheit, dass gerade etwas wirklich Besonderes kaputtgegangen war, bevor es überhaupt angefangen hatte.

Mir wurde nur langsam bewusst, was gerade passiert war. Dass er mir gesagt hatte, wir wären die Richtigen füreinander. Ich hatte das schon vor zehn Jahren gefühlt, jetzt war es jedoch Gewissheit. Aber obwohl wir beide genau wussten, was das zwischen uns bedeutete, *dass* es etwas bedeutete, war Noel gegangen. Weil ihm klar geworden war, dass er damit aufs Spiel setzte, seine Aufgabe weiterhin erfüllen zu können. Er war mit jeder Faser seines Seins ein Knight. Er würde sein eigenes Glück niemals über KORT stellen.

Und als ich ihm jetzt nachsah, wie er zum Aufzug ging – und erkannte, dass das besondere Leuchten in seinem Feld, was ich nie richtig hatte zuordnen können, schwächer wurde –, wusste ich plötzlich nicht nur, was es war.

Ich wusste auch, dass er sich gerade dagegen entschieden hatte.

# 20

Die beiden Schwerter krachten klirrend aufeinander. Es war ein beeindruckendes Geräusch, heroisch, feudal, irgendwie mächtig. Ähnlich beeindruckend war meine Unfähigkeit, das Schwert festzuhalten. Zeph hatte noch nicht einmal mit voller Wucht zugeschlagen und trotzdem fiel es mir aus der Hand und polterte zu Boden. Nur eine Sekunde später war seine Klinge auf mich gerichtet.

»Verdammt!«, rief ich frustriert. »Wieso kriege ich das nicht hin?«

Zeph schwang sein Schwert elegant herum, als wäre es aus Pappe und nicht zwei Kilo purer Stahl. Dann grinste er mich an. »Dachtest du wirklich, es würde einfach werden, das zu lernen?«

Ich wischte mir den Schweiß aus dem Gesicht. »Ja. Nein. Was weiß ich.« Es frustrierte mich immer, wenn ich Sachen nicht sofort konnte, und Schwertkampf war wirklich sehr viel schwieriger als gedacht. Aber ich hatte Zeph gebeten, es mir beizubringen, also würde ich jetzt nicht aufgeben.

»Komm schon, Wundermädchen. Du kriegst das hin.« Er hob mein Schwert auf und gab es mir zurück. »Dein Problem ist, du verlierst zu schnell deinen sicheren Stand. Versuch mal, dein hinteres Bein nicht durchzustrecken, sondern in der Beugung zu bleiben, dann bist du flexibler.«

Ich wusste diese Dinge, schließlich hatte er sie mir schon hundertmal erklärt. Aber während ich beim Tanzen sehr gut meine Bewegungen kontrollieren konnte, war das mit einer so unhandlichen Waffe wie einem Schwert etwas völlig anderes. Ich hatte in der letzten Zeit oft zugesehen, wenn das Team trainiert hatte, und nicht nur bei Zeph oder Noel sah es leicht aus, sondern auch bei der zarten Thora. Es hatte also nichts mit der Statur zu tun, und deswegen hatte ich den Ehrgeiz, es ebenfalls hinzukriegen. Nicht dass ich plante, einem Dark den Kopf abzuschlagen. Aber ich hatte beschlossen, alles zu lernen, was ich neben meiner Gnade für einen Kampf gegen sie brauchte.

»Okay, los.« Ich hob das Schwert, befolgte Zephs Rat und achtete darauf, stabil und sicher auf dem Boden zu stehen, bevor ich zum Schlag ausholte. Er hielt dagegen, aber diesmal verlor ich die Waffe nicht. Zwei-, dreimal klirrten die Schwerter gegeneinander, dann ließ Zeph seins sinken und nickte zufrieden.

»Sehr gut«, lobte er und hielt mir die Hand zum Einschlagen hin. »Das war wirklich ordentlich.«

»Ich habe einen guten Lehrer«, sagte ich grinsend und schlug ein.

»Ja, das sollte man erwähnen.« Zeph lachte.

Hinter uns klopfte es an die Scheibe und wir drehten uns um. In der Tür stand Xavia.

»Ich bin fertig.« Sie sah Zeph an. »Danke, dass du sie so lange abgelenkt hast.«

Ich ließ mein Schwert sinken. »Abgelenkt wovon?«

»Na, lass mal überlegen«, erwiderte sie schmunzelnd. »Was für ein Tag ist heute?«

»Donnerstag, glaube ich.«

»Donnerstag, glaubst du?«, fragte Xavia mich ungläubig. »Es ist nicht einfach nur Donnerstag. Du hast heute Geburtstag.«

»Weiß ich.« Ich hob die Schultern. »Aber das ist nichts Besonderes. Ich stehe nicht so auf großes Tamtam, nur weil ich ein Jahr älter werde.« Dex hatte mir zwar trotzdem einen Kuchen gebacken und ein Geschenk gekauft, aber eine große Party hatte ich nie veranstaltet.

Zeph schnalzte mit der Zunge. »Tja, dann hast du jetzt wohl Pech gehabt.« Er zog mich an sich und umarmte mich so fest, dass ich keine Luft mehr bekam. »Alles Gute zum Geburtstag. Neunzehn Jahre, ich bin ganz rührselig. Du bist so schnell erwachsen geworden, meine Kleine.«

Ich boxte ihn, so gut es mir möglich war. »Spinner.« Ich musste lachen. »Du kennst mich doch erst seit sechs Wochen.« So lange war ich mittlerweile bei dem Team in Stanham.

Er ließ mich los. »Echt? Kommt mir länger vor. Wenn ich daran denke, wie du in diesem Park gegen mich gerannt bist, scheint das Jahre her zu sein.« Zeph deutete zur Tür. »Team Stanham steht jedenfalls auf Geburtstage. Deswegen gehst du jetzt gefälligst nach oben und lässt dich feiern.«

»Aber ich muss noch –«

»Keine Widerrede. Wenn du nicht freiwillig gehst, dann werfe ich dich über die Schulter und nehme dich mit.« Er hob den Arm und spannte den Bizeps an, um mir zu zeigen, dass er das ohne Probleme tun konnte. Also gab ich auf.

»Okay, okay, ich komme. Ich will mir nur was anderes anziehen.« Ich zeigte auf meine Sportklamotten, die wohl für keine Form von Geburtstagsfeier das richtige Outfit waren.

»Beeil dich.« Xavia grinste und umarmte mich ebenfalls, um mir zu gratulieren. Dann ging sie mit Zeph hinaus und ich lief hinüber zum Ankleideraum, der für mich in den letzten Wochen tatsächlich so etwas wie mein privater Klamottenladen geworden war. Eigentlich waren die Sachen nur für Einsätze gedacht, aber da ich keine eigene Kleidung mitgebracht hatte und auch nicht nach London fahren konnte, um meine Sachen zu holen – schließlich wollte ich die Belegschaft des Pubs nicht in Gefahr bringen –, durfte ich mich hier bedienen.

Nicht nur Zeph kam es so vor, als wäre ich schon länger beim Team. Vielleicht lag es daran, dass ich mich sehr schnell an die Abläufe gewöhnt hatte und die anderen es mir leicht gemacht hatten, mich wie zu Hause zu fühlen. Die Aufträge trugen ebenfalls ihren Teil dazu bei. Ich, die vorher kaum etwas anderes als London gesehen hatte, war in Frankreich gewesen, in Kroatien und sogar in Mexiko. Es waren Jobs gewesen, die ausschließlich meine Gnade gefordert hatten, nicht die von Oscar, aber das war sicher kein Zufall. Da die Gilde wusste, dass ich in der Lage war, Essenzen zu verändern, interessierte sich niemand dafür, ob ich tatsächlich jemandem zu wahrer Macht verhelfen konnte.

KORT hatte nach dem Angriff der Darks meine Initiation ohne weitere Zweifel abgenickt, und da Oscar der einzige Arthur-Erbe war, der fehlte, war es logisch gewesen, mich Team Stanham zuzuteilen. Ich hatte den Verdacht, dass Noel genau das bewusst gewesen war, als er mir gesagt hatte, was ich der Gilde erzählen sollte. Gefragt hatte ich ihn nicht danach. Seit dem Abend unten in der Cave hatten wir kaum noch miteinander geredet.

Ich zog meine Sportsachen aus, schlüpfte in die Jeans von gestern und nahm dann ein ärmelloses Top in Dunkelgrün von einem der zahllosen Bügel an der elektrisch gesteuerten Kleiderstange. In dem Moment, als ich es überstreifte, kam jemand aus der Tiefgarage in meine Richtung.

Es war Noel.

»Hey«, sagte er, als er mich sah, und sein Blick bekam etwas Gequältes. Sofort meldete sich ein vertrautes Gefühl in meinem Inneren. Sogar der Gedanke an Noel reichte aus, um ein schmerzhaftes Ziehen in meinem Magen hervorzurufen – ihn zu sehen, war um ein Vielfaches schlimmer. Es fühlte sich an, als würde uns etwas dafür bestrafen, dass wir uns aus reiner Vernunft voneinander fernhielten. Denn das taten wir. Nie waren wir allein in einem Raum, nur selten sprachen wir überhaupt miteinander. Obwohl wir zum selben Team gehörten, blieben wir einander so fern, wie es möglich war.

»Hey«, murmelte ich mit Verzögerung und legte meine Knight-Uhr an, bevor ich zum Ausgang lief.

»Charlotte, warte.«

Als er meinen Namen sagte, wurde der Schmerz schlimmer. Die anderen sagten längst Charles zu mir, weil ich es aus meinem alten Leben gewohnt war, so genannt zu werden. Aber Noel sprach mich immer noch mit meinem vollen Namen an, und er tat es auf eine Art, die mein Herz grundsätzlich ins Stolpern brachte.

»Ja?« Ich hielt inne, und für eine Sekunde hoffte ich darauf, dass er irgendetwas sagen würde, das es besser machte. So etwas wie *Hey, ich habe einen Fehler gemacht.* Oder *Vergiss, was ich vor fünf Wochen genau hier zu dir gesagt habe.*

»Alles Gute zum Geburtstag.« Noel lächelte, aber ich sah es wie hinter einer dicken Plexiglaswand.

»Danke.« Ich nickte und brachte es sogar fertig, das Lächeln zu erwidern. Auch wenn ich sie für falsch hielt – ich akzeptierte seine Entscheidung. Ich wusste, er hatte sie nicht getroffen, weil er mir wehtun wollte, deswegen konnte ich nicht wütend auf ihn sein. »Kommst du mit nach oben? Zeph und Xavia haben eine Feier organisiert.«

»Ja, ich weiß.« Er schien zu zögern, aber dann folgte er mir, und wir schwiegen, als die Türen des Aufzugs sich schlossen.

Wir hatten einige gemeinsame Einsätze hinter uns und wohnten im selben Haus, und trotzdem war das hier der erste Moment seit fünf Wochen, in dem ich ihm so nahe war. Es machte die Barriere zwischen uns dünner, durchlässiger für die Gefühle, die dahinter verborgen waren. Der Fahrstuhl schien sich förmlich mit Sehnsucht zu füllen, ich hörte Noel einatmen, spürte mein eigenes Bedürfnis, ihn zu berühren, wenigstens kurz. Aber ich widerstand dem Drang, mich zu ihm umzudrehen – und zum Glück glitten kurz darauf die Türen auf. Ich lief hinaus, so eilig, dass es eher einer Flucht glich.

Das gesamte Team war im Esszimmer versammelt. Mit einem erfreuten »Da ist sie!« stürzte sich Thora auf mich, um mir zu gratulieren, dann folgte Levi. Prüfend hielt er mich auf Armeslänge von sich weg.

»Du siehst gar nicht älter aus.« Er grinste.

»Kommt noch. Ein oder zwei Jahre bei den Knights und du kannst Grandma zu mir sagen.«

Der Tisch war schon gedeckt, ein Kuchen mit Kerzen stand in der Mitte. Daneben türmten sich ein paar Päckchen, hübsch verpackt und mit Schleifen verziert.

»Ihr müsst mir doch nichts schenken«, sagte ich und meine Stimme klang ein bisschen verlegen.

»Wer sagt, dass das Geschenke sind?« Zeph schob mich zu einem Stuhl und brachte mich mit sanftem Druck dazu, mich zu setzen. »Vielleicht ist es nur der wöchentliche Online-Shopping-Anfall von Levi und Xavia?« Er stellte einen Becher Kaffee vor mir ab.

»Nein, ist es nicht.« Ich strahlte, als mir klar wurde, dass sie mir tatsächlich etwas besorgt hatten. Vielleicht machte ich mir nicht viel aus meinem Geburtstag, aber Geschenke mochte ich trotzdem.

»Du musst die Kerzen auspusten«, sagte Xavia zu mir. Thora und Levi setzten sich hin und klopften einen Trommelwirbel auf dem Tisch, bis ich endlich alle neunzehn Kerzen auf dem Kuchen ausgepustet hatte. Dann applaudierten sie, auch Noel. Wir waren beide gut darin geworden, uns nichts anmerken zu lassen, auch wenn es total sinnlos war. Die anderen spürten es trotzdem, vor allem Zeph sah uns immer wieder finster an. Kays Erbe stand für

Treue und Ehrlichkeit. Es musste für Zeph schwer zu ertragen sein, dass Noel und ich etwas so Starkes wie das zwischen uns verleugneten.

Xavia schnitt den Kuchen an und verteilte ihn auf unsere Teller. Ich gabelte ein großes Stück auf und seufzte zufrieden, als sich der Geschmack von Schokolade in meinem Mund ausbreitete. Aber es dauerte nicht lange, bis mich der Kuchen an denjenigen erinnerte, der mir in den letzten zehn Jahren immer einen gebacken hatte.

»Gibt es eigentlich etwas Neues bei der Suche nach Dex?«, fragte ich Levi. Nachdem ich allen schon bald nach der Initiation gesagt hatte, dass Dex nicht mein Bruder war, hatte er es übernommen, Nachforschungen über ihn anzustellen.

»Nein.« Levi schüttelte unzufrieden den Kopf. »Über die Behörden war tatsächlich nichts herauszufinden, die behaupten, nie von ihm gehört zu haben. Und auch alle sonstigen Quellen spucken nichts aus. Dex ist der härteste Fall von ›Wie vom Erdboden verschluckt‹, mit dem ich je zu tun hatte. Aber ich gebe nicht auf.« Er lächelte und ich erwiderte es, wenn auch ein bisschen kläglich.

»Schluss jetzt, das ist kein Thema für einen Feiertag wie heute.« Zeph klatschte in die Hände. »Es ist Zeit für die Geschenke.« Er griff nach einem der Päckchen auf dem Tisch und gab es mir. Ich nahm es an und grinste, als ich sein erwartungsfrohes Strahlen sah. Geduld war echt nicht seine Stärke.

»Lass mich raten, das ist von dir?«

»Allerdings. Ich habe es mit viel Liebe ausgesucht.« Er nickte.

Ich öffnete das Papier sorgsam, dann zog ich seitlich etwas Weiches heraus, offenbar ein Kleidungsstück. Ich schob meinen Teller zur Seite, breitete es aus – und begann zu lachen.

»Zeph, das ist grandios!« Vor mir lag ein Sweatshirt, blau, mit einem lachenden Nilpferd darauf. Auf dem Flug nach Mexiko hatte ich ihm von meinem Lieblingspullover erzählt, der KORT zum Opfer gefallen war. Zeph schien sich die Beschreibung gemerkt zu haben, denn diese Version sah dem Kinderpullover von damals tatsächlich ähnlich. Schnell stand ich auf und zog ihn über, dann drehte ich mich einmal um die eigene Achse und fiel schließlich Zeph um den Hals, um mich zu bedanken.

»Du wirst doch nicht heulen?«, neckte er mich.

»Natürlich nicht«, sagte ich, obwohl ich kurz davor war.

Zephs Geschenk war nicht das einzige – jeder aus dem Team hatte etwas für mich besorgt. Von Thora bekam ich eine Kette mit einem keltischen Symbol, das mir Kraft geben sollte. Xavia hatte praktisch gedacht und schenkte mir nicht nur eine robuste Reisetasche, sondern auch ein Nackenhörnchen für unsere Flugreisen. Levi hatte mir einen Retrowecker gekauft, der irgendein Designklassiker aus dem letzten Jahrhundert war. Und alle gemeinsam hatten mir ein Jahr als Mitglied des Fördervereins von Stanham spendiert. »Wir danken Charlotte Stuart für ihre Unterstützung, die Heimat des Steins zu bewahren« stand auf der goldgeprägten Urkunde. Ich wollte zu einer Dankesrede ansetzen, als mir noch eine kleine quadratische Schachtel auffiel, die neben dem restlichen Kuchen stand.

»Das ist von mir«, sagte Noel vom anderen Ende des Tisches. Wir sahen einander in die Augen, und es kostete mich einiges an Mühe, meinen Blick von ihm zu lösen und ihn auf die Schachtel zu richten. Vorsichtig klappte ich sie auf. Darin war ein Holzkästchen mit Schnitzereien auf dem Deckel, die sehr alt aussahen. Als ich es heraushob und öffnete, lag dort auf schwarzem Samt ein länglicher Anhänger mit einem dunkelgrauen Stein. Aber es war kein bloßes Schmuckstück. Von ihm ging eine Energie aus, die mich an meine Initiation erinnerte.

»Ist das …?« Ich sah hoch.

Noel nickte. »Es ist ein Teil des Steins. Ein kleiner Splitter nur, aber er reicht für Visionen aus.«

Völlig überrumpelt sah ich ihn an. »Wie bist du da drangekommen?«, stammelte ich. Keiner hier hatte einen Steinsplitter, also waren die sicherlich selten und wertvoll.

»Ich habe ein paar Beziehungen spielen lassen«, sagte er nur. »Wenn wir schon keine Merlin-Artefakte haben, dann kannst du immerhin so mit ihm in Kontakt treten.« KORT hatte alle Merlin-Artefakte schon vor Ewigkeiten zerstört und mir damit jede Möglichkeit genommen, Visionen von ihm zu bekommen. Zumindest hatte ich geglaubt, dass es so war.

Ich lächelte, und es war mir egal, dass alle am Tisch sehen konnten, wie mir Tränen in die Augen traten. »Das ist großartig. Danke.« Vermutlich würde ich das Amulett heute nicht berühren. Aber ich konnte es trotzdem kaum erwarten, etwas anderes von Merlin zu sehen als seinen Beinahe-Tod.

Noel erwiderte mein Lächeln, und für einen Moment waren wir miteinander verbunden, ohne alles, was dagegen sprechen konnte. Dann sah er weg und die Mauer zwischen uns kehrte zurück.

»Bist du bereit für den Rest deines Geburtstagsprogramms?«, fragte Levi.

»Es gibt noch mehr?«, fragte ich, froh um die Unterbrechung.

»Das ist Tradition in Team Stanham.« Zeph nickte gewichtig. »Zuerst das Frühstück, dann die Geschenke, dann am Nachmittag ein Rugbyspiel hinterm Haus, heute Abend Pizza bei Lou und anschließend –«

Sein Satz blieb unbeendet. Denn in diesem Moment ertönte ein sechsstimmiger, eindringlicher Klang, der von unseren Uhren ausging. Er war für besonders dringende Alerts auf der Map reserviert.

»Nein, nicht jetzt«, stöhnte Xavia, stand aber bereits auf, genau wie wir anderen. Denn wir wussten alle, was dieser Alarm für uns bedeutete:

Die Party war vorbei.

# 21

»Wir haben nicht viel Zeit«, begann Juleon das Briefing, kaum dass wir alle im Map-Raum angekommen waren. Heute lümmelte er nicht auf seinem Stuhl herum, so wie sonst immer, sondern saß fast schon aufrecht. Das war kein gutes Zeichen. Seine Schwester Scarlett war die Ordentlichkeit in Person, ich hatte sie nie mit etwas anderem als einer akkurat zugeknöpften Bluse gesehen – aber Juleon verströmte eigentlich immer den Vibe von *Alles halb so wild*, selbst im schlimmsten Map-Chaos.

»Na, dann schieß los«, sagte Zeph, dem deutlich anzusehen war, was er davon hielt, bei einer seiner geliebten Geburtstagsfeiern unterbrochen zu werden.

»Es gibt Aufstände an der Universität in Sevilla, die in Kürze außer Kontrolle geraten werden.« Juleon ließ ein paar Videoausschnitte auf dem Display erscheinen. Sie waren stumm geschaltet, aber man sah viele junge Menschen mit wütenden Mienen und Transparenten, die ich nicht entziffern konnte, weil ich kein Spanisch sprach.

Noel schon. »Bessere Studienbedingungen sind ein Grund für Ausschreitungen?«, fragte er. »Wie kann das sein?«

»Das liegt an ihrer Anführerin, Feliza Delgado. Sie ist schon seit Monaten das Gesicht der Bewegung, Scarlett und ich haben sie immer mal wieder gesehen – aber nichts Klares, mehr Streiflichter. Bis vorhin. Ich habe keine Ahnung, was dazu geführt hat, aber es sieht so aus, als hätte sie sich radikalisiert. Sie hat vor einer Stunde eine Rede gehalten, in der sie ihre Anhänger dazu aufruft, die Universität zu besetzen, zur Not mit Gewalt. Die Gefahr für die Leute im Universitätsgebäude ist sehr hoch. Ihr müsst nach Sevilla und Feliza wieder zur Vernunft bringen.«

»Wer von uns?«, fragte Levi. Normalerweise gab die Map uns diese Informationen, aber im Alert selbst war kein Name zu sehen.

»Alle, wenn möglich. Für Feliza selbst sind Noel und Charlotte sicherlich die beste Wahl, aber um das unter Kontrolle zu bringen, was dort toben wird, werdet ihr jeden einzelnen Knight brauchen. Die anderen Teams sind gerade alle im Einsatz, aber Leeds versucht nachzukommen, wenn ihr Hilfe braucht. Ich habe auch unsere Verbündeten in Sevilla informiert, und sie werden tun, was sie können.«

»Gut, danke.« Noel nickte erst Juleon zu, dann sah er uns an. »Gehen wir.«

Wie die Zahnräder eines gut geschmierten Uhrwerks strömte das Team aus dem Raum und begann mit den Vorbereitungen für den Einsatz. Am Anfang hatte ich meist planlos im Gang gestanden und versucht, keinem im Weg zu sein, aber mittlerweile war ich Teil der Routinen und die Routinen ein Teil von mir. Also ging ich in die Ausrüstungskammer, zog eine der stabilen Taschen aus dem Regal und warf Einsatzkleidung hinein, während Zeph Munition und Waffen in einem Koffer verstaute.

»Tut mir leid, dass wir nicht feiern konnten«, sagte er und prüfte ein Magazin, bevor er es in den Schaumstoff steckte. Dann nahm er einen zweiten Koffer und schob ihn mir hin, und ich nahm die Schwerter von der Wand und legte sie hinein.

»Macht nichts. Wir holen das nach.« Ich lächelte leicht, obwohl ich ziemlich nervös war. Juleon hatte gesagt, dass ich zusammen mit Noel dafür zuständig sein würde, die Anführerin des Aufstandes wieder zu beruhigen – und ich wusste, dass dies mein bisher schwierigster Auftrag sein würde. Alles vorher war relativ einfach gewesen, ich hatte nur friedliche Menschen geleitet. Offenbar würde sich das heute ändern.

Xavia kam herein, sie trug zwei Taschen in der Hand, sicherlich mit unserem technischen Equipment darin. »Nur Mut«, lächelte sie, und ich spürte, wie ihre Gnade mir einen kleinen Boost in dieser Hinsicht verpasste. Zum Glück war es doch möglich, mich zu manipulieren – wenn ich es zuließ. In den vergangenen Wochen hatte ich mehr als einmal davon profitiert. »Du schaffst das.«

Obwohl ich mich sofort entschlossener fühlte, verzog ich das Gesicht. »Ich hoffe, du hast recht.«

»Sie hat immer recht«, sagte da Noel hinter uns und ließ ein schnelles Lächeln sehen, als er mich anschaute. »Und wenn nicht, dann greifst du einfach auf deine Türsteher-Skills zurück.« Ich grinste und spürte, wie sehr mir das fehlte – dass er mich aufzog und ich ihn, oder dass ich ein aufgeregtes Gefühl im Bauch hatte, wenn ich in seiner Nähe war, nicht diesen Stein der letzten Zeit. Aber es dauerte nur eine Sekunde, dann sah er weg und der Moment war vorbei.

Levi kam mit Thora dazu, sein Telefon in der Hand. »Jackie sagt, sie ist bereit. Wir sollten los.«

Ohne große Absprachen stiegen wir in die Autos und fuhren zum nahe gelegenen Militärflughafen in Stockbridge. Als wir dort ankamen und das Tor passiert hatten, wartete der Jet bereits in dem für die Knights reservierten Hangar. Jackie, eine der Pilotinnen, checkte die Instrumente und winkte nur kurz, als wir vor dem Flugzeug hielten. Es dauerte keine zehn Minuten, bis das Gepäck aus den beiden Autos umgeladen war und wir zur Treppe gingen, die ins Innere führte.

Ich hatte mich in den letzten Wochen an einiges gewöhnt – Waffentraining auf dem Schießstand, Taktikbesprechungen, Videokonferenzen mit den anderen Teams oder nachts für einen Einsatz aus dem Schlaf gerissen zu werden – aber mit den anderen in den Privatjet zu steigen, den jedes Team inklusive zweier Piloten zur Verfügung hatte, war immer noch verrückt. Vorher war ich nur ein einziges Mal geflogen, zu einer Studienreise nach Rom. Aber der Billigflieger damals mit den engen Sitzen und ohne jeden Komfort hatte nichts mit der Art und Weise zu tun, wie die Knights reisten.

Eigentlich sah das Innere des Jets nicht aus wie ein Flugzeug, sondern wie eine Wohnung, eine ziemlich stylishe dazu. Direkt beim Eingang waren klassische Reihen eingebaut, allerdings mit Sitzplätzen, die doppelt so breit waren wie die in Linienmaschinen. Dahinter war so eine Art Wohnzimmer mit Flachbildfernseher, Konferenztisch und seitlich angeordneter Couch. Es gab auch zwei Schlafbereiche im hinteren Teil, die vom Rest abgetrennt waren. Eine sehr verschwiegene Bodencrew kümmerte sich um das Flugzeug und dass Verpflegung vorhanden war, aber Personal war während der Flüge nicht an Bord. Thora hatte mir erzählt, dass das Risiko, sich Spione an Bord zu holen, seit dem Auftauchen der Darks einfach zu groß war. Und mittlerweile wusste das Team selbst, wie man sich hier etwas zu essen machte.

Wir setzten uns, ich neben Xavia, Noel und Levi eine Reihe dahinter, Zeph und Thora auf gleicher Höhe am anderen Fenster. Ich schnallte mich an und nahm dann das Tablet von Xavias Tisch. Darauf war ein Foto von Feliza Delgado zu sehen, der Anführerin jener Bewegung, die wir wieder in friedliche Bahnen lenken sollten. Die Studentin war nur ein Jahr älter als ich und damit jünger als Noel oder Zeph, aber ihr Profil sagte mir, dass sie bereits seit Monaten das Gesicht einer landesweiten, aber bislang gewaltfreien Protestwelle gegen Kürzungen im Bildungssektor war. Es war ein hübsches Gesicht: Feliza hatte dunkle, ausdrucksvolle Augen zu schwarzen, kinnlangen Haaren. Sie wirkte nicht wie jemand, der eine Revolution anzettelte.

»Glaubst du, die Darks stecken hinter diesen Aufständen?«, fragte ich Xavia. Dass so etwas auf einmal eskalierte, war schwer zu glauben. Allerdings wusste ich auch nicht allzu viel über die Hintergründe.

»Kann man nicht ausschließen.« Sie schloss ihren Gurt. »Auch wenn sie in den letzten Wochen sehr ruhig waren und so etwas nicht ganz ihr Ding ist.«

Es stimmte: Seit ich ihnen nach der Initiation entkommen war, hatten die Darks sich zurückgezogen. Niemand ging davon aus, dass sie in der Zwischenzeit untätig waren, aber das Ziel, möglichst viele Knights-Aufträge zu vereiteln, schienen sie vorerst aufgegeben zu haben. Ich fragte mich, wann sie wieder auftauchen würden. Und wie. Aber fürs Erste würde ich mich darauf konzentrieren müssen, diesen Auftrag zu erledigen.

Nur kurz spürte ich den speziellen Druck im Magen, als die Maschine startete und schließlich abhob, aber daran hatte ich mich auch schon gewöhnt. Nachdem wir gestartet waren, zogen wir an den Konferenztisch weiter hinten um. Da das Kuchenessen unterbrochen worden war, plünderte Zeph diverse Schränke und fand einiges an Knabberzeug und verpackten Sandwiches. Ich war die Einzige, die nicht zugriff. Wenn ich aufgeregt war, konnte ich nur schlecht etwas essen.

Noel verband sein Tablet mit dem Bildschirm an der Wand und rief die Pläne von Sevilla auf, die das Analystenteam der Divines für uns vorbereitet hatte. Das Hauptgebäude der Universität war rechteckig, mit sehr großer Grundfläche, aber nur zwei Stockwerken. Es gab mehrere Innenhöfe, dazu an drei Seiten eine Art Graben, an zwei weiteren einen Zaun aus Metall. Vollkommen abriegeln konnte man das Gelände jedoch nicht.

»Feliza befindet sich nach Juleons Angaben noch im Gebäude«, sagte Noel, der auf der Fahrt zum Flughafen noch mal mit dem Divine gesprochen hatte. »Wir müssen also nicht nur durch die Menge an Demonstranten durch, sondern auch noch in die Universität kommen, deren Zugänge von Sicherheitspersonal bewacht werden.«

»Was ist mit der Polizei?«, fragte Thora.

»Die ist vor Ort, aber sie haben zu wenig Leute. Die Demo war nicht angemeldet, also dauert es Stunden, Verstärkung aus dem Rest der Region zusammenzuziehen.«

Xavia atmete aus. »Also bleiben nur wir. Reinkommen dürfte nicht schwer sein, wir können es erst mal freundlich versuchen, zur Not aber auch ein paar Leute manipulieren, damit sie uns durchlassen.«

»Die Frage ist, ob es etwas bringt, nur Feliza umzudrehen«, sagte Noel. »Ich bin nicht sicher, ob die Leute friedlich abziehen, nur weil sie es ihnen sagt. In solchen Gruppen schaukelt sich die Stimmung sehr schnell hoch, also könnte es sein, dass niemand mehr auf sie hört, wenn es so weit ist.«

»Was schlägst du vor?« Zeph starrte auf den Plan und schien nachzudenken. »Barcelona? Oder Delhi?«

Jetzt ging das Städtebingo wieder los. Das Team war nahezu besessen davon, jede einzelne Vorgehensweise auf diese Art zu bezeichnen, aber ich blickte da null durch. »Könnt ihr diese Manöver nicht einfach so benennen, dass man damit etwas anfangen kann?«, murrte ich. »Kein Mensch kann sich merken, was Barcelona, Shanghai oder Sydney ist.«

»Nein, nur *du* kannst dir das nicht merken.« Zeph grinste. »Ist das so ein Merlin-Ding? Ich wusste, der Typ muss eine Schwachstelle haben.«

Noel hatte ein Einsehen mit mir. »Wir verteilen uns am besten. Charlotte und ich gehen rein und suchen Feliza, der Rest von euch versucht, so viele Leute wie möglich in ihrer Aggression zu dämpfen, damit sich das Ganze nicht noch weiter aufschaukelt.«

»Also Barcelona«, stellte Zeph zufrieden fest. »Ich mach dir eine Liste, Wundermädchen, dann kannst du sie auswendig lernen, wie früher in der Schule.«

Ich widerstand dem Drang, ihm die Zunge rauszustrecken, aber vor allem deswegen, weil ich zu angespannt war, um jetzt auf irgendwelche Witze einzugehen. Noch eineinhalb Stunden, dann würde ich dafür sorgen müssen, dass Feliza Delgado ihre radikalen Pläne aufgab. Im Prinzip war das kein Problem – Noel war schließlich auch noch da, und ich wusste, wie gut er war. Aber was, wenn nur meine Fähigkeiten gebraucht wurden und nicht seine? Was, wenn ich versagte, obwohl alles von mir abhing?

Ein leiser Ton beendete meine Gedankenspirale, es war ein Anruf auf Zephs Telefon. Er ging dran und stellte auf Lautsprecher.

»Jules, was gibt es?«

»Neuigkeiten«, sagte der Divine düster. »Und zwar nicht von der guten Sorte.«

# 22

In Sevilla war sprichwörtlich die Hölle los.

Nachdem wir gelandet und in die Stadt gefahren waren, hatten wir gehofft, dass Juleon übertrieben hatte, aber das Gegenteil war der Fall. Je näher wir der Universität kamen, desto mehr Menschen waren auf den Straßen, die alle in genau dieselbe Richtung wollten wie wir. Noel, der wie immer fuhr, bahnte sich vorsichtig einen Weg durch die vielen Demonstranten, bis wir entschieden, den Rest zu Fuß zu gehen. Wir waren nur mit versteckten Halbautomatikwaffen und nicht-tödlicher Munition ausgerüstet, weil die Gefahr, dass uns im Trubel jemand eine scharfe Waffe abnahm, zu groß war. Hoffentlich war das kein Fehler.

Wir parkten und stiegen aus, nahmen unsere übliche Formation ein – Xavia und Levi vorne, Thora und ich in der Mitte, Noel und Zeph sicherten nach hinten ab. Da meine Initiation erst ein paar Wochen her war, hatte ich den niedrigsten Kugelsicherheitsindex der Truppe, deswegen wehrte ich mich nicht gegen den kollektiven Beschützerinstinkt des Teams. Da sie mich nie von oben herab behandelten, war es für mich völlig in Ordnung, dass sie meinen Tod verhinderten. Mein Blick fiel auf Noel, dessen hoch konzentrierte Miene auf die Demonstranten gerichtet war und nicht auf mich. Hatte es geholfen, sich gegen uns zu entscheiden? Es schien so, aber manchmal fing ich ein Gefühl von ihm auf, das mir etwas anderes sagte.

Wir fanden einen Weg, der uns zu der Seite des Universitätsgebäudes führte, die am wenigsten belagert wurde. Trotzdem hörte man aggressive Rufe auf Spanisch, mit denen irgendetwas gefordert wurde. Ich spürte die massive Welle von Hass und Wut, die zu mir herüberschwappte. Wie konnte es passieren, dass Menschen derartig eskalierten? Konnte so etwas auf natürliche Weise passieren oder waren hier doch die Darks im Spiel?

Ich zuckte zusammen, als etwa hundert Meter entfernt von uns ein Auto in Flammen aufging und ein paar Leute grölend an uns vorbeirannten. Instinktiv trat Zeph zwischen mich und den wütenden Mob, genau wie Noel.

»Wir müssen uns beeilen«, sagte er. »Wenn wir Feliza nicht bald finden, wird sie das hier nicht mehr aufhalten können.«

Wie besprochen trennten wir uns an dem hinteren Zugangstor zur Universität und gingen in Zweierteams weiter. Wir hatten alle unsere Uhren und Ohrstöpsel, also waren wir in Verbindung miteinander. Trotzdem fühlte es sich komisch an, als Xavia und Levi sich in die eine, Thora und Zeph in die andere Richtung verabschiedeten. Ich wusste, wozu jeder Einzelne von ihnen in der Lage war, aber eine außer Kontrolle geratene Menschenmasse war ein Gegner, der sich nur sehr schwer einschätzen ließ.

Nur musste ich diese Sorge ausblenden.

»Gehen wir.« Noel sah mich an, und lächelte auf diese distanzierte Art, die ich nicht mochte, die aber mittlerweile Standard war. Dann lief er los, und ich folgte ihm, an ein paar Leuten vorbei zu der großen Tür aus Holz, die ins Innere des Gebäudes führte. Mit unseren normalen Klamotten fielen wir nicht groß auf, denn auch wenn meine blonden Haare hier nicht gerade die Regel waren, hatte die Uni viele Gaststudenten aus dem Ausland. Wir gaben uns alle Mühe, so auszusehen, als wären wir Teil des Protests, während wir uns durch die Menge schoben und die Augen aufhielten – nicht nur nach einem Hinweis, wo sich Feliza aufhielt, sondern auch nach unseren Feinden.

»Kannst du die Darks spüren?«, fragte ich. Nur Noel und Zeph waren mit ihren Gnaden dazu in der Lage, das auf größere Entfernung zu tun.

»Nein. Aber bei den massiven Aggressionen um uns herum wäre es wohl auch unmöglich, sie herauszufiltern. Wir müssen extrem vorsichtig sein. Wenn sie hier sind, dann deinetwegen.«

Fürs Erste sah es nicht danach aus, als wären die Darks vor Ort, aber wir hatten auch andere Sorgen. Am Eingang standen mehrere Sicherheitsleute, die versuchten, der Lage Herr zu werden, dabei aber nur halbwegs erfolgreich waren. Ihre Anwesenheit schien die Leute nur noch mehr in Rage zu bringen. Ich spürte, wie um mich herum der Hass mit jeder Minute anzusteigen schien, und wusste, dass Noel es noch deutlicher wahrnahm als ich.

Mit entschlossenen Schritten ging er auf einen der Wachmänner zu und sprach ihn auf Spanisch an. Ich verstand nicht, was er sagte, aber ich spürte, dass er dabei seine Gnade benutzte – und so dauerte es nicht lange, bis der Typ die Tür öffnete und uns hineinließ.

»Hat Juleon gesehen, wo Feliza sich aufhält?«, fragte ich, während wir eilig eine Treppe hinaufstiegen. In diesem Gebäudeteil war nicht viel von den Protesten zu hören, wahrscheinlich weil die Masse sich vorne am Haupttor versammelt hatte.

»Sie hat auf dem Nordbalkon ihre Rede gehalten, wahrscheinlich finden wir sie dort irgendwo.« Noel hatte schon bei anderen Einsätzen bewiesen, dass er sich blind in fremden Gebäuden zurechtfand, und auch jetzt lief er zielstrebig in eine bestimmte Richtung. »Wir müssen das zusammen machen, wenn es schnell gehen soll. Ich dämpfe ihren Hass, du nimmst dir ihre Essenz vor.«

Ich nickte. Es war nicht das erste Mal, dass ich mit jemandem aus dem Team gemeinsam ein Ziel manipulierte, aber mit Noel hatte ich das noch nie getan. Ich hoffte, dass es klappen würde, mit der Distanz, die zwischen uns herrschte.

Wir liefen noch eine Treppe nach oben und dann an einigen Hörsälen vorbei, bis ich Noel plötzlich am Arm fasste und aufhielt.

»Da ist sie!« Ich zeigte in den Raum, an dem wir gerade vorbeigelaufen waren. Unten am Pult für den Dozenten standen einige junge Leute, in ihrer Mitte die Frau vom Foto.

Noel verlor keine Zeit, sondern ging in den Raum hinein und stieg die Stufen des Hörsaals hinunter. Die Gruppe um unsere Zielperson sah auf, als wir auf sie zukamen.

»Feliza Delgado?«, sprach Noel sie an. Sie wandte sich um und ihre Begleiter positionierten sich vor ihr, als müssten sie sie schützen. Noel hob die Hände und sagte etwas auf Spanisch in diesem Lancelot-Ton, der in der fremden Sprache genauso gut funktionierte wie auf Englisch. Feliza schien das auch so zu sehen, denn sie schickte ihre Begleiter nach oben zur Tür und winkte uns zu sich heran.

»Hi«, grüßte ich sie und versuchte mich an einem Lächeln, weil das auch bei einer Revolutionsführerin nicht schaden konnte.

»Was wollt ihr von mir?«, fragte sie auf Englisch, ohne den Gruß oder das Lächeln zu erwidern. Trotzdem wirkte sie nicht allzu misstrauisch, was sicherlich Noels Verdienst war. Ich wechselte einen Blick mit ihm und er nickte leicht.

»Nur reden«, antwortete ich und sah ihr in die dunklen Augen, die mich für eine Sekunde an Killian erinnerten. Felizas Feld war jedoch nicht so ungewöhnlich dunkel wie das von Noels Bruder, und ich fragte mich, wie sie in diese Position geraten war. Aber ich wusste zu wenig über sie, um darauf eine Antwort zu finden. Dass Feliza jedoch hinter dem stand, wozu sie aufgerufen hatte, konnte ich deutlich erkennen – denn ihre Lichter für Entschlossenheit und Gerechtigkeitssinn waren hell entflammt.

»Worüber wollt ihr reden?«

»Darüber, wie diese Sache da draußen so ausarten konnte.« Ich wollte sie keinesfalls provozieren, aber etwas Besseres war mir nicht eingefallen.

»Wir mussten etwas tun«, sagte Feliza mit Nachdruck. »Diese Zustände sind unhaltbar.«

»Das kann ich mir vorstellen. Aber ist Gewalt dafür die richtige Lösung?«

Ich nutzte den Moment, als sie Luft holte, um in ihr Feld einzudringen. Obwohl ich mittlerweile daran gewöhnt war, mir Essenzen anzusehen, hatte ich ein wenig Widerwillen, in die von Feliza einzutauchen. Und tatsächlich, kaum ließ ich ihr Feld hinter mir, fühlte ich mich, als stünde ich draußen auf dem Platz mit all diesen wütenden Menschen – da war so viel Zorn, dass ich kaum Luft bekam. Ich zwang mich zum Atmen, während ich bemerkte, dass Noel gleichzeitig auf Feliza einwirkte, und überlegte nur kurz, bis ich ihre Essenz in etwas verwandelte, das ihr nicht die Überzeugungen nahm, aber hoffentlich verhindern würde, dass sie sich wieder radikalisierte: Beharrlichkeit.

Es war nicht schwierig, das zu tun, weil sie sich nicht wehrte – trotzdem nahm ich mir die Zeit, es behutsam zu machen, damit sie keine schmerzhaften Folgen davontrug. Als ich fertig war und ihr Feld wieder verließ, schaute ich zu Noel, und er erwiderte den Blick fragend.

»Erledigt«, sagte ich und er nickte.

»Was ist passiert?«, fragte Feliza. Es würde nicht lange dauern, bis sie unsere Anwesenheit vergaß. »Was habt ihr mit mir gemacht?«

»Wir wollen verhindern, dass sich da draußen Menschen gegenseitig verletzen, weil du sie dazu aufgefordert hast.« Noels Stimme war kühl und der Tonfall seiner Gnade daraus verschwunden.

»Das wollte ich doch gar nicht«, sagte sie und wirkte so, als wäre sie aus einem schlechten Traum aufgewacht. »Ich wollte nicht, dass jemand verletzt wird, ich wollte nur, dass sie uns endlich zuhören! Es sollte ein Signal sein, ein Statement. Das ist alles außer Kontrolle geraten.«

Ich schaute sie an. »Dann solltest du versuchen, es wieder unter Kontrolle zu bringen.«

»Wie denn?« Angst stand ihr in den Augen. Wieder kamen mir die Darks in den Sinn. Die konnten zwar keine Essenzen verändern, aber für mich sah es aus, als hätte jemand an Felizas Bereitschaft zur Gewalt herumgepfuscht. Nur selbst wenn, war das jetzt egal. Wir mussten dafür sorgen, dass die drohende Katastrophe da draußen abgewendet wurde.

»Gibt es irgendeinen Ort im Gebäude, von dem du möglichst viele Leute draußen erreichen kannst?«, fragte Noel Feliza.

»Sí«, sagte sie. »Der Balkon an der Nordseite. Vámonos.«

Sie sprach kurz mit ihren Bewachern, und da Noel nicht eingriff, ging ich davon aus, dass er mit dem einverstanden war, was sie zu ihnen sagte. Dann winkte sie uns mit sich, und wir liefen ihr nach, durch die Gänge der Universität, während in den Stockwerken unter uns das Splittern von Glas und Holz, wütende Parolen und Schmerzensschreie zu hören waren, wenn Demonstranten auf Sicherheitskräfte oder die Polizei trafen. Offenbar hatten es die Studenten mittlerweile ins Gebäude geschafft. Ich versuchte, es auszublenden, und mich nur darauf zu konzentrieren, Felizas Feld im Blick zu behalten. Eine Essenz zu verändern, war immer heikel. Nebenwirkungen konnten wir uns gerade nicht leisten.

Der Balkon schien unendlich weit entfernt, aber wir rannten wie der Teufel und wurden zum Glück nicht aufgehalten. Zumindest nicht, bis wir dort angekommen waren. Vor dem Zugang nach draußen standen mehrere Sicherheitskräfte, die sich auf uns zubewegten, als wir in ihre Nähe kamen.

Noel zögerte nicht und versuchte es auch nicht mit seiner Gnade, sondern setzte einen der Typen mit einem sauberen rechten Haken außer Gefecht. Die anderen beiden kamen auf ihn zu, ich trat dem kleineren von ihnen mutig entgegen, sah ihm in die Augen und schaffte es, die Lichter für Verantwortungsgefühl und Pflichterfüllung so weit zu dämpfen, dass er stehen blieb, einen irritierten Ausdruck auf dem Gesicht.

»Sag ihm, dass er verschwinden soll«, bat ich Feliza und sie sprach mit dem Wachmann auf Spanisch, bis er sich umdrehte und davonlief.

Ich hörte ein Ächzen, fuhr herum und sah, dass Noel den anderen Typen in den Schwitzkasten genommen hatte und jetzt bewusstlos zu Boden gleiten ließ.

»Los!«, rief er Feliza zu und sie machte die letzten Schritte bis auf den Balkon. Wir folgten ihr, und ich erkannte, wie sehr die Situation außer Kontrolle geraten war. Unter uns schien der Hof und die dahinterliegende Straße in Flammen zu stehen – es brannten Autos, Mülltonnen, überall war Rauch und Chaos. Ich suchte mit den Augen nach den anderen aus dem Team, konnte sie aber natürlich nicht entdecken. Wir hatten eine Weile nichts von ihnen gehört. Waren sie in Ordnung?

Feliza nahm ihr Megafon und hob es an. »Freunde!«, rief sie hinein und es dröhnte blechern in die Menge. »Freunde, hört mir zu!«

Es half nichts. Sie konnte rufen, so viel sie wollte, keiner dort unten wollte ihr zuhören. Die Anführerin hatte die Kontrolle über ihre Anhänger verloren, nichts konnte in diesem Moment klarer sein. Also brauchten wir einen anderen Plan. Einen, der dazu führte, dass sich diese massiven Aggressionen da unten in etwas anderes, etwas Harmloseres verwandelten. Dass dieser *Hass* sich in etwas anderes verwandelte.

Und es gab nur einen, der das schaffen konnte.

Noel schien das Gleiche zu denken, denn ich sah, wie sich Entschlossenheit auf seinem Gesicht zeigte. »Leute?«, fragte er den Rest des Teams. »Charlotte und ich haben Feliza wieder in gewaltfreie Bahnen gelenkt, aber sie dringt nicht zu den Leuten durch. Also muss ich es versuchen. Wie sieht die Lage da unten aus?«

»Richtig scheiße, Mann«, meldete sich Zeph. »Die rasten hier völlig aus. Wir versuchen, sie so gut wie möglich in Schach zu halten, aber wir schaffen es nicht, sie alle zu dämpfen, bevor das Ganze endgültig eskaliert.«

Levi stimmte zu, Xavia und er waren an der anderen Seite irgendwo in der Menge, und mittlerweile versuchten Polizei und Sicherheitskräfte, die Türen mit Balken zu blockieren, damit nicht noch mehr Leute ins Gebäude stürmen konnten. Wenn wir nicht bald etwas unternahmen, würden Menschen ernsthaft zu Schaden kommen.

Noel atmete ein, trat nach vorne an das Geländer und schloss dann die Augen. Ich konnte sehen, wie sein Feld sich veränderte, wie dieses spezielle Knight-Licht stärker wurde und alles andere in den Schatten stellte. Aber als er versuchte, die Menge dort unten mit seiner Gnade zu erreichen, begann das Licht plötzlich zu flackern wie eine kaputte Leuchtstoffröhre, die kurz davor war, den Geist aufzugeben. Er schien es zu bemerken, nahm einen neuen Anlauf, aber wieder schien seine Gnade ihn an einem bestimmten Punkt zu verlassen.

Ich runzelte die Stirn, verstand nicht, warum er es nicht schaffte, die Menge zu beruhigen. War die Masse an Menschen zu groß? Das glaubte ich nicht. Noel war so unglaublich stark, ich hatte das selbst erlebt, damals bei Lester. Jeder der Knights im Team war auf seine Art mächtig, aber Noels disziplinierter Charakter zusammen mit seiner Hingabe-Essenz machten ihn zum stärksten Knight, dem ich bisher begegnet war. Er war dazu in der Lage. Ich wusste das.

Noel versuchte es weiter, keuchte dann aber auf, und es klang so, als hätte er Schmerzen. Sofort war ich bei ihm, legte meine Hand an seinen Arm und versuchte, ihm mit meiner Energie zu helfen, so wie er es damals bei mir getan hatte. Bisher hatte ich das noch nie versucht, aber ich verließ mich auf meinen Instinkt, sammelte meine eigene Gnadenkraft im Inneren und wollte sie dann auf ihn übergehen lassen. Erst schien es zu klappen, aber dann stieß ich auf Widerstand und musste die Verbindung unterbrechen. Noel sah mich ratlos an.

»Was ist los?«, fragte ich.

»Keine Ahnung«, brachte er heraus. »Irgendetwas blockiert mich.«

Blockiert? Ich konzentrierte mich auf sein Feld und versuchte, die Ursache zu finden. Im ersten Moment fand ich kein Problem – Noel hatte immer noch die gleichen Kräfte, auch wenn er sie nicht in voller Stärke abrufen konnte. Aber dann entdeckte ich etwas, das ich bisher nicht gesehen hatte, einen kleinen Bereich, der dunkel war und durch noch mehr Dunkelheit vom Rest abgetrennt worden war. Noel hatte recht, es gab eine Barriere zwischen seiner Gnade und ihm selbst. Aber woran lag das?

»Ich schaffe es nicht«, sagte er und sah mich an, verzweifelt angesichts einer Aufgabe, die er nicht bewältigen konnte. Ich versuchte, ihm alles an Zuversicht zu geben, was ich selbst empfand, all das Vertrauen, das ich in ihn hatte. Aber auch jetzt prallte ich gegen die unsichtbare Wand. Und da wurde mir plötzlich klar, was diese Barriere war: Es waren wir. Als er sich verboten hatte, das zwischen uns zuzulassen, hatte er einen Teil seiner selbst abgespalten. Lancelots Gnade drehte sich um Liebe. Natürlich funktionierte sie nicht mehr in voller Stärke, wenn Noel sich seine eigenen Gefühle verwehrte.

In der Sekunde, als mir das klar wurde, wusste ich, was zu tun war. Ich schob meine Finger zwischen seine und lächelte, als er mich fragend ansah. Dann machte ich den ersten Schritt, ließ meine eigene Vorsicht fallen und ihn voll und ganz fühlen, was ich für ihn empfand. Noel atmete scharf ein, als er es spürte, aber wenn nur ich dazu bereit war, würde es nicht reichen.

»Lass es zu«, sagte ich leise, aber ich wusste, er hörte mich trotzdem. »Lass es einfach zu.«

In seinem Blick veränderte sich etwas und er verstand. Und in dem Moment, als er meinem Rat folgte, entfesselte er eine Macht, die so groß war, dass ich sie direkt neben ihm kaum aushalten konnte. Es war nichts als Liebe, die sich von ihm ausbreitete, auf die Menge unter uns, sich über jeden wütenden, hasserfüllten Menschen legte, der sich in unserer Umgebung befand. Ihr Hass hatte keine Chance gegen Noel, gegen seine Gnade, verknüpft mit meiner eigenen. Aber genau wie damals schwächte es mich nicht, sondern machte mich stärker. Uns beide. Wir hielten die Energie aufrecht, bis wir sicher sein konnten, dass es genug war. Dann ließen wir los.

Und es wurde still.

# 23

Es war später Abend, als ich auf die großzügige Terrasse unserer Unterkunft trat und die milde Luft Südspaniens in meine Lungen strömen ließ. Sevilla war so ruhig, wie es sein sollte – an der Universität, die von hier aus zu sehen war, tummelten sich einige Stunden nach unserem Eingreifen keine Studenten mehr, nur ein paar verwaiste Plakate und mehrere ausgebrannte Autos zeugten von dem, was hier geschehen war. Ich spürte, wie die Ruhe dort draußen auch auf mich übergriff, und atmete aus.

Wie immer war das Team nach dem erfolgreichen Auftrag in Feierlaune gewesen und Zeph hatte mit Levi eine spontane Geburtstagsparty in unserer Privatsuite des Hotels Alfonso XIII. auf die Beine gestellt. Wir hatten entschieden, in Sevilla zu übernachten, um sicherzustellen, dass die Proteste nicht noch einmal aufflammten, und weil bei näherer Betrachtung nichts darauf hinwies, dass sich die Darks in der Nähe aufhielten. Aber jetzt, eine Weile später, hatte die Feierlaune der Müdigkeit doch Platz gemacht. Und ich hatte frische Luft gebraucht.

Hinter mir hörte ich Schritte und drehte mich um. Es war Noel, der auf die Terrasse trat. Mein Herz tat ein paar schnelle Schläge, als ich ihn erkannte.

»Die anderen sind im Bett«, sagte er, und wenn ich mich nicht irrte, schwang darin ein leises *Endlich* mit. Seit wir zurückgekommen waren, hatten wir keinen Moment alleine gehabt. Natürlich waren da immer wieder Blicke gewesen, die keiner der anderen bemerkt hatte, aber miteinander geredet hatten wir nicht.

»Du meinst, Zeph ist auf der Couch«, korrigierte ich und lächelte. Warum der fast zwei Meter große Hüne es grundsätzlich vorzog, auf einem Sofa statt in einem Bett zu schlafen, war mir ein Rätsel. Aber da er ein Knight war, kannte er wohl keine Rückenschmerzen.

»Ja, richtig.« Noel grinste. »Aber ich beschwere mich nicht, schließlich muss ich so nicht die ganze Nacht sein Schnarchen ertragen.«

Ich lachte. »Und was ist mit dir? Verspürst du nach deinem spektakulären Einsatz kein Bedürfnis nach Schlaf?«

»Nein, noch nicht.« Als er zu mir kam, spürte ich, wie mein Herz erneut heftig gegen meine Rippen schlug. Ja, wir hatten diesen Moment auf dem Balkon gehabt und er hatte seine Gefühle zugelassen, um den Aufstand zu beruhigen. Aber nun waren meine Zweifel zurück, denn ich wusste nicht, ob das nun das Ende der fürchterlichen Distanz war oder nicht. Die Gründe, warum Noel das zwischen uns nicht zulassen wollte, waren immer noch da. Ich konnte ihm die Angst nicht nehmen, dass er eines Tages eine falsche Entscheidung treffen würde, weil er etwas für mich empfand. Niemand konnte das.

Er wusste das so gut wie ich, denn als er mich jetzt ansah, erkannte ich in seinem Feld all diese widersprüchlichen Gefühle. Aber da war auch ein Leuchten, das ich länger nicht gesehen hatte und das mir Hoffnung gab. Und gleichzeitig tiefes, ehrliches Bedauern.

»Ich lag falsch«, sagte er leise. »So unglaublich falsch. Bitte verzeih mir.«

Ich schüttelte den Kopf. »Es gibt nichts zu verzeihen.« Er hatte das Richtige tun wollen, das konnte ich ihm nicht vorwerfen.

»Doch, gibt es.« Noel hob die Hand und berührte mich sanft an der Wange. »Die Wahrheit ist, es ging nicht nur um das Team. Ich weiß auch nicht, was es mit *mir* macht, wenn ich dem zwischen uns nachgebe.« Ich spürte, wie viel Mut es ihn kostete, mir das zu verraten. Aber ich wusste auch, dass wir niemals stärker waren als zusammen. Also reckte ich mich zu ihm nach oben und hielt direkt vor seinem Gesicht inne.

»Dann lass es uns rausfinden«, flüsterte ich.

Kaum hatte ich die Worte ausgesprochen, war jeder Zweifel und jedes Zögern Geschichte. Noel packte und küsste mich, wie er es seit Wochen wollte. Und ich stieg darauf ein, wie ich es seit Wochen wollte. Alles lag in diesem Kuss, unsere Verbindung, unsere Gefühle füreinander, die Anziehung zwischen uns. Aber diesmal würde keiner von uns zurückschrecken, keiner würde es abbrechen und Gründe dafür finden, warum es nicht sein durfte. Stattdessen war da Einigkeit, nichts als sehnsüchtige, fordernde Einigkeit, die hundert Feuerwerke gleichzeitig in meinem Körper zündete und Noels mit in Brand steckte.

Ich befreite ihn mit fliegenden Fingern von seinem Shirt und spürte endlich seine Haut und seine Muskeln, seine Lippen auf meinen. Keine Ahnung, wie ich es so lange ohne ihn ausgehalten hatte, aber ich wollte mehr davon, viel mehr. Und ich wusste, heute würde ich es bekommen.

Mein Oberteil landete direkt neben dem Shirt auf dem Boden, Noel hob mich auf seine Hüften und nahm mich mit, von der Terrasse weg in eins der Zimmer, wo die Tür hinter uns zufiel. Wir lösten uns keine Sekunde voneinander, als er mich zum Bett trug und herunterließ. Dort beugte er sich über mich, aber bevor er mich wieder küsste, hielt er inne. Ich spürte seinen stoßweisen Atem auf meinem Gesicht.

»Charlotte …«, brachte er nur heraus. Aber er musste nichts sagen.

»Ich weiß«, antwortete ich. Dann zog ich ihn zu mir, küsste ihn wieder und jeder zusammenhängende Gedanke verschwand in der Nacht.

»Wie praktisch, dass Zeph auf der Couch schläft.« Erschöpft lehnte ich den Kopf an Noels Schulter. Das Zimmer war fast dunkel, nur die kleine Lampe auf dem Nachttisch schickte einen schwachen Lichtschein durch den Raum. Es war ruhig und friedlich, draußen und in meinem Inneren, zum ersten Mal seit Wochen. Nicht dass die letzte Stunde besonders friedlich gewesen war.

»Allerdings. Und noch praktischer ist es, dass er einen wirklich tiefen Schlaf hat.« Noel schloss seine Arme enger um mich.

»Wobei ich glaube, er würde das hier sehr begrüßen«, murmelte ich an seinem Hals.

»Ja, wahrscheinlich.« Noels leises Lachen spürte ich mehr, als es zu hören. »Wenn ich ein Pfund für jeden finsteren Blick bekommen hätte, den er mir in den letzten Wochen zugeworfen hat, wäre ich ein reicher Mann.«

»Und ich dachte, du wärst längst ein reicher Mann.« Ich warf ihm einen gespielt enttäuschten Blick zu. »Ich glaube, ich habe noch etwas vor.« Ich tat so, als wollte ich das Bett verlassen.

»Hiergeblieben.« Noel hielt mich fest, dann küsste er mich sanft und ein warmer Schauer floss über meinen Rücken. »Alles Gute zum Geburtstag, Mylady«, murmelte er leise.

»Du hast mir doch schon heute Morgen gratuliert«, lächelte ich.

»Ja, aber nicht so«, sagte er.

»Das ist allerdings wahr.« Ich revanchierte mich für den Kuss und ließ mich dann wieder in seine Umarmung ziehen. Das hier war definitiv das allerbeste Geschenk, das ich bekommen hatte. Ich durfte Noel berühren und musste mir nicht mehr verbieten, etwas für ihn zu fühlen oder ihn zu vermissen. Nein, anders – ich *musste* ihn jetzt nicht mehr vermissen. Wie anstrengend das in den letzten Wochen gewesen war, merkte ich erst jetzt. Meine Knochen waren wie aus Gummi und Erleichterung strömte mit jedem Atemzug in meinen Körper.

»Alles okay?«, fragte ich, nachdem wir eine Weile geschwiegen hatten und ich unter Noels zarten Berührungen fast eingeschlafen wäre.

»Mache ich den Eindruck, als wäre irgendetwas nicht okay?«, fragte er zurück.

Ich löste mich von ihm und stützte mich auf das Kissen, um ihm ins Gesicht sehen zu können. »Nein. Aber Lancelot –«

»Lancelot ist ein Teil von mir«, unterbrach er mich und strich mir liebevoll über die Wange. »Aber das bedeutet nicht, dass ich so enden muss wie er. Oder wir so wie sie. Ich habe heute gemerkt, dass meine Gefühle für dich keine Schwäche sind. Ganz im Gegenteil.« Seine Finger glitten durch meine Haare, und ich überlegte, ob das wohl meine Lieblingsberührung werden konnte. »Tut mir leid, dass ich uns das zugemutet habe.«

»Schon vergessen«, sagte ich. Das stimmte nicht ganz, aber ich war gerade so glücklich, dass ich mich nicht mit den letzten Wochen beschäftigen wollte. Dieser Moment war zu perfekt, um ihn mit der Vergangenheit zu belasten.

Noel schien das ähnlich zu sehen, denn er sagte nichts mehr, sondern küsste mich so, dass mein Denken schnell wieder abschaltete. Meine Haare fielen wie ein Vorhang um uns beide, der uns von der Welt abschnitt, von allem Bösen, das da draußen war. Es hatte keine Chance. Nicht heute Nacht.

»Ich habe Hunger.« Das war das Erste, was ich sagte, nachdem ich wieder bei Atem war.

»Du hast *was*?« Noels Kondition war deutlich besser als meine:

Sein Atem ging schon wieder sehr regelmäßig. Wobei das unfair war, schließlich hatte er mir fast zehn Jahre voraus, was die KORT-Verbesserungen anging. Es würde noch eine Weile dauern, bis ich merkte, dass auch ich schneller regenerierte.

»Ich habe Hunger. Du etwa nicht?« Ich drehte mich auf die Seite und grinste.

Er küsste mich auf die Schulter. »Wenn ich darüber nachdenke, vielleicht ein bisschen. Aber ich denke nicht daran, mich auch nur einen Meter von dir wegzubewegen, bis es Morgen ist.«

Da musste ich zustimmen. Schließlich hatte ich mir selbst vorhin geschworen, das Bett so bald nicht wieder zu verlassen.

»Zum Glück müssen wir das nicht. Wofür gibt es Zimmerservice?« Ich reckte mich nach der Karte, die auf dem Nachttisch stand. »Das hier ist schließlich ein 5-Sterne-Hotel, die werden doch auch um diese Zeit irgendwas im Angebot haben.«

Wir suchten uns ein paar Snacks aus, Noel bestellte und bat darum, anzurufen, wenn die Sachen auf dem Weg waren, damit die anderen durch das Klopfen nicht geweckt wurden. Zeph hatte zwar einen tiefen Schlaf, aber das galt nicht unbedingt für den Rest des Teams.

»So, die Gefahr des akuten Verhungerns ist gebannt«, sagte Noel und ich kuschelte mich wieder an ihn.

»Ist das von den Spesen abgedeckt? Nach so einem Einsatz sollte der Zimmerservice doch drin sein, oder?«

»Ich bin sicher, dass sich da niemand beschwert«, grinste Noel. »Das war wirklich gute Arbeit heute bei Feliza. Ich glaube, ich habe in den letzten Wochen so beharrlich versucht, nicht an dich zu denken, dass mir gar nicht aufgefallen ist, wie schnell du ein Teil des Teams geworden bist.«

Ich lächelte. »Ihr habt es mir leicht gemacht. Okay, alle außer dir.« Ich drückte ihm einen Kuss auf die Wange, um zu zeigen, dass ich es nicht ernst meinte. »Wenn ich daran denke, dass ich in diesem Park in London echt überlegt habe, ob ihr oder die Darks das kleinere Übel seid … dann hat sich wirklich einiges getan.«

Noel ließ ebenfalls ein Lächeln sehen, aber ich konnte erkennen, wie sein Feld kurz flackerte, als würde er an etwas Unangenehmes denken.

»Was hast du?«, fragte ich.

»Ach, nichts.«

»Du denkst an Killian, oder?« Ich kannte Noels Feld so gut, dass ich jede noch so kleine Regung darin lesen konnte. Und dieser Bereich, der da gerade unruhig geworden war, der war für seine Familie reserviert.

Er nickte und sein Kissen raschelte leise. »Ja. Diese Sache heute hat so deutlich seine Handschrift getragen, dass ich mir sicher war, er wäre vor Ort.«

»Aber hätten wir das nicht gemerkt?« Bisher waren die Darks immer weg gewesen, wenn sie Aufträge von uns sabotiert hatten. Und sowohl Noel als auch Zeph konnten ihre Anwesenheit spüren, weil sie mit ihrer Gnade entweder den Hass oder den Verrat witterten.

»Vielleicht, vielleicht aber auch nicht. Killian vermeidet Begegnungen mit mir, seit ich ihm damals klargemacht habe, dass ich seinem idiotischen Haufen aus Abtrünnigen nicht beitreten werde.«

Meine Augen wurden groß. »Er wollte, dass du zu den Darks kommst?«

»Nicht nur das.« Noel schaute finster an die Decke. »Er wollte, dass ich sie mit ihm zusammen aufbaue. Und auch danach hat er immer wieder versucht, mich zu überzeugen.«

Ich wusste nicht, was ich darauf antworten sollte. Die Ideologie der Darks schien so abgedreht und bösartig, man konnte fast vergessen, dass Killian und die anderen früher selbst Knights gewesen waren. Oder dass Noel und er Brüder waren, zusammen aufgewachsen und dadurch verbunden. Was konnte so etwas zerstören? Der Streit zwischen Noel und Ethan Mayfield vor meiner Initiation kam mir in den Sinn.

»Warum ist Killian so geworden?«, fragte ich vorsichtig. Es musste etwas mit seinem Vater zu tun haben. Noel hatte Ethan schließlich vorgeworfen, dass er seinen Bruder vertrieben hätte. Außerdem hatte Xavia so etwas auch angedeutet. »Ich schätze, er war nicht immer so wie jetzt.«

Noel atmete tief ein. »Bist du sicher, dass du das hören willst?«, fragte er mich. »Es ist keine besonders schöne Geschichte.«

»Bitte erzähl sie mir trotzdem.«

Er schien zu überlegen, wo er anfangen sollte. Ich ließ ihm die Zeit und schwieg.

»Meine Familie ist schon seit Ewigkeiten Teil von KORT«, sagte er schließlich. »Schon mehr als drei Jahrhunderte. Ich weiß nicht, wie es angefangen hat, aber so weit die Annalen zurückreichen, sind wir in der Gilde aktiv. Trotzdem gab es in all der Zeit keinen einzigen Mayfield, der es zur Initiation geschafft hat.«

Ich runzelte die Stirn. »Kein Knight in dreihundert Jahren? Wie kann das sein?«

»Keine Ahnung. Sie haben es wohl immer wieder versucht und die Söhne und Töchter waren oft in der engeren Auswahl, aber am Ende wurden es dann doch andere. Manche der Familien haben es hinter vorgehaltener Hand das ›Mayfield-Verhängnis‹ genannt.« Noel malte mit den Fingern Anführungszeichen in die Luft.

»Dann war Killian der Erste, der dem Verhängnis nicht zum Opfer gefallen ist?« Er war drei Jahre älter als Noel, also war er logischerweise als Erster zur Initiation zugelassen worden.

»Eigentlich war mein Vater der Erste. Als er an der Reihe war, wurde er tatsächlich ausgewählt. Aber mein Großvater hat verhindert, dass er zur Initiation geschickt wurde.«

»Warum?« Ich konnte mir hundert Gründe vorstellen, warum man das Leben als Knight nicht für sein Kind wollte. Aber bei einer Familie, die Hunderte Jahre darum gekämpft hatte?

Noel setzte sich auf und lehnte sich dann gegen das Kopfteil des Bettes. »Ich weiß es nicht. Vielleicht hielt er meinen Vater für zu schwach. Vielleicht wollte er auch nicht, dass sein einziger Sohn sich für KORT verpflichtet und damit der Familie nicht zur Verfügung steht. Adelsfamilien haben eine Menge repräsentative Aufgaben, die hätte er nicht wahrnehmen können. Das ist jedoch nur Spekulation: Mein Vater hat erst herausgefunden, dass man ihn für ein Team ausgewählt hatte, als er längst erwachsen und mein Großvater tot war. Er hat natürlich nachgeforscht, jedoch nichts finden können. Aber ich schätze, ab da war er besessen von dem Ziel, seine eigenen Kinder zu Knights zu machen. Er konnte die Vergangenheit nicht ändern, also hat er sich auf die Zukunft konzentriert.«

Mit einem Mal war ich froh, dass ich nie die Anforderungen irgendeiner Familie hatte erfüllen müssen. Dex hatte von mir nur erwartet, dass ich halbwegs anständige Noten schrieb und keine Drogen nahm. Aber als Kind eines Dukes gab es wohl andere Ansprüche. So normal sich Noel auch gab, die strenge Erziehung merkte man ihm trotzdem an.

»Na, das Ziel hat dein Vater erreicht, wie man sieht.«

»Oh ja«, schnaubte Noel. »Und damit den Grundstein für die Darks gelegt.«

»Ist das nicht etwas zu viel der Ehre? Dafür, dass Killian hohldreht und die Welt untergehen lassen will, kann er ja nichts.« Ich fand Ethan Mayfield mehr als gruselig, er war ein Tyrann und ein Arsch, aber die Abwege seines älteren Sohnes durfte man ihm kaum anlasten.

»Doch, genau dafür kann er etwas.« Noels Blick war hart, aber diese Härte galt nicht mir. »Mein Vater war bis zu Killians

Initiation siegessicher. Er war selbst ausgewählt worden, also musste das bei seinem Sohn auch klappen. Aber als der Tag der Benachrichtigungen kam, hieß es nur ›Tut uns leid, aber wir haben uns für jemand anderen entschieden‹. Die damaligen Divines hatten lange Zeit nicht klar gesehen, welcher Lancelot der Richtige war, also hätte die Gilde die Entscheidung getroffen. Aber plötzlich bekamen sie doch eine Vision und sahen ein Mädchen namens Hannah Wilkins im neuen Londoner Team.«

Kälte stieg meine Beine hoch. Mir kam ein grausiger Verdacht. »Hat dein Vater diese Hannah …?« Ich traute mich nicht, es auszusprechen. Die schwarzen Stellen in Ethan Mayfields Feld tanzten wie dunkle Flecken vor meinem inneren Auge.

»Ihr etwas angetan? Nein, hat er nicht.« Noel schüttelte den Kopf und ich atmete auf. »Auch wenn ich sicher bin, dass er in Erwägung gezogen hat, sie auf irgendeine Weise verschwinden zu lassen.«

»Wie hat er es dann gemacht?«

»So, wie er es immer tut: mit Geld und Einfluss.« Noel klang abfällig. »Zuerst hat er Hannahs Eltern eine horrende Summe angeboten, damit sie ihre Tochter aus dem Rennen nehmen. Als sie das aber nicht wollten, hat er Druck auf seine Gildenkollegen ausgeübt. Er hat ihnen klargemacht, wie oft er ihnen schon aus der Klemme geholfen hat, er hat all die Dreckwäsche hervorgeholt, die die anderen über die Jahre gewaschen haben. Er wusste von heimlichen Geliebten, von unehelichen Kindern, von vertuschten Geschäftspleiten und Schmiergeldzahlungen. Und für alle anderen hat er tief in die Tasche gegriffen, hat Autos, Häuser, Privilegien gekauft, als Schweigegeld. Irgendwann konnte die Gilde nicht mehr Nein sagen.«

»Also hat er …« Ich ahnte es.

»Mein Vater hat Killian in das Team eingekauft.« Noel presste die Lippen aufeinander. Ich sah, wie seine Hand sich in die Bettdecke krallte. Da kam mir der Verdacht, dass diese Geschichte nicht bei Killian endete.

»Und … und was ist mit dir?« Mein Hals war trocken.

»Was glaubst du?«

Als Noel mich anschaute, sah er so verletzlich aus, dass es mir wehtat. In diesem Moment erinnerte er mich wahnsinnig an den Jungen, den ich bei unserer ersten Begegnung gesehen hatte. An den Jungen, dem ich die Zukunft verbaut hatte. Der Berg an Steinen, der auf mein Herz stürzte, nahm mir den Atem.

»Oh Gott«, sagte ich erstickt. »Das ist nur meine Schuld.«

»Hör auf, das zu sagen.« Noels Stimme war sanft. »Nichts davon ist deine Schuld. Du warst neun Jahre alt, allein und eingesperrt. Man hat dich monatelang gezwungen, die Essenzen anderer Menschen zu fühlen, und trotzdem hast du den Mut gehabt, mich zu beschützen. Mich, den du nicht einmal kanntest und der dir vollkommen egal hätte sein können. Dafür verdienst du alles, aber sicher keine Vorwürfe.«

»Das spielt keine Rolle.« Ich schüttelte den Kopf. »Dass ich es gut gemeint habe, ändert nichts daran, dass es falsch war.«

Noel sah mich an und dieser Blick ging mir so nahe wie jede Berührung zwischen uns in dieser Nacht. »Doch. Es ändert alles.«

»Wie kannst du das sagen?«, fragte ich. »Meinetwegen denkt die Gilde, nur durch deinen Vater wärst du ein Knight. Wenn ich nicht gelogen hätte, dann wärst du völlig legal bei KORT – ohne diesen Makel.«

»Es interessiert mich nicht, was die Gilde denkt.« Er hob die Schultern. »Ich wäre kein besserer Knight, wenn du dich anders entschieden hättest. Dank dir weiß ich, dass ich damals geeignet war. Das ist alles, was für mich zählt.«

Ich fühlte, wie sich mit seinen Worten Wärme in meinem Inneren ausbreitete.

»Du musst wissen … du warst der am besten geeignete Kandidat, den ich je gesehen habe.« Mir war es wichtig, das auszusprechen. »Was ich bei dir gefühlt habe, habe ich bei keinem der anderen gespürt. Oder sonst jemals bei einem Menschen, Knight oder nicht.«

Noel lächelte. »Ich schätze, das geht uns beiden so.« Er lehnte sich vor und küsste mich sanft. Ich strich über seinen Arm mit dem tiefschwarzen Schriftzug.

»Hast du wegen der Sache mit deinem Vater das Tattoo?« *Homines sumus non dei,* das hatte ich mit der Zeit entziffert und sogar bei Google herausgefunden, was es bedeutete. *Menschen sind wir, keine Götter.* Ich hatte jedoch nie den richtigen Zeitpunkt gefunden, um Noel zu fragen, warum er es sich hatte stechen lassen.

»Ja.« Er nickte. »Nachdem Killian abtrünnig geworden war, brauchte ich eine Erinnerung daran, was wir hier tun. Und warum ich –«

Er hielt plötzlich inne, weil das Telefon klingelte. Es war der Zimmerservice, der Bescheid gab, dass sie auf dem Weg nach oben waren. Ich erhob mich, um meine Unterwäsche zusammenzusuchen.

»Lass, ich gehe.« Noel, perfekter Gentleman, der er war, hielt mich zurück. Ich sah ihn an.

»Danke, aber … die Lady kann sich selbst ein Reh schießen, Mylord.« Ich nickte huldvoll.

»Davon bin ich überzeugt. Aber es entspricht nicht meiner Vorstellung von Ritterlichkeit, die Lady das tun zu lassen.« Er griff nach seiner Jeans, die in der Nähe des Bettes lag.

Ich nahm sie ihm weg. »Sei nicht albern. Das kriege ich schon hin.« Schließlich musste ich nur ein paar Schritte zur Tür gehen.

»Okay, wenn du unbedingt willst. Ich werde mich sicher nicht mit einer Merlin-Erbin anlegen.«

»Kluger Junge«, grinste ich.

Während er sich zurück ins Bett fallen ließ, zog ich schnell meine Jeans an und schnappte mir eins von Noels Shirts aus seiner Tasche, weil meins noch auf dem Balkon lag. »Bin sofort wieder da.«

»Warte.« Er zog mich zu sich herunter und gab mir einen Kuss, der mich beinahe dazu brachte, meinen knurrenden Magen zu vergessen. Aber nur beinahe. »Beeil dich.«

»Mach ich.«

Ich lief durch den Wohnbereich, wo Zeph auf der Couch immer noch den Schlaf der Gerechten schlief, und dann zum Eingang. Leise öffnete ich die Tür zum Flur und schaute hinaus, den Gang entlang, aber niemand war zu sehen. Oder doch? Ganz am Ende, direkt bei den Aufzügen, stand einer der typischen Wagen, mit denen der Zimmerservice Essen brachte. Hatten die Noel am Telefon falsch verstanden und unsere Bestellung dort abgestellt?

Ich ging wieder rein, schnappte mir das erste Paar Schuhe, das ich finden konnte – Xavias neonlilafarbene Laufschuhe –, nahm eine der Zimmerkarten und steckte sie ein, bevor ich auf den Flur trat und mich auf den Weg zum Aufzug machte. Ich konnte ja wenigstens mal einen Blick unter die silbernen Hauben werfen und nachschauen, ob die Sachen für uns waren.

Es war immer noch niemand zu sehen, als ich dort ankam, aber ein Blick auf das Essen bestätigte, dass es das war, was Noel und ich bestellt hatten: Tapas, Pommes und Eis. *Wahrscheinlich haben sie wirklich etwas falsch verstanden,* dachte ich und beschloss, den Wagen selbst zu unserem Zimmer zu schieben.

»Hola«, sagte da plötzlich jemand hinter mir. Ich fuhr herum und sah mich einem Bediensteten des Hotels gegenüber.

»Oh, hi!« Ich hatte gar keine Schritte gehört. »Ich meine, hola. Tut mir leid, dass ich das hier einfach mitnehmen wollte, ich dachte, Sie wären nicht mehr da.«

»Kein Problem. Ich bringe den Wagen gern zu Ihrem Zimmer, Señorita.«

Obwohl er lächelte und sein Tonfall freundlich war, stellten sich meine Nackenhaare plötzlich auf, und mich erfasste eine Furcht, die nichts mit dem Typen vor mir zu tun hatte, sondern mit etwas anderem. *Jemand* anderem. Mein Blut wurde zu Eis, und das wunderbare Gefühl von Glück, das ich selig vor mir hergetragen hatte, gefror zu winzigen Kristallen aus Angst. Ich holte Luft, um zu schreien, um wegzulaufen, um irgendetwas zu tun. Aber da spürte ich, wie jemand in meinen Geist griff und mein Atem konnte nichts mehr ausrichten. Er verschwand in tiefer, undurchdringlicher Schwärze.

Und mich nahm er mit.

# 24

Die Erinnerung an Dunkelheit und Schmerz weckte mich, mein Herz sprang von null auf hundert. Hektisch fuhr ich hoch, meine Finger krallten sich in rauen Stoff. Ich öffnete die Augen und keuchte, als Licht wie ein Blitz in meine Pupillen stach. Zweiter Versuch, diesmal vorsichtiger. Mein Kopf protestierte erneut, dann gab er Ruhe.

Es war halbwegs hell, das schummrige Licht eines beginnenden und nicht sehr sonnigen Tages. Als ich den Kopf drehte, schmerzte er. Was immer man in Sevilla mit mir gemacht hatte, es hatte Spuren hinterlassen.

Wohin hatte man mich gebracht? Ein Blick in das Zimmer gab mir die Antwort: weiße Wände, grauschwarz gemusterter Linoleumboden, ein weißes Metallbett mit weißen Laken. Keine Bilder an den Wänden, keine Dekoration, keine Farben. Nicht nur die Kühle ließ mich schaudern, denn der Raum war mir grauenhaft vertraut. Ich hatte hier sechs Monate meines Lebens verbracht. Sechs Monate voller Kälte und Einsamkeit. Was machte ich ausgerechnet hier?

*Nicht in Panik verfallen.* Leicht gesagt. Ich stieg vom Bett, lief zum Fenster. Aber es gab keinen Zweifel, ich war wieder hier. Genau in dem Zimmer, genau an dem Ort, an den ich niemals hatte zurückkehren wollen. Und wieder war ich allein. Allein ohne ihn.

Der Gedanke an Noel überflutete mein Herz mit grausam heftiger Zuneigung. Die Erinnerungen an die vergangene Nacht schnürten mir den Hals zu, als hätte jemand einen Kabelbinder darumgelegt und zugezogen. Das war genau das, was Noel befürchtet hatte – genau das, wovor er am meisten Angst gehabt hatte: *dass mir etwas passierte*. Und ich hatte ihn geküsst, ihn beruhigt, ihm gesagt, dass ich nur das Essen an der Tür abholte und ihn dafür nicht brauchte. Ich hatte keinen Zweifel daran gelassen, dass ich in ein paar Minuten zurück sein würde.

Aber ich war nicht zurückgekommen.

Wann hatte er gemerkt, dass etwas nicht stimmte? Wann hatte er Angst bekommen, die gleiche Angst, die ich jetzt hatte? Wann war er nach draußen gelaufen, um mich zu suchen? Wann hatte er panisch die anderen geweckt, weil er mich nicht hatte finden können? Wann hatte ihn die Gewissheit eingeholt, dass mir etwas passiert war?

Ein brutaler Schmerz kämpfte sich meinen Hals hoch und endete in einem kläglichen Schluchzen. Aber es war nicht mein Schmerz. Es war der Schmerz, den ich Noel zugefügt hatte.

Der Kummer hielt mich fest, aber dann wurde er ersetzt durch Zorn auf denjenigen, dem ich das zu verdanken hatte. Die Wut trieb mir Adrenalin in die Adern und machte mich auf einen Schlag klar im Kopf. Wer immer mich entführt hatte, würde es bitter bereuen. Sehr bitter.

Mit schnellen Schritten war ich an der Tür, sie war verschlossen. Ich hämmerte mit Gewalt dagegen. »Hey!«, brüllte ich. »Hey, ich bin wach, also kommt gefälligst her!« Angriff war meine beste Verteidigung. Ich war nicht zum Taktieren geboren, das war etwas für Leute, die sich besser unter Kontrolle hatten. Erneut hob ich die Faust. Da öffnete sich die Tür und jemand kam herein.

»Charlotte, was soll denn das?« Kühle blaue Augen trafen mich aus einem Gesicht, das von blonden Haaren umrahmt wurde. Ich nahm ein sanft leuchtendes Feld wahr. »Hatten wir nicht vereinbart, dass du dich ruhig verhältst?«

»Mary?« Ich wich zurück, als ich die Frau erkannte, die schon damals für mich zuständig gewesen war. »Das kann nicht sein«, flüsterte ich. KORT steckte dahinter? Sie hatten mich entführt? Schon wieder?

Ich war mir so sicher gewesen, es wären die Darks. Die Dunkelheit, die ich in diesem Flur gespürt hatte, die Kälte, die Angst … nichts hatte auf KORT hingedeutet. Aber ich war hier in dem Gebäude, das schon einmal mein Gefängnis gewesen war. Hatte die Gilde etwa herausgefunden, dass ich eine Merlin-Erbin war? Und mich entführt, weil sie genau wussten, dass Noel und die anderen niemals zulassen würden, dass man mich einsperrte?

»Komm. Wir haben viel zu tun.« Mary fasste mich am Arm und nahm mich mit. Ich hatte keine Schuhe an, und mir war kalt in meinen Klamotten, die ich erst jetzt bemerkte. Es waren nicht die aus der letzten Nacht, sondern ein Kleid, das ich mir niemals selbst gekauft hätte – hellblau, mit einer Schleife um die Taille. Mädchenhaft, niedlich, harmlos. Es war wirklich alles wie damals. Meine Angst wollte mich lähmen, aber ich wehrte mich. Ich war nicht mehr neun Jahre alt. KORT würde mich nie wieder benutzen.

Ruckartig riss ich meinen Arm aus Marys Umklammerung. »Ich werde niemanden für euch beurteilen!«, rief ich und sah mich um. Wie kam ich hier weg? Wo war der verdammte Ausgang?

»Du sollst niemanden beurteilen.« Marys Stimme war ruhig, aber ihre Augen zuckten zu den Sicherheitstrupps, die an beiden Seiten des Flures standen. Sofort waren sie bei mir und packten mich.

»Was dann?«, fragte ich. Keine Antwort.

Die Typen zerrten mich an den Armen zu einer Tür, ich stemmte mich auf dem rutschigen Boden hilflos dagegen, aber sie griffen nur stärker zu. Einer trat mir mit seinem schweren Stiefel auf den Fuß, ich stöhnte vor Schmerz auf. Niemanden interessierte es. Sie zogen an mir, schubsten mich in den Raum, zwei blieben da, der Rest verschwand. Ich wollte mit durch die Tür, aber wurde zurückgestoßen, prallte mit dem Brustkorb schmerzhaft gegen das Holz. Da erkannte ich, wo ich war: in dem Raum mit der großen verspiegelten Scheibe. Genau der Raum, in dem ich Noel zum ersten Mal gesehen hatte. Aber jetzt war es dunkel auf der anderen Seite. Wenn jemand dort war, konnte ich ihn nicht erkennen.

»Du solltest kooperieren.« Mary trat neben mich.

»Und wenn ich das nicht will?«, schnauzte ich zurück.

»Dann werden wir dich überzeugen.« Plötzlich war der Direktor da.

»Sie können mich nicht zwingen.« Ich presste die Worte durch meine Zähne und überlegte fieberhaft, wie ich vier Leute auf einmal ausschalten konnte.

»Doch, das können wir.« Mary drückte auf einen Schalter.

Das Licht auf der anderen Seite der Scheibe flammte auf, und ich sah, was dort war – oder vielmehr, wer. Durch meinen Körper fuhr ein Schlag, als hätte mich ein Elektroschocker getroffen. Mein Herz setzte aus.

Diesmal waren in dem Raum keine Stühle aufgereiht, sondern es stand eine Art Tisch in der Mitte – wie für eine Operation, aber mit einem weißen Tuch bedeckt. Und auf diesem Tuch, reglos wie eine Statue, lag …

»Noel«, flüsterte ich. Die vertraute Sehnsucht stieg in mir hoch, genau wie meine Gefühle für ihn. Und Angst. Grenzenlose Angst. Gerade noch hatte ich mir gewünscht, er wäre hier, aber jetzt verfluchte ich diesen Wunsch mit aller Kraft. Offenbar hatte man ihn genauso erwischt wie mich.

»Was ist mit ihm?«, fragte ich zittrig. Noels Haare wirkten fast schwarz auf dem hellen Untergrund, seine Augen waren geschlossen, die Hände miteinander verschränkt. Er trug normale Kleidung – eine schwarze Jeans, ein dunkles Shirt, genau die Sachen, die er in Sevilla angehabt hatte. Sein Gesicht war friedlich, als würde er schlafen. Aber ich wusste, das tat er nicht.

»Er lebt«, sagte Mary. »Wir haben ihn ruhiggestellt.«

»Warum?«, fuhr ich sie an.

»Wir wollen, dass du etwas für uns tust.« Der Blick des Direktors ging von mir zu Noel. Und da wusste ich es. Sie wollten, dass ich ihm etwas antat. Etwas Fürchterliches. Etwas, wozu man meine Gnade brauchte.

»Egal was ihr verlangt, ich werde es nicht tun.« Meine Stimme überschlug sich, so schnell brachte ich die Worte heraus.

»Doch, das wirst du.« Marys Stimme war eiskalt.

»Was, wenn nicht?«, fragte ich aufgebracht. »Wollt ihr mich dann töten?« Ich deutete auf einen der Sicherheitsmänner an der Wand. Er hielt eine Waffe in seiner Hand, aber es war mir egal. Ich würde Noel nichts tun. Eher ließ ich mir eine Kugel in den Kopf jagen.

»Dich? Nein.« Mary lächelte, ein freundliches und deswegen so beängstigendes Lächeln. Der finstere Kerl ging zur Tür und trat in den Nebenraum. Ich folgte ihm mit den Augen, starr vor Entsetzen, bis Mary mir sagte, was ich längst wusste. »Wir werden *ihn* töten.«

Es war keine leere Drohung, das wusste ich. Wenn ich nicht tat, was sie verlangten, dann würden sie Noel umbringen.

»Was wollt ihr von mir?« Ich spürte Tränen über mein Gesicht laufen, aber ich wischte sie nicht weg.

Der Direktor deutete auf Noel. »Du sollst seine Essenz auslöschen.«

»Ich soll was?« Geschockt starrte ich ihn an.

»Seine Essenz auslöschen«, wiederholte er mit widerwärtiger Geduld.

»Das geht nicht … ich kann nicht …«, stammelte ich. Mir war eiskalt, ich spürte mich selbst nicht mehr, Schock und Angst froren meinen Körper ein. Die Forderung des Direktors war grausam. Nicht nur, weil Noels Hingabe die schönste Essenz war, die ich kannte. Sondern weil sie der Kern von ihm war, der Kern eines jeden Menschen. Die Essenz konnte sich im Laufe des Lebens verändern, zum Guten oder Schlechten, sie konnte auch durch mich manipuliert werden – gar keine zu haben, war jedoch ein Todesurteil für die Seele. Wenn man eine Essenz auslöschte, dann wurde derjenige wahnsinnig oder depressiv, bis zu seinem Ende, das nur noch eine Erlösung sein konnte. Dex hatte mir eingeschärft, dass ich das niemals tun durfte. *Egal wie böse jemand ist, so etwas hat keiner verdient.*

»Du kannst. Und du wirst.« Der Direktor sah nicht mich an, sondern Noel.

»Ich weiß nicht einmal, ob ich dazu in der Lage bin!«, rief ich verzweifelt.

»Wir beide wissen, dass du das bist. Und jetzt fang an.«

»Warum? Was haben Sie davon?« Wie konnte KORT von mir verlangen, ihm das anzutun?

»Er ist ein Risiko für uns.«

»Noel ist einer der besten Knights, die KORT hat! Er ist kein Risiko!«

Der Direktor musterte mich, als wäre ich wieder neun Jahre alt.

»Ach ja? Was weißt du denn schon über Noah Elias Mayfield? Über seine Vergangenheit, die Vergangenheit seiner Familie?«

»Ich weiß genug!«, rief ich. »Und seine Familie ist mir egal, er ist nicht wie sein Vater oder sein Bruder. Noel ist ein guter Mensch, er würde nie irgendjemandem wehtun!«

Der Direktor schüttelte den Kopf.

»Lassen Sie mich doch einfach seine Essenz verändern«, bat ich. »Ich muss sie nicht auslöschen. Es reicht, wenn ich ihm eine andere gebe.«

»Das ist nicht verhandelbar, Charlotte.« Der Direktor sah mich an und in seinen Augen las ich die Wahrheit: Sie wollten Noel beseitigen. Nicht seine Essenz. Sondern ihn. Auf möglichst elegante Art – ohne direkt Mord zu begehen. »Und jetzt fang an.«

Auf einen Wink von ihm hob der Wachmann im Raum vor mir seine Waffe an Noels Schläfe.

»Bitte nicht«, flehte ich. »Bitte zwingen Sie mich nicht dazu.«

»Er stirbt auf die eine oder andere Weise. Du entscheidest, welche es sein wird.«

Man stieß mich durch die Tür in den Nebenraum und dann stand ich neben Noel, dessen Gesicht friedlich und entspannt war. Ich wusste, es war gnädiger, erschossen zu werden, aber ich brachte es nicht fertig, ihn auf diese Art zum Tode zu verurteilen. Dafür war ich zu feige.

Vorsichtig berührte ich seine Wange, die Haut war warm unter meinen Fingern. »Es tut mir leid«, flüsterte ich unter Tränen.

Und dann konzentrierte ich mich auf seine Essenz, auf dieses wunderbare Feuer, das ich von Anfang an geliebt hatte. Ich ließ mich davon einhüllen, genoss ein letztes Mal die Wärme, die davon ausging. Aber bevor ich es löschen konnte, hörte ich ein Brausen in meinen Ohren, das lauter wurde, bis es klang wie ein wütend summender Schwarm von Hornissen. Ich wollte mir die Ohren zuhalten, da erstarb das Geräusch plötzlich.

Dann fiel ich erneut ins Bodenlose.

»Noel!« Das war das Erste, was ich rief, als ich wieder zu mir kam. Mein Atem wollte nicht richtig funktionieren, mein Puls hämmerte einen hektischen Takt.

»Nicht ganz«, sagte eine Stimme. Ich fuhr herum. In der anderen Ecke des Raums saß jemand auf einem Stuhl, die Füße auf einen zweiten gelegt. Er trug dunkle Kleidung, Jeans und Hemd, die sich scharf von der weißen Wand abhoben.

»Killian«, knurrte ich. Also doch.

»Du erinnerst dich an mich, wie schmeichelhaft.« Noels Bruder hatte in einem Buch gelesen, aber jetzt klappte er es zu und erhob sich. »Und, hast du schöne Träume gehabt?«

Das war es also gewesen, ein Traum? Nur ein Traum? Ich tastete mich hektisch ab und wusste, ich war in der Realität angekommen: Meine Kleidung war genau die, die ich angezogen hatte, um das Essen vom Zimmerservice abzuholen. Ich krallte die Finger in den Stoff von Noels Shirt. Das Bild von ihm auf diesem Tisch verschwand trotzdem nicht.

»Was sollte das?«, schnauzte ich Killian an.

»Es war eine Lektion«, sagte er schlicht. »Die du gelernt hast, wie ich sehe.«

»Eine Lektion?« Ich wischte mir über die Augen, jetzt war keine Zeit für Kummer. Ich musste wach sein, hellwach, wenn ich gegen die Darks eine Chance haben wollte. »Hast du keine andere Möglichkeit gefunden, um mich zu quälen?«

»Quälen? Mitnichten.« Killian hob unschuldig eine Augenbraue. »Du musst zugeben, dieser Ort hat doch quasi danach verlangt, oder?«

Schnell schaute ich mich um, aber es war keine Überraschung. Ich war dort, wo ich auch schon beim letzten Mal aufgewacht war: in dem Zimmer, das ich während meiner Gefangenschaft im KORT-Ausbildungszentrum bewohnt hatte. Allerdings sah der Raum in der Realität ganz anders aus. Die Tapete schälte sich von den Wänden, ein dunkler Fleck an der Decke zeugte von einem Wasserschaden. Der Boden war verschmutzt und rissig, altes Laub war dort verteilt, hereingekommen durch ein kaputtes

Fenster. Es war kalt, zu kalt für Anfang Juni. Aber vielleicht lag das auch an mir.

»Wie hast du das gemacht?« Die Fähigkeiten der Knights waren begrenzt. Was hatte Killian getan, um solch starke Illusionen erzeugen zu können?

»Es ehrt mich, dass du glaubst, ich wäre dazu in der Lage.« Killian neigte den Kopf. »Aber das geht nicht auf mein Konto.«

»Auf wessen Konto dann?«

»Meins.«

Die Frau stand plötzlich da, sie war aus dem Nichts aufgetaucht. Aber sie kam nicht allein, sondern mit einem Gefühl, an das ich mich erinnerte, obwohl es mir vorkam wie aus einer anderen Zeit. Mit einem Mal war ich wieder im Indian Dreams und wartete auf mein und Dex' Essen, an diesem Abend, der mein ganzes Leben über den Haufen geworfen hatte. Das dort war die Frau, die an einem der Tische gesessen und gebetet hatte. Und schon damals hatte ich sie unheimlich gefunden.

»Du?« Meine Frage war nur ein tonloses Flüstern. »Wer bist du?«

»Das weißt du nicht?« Sie machte eine Handbewegung, und ihre Konturen verschwammen, als würde ich durch eine milchige Glasscheibe sehen. Dann nahmen sie wieder Form an, kleiner, mit längeren dunklen Haaren, einer zarteren Gestalt. Nur die Kleidung, eine Jeans und eine Bluse, blieben gleich. Und dann sah ich auch ihr wahres Feld, das vorher wie durch einen Vorhang vor mir geschützt gewesen war: tiefste Schwärze, die jedes Licht absorbierte.

»Morgana«, keuchte ich tonlos.

Sie lächelte, ein gefährliches Lächeln voller Dunkelheit.

»Schön, dass wir uns endlich kennenlernen, Merlin-Erbin.«

# 25

In meinem Kopf tauchten Reaktionen auf, alle anders, alle widersprüchlich. Ein Teil von mir wollte Morgana anschreien, ihr wehtun und genüsslich dabei zusehen. Aber ein anderer fühlte sich von ihrer Aura angezogen wie ein Magnet, wollte ihr nahe sein und konnte den Blick nicht von ihr nehmen. Beide Seiten kämpften, keine gewann die Oberhand. Am Ende entschied ich mich für eine schlichte Frage.

»Wie kannst du noch am Leben sein?«

»Das ist eine lange Geschichte.« Ihre schwarzen Augen funkelten matt, und ich spürte, wie meine Nerven im Rücken unangenehm kribbelten. »Die Kurzfassung: Einen großen Geist löscht nichts vollständig aus. Aber wir sollten woanders hingehen, um uns zu unterhalten. Dieser Raum deprimiert mich.« Sie bewegte die Hand, und fast erwartete ich, sie würde uns irgendwo anders hinteleportieren. Aber sie ging einfach nur zur Tür und öffnete sie. Ich überlegte, mich zu weigern, da stand Killian bereits neben mir wie ein drohender Schatten. Ich erinnerte mich noch gut an das letzte Mal, als er mich im Pub am Arm berührt hatte. Also machte ich einen schnellen Schritt und folgte Morgana.

Ich war schon im Traum durch diese Gänge gelaufen, aber jetzt sah ich die Ausbildungszentrale, wie sie wirklich war: heruntergekommen und verlassen. Brocken von Putz knirschten unter den geliehenen Schuhen von Xavia, die Wände waren schmutzig, teils mit Graffiti beschmiert. Wir gingen an einem Raum vorbei, in dem Trainingsmatten mit grünlichen Flecken lagen, ein anderer stand voller Stühle mit kaputten Bezügen, die wie ein abstraktes Kunstwerk aufgetürmt waren. In der Luft hingen der Geruch von Schimmel und das gedämpfte Stimmengewirr mehrerer Menschen. Ich erhaschte einen Blick auf drei Darks, die in einem der Lagerräume vor einem Schrank standen. Ihre Söldner, die keine ehemaligen Knights waren, bewachten die Ausgänge.

»Ich hatte mir euer Hauptquartier glamouröser vorgestellt«, sagte ich zu Killian. Meine Stimme war etwas dünn – ich konnte nicht verhindern, dass ich mich fühlte, als würde ich zu meiner Hinrichtung geführt. Der Gedanke an Flucht kam und ging wieder. Morgana verströmte eine derart gewaltige Aura, dass ich wusste, ich konnte hier im Moment nicht weg.

»Das ist nicht unser Hauptquartier«, antwortete Killian abfällig. »Wir sind nur vorübergehend hier.«

»Alle?« Urplötzlich war mir ein Name in den Kopf geschossen: Oscar. War er auch in diesem Gebäude?

»Nein, nicht alle. Nur die wichtigsten Leute.« Morgana, die vor uns ging, bog ab und durchschritt eine doppelflügelige Tür aus schwerem Holz. Dahinter befand sich ein Zimmer, das halbwegs wohnlich war. Ich erinnerte mich nicht, jemals im Büro des Direktors gewesen zu sein, aber offenbar hatte ich es gerade betreten. Der dunkle Ledersessel hinter dem mächtigen Schreibtisch verströmte den Flair vergangener Macht.

»Seit wann ist das Zentrum schon verlassen?«, fragte ich.

Morgana trat hinter den Tisch und strich mit dem Fingernagel über das Holz.

»Schon seit Jahren. Nachdem du befreit wurdest, hat man es aufgegeben. Sie hatten zu viel Angst, dass er wiederkommen könnte.«

»Er? Meinst du etwa Dex?« Ich wusste noch, dass man uns nicht aufgehalten hatte, als er mich hinausgebracht hatte. Aber vor Angst geschlottert hatten die Sicherheitskräfte auch nicht. Oder hatte ich das nur nicht bemerkt?

»Du weißt sehr vieles nicht, kleine Charlotte.« Morgana sah mich mitleidig an. »Nichts könnte das deutlicher machen als dieses armselige Leben, das du so lange geführt hast, mit diesen einfältigen Leuten und ohne die große Aufgabe, die dir zusteht. Es war grausam, das mit ansehen zu müssen.«

Also hatte sie mich schon länger im Blick gehabt als seit unserer Begegnung im Indian Dreams, wahrscheinlich viel länger, wenn sie ihre Gestalt ändern konnte.

»Warum hast du mich verfolgt?« Und warum hatte sie mir nie ein Haar gekrümmt? Ich erinnerte mich an ihre Tagebücher voll dunkelster Magie. Dagegen hatte ich sicher keine Chance.

»Verfolgt? Ich habe dich nicht verfolgt.« Sie strich sich die Haare zurück, eine elegante Geste, die aus einer anderen Zeit zu stammen schien. »Ich habe dich beobachtet. Merlin und ich waren uns einmal sehr nahe, wie du vielleicht weißt. Ich war neugierig auf seine jüngste Nachfahrin.«

Es war sicher nicht gut, wenn Morgana neugierig war. Aber besser, als sie zornig zu erleben. »Und trotzdem hast du nicht eingegriffen, als ich Killian in London entkommen bin. Warum nicht?« Sie lächelte nur. Moment mal … »War das dein Plan? Du wolltest, dass ich zum Team Stanham komme?«

Morgana setzte sich auf den Sessel, und Killian positionierte sich hinter ihr, als wäre sie seine Königin und er ihre Leibwache. »Es war Plan B, wenn wir dich nicht erwischen können. Aber ein brauchbarer.«

Das Bedürfnis, sie an mich zu reißen und ihr gleichzeitig schrecklich wehzutun, zerrte erneut an mir. Ich ballte die Hände zu Fäusten, um es loszuwerden. Morgana bemerkte es.

»Was du da fühlst, ist Teil deines Erbes«, sagte sie. »Merlin und mich verbindet eine lange Geschichte, die ebenso hingebungs- wie leidvoll ist.« Ihr Lächeln war ein düsteres Glitzern. »Seine Nachfahren haben das in meiner Gegenwart schon immer gespürt, diese einzigartige Liebe, die so schnell in Hass umschlagen kann.«

Wie auf Kommando wallten beide Gefühle durch meinen Körper, als wäre mir abwechselnd heiß und kalt. Ich konzentrierte mich und versuchte, es einzudämmen.

»Warum hast du mich hergebracht?«, fragte ich. »Doch sicher nicht, weil du mir so gerne Albträume in den Kopf hext.« Mir wurde immer noch schlecht, wenn ich an den reglosen Noel und das Ultimatum des Direktors dachte.

Morgana schlug die Beine übereinander und musterte mich aus ihren dunklen Augen. »Ich wollte dir nur zeigen, wie KORT ist. Wie diese Leute sein können, wenn man ihnen in die Quere kommt.«

»Das weiß ich längst.« Ich deutete auf den Raum, in dem wir waren, und meinte damit alles, was vor zehn Jahren passiert war. »Oder glaubst du, ich habe das hier vergessen?«

Sie hob die Schultern. »Nein, vergessen nicht. Aber du verklärst es, meine Liebe. Du glaubst, dass die Dinge mittlerweile anders sind … dass KORT nun etwas Gutes ist.«

»Daran zu glauben, ist besser, als sich den Darks anzuschließen.« Mein nächster Blick galt Killian. Der schnaubte, offenbar sein liebster Gefühlsausdruck.

»Darks? Was für eine dämliche Bezeichnung. Die kann nur auf Zephaniahs Mist gewachsen sein.«

»Ich finde sie sehr passend«, gab ich hart zurück, obwohl der Gedanke an das Team mir wehtat. Bestimmt suchten sie in Sevilla nach mir, ohne eine Ahnung zu haben, dass ich längst zurück in Großbritannien war.

Morgana musterte mich, ruhig und aufmerksam, als wäre sie eine Löwin, die eine Gazelle in die Enge getrieben hatte und sich nun überlegte, wo sie zuerst zubeißen sollte. Und ich ahnte, was sie wollte.

»Ich werde nicht für dich arbeiten«, sagte ich mit fester Stimme.

»Arbeiten?« Morgana verdrehte die Augen. »Diese neumodischen Wörter sind wirklich schrecklich. Arbeit ist eine Belastung, ein Zwang. Damit habe ich nichts am Hut. Was ich dir anbiete, liebe Charlotte, ist die Erfüllung deiner Bestimmung.«

Ein ungläubiges Lachen entfuhr mir. »Ja, so etwas sagen die großen Sektenführer immer.«

Durch Killian ging ein wütender Ruck. »Erweise Morgana gefälligst deinen Respekt!«, blaffte er mich an und klang wie sein Vater.

Ich reckte mein Kinn. »Vor einer Mörderin habe ich keinen Respekt!«

»Na, na«, tadelte mich Morgana. »Mord klingt wirklich sehr unschön.«

Ich wagte es, sie zu ignorieren. Stattdessen starrte ich Killian an. »Du stehst vielleicht darauf, der Schoßhund von jemandem zu sein. Aber das ist nichts für mich.«

»Nein, du arbeitest lieber für KORT«, sagte er abfällig.

»Diese neumodischen Wörter immer.« Ich schnalzte mit der Zunge. »Aber ja, ich arbeite lieber für KORT. Die sind immerhin halbwegs auf der Seite der Guten.« Wenn man mir vor zwei Monaten gesagt hätte, dass ich einmal in diesem Zimmer stehen und KORT vor Killian und einer uralten Hexe verteidigen würde, hätte ich ihn nicht nur ausgelacht. Ich hätte ihn eingewiesen.

»Na, sieh mal einer an. Du bist ja ganz schön schnell auf das hohe Ross der Tafelrunde gestiegen.« Killian sah mich feindselig an. »Dabei solltest doch gerade du wissen, dass KORT nur eines im Sinn hat, und zwar sich selbst.«

»Und ihr etwa nicht? Erspare mir bitte das Märchen, dass ihr die Welt besser machen wollt. Das ist Bullshit. Ihr wollt Macht, das ist alles. Macht, die euch nicht zusteht.«

Morgana verfolgte unser Gespräch mit dem milden Interesse einer Mutter, die ihre Kinder beim Streiten beobachtet, und mischte sich nicht ein.

»Ach, und KORT steht sie zu?« Killian rollte mit den Augen.

»Sie versuchen immerhin nicht, Leute in den Selbstmord zu treiben«, erinnerte ich ihn an Lester Wade.

»Ja, und ihnen ihre große Liebe nehmen, das ist so viel besser«, sagte Killian sarkastisch.

»Ich kann mir nicht vorstellen, dass *dich* das jemals gestört hat.« Schließlich erinnerte ich mich gut daran, wir er mir im Pub mehr oder weniger unverhohlen damit gedroht hatte, den Gästen Gewalt anzutun. »Du hast vermutlich jede einzelne Gelegenheit genossen, jemanden im Namen von KORT unglücklich zu machen.«

»Das denkst du?« Sein Lächeln wurde beinahe amüsiert. »Oh, ich verstehe. Du glaubst, Noel und ich wären zwei Seiten einer Medaille, gut und böse, weiß und schwarz. Er der edle Ritter, ich der abtrünnige Bösewicht. Ist doch so, oder?« Er lachte auf. »Du hast keine Ahnung, wer mein Bruder ist, Charlotte.«

»Ich kenne ihn wesentlich besser, als du denkst«, sagte ich mit eisiger Stimme.

»Aber sicher.« Er nickte in gespieltem Ernst. »Du bist wie lange in Stanham, sechs Wochen? Das reicht natürlich vollkommen aus, um jemanden wie Noel kennenzulernen.«

Mein Ego wollte Killian beweisen, dass er unrecht hatte, und die Worte flohen förmlich aus meinem Mund. »Ich weiß, dass ihr beide in eure Teams eingekauft wurdet. Und dass du deswegen abtrünnig geworden bist, weil du KORT und deinen Vater dafür büßen lassen willst!«

Arrogant sah Killian mich an. »Das klingt für mich, als hätte er dir was über *mich* erzählt, aber nichts über *sich*. Oder hat er erwähnt, wie wir monatelang wie besessen um die Häuser gezogen sind, nachdem wir herausgefunden haben, was unser Vater getan hat?«

Ich schwieg. Das hatte Noel nicht. Aber er hatte auch keine Gelegenheit gehabt, mir zu sagen, was danach passiert war.

Killian deutete mein Schweigen richtig. »Nein? Dann hat er dir wohl auch nicht erzählt, dass es bei diesen Partys nicht nur Alkohol gab, sondern auch härteres Zeug? Oder dass er morgens nach langen Nächten in irgendwelchen fremden Betten aufgewacht ist? Dass es mehr als einen Kampf gab, einfach nur zum Spaß? Hat er dir gesagt, dass ihm das wesentlich besser gefallen hat als dieses ach so anständige Verhalten, hinter dem er sich sonst versteckt? Nein? *Mir* schon.« Killian starrte mich an. »Ich könnte dir Geschichten über Noel erzählen, da würdest du jeden Glauben an ihn verlieren. Er ist alles, aber sicher kein strahlender Ritter.«

»Es ist mir völlig egal, was du sagst!«, schnauzte ich ihn an und es war die Wahrheit. Die Darks oder Morgana würden es nicht schaffen, einen Keil zwischen Noel und mich zu treiben.

»Ach ja? Bist du sicher?«

»Gib es auf, das ist zwecklos. Sie liebt ihn.« Morgana hatte ihre gleichmütige Haltung aufgegeben, und ihre Augen leuchteten auf eine Art, die mir Angst machte. »So ist es doch, oder nicht?«

Niemals hätte ich ein so großes Wort in den Mund genommen, wenn an der Sache zwischen Noel und mir irgendetwas normal gewesen wäre. Aber wir kannten die Wahrheit schon lange und sie war so simpel wie gewaltig: Ich liebte ihn und er mich. Seit dem Moment, als wir uns das erste Mal begegnet waren, war die Möglichkeit für diese Liebe da gewesen. In einem Pub in London waren wir daran erinnert worden. In den Wochen in Stanham hatte sie sich ihren Weg gebahnt. Und in der vergangenen Nacht war sie endlich an ihr Ziel gelangt.

Aber ich sagte nichts. Wenn ich es zugab, dann erlaubte ich Morgana, nicht nur in meinen Kopf zu kommen, sondern auch in mein Herz.

»Du musst es nicht bestätigen«, sagte sie sanft. »Ich würde diese Liebe unter Tausenden erkennen. Schließlich habe ich sie oft genug gesehen. Damals, als Merlin und ich noch dachten, das wäre uns genug.«

»Nein, so ist das nicht. Es ist nicht wie bei euch.« Ich schüttelte den Kopf, ohne es wirklich zu bemerken. Das zwischen Noel und mir hatte nichts mit Zerstörung oder Hass oder Machtgier zu tun. Ganz im Gegenteil.

»Nein? Dann hast du in seiner Nähe nicht das Gefühl, dass das zwischen euch absolut richtig und vollkommen ist?« Die Schwärze von Morganas Augen sog jedes Licht auf. »Du willst ihn nicht berühren, jedes Mal, wenn du ihm begegnest? Und es macht dich nicht krank, dich von ihm fernhalten zu müssen?«

Ich schluckte, und es fühlte sich an, als müsste ich eine Faust herunterwürgen. Ihre Worte, das war haargenau die Beschreibung der Anziehung zwischen Noel und mir. Aber es war viel mehr als das. Nur dass ich das dringende Gefühl hatte, Morgana durfte nichts davon wissen.

»Jeder, der verliebt ist, fühlt sich so«, redete ich mich heraus.

Sie lachte auf, laut und schallend. »Du willst dieses Gefühl mit der billigen, schwachsinnigen Gefühlsduselei vergleichen, die normale Menschen empfinden? Mit diesem Blumen schenkenden, winselnden Abziehbild? Meine liebe Charlotte, das ist absurd.« Morgana sah sinnierend an die Decke. »Merlin und ich waren die perfekte Verbindung aus Gegensätzen, eine vollkommene Einheit. Er war ein Licht unter gefrorenem Eis, ich dagegen ein Feuer in der Wüste. Merlin sah Essenzen und konnte sie verändern, ich sehe Ängste, Sehnsüchte, Wünsche. Und ich kann dafür sorgen, dass sie jemanden verzehren, als wären sie Flammen und die menschliche Seele ein trockenes Stück Holz.«

Plötzlich sah ich Lester wieder auf dem Dach seines Elternhauses stehen, weil er den Verlust seiner großen Liebe nicht verkraftete. »Dann warst du das«, sagte ich. »In Cardiff und bei all den anderen Fällen.«

»Falsch.« Morgana schüttelte den Kopf, ganz langsam, wie das Raubtier, das sie war. »Denk mal nach. Nicht nur Merlin, Arthur oder Lancelot haben Erben. Auch ich habe welche. Und wie du die Fähigkeit von deinem Vorfahren geerbt hast, vererbe ich meine ebenfalls.« Sie sah zu Killian hoch und lächelte liebevoll, griff nach seiner Hand. Aber es war nicht wie zwischen zwei Menschen, die einander romantisch liebten. Es war wie bei einer Mutter und ihrem Sohn. Ich schnappte nach Luft, als ich eins und eins zusammenzählte.

»Er ist …?« Ich brachte es nicht fertig, den Satz zu beenden. Nicht bei dem, was hinter der Antwort lauerte.

»Mein Nachfahre, richtig.« Morgana wirkte zufrieden. »Und du weißt sicher, was das noch bedeutet.«

*Oh Gott.*

*Nein.*

»Noel ist es auch.« Ich flüsterte nur, trotzdem kam es mir vor, als würde ich ihn damit verdammen – zu einem Schicksal, das schon seit seiner Geburt feststand. »Aber das kann nicht sein …« Noel war ein Lancelot-Erbe. Die Initiation konnte nicht lügen, was das betraf. Und er hatte Lancelots Gnade.

»Doch, natürlich. Es gab da eine gewisse Episode in meinem Leben, wo ich überzeugt war, ein Ritter der Tafelrunde wäre eine interessante Abwechslung.« Morgana lächelte. »Es hat nicht lange gehalten, aber es blieb auch nicht ohne Folgen. Unsere Tochter wuchs weit entfernt von mir auf und ohne ihren Vater zu kennen. Aber sie hat die Linie erhalten. Eine sehr starke Linie mit großem

Talent, das KORT leider immer verkannt hat. Was denkst du, warum Noel so unglaublich gut in dem ist, was er tut? Nur Lancelot-Blut reicht dazu nicht aus.«

Ich wankte unter dem Gewicht dieser Offenbarung, mein Magen rebellierte, mir war übel, aber ich konnte die Gedanken nicht aufhalten. Denn etwas in mir wusste genau, dass Morgana die Wahrheit sagte. Noel war also ein Nachfahre der dunkelsten und bösartigsten Hexe aller Zeiten, er war ein Erbe der Erzfeindin *meines* Vorfahren. Was bedeutete das für ihn? Für mich? Für uns?

»Kein Grund für einen Zusammenbruch, liebste Charlotte«, sagte Morgana heiter. »Ganz im Gegenteil. Diese Sache zwischen Noel und dir ist eine ausgesprochen glückliche Fügung. Ich habe sehr lange darauf gewartet.«

»Gewartet?«, fragte ich, ohne die Antwort hören zu wollen.

»Ihr seid die Neuauflage von uns, von Merlin und mir.« Morgana sah mich gierig an. »Zwischen uns war einmal eine unbeschreibliche Liebe, aber wir waren nicht in der Lage, sie zu bewahren. Also wurde ein noch viel mächtigerer Hass daraus, der beinahe die Welt in Stücke gerissen hätte. Die Magie dieser Verbindung war jedoch so stark, dass sie uns überdauert hat – und alle paar Jahrhunderte wiederholen zwei Erben unser Schicksal. Am Anfang steht die Liebe, wundervoll und verheißend, und sie wird mit der Zeit so stark, dass normale Menschen sie gar nicht aushalten könnten. Und dann kommt der unbändige Hass, der sie vernichtet. Es ist Schicksal, ein unumgänglicher Fluch.« Ihr Blick wurde kalt und hart. »Euer Schicksal. Euer Fluch.«

Die Worte stießen mich in einen tiefen Abgrund. Ich tastete nach Halt, fand aber keinen. Wie sehr weit entfernt hörte ich Morgana etwas zu Killian sagen und er kam zu mir, berührte mich am Arm. In mir hakte etwas aus, als seine Dunkelheit nach mir griff.

»Fass mich nicht an!«, fauchte ich, entriss ihm den Arm und stolperte ein paar Schritte rückwärts, bis mich die klamme Wand in meinem Rücken stoppte. Ich krallte die Finger in die Reste der bröseligen Tapete und atmete schnell, hatte das Gefühl, zu ersticken. Killian stand vor mir, die Augen geweitet, zum ersten Mal sah ich hinter seine arrogante, wütende Fassade. Sein Gesicht ließ mich nach dem letzten Strohhalm greifen, den meine Verzweiflung noch bot.

»Wieso Noel?«, fragte ich zittrig und sah zu Morgana. »Wieso nicht Killian? Er stammt genauso von dir ab.«

»Kannst du dir das nicht denken? Du bist doch ein ziemlich kluges Mädchen, wie es scheint.« Sie lehnte wieder am Tisch und verschränkte ihre schlanken Hände. Mein Zustand schien sie nicht zu kümmern. »Nur ein Erbe von Merlin und mir zu sein, reicht nicht aus. Es braucht noch etwas.« Sie machte eine Kunstpause. Meine Geduld nicht.

»Was noch?«

»Zuneigung«, sagte sie schlicht. »Echte Gefühle, die sich entwickeln müssen, bevor der Fluch überhaupt aktiv werden kann. Deswegen war es schon immer sehr schwer, zwei Erben zu finden, die dafür infrage kommen. Und das nicht erst, seit KORT alle Merlin-Nachkommen abgeschlachtet hat.«

Ich starrte sie an und es beruhigte mich auf kuriose Weise, dass das zwischen Noel und mir echt war – dass es die Voraussetzung und nicht das Ergebnis dieses angeblichen Fluchs war. Allerdings nur, bis mir bewusst wurde, dass Morgana einen Plan haben musste, in dem ich die Hauptrolle spielte, sonst hätte sie mich kaum entführt. Ich kratzte meine letzten Reste an Mut zusammen und sah sie direkt an.

»Was willst du von mir?«

»Ich will dich.« Sie machte eine endgültige Geste in meine Richtung. »Dich und Noel. Das, was zwischen euch ist.«

»Warum?« Ich ahnte die Antwort. Aber ein dummer Teil von mir hoffte, dass es nicht so war.

»Das fragst du noch?« Zum ersten Mal, seit ich hier war, sah ich Morganas wahres Gesicht, voller Zorn. »Ich will dabei sein, wenn ihr an dem Fluch zerbrecht wie alle anderen vor euch. Denn wenn das passiert, ist euer Hass aufeinander eine Macht, die größer und zerstörerischer ist als irgendetwas sonst in unserem Universum. Und wenn diese Macht euch schließlich vernichtet, bin ich am Ziel. Dann kann ich die Welt endlich von den ganzen Unwürdigen befreien und den Rest in eine neue Zukunft führen. Dafür brauche ich nur ein bisschen Hilfe von dir, Charlotte.«

Ich schüttelte heftig den Kopf. »Ich werde Noel nicht hassen. Niemals.«

»Das haben schon viele vor dir gesagt. Erben, die wesentlich stärker waren als ein elternloses Mädchen aus einem Pub in London.« Ihr Ton war abfällig. »Jedes Mal, wenn eines der Paare sein Ende gefunden hat, begann auf der Welt eine Zeit aus Dunkelheit und Schrecken. Nur diesmal werde ich da sein und eure Energie nutzen.«

»Vergiss es«, patzte ich sie an. »Ich halte mich einfach von ihm fern.«

Morgana lachte. »Ein schöner Plan. Aber du wirst nicht widerstehen können, *er* wird nicht widerstehen können. So ist es immer. Das Schöne ist – ich muss einfach nur warten. Noel wird nach dir suchen und hier auftauchen, früher oder später. Und dann habe ich euch beide und bin hautnah dabei, wenn der Fluch euch in den Abgrund reißt und eine Energie freisetzt, die mit nichts zu vergleichen ist.« Sie funkelte mich begeistert an. »Je größer die Liebe, desto schneller kommt der Hass und schließlich der Tod. Ich wette, in weniger als vier Wochen habe ich, was ich will.«

»Ich werde ihn garantiert nicht in deine Nähe lassen«, presste ich hervor. Morgana würde uns nicht benutzen können. Dafür würde ich sorgen, und wenn ich Noel dafür nie wiedersehen durfte.

»Nicht? Du würdest ihm einen Gefallen tun. Bisher hat man die Mayfields nie zur Initiation zugelassen, weil man ein *komisches Gefühl* hatte. Aber vielleicht verrate ich KORT, dass Noel nicht nur Lancelots Gene hat. Was glaubst du, was man dann mit ihm macht? Da ist die Erfüllung seiner Bestimmung doch eine viel bessere Idee.«

Die Vision, die Morgana mir gezeigt hatte, kam mir in den Sinn. Noel auf dem Tisch, und der Direktor sagte, er wäre ein Risiko … *Das sind Lügen,* beschwor mich eine Stimme in meinem Kopf. *Fall nicht darauf herein.*

»Seine Bestimmung ist es sicher nicht, die Welt zu zerstören. Und meine auch nicht.« Ich schüttelte den Kopf und straffte meine Schultern. »Du bekommst Noel nicht. Und wenn ich den Rest meines Lebens von ihm getrennt sein muss.«

»Ja, das sagst du jetzt.« Sie sah mich an, wissend und tödlich. »Aber in ein paar Tagen wirst du das anders sehen. Wenn dich die Sehnsucht förmlich auffrisst – genau wie ihn. Noel wird es nicht ertragen, von dir getrennt zu sein. Es wird ihn innerlich verbrennen, nicht zu wissen, wo du bist, also wird er nach dir suchen und dich irgendwann finden. Du wirst ihn herlocken, ob du es nun willst oder nicht.«

»Wenn wir uns nicht sehen, verschwindet die Sehnsucht«, widersprach ich ihr. »Wir waren jahrelang getrennt und keiner von uns hat sich auf die Suche nach dem anderen gemacht.«

»Ja, damals. Aber das war, bevor ihr euch füreinander entschieden und eure Vereinigung vollzogen habt.«

»Unsere Vereinigung? Du meinst …« Die Bilder der letzten Nacht überschwemmten meinen Kopf. Noels Lippen auf meinen, seine Muskeln unter meinen Händen, seine Finger auf meiner Haut. Und das endlose Glücksgefühl in jeder Sekunde, die es gedauert hatte. Mein Herz zog sich vor Sehnsucht zusammen und gab Morganas Worten recht. Ich stemmte mich dagegen, aber es half nichts. Sie wusste es.

»Oh ja. Das ändert alles.« Ihre dunklen Augen bohrten sich in meine. Ich spürte, wie etwas nach meinem Geist griff, als wäre er ein Stofftier in einem Spielautomaten. Ich hielt dagegen, versuchte, mich zu verschließen, aber es gab kein Entkommen. Morgana überwand meine Sperren, drang in meinen Kopf ein, übernahm die Kontrolle. »Es wird Zeit, das Ganze zu beschleunigen.«

Das war das Letzte, was ich hörte, bevor ich meinen Körper verließ.

# 26

Der Boden war übersät mit Scherben, die Flammen der Kerzen tauchten den Raum in flackerndes Licht. Ich hob den Kopf und sah auf das Chaos um mich herum. Nichts stand mehr an seinem Platz, zersplittertes Holz und Stofffetzen bedeckten die Steinplatten. Ich schaute zu den Fensterhöhlen, dahinter war es dunkel. Nicht das graubleiche Dunkel einer Nacht in meiner Zeit. Sondern die mattschwarze Finsternis des Mittelalters.

Ich saß inmitten der Zerstörung auf dem Boden, mein dunkelgrünes Kleid wie ein Haufen gerupftes Moos um mich herum. Blut tropfte von meiner Hand auf den Stoff. Es fühlte sich an, als würde es direkt aus meinem Herzen herausfließen.

Mit verschleiertem Blick sah ich auf die Flecken, als ich plötzlich ein Ziehen in meiner Mitte spürte, das schnell zu einem rotflammenden Schmerz wurde. Ich krümmte mich zusammen und stöhnte gequält auf. Es fühlte sich an, als hätte man mir ein Messer in den Bauch gerammt, so wie in Merlins Vision. Aber ich wusste, dass der Schmerz aus meinem Inneren kam. Es war Sehnsucht, alles verzehrende, tödliche Sehnsucht, die meinen Verstand zu einem winzigen Fleck zusammenschrumpfen ließ. Nichts konnte mir helfen, nichts konnte mich retten, nichts außer *ihm*. Aber Merlin war nicht hier. Er war gegangen, schon vor Tagen. Er hatte mich zurückgelassen, mit diesem Gefühl, das mich unweigerlich in den Wahnsinn treiben würde.

Wimmernd griff ich nach einer der Scherben und verschmierte sie dabei mit Blut. Ich hatte mich bei der Zerstörung des Zimmers verletzt, wahrscheinlich, als ich den Stuhl gegen die Wand geschleudert hatte. Die Wunde war nicht tief genug, um daran zu verbluten. Aber das wollte ich. Ich wollte verbluten, ich wollte sterben. Vielleicht hörte es dann auf.

Fest packte ich eine Scherbe, noch mehr Blut lief über meine Finger. Zitternd hob ich sie über mein Handgelenk, aber dann sah ich Merlin vor meinem inneren Auge. Er hatte gesagt, er würde zurückkommen. Was würde er sagen, wenn er mich dann hier so fand, verblutet in meinen Gemächern? Wie konnte ich ihm das antun?

Ich bäumte mich auf und schleuderte die Scherbe mit einem wütenden Schrei an die steinerne Wand. Dann sank ich auf den Boden und begann, verzweifelt zu weinen.

Als ich wieder in meinen eigenen Körper zurückkehrte, war ich allein. Allein mit der fürchterlich realen Erinnerung an Morganas Kummer. Stumm wischte ich mir die Tränen ab, die über mein Gesicht liefen. Dann fasste ich Noels Shirt am Kragen und vergrub meine Nase in dem weichen Stoff. Sein Geruch beruhigte mich, obwohl er fast verflogen war.

Es war niemand bei mir, wie immer, wenn ich aufwachte. Morgana brauchte nicht in meiner Nähe zu sein, um mich mit ihren Visionen zu foltern. Wie lange sie das schon tat, wusste ich nicht. Man hatte mich in den Raum hinter der verspiegelten Scheibe gesperrt. Hier gab es kein Fenster, das mir die Tageszeit verraten hätte, und außer einer Flasche Wasser, ein paar Müsliriegeln und ab und zu einem Gang auf die Toilette nebenan bekam ich nichts. Keine Informationen, keinen Kontakt. Ich wusste nur, dass ich bereits sechs verschiedene Erinnerungen von Morgana durchlebt hatte, und sie wurden immer schlimmer. Am Anfang hatte ich noch ihre unendliche Liebe zu Merlin gespürt, dieses glückselige Erkennen eines Seelenverwandten. Aber dann waren ihre Gefühle dunkler geworden, zerstörerischer und verzweifelter. In dieser letzten Erinnerung war sie kurz davor gewesen, sich selbst umzubringen. Ich wollte gar nicht wissen, was in der nächsten passierte.

Irgendwann zwischen Vision drei und vier hatte ich mir zusammengereimt, was sie tat: Indem sie mich mit dieser unerträglichen Sehnsucht quälte, wurde sie nicht nur bei mir, sondern wahrscheinlich über unsere Verbindung auch bei Noel stärker. In manchen Momenten konnte ich beinahe spüren, wie sein Herz zerrissen wurde, während ich versuchte, nicht in den Fluten aus Schmerz zu ertrinken. Aber wenn Morgana damit aufhörte, mir wieder und wieder ihre Vergangenheit zu zeigen, wurde es nur schlimmer. Denn wenn ich nicht mehr *ihre* Qualen spürte, kamen meine eigenen – so wie jetzt. In jeder wachen Minute sah ich Noel vor mir, die guten Momente zwischen uns, von denen wir viel zu wenige gehabt hatten. Ich konnte ihn förmlich riechen und fühlen, als würden meine Finger wirklich durch seine Haare gleiten, als würde ich tatsächlich seinen Atem auf meinem Gesicht spüren, kurz bevor er mich endlich küsste. Und dann schreckte ich hoch wie aus einem schlechten Traum.

Nur dass die Realität der schlechte Traum war.

Ich versuchte, ruhig zu atmen und mich nicht von dem Reißen an meinem Herzen lähmen zu lassen. Mit Noels Gesicht vor meinem inneren Auge ließ es sich kaum denken, aber ich musste es zumindest versuchen. Meine einzige Chance, *unsere* einzige Chance war es, dass ich hier rauskam. Aber ich wusste nicht, wie ich das anstellen sollte. Ich hatte noch keine große Kampferfahrung, ich konnte weder die Sicherheitsleute überwältigen noch die Darks. Meine einzige Waffe war meine Gnade, aber die funktionierte nur, wenn ich mein Gegenüber sah – und dazu gab es kaum Gelegenheit. Und selbst wenn es sie gegeben hätte, es waren zu viele. Ich konnte vielleicht zwei oder drei nacheinander lahmlegen, aber ein ganzes Gebäude voll von ihnen und dann noch Morgana? Das war unmöglich.

Kraftlos legte ich die Stirn auf die Knie, mein Kopf dröhnte dumpf, mein Körper, mein Herz und meine Seele verlangten nach Noel. Ich wollte nicht aufgeben. Ich wollte ihn dieser Hexe nicht ausliefern, ich wollte kämpfen und sie vernichten, damit wir sicher vor ihr waren. Aber ich hatte keine Ahnung, wie. Es gab keinen Ausweg.

Als ich mich schließlich auf den harten Boden legte, um wenigstens eine oder zwei Stunden zu schlafen, dachte ich an den Menschen, der mich beim letzten Mal gerettet hatte, als ich in einer solch ausweglosen Situation gewesen war. Ich dachte mit aller Macht an ihn, als könnte das einen Kanal öffnen, durch den meine Verzweiflung ihn erreichte. *Dex, bist du da? Bitte, ich brauche deine Hilfe.*

Aber es passierte nichts. Natürlich nicht. Schließlich hatte nicht einmal das Team herausfinden können, wo er gerade steckte.

Irgendwann musste ich eingeschlafen sein, denn als ich hochschreckte, hatte man das ohnehin schummrige Licht weiter gedimmt. Bisher hatten sie das nie getan, deswegen sprang mein innerer Alarm augenblicklich an. Ich kam auf die Füße und drängte mich in die dunkelste Ecke des Raums, hob die Fäuste, um mich irgendwie verteidigen zu können. Die Tür ging auf, jemand schob sich hindurch. Ich spannte meinen Körper an, um zuzuschlagen.

»Charlotte?«, flüsterte es da. »Bist du hier?«

Die Stimme kam mir vage bekannt vor und das Feld war nicht das eines Darks. Ich ließ die Fäuste sinken.

»Ja, bin ich.«

Derjenige kam näher, seine Stiefel klangen dumpf auf dem Linoleum. Als er in den schwachen Schein der Lampe trat, keuchte ich erleichtert auf.

»Oscar!« Wäre ich in besserer Verfassung gewesen, hätte ich sein Feld wohl eher erkannt. Aber er war es eindeutig, die blonden Haare, die Grübchen, auch wenn das schelmische Lächeln, das ich bei seinem Pub-Besuch gesehen hatte, jetzt fehlte.

»Du weißt noch, wer ich bin?« Das schien ihn zu verwundern.

»Natürlich. Ich war die letzten zwei Monate bei deinem Team in Stanham. Xavia, Noel und die anderen suchen nach dir, seit du im Januar verschwunden bist.« Ich schob ihn etwas weiter ins Licht. »Was haben die Darks mit dir gemacht?«

»Das spielt keine Rolle.« Er schüttelte den Kopf und setzte sich auf einen der alten Stühle an der Wand. Dann klopfte er auf den neben sich. »Wir haben nicht viel Zeit, bis die anderen merken, dass ich nicht da bin, wo ich sein soll.«

Ich setzte mich zu ihm. »Bitte sag mir, ob es dir gut geht.« Es kam mir falsch vor, nicht über ihn zu reden, wo doch die anderen sich so große Sorgen um ihn machten.

Er wich meinem Blick aus. »Ich lebe noch. Alles andere wird sich zeigen.«

»Bewacht man dich oder warum kannst du hier nicht weg?« Wenn er sich wegschleichen musste, um zu mir zu kommen, hatten die Darks ihn offenbar genau im Auge.

»Die müssen mich nicht bewachen, denn Morgana hat mich unter ihrer Kontrolle. Es gab ein Ritual …« Er schauderte. »Ich habe nur wenige Stunden, meist nachts, wo sie aus meinem Kopf verschwindet. So wie jetzt.«

Das klang grausam und furchterregend. »Kann ich dir irgendwie helfen?«, fragte ich kläglich. Eine leere Phrase, schließlich war ich hier eingesperrt und konnte selbst nicht weg.

»Falsche Frage, meine Hübsche.« Für einen Wimpernschlag ließ Oscar sein Grinsen sehen, das ich von unserer einzigen Begegnung kannte. »Die richtige Frage ist, wie *ich dir* helfen kann. Die Darks sagen, dass du hier bist, weil Morgana die Macht des Fluches nutzen will.«

»Du weißt davon?«

»Klar. Sie redet schließlich seit Wochen von nichts anderem.« Oscar nickte. »Das heißt, du bist eine Merlin-Erbin und Noel und du, ihr seid …?«

Ich nickte. »Ja.«

Oscar stieß die Luft aus. »Dann darf er auf keinen Fall hierherkommen.«

»Das weiß ich!«, rief ich gedämpft. »Aber Morgana quält mich mit ihren Erinnerungen an Merlin, und ich habe keine Ahnung, wie ich sie aussperren soll.« Ich atmete tief ein und sah Oscar an. »Können wir von hier verschwinden? Du weißt doch sicher, wie man die Darks überlisten kann.«

»Die Darks vielleicht. Aber solange Morgana auf meinen Kopf zugreifen kann, gehe ich hier nicht weg. Sie kann mir Dinge befehlen, auch auf Entfernung … wenn ich abhaue und in die Nähe von Noel und den anderen komme, könnte sie mich dazu bringen, ihnen etwas anzutun.«

»Ist es das, was sie mit dir macht? Sie lässt dich Menschen etwas antun?«

»Bitte frag mich das nicht.« Oscars Mund wurde zu einem gequälten Strich. »Wenn du mich nicht fragst, muss ich dich nicht anlügen.«

»Man kann diese Verbindung bestimmt unterbrechen«, sagte ich und war kurz davor, die Hoffnung in seinem Feld ein bisschen anzufachen. »Wenn du erst einmal zurück in Stanh–«

»Nein.« Oscar würgte mich ab. »Ich bin ein Knight und würde niemals die Sicherheit meines Teams riskieren. Wenn du es hier rausschaffst, dann müsst ihr einen Weg finden, Morgana zu besiegen. Das ist die einzige Möglichkeit, um mich von ihr zu befreien.«

Ich schüttelte den Kopf. »Wie soll ich ihr entkommen? Sie ist viel mächtiger als ich.« Die Darks schafften es nicht in meinen Kopf, aber Morgana hatte keine drei Sekunden dafür gebraucht.

»Keine Ahnung.« Oscar lächelte schief und zog etwas aus seiner Jackentasche. »Aber es gibt vielleicht jemanden, der es weiß.« Er nahm meine Hand und ließ etwas hineingleiten. Es war eine kleine Schachtel.

»Ich weiß nicht, ob das der richtige Moment für einen Antrag ist«, scherzte ich und sah, wie sich Oscars Gesicht bei dem Witz aufhellte. Etwas Licht stahl sich auch in mein Herz zurück. Ich kannte ihn kaum, aber es war trotzdem schwer zu ertragen, wie sehr er litt.

»Nicht?« Er runzelte die Stirn. »Ich hatte gehofft, du wärst von der spontanen Sorte. Das enttäuscht mich jetzt ein bisschen.«

Es war total unpassend, aber ich musste lachen. »Du verwechselst mich offenbar mit Zeph.«

Oscar sah auf den Boden, und ich wusste, woran er dachte.

»Sie vermissen dich sehr«, sagte ich leise.

»Ja. Ich vermisse sie auch.« Oscar zog die Luft ein und tippte dann auf die Schachtel. »Mach sie auf.«

Diesmal sparte ich mir alle blöden Sprüche und öffnete das kleine Kästchen. Darin lag auf grauem Samt ein quadratisch geschliffener schwarzer Stein, der fast so aussah, als wäre er …

»Ist es das, was ich denke?«

»Ein Splitter des Initiationssteins«, nickte Oscar.

»Woher hast du den?« Ich hatte bisher nicht den Eindruck gehabt, dass die Splitter einfach zu bekommen waren.

»Ich habe ihn mitgehen lassen«, sagte er leichthin. »Weißt du, wie so etwas funktioniert?«

»Theoretisch.« Meinen eigenen hatte ich ja noch nicht ausprobieren können.

»Gut. Merlin und Morgana kannten einander in- und auswendig. Wenn jemand weiß, wie du hier rauskommst, dann er.«

Ich sah auf den Stein. »Aber das ist doch kein Smartphone, mit dem ich in der Vergangenheit anrufen und mit ihm reden kann. Ich bekomme nur *irgendeine* Vision.«

»Sagt wer?« Oscar hob eine Augenbraue. »Bei der Initiation läuft es so ab, aber alles andere kann man steuern. Du musst dich vor der Berührung nur auf das konzentrieren, was du sehen willst.«

Das hatte Noel mir nicht gesagt, als er mir den Splitter geschenkt hatte. Aber wenn ich ehrlich war, hatten wir erst aus dem einen und dann aus dem anderen Grund nicht darüber geredet.

»Okay. Willst du –«, *dabei sein,* hatte ich ihn fragen wollen, aber Oscar schien etwas zu bemerken und stand schnell auf.

»Ich muss zurück. Wenn du hier rauskommst – und etwas anderes kommt überhaupt nicht infrage –, dann sag den anderen, dass …« Er schien nach den richtigen Worten zu suchen. Ich lächelte halb.

»Mach ich. Pass auf dich auf.«

»Du auch.« Er schenkte mir ein schiefes Lächeln und wollte sich schon zur Tür wenden, da stand ich auf und umarmte ihn schnell. Ich hatte das Gefühl, dass er das dringend brauchte, und als er es erwiderte, wusste ich, dass ich richtiggelegen hatte.

»Halt durch«, sagte ich leise. »Wir holen dich hier raus.«

Er gab mir keine Antwort, aber sein Blick sagte genug. Dann ließ er mich los, schloss die Tür hinter sich und ich war wieder allein.

Viel Zeit verlor ich nicht. Ich legte mich auf den Boden, so als würde ich schlafen. Dann nahm ich das offene Kästchen, drehte es um und ließ den Stein in meine Hand fallen. Als er meine Haut berührte, dachte ich an Morgana und meine Flucht aus diesem Gefängnis. Es dauerte nur eine Sekunde, dann erfasste mich das übliche Ziehen. Aber diesmal hatte ich keine Angst. Das, was mich in die Vergangenheit begleitete, war ein Gefühl, das ich seit Tagen nicht gespürt hatte:

Hoffnung.

»Das ist nicht richtig. Niemand sollte in der Lage sein, solche Teufeleien heraufzubeschwören.«

»Wieso regst du dich so auf? Glaubst du, diese Gaben sind vom Himmel auf uns herabgekommen, damit wir nichts damit anfangen?«

»Nein, das glaube ich nicht. Aber Morgana, wir reden hier über etwas, das Menschen das Leben kosten kann.«

»Nicht wenn es gelingt.« Sie schob bockig das Kinn vor.

»Was du nicht garantieren kannst.« Merlin verengte die Augen. Dann wandte er sich ab und ging zu einem großen Holztisch, den jemand mitten in den Wald gestellt hatte.

Ich war diesmal nicht in einen fremden Körper geschlüpft, sondern ich selbst geblieben – offenbar als Zaungast einer Beziehungskrise zwischen zwei übernatürlich begabten Menschen, die mich nicht zu bemerken schienen. Ich befand mich am Rand einer kleinen Lichtung, in deren Mitte mit Asche ein Kreis in das feuchte Gras gezogen worden war. Im Hintergrund stand eine ärmlich aussehende Hütte, der einige Schindeln fehlten und deren Fenster mit Tierhaut bespannt waren. Weder Merlins noch Morganas Kleidung passte dazu – beide trugen zwar alltagstaugliche Gewänder, aber sogar ich konnte erkennen, dass sie aus guten Stoffen gefertigt waren.

»Genau deswegen will dein Bruder dich nicht an seinem Hof«, warf Merlin ihr gerade vor. »Wegen dieser Ideen, die sich zu nah am Rande des Wahnsinns bewegen.«

Morgana verdrehte die Augen und sah dabei aus wie eine typische junge Frau, deren Freund ihr auf die Nerven ging. »Mein *Halb*bruder will mich nicht an seinem Hof, damit niemand erfährt, was für ein Trottel er ist.«

»Arthur ist ein sehr guter Herrscher«, hielt Merlin dagegen.

»Ja, du hast diesen Bengel in dein Herz geschlossen, aber das macht ihn nicht zu einem Herrscher.« Morgana verschränkte die Arme. »Wir wissen beide, dass eigentlich du derjenige bist, der seine Entscheidungen lenkt. Warum lässt du mich nicht endlich daran teilhaben? Wir könnten zusammen viel mehr erreichen als Arthur und seine stumpfsinnigen Gefährten.«

Merlin antwortete nicht, sondern fuhr damit fort, etwas in seiner Hand zu betrachten, das ich nicht erkennen konnte. Ich hatte den Verdacht, dass die beiden diese Diskussion nicht zum ersten Mal führten. Denn es dauerte nicht lange, dann ging Morgana zu Merlin, umarmte ihn von hinten und klang plötzlich sehr zahm.

»Du weißt, dass ich dich liebe, oder?«, fragte sie leise.

»Natürlich«, antwortete er sanft. Dann legte er den Gegenstand hin – es schien eine Dose aus Metall zu sein –, drehte sich um und legte die Arme um sie. »Genau, wie ich dich liebe. Aber deswegen kann ich nicht zusehen, wie du ins Verderben rennst, nur weil du nach Macht strebst.«

»Das kannst du leicht sagen«, zischte Morgana. »Du, der alle Macht über dieses Königreich hat.« Sie löste sich von ihm, und ich bemerkte zum ersten Mal, seit ich hier war, dass ihr Feld noch nicht schwarz war. Es war dunkler als die meisten, aber nicht auf eine besorgniserregende Art. An diesem Punkt hätte sie noch umkehren können.

Merlins Blick hatte etwas Trauriges – als wüsste er längst, wo sie beide enden würden. Für einen Moment schien er Morgana besonders intensiv anzuschauen, ich sah, wie ihr Feld für eine Sekunde gleißend hell wurde. Dann schloss sie die Augen und sackte zusammen. Mit zwei großen Schritten war Merlin bei ihr und fing sie auf, bevor sie auf dem Gras aufkam.

»So wird es gehen«, sagte er und legte den bewusstlosen Körper von Morgana sanft auf eine Bank, die vor der Hütte stand. Ich hatte keine Ahnung, ob er mit mir sprach oder einfach nur mit sich selbst.

»So wird was gehen?«, fragte ich. Nur eine Sekunde später sah er mich an, schien aber nicht überrascht. Hatte er schon die ganze Zeit gewusst, dass ich da war? Oder bemerkte er es erst jetzt?

»Du kannst sie nicht besiegen, dazu ist sie zu stark. Vielleicht mit ihm, aber … nein, das ist nicht gut.« Er schüttelte den Kopf. Ich wollte fragen, wen er mit *ihm* meinte, da sprach er schon weiter. »Du kannst jedoch einen guten Moment abpassen, wenn sie abwesend ist. Dann musst du die anderen lähmen und kannst verschwinden.«

»Wie soll ich das machen?«

Merlin erhob sich von Morganas Seite und kam über das Gras zu mir. Sein Gesicht war wie immer alterslos jung, aber der Kummer zog trotzdem Furchen in seine Stirn. »Kanalisiere die Energie.«

»Welche Energie?« *Drück dich doch mal klar aus, verdammt.*

»Die aus der Verbindung mit ihrem Erben.« Merlin lächelte schwach.

Ich nutzte den Moment. »Ist es wahr, was sie sagt? Dass daraus Hass wird, ganz egal, was wir versuchen?«

Merlins Blick wurde noch kummervoller, aber bevor er antworten konnte, ging ein Ruck durch meinen Körper, den ich mir nicht erklären konnte. Jemand schüttelte mich heftig. Und da ich niemanden sah, konnte es nur in der Gegenwart sein.

»Nein!«, rief ich, aber es war sinnlos. Die Hütte, der Wald und mein Vorfahre verschwanden, stattdessen tauchte wieder der

Raum hinter der Scheibe auf. Vor mir auf dem Boden hockte ein wütender Killian. In seiner Hand, über die er seinen Ärmel gezogen hatte, hielt er den Steinsplitter.

»Woher hast du das?«, schnauzte er mich an. Hinter ihm standen mehrere seiner Söldner und schauten finster. Vielleicht war es auch der einzige Gesichtsausdruck, zu dem sie fähig waren.

»Das da?« Ich gab mich ahnungslos. »Das habe ich noch nie gesehen. Ist das Schmuck? Sieht billig aus, wenn du mich fragst.«

»Hör auf, mich zu verarschen!« Killians Augen glühten vor Zorn. »Das ist ein Splitter vom Initiationsstein. Wofür hast du ihn benutzt?«

Ich presste die Lippen aufeinander. »Geht dich nichts an.« Das Zusammentreffen mit Merlin hatte mich neue Kraft schöpfen lassen. Er war stärker gewesen als Morgana. Also war ich auch stärker als Killian.

»Wir werden das schon aus dir rauskriegen«, sagte er düster.

»Sicher. Vielleicht zeigt mir deine Chefin noch ein paar weitere Folgen aus ihrer Serie ›Morgana und wie sie die Welt sah‹.« Ich war eine miese Lügnerin, aber so zu tun, als hätten diese Schreckensvisionen keinen Einfluss auf mich, war leichter als gedacht. Vielleicht lag es an Merlin. Vielleicht aber auch daran, dass meine Begegnung mit ihm die panische Angst um Noel und die schreckliche Sehnsucht für einen Moment vertrieben hatte.

Killian antwortete nicht. Und plötzlich meldete sich in mir wieder diese Hoffnung. »Oh, warte«, sagte ich. »Sie ist gar nicht da, oder?« Sein Gesicht gab mir die Antwort auf diese Frage. Morgana war nicht hier. Im Gebäude waren nur die Darks und ich. *Du kannst einen guten Moment abpassen, wenn sie abwesend ist. Dann musst du die anderen lähmen und kannst verschwinden.* Genau so einen Moment wie diesen hatte Merlin gemeint. Das war meine einzige Chance. Jetzt oder nie.

Mit einem Mal wusste ich, was ich zu tun hatte. Es war, als würde Merlin immer noch neben mir stehen, denn obwohl er sich so nebulös ausgedrückt hatte, war mir jetzt völlig klar, was er gemeint hatte. Die Darks hatten zwar so dunkle Felder, dass man sie kaum ausschalten konnte, indem man ihre Lichter dämpfte oder löschte. Aber ich hatte nicht bedacht, dass der Weg vom Hellen ins Dunkle auch in die andere Richtung ging. Ich konnte ihre Lichter wieder entflammen und damit all ihre Emotionen aktivieren. *Ein Overkill.* Aber ich hatte nur einen Versuch. Und ich musste sie alle auf einmal erwischen.

*Nutze die Energie aus der Verbindung mit ihrem Erben.* Ich schloss die Augen und dachte an Noel, an die Gefühle zwischen uns, die schon immer dafür gesorgt hatten, dass ich über die Grenzen meiner eigenen Kraft hinausgehen konnte. Ich brauchte sie, diese Energie, jeden Funken davon. Ich hatte sie noch nie so sehr gebraucht wie jetzt.

Morgana hatte gesagt, dass ich Noel liebte, und ich wusste, dass es stimmte. Aber in diesem Moment ließ ich es *wirklich* zu, ich ließ dieses Gefühl die Macht übernehmen und mich von ihm davontragen. Und da passierte es – ich konnte sie sehen. Sämtliche Darks, die sich im Ausbildungszentrum befanden, ihre Felder, alle auf einmal, wie dunkle Geschosse in einem Hochhaus bei Stromausfall. Es dauerte nur einen Moment, um meine Kraft zu sammeln und sie auf diese Dunkelheit zu richten wie einen 5000-Watt-Scheinwerfer in der Nacht.

Nur einen Moment hielt ich inne.

Dann schaltete ich ihn ein.

# 27

In der einen Sekunde hörte ich noch, wie Killian irgendetwas zu mir sagte. Dann ertönten mehrstimmiges gequältes Stöhnen und ein vierfacher dumpfer Aufprall. Als ich die Augen öffnete, wusste ich, es hatte funktioniert. Vor mir lagen Killian und seine drei Begleiter regungslos auf dem Boden, teils eigenartig verrenkt. Ich spürte sie noch, also waren sie nicht tot, aber fürs Erste waren sie außer Gefecht gesetzt.

Schnell rappelte ich mich auf, schwankte auf meinen wackeligen Beinen, hielt mich an der Wand fest. Der Overkill hatte meine Energiereserven ziemlich geleert, zum Glück war noch genug Adrenalin da. Ich atmete ein, stieg über Killian hinweg und lief zur Tür hinaus. Der Ausgang war links von mir, kaum mehr als dreißig Meter entfernt. Aber bevor ich verschwinden konnte, musste ich noch etwas erledigen.

Das Ausbildungszentrum war groß, ich hatte ihn jedoch gespürt, als ich sie alle gesehen hatte – zumindest die grobe Richtung. Ich rannte an den Trainingsräumen und dem Büro des Direktors vorbei und zu den früheren Schlafräumen der Jugendlichen, die hier ausgebildet worden waren. Überall lagen bewusstlose Söldner und Darks, nicht nur im Flur, auch in den Zimmern. Meine Gnade hatte wirklich ganze Arbeit geleistet.

Als ich endlich einen bekannten blonden Haarschopf auf einem der Feldbetten entdeckte, hätte ich vor Erleichterung beinahe geschrien. Er hatte zwar gesagt, dass er nicht mitkommen durfte, aber ich konnte ihn nicht hierlassen. Ich konnte den anderen aus dem Team nicht in die Augen sehen und sagen, dass ich die Chance verschenkt hatte, ihren Freund zu retten.

»Oscar!«, flüsterte ich und rüttelte an seiner Schulter. Es war schwer, jemanden aus dem Zustand zu wecken, den ich verursacht hatte. Aber Oscars Feld war nicht so dunkel wie das der Darks und ihrer Helfer. Ihn musste es weniger heftig erwischt haben.

Ich schüttelte ihn stärker. Endlich schlug er die Augen auf.

»Verdammt«, stöhnte er und griff sich an den Kopf. Dann erkannte er mich. »Charlotte? Was hast du angestellt?«

»Ich habe mich befreit«, grinste ich.

»Im Ernst?« Oscar setzte sich auf und sah zu dem Söldner, der mitten im Zimmer auf dem Boden lag, die Gliedmaßen von sich gestreckt. »Wow«, er pfiff anerkennend durch die Zähne. »Da verzeihe ich dir sogar die Kopfschmerzen.«

»Solltest du auch.« Ich richtete mich auf und zog an seinem Arm. »Komm schon. Morgana ist nicht da und alle anderen sind bewusstlos. Das ist unsere Chance zu verschwinden.«

Oscar stand auf, und für einen Augenblick sah ich, wie die Hoffnung in seinem Feld hell strahlte. Dann verfinsterte sich sein Gesicht und er schüttelte den Kopf. »Ich habe es dir schon gesagt. Ich kann nicht mitkommen.« Er tippte sich an seine Schläfe. »Auch wenn sie nicht da ist, ist sie hier drin. Das funktioniert auch über große Entfernungen.«

Ich ließ nicht locker. »Dann sperren wir dich eben ein, bis wir eine Lösung für das Problem gefunden haben. Du bist sicher stark, aber eine Zellentür kannst auch du nicht durchbrechen.«

Oscar wich vor mir zurück. »Du verstehst das nicht.« Er holte Luft. »Wenn sie die Kontrolle hat, kann sie sehen, was ich sehe, und hören, was ich höre. Und …«

Er brach ab, und ich fühlte förmlich, wie sich etwas änderte. Oscars besorgter Ausdruck wandelte sich zu einer starren Maske aus Zorn, hinter der er kaum noch zu erkennen war. In der nächsten Sekunde schoss seine Hand nach vorne und packte mich am Hals, drückte zu. Ich spürte die Wand in meinem Rücken.

»Netter Versuch, Merlin-Erbin, aber jetzt ist Schluss mit den Spielchen«, zischte er.

»Oscar«, röchelte ich. »Wehr dich gegen sie. Bitte!«

»Vergiss es!« Er starrte mich nur hasserfüllt an. »Du wirst meine Pläne nicht zerstören, du dummes Ding.«

Morgana sprach aus ihm und ich wusste, ich drang nicht zu Oscar durch. Es war noch sein Gesicht, aber er war nicht mehr da. Also konnte ich nur eins tun.

»Entschuldige«, flüsterte ich, sammelte meine letzte Kraft und sah ihm in die Augen. Dann zwängte ich mich an seinem Willen vorbei und überlastete sein Feld so vorsichtig wie möglich. Er wehrte sich gegen mich, Morgana wehrte sich. Aber dann lockerte sich Oscars Griff, er verdrehte die Augen und sackte zusammen. Ich versuchte, ihn abzufangen, aber ich schaffte es nur, meine Hände zwischen seinen Kopf und das Linoleum zu schieben, bevor er aufschlug. Das Gewicht quetschte meine Finger zusammen, es war mir egal. Schnell krallte ich die kratzige Decke von seinem Feldbett und knüllte sie unter seinen Kopf. Wäre ich stärker gewesen, hätte ich ihn über meine Schulter werfen und mitnehmen können. Aber so musste ich ihn hierlassen. »Gib nicht auf«, sagte ich leise und strich hastig über seine Wange. »Ich verspreche dir, wir holen dich hier raus.«

Dann sprang ich auf meine Füße. Morgana wusste jetzt, dass ich frei war, also musste ich mich beeilen. Mit einem letzten bangen Blick auf Oscar lief ich aus dem Raum, durch den Korridor, rannte zum Ausgang und stieß die Tür auf.

Kühle, feuchte Luft schlug mir entgegen, der Mond hinter den Wolken erhellte die Umgebung nur sehr dürftig. Ich stockte kurz, dann rannte ich in Richtung des nächsten Waldstücks, so schnell ich konnte. Erschöpfung zog an mir, als würde das Gras unter mir meine Füße festhalten, brachte mich ins Straucheln, aber ich hielt dagegen, legte noch ein bisschen an Tempo zu. Dann tauchte ich in das Dickicht ein. Wo ich hinwollte, wusste ich nicht, aber das war auch egal. Hauptsache, weg. Morgana würde sicher nicht lange brauchen, bis sie zurück war. Und ich wollte nicht wissen, was mir blühte, wenn sie mich erwischte.

Es dauerte ungefähr zehn Minuten, dann hatte ich keine Ahnung mehr, wo ich war. Als ich in meiner Kindheit hier gewesen war, hatte ich das Zentrum nicht verlassen dürfen, und als Dex mich abgeholt hatte, war ich zu glücklich gewesen, um darauf zu achten, wo wir waren. Außerdem war ich ein Stadtkind. Ich fand den Weg von Camden bis nach Kingston mit verbundenen Augen, aber Natur sah für mich schon im Hellen immer gleich aus. Wir waren irgendwo nördlich vom Lake District National Park, das hatte mir Mary mal erzählt. Aber wo genau? War in der Nähe überhaupt irgendeine Stadt?

Ich rannte weiter durch den Wald mit dem Ziel, so viel Abstand wie möglich zwischen mich und das Ausbildungszentrum zu bringen. Bald setzte Regen ein, typischer englischer Landregen, der meine Klamotten in kürzester Zeit durchnässte und den Boden rutschig machte. Xavias Laufschuhe waren schnell völlig durchweicht, meine Füße eiskalt. Die Zweige von Büschen zerrten an meinem Shirt, und ich musste aufpassen, um in der Dunkelheit nicht gegen einen Baum zu rennen. Wahrscheinlich wäre es besser gewesen, die Zufahrt runterzulaufen und dann in der Nähe der Straße zu bleiben. Aber dafür war es zu spät. Ich war längst mitten in der Wildnis, ich und meine Müdigkeit und die Angst, dass Morgana mich wieder erwischen würde. Trotzdem lief ich weiter, immer weiter. Solange ich noch konnte, musste ich laufen. Je weiter ich mich entfernte, desto schwerer würde es für sie sein, mich zu finden.

Als ich irgendwann Rufe hörte, glaubte ich erst, dass jemand mir zu Hilfe kam. Aber dann schlug die Realität zu: Es waren die Darks und ihre Handlanger. Ich konnte ihre Felder nach meinem Overkill nun auch aus der Entfernung spüren, sie waren wieder dunkel und ihr Zorn wie eine schwarze Schlange, die sich durch die erloschenen Lichter wand. Oscars Rettungsversuch hatte mich wertvolle Zeit gekostet. Zu viel Zeit.

Sicherlich waren die Darks meinen Spuren gefolgt, die der Regen nicht schnell genug wegwusch. Wie verwischte man Spuren? Langsamer laufen konnte ich nicht, mich verstecken auch nicht. Wasser! Wenn ich durch Wasser lief, gab es keine Spuren mehr. Also brauchte ich einen Bach oder einen Fluss. War irgendwo ein Bach? Durch das Rauschen des Regens im Blätterdach war kein Plätschern zu hören.

Ich rannte weiter, den Blick auf den Boden gerichtet, versuchte, irgendetwas zu sehen.

Da lief ich plötzlich gegen eine Wand.

Es war keine tatsächliche Wand, nicht im physischen Sinne. Aber da war ein Widerstand vor mir, den ich nicht greifen konnte – ich spürte ihn nur wie einen Magneten, der mich abstieß. Probehalber machte ich einen Schritt nach vorne, um zu sehen, ob ich hindurchgehen konnte. Da hörte ich plötzlich Morganas Stimme in meinem Kopf.

*Du weißt, dass du mir nicht entkommen kannst.*

»Ich kann es wenigstens versuchen«, gab ich zurück. Dieser Widerstand, war das ihr Werk? Oder hatte ich es hier mit anderen Mächten zu tun? Egal, ich würde mich davon nicht aufhalten lassen. Mit aller Kraft lehnte mich nach vorne und stellte mir vor, wie ich Merlin an meiner Seite hatte, der mir gegen Morgana half.

Und es klappte. Ich quälte mich durch die Luft, die wie zäher Schlamm war, kam zentimeterweise voran und hoffte, dass es irgendwann vorbei war.

*Du bist hartnäckiger, als ich dachte,* überlegte Morgana in meinem Kopf. *Dann eben anders.* Sie verstummte, aber sie verschwand nicht. Stattdessen spürte ich das vertraute Gefühl, wie ich in eine ihrer Visionen abdriftete.

»Nein!«, rief ich.

Aber es war zu spät.

»Sie wird bestimmt bald wach.«

»Das hoffe ich. Wenn nicht, haben wir ein Problem.«

»Wie lange brauchen die anderen noch, bis sie hier sind?«

»Eine halbe Stunde, schätze ich.«

»Kannst du nachsehen?«

»Klar.«

Zwei Stimmen weckten mich, weiblich und männlich, sie sprachen miteinander, bevor Schritte und eine Tür zu hören waren. Ich hielt die Augen geschlossen, obwohl ich sie am liebsten aufgerissen hätte, um zu sehen, wo ich war. Vorher zwang ich mich jedoch zu einer Bestandsaufnahme. Mein Kopf tat weh, meine Beine und Arme waren schwer und müde. Der Untergrund, auf dem ich lag, war weich. Es roch nach Waschmittel.

Die Stimmen waren verstummt, aber einer der dazugehörigen Menschen musste noch da sein, denn ich hatte nur die Schritte einer Person gehört. Vorsichtig öffnete ich ein Augenlid.

Was ich durch den schmalen Spalt sah, beruhigte mich weit genug, um die Augen ganz aufzuschlagen. Ich war in einem Zimmer, zwar ohne Fenster, aber trotzdem behaglich erleuchtet und mit hellen Möbeln ausgestattet. Mein Bett war mit hellblauer Wäsche bezogen, ich steckte in etwas, das sich wie ein Jogginganzug anfühlte, und neben mir stand ein Nachtschränkchen mit Blumenvase. Es wirkte fast wie in einem Hotel, sehr ordentlich und ohne persönliche Note.

Am Ende des Bettes stand ein Mädchen mit dunkelbraunem Pixie-Cut, das mir den Rücken zugedreht hatte und auf ein Display an der Wand sah.

»Hallo«, sagte ich heiser.

»Oh, hi.« Sie drehte sich um und lächelte.

Ich kannte sie, aber mein Gehirn brauchte einen Moment, um ihr Gesicht zuzuordnen.

»Du bist Scarlett.« Juleons Schwester. Ich war also bei den Divines?

»Richtig.« Das Mädchen nickte. »Unsere Leute haben dich im Wald gefunden und hergebracht. Du warst bewusstlos, unterkühlt und hast ein paar Schrammen, aber unser Arzt sagt, dass du nicht ernsthaft verletzt bist.«

»Gut.« Ich setzte mich auf, mein Schädel puckerte unangenehm. Das Letzte, woran ich mich erinnern konnte, war Morganas Vision, aber schon kurz nach Beginn war alles schwarz geworden. Von meiner Rettung hatte ich nichts mitbekommen.

»Ah, sie ist wach.« Die Tür war aufgegangen und ein Junge kam herein. Er hatte lange blonde Haare und sehr aufmerksame graue Augen, die mir von einigen Videoanrufen mehr als bekannt waren.

»Hi, Juleon«, sagte ich.

»Charlotte. Nett, dass du reinschaust.« Er grinste. »Aber warum hast du nicht angerufen? Das wäre weniger dramatisch gewesen.«

Zum ersten Mal hatte ich die Divines leibhaftig vor mir, die wichtigste Instanz bei KORT, die Quelle der Informationen, nach denen sich alle Knights richteten. Dabei sahen sie auch in Lebensgröße völlig normal aus: Scarlett trug eine ordentliche dunkle Hose und eine gepunktete Bluse, Juleon eine an den Knien kunstvoll zerfetzte helle Jeans und dazu ein ausgeleiertes blaues Sweatshirt. Mehr als ihr Äußeres konnte ich jedoch nicht erkennen und das war sehr ungewohnt für mich.

»Wieso kann ich eure Felder nicht sehen?«, fragte ich. Meine Stimme war immer noch rau. Scarlett reichte mir eine kleine Flasche Wasser, die sie von der Anrichte nahm. Ich bedankte mich, schraubte sie auf und nahm einen Schluck.

»Felder? Oh, du meinst …« Juleon nickte, als ihm klar wurde, wovon ich sprach. »Das ist ein Schutzmechanismus, um uns abzusichern. Kein Knight kann unsere Gefühle wahrnehmen. Nicht einmal eine Merlin-Erbin.«

Als er den letzten Satz sagte, verschluckte ich mich und begann, fürchterlich zu husten. Scarlett klopfte mir auf den Rücken, so zart, dass es sich anfühlte, als würde ein Schmetterling landen und wieder abheben. Zum Glück verschwand das Wasser auch ohne ihre Hilfe aus meiner Luftröhre.

»Du dachtest doch nicht, ihr könntet das vor uns verbergen, oder?« Arroganz machte sich auf Juleons Gesicht breit. »Das ist absurd. Und beleidigend.«

Ich räusperte mich. »Sorry. Wir dachten, ihr hättet nie etwas von mir gesehen und deswegen …«

»Wir waren eine Zeit lang blind für dich, aber das ist schon seit einer Weile vorbei.« Scarlett verschränkte die Arme. »Wir tragen jedoch nicht alles weiter, was wir sehen. Wir sind schließlich nicht die *Sun*.«

»Ich wäre gern die *Sun*«, warf Juleon ein. »Aber es ist leider verboten, Informationen zu verkaufen. Ich habe das Kleingedruckte damals wohl nicht richtig gelesen.«

Normalerweise hätte ich über seinen Witz gelacht, aber jetzt war mir nicht danach. »Dann habt ihr das mit Merlin weder der Gilde noch den anderen Teams gesagt?«

Juleon schüttelte den Kopf. »Du hättest es erfahren, wenn es so wäre. Wir können Geheimnisse für uns behalten. Außerdem gibt es sicher einen guten Grund dafür, den du und die anderen uns bestimmt noch verraten wollt.« Seine Augen leuchteten neugierig.

*Die anderen.* Schlagartig erinnerte ich mich an etwas, das die beiden besprochen hatten, bevor ich richtig wach gewesen war.

»Habt ihr Team Stanham gesagt, dass ich hier bin?« Ich versuchte, es möglichst neutral zu formulieren, aber meine Stimme zitterte.

»Du meinst, ob wir *Noel* gesagt haben, dass du hier bist?« Juleon hob eine Augenbraue. Scarlett stieß ihn in die Seite, als wollte sie ihn maßregeln, dann legte sie ihre Hand ans Ohr, schien jemandem zuzuhören und ging nach einem Wink zu ihrem Bruder hinaus. »Haben wir«, sagte er zu mir. »Und so, wie ich seinen Fahrstil kenne, ist er bald hier.«

Plötzlich wurde mir klar, dass ich wirklich und wahrhaftig in Sicherheit war. Ich hatte Morgana entkommen können, Noel und ich waren erst einmal außerhalb ihrer Reichweite – und er würde gleich hier sein. Da brachen meine Dämme. Die Anspannung der letzten Tage, all die Angst und die Verzweiflung, meine und die von Morgana, entluden sich in einem Schwall von Tränen und einem ganzen Rudel von schüttelnden Schluchzern. Ich hätte nicht einmal aufhören können, wenn ich es gewollt hätte.

»Oh, bitte nicht weinen«, sagte Juleon hilflos und tätschelte meine Schulter. »Heulende Menschen machen mich fertig. Ich weiß dann nie, was ich tun soll.«

Ich musste unter meinen Tränen lachen. »Tut mir leid. Aber ich bin nur … froh, schätze ich. Oder total erledigt. Wahrscheinlich beides.« Und dabei hatte ich noch niemandem gesagt, dass Morgana am Leben war.

Juleon gab mir eine Box mit Taschentüchern, die er aus dem Bad nebenan holte.

»Ich weiß nicht, ob mich das beruhigt.« Er grinste schief und ich stellte mal wieder fest, dass ich ihn mochte. Als er Levis Bedenken damals so lapidar weggefuchtelt hatte, hätte ich ihn gerne erschlagen, aber mit der Zeit hatte sich mein Bild von ihm gewandelt. Er war manchmal flapsig, aber nahm seinen Job mehr als ernst. Und er hatte einen guten Sinn für Humor, auch wenn ich dafür gerade nicht empfänglich war.

»Konntet ihr eigentlich irgendetwas sehen?«, fragte ich. »Von meinem Aufenthalt bei den Darks?«

»Wir haben dich gar nicht gesehen, solange du dort warst. Das ist der Mist an den Darks. Sie schaffen es, uns auszuschließen. Bisher haben Scarlett und ich noch keinen Weg gefunden, das zu umgehen.«

Ich konnte mir denken, warum. Morgana musste der Grund dafür sein. Ich holte Luft. »Das liegt daran, dass –«

Stimmengewirr von draußen unterbrach mich, und mein Herz begann, schneller zu schlagen. Dann wurde die Tür aufgestoßen, und mehrere Leute kamen herein, aber ich sah nur den, der an ihrer Spitze ging. Dunkle Haare und dazu besorgte grüne Augen in einem mehr als erschöpften Gesicht. Ich war noch nie in meinem Leben so froh gewesen, jemanden zu sehen.

»Charlotte.« Er sagte es leise, als würde ich verschwinden, wenn er meinen Namen lauter aussprach. Ich konnte den Schmerz in seiner Stimme kaum ertragen. So schnell ich konnte, sprang ich von meinem Krankenlager auf und machte zwei Schritte, da umschlossen mich schon seine Arme und ich schlang meine um seinen Hals. Die Zeit verschwamm, während wir einander ganz fest hielten und ich die vertraute Wärme spürte, die sich zwischen uns breitmachte. Die Tränen kamen zurück und landeten allesamt auf seinem Shirt, aber es war mir egal. Er war hier. Wir waren zusammen. Alles war gut.

Erst eine Ewigkeit später hatte ich das Gefühl, ihn loslassen zu können, ohne mich aufzulösen. Noels Augen waren feucht, als er mein Gesicht in beide Hände nahm. »Du bist in Ordnung.« Es klang nicht wie eine Frage, sondern wie ein Mantra. Als hätte er sich diesen Satz in den letzten Tagen immer wieder gesagt.

Ich nickte stumm, weil der Kloß in meinem Hals jedes Wort verhinderte. Dann machte ich einen Schritt zurück, und mir wurde bewusst, dass der Rest des Teams neben Juleon und Scarlett stand.

»Darf ich jetzt auch mal oder muss man hier eine Nummer ziehen?« Es war Zeph, der das Schweigen mit einem seiner typischen Sprüche brach. Sein Satz war der Auftakt zu einem großen Durcheinander aus Umarmungen, Fragen von ihnen und Beteuerungen von mir. Xavia heulte genau wie Levi, als sie mich beide in den Arm nahmen, und Thora dankte irgendwelchen Göttern. Ich hingegen entschuldigte mich ungefähr tausendmal dafür, dass ich ihnen so viel Kummer gemacht hatte, und sie winkten einmal mehr ab. Aber immer wieder suchte ich Noels Blick und spürte, wie ich mich allein durch seine Anwesenheit stärker fühlte. Und ich wusste: Morgana hatte unrecht. Es würde keinen Hass zwischen uns geben. Niemals.

»Es tut echt gut, dass ihr da seid«, sagte ich, als es etwas ruhiger wurde.

»Na, eigentlich sind wir nur hier, weil das Essen fantastisch ist.« Zeph hielt sein Handgelenk mit Uhr hoch. »Ich will ja nichts sagen, aber es ist nach zehn und ich hatte noch kein Frühstück. Das ist ein unhaltbarer Zustand.«

»Ganz deiner Meinung«, sagte Juleon und schlug mit Zeph ein. »Oben ist sicher längst alles vorbereitet. Kommt mit.« Er ging voran und Scarlett und die anderen folgten ihm aus dem Zimmer.

Noel gab mir einen Wink, dass ich kurz warten sollte, und ließ die anderen hinausgehen. Levi warf einen Blick über die Schulter und schob dann den neugierigen Zeph hinter Xavia her.

»Ich habe sie nicht kommen sehen«, sagte Noel, sobald wir allein waren. »Normalerweise weiß ich, wenn sie in der Nähe sind, aber diesmal …«

»Das war doch nicht deine Schuld.« Ich schüttelte den Kopf und legte liebevoll meine Hände an seine Wangen. Wenn ich daran dachte, wie er sich gefühlt haben musste, als ich nicht zurückgekommen war, wurde mein Magen wieder zu einem Klumpen Eis. »Ich hätte nicht rausgehen sollen, als der Wagen ganz hinten auf dem Flur stand. Das war die simpelste Falle der Welt.«

»Trotzdem hätte ich nicht so unvorsichtig sein dürfen, nur weil ich in dem Moment glücklich war.« Noels Blick machte meine endlich stabilen Knie erneut weich. Und dann küsste er mich, nicht sanft, sondern eher verzweifelt, als würde er das brauchen – die Gewissheit, dass wir wieder zusammen waren. Ich zögerte keine Sekunde, den Kuss auf die gleiche Art zu erwidern. Aber dann löste er sich von mir.

»Bist du wirklich okay?«, fragte er und ließ prüfend den Blick über mein Gesicht gleiten.

»Ja … nein … keine Ahnung.« Ich hob die Schultern. »Es wird schon wieder. Ich setze darauf, dass Erben aus härterem Holz geschnitzt sind und ich kein lebenslanges Trauma davontrage. Wenn ich ehrlich bin, habe ich keine Lust, irgendwann zum Serienkiller zu werden.«

»Mach darüber keine Witze«, sagte er weich und strich mir über die Wange.

»Über Serienkiller?«, witzelte ich weiter.

»Nein, über Traumata.« Er zog mich wieder in seine Arme und ich vergrub die Nase an seiner Schulter und atmete ein.

»Ich bin so froh, dass du da bist«, murmelte ich in sein Shirt.

Seine Umarmung wurde noch etwas enger. »Verdammt, ich hatte solche Angst um dich. Als du nicht zurückgekommen bist … ich dachte …« Seine Stimme brach.

Ich sagte nicht, dass ich den gleichen Gedanken gehabt hatte. Dass ich verzweifelt in dem Raum hinter der verspiegelten Scheibe gesessen und keine Lösung gefunden hatte.

»Ich hatte Hilfe«, sagte ich. »Von Oscar.«

Noel lockerte abrupt seine Arme und starrte mich an. »Oscar? Er war dort?« Hoffnung überzog sein Feld mit einem hellen Schleier. »Geht es ihm gut? Wieso ist er nicht mitgekommen?«

»Er konnte nicht. Er … es geht ihm gut, aber er ist an die Darks gebunden. Am besten erzähle ich das, wenn alle dabei sind.« *Und wenn ich euch gesagt habe, dass Morgana unser Endgegner ist.*

Noel nickte, obwohl ich wusste, er würde es am liebsten sofort hören. »Fühlst du dich denn bereit für das Frühstück und die Fragerunde?«

»Nein«, sagte ich. Trotzdem setzte ich mich in Bewegung, den Arm um Noel gelegt, er seinen über meiner Schulter, die Finger mit meinen verschränkt. Wir hatten kein Wort darüber gesprochen, wie es mit uns weitergehen sollte oder ob wir fest zusammen waren, aber das schien auch nicht nötig zu sein. Wir waren eine Einheit, jetzt ganz offiziell. Das zwischen uns war einfach keine normale Liebesgeschichte. Auch wenn das in mancher Hinsicht besser gewesen wäre.

»Ist das hier die Basis der Divines?« Ich sah den Flur entlang. Der Boden war mit matt glänzendem Parkett ausgelegt und teuer aussehende Lampen warfen warmes Licht an die Wände.

»Ein Teil davon, ja.«

»Sie leben unter der Erde?« Ich hatte gewusst, dass man die beiden Seher streng bewachte und gut beschützen musste. Aber das klang wie ein Gefängnis.

»Nicht nur, es gibt auch eine Etage mit Tageslicht, dort haben die beiden ihre Räume. Aber da der Komplex sehr alt ist und dazu noch unterhalb einer Ruine liegt, ist das meiste unterirdisch.«

Ich nickte beeindruckt. »Dafür, dass es alt ist, wirkt es ziemlich schick.«

»Wenn du zwei Teenager dazu bringen willst, ihr Leben an einem abgeschiedenen Ort in Gesellschaft von ein paar Consultants, einem Wissenschaftsteam und hundert Analysten zu verbringen, dann solltest du ein bisschen Luxus springen lassen.« Noel grinste. »Sie kommen nicht viel raus.«

»Sind sie denn hier sicher? Die Darks müssen doch genau wie ihr wissen, wo sich die Divines befinden.« Selbst wenn sie die Geschwister nicht für ihre Zwecke brauchten, hätten sie bestimmt gerne dafür gesorgt, dass KORT blind war.

»Man kann den Standort nicht verraten, im Prinzip kennen nicht einmal wir ihn. Sobald wir hier wegfahren, vergessen wir, wo er liegt, und können nur auf Einladung von Scarlett und Juleon zurückkommen. Das ist Teil der Magie, die vor Jahrhunderten der Beginn von KORT war.«

Ich schwieg, weil ich an diese Barriere dachte, gegen die ich gelaufen war. Wahrscheinlich war sie Teil des Sicherheitskonzepts. Hatte Morgana gewusst, wie nahe sich die Divines am Ausbildungszentrum befanden? Oder war das nur Zufall gewesen?

Wir stiegen eine Treppe hinauf und gingen auf eine offene Tür zu, hinter der Zeph und Levi eines ihrer üblichen Wortgefechte austrugen. Mein Arm lag immer noch um Noels Mitte, Wärme breitete sich von dort in den Rest meines Körpers aus. Morgana geisterte trotzdem durch meinen Kopf, ihre Reden über wahrhaftige Liebe und endlosen Hass. Ich wollte sie zum Schweigen bringen, aber ich wusste nicht, wie. Bevor wir durch die Tür gingen, hielt ich an.

»Warte mal.« Noel die Wahrheit zu sagen, war mein erster Impuls. Hatte er nicht ein Recht darauf zu erfahren, dass er von Morgana abstammte? Jetzt und nicht später?

Er blieb stehen und sah mich besorgt an. »Ja?« Es schien, als erwartete er eine Hiobsbotschaft, aber eine über mich. Keine über sich selbst. Der Blick brachte meinen Entschluss ins Stocken. Diese Nachricht würde ihm den Boden unter den Füßen wegziehen. Und ich hatte Angst, dass sie ihn auch von mir wegreißen würde.

»Ich habe dich vermisst«, sagte ich also nur. Es war egoistisch, aber ich wollte noch ein paar schöne Momente mit ihm haben, bevor ich ihm das antat.

»Ich dich auch, Mylady. Du hast keine Ahnung, wie sehr.« Er küsste mich, und als Zeph ungeduldig nach uns rief, nahm Noel meine Hand, und wir beeilten uns, zu den anderen zu gehen.

# 28

Noel hatte recht gehabt – die Divines lebten im Luxus. Vielleicht in einem einsamen Luxus in der Pampa, aber das wäre den meisten Menschen wohl egal gewesen. Der Raum, in dem man auf uns wartete, war so groß wie der gesamte Wohn- und Küchenbereich in Stanham, mit riesigen Fensterfronten auf einen See und den Wald hinaus. Nebel lag noch zwischen den Gipfeln, aber mattes Sonnenlicht kämpfte dagegen an. Nachdem ich tagelang in einem Raum ohne Fenster gesessen hatte, kam es mir sehr hell vor. Genau wie die Einrichtung, die mit ihrem Mix aus Holz, beigefarbenen Stoffen und Farbakzenten aussah wie aus einem Magazin. Das perfekte Bild wurde nur durchbrochen von einigen Büchern, einem auf der Couch herumliegenden Pullover und einem Paar Kopfhörer, das jemand achtlos zwischen die Sofakissen gequetscht hatte.

Und dann das Frühstück. Es war mehr ein Brunch, mit Eiern in drei verschiedenen Formen, frischem Brot, Croissants, Scones, Kuchen, gebratenen Würstchen und jeder Menge Obst, handlich klein geschnitten oder schon direkt mit Jogurt vermischt. Alles war auf einem Tisch mit weißer Decke angerichtet – wie ein Büfett, das manches Hotel dazu gebracht hätte, freiwillig seine Sterne abzugeben. Die Divines und Team Stanham saßen auf modernen petrolblauen Polsterstühlen, die um einen ovalen Tisch herumstanden.

»Na endlich. Levi wollte nicht anfangen, bevor ihr da seid.« Zeph rollte mit den Augen.

»Ganz richtig, das ist nämlich unhöflich«, sagte Levi mit Nachdruck.

Ich lächelte ihn an und sparte mir den Hinweis, dass sie ruhig hätten anfangen können. Levis gute Manieren wurden schon oft genug torpediert. »Es ist lieb, dass ihr gewartet habt.«

Noel und ich setzten uns auf zwei der freien Sessel, und ich war froh, dass man mich erst einmal in Ruhe ließ und nicht gleich mit Fragen zu meiner Entführung löcherte. Nicht weil es einfacher wurde, wenn ich mit meinem Bericht noch wartete, aber so hatte ich Zeit, meine Gedanken zu sortieren.

Alle griffen beherzt zu, vor allem Juleon, der eindrucksvoll bewies, dass der Ausdruck »All you can eat« für ihn erfunden worden war. Wie er so schlank sein konnte bei den Mengen, die er vertilgte, war mir ein Rätsel. Vielleicht lag es daran, dass er seinen Stoffwechsel mit literweise Kaffee auf Trab hielt. Seine Schwester dagegen knabberte an einem Vollkornbrot mit Avocadocreme und trank Tee. Offenbar hatten die beiden nicht nur optisch wenig gemeinsam.

Mein Magen hatte seit Tagen nichts außer ein paar Müsliriegeln bekommen, aber ich brachte trotzdem keinen Bissen herunter. Wie eine riesige To-do-Liste sah ich permanent vor meinem inneren Auge, was ich den anderen alles sagen musste. Morgana stand ganz oben, dicht gefolgt von Oscar. Wann ich Noel von seiner Vorfahrin erzählen wollte oder von dem Fluch, wusste ich nicht.

»Charlotte?«, fragte Scarlett. »Möchtest du etwas anderes essen? Wenn dir nichts zusagt, können wir sicher etwas bringen lassen, das dir schmeckt.« Sie deutete auf meinen Teller, der Tatort eines völlig zerfledderten Croissants war. Ich hatte gar nicht bemerkt, dass meine Finger sich selbstständig gemacht hatten.

Schnell nahm ich die Hände vom Tisch. »Ich brauche nichts anderes, danke. Außerdem glaube ich nicht, dass es etwas Essbares gibt, das sich noch nicht in diesem Raum befindet.« Ich lächelte und schob zu Scarletts Beruhigung ein Stück Croissant in meinen Mund. Der buttrige Blätterteig schmeckte fantastisch, aber ich musste ihn trotzdem hinunterwürgen.

Von außen betrachtet war es ein Essen wie viele, aber ich wusste es besser. Das Frühstück erinnerte mich an meine erste Begegnung mit dem Team, als sie mich nicht hatten ausfragen wollen, aber ich ihre Neugier trotzdem gespürt hatte. Jetzt war es ähnlich – denn auch wenn sie aßen und sich mit den Divines über alltägliche Sachen unterhielten, flackerten Sorge und Unruhe unter ihrem Eis. Außerdem kannte ich sie mittlerweile besser. Ich wusste, dass Zeph nicht zufällig immer wieder in meine Richtung sah oder dass Xavia zum dritten Mal ins Leere schaute, weil sie mich mit ihrer Gnade abtastete. Ich atmete ein.

»Ich muss euch etwas sagen.«

Sofort herrschte Totenstille und alle sahen mich an, niemand sagte ein Wort. Ich wollte es ihnen sanft beibringen, irgendwie schonend, mit einer guten Einleitung. Aber da war nur die nackte Wahrheit in meinem Kopf und drängte mich dazu, sie auszusprechen. »Die Darks arbeiten nicht allein. Sie haben eine sehr mächtige Verbündete.«

»Verbündete?«, fragte Noel. »Wen?«

»Morgana.« Der Name kam aus meinem Mund, als wäre er selbst ein Fluch. Die Folge: Sieben Menschen starrten mich fassungslos an. Ich brauchte mir ihre Felder nicht anzusehen, um zu wissen, wie sehr sie diese Nachricht schockierte.

»*Was?*« Es war Xavia, die als Erstes ihre Stimme wiederfand.

»Morgana hilft den Darks«, brachte ich ein zweites Mal heraus. »Oder wahrscheinlich eher umgekehrt. Ich weiß nicht, ob sie all die Jahrhunderte auf der Welt war, aber sie lebt. Ich habe sie gesehen.« Standhaft vermied ich es, Noel anzuschauen. Ich hatte Angst, dass er in meinen Augen lesen konnte, was da noch war.

Scarlett und Juleon tauschten Blicke, wie wohl nur Divines es konnten, voll fürchterlicher Weisheit, die nicht in ihre jungen Gesichter zu passen schien. Keiner von ihnen sagte etwas.

»Bist du sicher?«, fragte Thora mich. »Vielleicht war es ein Trick, ein Trugbild, irgendein fauler Zauber von den Darks.«

Ich schüttelte den Kopf. »Nein, ich bin sicher. Ich habe mit ihr gesprochen und sie hat mich ... ich habe Visionen von ihr gesehen. Es gibt keinen Zweifel.«

»Was hat diese Hexe dir angetan?« Noels Stimme war düsterer, als ich es je von ihm gehört hatte – genau wie seine Augen, als ich es wagte hineinzusehen. *Hass.*

Es war genau der Hass, den Morgana mir prophezeit hatte. Nur dass er nicht mir galt. *Noch nicht,* hörte ich ihre boshafte Stimme in meinem Kopf.

»Das spielt keine Rolle.« Meine Worte kamen so fest heraus wie möglich. »Wichtig ist nur, dass sie lebt. Und dass wir sie aufhalten müssen. Der Plan der Darks, das ist eigentlich ihrer. Sie will der Welt einen Neustart nach ihren Regeln verschaffen, die unwürdigen Menschen beseitigen und den Rest beherrschen.«

Juleon stieß die Luft aus. »Deswegen haben wir nichts gesehen, was die Darks angeht – weil sie es blockiert. Offenbar hat sie ihre Kräfte über die Zeit bewahren können.«

»Aber wie kann sie überlebt haben?«, überlegte Levi laut.

»Kann sie nicht.« Zeph runzelte die Stirn. »Lancelots Sohn Galahad hat sie getötet, nur ein paar Jahre, nachdem Arthur nach Avalon gebracht wurde. Nicht dass ich den Berichten der Ritter immer glaube, aber Noel hat das in Visionen gesehen.«

Ich sah Noels Nicken nur aus dem Augenwinkel. »Als ich mich noch mit Lancelot verbunden habe, war das eines der häufigsten Bilder, die ich hatte.«

Eiskalte unsichtbare Finger krochen mein Rückgrat hinauf. Natürlich hatte er das gesehen. Schließlich war das eine der Erinnerungen, die beide seiner Vorfahren betrafen.

»Aber das muss doch nichts heißen. Charlotte hat schließlich auch Merlins Tod gesehen – und dann hat er sich selbst geheilt, den Staub von den Klamotten geklopft und ist wieder aufgestanden.« Xavia sah mich an. »Warum sollte Morgana das nicht auch getan haben?«

»Weil sie es zu dem Zeitpunkt nicht konnte«, sagte Noel. »Morgana stand zum Zeitpunkt ihres Todes unter einem Bannspruch, den ihr Merlin einige Jahre zuvor auferlegt hat. Sie hatte keine magischen Fähigkeiten.«

Xavia zuckte mit den Schultern. »Soweit wir wissen. Aber das bedeutet nicht, dass es wirklich so war. Und –«

Ein Keuchen unterbrach sie. Es kam von Scarlett. Das zierliche Mädchen neben mir hatte die Augen geschlossen und ballte die Hände zu Fäusten, als hätte sie Schmerzen. Ich wollte irgendetwas tun, aber ich saß nur hilflos neben ihr und brachte keinen Ton heraus.

»Scar?« In Lichtgeschwindigkeit war Juleon von seinem Platz aufgesprungen und ging jetzt neben seiner Schwester in die Hocke. Seine Hände legten sich auf ihre und er schloss ebenfalls die Augen. Sofort wurde Scarlett ruhiger und beide hielten für einige Augenblicke ganz still, als wären sie ein Standbild in einem Film. Ich wagte nicht zu atmen, obwohl ich keine Ahnung hatte, was passierte.

»Eine Vision«, flüsterte Noel leise in mein Ohr. »Eine ziemlich heftige offenbar. Wenn Scarlett sie mit Juleon teilt, kann er die Wucht ein bisschen abfangen.«

So sah also das Leben der Divines aus: Sie lebten nicht nur einsam und allein am Ende der Welt, sie wurden auch noch ständig und ungefragt von Visionen überfallen? Ich dachte an Morganas schreckliche Rückblenden in meinem Kopf und empfand Mitleid mit Scarlett und Juleon. Wie automatisch fand meine Hand die von Noel und er hielt sie fest. Seine Wärme tat mir gut, und ich versuchte, nicht daran zu denken, von wem er dieses Feuer geerbt hatte.

Alle warteten respektvoll und still, bis Scarlett und Juleon sich wieder regten. Er tat es zuerst, beugte sich vor und küsste sie auf die Stirn. Sie lächelte und berührte ihn am Arm. Dann ging er zu seinem Platz zurück. Obwohl sie so gegensätzlich wirkten, schienen sie ein perfekt eingespieltes Team zu sein und eine ganz besondere Verbindung zu haben. »Einsam und allein« kam mir mit einem Mal sehr falsch vor.

»Tut mir leid«, sagte Scarlett und ein unsicherer Blick streifte vor allem mich. »Normalerweise kündigt es sich an.«

»Was kündigt sich an? Wir haben gar nichts bemerkt.« Zeph grinste und sie lächelte dankbar.

»Wollt ihr uns sagen, was ihr gesehen habt?« Noels Tonfall war zurückhaltend, als wäre es unhöflich, einen Divine so etwas zu fragen. Wahrscheinlich war es nicht üblich, das zu tun.

Scarlett und Juleon wechselten wieder einen Blick.

»Uns«, sagte Scarlett dann. »Uns beide und viele der Knights. Wir waren … am Rand eines dichten Waldes mit schroffen Felsen im Hintergrund und wir haben gekämpft, mit Schwertern in einer blauen Dämmerung. Erst sah es gut für uns aus, die Darks wurden zurückgedrängt, aber dann …«

»Dann kam das Feuer.« Juleon beendete den Satz für sie. »Kein gewöhnliches Feuer, sondern eines, das die Welt verschlingt. Es kam lautlos heran, riss in Sekunden alles mit sich und hinterließ nichts als nackte Wüste. Wir hatten nicht den Hauch einer Chance.«

*Ich war ein Feuer in der Wüste.* Das hatte Morgana über sich selbst gesagt. Merlin war das Eis gewesen und sie das Feuer. Aber sie hatte die Vergangenheitsform benutzt, denn auch wenn sie stark war, konnte sie keine solchen Mächte heraufbeschwören. Deswegen brauchte sie Noel und mich, um die Welt zu verbrennen: Trotz aller Magie, die sie wirken konnte, war sie zu ihrem finalen Schlag nicht selbst in der Lage. Das war beruhigend und beängstigend zugleich. Denn sie würde kaum aufhören, uns zu jagen, wenn wir ihre einzige Option waren.

»Was soll das bedeuten?«, fragte Thora und holte mich damit aus meinem Kopf.

»Es bedeutet, dass Charlotte recht hat«, sagte Juleon ernst. »Morgana ist zurück. Und wenn sie es schafft, ihren Plan durchzuführen, dann wird von dieser Welt nicht mehr viel übrig bleiben.«

Es wurde still – die Sorte Stille, die aus Schock und Hilflosigkeit entsteht. Dann wurde allen klar, dass meine Meldung über Morgana nicht nur ein schlechter Traum gewesen war. Und plötzlich fingen alle auf einmal an zu reden.

»Wie sollen wir sie aufhalten?«

»Morgana hat die Tafelrunde schon immer gehasst.«

»Die Ritter haben es auch nicht geschafft, sie zu besiegen.«

»Mit den Gnaden kommen wir da nicht weit.«

»Wenn nicht einmal Charles sich gegen sie wehren konnte …«

Obwohl die Knights dazu ausgebildet waren, die Welt gegen allerhand Gefahren zu beschützen, hatte nichts sie auf so eine Situation vorbereitet. Allen normalen Menschen waren sie ohnehin überlegen und die Darks waren ein ernst zu nehmender Gegner, aber mit den Knights auf Augenhöhe, was Erfahrung und Fähigkeiten anging. Morgana hingegen war etwas ganz anderes – sie war übermächtig und für uns unbesiegbar. Niemand wusste das besser als ich.

»Es gibt eine Möglichkeit, sie zu stoppen.« Zeph sagte es nicht sehr laut, aber trotzdem verstummte das Stimmengewirr sofort.

»Welche?«, fragte Xavia.

»Nein.« Bevor Zeph weitersprechen konnte, ging Noel dazwischen. »Auf keinen Fall.«

Levi sah zwischen den beiden hin und her. »Wovon redet ihr?«

Noel warf Zeph einen warnenden Blick zu, aber der antwortete trotzdem. »Es gibt nur einen Mann, der in der Lage ist, Morgana aufzuhalten: derselbe, der sie damals mit einem Bann belegt hat, damit Galahad in der Lage war, sie zu töten.«

»Merlin?«, fragte ich, obwohl das völlig klar war. »Aber er kann uns nicht helfen. Er ist tot.«

»Technisch gesehen nicht.« Zephs Worte schwebten durch den Raum und setzten sich an mir fest. Ich starrte ihn an.

»Du meinst …?«

»Zeph, halt den Mund«, knurrte Noel. »Das ist keine Option.«

»Ich finde, das sollte Charles entscheiden und nicht du«, sagte Zeph verärgert.

»Sie soll entscheiden, ob sie ihr Leben riskiert?« Noel ließ meine Hand los. »Vergiss es. Du wirst ihr keine Hoffnungen machen, dass sie uns retten kann, wenn der Preis dafür so hoch ist.«

Zeph stöhnte genervt auf. »Himmel noch mal, No. Vielleicht könntest du für einen Moment deine Gefühle beiseitelassen und –«

»Meine Gefühle?« Noels Feld flammte auf wie ein Gasherd. »Ich sage dir mal etwas über meine Gefühle –«

»Schluss damit!«, rief ich dazwischen und holte Luft. »Zeph, was ist das für eine Option?«

Noel sah mich an. »Charlotte …«

»Nein, bitte. Ich will es hören.«

Zephs Blick flackerte zu Noel, dann schaute er zu mir. »Es gibt da so einen Mythos um Merlin. Laut den Überlieferungen wurde er nie wirklich getötet, sondern lediglich unter einen Bann gelegt. Also haben die Leute gehofft, er käme eines Tages zurück.«

Ich nickte langsam. »Aber wenn es möglich ist, warum hat es dann nicht längst jemand versucht?«

»Es wurde versucht, mehr als einmal. Allerdings sind die Anweisungen schwer zu interpretieren, und es braucht eine Menge Gnaden-Energie, um überhaupt eine Chance zu haben. Man geht davon aus, dass es deswegen nie geklappt hat. Und seit zwei Jahrhunderten hat es niemand mehr versucht.«

Es dauerte einen Moment, um die Informationen richtig zusammenzusetzen, aber dann sah ich das gesamte Bild. Eine Menge Gnaden-Energie, das hatte Zeph gesagt. Die hatten wir, wenn Noel und ich uns miteinander verbanden. Und wenn niemand es seit zweihundert Jahren versucht hatte, dann bedeutete das …

»Man braucht einen Erben von Merlin dafür?«, fragte ich. Zeph nickte. »Was müsste ich tun, um ihn zu befreien?«

Durch Noel ging ein Ruck. »Du wirst das doch nicht ernsthaft in Erwägung ziehen? Weißt du, was die Berichte über diese Befreiungsversuche sagen?«

»Nein, das weiß ich nicht. Aber es spielt auch keine Rolle.«

»Zeph, sag es ihr«, befahl Noel seinem Freund. »Sag ihr, was mit den Leuten passiert ist, die versucht haben, Merlin zu befreien.«

Zeph druckste herum. »Es gibt durchaus ein paar Risiken. Manche haben in der Vergangenheit den Verstand verloren, andere sind verschwunden –«

»Und die meisten sind gestorben«, ergänzte Noel hart. »Auf grausame Art und Weise.« Er sah mich an. »Bitte sag mir, dass du nicht vorhast, so einen Wahnsinn zu versuchen.«

Sein Blick schnürte mir die Kehle zu. Aber ich hatte keine Wahl. »Du warst nicht dort, du hast sie nicht erlebt – Morgana ist zu mächtig. Nicht einmal, wenn sich alle Teams miteinander verbünden, könnten wir sie schlagen.« Ich atmete ein. »Wir brauchen einen ebenbürtigen Gegner für sie. Und wenn ich dafür sorgen kann, dass wir ihn bekommen, dann werde ich das tun.«

Noel konnte nicht wissen, dass gerade er und ich darauf angewiesen waren, dass Merlin zurückkam. Dass wir meinen Vorfahren brauchten, damit uns Morgana nicht für ihre Zwecke benutzen konnte. »Und außerdem … hat mich Oscar darum gebeten, sie zu besiegen. Sonst kommt er nicht frei.«

Oscars Name war wie ein Startschuss, um das Team schon wieder aufzuwühlen. Sofort stürmten hundert Fragen auf mich ein.

»Du hast ihn gesehen?«

»Geht es ihm gut?«

»Haben die ihm etwas getan?«

Ich versuchte mich an einer Antwort.

»Er war dort, es geht ihm gut, aber er steht unter Morganas Kontrolle. Sie hat irgendwas mit ihm gemacht, dass sie ihn quasi beherrschen kann … ich wollte ihn mitnehmen, aber er sagte, er wäre erst frei von ihr, wenn wir es schaffen, sie zu bezwingen.«

Die anderen hakten nach, und ich sagte alles, was ich konnte – dass er sie vermisste und wie er mir geholfen hatte zu verschwinden. Ich erzählte auch, dass er sich geweigert hatte, mit mir zu kommen, um das Team nicht in Gefahr zu bringen. Zum Glück machte mir niemand Vorwürfe, dass ich ihn nicht gerettet hatte.

»Danke.« Xavia lächelte traurig. »Danke, dass du es versucht hast.«

»Das musste ich«, sagte ich. »Oscar ist ein Teil von euch, er ist euer Freund und damit auch meiner. Deswegen müssen wir ihn von Morganas Kontrolle befreien. Und das geht nur, wenn wir diese Hexe auslöschen.«

»Oz würde niemals wollen, dass du dein Leben riskierst, um ihn zu retten«, sagte Noel. Die Angst in seiner Stimme galt nicht nur mir, sie galt auch seinem Freund, den er mehr als jeder andere hier vermisste. Ich sah ihn nicht an, als ich antwortete.

»Trotzdem muss ich es tun. Denn wenn wir Morgana nicht aufhalten, sterben wir alle.«

# 29

»Das wird zur Gewohnheit, oder? Wir beide und irgendwelche verstaubten Bücher.« Ich schob einen Stapel vergilbter Dokumente zur Seite und schaute zu Zeph. Das Archiv der Divines befand sich im untersten Stock des Gebäudes und deswegen tief im Fels. Fenster gab es nicht, nur Wände aus grobem Stein und zylindrisch geformte Lampen, die gelbliches Licht an die Decke warfen. Tische aus dunklem Holz und alte Teppiche auf dem Boden, dazu die Regale bis zur Decke, voll mit ledergebundenen Wälzern und Dokumentenrollen, ließen einen denken, diesen Raum hätte es schon zu Zeiten der Tafelrunde gegeben. Vielleicht stimmte das sogar. Es war auf jeden Fall ein krasser Kontrast zu den modernen Großraumbüros der Analysten, an denen wir auf dem Weg hierher vorbeigekommen waren. Ich hatte mich gefühlt wie bei einer NASA-Mission. *Camelot, wir haben ein Problem.*

»Ich kann bei alten Büchern einfach nicht widerstehen, wie du weißt«, sagte Zeph und nahm einen Schluck Kaffee. »Außerdem habe ich mit dieser Merlin-Befreiungsaktion angefangen, also muss ich auch liefern. Was ist deine Ausrede?«

Meine Schultern gingen nach oben. »Ich will nicht ins Bett gehen.« Alle anderen aus dem Team hatten sich längst in den Gästetrakt verzogen. Schließlich hatten sie meinetwegen in den letzten Nächten nicht viel geschlafen und der heutige Schock tat sein Übriges.

»Wegen Noel? Er ist sauer auf dich, stimmt's?« Zeph verzog das Gesicht.

»Nein, nicht seinetwegen. Wegen … allem anderen.« Ich hätte nach der tagelangen Gefangenschaft bei den Darks hundemüde sein müssen, aber ich war hellwach. Vielleicht lag es daran, dass ich bei jedem Schließen meiner Augen Morgana vor mir sah. Oder daran, dass unser aller Zukunft davon abhing, ob ich in der Lage war, meinen Vorfahren zu befreien.

»Verstehe.« Zeph nickte, fragte aber nicht weiter nach. »Es ist jedenfalls gut, dass ihr beide nicht länger so tut, als wäre da nichts zwischen euch. Das war wirklich schwer zu ertragen.«

»Ja. Nur macht es nichts einfacher.« Ich dachte an den Fluch und an die Visionen von Morgana. Daran, wie fürchterlich es sich anfühlte, wenn man begann, jemanden zu hassen, den man über alles geliebt hatte.

Zeph beugte sich über den Tisch und berührte mich am Arm. »Mach dir keine Sorgen. Noel wird schon einsehen, dass Merlins Befreiung unsere beste Chance ist. Und wenn wir uns gut darauf vorbereiten, ist das Risiko ziemlich gering, dass du dabei draufgehst.«

Ich musste lachen. »Bitte, sag ihm genau das.«

Nachdem ich klargemacht hatte, dass ich bereit war, die Befreiung zu versuchen, war die Diskussion noch lange nicht beendet gewesen. Zwei Lager hatten sich gebildet – Noel, Levi, Xavia und Scarlett waren dagegen, Zeph, Juleon, Thora und ich dafür. Während der Kaffee und Tee in den Bechern kalt und die Scones hart geworden waren, hatten wir Argumente hin und her geschoben, ohne zu einem Ergebnis zu kommen – außer der Erkenntnis, dass wir zu wenig über das Ritual wussten. Also hatten die meisten von uns den Rest des Tages in den Archiven verbracht. Nur Thora und Xavia hatten gefehlt: Sie waren zu einem Auftrag in Russland aufgebrochen. Da wir den anderen Teams erst etwas sagen wollten, wenn wir eine Lösung hatten, mussten wir die Fassade solange aufrechterhalten.

Die Tür ging auf, und Juleon kam herein, gefolgt von einem Bediensteten, der ein Tablett mit Sandwiches und zwei Kannen auf den Tisch stellte, bevor er wieder ging.

»Was haben wir bisher?«, fragte Juleon. Dann ließ er sich neben Zeph auf einen Stuhl fallen.

»Viele Mythen«, antwortete Zeph und schob ihm einen großen Folianten hin. »Laut dem hier müssen wir den Ort finden, wo Merlin gestorben ist – oder eher, wo er von der Fee Nimue unter einen Bann gelegt wurde, der ihn seit Jahrhunderten in der Anderswelt gefangen hält. Allerdings habe ich darüber bisher nur wenig gefunden.«

»Anderswelt?«, fragte ich. »Meinst du das Jenseits?«

»Nicht ganz.« Juleon sah mit einem Mal nicht mehr wie ein achtzehnjähriges Legolas-Double, sondern eher wie ein Professor aus. »Die Kelten trennten nicht so strikt zwischen Diesseits und Jenseits, wie es andere Religionen tun. Das heißt, die Anderswelt ist eine Art Jenseits, aber sie kann auch von Leuten betreten und wieder verlassen werden, die nicht tot sind.«

Ich nickte langsam. »Das bedeutet, wenn Merlin dort drin ist, kann man ihn rausholen?«

»Wenn man seinen Bann löst, wäre das theoretisch möglich.« Juleon tippte auf eine Stelle in dem Folianten, den Zeph ihm hingeschoben hatte. »Der Ort, wo man ihn gebannt hat … der müsste in der Grafschaft Devon sein.«

»Wie kommst du darauf?« Zeph sah ihn stirnrunzelnd an. »Ich dachte, dass es in der Nähe von Camelot wäre.«

»Ja, das denken viele. Aber ich habe nach Charlottes Initiation so ziemlich alles hier unten über Merlin gelesen und dabei einiges erfahren, das kein Mensch mehr weiß. Kein Wunder, schließlich steht ja quasi die Höchststrafe darauf, sich mit dem alten

Knaben zu befassen.« Er rollte mit den Augen, zog einen Laptop zu sich heran und tippte etwas ein. »Um Merlin zu bannen, brauchte es eine spezielle Pflanze, einen Baum: Weißdorn. Davon gibt es jede Menge unten in Devon. Außerdem gab es Berichte, man hätte ihn dort zuletzt gesehen. Vielleicht sollten wir uns auf die Region konzentrieren.«

Zeph bedachte Juleon mit einem anerkennenden Blick. »Nicht übel für jemanden, der meistens zu Hause rumsitzt.«

»Nur nicht frech werden, Zephaniah«, antwortete er. »Wir wissen beide, dass ich immer wichtiger sein werde als du – und das, *obwohl* ich zu Hause rumsitze.« Beide lachten.

»Wir werden das abklären müssen. Nicht dass wir die ganze Mission am falschen Ort planen.« Zeph nickte zu dem Stapel Dokumente neben mir. »Was gibt es zu dem Artefakt, Charles?«

»Oh, ja, das Artefakt.« Ich nahm einen Bogen Papier hervor. »Wir brauchen einen Gegenstand, der Merlin gehört und ihm etwas bedeutet hat.«

»Was schwierig sein dürfte, weil KORT die alle vernichtet hat.« Juleon verzog den Mund.

»Selbst wenn es noch Artefakte gäbe, hätten wir hundert andere Probleme. Dieses ganze Ritual wirkt sehr kompliziert.« Ich deutete auf das Chaos auf dem Tisch. »In den vergangenen Jahrhunderten haben mehr als dreißig verschiedene Nachfahren versucht, Merlin zu befreien. Und die Berichte darüber sind total widersprüchlich und verwirrend.« Oftmals musste man am Wahrheitsgehalt oder sogar am Verstand desjenigen zweifeln, der von dem Ritual erzählte. »Da ist von Opferung die Rede, von Gnadenverschmelzung und bestimmten Essenzen, die gut oder weniger gut für die Befreiung sind. Feuer braucht es auch, zumindest glaube ich das.«

»Und wie schlimm sind die Erzählungen über das, was mit den Leuten passiert ist, die es versucht haben?«, fragte Juleon.

Ich zog die Nase kraus. »Manche sind verschwunden, andere haben ihren Verstand verloren, wieder andere sind gestorben, weil sie die Menge an Energie nicht ausgehalten haben. Ich habe keine Ahnung, ob wir so etwas wie ein Rezept finden werden. Es scheint stark von dem jeweiligen Erben abzuhängen, wie es endet.« Nur dass es noch nie mit Merlins Rückkehr geendet hatte.

»Na, wir haben Noel und dich.« Juleon sah mich an. »Das ist vermutlich mehr, als die meisten vorher hatten.«

Ich musterte ihn misstrauisch. »Was meinst du damit?« Wusste er etwas über Noel und Morgana? Aber dann hätte er es doch sicher früher gesagt.

»Eure Verbindung natürlich.« Er sagte es, als wäre ich schwer von Begriff. »Ich hatte in den letzten Jahren nur sehr selten Gelegenheit, eine Kategorie 10 zu sehen.«

»Kategorie 10?« Lancelot-Aufträge wurden in diese Stufen eingeteilt – je wichtiger es für die Welt war, dass zwei Menschen zusammenkamen oder blieben, desto höher war die Kategorie. »Wir sind doch kein Auftrag auf der Map«, sagte ich und spürte, wie ich rot wurde.

»Nein, das nicht. Aber ich teile Leute trotzdem so ein, das macht es einfacher. Zeph und ich zum Beispiel, wir sind eine solide 5. Kann was werden, muss aber nicht.« Juleon grinste.

Zeph verdrehte gutmütig die Augen, aber bevor er etwas sagen konnte, klingelte sein Handy, und er entschuldigte sich, um den Raum zu verlassen. Als er weg war, vertiefte ich mich wieder in die Lektüre des Buches vor mir, das Aufzeichnungen früherer Knights enthielt. Während ich nach etwas Brauchbarem suchte, überlegte ich, ob die Entscheidung, Merlin befreien zu wollen, richtig war. Wenn ich es versuchte, dann konnte es sein, dass ich mein Leben dabei verlor. Machte mir das Angst? Sicher. Noch mehr ängstigte mich allerdings die Vorstellung, dass Noel und ich in Morganas grausame Hände fielen und sie uns mit ihren Visionen so lange quälte, bis wir begannen, einander zu hassen.

Ich blätterte weiter, da spürte ich Juleons Blick auf mir.

»Was ist?«, fragte ich und schaute hoch.

»Wann hast du vor, es Noel zu sagen?« Er sagte es beiläufig, als wäre es keine große Sache, aber seine grauen Augen verrieten ihn. Ich holte Luft.

»Woher weißt du es?«, fragte ich. Juleon hob die Schultern.

»Sagen wir mal so … was Scarlett und ich gesehen haben und was wir allen verraten haben, ist nicht ganz das Gleiche.« Er runzelte die Stirn. »Die Quelle des Feuers, das die Welt verzehrt hat, wart ihr, Noel und du. Wegen eines uralten Fluchs von Merlin und Morgana, der längst in Vergessenheit geraten ist. Und so wie ich dich schon den ganzen Tag über wahrnehme, wusstest du das.«

Ich verstand nicht, warum er diesen Teil verschwiegen hatte. »Wieso …?«

»Wieso ich nichts gesagt habe? Weil ich finde, dass das dein Job ist.«

»Na, vielen Dank auch.« Es wäre mir lieber gewesen, wenn die Divines Noel von seiner Verwandtschaft zu Morgana und dem Fluch erzählt hätten. Dann wäre es raus gewesen, und ich hätte mir nicht überlegen müssen, wie ich es ihm beibringen konnte.

Juleons Mund zuckte zu einem schnellen Lächeln. »Hättest du es wirklich besser gefunden, wenn wir es ihm gesagt hätten und dann rausgekommen wäre, dass du es vorher gewusst hast?«

»Vielleicht hätte es nicht so bald rauskommen müssen«, maulte ich halbherzig.

Jetzt lachte er. »Klar. Vielleicht hat dir das noch niemand gesagt, aber du hast ein echt beschissenes Pokerface, Charlotte. Du würdest schon bei normalen Menschen versagen, aber bei einer Gruppe von Knights kommst du damit keine zwei Meter weit.«

Ich schnaubte. »Vielleicht hat *dir* das noch niemand gesagt, aber du bist echt nicht besonders diplomatisch«, gab ich zurück, obwohl ich wusste, dass er recht hatte.

»Oh, das haben mir schon viele gesagt.« Juleon lachte wieder. »Aber wenn du mein Leben führst und eine solche Menge an Geheimnissen hütest, bist du für jede Gelegenheit dankbar, wo du ehrlich sein darfst.«

Ich schwieg, aber weniger wegen seiner letzten Worte als wegen allem, was er sonst zu mir gesagt hatte. Für mich spielte es keine Rolle, von wem Noel abstammte, er war trotzdem genau der Mensch, in den ich mich verliebt hatte. Aber ich wusste, es würde für ihn eine sehr große Rolle spielen. Und deswegen war ich feige gewesen und hatte ihm nichts gesagt. Bis jetzt.

»Du hast recht«, seufzte ich. »Wahrscheinlich ist es das Beste, ich sage es ihm sofort.«

Juleon nickte. »Nur wenn er es weiß, könnt ihr dagegen ankämpfen. Genau wie wir anderen.«

»Hast du das etwa auch in einer Vision gesehen?« Ich lächelte schief.

»Nein. Aber ich weiß, dass Geheimnisse immer nur trennen, statt zu verbinden.« Für einen kurzen Moment verdunkelte sich sein Blick, und ich ahnte, dass er wusste, wovon er sprach. Nur hielt ich ausnahmsweise meine Neugier im Zaum und fragte nicht nach, sondern verabschiedete mich und verließ den Raum.

Als ich gerade auf den Flur hinaustrat, lief ich Zeph in die Arme, der sein Telefonat offenbar beendet hatte.

»Wie jetzt, du schwächelst schon?« Er grinste.

»Ich muss etwas erledigen. Aber ich bin sicher, ihr zwei Geschichtsfreaks kommt eine Weile ohne mich aus.« Ich berührte ihn kurz am Arm, dann ging ich.

Es war stockdunkel, als ich Noels und mein Gästezimmer betrat und die Tür hinter mir schloss. London hatte die Lichtverschmutzung erfunden und sogar in der Basis in Stanham war es nicht vollkommen dunkel, aber obwohl wir ein Zimmer im oberirdischen Teil des Quartiers bekommen hatten, sah ich rein gar nichts. Ich hörte nur das Rauschen der Bäume hinter dem gekippten Fenster, ab und zu den Laut eines Tieres und Noel, der gleichmäßig atmete. Leise tastete ich mich vor und fand die Kante des Bettes, kroch unter die Decke. Als ich das letzte Mal neben ihm gelegen hatte, war mir ganz schwindelig gewesen vor Glück. Jetzt schwirrten Angst und Sorge durch meinen Körper.

Noel war seit dem Frühstück den ganzen Tag in meiner Nähe gewesen, aber trotzdem hatte ich die Distanz zwischen uns gespürt, und sie war fast schlimmer als die Sehnsucht, die ich in der Gefangenschaft der Darks gefühlt hatte. Denn sie kam nicht nur von meiner Entscheidung, mit der er nicht einverstanden war. Sie kam vor allem daher, dass ich ihm die Wahrheit über seine Herkunft verschwieg.

Vorsichtig streckte ich die Hand in der Dunkelheit aus, bis sie auf warmen Widerstand stieß. Sanft strich ich Noels Rücken hinab und fuhr mit den Fingern dann wieder hoch bis zu seinen Schultern.

»Noel?«, fragte ich leise.

Ich erwartete ein verschlafenes »Hm?« als Antwort oder auch nur irgendeinen undefinierten Laut. Aber stattdessen hörte ich das Rascheln der Bettdecke und dann ging ein schwaches Licht an, das mir nur leicht durcheinandergeratene dunkle Haare und erstaunlich wache grüne Augen zeigte.

»Was ist los, stimmt etwas nicht?«, fragte Noel besorgt und wirkte, als wäre er gar nicht erst eingeschlafen.

»Doch, schon, es ist nur … ich glaube, wir sollten reden.«

»Wenn es um diese Merlin-Sache geht, dann –«

»Nein«, unterbrach ich ihn schnell. »Ich meine, es geht schon irgendwie darum, aber nicht um das Ritual.«

»Okay.« Er nickte und schien zu warten, dass ich etwas sagte. Ich setzte an, ordnete die Worte in meinem Kopf, aber es kam nichts heraus. Die Enge des Zimmers, das eigenartige Licht, all das machte es mir unmöglich, meine Gedanken auszusprechen.

»Nicht hier«, entschied ich. »Können wir rausgehen?«

»Raus? Jetzt?« Noel starrte mich verwirrt an.

»Ja. Juleon hat gesagt, die Ruine oben wäre sicher.« Ich war schon wieder aufgestanden und sah mich nach etwas um, das ich über mein Shirt ziehen konnte. Die unsichtbaren Helfer von Juleon und Scarlett hatten meine Kleidung gewaschen, aber ich griff trotzdem nach dem, was Xavia mir aus Stanham mitgebracht hatte. Als mich mein abgewetzter Sweater umhüllte, fühlte ich mich gleich sicherer.

Da Noel nicht weiterfragte und sich stattdessen anzog, ging ich davon aus, dass er nichts gegen einen nächtlichen Ausflug hatte. Und er kannte sich aus – wir liefen zielstrebig durch leere Gänge und stiegen einige Treppen hinauf, bis wir schließlich an einer sehr massiv wirkenden Eisentür ankamen. Noel zog eine Keycard aus der hinteren Hosentasche und öffnete den Durchgang, der sich hinter uns mit einem lauten Einrasten wieder schloss.

Die Stufen waren jetzt aus Stein und sehr alt, ein Eisengeländer führte steil nach oben, wo es an einem ovalförmigen Durchlass endete. Draußen angekommen traten wir an die Mauer und sahen auf den See, der das Licht des Mondes reflektierte.

»Ganz schön kitschig für ein zweites Date«, scherzte ich und lächelte.

»Nennt man es noch Date, wenn man aus demselben Zimmer kommt?«

»Das kommt ganz auf die Definition von Date an, schätze ich.«

Noels Lächeln war schief, aber immerhin vorhanden. Ich nahm es zum Anlass, ihn zu küssen – etwas, das wir seit dem

Morgen nicht mehr getan hatten. Erleichtert bemerkte ich, dass er es erwiderte, wenn auch nur kurz.

»Hör zu«, begann ich dann. »Ich verstehe, dass du wütend bist.«

»Wütend?« Er sah mich verwundert an.

»Ja, wegen der Befreiung von Merlin und –«

»Charlotte, Herrgott, ich bin nicht wütend. Ich habe Angst um dich.« Noel strich mir über die Wange. »Hast du eine Ahnung, wie die letzten Tage ohne dich waren? Wie sich das angefühlt hat? Das war genau das, was ich befürchtet hatte. Ich wusste nicht, ob die Darks dich bis in alle Ewigkeit einsperren, foltern oder töten. Mit jeder Minute, die du nicht da warst, ist der Schmerz stärker geworden. Es hat mir förmlich das Herz rausgerissen, mir vorzustellen, dass wir uns nicht wiedersehen. Dass du vielleicht …« Er brach ab und presste die Lippen aufeinander.

»Ja, ich weiß. Ich weiß genau, wie sich das anfühlt.« Dann hatte ich recht gehabt und Morgana hatte uns beide manipuliert.

»Du weißt, wie sich das anfühlt, und entscheidest trotzdem, dich für Merlins Befreiung zu opfern?«, fragte er. »Einfach so, ohne mit mir darüber zu reden oder mich zu fragen, was ich davon halte? Ich dachte, das zwischen uns bedeutet etwas – dass wir ein Team sind, du und ich.«

»Das sind wir doch auch!« Wenn er nicht so enttäuscht gewesen wäre, hätten seine Worte mich wahrscheinlich überglücklich gemacht. So waren sie aber vor allem ein Vorwurf.

»Dann geht es mich auch etwas an, ob du dein Leben riskierst!«, rief er.

»Natürlich geht es dich etwas an, aber was habe ich denn für eine Wahl?« Ich atmete durch. Streit war nichts, was wir brauchen konnten, wenn ich ihm die Wahrheit sagen musste. »Deswegen müssen wir ja miteinander sprechen. Es geht um etwas, das Morgana gesagt hat. Über dich.«

Noels Augen wurden enger. »Über mich?«, fragte er beunruhigt.

Ich nickte und wappnete mich, aber es gab keinen sanften Weg, ihm das zu sagen. In den letzten Stunden hatte ich fünfhundert Varianten in meinem Kopf durchgespielt, aber keine davon war schonend. Also half nur Augen zu und durch.

»Morgana hatte, damals in ihrer Zeit, ein Kind. Eine Tochter, die weit weg von ihr aufwuchs, deren Linie aber bis heute existiert. Die Nachfahren verfügen über ihre Fähigkeiten, sie können Ängste und Sehnsüchte erkennen und sie gegen jemanden verwenden. Aber nicht nur das. Sie haben auch die Fähigkeiten des Vaters von Morganas Tochter.«

Noel rückte von mir ab, als würde er bei meiner Beschreibung etwas ahnen. »Ihres Vaters? Wer war er?«

»Er …« Die Worte blieben in meinem Hals stecken und ich kämpfte sie mühsam hervor. »Ihr Vater war Lancelot.«

Es brauchte keine Sekunde, um Noel blass werden zu lassen. »Du meinst …? Nein. Nein, das kann nicht sein.«

»Es tut mir so leid«, sagte ich und schluckte vergeblich gegen die Tränen an. Es tat mir unendlich weh, ihn so zu sehen und ihm nicht sagen zu können, dass ich nur Witze machte.

»Ich bin ihr Nachfahre?« Noel war kaum zu verstehen. »Ich bin *Morganas* Nachfahre?«

Mehr als ein Nicken brachte ich nicht zustande. Aber es war auch so eine in Stein gemeißelte Wahrheit, an der nicht zu rütteln war. Niemand auf der Welt oder jenseits davon hätte daran etwas ändern können.

Es kam, wie ich befürchtet hatte: Vor meinen Augen löste sich Noel buchstäblich auf. Sein Gesicht wurde erst starr, dann wütend, dann verzweifelt. Er rang nach Luft, ging ein paar Schritte in Richtung Mauer und stützte sich auf der Umrandung ab. Ich wagte es und ging ihm nach, legte meine Hand auf seinen Rücken und machte stumm das Angebot, für ihn da zu sein. Aber er nahm es nicht an, konnte oder wollte es nicht. Stattdessen entzog er sich meiner Berührung, ging weg von mir, seine Hände zitterten und ballten sich zu Fäusten, immer und immer wieder. Ich wusste, was er tat: Er ging sein ganzes Leben durch, um jede einzelne Situation, jeden Moment und jede Entscheidung neu zu beurteilen. Stumm stand ich daneben und wollte nicht weinen, aber meine Tränen ließen sich nicht aufhalten. Ich konnte spüren, wie diese Wahrheit ihm das Herz brach – und mir meins gleich mit.

»Deswegen hatten die Mayfields nie eine Chance bei der Auswahl«, murmelte er tonlos. »Sie sind nicht einfach schlechter geeignet, sie sind gefährlich. *Ich* bin gefährlich.« Er strich sich fahrig die Haare zurück. »Ich muss aussteigen. Ich muss gleich morgen bei der Gilde meinen Austritt erklären.« Er sagte es nicht zu mir, sondern zu sich selbst. Ich antwortete trotzdem.

»Noel, das ist Unsinn«, sagte ich sanft.

»Ist es nicht«, hielt er dagegen. »Morgana-Erben haben bei KORT nichts verloren. Ich wusste nicht, dass meine Gnade nicht nur von Lancelot stammt, aber jetzt ergibt so vieles Sinn. Dass ich viel tiefer sehen kann als Jade oder einer der anderen Lancelot-Erben. Dass mir manchmal etwas zuflüstert, ich soll die Ängste von jemandem gegen ihn benutzen … Nein, ich darf nicht im Team bleiben. Das ist ein zu großes Risiko.«

»Hey, stopp. Sieh mich an.« Ich fasste ihn an den Schultern. Diesmal ließ er es zu. »Du bist kein Risiko, ganz im Gegenteil. Du bist ein fantastischer Knight, Noel Mayfield, und daran ändert auch deine Abstammung von Morgana nichts. Wenn du aussteigst, bringt das niemandem etwas. Wir brauchen dich.«

»Ich bin eine verfluchte Zeitbombe, Charlotte!« Die Verzweiflung in seinen Augen wurde wieder größer. »Wer weiß schon, wie viel von ihr oder von ihrer Dunkelheit in mir steckt? Ob ich nicht eines Tages auf die Idee komme, KORT oder dem Team zu schaden?«

»Das würdest du nie tun«, beschwor ich ihn. »Morganas Erbe ist nicht wie ein Virus, das man in sich trägt und das irgendwann ausbricht.«

»Ach nein? Und wie erklärst du dir dann das mit Killian?«

»Killian hat sich entschieden, das zu sein, was er ist. Genau wie Morgana. Sie war nicht immer böse, und sie war auch nicht dazu bestimmt, es zu werden. Es waren ihre Entscheidungen, die sie dazu gemacht haben.« Ich schüttelte den Kopf. »Du bist genauso ein Sohn deines Vaters, und du hast genau wie dein Bruder erfahren, dass du nicht legal ins Team gekommen bist. Und trotzdem stehst du jetzt *hier* und bist nicht bei Morgana, um mit ihr zusammen die Welt zu vernichten. Du hast dich anders entschieden. Und warum? Weil du einer von den Guten bist, verdammt noch mal!«

»Aber sie ist ein Teil von mir! Die schlimmste Hexe aller Zeiten steckt in mir, in jeder Zelle von mir.« Er krallte seine Finger in seine Brust. »Und ich fühle das manchmal sogar. Es gibt Momente, wo ich die Macht genieße, die ich über andere Menschen habe, und wo ich es noch ein bisschen weiter treiben will, als ich muss. Was, wenn nicht das, zeigt dir, wie weit es mit dem Guten in mir her ist?«

»Diese Momente habe ich auch, jeder von uns hat die. Das bringen die Gnaden mit sich.« Ich spürte Wut darüber, dass Morgana es schaffte, Noel so an sich zweifeln zu lassen. Sie war nicht einmal hier und hatte trotzdem diese Wirkung. Aber damit würde ich sie nicht durchkommen lassen. »Wichtig ist, was du mit dem Gefühl anfängst. Ob du ihm nachgibst oder nicht.«

»Ja, und wir wissen ja, wie gut ich darin bin, nicht nachzugeben«, schnaubte Noel und sah mich an. »Wie lange habe ich es bei dir geschafft, sechs Wochen? Wie lange werde ich es wohl bei Morganas Dunkelheit schaffen?«

»Für immer und ewig. Schließlich bist du schon seit 21 Jahren ihr Nachfahre und nicht erst seit heute. Du wirst nicht plötzlich ein anderer Mensch, nur weil du es jetzt weißt.« Ich lächelte zuversichtlich und strich ihm über die Wange. »Warum glaubst du, sie hätte eine solche Macht über dich?«

Noel antwortete nicht, sondern löste sich aus meinem Griff und lehnte sich gegen die Mauer. Ich hatte trotzdem den Eindruck, dass meine Worte etwas bei ihm bewirkten: Er wurde ruhiger und die Verzweiflung in seinem Feld schwächer.

»Wir haben die Wahl«, sagte ich leise. »Wir haben immer die Wahl, wer wir sein wollen.« Morganas Erzählung über den Fluch strafte mich Lügen. Aber ich wollte ihr nicht glauben.

Noel sah mich an und schien genau zu wissen, dass das nicht alles war. In diesem Moment wünschte ich mir, wir wären einfach zwei ganz normale Menschen in einer ganz normalen Welt. Aber das waren wir nicht. Er konnte spüren, was ich fühlte, genau wie ich bei ihm. Und gerade spürte er meinen Widerwillen, ihm den Rest der Wahrheit zu sagen.

»Was ist da noch?«, fragte er schließlich.

Ich schwieg, weil dieser Teil schlimmer war als der erste. Aber vielleicht konnte ich das für mich behalten. Vielleicht musste Noel nicht wissen, was Morgana von uns beiden wollte, wenn ich darauf achtete, ihn von ihr fernzuhalten. Ich konnte behaupten, sie suche nach ihm, weil er einer ihrer wenigen Nachfahren war.

*Nur wenn er es weiß, könnt ihr dagegen ankämpfen.* Juleons Worte kamen mir in den Sinn. Und mir wurde klar, dass ich es Noel nicht verschweigen konnte. Ich durfte es nicht.

»Es … es gibt einen Fluch«, sagte ich, so ruhig ich konnte.

»Einen Fluch?«, wiederholte er.

»Ja. Und er betrifft uns beide.« Ich holte tief Luft, und dann erzählte ich ihm alles, was Morgana mir darüber gesagt hatte – über die Liebe zwischen ihr und Merlin und dass ihre Erben die

Geschichte wiederholten, wenn sie sich ineinander verliebten. Von dem Hass, der die Welt in Brand stecken konnte, und dass es ihre Absicht war, uns dazu zu bringen, genau das zu tun. Als ich erst einmal angefangen hatte, konnte ich nicht mehr aufhören, denn auch wenn es mir wehtat, Noel das alles sagen zu müssen, fühlte ich mich doch auch leichter. Weil ich nicht mehr allein damit war.

»Meine Güte«, entfuhr es ihm, als ich fertig war. Er wirkte halbwegs gefasst, aber ich wusste, dass es ihn zutiefst erschütterte.

»Niemand sagt, dass es so kommen muss, wie Morgana behauptet«, sagte ich. »Diese blöde Kuh hat echt keine Ahnung. Hass ist niemals stärker als Liebe. Das lernt man doch schon als Kind in sämtlichen Disney-Filmen.«

Noel lachte dünn über meinen Scherz, aber nur Sekunden später löste sich seine Erstarrung und verwandelte sich allmählich in Entschlossenheit – seine Augen waren wach, hinter seiner Stirn arbeitete es. Angst beschlich mich. Was, wenn er jetzt sagte, dass es die einzige Lösung war, uns voneinander fernzuhalten? Wenn wir zu dem fürchterlichen Zustand der letzten Wochen zurückkehrten?

Es dauerte eine quälend lange Zeit, dann sah Noel mich an. »Es ist ein Fluch, richtig?«, fragte er.

»So hat sie es genannt.«

»Gut.« Er streckte die Hand aus und legte sie an meine Wange. »Sehr gut.«

»Was ist daran gut?« Meine Stimme klang zaghaft, trotz seiner Berührung.

»Dass man Flüche brechen kann.« Noel klang grimmig. »Und genau das werden wir tun. Wenn diese Hexe uns benutzen will, dann werden wir sie daran hindern. Das zwischen uns ist keine Waffe, die jemand für seine Zwecke missbrauchen darf.«

Ich hielt die Luft an. »Das heißt, wir …?«

»Wir brechen den Fluch.« Er nickte. »Ich weiß, du hast gesagt, niemand hätte es jemals geschafft. Aber das waren andere Zeiten und andere Erben. Das waren nicht wir.«

Seine Worte waren wie eine Erlösung für mich, ein Leuchtfeuer in dieser Nacht. Ich war nicht allein mit allem, was auf mich zukam. Noel war bei mir. Stumm schlang ich die Arme um ihn und er hielt mich fest, hüllte mich in seine Wärme ein, atmete mit mir im gleichen Rhythmus. Erst nach einer ganzen Weile ließ ich ihn los und wir setzten uns beide auf die Mauer. Noel nahm meine Hand in seine und stieß die Luft aus.

»Das mit uns sollte anders sein, oder nicht?«, fragte er. »Wir sind gerade mal ein paar Tage zusammen und schon bricht die verdammte Hölle über uns herein.«

Ich lächelte halb. »Ich dachte, das wäre ein normaler Dienstag im Leben eines Knights.«

Er grinste. »Wir haben Freitag.«

»Echt? Wie die Zeit vergeht, wenn man sich mit Morgana amüsiert.« Es tat mir gut, Unsinn zu reden. Wenn man Scherze darüber machte, war es schon viel weniger beängstigend.

»Was hat sie getan?«, fragte Noel und ließ meine Hand nicht los. »Diese fürchterliche Sehnsucht, die ich gespürt habe … das war ihr Werk, oder?«

Ich nickte. »Sie hat mir Visionen in den Kopf gepflanzt aus der Zeit, als sie und Merlin noch verliebt waren und sie ihn schrecklich vermisst hat.« Ich wusste, diese Bilder würden mich noch eine ganze Weile nicht loslassen. Nur wollte ich ihnen gerade keinen Raum geben. »Aber das ist jetzt vorbei und ich bin wieder hier, bei dir. Alles andere spielt keine Rolle.«

Noel gab mir einen Wink und ich drehte mich und lehnte meinen Rücken gegen seinen Oberkörper. Seine Arme legten sich um mich und ich fühlte mich so geborgen wie bei niemandem sonst. Ein tiefes Atmen ging durch unserer beider Körper, und ich spürte nicht nur Erleichterung, weil ich es ihm gesagt hatte, sondern noch so viel anderes: die Angst davor, ihn zu verlieren. Die Sorge, dass wir den Kampf am Ende nicht gewinnen würden. Aber auch die Hoffnung, dass wir es überstehen konnten. Und die Liebe zwischen uns, deren Wahrhaftigkeit alles überstrahlte.

»Also haben wir wirklich keine Wahl, oder?«, fragte Noel leise und zog mich noch enger an sich, als könnte er mich so vor dem beschützen, was auf uns zukam. »Wir müssen Merlin befreien.«

»Ja«, sagte ich und drehte mich halb zu ihm um, damit ich ihn ansehen konnte. »Wir brauchen ihn. Er ist der Einzige, der Morgana besiegen kann. Ohne ihn schaffen wir das nicht.« Und was passieren würde, wenn wir es nicht schafften, darüber wollte ich nicht nachdenken.

Noel sah mich an. »Versprichst du mir, am Leben zu bleiben, wenn wir ihn befreien?« Es klang harmlos, aber ich fühlte, wie groß seine Angst war.

»Ich tue mein Bestes«. Ich lächelte gegen die Furcht an. »Es scheint dir entgangen zu sein, aber ich hänge an meinem Leben. Und an dir. Ich will mehr als ein paar Streits, einen Kuss im Pub-Flur, einen im Trainingsraum und zwei Stunden in einem Hotelbett mit dir haben.«

»Was für eine deprimierende Bilanz unserer Beziehung.« Noel neigte sich zu mir und küsste mich, lange und ausgiebig. Dann stand er auf und hielt mir die Hand hin. »Ich finde, wir sollten sie dringend verbessern.«

Ich ließ mich hochziehen und wir verschwanden durch den Gang zurück ins Gebäude. Und als die Tür unseres Zimmers schließlich hinter uns zufiel, wusste ich, wir würden das hinkriegen. Wir mussten einfach.

Alles andere war keine Option.

# 30

»Meine Güte, ist das eine Hitze.« Zeph zog das Sakko aus und zerrte am Kragen seines Hemdes. Dann sank er vor der Minibar auf die Knie, öffnete die Tür und steckte den Kopf hinein.

»Hitze ist eine nette Umschreibung für diese Höllenglut da draußen.« Ich ließ mich in einen Sessel fallen und griff nach der Speisekarte vom Zimmerservice, um mir Luft zuzufächeln. »Aber du müsstest das doch abkönnen, oder? Du bist schließlich halber Italiener.«

Zephs roter Schopf blieb in der Minibar. »Diese Gene sind nicht sehr ausgeprägt«, drang es dumpf an mein Ohr. »Kannst du die Klimaanlage hochdrehen? Vielleicht verhindert das meinen Tod durch Überhitzung.«

Bevor wir losgezogen waren, hatte Thora die Anlage runtergedreht, deswegen drückte die Hitze nun durch die großen Scheiben in den Raum. Ich hievte mich aus dem Sessel und ging zum Regler, um sie auf Maximum zu stellen. Danach lief ich in das Zimmer nebenan und zog mir die Bluse und die lange Stoffhose aus, um sie gegen ein Tank-Top und Shorts zu tauschen.

Nach einigen Wochen in Luxussuiten wie der hier, mit drei Schlafzimmern und einem verschwenderisch großen Wohnbereich, edlen, altertümlich angehauchten Möbeln, dicken Teppichen und riesigen Badezimmern, hatte ich mich fast daran gewöhnt. Es war auch keine Verschwendung, sondern sinnvoll, dass wir hier abgestiegen waren. Nicht nur weil eine Klimaanlage im italienischen Hochsommer Gold wert war, sondern weil ein Hotel wie dieses auch ganz anders mit Privatsphäre umging. Wo Lady Gaga oder Queen Elizabeth abstiegen, konnte man sich auf die Diskretion des Personals verlassen. Und die hatten wir bitter nötig. Es durfte niemand wissen, dass wir hier waren.

Zeph hatte seine geliebte Minibar verlassen und saß auf dem Sofa, als ich zurückkam. Auf seinen Knien balancierte er seinen Laptop, seine Füße standen auf dem Waffenkoffer, den wir mitgenommen hatten.

»Etwas Neues?«, fragte ich.

»Nein.« Er schüttelte den Kopf.

»Und nun?«, fragte ich mutlos. Wir hatten noch nicht darüber gesprochen, wie es weitergehen sollte.

»Das werden wir sehen.« Er lächelte schief. Aber nicht einmal Zeph konnte leugnen, dass uns langsam die Optionen ausgingen.

Drei Wochen war es her, dass ich aus Morganas Fängen geflohen war – und seither war das ganze Team Stanham fieberhaft auf der Suche nach einem Merlin-Artefakt. Wir hatten uns durch die Kunstsammlungen einflussreicher Mäzene gearbeitet, Museen besucht, wir waren im Tower of London gewesen und hatten sogar einem sehr schrägen Sammler alter Dolche im Wald von Hertfordshire einen Besuch abgestattet. Aber egal wo uns die Hoffnung auch hinführte, am Ende entpuppten sich die angeblichen Artefakte als bloßer Ramsch oder zwar als wertvolles Sammlerstück, aber wertlos für uns. Rom, oder vielmehr die historische Fakultät der hiesigen Universität, war ein vielversprechender Tipp gewesen. Nur dass ich vor einer halben Stunde ein sehr altes und sehr angelaufenes Tintenfass berührt hatte – und nichts passiert war. Wieder eine Nullnummer. Wieder eine sinnlose Reise.

Die Tür ging auf und Xavia kam mit Thora herein. Genau wie wir trugen sie förmliche Kleidung, Blusen und Stoffhosen. Wir hatten uns als britische Studentengruppe ausgegeben, die einen Blick auf die mittelalterliche Sammlung der Uni werfen wollte. Da konnte man nicht im Touristen-Outfit aufkreuzen.

»Das war ja wohl nichts«, murrte Thora und warf sich neben Zeph auf die Couch. »Von wegen, das Fass gehörte Merlin. Wahrscheinlich ist es nicht einmal aus der richtigen Zeit.«

»Wir dürfen trotzdem nicht aufgeben«, sagte Xavia mit ihrer typischen Beharrlichkeit. »Egal ob KORT die Artefakte vor Jahren zerstören wollte, sie *können* nicht alle erwischt haben.«

»Die Frage ist nur – wie schnell finden wir eins davon?« Zeph hob eine Augenbraue. »Und wie lange können wir den anderen noch etwas vormachen?«

Xavia seufzte und Thoras Feld strahlte plötzlich starkes Unbehagen aus. Das war kein gutes Thema. Den direkten Kampf gegen die Darks mussten wir nämlich momentan den anderen Teams überlassen.

Zu unserer Mission gehörten strengste Geheimhaltung und eine Menge Lügen. Wir reisten inkognito mit falschen Pässen, wir buchten uns unter immer neuen Decknamen in Hotels ein, wir waren nicht selten hinter Sonnenbrillen und Caps versteckt ... James Bond hätte seine helle Freude an uns gehabt. Und sicherlich wäre diese Schnitzeljagd reizvoll gewesen, wenn uns nicht die Vernichtung der Welt im Nacken gesessen hätte. Aber so war jeder Fehlschlag schmerzhaft und jede Sackgasse wie eine Mauer, vor die wir knallten. Und mit jedem Tag lief uns etwas mehr die Zeit davon.

Denn während wir suchten, gedeckt von Juleon und Scarlett, die uns Fake-Aufträge zuschusterten, um unsere Reisen zu rechtfertigen, hatten die Darks ihre Ruhephase beendet. Nun mischten sie sich nicht mehr in die Aufträge der Knights ein, stattdessen stifteten sie Chaos auf der ganzen Welt. Die Teams kamen kaum hinterher, die Scherben aufzusammeln, von ihren eigenen Jobs ganz zu schweigen. Als wir vor einigen Tagen Jade, Amira und den Rest aus Team Caerleon auf dem Bildschirm gehabt hatten, waren ihre Augenringe riesig gewesen. Größer als ihre Erschöpfung war nur unser schlechtes Gewissen. Wir hatten den anderen Teams gesagt, dass Morgana am Leben war, aber nichts von meiner und Noels Abstammung – oder unserer Suche. Solange wir also kein Merlin-Artefakt fanden, waren wir alle sechs komplett nutzlos.

Wieder ging die Tür auf, diesmal für Levi und Noel. Trotz meines Frustes lächelte ich, als Letzterer hereinkam, ungewohnt förmlich in Anzugjacke und Hemd. Wie ferngesteuert wanderte sein Blick sofort zu mir und er lächelte ebenfalls.

»Hey.« Er beugte sich herunter und küsste mich.

»Auch hey.« Wir hatten uns nur eine halbe Stunde nicht gesehen – die Universität hatten wir getrennt verlassen, um nicht zu viel Aufsehen zu erregen –, und trotzdem war ich froh, dass er wieder bei mir war.

»Ich ziehe mich schnell um.« Die anderen folgten seinem Beispiel und verschwanden in den jeweiligen Zimmern, also ging ich mit Noel. Während er sein Hemd und die lange Hose auszog, warf ich mich aufs Bett und genoss die Aussicht.

»Das Tintenfass war ein ziemlicher Reinfall«, sagte ich schließlich und streckte mich. Müdigkeit zehrte an mir und ich hätte mich am liebsten hingelegt. Schlafmangel war in der letzten Zeit mein ständiger Begleiter.

»Wir wussten, dass wir im Nebel stochern. Das wird schon.« Noel hob die Schultern, allerdings war er nicht so gelassen, wie er tat.

»Ach komm, du bist doch froh, dass es eine Sackgasse war«, zog ich ihn auf.

»Das ist nicht wahr.« Er lächelte leicht. »Ich bin nur nicht scharf auf den Tag X, das ist alles.«

Seit wir suchten, schwankten wir alle zwischen Hoffnung und Enttäuschung, aber bei Noel war es anders. Er wollte Morgana genauso besiegen wie jeder von uns – wenn nicht sogar ein bisschen mehr –, aber er wollte nicht, dass *ich* mich dafür opferte. Deswegen war er immer auch ein bisschen erleichtert, wenn sich ein Tipp als falsch herausstellte.

Noel suchte im Schrank nach frischen Klamotten. Ich nutzte den Moment, um zu ihm zu gehen und meine Arme um ihn zu legen.

»Ich weiß. Aber wenn wir nichts finden, haben wir erst recht ein Problem.« Ich schmiegte mich an seinen warmen Rücken.

»Das macht es nicht besser.« Er gab die Suche auf und drehte sich in meiner Umarmung zu mir um. Sein Blick war ernst, aber auch liebevoll, und mein Herz schien ein bisschen zu wachsen – wie immer, wenn er mich so ansah. Sanft strich ich ihm die Haare aus der Stirn.

»Das hier vielleicht schon«, sagte ich leise und streckte mich, um seine Lippen zu erreichen. Sofort umfing mich Noel mit seinen Armen und erwiderte den Kuss.

Drei Wochen. Drei Wochen waren vergangen und zwischen uns war kein Funke Hass entstanden. Zwar waren wir nicht immer einer Meinung – vor allem dann nicht, wenn es um Merlins Befreiung ging. Aber keine Diskussion, so hitzig sie auch sein mochte, erschütterte unsere Gefühle füreinander. Morgana hatte unrecht gehabt. Wir waren stärker als der Fluch.

»Hey, ihr zwei, wird das heute noch was?« Zephs Stimme unterbrach uns von der Zimmertür. »Ich weiß, ihr habt euch schrecklich lieb, aber erstens ist das echt frustrierend für alle, die niemand lieb hat – und zweitens will die Welt immer noch gerettet werden.«

Ich lachte. »Aber *ich* habe dich doch lieb, Zephaniah«, sagte ich, während sich Noel nun doch ein Shirt überzog und nach seinen Shorts griff.

»Ja, ja.« Zeph winkte ab, und ich drückte ihm ein Küsschen auf die Wange, bevor ich ins Wohnzimmer hinüberging. Dort suchte ich mir einen Platz auf einem der drei Sofas. Als Noel dazukam, setzte er sich neben mich und ich schob wie automatisch meine Hand in seine.

»Was jetzt?« Xavias Frage klang mehr wie ein Seufzen. Der Laptop auf dem niedrigen Tisch zeigte die Map an, die schon seit Wochen so hektisch leuchtete, als wäre sie eine japanische Fernsehshow. Die Darks brauchten keine Divines, um zu wissen, wo sie zuschlagen mussten. Wenn man Chaos anrichten wollte, reichte es, ab und zu die Nachrichten zu schauen.

Ich wandte meinen Blick von den Linien und Kreisen ab und streckte die Hand in Zephs Richtung aus. »Na, was wohl? Zeit für eine neue Vision.« Er hatte, seit wir unterwegs waren, die Verantwortung für den Steinsplitter übernommen. Ihm machten die Visionen von Kay am wenigsten aus, wenn er das Schmuckstück versehentlich berührte.

Zeph kramte in seiner Hosentasche nach dem Kästchen, aber Noel hielt ihn davon ab. »Heute nicht mehr, okay?«, bat er mich. »Mach eine Pause bis morgen.«

»Wir haben keine Zeit bis morgen«, entgegnete ich. »Je eher wir wissen, wo wir hinmüssen, desto schneller kommen wir an ein Artefakt.« Der Ablauf war immer der gleiche – ich ging in die Vergangenheit, um Merlin zu besuchen, und durchforstete anschließend Kunstkataloge, Museumsbestände und Datenbanken, ob ich etwas davon wiedererkannte. So war ich zuletzt auf das Tintenfass gestoßen. Aber offenbar hatte ich es verwechselt oder es war Merlin nicht wichtig genug gewesen, um ein Artefakt zu werden. Ihn in der Vision zu fragen, hatte bisher nichts gebracht.

Anders als in der Nacht im Ausbildungszentrum ignorierte Merlin mich jetzt immer, wenn ich bei ihm auftauchte.

»Ja, und jede Vision kostet eine Menge Energie, die du dringend brauchst.« Noel sah mich eisern an, und ich hielt stoisch dagegen, obwohl er die Wahrheit sagte. Jede Vision brachte uns weiter, aber ich fühlte mich danach immer völlig erschlagen. Niemand konnte sich das erklären, denn die anderen kannten es nicht von ihren eigenen Begegnungen mit den Ahnen. Vielleicht war es die Folge von meinem Aufenthalt in Morgana-Land.

»Wir müssen doch heute nirgendwo mehr hin. Das geht schon.« Wieder streckte ich die Hand nach dem Splitter aus.

Levi schaltete sich ein. »Juleons Kontakt hat ihm eine neue Liste geschickt. Vielleicht willst du die erst einmal durchschauen, ob etwas dabei ist?«

»Okay.« Ich spürte Noels Erleichterung, als ich das sagte, dann nahm er meine Hand und drückte einen schnellen Kuss darauf. Es war eine der vielen kleinen Gesten, mit denen wir uns Mut zusprachen und versicherten, dass wir diesen Kampf gewinnen konnten.

Auf dem Laptop tauchte ein erstes Bild auf und wir schauten alle gemeinsam darauf. Ich schüttelte den Kopf, als ich eine Brosche sah, die nur noch mit Mühe als golden zu erkennen war. Es ging weiter mit dem Stößel eines Mörsers, ein paar eigentümlich aussehenden Münzen, einer Gürtelschnalle mit Ornamenten und endete mit einer verzierten Schwertscheide. »Nein, nichts«, seufzte ich. Um eine neue Vision würde ich wohl nicht herumkommen.

»Halt. Mach mal zurück.« Noel beugte sich vor. »Die Schnalle, zeig mir die noch einmal.«

Levi drückte zweimal die Pfeiltaste nach links und die Gürtelschnalle wurde sichtbar. Sie war sicher einmal wertvoll gewesen – leere Fassungen zeigten, wo früher Edelsteine sie verziert hatten. Aber auch ohne den Schmuck war sie sehr hübsch mit ihren Verzierungen und dem breiten Dorn in der Mitte. Der zugehörige Gürtel war wohl längst der Zeit zum Opfer gefallen.

»Ich kenne sie nicht«, sagte ich erneut.

»Aber ich.« Noels Gesicht nahm einen finsteren Ausdruck an, der nur für eine bestimmte Person reserviert war. »Sie gehört meinem Vater.«

»Deinem Vater?«, wiederholte Xavia. »Du meinst …«

Er nickte. »Die Mayfields sammeln schon seit Ewigkeiten alles Mögliche aus der Zeit der Ritter: Schwerter, Kelche oder auch Schmuck. Die Schnalle liegt seit meiner Kindheit in Vaters Arbeitszimmer im Regal.«

Levi runzelte die Stirn. »Aber könnte es nicht sein, dass sie Lancelot gehört hat? Dein Vater würde doch nichts aufheben, das von Merlin stammt. Und Juleons Kontakt schickt uns immer alles, was er aus der Zeit hat.«

»Lancelot kann es nicht sein. Killian und ich haben uns früher immer den Spaß gemacht, mit den Sammlerstücken zu spielen, wenn unser Vater nicht da war. Und ich hatte sie auch nach meiner Initiation in der Hand, aber nie eine Vision.« Noel schüttelte den Kopf.

»Deswegen kann sie immer noch von einem der anderen Ritter stammen.«

»Hm, unwahrscheinlich.« Zeph vergrößerte die Aufnahme und sah sich die Details der Schnalle an. »Seht ihr diese Gravuren am Rand? Das war früher eine sehr kostspielige Angelegenheit. Für einen Ritter wäre es ein ungewöhnliches Schmuckstück gewesen. Selbst für einen der Tafelrunde.«

»Es ist einen Versuch wert, sie sich anzusehen.« Noel nickte langsam und trotz der Hoffnung sah ich vor allem Unwillen in seinem Feld. »Sieht so aus, als müsste ich meinen Eltern einen Besuch abstatten.«

Xavia schüttelte den Kopf. »Nicht *du* allein. Wir gehen mit.«

»Nein«, lehnte er ab. »Das muss ich ohne euch machen. Mein Vater ist nicht dumm. Wenn ich verhindern will, dass er Verdacht schöpft, kann ich nicht mit dem ganzen Team dort auftauchen.«

»Dann nimm doch einfach mich mit«, sagte ich. »Wenn ich dabei bin, konzentriert er sich bestimmt nicht darauf, ob du ihm etwas aus dem Arbeitszimmer klaust.«

Ich erkannte, dass der Teil in Noels Feld aufleuchtete, der zu mir gehörte. Aber dann schwächte sich das Licht wieder ab.

»Das geht nicht. Du darfst nicht ohne zusätzlichen Schutz irgendwohin.« Er verzog das Gesicht. »Wenn Morgana dich wieder erwischt, oder uns beide …«

»Wird sie nicht.« Zeph straffte die breiten Schultern. »Wir werden in der Nähe bleiben, ohne dass deine Eltern es mitbekommen. Außerdem können wir mal wieder ein paar Flugtickets auf unsere richtigen Namen kaufen.« Falsche Fährten waren sein Spezialgebiet.

»Okay. Dann ist es beschlossen.« Noels Lächeln geriet in Schieflage, als er mich ansah. »Wie sieht es aus, Mylady: Bist du bereit, offiziell meinen Eltern vorgestellt zu werden?«

»Klar«, würgte ich hervor und meine spontane Ader kniff mich mal wieder in den Hintern. Aber jetzt gab es kein Zurück mehr. *Es wird schon nicht so schlimm werden,* sagte ich mir. *Eine adelige Mutter, die sicher andere Begleitungen ihres Sohnes gewohnt ist, und ein Vater, der mich hasst.*

Was konnte da schon schiefgehen?

*Sie ist hier.*

Diese schreckliche Erkenntnis riss mich aus dem Tiefschlaf. Ich fuhr hoch, strampelte die dünne Decke von meinen Beinen und sprang aus dem Bett, lief hinüber ins Wohnzimmer, schaltete das Licht an. Nichts.

*Sie ist hier.*

Schnell war ich im Flur, vorbei an den Zimmern der anderen, riss die schwere Tür auf und starrte den Gang entlang. Mein Puls klopfte gegen den Kloß in meinem Hals. Nichts.

*Sie muss hier sein.*

Ich eilte zurück ins Wohnzimmer, ging zum Fenster und öffnete es, stürmte auf den Balkon. Dort umklammerte ich das steinerne Geländer und sah hinunter in den Garten des vielstöckigen Hotels. Büsche und Sonnenliegen wurden von Strahlern angeleuchtet und warfen groteske Schatten auf den Rasen. Auch nichts.

»Hey, was treibst du da?«, fragte jemand sanft.

Ich fuhr herum und atmete erleichtert aus. Vor dem Licht des Wohnzimmers in der Terrassentür stand, nur in Boxershorts und mit besorgtem Blick, Noel.

»Es ist nichts … ich dachte nur …«, stammelte ich, denn plötzlich kam es mir albern vor. Ich rannte wie gestört durch die Suite, nur weil ich geglaubt hatte, dass –

»Du dachtest, sie wäre hier«, sagte er leise, kam auf den Balkon und schloss mich fest in seine Arme. Erleichtert lehnte ich den Kopf an seine Schulter und ließ mich von seiner Anwesenheit einhüllen. Meine Panik wurde von der Wärme zwischen uns langsam vertrieben.

»Ich habe sie gespürt«, flüsterte ich, als könnte sie uns hören. »Ich war mir so sicher, dass sie in der Nähe ist.« Aber jetzt fühlte ich nichts mehr davon. Wenn Morgana überhaupt da gewesen war, dann war sie jetzt wieder weg.

»Sie ist nicht hier. Wir sind sicher.« Noel sagte das nicht nur mir, sondern auch sich selbst. Seit er wusste, dass er Morganas Nachfahre war, spürte ich oft genug Wut darüber, dass er daran nichts ändern konnte – aber auch Angst davor, was es für ihn bedeutete.

Als Antwort nickte ich nur.

»Komm, wir gehen besser wieder rein.« Noel ließ mich los, nahm meine Hand und zog mich ins Innere der Suite. Dann schloss er die Tür, schaltete das Licht aus und eine Minute später lagen wir im Bett, so nahe wie möglich beieinander, unsere Beine ineinander verschlungen. Mit jeder Sekunde neben Noel wurde das Gefühl von Gefahr schwächer. Schließlich atmete ich tief ein und wieder aus.

»Worauf wartet sie?«, fragte ich leise. »Warum greift sie nicht an?«

»Ich weiß es nicht.« Noels Atem streifte meine Wange. »Vielleicht kann sie uns nicht erreichen, wenn das Team dabei ist. Sie hat dich schließlich auch von uns weggelockt, um dich zu entführen.«

»Sie ist so verdammt stark. Ich kann mir nicht vorstellen, dass Levi oder Zeph sie daran hindern könnten, uns zu schnappen.«

»Dann hat sie vielleicht ihre Pläne geändert.« Es klang hoffnungsvoll, aber ich wusste, Noel glaubte das genauso wenig wie ich.

»Nein. Sie will uns. Wenn etwas auf der Welt sicher ist, dann das.« Ich dachte an den Ausdruck auf Morganas Gesicht, als sie davon gesprochen hatte, den Fluch zu nutzen. Diese Gier war nichts, was sich in ein paar Wochen verflüchtigte. Nicht bei einem so alten Wesen wie ihr. »Wahrscheinlich glaubt sie, dass es auch ohne ihr Zutun funktioniert. Wie eine Schlange, die vor dem Kaninchenbau sitzt und wartet, bis ihre Beute raushoppelt.«

»Ich würde niemals hoppeln.« Noel grinste, strich mir ein paar verirrte Haarsträhnen zurück und streichelte meinen Hals.

»Du weißt, was ich meine.« Ich seufzte. »Es macht mich wahnsinnig, nicht zu wissen, woran ich bin. Wenn sie wenigstens sichtbar wäre, irgendwie *da*, damit ich weiß, was Sache ist ... aber nichts. Niemand hat sie gesehen, seit ich entkommen bin.« Die Darks waren allein unterwegs, soweit es die anderen Teams berichteten. Morgana schien wie vom Erdboden verschluckt zu sein. Außer einigen Momenten, in denen ich glaubte, ihre Anwesenheit zu spüren, gab es kein Lebenszeichen von ihr.

Noel ließ die Hand sinken. »Wir sollten froh sein, wenn sie sich nicht blicken lässt. Das lässt hoffen, dass sie nicht weiß, was wir vorhaben. Sie ist alt, aber sie ist nicht allwissend. Und ihre Magie ist nicht allmächtig.«

»Nein, aber sie ist nah dran.« Morganas Visionen bescherten mir immer noch regelmäßig Albträume. Wirre, unwirkliche Fetzen eines anderen Lebens, das so unglücklich und von Machtgier zerfressen gewesen war, dass es mir auch nach dem Aufwachen die Luft abschnürte. Ich kuschelte mich noch etwas fester in Noels Arme. »Glaubst du, die Gürtelschnalle ist wirklich von Merlin?«

»Keine Ahnung. Aber wenn sie es nicht ist, müssen wir unseren Plan überdenken.« Einen Plan, hinter dem er ohnehin nicht zu hundert Prozent stehen konnte. Noels Zerrissenheit war in diesem Moment so greifbar, dass ich sie nur schwer aushalten konnte. Sanft strich ich über seinen nackten Rücken.

»Ist das der Grund, warum du schon seit Wochen nach einer Alternative suchst?«, fragte ich leise.

Er lockerte seine Umarmung und sah mich überrascht an. »Woher weißt du das?«

»Du magst es gewohnt sein, dass dein Pokerface funktioniert – und es ist sehr sexy, keine Frage –, aber bei mir hat es keine Wirkung.« Ich lächelte. »Diese Abwechslung von Hoffnung, Enttäuschung und Sorge, wenn du deine Mails checkst. Das war nicht gerade subtil.«

»Tut mir leid.« Noel sah zerknirscht aus. »Ich hätte es dir sagen sollen.«

»Warum hast du es nicht getan?« Es war kein Vorwurf.

»Ach, weil ... weil ich mir denken konnte, was du davon hältst.« Er ließ mich los und setzte sich auf. »Du bist so unerschütterlich, was diese verdammte Befreiung angeht, so völlig ohne Angst, und ich komme mir daneben vor wie ein Feigling, nur weil ich den Gedanken nicht ertragen kann, dich zu verlieren.«

»So ein Quatsch, ich *habe* Angst«, widersprach ich und richtete mich ebenfalls auf. »Himmel, ich habe sogar eine Scheißangst! Aber nicht davor, bei der Befreiung von Merlin mein Leben zu verlieren. Ich habe viel mehr Angst, dass Morgana am Ende doch recht behält. Dass ich eines Tages neben dir aufwache und nicht mehr das Gleiche empfinde wie jetzt.« Tief holte ich Luft, und mir kamen jene Worte in den Sinn, die ich so oft gedacht, aber noch nie ausgesprochen hatte. »Ich liebe dich, Noel«, sagte ich und sah ihm in die Augen. »Und die einzige, riesige, alles bedrohende Angst in mir ist, dass diese Liebe sich in etwas anderes verwandeln könnte.«

Er antwortete nicht sofort, er sah mich nur an – und dieser Blick erzeugte eine Wärme in mir, die nichts mit den Temperaturen draußen zu tun hatte.

»Ich liebe dich auch«, sagte er dann und seine Stimme klang belegt. »Und glaub mir, ich würde eher sterben, als zuzulassen, dass sich daran etwas ändert.«

Ich hätte etwas darauf sagen sollen, nur brachte ich keinen Ton heraus. Aber es brauchte auch keine Antwort. Noel lehnte sich vor und küsste mich, und ich schlang die Arme um seinen Hals, weil ich nicht nah genug bei ihm sein konnte. Glück wallte in mir hoch, aber auch Liebe und die vertraute Anziehung, die uns zu einer Einheit machte. Ich ließ mich in die Kissen fallen, Noel über mir, und mit jedem Kuss, jeder Berührung und jedem geflüsterten Wort ließ ich die Sorgen und vor allem die Ängste ein bisschen mehr los.

Morgen früh würden sie wieder da sein, sie würden uns bedrohen, uns prüfen und vielleicht am Ende zerstören. Aber in diesem Moment, umgeben von Dunkelheit, gab es nichts außer uns.

# 31

Mayfield Manor war auf einschüchternde Art beeindruckend. Als wir von der Straße abbogen und die endlose Auffahrt entlangfuhren, kam ich mir vor wie eine Touristin, die eine Führung durch die altehrwürdigen Herrenhäuser Englands gebucht hatte. Schon das Gelände mit seinen ordentlich gestutzten Hecken, den Rosenbüschen und dem Kiesvorplatz war wie aus einem Prospekt. Aber erst das Haus! Drei Stockwerke hoch ragte es vor mir auf, als Noel direkt daneben parkte. Drei Stockwerke grauer Stein, Sprossenfenster und Erker, von dem Eingangsportal ganz zu schweigen, das jedes Hochzeitspaar auf Fotomotiv-Suche in Entzücken versetzt hätte. Was machte ich noch mal hier? Warum hatte ich mich freiwillig gemeldet, herzukommen? Es gab sicher einen Grund, aber gerade fiel er mir nicht ein.

»Könnten wir mich vielleicht doch als entfernte Bekannte von dir vorstellen?«, fragte ich und sah zu Noel hinüber. »Oder als völlig Fremde, die du an der Straße aufgelesen hat und die eigentlich nach Yorkshire will? Bitte?«

»Nach Yorkshire?« Noels Lachen war sein erstes am heutigen Tag. Die ganze Fahrt über war er schweigsam und in sich gekehrt gewesen. »Du bist echt ein Phänomen. Zwei Meter große Typen mit Ale-Fahne oder eine ganze Horde Darks sind kein Problem für dich, aber so ein bisschen Adel macht dir etwas aus? Ich hatte dich für mutiger gehalten.«

»Ich bin mutig!«, empörte ich mich. »Nur glaube ich nicht, dass ich deine Mutter für die Idee von uns beiden begeistern kann.« Bei Noels Vater war dieser Zug ohnehin abgefahren. Wenn seine Frau auch nur im Geringsten war wie er, hatte ich verloren.

»Erstens ist das nicht wahr. Und zweitens sollte es dich nicht kümmern, was meine Mutter über dich denkt.«

»Oh, ich bin sicher, sie würde dir da widersprechen.«

Noel beugte sich zu mir und küsste mich schnell. Dann legte er die Hand an den Türgriff. »Keine Panik. Wir sind wegen der Gürtelschnalle hier, schon vergessen? Alles andere ist nur Tarnung. Ein Job wie jeder andere.« Passend dazu war der Rest des Teams ein paar Hundert Meter entfernt in der Jagdhütte der Mayfields in Stellung gegangen.

Ich atmete durch und nickte tapfer. »Was ist mit dir?«

»Mit mir?«

»Du warst schon lange nicht mehr hier, oder?«, fragte ich. Über mein eigenes Unbehagen hatte ich völlig vergessen, dass dieser Besuch für Noel ebenfalls schwierig war.

Er ließ den Türgriff wieder los. »Etwas mehr als ein Jahr.«

»Aber du hast deine Mum trotzdem gesehen?« Noel sprach nicht viel über seine Familie und ich drängte ihn auch nicht dazu. Ich war keines von diesen Mädchen, die ihren Freund dazu nötigten, jede Einzelheit aus seinem Leben preiszugeben. Deswegen hatte ich auch nie ein Wort über das verloren, was mir Killian über Noels und seine *Auszeit* erzählt hatte. Es war seine Angelegenheit, ob er es mir irgendwann erzählen wollte.

»Ein paar Mal im letzten Jahr, aber eigentlich zu selten. Sie ist viel in Frankreich bei ihrer Schwester, die beiden haben eine Stiftung für sozial benachteiligte Kinder.«

Also nicht nur adelig, sondern auch eine Heilige. Ich schrumpfte noch ein bisschen mehr.

»Hör zu«, sagte Noel und nahm meine Hand. »Sollte mein Vater auch nur ein abfälliges Wort zu dir sagen –«

»Dann wirst du ihm *nicht* den Hals umdrehen.« Ich sah ihn streng an. »Wir brauchen diese Gürtelschnalle. Und ich glaube nicht, dass wir sie bekommen, wenn du ihm an die Gurgel gehst.«

»Ich hatte nicht vor, ihn um die Schnalle zu bitten, wie du weißt. Ich werde sie einfach stehlen.«

»Auch das wird schwierig, wenn er uns rauswirft. Also halte dich im Zaum, mein Held. Ausnahmsweise.« Ich grinste und küsste ihn auf die Wange. Als Antwort zog er mich für einen richtigen Kuss zu sich und die Wärme zwischen uns geriet schnell in gefährliche Gefilde. Noel merkte es und ließ mich los.

»Gehen wir?«, fragte er dann.

»Gehen wir«, antwortete ich. »Bevor ich es mir anders überlege und doch nach Yorkshire flüchte.«

Wir stiegen aus, und Noel nahm meine Hand, als wir zur Haustür gingen. Er sah wie immer fabelhaft aus, wenn auch nicht anders als sonst – dunkles Shirt, dunkle Hose, schick gemacht hatte er sich nicht. Ich hatte meine Haare gebändigt und zu einem ordentlichen Zopf gebunden, und eigentlich hatte ich geplant, ein hübsches Kleid oder so etwas anzuziehen. Wenn es nur um Ethan Mayfield gegangen wäre, hätte ich Zephs großzügiges Angebot, mir sein Sex-Pistols-Shirt zu leihen, sofort angenommen. Aber Noels Mutter war etwas anderes. Er hatte sie sehr gern, das wusste ich. Ich wollte einen guten Eindruck machen.

Aber kaum hatte ich das beim Frühstück angesprochen, hatte Noel gesagt, wenn ich mich für einen Besuch bei seinen Eltern verkleiden wollte, dann würde er mich nicht mitnehmen. Und so stand ich nun vor der Tür dieses viel zu großen Hauses und trug schwarze Jeans, ein tannengrünes – immerhin neues und vorzeigbares – Shirt mit kurzen Ärmeln und meine Vans.

»Da seid ihr ja.« Kaum hatte Noel die Klingel betätigt, öffnete sich der Eingang und eine Frau trat heraus. »Wie schön.«

Melissa Mayfield war nicht ganz das, was ich mir vorgestellt hatte. Sie war groß, sie war schlank und gut aussehend – damit hatte ich gerechnet. Aber weder trug sie Bluse oder Twin-Set noch hatte sie die Familienperlen um den Hals gehängt. Ihr dunkelblondes Haar war zu einem lockeren Knoten gedreht und ihr Outfit sah aus, als käme sie direkt aus einem dieser mondänen Orte an der Mittelmeerküste: ein langes, blaues Seidentop mit hellem Cardigan darüber, dazu eine weit geschnittene Leinenhose und weiße Sneakers. Ich war so überrascht, dass ich beinahe vergaß, mir ihr Feld anzusehen, aber dann tat ich es doch: Licht und Schatten, ziemlicher Durchschnitt. Und keine schwarzen Stellen wie bei ihrem Mann. Wobei, da war doch eine. Was –

»Hey, Mum. Schön, dich zu sehen.« Noel ging die letzte Stufe hoch und umarmte seine Mutter. Dann drehte er sich zu mir um. »Darf ich dir Charlotte vorstellen? Sie ist eine völlig Fremde, die ich an der Straße aufgelesen habe und die eigentlich nach Yorkshire will.«

»Yorkshire? Du und deine Witze immer.« Mrs Mayfield schob ihn lächelnd beiseite und streckte die Hand aus. »Es freut mich, dich kennenzulernen, Charlotte. Ich habe schon einiges von dir gehört.«

»Das bedeutet meistens nichts Gutes«, rutschte es mir heraus. Erst dann erinnerte ich mich an meine Manieren. »Es freut mich auch sehr, Mrs Mayfield. Vielen Dank für die Einladung.« Eigentlich hatten wir uns ja selbst eingeladen. Aber Melissa Mayfield war sicher zu höflich, um das anzumerken.

»Hatte ich eine Wahl?« *Oh, offenbar doch nicht.* Sie lachte. »Mein Sohn weiß, dass er und seine Freunde jederzeit hier willkommen sind. Auch wenn er in der letzten Zeit davon wenig Gebrauch gemacht hat.«

»Du weißt genau, warum«, knurrte Noel, aber es klang milde.

»Ja, das weiß ich, Noah. Und es ist sicher kein Thema für heute Abend.«

Ich erwartete fast, dass er seinen Namen ebenso korrigieren würde wie bei seinem Vater, aber bei seiner Mutter schien es ihn nicht zu stören. Ich fand es dennoch irritierend. Zwar wusste ich, dass Noel auf dem Papier so hieß, aber für mich klang das so falsch, als würde sie Horatio oder Donald zu ihm sagen.

Seine Mutter führte uns in die große Eingangshalle von Mayfield Manor. Es war ein altes Haus, was man an dem schwarz-weißen Fliesenboden oder der Holztreppe mit dem verschnörkelten Geländer erkennen konnte. Aber Melissa Mayfield schien ihren eigenen Stil eingebracht zu haben. Die beiden Sofas zu beiden Seiten der Eingangshalle waren modern und mit hellem Stoff bezogen, die Lampen hätte Levi sofort für sein Zimmer geklaut und die Gemälde waren sicher nicht das, was der Adel sich sonst an die Wand hängte. Ich sah mich staunend um.

»Ist Vater im Arbeitszimmer?«, fragte Noel.

»Nein«, antwortete seine Mutter. »Er hat heute einen Termin in London und übernachtet auch dort. Es geht um wichtige Leute, die KORT seit Jahren unterstützen und besorgt sind angesichts der aktuellen Lage.«

Noel hob eine Augenbraue. »Er lässt sich die einmalige Gelegenheit entgehen, mich spüren zu lassen, was für eine Enttäuschung ich für ihn bin?«

»Erstens bist du das nicht. Und zweitens hat dein Vater keine Ahnung, dass ihr hier seid.« Melissa zuckte mit den Schultern, als wäre das keine große Sache. »Ich dachte, die Atmosphäre wäre entspannter, wenn er nicht dabei ist. Für euch beide.« Ihr Blick fiel auf mich und sie lächelte leicht. Offenbar wusste sie, dass ihr Mann kein Fan von mir war. Mir fiel ein Stein vom Herzen, und ich sah Noels Feld an, dass es ihm genauso ging.

Er trat vor und drückte seiner Mutter einen Kuss auf die Wange. »Danke, Mum«, sagte er leise. »Ich hab dich lieb.«

»Ich dich auch, mein Schatz.« Ihr Feld wurde ein bisschen heller an der Stelle, die für genau diese Liebe reserviert war. Dann wandte sie sich an mich. »Charlotte, möchtest du das Haus sehen oder wollen wir erst einmal etwas essen? Ich glaube, die Häppchen sind schon fertig, aber unser Koch kann sie kühl stellen. Noah führt dich sicher gerne herum.«

»Nein, keine Umstände bitte. Essen klingt gut.« Ich lächelte. Die Tatsache, dass ich Ethan Mayfield heute nicht begegnen musste, bescherte mir ziemlich gute Laune. Wenn ich jetzt noch damit aufhören konnte, diese schwarze Stelle im Feld seiner Frau anzustarren, konnte es ein guter Abend werden.

»Ich habe draußen den Tisch decken lassen. Geht doch schon vor, ich bin gleich bei euch.« Damit verschwand sie.

Noel legte den Arm um mich und wir gingen durch einen dieser Gänge, die mich an meinen *Downton-Abbey*-Suchtmarathon vor zwei Jahren erinnerten, vorbei an schweren Türen, die teils offen standen und den Blick auf den gleichen Mix aus Modern und Alt freigaben, den ich schon in der Eingangshalle gesehen hatte.

»Deine Mum hat wirklich Geschmack«, sagte ich.

»Ja, meistens schon. Nur nicht, wenn es um meinen Vater geht.«

»Weil sie immer noch mit ihm zusammen ist?« Ich erinnerte mich daran, dass Noel seinem Vater an den Kopf geworfen hatte, seine Mutter würde Ethan nicht ertragen, ihn aber auch nicht verlassen können. Es wunderte mich. Melissa wirkte auf mich so, als würde sie ihre eigenen Entscheidungen treffen. Aber vielleicht war das etwas anderes, wenn der Adel heiratete. Da bedeutete »bis dass der Tod uns scheidet« vermutlich exakt das.

»Genau deswegen. Ihre Verbindung ist nicht gut für sie.«

»Sagst du das als ihr Sohn oder als Lancelot-Erbe?«

»Beides«, meinte Noel finster. »Den Unterschied zwischen Liebe und Abhängigkeit zu erkennen, ist Teil meines Jobs. Aber ich habe lange genug hier gewohnt, um das auch ohne Gnade zu erkennen.«

Ich runzelte die Stirn. »Deine Mum macht überhaupt keinen abhängigen Eindruck.«

»Solange mein Vater nicht da ist, tut sie das auch nicht. Aber kaum taucht er auf, erinnert sie sich daran, dass sie ihm dieses Leben verdankt, mit all dem Geld und dem Ansehen … und dass sie es nicht aufgeben will, obwohl sie das an ihn bindet.«

»Dann war sie nicht adelig, bevor sie ihn geheiratet hat?«

»Doch, das schon – er hätte sich nie mit einer Bürgerlichen eingelassen. Aber sie war unbedeutender Adel, ohne Titel und als Tochter natürlich auch ohne Grundbesitz.«

Ich verdrehte die Augen. »Willkommen in der Steinzeit.«

»Du sagst es. Zum Glück habe ich damit nichts mehr zu tun.« Noel trat durch eine große Tür nach draußen.

Auf der Terrasse war ein Tisch hübsch gedeckt, mit Stoffservietten, feinem Porzellan und großen Windlichtern. Für einen Abend Mitte Juli in England war es warm, aber im Gegensatz zu der Hitze von Rom wehte ein leichter Wind. Und der Ausblick …

»Wow.« Als Stadtkind wusste ich eher die Schönheit einer belebten Einkaufsstraße oder eines überfüllten Parks zu schätzen, aber das hier war wirklich etwas Besonderes. Hinter einem Wäldchen ging langsam die Sonne unter und das Licht tauchte die sorgsam gepflegten Rasenflächen, Büsche und Zierpflanzen in atemberaubendes Gold.

»Du hast das Beste noch nicht gesehen.« Noel nahm wieder meine Hand und ging mit mir die Treppen zum Rasen hinunter, bog dann nach links ab und schwenkte in eine Reihe von Rosensträuchern ein, an deren Ende ein hölzerner Pavillon mit schnörkeligen Verzierungen stand. Er ging zielstrebig darauf zu, blieb unter dem Baldachin stehen und legte die Arme um meine Hüften.

»Was wird das?«, fragte ich.

»Ich wollte hier schon immer ein Mädchen küssen«, grinste er.

»Du glaubst, ich nehme dir ab, dass du das noch nie getan hast?« Zur Sicherheit hob ich beide Augenbrauen.

»Ich schwöre es feierlich bei der Sammlung antiker Teetassen von meiner Großtante Mabel«, sagte Noel.

Ich lachte. »Das überzeugt mich überhaupt nicht.«

»Hm, vielleicht hilft ja das«, murmelte er und küsste mich, was mir wie immer das Gefühl gab, das einzige Mädchen zu sein, das er je wieder küssen würde.

»Noah? Charlotte? Seid ihr im Pavillon?« Ein Ruf vom Haus unterbrach uns.

»Kommt mir irgendwie bekannt vor.« Noel grinste erneut und ich versetzte ihm einen sehr unmädchenhaften Boxhieb.

»Von wegen Teetassensammlung«, raunte ich, als wir schon fast wieder bei seiner Mutter waren.

»Ich habe keine Ahnung, wovon du redest.« Er setzte eine unschuldige Miene auf und ging die Stufen zur Terrasse hinauf. Mit der Restsonne im Rücken und der Aussicht auf ein Merlin-Artefakt vor mir folgte ich ihm.

Als Vorspeise gab es kunstvolle Häppchen auf kleinen Tellern, die auf dem ganzen Tisch verteilt waren. Erst dachte ich, es wären italienische Antipasti, aber dann erkannte ich kleine Stückchen Quiche, gefüllte Tomaten und winzige, in Blätterteig gerollte Pasteten.

»Das sieht wirklich gut aus, Mum.« Noel zog für mich einen Stuhl zurück, bevor er sich selbst setzte.

Melissa löste ihre Stoffserviette aus einem silbernen Ring. »Wenn es nur ein paar Horsd'œuvres braucht, um dich nach

Hause zu locken, dann lasse ich jeden Tag welche machen.« Sie sah mich an. »Ich hoffe, du magst französisches Essen, Charlotte. Da ich so oft dort bin, ist es mir fast schon vertrauter als alles, was es hier gibt.«

»Ja, natürlich.« Ich mochte prinzipiell alles, das war der Vorteil daran, wie meine Kindheit gelaufen war. Aber ich konnte mir nicht vorstellen, dass jemand angesichts dieser Köstlichkeiten gesagt hätte ›Französisches Essen? Nee‹. Schließlich waren keine Froschschenkel auf dem Tisch.

»Noah sagte mir, dein Bruder hätte einen Pub in Camden?« Melissa sah mit Interesse über den Tisch zu mir.

Mittlerweile zuckte ich bei dem Wort »Bruder« nicht mehr zusammen. »Ja, stimmt. Den Empty Grail an der Ecke Jamestown und High Street.«

Melissa lachte. »Was für ein origineller Name. Zufall oder gewollt?«

»Zufall. Soweit ich weiß, heißt der Pub schon immer so.«

Plötzlich klingelte ein Handy und im ersten Moment dachte ich erschrocken, es wäre meins. Aber dann zog Noel seines aus der Tasche.

Seine Mutter zog verärgert die Brauen zusammen. »Noah, bitte.«

»Entschuldige, Mum. Es ist wirklich wichtig. Ich bin gleich wieder da.« Er stand auf. »Und frag Charlotte in der Zwischenzeit nicht allzu sehr aus, okay?«

»Niemals.« Seine Mutter schüttelte unschuldig den Kopf. Noel berührte mich flüchtig am Rücken, dann ging er ins Haus. »Er arbeitet zu viel«, seufzte Melissa und sah ihm nach. »Junge Leute wie ihr solltet ihr Leben genießen, studieren, feiern. Nicht die Welt gegen böse Mächte verteidigen müssen.«

»Es ist einfach viel mehr als nur ein Job.« Ich hob die Schultern. »Ich schätze, wir feiern, wenn die Welt gerettet ist. Wahrscheinlich ein paar Wochen lang. Oder Monate. Je nachdem, wie lange wir durchhalten.«

Sie lächelte und bedachte mich mit einem Blick, der mich an ihren jüngeren Sohn erinnerte. »Ich verstehe, warum Noah dich so mag.«

»Danke, Ma'am«, nickte ich. »Ich mag ihn auch sehr.«

»Ma'am? Um Gottes willen. Bitte nenn mich Melissa.« Sie schwenkte ihr Glas. »Ich müsste dir jetzt vermutlich ein paar peinliche Geschichten aus Noahs Kindheit erzählen, oder? Leider gibt es da nicht viele. Er war eigentlich immer sehr brav. Ganz anders als ...« Sie brach ab.

»Als Killian?«, rutschte es mir heraus.

Melissa nickte unglücklich. »Killian war immer viel rebellischer, freiheitsliebender, wilder, schon als Kind. Vielleicht hätte ich eher merken müssen, dass er auf Abwege gerät.«

»Sie waren doch nicht diejenige, die ihn ins Team eingekauft hat, oder?« Mein loses Mundwerk hatte mal wieder die Regie übernommen. Aber ich ertrug es nicht, das Unglück dieser Frau zu sehen, die für Killians Fehler wohl kaum die Schuld trug.

»Nein.« Sie schluckte hart. »Aber ich habe es auch nicht verhindert.«

»Sie wussten davon?« Ich starrte sie an. Damit hatte ich nicht gerechnet. Ethan Mayfield wirkte wie jemand, der seiner Frau nichts von seinen dunklen Machenschaften erzählte. Plötzlich hatte ich eine Ahnung, was diese schwarze Stelle in ihrem Feld war.

Melissa holte Luft, um zu antworten, aber in dem Moment kam Noel zurück. Er sah besorgt aus – nicht sein Gesicht, aber sein Feld. Vor seiner Mutter ließ er sich nichts anmerken, sondern setzte sich wieder und aß weiter. Im Gegensatz zu ihm konnte ich mich aber kaum noch auf die Häppchen konzentrieren. Etwas stimmte nicht, und zwar gewaltig. Nur konnte ich ihn nicht danach fragen, bis wir mit der Vorspeise fertig waren. Als Melissa schließlich aufstand, um zu sehen, wie weit der Hauptgang war, fasste ich Noel am Arm.

»Was ist los?«, fragte ich.

»Sie ist nicht hier«, sagte er leise.

»Was meinst du damit?«

»Die Gürtelschnalle. Sie liegt nicht in dem Regal mit den Erstausgaben, wo sie sonst immer war.«

»Vielleicht hat dein Vater einen neuen Platz dafür gefunden?«, fragte ich hoffnungsvoll. Noel schüttelte den Kopf.

»Wenn ja, dann nicht in seinem Arbeitszimmer. Ich habe alles abgesucht.«

»Scheiße. Und was machen wir jetzt?«

»Das weiß ich noch nicht.«

Melissa kehrte zurück an den Tisch.

»Mum, habt ihr ein paar der antiken Sammlerstücke an ein Museum gegeben?«, fragte Noel seine Mutter beiläufig. »Ich bin gerade am Arbeitszimmer vorbeigekommen und habe gesehen, dass die kleine Statue von Arthur und Guinevere nicht mehr auf dem Schreibtisch steht.«

»Nein, wir haben nichts verliehen.« Melissa schüttelte den Kopf. »In letzter Zeit sind hier in der Gegend einige Einbrüche gemeldet worden, deswegen hat dein Vater die wertvolleren Stücke in den Tresor gelegt. Ich habe ihm gesagt, dass das keinen Sinn ergibt, weil so ziemlich alles in diesem Haus wertvoll ist, aber du weißt ja, wie er mit seinen Tafelrunden-Artefakten ist.« Sie verdrehte die Augen.

Noel und ich sahen uns an und unser beider Hoffnung sank synchron in rasender Geschwindigkeit. Die Schnalle war zwar hier im Haus, aber in einem Safe, dessen Kombination Noel offenbar nicht kannte. *Super.*

Allerdings kam es noch schlimmer.

»Melissa?«, rief jemand und ich erkannte die Stimme sofort. Meine Selbstsicherheit ging den gleichen Weg wie meine Zuversicht. Noels Hand legte sich um den Serviettenring und drückte zu, bis alle Farbe aus seiner Haut wich.

»Oh, wir haben Besuch. Und dann auch noch so besonderen.« Ethan Mayfield trat in einem seiner üblichen maßgeschneiderten Anzüge auf die Terrasse. Er sah nicht im Geringsten überrascht aus. Dafür erkannte ich in seinem Feld hell leuchtenden Zorn, den er sich äußerlich nicht anmerken ließ.

»Vater.« Noel stand auf und reichte Ethan die Hand. Ich wettete, dass er das nur für seine Mutter tat.

Melissa war blass geworden. »Ethan«, sagte sie unsicher. »Du bist schon zurück? Ich hatte nicht vor morgen mit dir gerechnet.«

Er verengte die Augen. »Nun, ich bin sehr froh, dass mich immerhin das Hauspersonal darüber informiert, dass mein Sohn hier ist. Du hast es ja nicht für nötig gehalten, das zu tun.«

»Es war ein spontaner Besuch«, log ich, weil ich plötzlich das Gefühl hatte, Melissa beschützen zu müssen. Ethans Blick fiel auf mich.

»Charlotte. Du bist also auch da. Welchem Umstand verdanken wir denn dieses Vergnügen? Braucht Noel neuerdings Rückendeckung von seinem Team, wenn er seine Familie besucht?«

Ich antwortete nicht, weil ich ihm sicher nicht die Wahrheit sagen wollte. Aber da spürte ich eine Hand an meinem Rücken, und als ich hochsah, traf mich ein Lächeln von Noel.

»Sie ist als meine Freundin hier«, sagte er, und die Wärme in seinen Zügen verschwand, als er seinen Vater ansah. »Wenn du damit ein Problem hast …« Er ließ die Worte drohend in der Luft hängen.

»Nein, warum sollte ich denn damit ein Problem haben?« Ethan klang freundlich. Ich konnte seinen Zorn immer noch leuchten sehen, aber er hielt ihn versteckt. Darin war er ebenso gut wie sein Sohn. »Deine Freundin ist in diesem Haus immer willkommen, genau wie du.« Er wandte sich an Noels Mutter. »Melissa? Kann ich dich einen Moment sprechen?«

Seine Frau stand auf und ging mit ihm hinein. Besorgt sah ich ihnen nach.

»Sollte man sie bei seiner Laune echt mit ihm allein lassen?«

»Warum nicht?«, fragte Noel.

»Na, weil er ziemlich wütend ist, dass sie ihm nichts von unserem Besuch gesagt hat.«

»Meine Mutter ist seit 26 Jahren mit ihm verheiratet. Wenn sie daran etwas ändern will, helfe ich ihr gerne. Aber bis dahin mische ich mich nicht ein.«

»Auch nicht, wenn er … na ja …« Ich sprach es nicht aus.

»Du meinst, dass er handgreiflich wird? Nein.« Noel schnaubte. »Mein Vater hat noch nie die Hand gegen einen von uns erhoben. Er verabscheut körperliche Gewalt.«

Deswegen hatte er trotzdem seine Methoden, Menschen zu quälen – und mir gefiel es nicht, dass er wütend auf Melissa war. Aber vielleicht hatte Noel recht. Man konnte niemanden zu seinem Glück zwingen. Wenn Melissa mit ihrem Mann verheiratet bleiben wollte, dann musste sie auch mit ihm auskommen.

Das Hausmädchen kam und brachte ein weiteres Gedeck. Dann räumte sie das Geschirr mit den restlichen Häppchen vom Tisch. Ich stand auf und wollte ihr helfen, aber sie wehrte das heftig ab, also setzte ich mich wieder. Als sie weg war, sah ich Noel grübeln.

»Was ist dein Plan?«, fragte ich. Er dachte garantiert über die Gürtelschnalle nach.

»Vor zehn Minuten hatte ich noch vor, dich meine Mutter ablenken zu lassen und den Safe zu knacken. Aber wenn mein Vater im Haus ist, geht das nicht. Also bleibt nur Plan B.« Er sah mich an. »Ich fürchte, wir werden über Nacht bleiben müssen.«

# 32

Was im ersten Moment nach Horrorvorstellung klang, entpuppte sich als halbwegs erträglich. Zwar war Ethan Mayfield nicht plötzlich ein netter Kerl, den ich mit ein paar lustigen Pub-Geschichten für mich einnehmen konnte, aber er schoss auch nicht alle zwei Minuten eine Spitze auf mich ab, sondern war höflich, zu seiner Frau sogar geradezu liebenswürdig. Wir brachten den Hauptgang ohne Eskalation hinter uns, und beim Dessert spürte ich, wie Noel sich endlich etwas entspannte. Ich hatte damit gerechnet, dass sein Vater und er sich im Laufe des Abends miteinander anlegen würden, und immer wieder gab es Momente, wo Ethans Wut für mich deutlich sichtbar wurde. Aber Melissas Anwesenheit und das Wissen, dass wir heute Nacht hierbleiben mussten, schienen Schlimmeres zu verhindern.

»Charlotte, kann ich noch einmal auf deinen Bruder und seinen Pub zurückkommen?« Melissa sah von ihrer Dreifaltigkeit aus weißer Mousse au Chocolat, Lavendelparfait und einem Schokoladenküchlein mit flüssigem Kern auf.

»Natürlich«, antwortete ich und warf einen flüchtigen Blick zu ihrem Mann, der bei der Nennung von Dex jedoch nicht besonders interessiert wirkte.

»Glaubst du, er würde dort eine Veranstaltung für mich ausrichten? Ich habe eine Spendenparty für unsere Stiftung geplant, aber ich möchte nicht schon wieder den Saal eines Hotels mieten oder irgendeinen Tea Room. Ein Pub wäre eine tolle Abwechslung.« Sie strahlte mich an.

»Oh, okay.« Ich konnte mir lebhaft vorstellen, wie Dex auf so einen Vorschlag reagieren würde – mit einer gepfefferten Tirade gegen weltfremde Adelige, die es unterhaltsam fanden, für ein paar Stunden in die Abgründe der arbeitenden Gesellschaft hinabzusteigen. Aber Dex war ja nicht da. »Zurzeit führt unser Barkeeper Morty den Pub. Wenn Sie möchten, gebe ich Ihnen seine Nummer, dann können Sie ihn fragen.«

»Der Barkeeper?«, fragte Melissa überrascht. »Wo ist denn dein Bruder?«

Jetzt schien Ethan Mayfield doch aufzumerken.

»Unterwegs«, sagte ich vage. »Dex hat sich eine Auszeit genommen und ist auf Reisen gegangen. Er musste sich die letzten neun Jahre um mich kümmern, deswegen hatte er nie die Gelegenheit dazu.« Die Geschichte war nicht sehr ausgefeilt, aber zum Glück war Melissa nicht misstrauisch.

»Das verstehe ich.« Sie nickte. »Es war sicher eine enorme Verantwortung für einen so jungen Mann, seine kleine Schwester zu versorgen.«

»Ja, das stimmt.« Ich lächelte und ignorierte den Stich, den ich immer dann spürte, wenn jemand Dex erwähnte. Unter dem Tisch nahm Noel meine Hand und drückte sie kurz. Dankbar erwiderte ich es.

»Und du hast wirklich keine Ahnung, wo er sich aufhält?« Ethan sah mich über seinen leeren Dessertteller hinweg an. Sein Blick schien neutral, aber in seinem Feld pulsierte Argwohn. »Er hat sich in der Vergangenheit doch sehr gewissenhaft um dich gekümmert. Wie passt es dazu, dass er einfach verschwindet und dich in der Obhut von KORT lässt, obwohl er uns nicht traut?«

Melissa sah von ihrem Mann zu mir. »Er traut KORT nicht? Was soll das heißen? Was hat er denn damit zu tun?«

»Mister Stuart hat vor Jahren sehr deutlich gemacht, was er von unserer Arbeit hält, Liebling.« Ethan lächelte schmal. »Charlotte war damals unsere einzige Hoffnung, um die Kandidaten auf Eignung zu prüfen. Aber ihr Bruder hatte andere Pläne.«

»Er hatte keine anderen *Pläne*«, zischte ich. »Er hat mich aus der Gefangenschaft von KORT befreit.«

»Sicher«, sagte Ethan arrogant und seine gelassene Fassade bröckelte. »Aber erst nachdem du meinem Sohn die Zukunft verbaut hast, nicht wahr?«

Der Vorwurf traf mich wie ein eiskalter Schwall Wasser. Ich holte Luft, aber jemand kam mir zuvor.

»Vater, hör auf.« Noels Stimme hatte diesen tödlichen Unterton. »Charlotte hat meine Zukunft nicht verbaut.«

»Nein, du hast recht, das hat sie nicht. Weil ich es geradegebogen habe.« Ethan schnaubte und ich fühlte Noel an, dass er ihm am liebsten die Wahrheit ins Gesicht gebrüllt hätte: über Morgana, die uns benutzen wollte, um die Welt zu zerstören. Über die Abstammung von ihr, die Noel oft genug nachts nicht schlafen ließ. Und über Killian, seinen Bruder, den all die Lügen in Morganas Fänge getrieben hatten.

Aber er sagte nichts, weil er Noel war und sich unter Kontrolle hatte, wenn er es musste. Stattdessen schwieg er und starrte seinen Vater nur an, bis der schließlich aufstand.

»Bitte entschuldigt mich. Ich habe noch Arbeit zu erledigen.« Damit verließ er die Terrasse und ging ins Innere.

Das Schweigen wurde für einige Augenblicke größer als das gesamte Grundstück der Familie Mayfield. Dann erhob sich auch Melissa, ein bemüht fröhliches Lächeln auf dem Gesicht.

»Charlotte, hast du jetzt Lust, dir das Haus anzuschauen?«

»Ja, sehr gerne.« Ich zwang mich, freundlich zu nicken. Dabei interessierte mich das Haus wirklich.

»Noah, kommst du mit?«, fragte seine Mutter.

»Ich glaube, ich verzichte.« Er lächelte sie an. »Auch wenn ich eine Weile nicht hier war, kenne ich das Haus gut genug. Ich statte den Pferden solange einen Besuch ab.« Wir standen auf und er schloss mich kurz in die Arme. »Ich spreche mit den anderen«, flüsterte er mir zu. Dann ließ er mich los und verschwand in der Dunkelheit.

Es war gut, dass mich Melissa durch das Haus geführt hatte: So wusste ich einigermaßen, wo wir hingingen, als wir mitten in der Nacht durch die stockdunklen Gänge liefen. Nicht dass Noel sich hier nicht blind auskannte. Aber es gab mir das Gefühl, mehr als eine Statistin in dieser Episode von »Adelig und reich« zu sein.

»Dieser Paranoiker«, schimpfte Noel leise, als wir endlich vor der richtigen Tür standen und er die Klinke herunterdrückte. »Er hat abgeschlossen.«

»Macht er das immer?« Ich runzelte die Stirn. Solche Vorsichtsmaßnahmen kannte ich nur von abgeranzten Wohngemeinschaften in London, wo man seinen Mitbewohnern zutrauen musste, dass sie den Laptop, das Handy und Omas Erbschmuck zum Pfandleiher brachten.

»Nicht dass ich wüsste.« Noel ging in die Hocke und zog ein schmales Etui aus der Tasche. »Hier.« Er drückte mir eine Taschenlampe in die Hand. »Leuchte mir mal bitte auf das Schloss.«

Unser Plan klang einfach: nachts in das Arbeitszimmer von Mayfield senior gehen, den Safe knacken und die Gürtelschnalle herausholen. Nur dass die Umsetzung ein paar Fragezeichen hatte. Der Tresor war eines davon, die verschlossene Tür ein zweites. Außerdem durfte uns niemand erwischen.

Melissa war begeistert gewesen, als Noel ihr verkündet hatte, dass wir übernachten würden. Sie hatte nicht einmal auf getrennte Zimmer bestanden. »Ihr seid erwachsen und wohnt zusammen«, hatte sie nur gemeint und abgewinkt. »Das wäre doch albern.« Dann hatte sie mir den Rest den Anwesens gezeigt und dem Hausmädchen aufgetragen, eines der Gästezimmer vorzubereiten. Ich hatte eigentlich gehofft, wir würden in Noels altem Zimmer schlafen, aber wie ich erfuhr, war das schon vor einer Weile zu einem Atelier für Melissas Malgruppe umgestaltet worden.

»Ärgert dich das eigentlich nicht?«, flüsterte ich.

»Was?«

»Dass es dein Zimmer nicht mehr gibt.«

»Ich bin früh ausgezogen, warum hätten sie es behalten sollen? Da oben ist das beste Licht zum Malen.«

Ich wollte antworten, dass das eigene Zimmer doch immer ein Zufluchtsort war, aber Noels Blick ließ meinen Mund wieder zuklappen. Mittlerweile sprach ich seine nonverbale Sprache ganz gut. Und dieser Blick sagte »Ich muss mich konzentrieren, also lass uns die Kindheitsdiskussionen auf später verschieben«. Vielleicht sagte er auch nur »Sei bitte für fünf Minuten still«. Beides lief auf das Gleiche hinaus.

Noel nahm zwei schmale, längliche Dietriche aus dem Etui und machte sich am Schloss der Tür zu schaffen. Es dauerte nicht lange, bis sie aufsprang.

»Respekt«, sagte ich leise, aber beeindruckt. »Du würdest es in gewissen Kreisen weit bringen.«

Er grinste im Schein der Taschenlampe. »Komm, schnell rein, bevor jemand uns bemerkt.«

Wir betraten das Arbeitszimmer und Noel schloss die Tür hinter mir. Zielstrebig ging er zum Schreibtisch und schaltete eine kleine Lampe mit grünem Schirm ein, dann ging er zu einem Wandpaneel, drückte dagegen und schob es zur Seite.

Ich war fast ein bisschen enttäuscht. »Und ich dachte immer, die Reichen verstecken ihre Tresore hinter einem Van Gogh oder so.«

»Nein, der Van Gogh hängt in seinem Büro bei der Gilde«, sagte Noel. »War ein Scherz. Wir haben nur einen Monet.«

»Beeindruckend, Mayfield. Aber wenn du keinen Van Gogh hast, bist du leider nicht meine Preisklasse.« Ich schenkte ihm einen mitleidigen Blick.

»Ach ja?« Noel wandte sich zu mir um und schlang mir so schnell einen Arm um die Taille, dass ich überrascht nach Luft schnappte. Sein Gesicht näherte sich meinem, er hielt inne, sein Blick veränderte sich, sein Feld tat es auch. Ich genoss für einen Augenblick das Gefühl aufgeregter Vorfreude, das ich immer hatte, kurz bevor zwischen uns etwas passierte. Aber dann waren wir doch vernünftig und ließen einander los.

»Also, der Tresor …«, sagte ich und strich meine Haare zurück. »Wie willst du ihn aufbekommen?« Ich kam näher und besah mir den Safe. Er war schwarz, einen halben Meter hoch und in die Wand eingelassen. Ich erkannte ein altmodisches Zahlenrad und einen in der Tür verankerten Griff.

»Mit Gefühl.« Noel runzelte die Stirn. »Ein Mikrofon mit Kopfhörer wäre besser, aber es wird hoffentlich auch so gehen. Ich bin froh, dass mein Vater das Ding noch nicht durch ein aktuelles Modell ersetzt hat.«

Er machte sich an die Arbeit, und ich schwieg, weil ich wusste, dass er absolute Ruhe brauchte. Mit vor Konzentration verzogenem Gesicht drehte er das Rad in immer gleicher Geschwindigkeit, hielt es irgendwann an und wechselte die Richtung. Ich konnte nichts hören außer einem leisen Rattern, aber Noel schien zu spüren, wann das Rad an einer richtigen Zahl vorbeikam. Nach fünf Minuten schüttelte er die Finger aus.

»Zwei habe ich, glaube ich.«

»Wenn das so schnell geht, sollte man deinem Vater wirklich einen neuen Safe empfehlen«, sagte ich skeptisch. »Da ist ja die Kaffeedose im Küchenschrank sicherer.«

Noel drehte sich zu mir. »Oder es könnte sein, dass ich der beste Safeknacker bin, den KORT hat.«

Meine Skepsis wankte. »Bist du?«

»Nein.« Er schüttelte grinsend den Kopf. »Thora ist die beste, dann kommt Evelyn, die Kay-Erbin aus Leeds. Aber sie räumen mir einen guten dritten Platz ein.«

Ich wollte antworten, da hob Noel die Hand. Nur eine Sekunde später hörte ich sie auch: Schritte. Es kam jemand den Flur entlang. Wir sahen uns an und ich konnte Noels Gedanken beinahe in meinem Kopf hören: *Verdammt.*

Mit einer schnellen Bewegung schloss er das Wandpaneel vor dem Tresor. Ich hechtete zum Schreibtisch und schaltete die Lampe aus, im nächsten Moment zog Noel mich in die Fensternische hinter dem Schreibtisch. Stumm presste ich mich an ihn, damit wir beide von dem zusammengeschobenen Vorhang verdeckt wurden.

»Was zum … ich hatte doch …« Ethan Mayfields Stimme klang verwirrt. Er hatte die Tür geöffnet. »Melissa!«, schien er dann eine Antwort zu finden. »Wie schwer kann es sein, wieder abzuschließen, wenn man hier drin war?«

Er ging durch den Raum, kam in unsere Richtung. Bald flammte Licht auf, er hatte die Lampe auf dem Schreibtisch wieder angeschaltet. Noel drückte mich enger an sich und wir hielten beide die Luft an. *Bitte, mach, dass er nur etwas vergessen hat und nicht noch ein paar Stunden arbeiten will.*

Man hörte einen Schlüsselbund, dann das Klacken von Metall auf Holz. Schließlich zog Noels Vater eine Schublade auf und schien etwas herauszunehmen – ich hörte das Geräusch von Knöcheln, die an Holz entlangfuhren. Danach war es still, eigenartig still. Wir sahen uns an. Hatte er bemerkt, dass er nicht allein war? Fiel uns schnell genug eine Ausrede ein, wenn ja?

»Ich bin es«, sagte er. Ich zuckte zusammen. Dann wurde mir

klar, dass Ethan telefonierte. »Ja, ich bin allein. Wir können offen sprechen.« Was sein Gesprächspartner sagte, war nicht zu verstehen. »Nein. Ich weiß, dass ich dich nur anrufen soll, wenn es unbedingt notwendig ist. Aber mein Sohn ist heute hier aufgetaucht und hat Charlotte mitgebracht … ja, ich dachte mir schon, dass dich das interessiert.«

Noel und ich sahen uns an. Unsere Anwesenheit in diesem Haus war einen nächtlichen Anruf bei einem dubiosen Fremden wert? Ahnte Ethan etwa, was wir vorhatten?

»Ich weiß es nicht … vielleicht wollte Noel nur seine Mutter sehen und ihr Charlotte vorstellen … sie sind offenbar ein Paar … ja, ich weiß, dass das gefährlich ist, Herrgott! Aber was soll ich denn tun? Ihnen die Wahrheit sagen?«

Das wurde ja immer eigenartiger. Ich konnte Noel ansehen, dass er genauso verwirrt war wie ich.

»Nein, es ist bestens verwahrt … ja, natürlich bin ich sicher. Kein Mensch weiß, dass es hier ist. Mach dir darum keine Sorgen, niemand wird es finden … in Ordnung, ich sehe nach.« Ich konnte hören, dass er das Wandpaneel zur Seite schob und sich am Rad des Tresors zu schaffen machte. Schließlich verriet ein metallisches Schnalzen, dass die Tür geöffnet war. »Es ist hier, wie ich gesagt habe. Alles ist unter Kontrolle.«

Sein Gesprächspartner schien jetzt sehr lange zu reden, denn man hörte nur hier und da ein »Hm« oder »Ja« von Noels Vater. Meine Konzentration schweifte gerade zu den Möglichkeiten, wer am anderen Ende sein mochte, als ich plötzlich etwas hörte, das meinen Kopf schlagartig lähmte.

»Nein, Dex, das ist nicht nötig. Wir –«

Den Rest bekam ich nicht mehr mit. *Dex*. Er hatte *Dex* gesagt. Klar war das kein seltener Name, aber auch nicht sonderlich verbreitet. Und der Zufall hätte gigantisch sein müssen. Ethan Mayfield telefonierte offenbar mit Dex – meinem Dex. Und es ging um mich. Um mich, um Noel und etwas, das in diesem Tresor lag.

Der Druck von Noels Armen wurde stärker. Er schien zu spüren, wie gerne ich herausgestürmt wäre und seinen Vater zur Rede gestellt hätte. Aber das durfte ich nicht. Ich musste mich zusammenreißen, hinter dem Vorhang bleiben, schweigen und warten. Das Gespräch war kurz darauf beendet, dann schaltete Ethan das Licht wieder aus, ging hinaus und schloss die Tür hinter sich ab. Wir warteten noch ein paar Minuten, dann wagten wir uns hinter dem Vorhang hervor. Ich holte Luft.

»Nein«, sagte Noel schnell. »Nicht jetzt. Ich weiß, dass es dich wahnsinnig macht, nicht zu wissen, was das soll. Aber wir müssen erst die Schnalle holen.«

Er ging zum Tresor und brauchte keine weiteren fünf Minuten, um ihn zu öffnen. Als die Tür aufschwang, spähten wir beide im Schein der Taschenlampe hinein. Ich entdeckte ein dickes Bündel Bargeld, ein paar Dokumente, zwei Reisepässe und, in gläserne Kästen gelegt und feinsäuberlich aufeinandergestapelt – Artefakte.

Noel leuchtete auf den Turm aus Glasschatullen und entdeckte schließlich die Gürtelschnalle ganz unten. Vorsichtig nahm er den Kasten heraus und gab ihn mir. Hatten sein Vater und Dex *darüber* geredet? Wollten sie verhindern, dass wir die Schnalle in die Finger bekamen?

»Soll ich hier …« Ich zeigte auf die Schatulle. In diesem Zimmer eine Vision zu bekommen, kam mir riskant vor. Man wusste nie, wie lange so etwas dauerte.

»Wir nehmen sie besser mit nach oben.« Noel schob den Tresor zu und achtete darauf, dass alles so aussah, als wären wir nie hier gewesen. »Wenn sie nicht von Merlin ist, kann ich sie zurücklegen, ohne dass er etwas merkt.«

»Und wenn sie es ist? Er wird sie vermissen. Wenn er mit Dex darüber gesprochen hat …«

»Darum kümmern wir uns, wenn es so weit ist.« Offensichtlich hatte Noel nicht damit gerechnet, dass der Verlust eines Artefakts aus der Sammlung seines Vaters auffallen könnte. »Vielleicht können wir eine Replik machen lassen und ich schmuggle sie in ein paar Tagen hier rein.«

Oder sein Vater bemerkte, dass die Schnalle fehlte, und würde die richtigen Schlüsse ziehen.

Eilig und so leise wie möglich öffnete Noel das Schloss an der Tür zum Arbeitszimmer erneut und nutzte das Dietrich-Set, um sie dann wieder zu verschließen. Danach schlichen wir zurück in unser Zimmer, schlossen auch diese Tür ab – das konnte man immerhin glaubhaft erklären –, dann lehnte sich Noel dagegen.

»Was du da gerade gehört hast –«

»Kann alles und nichts bedeuten? Sicher. Ich sage dir, was es bedeutet: Dein Vater und mein Nicht-Bruder arbeiten zusammen!« Ich war lauter geworden, als ich wollte, aber das war das Gute an einem riesigen Haus wie diesem: Unser Zimmer war meilenweit von den Schlafräumen der Mayfields entfernt. »Wie kann das sein?«, fragte ich und sank aufs Bett. »Wie kann dein Vater mit Dex reden, als wären sie alte Kumpels? Die müssten sich hassen. Dex verabscheut KORT, und dein Vater nimmt ihm heute noch übel, dass er mich damals rausgeholt hat. Das ergibt alles keinen Sinn.«

»Vielleicht arbeiten sie zusammen, aber für KORT.« Noel wirkte so ratlos, wie ich mich fühlte. »Vielleicht hat Dex seine Meinung geändert, um dich zu beschützen. Schließlich war es für ihn in Ordnung, dass du zu uns gekommen bist, nachdem er verschwunden ist.«

»Das wissen wir nicht. Er hat es eventuell in Kauf genommen, weil er Wichtigeres zu tun hatte. Aber er wollte nie, dass ich wieder zu KORT gehe.« Ich schüttelte den Kopf und sah Noel an. »Meinst du, der Grund dafür sind wir?«

Er runzelte die Stirn. »Du glaubst, er wollte nicht, dass du mit KORT zu tun hast, um uns beide voneinander fernzuhalten?«

»Warum nicht? Du hast doch gehört, was dein Vater über uns gesagt hat: dass es gefährlich ist, wenn wir zusammen sind.« Langsam ordneten sich die Bruchstücke zu einem Ganzen zusammen – löchrig, aber erkennbar. »Dein Vater muss von dem Fluch wissen. Ist doch auch klar: Dein Großvater hat damals verhindert, dass dein Vater ein Knight wurde, weil er genau wusste, was für ein Blut in eurer Linie steckt.«

»Mein Großvater hat meinem Vater aber nie verraten, wieso er seine Initiation verhindert hat.«

»Dann weiß er es eben von Dex.«

Noel widersprach mir nicht. Stattdessen schwieg er und schien zu überlegen.

»Worüber denkst du nach?«, fragte ich.

»Als ich im Januar im Pub war, da gab es diesen Moment … ich habe zu dir rübergesehen und Dex hat es bemerkt. Als ich ihm in die Augen geschaut habe, konnte ich einen sehr tiefen Kummer spüren, einen heftigen körperlichen Schmerz. Eigentlich dachte ich, dass er jemanden verloren hat und ich das fühle. Aber vielleicht ging es dabei auch um dich. Um uns.«

Ich setzte mich neben ihn. »Du glaubst, er weiß nicht nur von dem Fluch, sondern hat schon damals gewusst, wer du bist?«

»Es könnte sein«, gab Noel zu. »Du hast es schließlich auch gewusst.«

»Ja, aber ich habe dich an deinem Feld erkannt. Dex hat keine Gnade.«

»Soweit wir wissen.«

Ich schwieg und sortierte meine Gedanken.

»Aber wenn sie beide von dem Fluch wissen, warum versuchen sie dann, uns an der Befreiung von Merlin zu hindern?« Ich erhob mich und begann, auf und ab zu gehen. »Glaubst du, sie arbeiten vielleicht … mit Morgana zusammen?«

»Das kann ich mir nicht vorstellen.« Noel schüttelte den Kopf. »Wir reden hier von meinem Vater und dem Mann, der dich großgezogen hat. Beide sind moralisch sicherlich nicht einwandfrei. Aber keiner von ihnen würde uns derartig in Gefahr bringen oder sogar unseren Tod in Kauf nehmen. Das will ich nicht glauben.«

Ich wollte es auch nicht, ich wollte auf keinen Fall glauben, dass Dex so etwas tat. »Wie erklärst du dir das dann? Wie erklärst du dir, dass sie das Artefakt unter Verschluss halten wollen, das uns Merlin zurückbringen kann?« Sie mussten über die Schnalle gesprochen haben. In dem Tresor hatte sonst nichts gelegen, das derart wichtig war.

»Das kann ich nicht. Aber wir werden es herausfinden, okay?« Noel lächelte und ich wusste, er wollte mir Mut machen. Es gelang nur mäßig.

»Okay«, sagte ich trotzdem. Wir konnten spekulieren, aber Antworten würden wir in dieser Nacht keine bekommen. Außer einer. Ich schob meine Gefühle für Dex beiseite und zeigte auf die Schatulle, die Noel auf die Kommode gestellt hatte. »Finden wir heraus, ob dieses Ding wirklich Merlin gehört hat.«

Wir setzten uns aufs Bett, Noel klappte den gläsernen Deckel hoch und stellte den Kasten zwischen uns. Ich holte Luft und zwang mich auszuatmen, bevor ich die Hand ausstreckte. Kurz schwebte sie über der Gürtelschnalle, dann senkte ich die Finger, Zentimeter für Zentimeter. Es kribbelte leicht, dann stärker. Schon bevor ich das uralte Metall berührte, wusste ich, wir waren am Ziel.

In der nächsten Sekunde verschwand ich aus dieser Zeit.

# 33

»Also, gehen wir es noch einmal durch.« Zeph hielt ein Tablet in der Hand. »Schlafsäcke, Zelte und Isomatten?«

»Sind schon im Land Rover«, nickte Levi.

»Stirn- und Taschenlampen? Fackeln?«

»Hier«, Xavia deutete auf einen Rucksack, der neben der Tür zum Ausrüstungsraum stand.

»Waffen und Munition?«

Noel stieß stumm mit dem Schuh gegen den Koffer zu seinen Füßen.

»Artefakt, Steinsplitter und alles andere, was wir brauchen, um Merlin zurückzuholen, damit er Morgana in den Hintern tritt?«

»Alles da.« Ich zeigte auf eine regendichte Kiste aus Aluminium. Wir waren es jetzt schon zweimal durchgegangen, aber niemand hielt Zeph davon ab, es ein drittes Mal zu tun. Jeder war fürchterlich angespannt und hatte Angst, dass etwas schiefgehen würde. Dass wir nicht alles bedacht hatten, dass am Ende eine Kleinigkeit den Plan zum Scheitern brachte. Unser Leben hing davon ab, dass er funktionierte. Vor allem meines.

Zeph betete den Rest der Packliste herunter – etwas Proviant, Wasser, ein Kocher für Tee, diverse Campingutensilien. Unser Ziel war der Ort, wo Merlin vor über tausend Jahren von der Fee Nimue unter einen Bann gelegt worden war. Nach allem, was

Zeph und vor allem Juleon in mühevoller Kleinstarbeit recherchiert hatten, lag dieser Ort tatsächlich mitten im Nationalpark Dartmoor im südwestlichsten Zipfel des Königreichs.

Elf Tage Vorbereitungszeit hatten reichen müssen, um Merlins Befreiung von einer bloßen Theorie zu einer echten Chance zu machen. Einer Chance, Morgana zu stoppen, indem wir ihren Erzfeind aus der Anderswelt holten. Wir wussten, wo wir hinmussten, wir hatten das Artefakt, wir hatten mich, wir hatten die Gnadenenergie eines beinahe vollständigen Teams. Wir hatten sogar Rückendeckung. Nachdem uns klar geworden war, dass wir zum Zeitpunkt des Rituals völlig ungeschützt waren, hatte das Team die Knights aus Caerleon als vertrauenswürdig genug erachtet, um sie einzuweihen. Jade, Arlo, Peter, Amira und Libby würden uns am Park treffen und unterstützen, falls die Darks auftauchten. Dazu behielten uns Juleon und Scarlett aus der Ferne auf ihre Weise im Auge.

»Hat jemand das GPS gesehen?« Zeph sah in die Runde.

»Ich glaube, es ist schon im Volvo.« Den zusätzlichen SUV hatten wir uns für diese Mission besorgt, damit wir zwei Autos hatten, die mit geschotterten Pisten klarkamen.

»Du glaubst?« Er schenkte mir einen skeptischen Blick. Ich seufzte.

»Ich gehe nachsehen.« Mit einem Blick auf das Gepäck nahm ich den Rucksack mit dem Campingzubehör – wenn ich schon in die Tiefgarage lief, konnte ich auch etwas mitnehmen. Im Vorbeigehen schenkte ich Noel ein schiefes Lächeln und strich ihm flüchtig über den Arm. Der Hauch Wärme, der dabei entstand, entspannte mich für einen kurzen Moment. Immer noch kein Hass. Immer noch kein Fluch.

In der Garage waren Parkplätze für zehn Autos, sechs davon waren belegt. Ich öffnete die Beifahrertür des Volvos, um nach dem GPS-Gerät zu suchen. Wir brauchten es für die Standortbestimmung in Dartmoor, denn ab dem Parkplatz des Nationalparks würden wir noch zwei Stunden durch die Wildnis laufen müssen. Der Zeitpunkt war entscheidend bei der Befreiung – da laut den Recherchen um zehn Uhr abends die Barriere zwischen unserer Welt und der Anderswelt dünner wurde, mussten wir bald losfahren. Natürlich hätten wir auch schon tagsüber hinlaufen und kampieren können. Aber das hätte uns nur zur Zielscheibe gemacht.

Ich öffnete den Kofferraum und legte den Rucksack hinein, dann ging ich zur Fahrertür. In dem Moment, als ich in den Volvo stieg, schaltete sich das Licht in der Garage ab und es wurde dunkel. Statt jedoch den Bewegungsmelder wie sonst mit hektischem Fuchteln zu aktivieren, suchte ich an der Decke des Wagens nach dem Schalter für die Innenbeleuchtung und drückte ihn. Weißliches Licht fiel auf die Armaturen – und das gesuchte GPS. In dem Moment hörte ich draußen Schritte und die Beleuchtung ging wieder an.

»Ich habe es gefunden«, sagte ich triumphierend und stieg aus dem Wagen, hielt das Gerät hoch. Aber es war niemand aus dem Team, der die Garage betreten hatte.

Es war Dex.

»Hey, Charles.«

Er sah aus wie immer, groß und blond und in einem dieser Holzfällerhemden, die er im Pub gerne getragen hatte und für die es im Juli eigentlich zu warm war. Seine Haare waren etwas länger und hingen ihm in die Stirn, er sah dünner aus, seine blauen Augen wirkten matt und müde. Kurz dehnte sich mein Herz vor Mitleid – und Sehnsucht nach meinem großen Bruder. Dann erinnerte es sich an die Realität und begann zu schmerzen.

»Dex«, sagte ich gefasster als erwartet. »Wie bist du hier reingekommen?« Die Garage war mehrfach gesichert, niemand spazierte einfach so hinein.

»Ich kenne Leute bei KORT, die mir einen Gefallen schulden.« Er sah mich an.

»Und was willst du hier?«

»Mit dir reden.« Er sagte es schlicht, fast schon leise.

»Reden?« Ich starrte ihn an. Meine Fassung wackelte. »Nachdem du einfach abgehauen bist und monatelang nichts von dir hast hören lassen, kommst du jetzt hierher und willst *reden*?«

»Ich bin nicht einfach abgehauen. Ich hatte –«

»Etwas Wichtiges zu erledigen, ich weiß.« Ich spuckte ihm die Worte förmlich vor die Füße. »Wenn ich jedes Mal ein Pfund für diesen Satz bekommen hätte, könnte ich mir so ein Auto leisten.« Ich zeigte auf den Aston Martin.

»Charles, hör mir zu.« Dex kam näher, und mir wurde klar, dass er wirklich hier war. Für einen Moment hatte ich wohl geglaubt, er wäre nur Einbildung. »Du hast jedes Recht, sauer auf mich zu sein, und wir werden irgendwann darüber sprechen können. Aber nicht jetzt. Jetzt bin ich hier, um euch zu warnen. Was ihr da vorhabt … ihr dürft es nicht tun.«

Trotzig verschränkte ich die Arme und fühlte mich ein bisschen wie damals, als ich unbedingt zu diesem Konzert von One Direction hatte gehen wollen. »Ich habe keine Ahnung, wovon du redest. Wir machen nur einen Campingausflug. Du weißt schon, frische Luft und so, mal der Stadt entkommen. Kennst du doch sicher.« Es tat so weh, ihn zu sehen – ihn und diese metertiefe Kluft zwischen uns. Ein Teil von mir wollte sich in seine Arme werfen und nur für einen Moment das Gefühl haben, dass mir nichts passieren konnte. Nur dass er dafür nicht mehr zuständig war.

»Ihr wollt Merlin befreien. Das dürft ihr auf keinen Fall.« Dex sah mich an, mit der gleichen Miene, mit der er mir früher schon Drogen, Tattoos und bauchfreie Tops verboten hatte.

»Ah, sicher, wenn du das sagst, lassen wir es natürlich«, sagte ich. Es wunderte mich nicht einmal, dass er davon wusste. Ich hatte schließlich keine Ahnung, wer er eigentlich war. »Wo du dich in der letzten Zeit ja durch so viel Vertrauenswürdigkeit ausgezeichnet hast. Erzähl doch mal, Dex: Warum hast du mich damals gerettet, wo wir doch gar nicht verwandt sind? Brauchtest du ein Hobby oder wolltest du einfach nur jemanden, der Leute für dich manipuliert?«

Dex' Miene entgleiste ihm einen Moment, dann wurde sie finster. Er warf einen Blick zu der Tür in meinem Rücken.

»Es gibt sicher eine Zeit, wo wir –«

»Nein, vergiss es«, sagte ich kalt, um ihn mein schmerzendes Herz nicht spüren zu lassen. »Ich will es nicht wissen. Du hattest fast zehn Jahre Zeit, mir davon zu erzählen. Jetzt ist es zu spät. Genau wie für deine billigen Warnungen.«

»Sie sind nicht billig! Merlin zu befreien, ist gefährlich, Charlotte!« Er kam noch einen Schritt näher, und ich sah im hellen Licht der Garagenbeleuchtung, wie fahl er im Gesicht war. »Ihr könnt nicht kontrollieren, was ihr da heraufbeschwört. Niemand kann das.«

Ich ballte die Fäuste. »Aber wir müssen es versuchen, Dex! Morgana ist da draußen und wird die Welt niederbrennen! Und Merlin ist der Einzige, der sie davon abhalten kann!«

»Du weißt nicht genug über Morgana, du –«

»Ich weiß alles, was ich wissen muss!«, fuhr ich ihn an. »Morgana ist eine abgrundtief böse Hexe, die mich entführt, eingesperrt und mit ihren Visionen gefoltert hat. Glaubst du, ich lasse zu, dass sie noch jemandem schadet?« Mit Genugtuung sah ich, wie Dex' Gesicht noch blasser wurde. »Das hat dir dein Freund Ethan Mayfield wohl nicht erzählt, was?«

Er ignorierte die Frage, und ich sah Wut in seinem Feld, bevor sie Sorge wich. »Bist du in Ordnung?«, fragte er und kam zu mir, hob die Hand. Aber bevor er mich berührte, ließ er sie wieder sinken. »Hat sie dir wehgetan?«

Sein Tonfall ließ etwas in mir zerbrechen. »Ja, hat sie, verdammt! Genau wie die Darks mir wehtun wollten und es immer noch wollen. Weil du nicht da warst! Und weil du mir nie erzählt hast, wer ich wirklich bin!« Denn dass er es gewusst hatte, war mir jetzt völlig klar. Tränen schossen mir in die Augen. »Warum, Dex? Und jetzt sag bitte nicht, dass du mich beschützen wolltest.«

»Aber das ist die Wahrheit.« Er sah mich an und ich erkannte, dass auch seine Augen feucht waren. Ich hatte Dex noch nie weinen sehen. »Ich wollte, dass du mit all dem nichts zu tun hast. Ich wollte nicht, dass du eines Tages zu einer Waffe gemacht wirst, ganz egal, von welcher Seite. KORT hat einen Weg eingeschlagen, der direkt in den Abgrund führt. Sie haben keine Ahnung, was zu tun ist, um die Welt zu retten.«

»Aber du weißt es?«

»Ich weiß, dass Merlin nicht die Lösung ist. Du hast keine Ahnung, welche Kräfte er besitzt. Was denkst du, wie viel Zorn in jemandem schlummert, der seit über 1000 Jahren unter einem Bann steht?«

Zittrig holte ich Luft. »Ich hoffe, es ist eine Menge, denn diesen Zorn darf er gerne an Morgana auslassen. Wenn er will, helfe ich ihm sogar dabei.«

Dex lachte bitter. »Ihr stellt euch das so einfach vor. Aber was, wenn er nicht reagiert wie gewünscht? Was, wenn er sich mit Morgana wieder vereinen will?«

»Warum sollte er so bescheuert sein, das zu wollen?«

»Keine Ahnung. Warum willst du mit Noel zusammen sein?« In Dex' Augen sah ich die Gewissheit, dass er genau über den Fluch Bescheid wusste.

»Das mit Noel und mir ist –«

»Etwas anderes? Das haben schon viele vor dir gesagt. Hass und Liebe liegen sehr dicht beieinander, Charles. Sei nicht so dumm, diese uralte Magie zwischen euch zu unterschätzen. Morgana und

Merlin haben damals beinahe die Welt vernichtet, nur weil ihre Liebe ihnen nicht genug war. Und einige nach ihnen ebenfalls.«

»Aber unsere Liebe ist uns genug!«, rief ich. »Wir sind nicht wie sie, egoistisch und machtbesessen!« Meine Wut war zurück und ich war froh darüber. Das war besser als die Tränen und der Schmerz.

»Und trotzdem willst du diese Befreiung riskieren? Das Risiko eingehen, zu sterben und ihn zurückzulassen? Wie groß kann deine Liebe sein, wenn du ihm das antun willst?«

Dex' Worte erinnerten mich erschreckend an die von Noel, in der Nacht im Quartier der Divines. *Dann geht es mich auch etwas an, ob du dein Leben riskierst!* Aber hier ging es nicht um Noel. Dex manipulierte mich, wie er es früher schon getan hatte, ohne dass es mir bewusst gewesen war.

»Hör auf damit«, sagte ich scharf. »Hör auf, so zu tun, als wüsstest du irgendetwas über Noel und mich – oder über das, was hier auf dem Spiel steht. Wir haben keine andere Möglichkeit. Morgana bringt uns alle um, wenn Merlin uns nicht hilft.«

»Das ist Unsinn.« Dex klang kraftlos. »Die Gnaden, die Stärke der Nachfahren ist viel größer, als du denkst. Wenn ihr euch verbindet, könnt ihr sie aufhalten – ganz ohne seine Hilfe. Ihr müsst es nur versuchen.« Den letzten Satz sagte er leise und es klang unendlich traurig. »Charles, ich flehe dich an: Bitte befreie Merlin nicht.«

»Warum nicht? Ist es wegen Morgana? Bist du auf ihrer Seite?«

»Auf Morganas Seite?«, entfuhr es Dex schockiert. »Ich war nie auf ihrer Seite, ich bekämpfe sie! Deswegen bin ich gegangen, deswegen habe ich überhaupt zugelassen, dass KORT dich beschützt!«

Damit kam er jetzt? Mehr als zwei Monate hatte es kein Lebenszeichen von ihm gegeben, geschweige denn eine Erklärung, und jetzt fiel ihm ein, mir das zu sagen?

»Erwartest du im Ernst, dass ich dir das glaube? All die Jahre hast du gewusst, von wem ich abstamme, und mir nichts gesagt. Du hast mich angelogen, die Wahrheit verdreht und kein Wort darüber verloren, dass du knietief mit in dem ganzen KORT-Kram steckst! Und jetzt machst du gemeinsame Sache mit Leuten wie Ethan Mayfield und erwartest von mir, dass ich auf dich höre? Wieso sollte ich das? Wieso sollte ich dir *jemals* wieder irgendetwas glauben?«

Dex seufzte tief und in diesem Laut schien der Kummer der Welt zu liegen. Dann hob er erneut die Hand und berührte mich an der Wange.

»Es tut mir so leid, Charles. Du hast keine Ahnung, wie sehr.« Er sah mich traurig an. »Aber meine Fehler haben nichts damit zu tun, dass Merlins Befreiung eine Katastrophe wäre.«

»Dann sag mir, warum.« Ich machte einen Schritt zurück und unterbrach die Verbindung zwischen uns. »Erzähl mir keine Geschichten, appellier nicht an meine Gefühle zu Noel oder an mein Vertrauen zu dir, denn das ist längst kaputt. Sag mir einfach, wieso.«

»Weil du Morgana damit in die Hände spielen würdest.«

Ich starrte ihn an, eine Sekunde, fünf, zehn, noch länger. Wir standen so reglos da, dass das Licht in der Garage ausging. Schnell machte ich einen Schritt nach vorne, die Beleuchtung schaltete sich wieder ein und in dem Moment ging die Tür auf. Aber da war nur Zeph, die Blechkiste in der Hand. Ich drehte mich hastig um meine eigene Achse, aber ansonsten war die Garage leer.

Dex war weg. Er hatte mich verlassen. Wieder einmal.

Ich verlor kein Wort über mein Gespräch mit Dex. Nicht weil ich es verheimlichen wollte – oder vielleicht doch. Seine Warnung klang in meinen Ohren nach. *Weil du Morgana damit in die Hände spielen würdest*. Was sollte das bedeuten? Wenn wir Merlin in der Anderswelt versauern ließen, gewann die Hexe auf jeden Fall.

Und dann das Gerede, dass wir als Team auch so gegen sie siegen konnten. Was für ein Unfug. Ich hatte Morgana erlebt, ich hatte gespürt, wie mächtig ihre Magie war. Dex hatte einfach keine Ahnung. Überhaupt, was dachte er sich denn? Dass er auftauchen und ein bisschen nebulös daherfaseln würde, und schon ließen wir alles stehen und sagten »Hey, wenn der Typ mit dem Holzfällerhemd sagt, es wäre eine blöde Idee, dann sollten wir besser auf ihn hören«? Das war doch bescheuert.

Also blieb ich stumm und half, die Autos zu beladen. Mit Mühe hielten wir Zeph davon ab, die Packliste ein viertes Mal zu checken, dann teilten wir uns auf und brachen Richtung Westen auf. Xavia fuhr den Land Rover und nahm Zeph und Thora mit, ich landete im Volvo mit Levi und Noel. Letzterer saß am Steuer und warf mir während der Fahrt im Rückspiegel immer wieder Blicke zu, die mir sagten, dass er wusste, es war etwas nicht in Ordnung. Aber da mir die Aufgabe zugefallen war, die Map im Auge zu behalten, während Levi mit Juleon telefonierte, hatte ich eine Ausrede, ihn zu ignorieren.

Ich sah mir erst alle Knights an, die bei dieser Mission dabei waren, dann schaltete ich auf Oscars Anzeige, reine Routine. Das Team ließ parallel immer seine Map offen, falls sich etwas änderte. Aber seit ich aus dem Ausbildungszentrum geflohen war, hatten wir nicht einmal ein Flüstern über seinen Verbleib gehört. Auch jetzt war sein Kreis blässlich weiß, seine Map wie eingefroren.

*Moment mal, was …* Ich blinzelte verwirrt. Für einen kurzen Moment hatte ich geglaubt, Oscars Anzeige wäre wieder dunkler geworden und hätte sich bewegt. Bedeutete das …?

»Levi? Gib mir mal Juleon.« Ich streckte die Hand nach vorne aus und er gab mir sein Telefon.

»Charlotte, was gibt's denn?« Juleon war nicht so flapsig wie sonst, wenn er unter Druck stand. Und gerade stand er enorm unter Druck.

Ich senkte die Stimme, damit Noel und Levi, die gerade die Route diskutierten, mich nicht hörten. »Hast du Oscar in einer deiner Visionen gesehen? Du oder Scarlett?«

»Ähm, nein. Wieso fragst du?« Bildete ich mir das ein oder klang seine Stimme einen Hauch höher als sonst?

»Weil ich gerade gedacht habe, seine Map wäre wieder aktiv.«

Juleon seufzte. »Sorry, aber das war wohl Wunschdenken. Das System spinnt manchmal einfach, wenn es synchronisiert wird.« Jetzt war seine Tonlage wieder ganz normal. Wahrscheinlich wurde ich allmählich doch irre.

»Gut, dann … danke.« Ich gab Levi das Telefon zurück.

»Alles okay?« Noel sah mich über seine Schulter hinweg an. Ich lächelte automatisch, obwohl es dafür eigentlich keinen Grund gab.

»Ja, sicher.«

Ich wusste, er glaubte mir nicht. Aber er sagte nichts. Nicht während der Fahrt, nicht als wir an dem Wanderparkplatz in Belstone ankamen, wo es deutlich kühler war als in Stanham. Nicht nachdem wir Team Caerleon begrüßt und das Gepäck auf alle verteilt hatten. Erst als wir den Marsch durch die Graslandschaft antraten, wo die berühmten Dartmoor-Ponys friedlich weideten, hielt er mich zurück, bis wir am Ende der Truppe waren. Mit etwas Abstand gingen wir weiter.

»Wirst du mir heute noch sagen, was mit dir los ist?«, fragte er besorgt.

*Ich weiß nicht, ob wir das Richtige tun.* Das war der erste Gedanke, der mir in den Kopf schoss. Aber ich konnte ihn nicht aussprechen. Noel hatte solche Angst davor, dass ich Merlins Befreiung nicht überleben würde. Wenn ich nun selbst Zweifel zeigte, würde er mich sicher wieder davon abbringen wollen – und diesmal würde er es vielleicht schaffen. Nicht nur, weil er sehr überzeugend sein konnte. Sondern vor allem wegen des Satzes, den ich vor zwei Stunden in der Tiefgarage gehört hatte.

*Weil du Morgana damit in die Hände spielen würdest.*

»Dex war in Stanham«, sagte ich und sah auf die Landschaft hinaus, die vor allem aus Moos und Heidekrautbüscheln bestand. »Unten in der Garage, bevor wir aufgebrochen sind.«

»Was?« Noel blieb stehen. »Er war bei uns? Was wollte er?«

»Mit mir reden. Mich sehen. Was weiß ich.« Ich stieß die Luft aus. »Ich war so durch den Wind, ich habe kaum eine vernünftige Frage gestellt.« Dabei wäre es die ideale Gelegenheit gewesen, an ein paar Infos zu kommen.

Noels Blick wurde aufmerksam, dann forschend. »Was noch?«, fragte er schlicht. In Momenten wie diesen war es blöd, dass unsere Gefühlsstandleitung in beide Richtungen funktionierte.

»Er … er wollte mich warnen, Merlin wieder in diese Welt zurückzubringen.« Ich brachte es nicht übers Herz, unehrlich zu sein. Nicht jetzt, nicht in dieser Situation. »Er wusste, was wir vorhaben.«

»Woher?«

»Keine Ahnung, ich habe ihn nicht gefragt.«

Hoffnung machte sich in Noels Feld breit, als würde es jemand mit einem Suchscheinwerfer bestrahlen. Sein Gesicht blieb jedoch starr. »Hat er dir einen Grund genannt?«

»Keinen guten«, sagte ich. »Er hat gemeint, dass es Morgana in die Hände spielen würde. Und dass wir sie ohne Merlin besiegen können.« Auch jetzt war das für mich kaum mehr als hohles Gerede. Nur dass es von Dex kam, der mich mein halbes Leben belogen hatte, aber trotzdem immer für mich da gewesen war. Zwei Stimmen stritten in meinem Kopf, dann brachte ich eine zum Schweigen. »Aber das bedeutet nichts, Noel. Wir können das Ganze nicht abbrechen, nur weil Dex kryptische Andeutungen macht.«

Sein Hoffnungsscheinwerfer dimmte sich eine Stufe nach unten. »Nein, aber wir könnten es verschieben. Mit Dex reden, bevor wir –«

»Wir können nicht mit ihm reden«, unterbrach ich ihn. »Er ist verschwunden, bevor ich nachfragen konnte. Und du weißt, dass Dex nicht gefunden werden kann, wenn er das nicht möchte.« Schließlich hatten wir es versucht.

»Dann willst du es also durchziehen.« Es war keine Frage und Noels Blick brachte mich ins Wanken. Dex sprach in meinem Kopf. *Wie groß kann deine Liebe sein, wenn du ihm das antun willst?*

»Nein, will ich nicht.« Ich strich Noel sanft über die Wange. »Aber ich muss. Wir müssen. Es ist der einzige Weg.«

Er sah mich an und sein Blick brach mir das Herz. »Ich habe keine Ahnung, ob ich dich das tun lassen kann. Ob ich nicht abbreche, wenn ich merke, dass du ...« Er sprach es nicht aus. Aber ich wusste, was er meinte.

»Es wird gut gehen«, beschwor ich nicht nur ihn. »Wir haben alle Informationen, die wir brauchen, und jeder weiß, was er zu tun hat. Das wird ein Kinderspiel. Merlin wird von seinem Bann befreit, kann Morgana für uns besiegen und wir leben glücklich bis an das Ende unserer Tage.«

Noel lächelte schief. »Du kannst mir das noch hundertmal sagen und ich habe trotzdem ein mieses Gefühl. Ich –«

»Charles! No! Kommt schon, wir müssen weiter!« Xavia und Levi standen auf einer kleinen Anhöhe, die anderen schienen schon weitergegangen zu sein. Wir setzten uns wieder in Bewegung, Noel widerstrebender als ich. Es war, als könnte ich seine Gedanken hören. *Das hier könnte das letzte Mal sein, dass wir allein sind.*

»Wird es nicht«, sagte ich leise und sah zu ihm hoch. »Ich werde nicht in der britischen Einöde zwischen Steinkreisen, Schafen und Ponys sterben. Vertrau mir.«

Er sagte nichts, aber zog mich für einen raschen Kuss zu sich heran. Dann verschränkte er seine Finger fest mit meinen und wir gingen weiter.

# 34

Unser Ziel war ein recht unscheinbares Fleckchen Erde mitten in der Einöde des Nationalparks. Von Weitem sah es aus wie jedes andere Stück Mooslandschaft, flankiert von einem steilen Abhang auf der einen Seite und einem schmalen See auf der anderen. Erst beim Näherkommen erkannte man einen kleinen Steinkreis, dessen Pfeiler fast in der Erde verschwunden waren – und einen Turm aus flachen Steinen, der aussah, als hätte ein Riese ihn feinsäuberlich aufgestapelt. Daneben stand ein knorriger alter Baum, schief gewachsen vom Wind. Ob das derselbe Weißdorn war, unter dem man Merlin gebannt hatte? Vielleicht hatte der Baum durch Magie so lange überlebt.

Eigenartig war auch die Stille. Bei unserer Wanderung durch den Park hatten wir nicht nur Ponys und Schafe gesehen, sondern auch jede Menge Vögel und kleineres Getier. Aber von dieser Stelle schienen sie sich fernzuhalten. Ich fröstelte, als es mir auffiel. Merlin war doch einer von den Guten gewesen, oder nicht? Wieso verursachte dieser Ort mir dann eine Gänsehaut?

»Spürst du etwas?« Zeph trat neben mich, als ich meinen Rucksack abstellte. Die anderen waren dabei, die Zelte aufzuschlagen. Wir wussten nicht, was nach der Befreiung passierte – ob Merlin direkt vor unseren Augen auftauchte und in welchem Zustand er dann war. Deswegen hatten wir beschlossen, auf Nummer sicher zu gehen und alles für eine Übernachtung mitzunehmen.

»Ja, irgendetwas schon. Aber ich kann dir nicht sagen, ob das an Merlin liegt oder an der Atmosphäre hier.« Ich nahm einen Pullover aus dem Rucksack und zog ihn über mein T-Shirt. Sommer war ein Wort, das Dartmoor fremd zu sein schien. »Zeph?«, ich sah ihn an. »Glaubst du, wir kriegen das hin?« Vor Noel tat ich immer so, als hätte ich absolut keine Zweifel am Gelingen dieser Aktion. Aber das war nicht die Wahrheit. Und Zeph war der Richtige, um es zuzugeben.

»Natürlich kriegen wir das hin.« Er nickte ernst, und ich fand mich in einer typischen Zeph-Umarmung wieder – die Sorte, bei der man keine Luft, aber immer eine Welle bester Kay-Energie gratis bekam. Als er mich wieder losließ, lächelte er. »Wie sollten wir auch nicht? Ich wette, nie hatte jemand bei einer Befreiung so eine starke Merlin-Erbin wie dich.«

Ich erwiderte sein Lächeln deutlich schiefer. »Sag das mal Noel.«

»Noel weiß das. Besser als wir alle, dich eingeschlossen. Aber er liebt dich und er ist eben – allen anderslautenden Gerüchten zum Trotz – auch nur ein Mensch.«

»Homines sumus, non dei«, murmelte ich. Es war eine Warnung vor dem, was unsere Kräfte aus uns machen konnten. Aber heute mussten wir mehr sein als nur Menschen.

Viel mehr.

Thora rief nach Zeph. »Wir gehen alles noch mal durch, wenn wir hier fertig sind«, sagte er zu mir. »Ich glaube an dich, Charles. Wir alle tun das.« Damit ging er.

Eine Stunde später hatten wir die drei Zelte im Schatten des Felshanges aufgestellt. Fackeln waren rund um den alten Steinkreis platziert, sie sollten aber erst für das Ritual entzündet werden. Offenes Feuer war im Nationalpark verboten, und das Letzte, was wir brauchten, war Besuch von der Parkaufsicht während der Befreiung. Von den Darks ganz zu schweigen.

Team Caerleon war auf den Anhöhen der Umgebung in Stellung gegangen, alle bis auf Libby, die als Arthur-Erbin Oscar beim Ritual ersetzen würde. Bisher hatten sie nichts gemeldet, was mich ein bisschen beruhigte. Die Landschaft war größtenteils weitläufig und so konnte uns niemand hinterrücks überfallen. Allerdings wurde es immer dunkler. Wenn wir um zehn mit dem Ritual begannen, würde kaum noch Licht vorhanden sein.

Noel und ich suchten immer wieder die Nähe des anderen, und immer wieder fühlte ich seine Sorge um mich. Aber er hielt sie unter Verschluss und wirkte wie der Knight, den jeder hier kannte – stark, professionell, verlässlich. Allerdings profitierte er auch wie wir alle davon, dass Xavia ihre Gawain-Gnade dafür einsetzte, uns etwas mehr Mut spüren zu lassen.

Ich hatte gerade die Kiste mit den Utensilien für die Befreiung in den Steinkreis gestellt und geöffnet, als Noel hinter mich trat und seine Arme um mich legte. Für einen Moment lehnte ich mich gegen ihn und spürte der Wärme zwischen uns nach. Seine Uhr zeigte zwanzig vor zehn.

»Alles bereit?«, fragte er leise.

»Ich denke schon«, antwortete ich nicht lauter. »Die Fackeln stehen, wir haben das Artefakt und den Steinsplitter, außerdem das Team, dich und mich.« Unsere Verbindung würde der ausschlaggebende Faktor sein. Die alten Dokumente hatten von der Notwendigkeit besonders starker Gnadenenergie gesprochen. Und stärker als die Energie von Noel und mir war nichts, was ich kannte.

»Ich könnte einfach wegrennen«, flüsterte er in mein Ohr. »Ohne mich funktioniert das Ganze schließlich nicht.«

Trotz der ernsten Situation musste ich lachen, als ich mir vorstellte, wie Noel durch die Mooslandschaft davonsprintete und dabei ein paar Schafe aufschreckte. »Ja, das stimmt. Aber ich würde hinterherrennen und dann hat Morgana leichtes Spiel, uns zu schnappen. Also bleib besser hier.«

Er holte tief Luft. »Ich will dich nicht verlieren. Egal, was heute schiefgeht, bitte vergiss das nicht.«

»Und ich will dich nicht verlieren«, antwortete ich. »Deswegen wird nichts schiefgehen.«

Wir schwiegen und die Stille schottete uns für einen Augenblick gegen alles ab. Aber dann schwappte plötzlich ein Gefühl zu mir herüber, so stark, dass ich glaubte, es vor mir in der Luft zu sehen: Mitgefühl. Abrupt löste ich mich aus Noels Armen, um zu sehen, wo es herkam.

Vor den Zelten stand Xavia an einem Campingtisch, das Tablet mit der Map in der Hand, neben ihr Levi und Thora. Die Welle aus Mitgefühl ging von ihnen allen dreien aus. Ich fragte mich, ob es schlechte Nachrichten gab, ob die Darks einen der Knights verletzt oder sogar getötet hatten. Aber dann sah Levi hoch und zu mir, auf seinem Gesicht einen Ausdruck tiefster Traurigkeit. Ich merkte, dass ich die Luft anhielt. Hatte es etwas mit dem Ritual zu tun?

Sie redeten leise miteinander, als wir zu ihnen gingen. Xavia telefonierte mit ihrem Handy – hörte aber sofort damit auf, als wir in Hörweite kamen. Alles, was ich noch verstand, war ein »Nicht jetzt«, dann setzten sie alle arglose Mienen auf.

»Was ist los?«, fragte Noel, bevor ich es tun konnte.

»Nichts, was jetzt wichtig ist.« Levi lächelte, aber es wirkte angestrengt. Das Mitleid wurde schwächer, aber es war immer noch spürbar.

»Wir müssen anfangen.« Zeph kam zu uns und zeigte auf seine Uhr. »Das Zeitfenster ist eng.«

»Nicht bevor wir nicht wissen, was passiert ist.« Ich fixierte Xavia mit meinem Blick. Sie wich mir aus.

»Nur ein Problem mit dem Team in Leeds. Wir erzählen euch später davon.«

Noel sah sie bittend an. »Xav? Sag mir, was los ist.«

Ich hätte bei seinem Blick keine Chance gehabt, aber Xavia kannte Noel länger und sie war nicht in ihn verliebt. Deswegen schüttelte sie den Kopf. »Nachher, No. Mach dir keine Sorgen, es kommt alles in Ordnung.« Nur dass sie eher so aussah, als würde nie wieder irgendetwas in Ordnung sein.

Zeph fasste mich an den Schultern und drehte mich in Richtung des Steinkreises. »Zehn Minuten noch, Leute. Egal, was ihr zu bereden habt, ihr müsst es später machen.« Er fragte bei Team Caerleon über Funk, ob alles ruhig war, die bestätigten es. Damit waren wir so weit.

Ich wusste, dass er recht hatte: Wenn wir den Aufzeichnungen glauben wollten, hatten wir kaum mehr als eine Viertelstunde, um Merlin zu befreien. Und falls es heute nicht klappte, mussten wir einen ganzen Mondzyklus auf die nächste Gelegenheit warten. Das waren knapp dreißig Tage, in denen die Darks Chaos und Zerstörung über die Welt bringen konnten. Dreißig Tage, in denen Morgana die Chance hatte, uns zu schnappen und für ihre Zwecke in den Wahnsinn zu treiben. Dreißig Tage zu viel.

Ich wechselte einen Blick mit Noel. Er war beunruhigt wie ich, aber als er seinen Arm um meine Schultern legte, um mit mir zum Steinkreis zu gehen, war sein Griff unerschütterlich fest.

»Was stimmt da nicht?«, fragte ich flüsternd.

»Keine Ahnung.« Er küsste mich im Laufen auf die Schläfe. »Aber wir müssen das jetzt vergessen.«

Plötzlich kam es mir vor, als ginge das viel zu schnell. Ich hatte mit aller Macht verdrängt, dass ich heute Nacht sterben könnte – und nun beschlich mich das Gefühl, dass ich vorher viel mehr hätte tun müssen. Morty eine Sprachnachricht schicken. Meinen Freunden aus dem Team sagen, wie wichtig sie mir geworden waren. Und Noel … mein Hals wurde eng, als ich zu ihm hochsah und diesen tapferen Gesichtsausdruck erkannte, den ich wie alles andere an ihm liebte. Er versuchte, stark zu sein. Für sich und für mich. Denn wir wussten beide: Es gab kein Zurück.

Wir traten in den Kreis aus Fackeln, die Zeph reihum anzündete. Xavia, Thora, Levi, Libby und er nahmen ihre Plätze außen herum ein, Noel und ich standen in der Mitte. In einer Kupferschale neben uns lagen die Artefakte der Ritter aus dem Schrein in Stanham, feinsäuberlich voneinander getrennt. Ich nahm die in ein Tuch gewickelte Gürtelschnalle von Merlin aus der Blechkiste und gab sie Noel. Seine Finger waren kühl, als ich sie berührte.

»Bereit?« Zeph sah in die Runde. Es war ein seltsames Bild, sie alle im Kreis stehen zu sehen, in ihren robusten Stiefeln, mit den Steppwesten und Outdoorklamotten. In Filmen trugen die Leute bei solchen Ritualen lange Umhänge mit Kapuzen und lasen lateinische Verse vor. Dagegen wirkte das hier geradezu normal, von den Schwertern um unsere Hüften mal abgesehen. Als wären wir ein paar Leute auf einem Campingausflug, die am Feuer Würstchen grillen wollten. Was hätte ich dafür gegeben, wenn es so gewesen wäre.

Alle nickten. Dann richteten sich die Blicke auf Noel und mich.

»Bereit, No?«, fragte Zeph.

Er sah mir in die Augen und schluckte. Dann nickte er.

»Charles?«

»Ja«, sagte ich.

»Dann los.«

Ich ging zu der Schale und streckte die Hand aus, um die Artefakte der Ritter zueinanderzuschieben. Sobald sie sich berührten, schien sich eine starke Energie von dort auszubreiten, erreichte die Knights im Kreis und schien uns einzuschließen. Mit einem Mal wusste ich, warum jedes der Artefakte im Schrein ein eigenes Fach hatte.

Als ich an Noels Seite zurückkehrte, hatte er Merlins Gürtelschnalle aus dem Tuch gewickelt. Ich streckte die Hand danach aus, aber er gab sie mir nicht. Noch nicht.

»Wir sind stärker als das«, sagte er. »Denk daran, okay?«

»Ich weiß«, nickte ich und sah ihm in die Augen. Für einen wundervollen Moment waren wir allein, nur wir, ohne Fluch, ohne Vorfahren, ohne die drohende Vernichtung der Menschheit. Aber dann kam alles zurück, und ich wusste, dass ich nicht mehr länger warten konnte. Ich musste das tun. Für die Welt. Für jeden Einzelnen, der darin lebte. Für uns.

Ich nahm die Gürtelschnalle aus Noels Hand. Ich nahm den Steinsplitter aus meiner Tasche. Aber in der Sekunde, als mich beides in die Vergangenheit reißen wollte, spürte ich Noels Hände, die meine umfassten. Die Energie zwischen uns explodierte zu einer Welle aus Licht und hielt mich in der Gegenwart. Das war der Plan gewesen.

Aber trotzdem blieb ich nicht, wo ich war.

Die Dunkelheit wurde zu hellem grauen Dunst, der jede Farbe aus der Umgebung zu saugen schien. Noel war nur noch durch einen milchigen Schleier zu sehen, dann verschwand er ganz, genau wie das Team, und ich war allein. Angst kroch mir den Nacken hinauf, aber ich riss mich zusammen und schaute mich um.

Das musste die Anderswelt sein. Ich stand auf einer weiten Ebene, nur die Steine des Kreises waren noch da, genauso wie der Weißdorn über mir. Farbe schien es hier nicht zu geben, alles war neblig und grau, die Luft wirkte feucht, war aber staubtrocken. Ich drehte mich um, erinnerte mich an meine Mission, suchte in der Umgebung nach Merlin. Musste ich in irgendeine Richtung laufen? War die Anderswelt so groß wie unsere eigene und er konnte überall sein? Die Informationen darüber waren mehr als dürftig gewesen.

Ich machte ein paar Schritte über das graue Gras, das unter meinen Schuhen knackte, als wäre es gefroren. Da hörte ich etwas.

Es war nur ein Geräusch, ein Laut, der klagend über die Ebene wehte. Aber er ging mir durch jede Faser meines Körpers, berührte jeden Nerv in mir. Es war Schmerz. Endloses, fürchterliches Leiden, gefasst in diesen Ton, der kaum menschlich klang, sondern grauenhaft überirdisch. Aber nicht nur das Geräusch war schrecklich, sondern vor allem die Gefühle, die es mit sich brachte: Leere, Hoffnungslosigkeit, endgültige Verzweiflung. Kein normaler Mensch hätte solche Qualen ausgehalten, solchen Kummer, solche Einsamkeit. Aber Merlin offenbar schon. Und nun auch ich. Was er schon jahrhundertelang erduldete, musste ich jetzt lange genug ertragen, um ihn hier rauszuholen.

»Merlin?«, fragte ich. Die Verzweiflung nagte und zerrte an mir, ich fühlte mich, als würde man mir die Haut abziehen, um jedes gute Gefühl mit einem Flammenwerfer von meinen Knochen zu brennen. Aber ich musste durchhalten. »Wo bist du? Ich bin hier, um dein Leid zu beenden.« Es gab kein Skript, denn nie hatte jemand dieses Ritual durchlebt und danach noch davon erzählen können. Diejenigen, die dem Wahnsinn verfallen waren, hatten aber immer die Worte wiederholt, die ich gerade ausgesprochen hatte.

Nichts passierte. Das Geräusch blieb, entfernte sich ein wenig von mir, um dann wieder mit voller Wucht zurückzukehren. War Merlin hier vielleicht gar nicht körperlich manifestiert? War er nur dieser Laut, körperlos und allgegenwärtig? Und wenn ja, was sollte ich dann tun, um ihn zurückzuholen?

Ich lief auf die Anhöhe, die genauso aussah wie in der echten Welt, nur in Grautönen. Vielleicht konnte ich von dort aus mehr sehen. Viel Hoffnung hatte ich nicht, schließlich schien dieser Nebel überall zu sein. Aber irgendetwas musste ich tun. Die anderen verließen sich auf mich.

Tatsächlich war von oben die Sicht etwas besser, aber ich konnte auf der einsamen Fläche dennoch niemanden erkennen. Verdammt. Wo steckte der Typ?

»Was tust du hier, Erbin?«

Die Stimme erschreckte mich zu Tode. Ich fuhr herum und erwartete Merlin, als alten Mann, schwach und gebrechlich, vielleicht auch durchscheinend. Aber vor mir schwebte nur etwas, das aussah, als hätte sich der Nebel ein wenig manifestiert – die Umrisse eines Menschen ohne Gesicht oder Augen. Der wehklagende Laut schwoll an. Ich widerstand dem Drang, mir die Ohren zuzuhalten. Ich wusste, es würde nichts bringen.

»Ich bin hier, um dich zu befreien.« Das kam mir allmählich nur noch wie eine mäßig schlaue Idee vor, aber jetzt musste ich es durchziehen.

»Dann bist du bereit, den Preis dafür zu bezahlen?«, fragte die Gestalt. Ihre Stimme war weder männlich noch weiblich, sondern irgendwas dazwischen. Aber vielleicht passierte das, wenn man in die Anderswelt ging. Vielleicht konnte man seinen Körper nicht behalten.

»Ich … ich weiß nicht, was der Preis ist«, sagte ich ehrlich.

Der Nebel waberte vor mir. »Du musst dich entscheiden hierzubleiben. Es gibt Gesetze der Natur, die auch in dieser Welt gelten. Wenn ich zurück ins Leben gehe, dann muss jemand anderes meinen Platz hier aus freien Stücken und in vollem Bewusstsein der Konsequenzen einnehmen. Es ist unumkehrbar, wir können nicht zurücktauschen. Und ich kann nur so lange auf der anderen Seite bleiben, wie du es hier aushältst. Wenn du stirbst, dann muss ich zurückkommen.«

Ich schluckte. Das war also das Geheimnis. Deswegen hatte bisher niemand Merlin befreien können. Weil niemand diese Qualen lange genug ausgehalten hatte. Das Leid war fürchterlich, schon in diesen fünf Minuten, die ich hier war. Konnte ich es so lange ertragen, dass Merlin genug Zeit hatte, Morgana zu besiegen?

»Ich verstehe«, brachte ich heraus.

»Verstehst du auch, dass du niemals wirst zurückkehren können?« Die Worte trafen mich wie Gewehrschüsse. Das Geräusch in meinen Ohren wurde unerträglich laut, aber das war es nicht, was mich in die Knie zwang. Es war die Erkenntnis, dass ich dabei war, mein Leben zu beenden.

Wenn ich hierblieb, würde ich das Team nie wiedersehen, ich würde Noel nie wiedersehen. Nie wieder mit ihm sprechen, ihn nie wieder küssen, nie wieder in diese grünen Augen sehen, die mir nicht immer sagten, was sein Feld mir bereitwillig verriet. Aber ich hatte die Liebe in ihnen gesehen, die Liebe zu mir. Die Liebe, die Morgana benutzen würde, wenn ich sie nicht aufhielt. Ich musste diesen Preis zahlen, das wusste ich mit einer Klarheit, die nicht von dieser Welt war. Ich musste. Auch wenn es mich das Leben kostete und Noel das Herz brach.

»Ja«, sagte ich und der Kloß in meinem Hals erstickte mich fast. Tränen liefen mir über die Wangen. »Ich werde es trotzdem tun. Ich nehme deinen Platz ein.«

»Nun gut.« Die Gestalt entfernte sich ein Stück von mir. »Dann soll es so sein.«

Der Kloß in meinem Hals drängte nach oben. »Bitte sag Noel … bitte sag ihm, dass ich das für uns getan habe. Er wird wissen, was ich meine.« Ich presste die Lippen aufeinander, um die Tränen in meiner Kehle zu halten. Vergeblich. Mein Schluchzen vermischte sich mit dem klagenden Laut, als würde es dazugehören.

»Er wird es erfahren.«

Dann kam die Gestalt auf mich zu und glitt durch mich hindurch. Ich fiel zu Boden, Kälte schloss sich um mich, drückte mir die Luft ab, schien förmlich das Leben aus mir herauszupressen.

Ich klammerte mich an das Letzte, was ich vor meinem Gang in die Anderswelt gesehen hatte – Noel. *Bitte vergib mir*, flehte ich stumm und sah, wie die Gestalt vor mir langsam festere Formen annahm.

Aber im gleichen Moment spürte ich etwas anderes – Hass. Und einen Triumph, der vollkommen in Kontrast zu den Worten stand, die ich gerade noch gehört hatte. Es war, als hätte Merlin nur darauf gewartet, dass endlich jemand kam, der seinen Platz einnahm, damit er sich für den Bann rächen konnte. Das war verständlich, aber etwas passte nicht dazu: mein Gefühl, als ich die Gestalt ansah. Aus meinen vielen Visionen kannte ich Merlin mittlerweile ganz gut und hatte ein Gespür für ihn und seine ganz besondere Energie bekommen. Und selbst wenn die Jahrhunderte in der Anderswelt ihn verändert hatten, war ich mir sicher, dass sich dieses Gefühl für ihn nicht ändern würde. Also gab es nur eine logische Schlussfolgerung.

Das hier war nicht Merlin.

Es war jemand anderes.

In der Sekunde, als mir das klar wurde, rappelte ich mich hoch, kam auf die Füße. Die Gestalt vor mir gewann weiter an Form, aber nur langsam. Und sie war noch hier, also war die Transformation noch nicht abgeschlossen. Vielleicht war es noch nicht zu spät für mich.

»Ich habe es mir anders überlegt!«, rief ich und hoffte, dass es etwas brachte. Die Gestalt hatte gesagt, ich müsste mich freiwillig dazu entschließen, den Platz mit ihr zu tauschen.

»Das kannst du nicht«, sagte die Stimme wütend und offenbarte damit ihre Worte als Lüge. Der wehklagende Ton wurde wieder lauter, aber nun war er durchsetzt mit Zorn.

»Doch, das kann ich«, entgegnete ich mit fester Stimme. »Du hast mich getäuscht, du bist nicht Merlin. Das hier ist also keine gültige Vereinbarung!«

Die Gestalt verlor ihre Form und wurde wieder zu dem Nebel, der sie vorher gewesen war. Als sie es bemerkte, stürzte sie auf mich zu, hielt mich fest und schrie, sie schrie so laut, dass mein Bewusstsein darunter einknicken wollte. Aber ich hielt stand, wehrte mich mit aller Kraft dagegen. Wie kam ich hier wieder raus? Wir hatten auf Merlin vertraut, was das anging. Ohne ihn die Anderswelt wieder zu verlassen, war nicht Teil des Plans gewesen. Schon gar nicht, wenn man mich festhielt.

»Lass mich gehen!«, rief ich und zerrte an den unsichtbaren Fesseln. Kurz überlegte ich, mein Schwert zu ziehen, aber ich ging nicht davon aus, dass es mir hier helfen würde.

»Niemals! Wenn ich diese Welt nicht verlassen kann, wirst du es auch nicht tun!« Die Gestalt umhüllte mich mit dem Nebel, erstickte mich förmlich damit. Er drang mir in Mund und Nase, ich hustete, versuchte, ihm zu entkommen, es war zwecklos. Wer immer das war, er war stärker als ich.

Aber da zog plötzlich heftig etwas an mir, nicht die Gestalt, sondern etwas anderes. Ich spürte Noel, als würde er immer noch meine Hände halten, als würde er sie fester halten als jemals zuvor. *Irgendetwas stimmt nicht auf der anderen Seite. Ich muss zu ihnen!* Nur wusste ich nicht, wie. Also gab ich dem Ziehen nach, hoffte darauf, dass es mich zurückbringen würde.

Der Nebel um mich herum wurde dichter, bewegte sich und kam auf mich zu.

Im nächsten Moment verschluckte er mich.

# 35

Ich landete in irdischer Dunkelheit, mein Körper war noch dort, wo ich ihn verlassen hatte – und Noel stand neben mir, zum Zerreißen angespannt. Der Rest des Teams befand sich nicht mehr im Kreis um uns herum, sondern Rücken an Rücken mit uns, ihre Schwerter in den Händen. Ich starrte in die Schwärze, wollte fragen, was los war. Aber ich spürte es selbst: die Darks.

Sie waren hier.

Die Knights verschwendeten keine Zeit. Fast gleichzeitig flammten ihre Gnaden auf und schickten den anderen so viel Mut, Zuversicht, Glaube und Vertrauen, wie möglich war. Noel griff nach meiner Hand, eine stumme Frage, ob es mir gut ging. Ich erwiderte den Druck.

»Alle zusammen auf einem Fleck, wie praktisch.« Killians Stimme durchschnitt die windige Stille wie ein Messer. Im Licht der Fackeln tauchte er vor uns auf, ganz in Schwarz, ein Schwert um die Hüften, das Gesicht schmaler als bei unserer letzten Begegnung. Die anderen Darks waren hinter ihm, ihre Söldner hatten uns eingekesselt. Ich versuchte, Arlo, Jade und den Rest von Team Caerleon zu erspüren, als ein paar der Dark-Söldner sie ins Licht zerrten, gefesselt und geknebelt.

»Euer kleines Frühwarnsystem hat wohl ein paar Fehlfunktionen«, sagte Killian. »Ist eben blöd, wenn andere eine sehr mächtige Verbündete haben und ihr … nicht.«

Sofort tastete ich die Umgebung ab, aber Morganas Energie war nicht zu fühlen. Die Darks waren ohne sie gekommen. Ich wagte zu hoffen, dass das ein gutes Zeichen war.

»Freu dich nicht zu früh, Merlin.« Annabelle, die neben Killian stand, sah mich abfällig an. Als Gawain-Erbin konnte sie meine Zuversicht wahrnehmen. »Das wird nicht so laufen wie im Ausbildungszentrum.«

Ich funkelte sie wütend an. »Sagt wer?«

»Ich.« Killian lächelte. »Der Unterschied zwischen euch und uns besteht darin, dass wir nicht den gleichen Fehler zweimal machen. Wir haben uns abgesichert. Vermutlich spürst du das.«

Er hatte recht – ich konnte die Felder der Darks zwar sehen, aber nicht erreichen, so als wären sie durch eine dicke Glaswand von mir abgeschirmt. Sofort suchte ich nach der Quelle dieser Wand, aber ich fand sie nicht.

Killian ging ein paar Schritte nach vorne, bückte sich und nahm Merlins Gürtelschnalle vom Boden, die ich fallen gelassen haben musste. »Das alte Ding ist also der Schlüssel? Wenn ich das eher gewusst hätte. Das könnte noch praktisch sein.« Beiläufig ließ er sie in die Tasche seines Mantels gleiten. Ich folgte seiner Bewegung mit den Augen.

»Ist das alles?« Noels Stimme war weit unter dem Nullpunkt. »Oder müssen wir dich und deine zweitklassige Truppe von Abtrünnigen noch länger ertragen?«

»Keine Sorge, *Bruder*.« Killian sagte das Wort so abfällig, dass Noels Echo darauf mir körperlich wehtat. »Wir machen einfach einen kleinen Deal. Wenn Charlotte und du mit uns kommen, lass ich die anderen gehen.«

»Vergiss es«, knurrte ich.

»Ernsthaft? Du willst, dass ehrenwerte Knights sterben, nur weil du nicht kooperativ sein kannst?« Killian hob eine Augenbraue und ging zu dem Söldner, der Jade festhielt. Er packte grob in ihre kurzen blonden Haare und hielt ihr ein Messer an die Kehle. Sie verzog das Gesicht, gab aber keinen Laut von sich. »Ich bin echt nicht scharf darauf, das Blut meines Vorfahren zu vergießen, Charlotte. Aber ich werde es tun.«

Ein Zittern ging durch Noels Körper, und ich wusste, welchen Kampf er kämpfte – Jade oder wir. Jade oder ich. Ich nahm ihm die Entscheidung ab.

»Okay«, sagte ich und machte einen Schritt nach vorne, Noels Hand immer noch fest in meiner.

»Charlotte, nicht!«, hörte ich Xavia hinter mir. Gerne hätte ich ihr gesagt, dass ich eine Idee hatte. Aber ich hatte Wichtigeres zu tun. Denn ich konnte die Darks vielleicht nicht ausknocken, solange sie hinter der Abschirmung waren, aber ich konnte dafür sorgen, dass andere es taten.

Ich wechselte einen Blick mit Noel, versuchte, ihm ohne Worte klarzumachen, was ich vorhatte. Er nickte.

»Der Deal gilt«, sagte er. »Wir kommen mit und ihr lasst die anderen gehen.«

»Sehr schön. Ich wusste doch, ihr seid vernünftig.« Killian nickte zufrieden und lockerte seinen Griff in Jades Haaren. In dem Moment, als er das Messer sinken ließ, sammelte ich mich und schickte dann einen gewaltigen Stoß Merlin-Energie in die Felder aller Knights um mich herum. Kurz war es gleißend hell und die Darks wurden geblendet, genau wie wir.

Dann brach das Chaos los.

Noel und ich wurden getrennt, als die Knights sich auf die Darks stürzten und er meine Hand losließ, um zu kämpfen. Ich wollte mich zurückziehen, um von außen weiterhin die Gnaden der anderen verstärken zu können, aber da kam Killian auf mich zu, sein Schwert in der Hand, einen manischen Ausdruck im Gesicht.

»Merlin«, knurrte er und holte zum Schlag aus. Aber in der gleichen Sekunde schoss ein Schatten von links heran und riss

Killian von den Füßen, krachte mit ihm in eines der Zelte. Ich spürte, dass es Noel war, aber trotzdem machte ich ein paar Schritte zurück und versuchte, nicht nur ihm zu helfen, sondern allen. Was nicht so leicht war.

Um mich herum herrschte das Durcheinander eines Kampfes auf Leben und Tod. Schwerter klirrten, ich hörte Schüsse, die vom Fels widerhallten, Schreie mischten sich darunter, gerufene Befehle. Immer noch hatte ich die Knights im Blick, hielt ihre Gnaden hell erleuchtet, versetzte ihnen noch einen Boost extra. Aber da spürte ich, wie plötzlich erneut etwas Dunkles nach mir griff und mein Geist auf einen Abgrund zuraste.

*Oh, verdammt.*

Das Nächste, was ich sah, als ich wieder zu mir kam, war Zephs Gesicht.

»Charles!« Er half mir auf die Füße. »Was ist passiert?«

»Ich war kurz weg … hab's wohl etwas übertrieben.«

Zeph legte einen Arm um mich und brachte mich aus der Gefahrenzone zu dem knorrigen Baum. Der Steinkreis war nur ein paar Meter entfernt, zwei der Fackeln brannten noch. Ich sah Xavia, die mit jemandem kämpfte, Levi in ihrer Nähe. Die anderen waren nicht klar zu erkennen, aber überall waren schwarze Schatten auf dem tiefen Grau des Grases.

»Wo ist Noel?«, fragte ich.

»Keine Ahnung, aber er ist in Ordnung, sonst würde ich es spüren.« Zeph schaute sich um. »Ich sollte dich von hier wegbringen«, sagte er dann.

»Nein, nicht schon wieder. Ich kann helfen.« Diesmal musste mich niemand retten.

Meine Gnade hatte meinen Ausbruch gut überstanden, ich spürte die Felder um mich herum, darin Mut und Treue, Glaube und Hoffnung, aber auch Häme und Kälte, Verrat und Hass. Die Knights und Darks boten alles auf, was sie für einen Kampf zur

Verfügung hatten, und das waren nicht nur Schwerter, sondern vor allem ihre Kräfte.

»Sicher? Du wirkst, als wärst du gerade von den Toten auferstanden.« Zeph zog mich in den Schutz des Weißdorns. Sein Blick war besorgt und wütend. Aber nicht alles davon galt mir. »Sie dürfen dich nicht schnappen, Charles. Wenn sie Noel und dich kriegen …«

»Werden sie nicht.« Merlins Befreiung war vielleicht fehlgeschlagen, aber ich hatte mich heute schon einmal entschieden, mein Leben für den Sieg über Morgana zu opfern. Es jetzt noch mal zu riskieren, war nichts dagegen. Ein Kampf machte mir keine Angst. »Ich suche Noel, er kann mich wieder fit machen. Hilf du den anderen.«

»Sicher?«

»Ja, todsicher.«

Zeph sah mir in die Augen und verpasste mir eine Dosis von Kays Gnade. Wir sprachen kein Wort mehr, bevor er sich abwandte und zu Xavia lief, die ihrem Gegner gerade einen heftigen Schlag verpasste und noch eine Ladung Gawain-Energie hinterherjagte. Der Dark wehrte sich mit einem Tritt, aber Zeph knockte ihn aus vollem Lauf aus.

Ich folgte ihm nicht, im Nahkampf war ich trotz meines regelmäßigen Trainings noch keine große Hilfe. Stattdessen blieb ich in der Deckung, erholte meine Kräfte, versuchte, Noel zu erspüren. In dem Chaos von Feldern, Menschen und Gefühlen war das nicht so leicht. Da war Jade, dort Levi, aber kaum hatte ich sie, verlor ich sie auch schon wieder. Ab und zu blitzte schwarzer Stahl in der Dunkelheit auf, und ich schaute mich panisch um, ob es jemanden von uns erwischt hatte. So kam ich nicht weiter.

Es war gefährlich, die Augen zu schließen, trotzdem tat ich es. Sofort spürte ich die anderen viel klarer – und dass es mehr als jemals zuvor um alles ging. Aber obwohl ich die Felder der Darks und der Knights nun besser sehen konnte, vermischten sie sich miteinander zu einem einzigen Strudel aus Licht und Schatten. Ich konnte sie nicht trennen. Und da war immer noch die Wand aus Glas, die mich daran hinderte, die Darks zu erwischen. »Verdammt«, fluchte ich und änderte in diesem Moment meinen Plan. Ich musste die Quelle dieses Schutzes finden und beseitigen, sonst kam ich nicht an sie heran. Wahrscheinlich war es ein Gegenstand, klein genug, um ihn in der Tasche zu tragen. Er konnte jedenfalls nicht weit entfernt sein. Von Zeph wusste ich, dass magische Artefakte nur sehr selten auf Distanz wirkten.

Ich schlich mich aus der Deckung des Baums. Es war mittlerweile dunkel, Wolken hatten sich vor den Mond geschoben, nur eine der Fackeln am Steinkreis glomm noch vor sich hin. Ich erkannte Thoras schmale Gestalt in meiner Nähe, sie kämpfte mit einem der Söldner, die nicht von dem Artefakt geschützt waren. Eilig konzentrierte ich mich auf sein Feld, auf seine Dunkelheit, seine Abgründe. Dann überlud ich ihn genau wie im Ausbildungszentrum. Er schrie laut auf, griff sich an den Kopf, ließ von Thora ab und sackte zusammen. Sie fuhr herum und entdeckte mich. Mit drei Schritten ihrer langen Beine war sie bei mir.

»Danke.« Sie atmete schwer.

»Wie viele sind es?«, fragte ich sie.

»Ungefähr fünfzehn von den Söldnern, dazu die Darks. Mehr als wir auf jeden Fall.« Thora zeigte auf ihren bewusstlosen Gegner. »Kannst du das auch bei den anderen machen?«

»Bei den Söldnern schon, aber die Darks werden abgeschirmt. Ich muss zuerst das Ding finden, das sie schützt.«

»Alles klar. Was kann ich tun?«

»Treib die Söldner zusammen, dann ist es einfacher für mich. Ich suche solange Killian.« Auch ihn spürte ich nicht in meiner Nähe. Aber ich wettete darauf, dass er das schützende Artefakt bei sich hatte.

»Zuletzt habe ich ihn da oben gesehen.« Thora nickte zu der Anhöhe. »Ich sag den anderen Bescheid, dass wir die Söldner schnappen.« Sie rannte los. Ich lief in die andere Richtung.

Plötzlich wurde es heller, ein rötlich flackernder Schein, durch den mein Schatten auf das Gras geworfen wurde. Ich fuhr herum und sah, wo es herkam: Jemand hatte unsere Zelte in Brand gesteckt. Flammen schlugen aus den drei kuppelförmigen Gebilden und erhellten die Nacht. Jetzt konnte man genau sehen, wer Freund und wer Feind war.

Das erkannte auch einer der Darks in meiner Nähe, denn er zog sein Schwert und näherte sich Xavia, die ein Stück von mir entfernt einer dunklen Gestalt zeigte, wie wütend eine Gawain-Erbin werden konnte.

Ich überlegte nicht lange, sondern spurtete los. Mit Anlauf stürzte ich mich auf den Dark und sprang auf seinen Rücken, legte die Arme um seinen Hals, versuchte, ihn zu würgen. Er keuchte überrascht, griff nach mir, schleuderte mich auf den Boden. Mir blieb die Luft weg, als ich aufschlug, ich rollte mich zur Seite, kam auf die Beine. Der Dark starrte mich an, und ich fühlte, wie er den Glauben an mich selbst schwächen wollte. Er musste ein Percival-Erbe sein. Gerne hätte ich ihm gezeigt, was eine Merlin-Erbin zu bieten hatte, aber ich kam ja nicht durch die Wand. Also konnte ich mich nur selbst schützen: gegen die fremde Energie, nicht aber gegen seine körperliche Übermacht.

Drohend kam er auf mich zu, sein Schwert in der Hand. Ich wich dem ersten Schlag aus, indem ich mich schnell zur Seite duckte, zog mein eigenes Schwert und hielt es vor mich, so wie ich es gelernt hatte. Als der Dark es erneut versuchte, blockte ich ihn ab, hielt mit beiden Händen den Griff, weil die Wucht des Schlags bis in meinen Brustkorb vibrierte. Schnell trat ich einen Schritt zurück, holte meinerseits aus, aber der Typ war zu schnell. Mit einer blitzartigen Drehung zwang er mich zu Boden, ich hob mein Schwert über den Kopf, fing damit seine tödliche Attacke ab, versuchte, mich wieder aufzurichten. Er hatte das jedoch geahnt, entwaffnete mich mit einem gezielten Schlag und stieß mich ins Gras. Ich sah sein hämisches Grinsen und wie er ausholte, ich riss mir die Arme vor das Gesicht –

Aber nichts passierte. Nur ein Ächzen, ein Aufprall und zwei Worte.

»Guter Kampf.« Xavia hielt mir die Hand hin und zog mich hoch. »Zumindest bis kurz vor Schluss.«

Ich grinste schwach. »Danke. Ich komm nicht durch ihre verdammte Abschirmung. Wenn –«

»Xav!« Im Licht der brennenden Zelte sah ich Levi beim Steinkreis stehen. »Schnell! Zeph braucht Hilfe!«

Sie sah mich an. »Was ist mit dir?«

»Geh! Wenn ich Killian finde, dann kann ich sie hoffentlich alle auf einmal ausschalten.«

Xavia nickte, drückte meinen Arm, dann lief sie zu Levi. Ich schnappte mein Schwert, wandte mich ab und rannte die Anhöhe hinauf. Sie war steiler als erwartet und ich weniger fit als gedacht. Mein Kopf schmerzte, meine Muskeln waren hart und unbeweglich. Ich strauchelte, fiel ein paar Mal fast hin, rappelte mich wieder auf.

Dann endlich kam ich oben an und konnte die Knights im Schein der brennenden Zelte kämpfen sehen: Xavia, Levi, Jade, Zeph, alle. Die andere Seite lag im Schatten des flackernden Scheins und war vollkommen dunkel. Aber dann gaben die Wolken den Mond plötzlich frei, und ich sah, was sich dort unten abspielte. Wie gelähmt blieb ich stehen.

Wenn es je einen härteren Kampf als den auf Leben und Tod gegeben hatte, dann fand er in diesem Moment am Fuß der Anhöhe statt. Killian und Noel waren zwei dunkle, tödliche Gestalten, die sich mit allem bekämpften, was sie zur Verfügung hatten:

Schwerter, Lancelots Gnade, Morganas Feuer. Ihre Felder sprühten Funken auf eine gefährliche, zerstörerische Art, die vor Zorn und Bitterkeit bebte – und vor Hass. Ein grausamer Hass, der mich erschreckte, weil er nicht nur von Killian ausging. Noels Bewegungen waren unerbittlich, sein Gesicht zu einer zornigen Maske verzerrt. Jeder Schlag seines Schwerts auf Killians, jeder Tritt war eine Befreiung für seine unendliche Wut.

Es war ein Kampf wider die Natur, ich konnte es fühlen. Erben sollten nicht gegeneinander antreten, Nachkommen gleicher Vorfahren noch weniger, Brüder erst recht nicht. Killian und Noel waren alles davon, sie waren in vielerlei Hinsicht gleich, und trotzdem hatten sie so unterschiedliche Wege eingeschlagen, dass dieser tödliche Kampf unvermeidlich schien.

Noel drehte sich und sein Schwert knallte heftig auf das seines Bruders, noch eine schnelle Bewegung und er konnte es ihm aus der Hand schlagen. Killian wich trotzdem nicht zurück, sondern benutzte seine Fäuste, landete einen harten Treffer und setzte einen Tritt hinterher. Noel ging in die Knie, verlor seine Waffe, ich schrie auf. Aber da hatte er Killian schon zu sich auf den Boden gezogen, sie drehten sich, Noel verpasste seinem Bruder einen rechten Haken, bekam sofort die Quittung. *Du musst da runter,* rief eine Stimme in mir. *Du musst ihm helfen.*

»Charles!«

Hinter mir brüllte Zeph, ich fuhr herum, erkannte die Knights auf der Ebene. Sie hatten es tatsächlich geschafft, die Söldner etwas näher zusammenzubringen. Ich zwang meine Gedanken weg von Noel, konzentrierte mich auf die Felder der gesichtslosen Helfer. Sie waren zwar keine Knights, aber dennoch stark, und ich brauchte eine Menge Energie, um sie zusammenbrechen zu lassen. Keuchend ging ich in die Hocke, nachdem es erledigt war. Ein Problem weniger. Blieben nur noch die Darks.

*Die Darks.*

*Killian.*

*Noel!*

Ich stand auf, war in der nächsten Sekunde auf dem Weg nach unten. Die Brüder waren immer noch am Boden, ineinander verkeilt. Einer von ihnen ächzte unter dem heftigen Schlag des anderen, aber ich wusste nicht, wer von beiden den Treffer gelandet hatte. Ich lief schneller, rutschte auf dem feuchten Gras aus, rappelte mich wieder auf, rannte auf sie zu.

»Keinen Schritt weiter, Charlotte!« Killian hatte plötzlich sein Schwert an Noels Kehle, kniete über ihm, die Klinge direkt an seinem Hals. Sie schimmerte im Mondlicht, matt und scharf.

»Schon gut!« Ich stoppte, wusste nicht, was ich tun sollte. Meine Angst verhinderte jeden klaren Gedanken. Mein Schwert war tonnenschwer in meiner Hand.

Killian begann zu sprechen, aber nicht mit mir. Es war eine merkwürdige Sprache, in der er etwas sagte, das wie eine Beschwörung klang. Ich spürte eine dunkle, schwere Macht, die sich irgendwo zwischen uns sammelte, wie dickflüssiger Schlamm auf dem Gras. Und ich ahnte, was er da tat: Er rief Morgana herbei.

Ich holte Luft, wollte irgendetwas sagen oder tun, um ihn zu unterbrechen, aber da war immer noch das Schwert an Noels Hals, und ich hatte zu viel Angst, dass Killian ihn tötete.

Aber schneller, als ich reagieren konnte, nutzte Noel den Moment der Unaufmerksamkeit gegen Killian. Er griff in das Schwert, Blut spritzte, die Klinge flog in die Dunkelheit davon. Blitzschnell packte Noel seinen Bruder, warf ihn zu Boden, drückte ihm sein Knie in die Brust und sah ihm in die Augen. Sonst tat er nichts, er hatte keine Waffe, kein Schwert, schlug ihn nicht, er sah ihn nur an. Und trotzdem begann Killian nach wenigen Augenblicken zu schreien, voller Qual, so als würde man ihn lebendig verbrennen. Ich spürte ihn nicht so, wie ich Noel spürte, aber ich sah seinen Schmerz und wusste, es war Folter. Grausame Folter. Das war Morganas Feuer, ihre Folter, ihre Grausamkeit. *Nein,* zuckte es durch meinen Kopf. Noel durfte ihre Kräfte nicht benutzen, das sagte mir mein Instinkt. Jede Sekunde, die er es tat, brachte ihn näher an einen Abgrund, von dem es kein Zurück gab.

»Noel, hör auf!«, schrie ich. Er fuhr zurück, sah hoch und entdeckte mich, als hätte er zuvor nicht bemerkt, dass ich da war. Schmerz zeigte sich auf seinem Gesicht, aber auch Entsetzen. Ich lief zu ihm, streckte die Hand aus und zog ihn zu mir. Killian regte sich nicht. Er war bewusstlos.

»Ich wollte nicht …«, stammelte Noel.

»Ich weiß. Ich weiß, dass du das nicht wolltest.« Ich legte meine freie Hand an seine Wange und wartete auf die vertraute Wärme.

Sie kam nicht.

Stattdessen lud sich die Luft mit trockener beißender Hitze auf und vertrieb die feuchte Kälte auf dem Gras. Aber sie stammte nicht von uns oder dem Feuer, das auf der anderen Seite des Hügels loderte. Sie war älter, tiefer, stärker. Übermenschlich. Und ich wusste, von wem sie kam. Wie betäubt ließ ich Noel los und sah hoch.

Morgana stand auf dem Felsen über uns wie eine wunderschöne Todesfee, die langen Haare offen, das Feld tiefschwarz. Ich spürte erneut dieses heftige Verlangen, sie zu töten und gleichzeitig berühren zu wollen. Aber vor allem spürte ich Panik. Grenzenlose Panik.

»Noel, lauf weg!«, rief ich und stellte mich zwischen ihn und Morgana, mein Schwert gegen sie erhoben. Sie würde ihn nicht kriegen.

»Dummes Mädchen.« Sie machte eine schnelle Handbewegung und ich wurde durch einen Schwall Hitze von Noel weggerissen, durch die Luft gewirbelt und landete hart auf dem Boden, wobei mir das Schwert aus der Hand flog. Mühsam kämpfte ich mich auf die Beine.

Morgana war schon am Fuß der Anhöhe und ging auf Noel zu, der keine Chance hatte, ihr zu entkommen. Ich suchte nicht nach meiner Waffe, sondern rannte los, aber ich war viel weiter weg. Sie würde ihn vor mir erreichen, und dann? Würde sie ihn entführen und ihm das Gleiche antun wie mir? Das durfte nicht passieren. Ich sendete eine stumme Bitte. *Merlin, hilf mir.*

Morgana war bei Noel, lange bevor ich es war. Ich schrie seinen Namen, lief schneller, sammelte meine Gnadenenergie zusammen, oder eher das, was davon noch übrig war. Morgana versuchte, uns beide in ihre Abgründe zu ziehen, um endlich zu bekommen, was sie wollte. Ich fühlte Hass, unbändigen Hass, aber ich wusste auch, es war nicht meiner und würde es nie sein. Also hielt ich dagegen, mit Liebe, meiner Liebe zum Team, zu Noel, sogar zu Dex, obwohl ich wütend auf ihn war. Ich sammelte sie zusammen wie einen gewaltigen Sprengsatz und zündete ihn direkt in Morganas schwarzem Feld. Die Wucht riss mich zu Boden, aber es reichte nicht aus. Morgana schwankte zwar, fiel aber nicht. Sie stand vor Noel, unverändert und unverwundbar. Ich konnte ihr nichts anhaben.

»Das ist er also, der Gute der beiden Mayfield-Brüder«, sagte sie im Plauderton. »Wobei wir beide wissen, dass das gelogen ist, oder nicht? Du bist alles andere als gut.«

»Das ist nicht wahr.« Noel presste die Worte durch seine zusammengebissenen Zähne, die Hände zu Fäusten geballt. Er war einen Kopf größer als Morgana, aber sie sah trotzdem mitleidig auf ihn herab.

»Oh, komm schon, vor mir kannst du es ruhig zugeben. Du genießt die Macht. Du genießt das Leiden. Du hast es gerade bewiesen.« Sie deutete auf den am Boden liegenden Killian.

»Ich habe um mein Leben gekämpft.« Noels Stimme vibrierte

vor Zorn. »Ich bin nicht wie er. Oder wie du. Ich weiß genau, wo ich hingehöre.« Er drehte den Kopf und sah mich an, einer dieser Blicke, die mich von den Toten hätten erwecken können. Ich trat neben ihn und damit Morgana entgegen. Sie musterte mich nur kurz und wandte sich wieder ihm zu.

»Es ist in deinem Blut. Kein Lancelot und keine Liebe zu einem Mädchen kann es daraus entfernen. Nicht einmal die zu einer Merlin-Erbin.« Morgana lächelte. »Du gehörst mir, Noel. Du gehörst mir seit deiner Geburt.«

Er funkelte sie wütend an. »Nein«, sagte er dann. »Nicht mein Blut entscheidet, wer ich bin. Sondern ich selbst. Und deswegen werde ich nie dir gehören. Niemals.«

Wärme durchflutete meine Brust, als ich seine Worte hörte. Ich wusste, wie Morgana einen verhexen konnte, wie sie Roulette mit menschlichen Gefühlen spielte. Aber Noel war stärker als das. Wir waren stärker als das.

In meinem Rücken streckte ich die Hand aus und traf auf die Finger von Noel, der die gleiche Idee gehabt hatte. Diesmal war die Wärme so heftig, dass ich mich fast daran verbrannte. Trotzdem packte ich seine Hand, so fest ich konnte, verschränkte meine Finger mit seinen. Er sah mich an, ich sah ihn an. Und in diesem Augenblick entstand eine Einigkeit, die jeden bisherigen Moment zwischen uns, jeden Kuss, sogar jede Nacht zu einer netten Anekdote machte. Ich war ein Teil von ihm, er war ein Teil von mir. Es gab nichts außer uns. Es gab nichts, das mächtiger war als wir.

Unsere Kräfte verbanden sich miteinander, erfüllten uns ganz, gingen über uns hinaus, vertrieben die Dunkelheit. Plötzlich war da Licht, unglaublich helles, reines Licht. Es blendete mich, blendete Noel, blendete Morgana. Sie wich zurück, gelähmt vor Entsetzen, und wurde von dem Licht verschluckt. Aber wir ließen nicht los, wir blieben verbunden – verbunden im Kampf gegen sie. Es kostete jeden Funken meiner Kraft, es trieb mich über meine Grenzen hinweg, aber es war auch das beste Gefühl, das ich je gehabt hatte.

Plötzlich sprang das Licht über und war in mir, hüllte mich ein, wollte mich wegziehen, weg von Noel. Und dann war da eine Stimme in meinem Kopf, glasklar und stark: *Du hast genug getan. Du musst jetzt gehen.*

*Nein! Noel!,* hielt ich stumm dagegen.

*Ihm passiert nichts,* sagte die Stimme. *Das verspreche ich dir. Lass los.*

Und statt der Stimme einen Vogel zu zeigen, sie für verrückt zu erklären, ihr Kontra zu geben … glaubte ich ihr. Ich wusste, sie würde mich niemals enttäuschen. Also gab ich dem Licht nach, sank hinein wie in ein weiches, warmes Kissen, ließ mich von ihm davontragen. Ich sah Schatten, Schemen, Gestalten und Farben.

Und dann nichts mehr.

# 36

Wie wir zum Auto gekommen waren, wusste ich nicht. Wann wir losgefahren waren, wusste ich nicht. Jemand musste mich mitgenommen haben, während ich bewusstlos gewesen war. Anders konnte ich mir nicht erklären, dass ich in der einen Sekunde noch in dem hellen Licht gestanden hatte und in der nächsten in einem fremden Haus aufwachte, von dem ich mich nicht erinnerte, es betreten zu haben. Vor den Fenstern war es dunkel. Es musste mitten in der Nacht sein.

Ich lag auf einem Sofa mit bunten Kissen, über mir war eine dünne Decke ausgebreitet. Die Couch stand in einem großen Raum mit honigfarbenem Dielenboden, über mir befand sich eine hohe dunkle Holzdecke, vor mir ein altmodischer Ofen und eine offene Küche, die so aussah, als würde oft darin gekocht. Hinter dem Herd hingen kupferne Pfannen, in denen sich das Licht spiegelte, auf einer der Platten stand ein gewaltiger Topf, aus dem es dampfte. Es roch fantastisch, nach Paprika, Fleisch und Zwiebeln. Vielleicht war ich im Himmel. Wenn ja, wäre das völlig in Ordnung gewesen.

Vorsichtig richtete ich mich auf, kurz schwankte alles, dann wurde es wieder ruhig. Ich schaute mich nach einer Uhr um und entdeckte ein altmodisches Modell über dem Kamin. Sie zeigte halb drei an.

»Hey. Du bist wach.« Jemand betrat die Küche und lächelte

freundlich. Es war ein Mann, ungefähr dreißig, der ein Geschirrtuch über der Schulter trug und sich sandfarbene Haare aus der Stirn schob. »Wir kennen uns noch nicht. Ich bin Toby, Levis Bruder.« Er streckte die Hand aus und ich ergriff sie.

»Hi, Toby.« Ich lächelte leicht. Levi hatte mir von seinen drei Brüdern erzählt. Toby war der Älteste. »Ähm, tut mir leid, wenn das blöd klingt, aber wo bin ich hier?«

»In meinem Haus. Eigentlich dem Haus meiner Eltern, aber sie sind vor drei Jahren nach Südafrika ausgewandert und ich habe es übernommen. Die meiste Zeit ist es ein Bed and Breakfast, aber inoffiziell ist es auch so eine Art Safehouse für KORT. Dartmoor ist nur eine halbe Stunde von hier. Deswegen hat das Team entschieden herzukommen.« Er zeigte auf den Topf. »Möchtest du vielleicht etwas essen?«

Ich schüttelte den Kopf. Er tat weh. »Nein, danke, ich ... wo sind die anderen? Sind sie alle hier?« Angst rumorte in meinem Bauch. Was, wenn Toby mir gleich sagte, dass das Team mich zwar hergebracht hatte, Noel aber von Morgana gefangen genommen worden war?

»Sie sind alle hier«, beruhigte er mich. Ich sank vor Erleichterung in mich zusammen. »Sie haben mich gebeten, dich im Auge zu behalten, während sie etwas Wichtiges besprechen. KORT-Kram, du weißt schon. Dafür reicht meine Sicherheitsstufe nicht aus.« Toby lachte. »Komm mit, ich bring dich hin.«

Er ging voran in den Flur, und ich folgte ihm den Gang entlang, an einer wuchtigen Holztreppe vorbei, die vermutlich zu den Gästezimmern führte. Es war mitten in der Nacht, sicher waren alle im Bett.

»Daddy? Wer ist das?« Oder auch nicht. Auf dem ersten Treppenabsatz stand ein kleiner Junge im Superman-Pyjama, der mich neugierig musterte. Er war so blond wie sein Vater und hatte feine Gesichtszüge wie alle Tristan-Erben. Unwillkürlich fragte ich mich, ob er in einigen Jahren wohl den Stein berühren und Teil eines neuen Teams werden würde.

»Das ist Charlotte, sie ist eine Freundin von deinem Onkel Levi.« Toby ging die Stufen hoch und nahm den Jungen auf den Arm. »Charlotte, das ist Theo. Normalerweise ist er um die Uhrzeit im Bett und schläft.«

»Hallo, Theo«, lächelte ich. »Da habe ich aber Glück, dass du heute eine Ausnahme für mich machst, oder?«

Der Junge nickte, grinste dabei breit und offenbarte eine gewaltige Zahnlücke. »Ist Onkel Levi auch hier?«

»Ja, ist er. Aber du kannst ihm morgen früh Hallo sagen.« Toby zauste seinem Sohn die Haare. »Ich bringe ihn mal lieber ins Bett«, sagte er zu mir. »Das Büro ist ganz hinten. Geh einfach bis zum Ende des Flurs und dann links.«

»Okay. Danke.« Er verschwand die Treppe hinauf und ich ging in die andere Richtung. Das Büro war nicht zu verfehlen, denn ich hörte Stimmen, bevor ich dort ankam. Die Tür stand einen Spalt offen und ich wollte sie gerade aufschieben, da hörte ich meinen Namen. Schnell zog ich die Hand zurück und blieb, wo ich war.

»Wer sagt es Charles?« Zeph klang ungewohnt kraftlos.

»Ich mache das.« Auch Xavia war erschöpft.

»Nein, nicht du, keiner von euch. Ich werde es machen.« Noel zu hören, ließ mir vor Erleichterung die Knie weich werden, aber gleichzeitig auch vor Angst. Sein Tonfall war nicht einfach müde wie der der anderen, sondern düster und hilflos. Ich spähte durch den Spalt und sah ihn auf einem Bürostuhl sitzen, den Kopf in den Händen, tiefen Kummer in seinem Feld. Was war passiert? In Dartmoor waren die anderen so komisch gewesen, irgendwas mit dem Team in Leeds. War etwa jemand von ihnen gestorben?

»No, bitte, du musst nicht –«, begann Xavia.

»Doch, ich muss. Natürlich muss ich das.« Noel presste eine Faust auf den Mund, die Knöchel traten weiß hervor. Ich spürte die Wucht seiner Gefühle, sie machte mich starr, seine Traurigkeit presste mir die Luft ab. Kurz hatte ich den Impuls zu verschwinden, um das, was er mir sagen wollte, hinauszuzögern. Aber dann hob ich doch die Hand und klopfte an die Tür. Vielleicht war es nicht so schlimm. Vielleicht war das alles nur ein Missverständnis.

»Hey.« Ich zwang mir ein Lächeln auf das Gesicht, als ich hereinkam.

»Hey.« Noel stand auf und schloss mich in die Arme, wie er es schon unzählige Male getan hatte. Aber jetzt war die Umarmung mechanisch, so als wäre er gar nicht richtig hier. Ich löste mich von ihm, schaute in die Runde und mir wurde eiskalt. Das Mitgefühl der anderen zog sämtliche Wärme aus dem Raum. Sie sahen mich an, als wäre ich dem Tod geweiht. »Mir geht's gut«, sagte ich schnell. »Alles bestens. Wir haben es Morgana ordentlich gezeigt, oder?«

»Sicher. War eine gute Show.« Zeph lächelte traurig.

»Ist sie tot?«

»Nein, das nicht. Sie ist angeschlagen und verschwunden, allerdings taucht sie bestimmt wieder auf.«

»Na, aber immerhin wissen wir jetzt, wie wir sie aufhalten können. Wir haben Merlin nicht befreit, aber offenbar geht es auch ohne ihn.« Ich drückte Noels Hand. Er brachte kein Lächeln zustande. »Was ist los?« Ich wusste, ich konnte es nicht mehr länger hinauszögern. »Ist jemand gestorben?«

Noels Hand in meiner zitterte. Er ließ mich los. »Nein. Es ist niemand tot. Ein paar Blessuren gibt es und Libby wurde schwerer verletzt, aber sie wird durchkommen, sagen die Ärzte bei KORT.«

»Das ist doch gut. Was ist es dann? Wir haben gerade die mächtigste Hexe der Welt aufgehalten und ihr sitzt hier herum, als hätte jemand gesagt, Weihnachten fällt aus.«

Niemand lachte über meinen Scherz, nicht einmal Zeph. Aber als wäre es ein Stichwort gewesen, sahen alle gleichzeitig zur Wand. Bis zu diesem Moment hatte ich den großen Flachbildschirm gar nicht bemerkt, der mit dem Tablet verbunden war und auf dem die Map abgebildet wurde. Sollte sie mir etwa sagen, was nicht stimmte?

Ich schaute genauer hin. Es war die normale Anzeige einer Person, ein großer dunkelgrauer Kreis in der Mitte, einige kleinere außen herum, mit unterschiedlich dicken Balken verbunden. Als ich den Namen darin sah, wurden meine Augen groß. »Oscar? Er ist wieder online?« Aber wieso gab es dann nicht eine Party in Tobys Küche statt dieser Totenstimmung im Büro? »Das bedeutet, er ist Morganas Kontrolle entkommen! Das ist doch toll, oder nicht?« Ich sah die anderen an.

»Es ist toll.« Levi nickte. Schon seit ich hier war, sah er mir nicht in die Augen. »Aber wir wissen nicht, wo er steckt, die Divines können ihn nur verschwommen sehen. Und …«

»Es ist nicht das Einzige, was sich geändert hat.« Noel trat von mir weg, ging zum Tablet und veränderte die Anzeige. Ein weiterer Kreis neben dem von Oscar wurde größer gezoomt, er war über eine sehr massive Linie mit seinem verbunden. So etwas hatte ich in meiner Zeit bei KORT noch nicht gesehen.

»Ist das …?«

»Eine Kategorie-10-Verbindung.« Noel presste die Kiefer aufeinander. Seine Nasenflügel bebten. Es machte mir Angst, ihn so zu sehen, aber ich schob sie beiseite.

»Okay, also gibt es jemanden, mit dem Oscar unbedingt zusammen sein muss, wenn er wieder da ist.« Kategorie 10 war enorm selten und meistens waren diese Verbindungen entscheidend für das gesamte Schicksal der Menschheit. »Aber was hat das mit mir zu tun?«

»Alles.« Noel brachte das Wort nur mühsam über die Lippen. Dann tippte er noch einmal auf das Display, und ein Name erschien in dem Kreis, der so untrennbar mit dem von Oscar verbunden war.

*Charlotte Stuart.*

Mein Name.

Ich wich zurück.

»Nein. Nein, auf keinen Fall.« Ich schüttelte den Kopf, erst leicht, dann heftiger. Das konnte nicht sein. Noel und ich waren zusammen, *wir* waren diese verdammte Kategorie-10-Verbindung. Nicht Oscar und ich. »Das ist ein Fehler. Das muss ein Fehler sein. Die Map hat Unsinn ausgerechnet.« Ich suchte Noels Blick und erkannte Tränen in seinen Augen. Ich hatte ihn noch nie derartig verzweifelt gesehen.

Xavia schüttelte den Kopf. »Es ist leider kein Fehler. Ich habe mit Juleon gesprochen und er hat es gesehen. Er hat gesehen, dass der einzige Weg zu einem Sieg über Morgana ihr beide seid.« Sie streckte die Hand nach mir aus. »Charles, das klingt jetzt erst mal furchtbar, aber –«

»Juleon hat es gesehen?« Ich wich weiter zurück, bis an die Tür. »Dann muss er sich geirrt haben.«

»Er ist ein Divine«, sagte Zeph. »Und er hat es zweimal abgesichert. Er wollte es überhaupt nicht melden, weil es ihm so leidtut, was das für Noel und dich bedeutet. Trotzdem –«

Sein Mitgefühl ließ mich explodieren. »Hört auf damit!«, schrie ich die anderen an. »Hört auf damit, so zu tun, als wäre das in Stein gemeißelt!« Wieso taten sie denn nichts? Wieso nahmen sie das einfach so hin? Sie waren die stärksten fünf Menschen, die ich kannte. Und jetzt knickten sie einfach ein?

»Aber genau das ist es.« Noel war kaum zu verstehen, und als er mich ansah, zerbrach nicht nur mein Herz, sondern meine ganze Welt. »Es *ist* in Stein gemeißelt.«

Im Raum wurde es still und ich kämpfte mit meiner Wut, die mich am Atmen hinderte. Tränen wollten hochkommen, ich drängte sie brutal zurück. Wenn ich weinte, bedeutete das, dass ich es akzeptierte. Und das würde ich auf keinen Fall tun.

Zeph stand auf, murmelte »Wir lassen euch mal allein« und ging hinaus, ebenso wie Xavia, Levi und Thora. Jeder von ihnen sagte etwas, entschuldigte sich, berührte mich am Arm. Ich hätte sie am liebsten allesamt mit meiner Gnade niedergeschlagen.

Noel und ich blieben zurück, stumm und gelähmt. Er stand vor mir, aber es kam mir so vor, als wäre er immer noch auf der Grasebene in Dartmoor, kilometerweit weg.

»Sag was«, flehte ich ihn an. »Sag mir, dass wir zusammen sein dürfen. Dass die Map nächste Woche wieder etwas anderes anzeigt, dass sie *uns* beide anzeigt. Bitte, Noel ...«

»Ich ...« Er weinte längst, und das machte mir mehr Angst als die Worte der anderen oder die Anzeige auf der Map. »Das kann ich nicht. Ich würde es gerne, aber ich kann es nicht.«

»Also willst du das einfach so akzeptieren?«

»Einfach so?« Er lachte verzweifelt auf. »Bist du wahnsinnig? Ich habe keine Ahnung, wie ich nur einen Tag ohne dich aushalten soll, geschweige denn mein ganzes Leben!«

*Mein ganzes Leben.* Die Worte waren wie ein tödlicher Pfeil direkt in mein Herz. Aber noch war ich nicht bereit aufzugeben. »Dann wehr dich dagegen! *Wir* wehren uns dagegen! Wenn wir das beide nicht hinnehmen, dann –«

»Dann was?«, rief er und zeigte auf die Map. »Das ist eine verdammte Kategorie-10-Verbindung, Charlotte! Davon gibt es eine in fünfzehn Jahren, und sie verändern sich nicht mehr, sobald sie bestehen. Dagegen kann man sich nicht wehren!«

»Wir sind auch eine Kategorie 10! Juleon hat es selbst gesagt. Wir sind Morganas und Merlins Erben, *wir* sind füreinander bestimmt! Du hast es doch gespürt, als wir uns im Pub begegnet sind!«

»Ich habe gespürt, dass wir beide perfekt zueinander passen, aber das bedeutet nicht, dass wir auch füreinander bestimmt sind. Lancelot und Guinevere waren es nicht.« Noel holte zitternd Luft. »Und wir sind es offenbar auch nicht. Sonst würden nicht Oz und du auf der Map stehen.« Er krallte eine Hand in seine Schulter und ich hielt seinen Schmerz kaum aus.

»Ich kenne Oscar überhaupt nicht! Und ich will ihn nicht! Ich lasse mir nicht vorschreiben, wen ich liebe.« Mit einem Schritt war ich bei Noel und legte meine Hände an sein Gesicht, zwang ihn, mich anzusehen. »Ich liebe dich. Nur dich. Ich wusste, dass wir zusammengehören, seit ich dich vor zehn Jahren das erste Mal gesehen habe. Und daran wird keine Map und kein Divine etwas ändern, niemals.«

Er sah mir in die Augen, mit einer Mischung aus Liebe, Wut und Verlangen. Dann beugte er sich zu mir und küsste mich, heftig und hitzig, zornig und verzweifelt. Er drückte mich gegen die Wand von Tobys Büro, meine Hände glitten fahrig unter sein Shirt, griffen nach der vertrauten Härte seiner Muskeln, als könnte ich ihn so festhalten, das zwischen uns festhalten. Der Kuss verband uns zu einer unzerstörbaren Einheit, nicht nur körperlich, sondern auch auf jeder anderen Ebene. Zumindest wollte ich, dass es so war, und ich spürte, dass Noel es auch wollte.

Aber plötzlich änderte sich etwas. Seine Hände glitten aus meinen Haaren an meine Wangen, seine Lippen wurden weicher, der Kuss sanft. Ich spürte Tränen und wusste nicht, ob es seine oder meine waren. Aber eins wusste ich: Das hier war ein Abschiedskuss.

Diese Gewissheit brachte alles zum Einsturz, und plötzlich weinte ich und Noel weinte auch, während er mich in den Armen hielt und ich ihn umklammerte, als wäre er mein einziger Halt in der Welt. Weil er genau das war, mein Anker, mein Fels, jede noch so blöde Metapher, mit der man beschreiben konnte, wie viel ein Mensch einem bedeutete. Wie konnte man von mir verlangen, das aufzugeben? Wie konnte es der Welt helfen, wenn man so etwas Gutes, so etwas Echtes zerstörte? Nein, das konnte nicht sein. Ich würde das nicht akzeptieren.

»Wir müssen etwas machen«, schluchzte ich gegen seine Schulter. »Es muss irgendetwas geben, das wir dagegen tun können.«

Noel ließ mich los und umfasste mein Gesicht. Seine Stimme war brüchig. »Wenn es irgendetwas bringen würde, wenn es nur den Hauch einer Chance gäbe, dass es etwas ändert, glaub mir, ich würde mit dir sofort zum Flughafen fahren und so weit weg fliegen, wie es geht. Und ich würde dich nie wieder loslassen.« Sein Daumen streichelte meine Wange.

»Dann lass uns das tun. Lass uns abhauen!«

»Aber das ändert doch nichts!«, brachte er heraus. »Wir können abhauen, wir können zusammen sein, aber wir würden damit die Welt zum Untergang verdammen. Wir sind Knights, Charlotte. Wir haben geschworen, die Welt zu beschützen. Und diese Welt braucht Oz und dich.«

»Wie kannst du das sagen?« Meine Wut auf die Map wurde zu Wut auf Noel. Wie konnte er sich diktieren lassen, mich nicht mehr zu lieben – schlimmer noch, wie konnte er hinnehmen, dass sein bester Freund und ich zusammen sein sollten? »Du und ich haben gerade Morgana fertiggemacht, Noel. Morgana! Wenn jemand diese verfluchte Welt retten kann, dann wir! Wie kannst du behaupten, Oscar und ich wären dafür die bessere Wahl?«

»Glaubst du, ich will das mit dir und Oz?!«, herrschte er mich an. »Glaubst du, ich würde nicht bei dem Gedanken sterben, dich ständig sehen zu müssen, aber nie wieder mit dir zusammen sein zu können?« Noel holte Luft, zittrig und endgültig. Es klang, als wollte er danach nie wieder atmen. »Ich liebe dich, Mylady. Ich liebe dich über alles, das weißt du. Aber –«

»Aber was?« Ich starrte ihn an, sah mir sein Feld an. Und dann begriff ich. Hier ging es nicht nur um seine Pflicht als Knight oder um den Untergang der Welt. Es ging um ihn und sein Erbe. Ich schnappte nach Luft. »Denkst du etwa, das wäre richtig so? Dass die Map recht hat? Wegen dem, was du mit Killian gemacht hast?« Er hatte seinen Bruder mit Morganas Kräften gequält. Glaubte er etwa, dass ihm das Gleiche mit mir passieren konnte? »Das ist Unsinn, Noel!«

»Es war Hass, Charlotte!«, brach es aus ihm heraus. »*Mein* Hass hat das mit ihm gemacht! Und es hat mich nicht einmal angestrengt oder Widerwillen in mir ausgelöst! Im Gegenteil, ich habe es *genossen*! Wenn du mich nicht aufgehalten hättest, dann –«

»Dann hättest du einen unserer Gegner ausgeschaltet!«, rief ich. »Nicht mehr und nicht weniger.« Ich legte meine Hände auf seine Arme. »Das hat nichts mit dem Fluch zu tun. Absolut gar nichts. Wir werden nicht so enden.«

»Und was, wenn doch? Was, wenn wir eines Tages an genau dem Punkt stehen?!« Er sah mich voller Angst an. »Wenn wir an dem Punkt stehen und herausfinden müssen, wer von uns stärker ist?«

Obwohl ich mir geschworen hatte, das nie zu tun, griff ich in diesem Moment mit meinem Geist nach seinem Feld. Ich musste diese Angst dämpfen, ich brauchte Noel zurück, *meinen* Noel. Die Version von ihm, die immer einen Ausweg wusste. Aber in dem Moment, als ich die Lichter für Zuversicht heller machen wollte, prallte ich gegen eine unsichtbare Barriere.

»Was …?«, keuchte ich, aber ich wusste, was das bedeutete. Er hatte mich gerade rausgeworfen. Und damit die Frage beantwortet, wer von uns stärker war.

»Es ist besser so«, sagte er, und ich sah, dass ihm jedes Wort wehtat.

»Tu das nicht«, flüsterte ich. »Bitte tu das nicht.«

Noel presste seine Hand auf den Mund, sah mich nur mit diesem fürchterlichen Schmerz in den Augen an und brachte kein Wort heraus. Das war mir Antwort genug und ich hielt es nicht länger aus. Keine weitere Sekunde würde ich mir anhören, dass er uns aufgeben würde – dass das hier das Ende war.

»Weißt du, was?«, rief ich und kalter Zorn überdeckte die abgrundtiefe Verletzung in meinem Inneren. »Mach das! Jag uns zum Teufel, nur weil du Angst hast! Aber ich lasse mir von der Map, den Divines oder einem beschissenen Stein nicht vorschreiben, mit wem ich mein Leben verbringe!«

Ich drehte mich um, öffnete die Tür, stürmte den Gang entlang in die Richtung, wo ich die Haustür vermutete. Auf einer Kommode daneben lagen mehrere Autoschlüssel. Ich erkannte den des Volvo und griff danach, schlüpfte hastig in meine Schuhe, die auf der Matte standen. Adrenalin jagte durch meinen Körper wie eine Droge, ich war dankbar dafür. Solange es da war, würde ich nicht zusammenbrechen.

»Charles? Wo willst du hin?« Xavia stand in der Tür zur Küche, eine lange Strickjacke um sich gewickelt wie eine Schutzweste. Sie sah alarmiert aus.

»Keine Ahnung«, sagte ich. Meine Stimme klang merkwürdig blechern in meinen Ohren. »Hauptsache, weg.«

»Du kannst nicht gehen. Morgana –«

»Morgana ist mir scheißegal!«, fauchte ich sie an. »Soll sie mich doch holen, einsperren, foltern, für die Vernichtung der Welt benutzen, ist mir gleich! Beschissener als jetzt kann es doch sowieso nicht mehr werden!«

Am Ende des Flures sah ich Noel auftauchen, aber ich wartete nicht, bis er bei mir war. Ich riss die Haustür auf, lief über den Hof und drückte auf den Autoschlüssel. Lichter blinkten, der Volvo stand direkt neben einem alten Kombi. Ich setzte mich hinein, startete den Motor, dachte kurz darüber nach, wo sich Bremse, Gas und Kupplung befanden. Immer weiter atmen, sagte ich mir, nicht an Noel denken, nicht fühlen, nur funktionieren. Ich war wieder allein, aber das war nicht das erste Mal. Wenn ich erst weg war, wurde es einfacher. Ganz bestimmt.

Der Wagen ruckelte an, zum Glück musste ich nicht rückwärts ausparken. Ich gab Gas, Kies spritzte gegen das Auto, ich lenkte nach rechts auf die Zufahrt. Aus dem Haus kamen mehrere Leute gerannt, jemand rief etwas, ich verstand kein Wort, wollte kein Wort verstehen. Stattdessen trat ich noch einmal aufs Gas, rammte den zweiten Gang rein und ließ sie hinter mir. Der Schmerz in meiner Brust nahm zu, ich atmete dagegen an. Ich würde das schaffen. Ein gebrochenes Herz brachte einen nicht um, sagte ich mir einmal, zehnmal. Trotzdem fühlte es sich so an, als müsste ich sterben.

Eine geschotterte Piste führte von Tobys Haus weg und ich fuhr zu schnell, rutschte, fing den Wagen ab, die Bäume flogen an mir vorbei. Es war stockdunkel, die Scheinwerfer tanzten vor mir auf und ab, beleuchteten den grauen Boden, dann wieder die Büsche am Rand. Fast zu spät erkannte ich, dass etwas auf dem Weg lag. Sofort trat ich auf die Bremse.

»Scheiße!« Schlitternd stoppte das Auto und der Motor würgte ab. Ich ließ das Lenkrad los und starrte durch die Scheibe, mein Puls bei mindestens 300. Dann stieg ich zittrig aus, ging vorsichtig auf die schwarze Masse vor dem Wagen zu. War das ein Tier? Hatte jemand es angefahren und dann liegen lassen? Ich ging noch etwas näher.

Da erkannte ich, was es war.

»Oh Gott.« Es war ein Mensch, in schwarzer, völlig verdreckter Kleidung, reglos. Ein Mann, wenn ich Größe und Statur richtig einschätzte. Er lag quer auf dem Weg, mit dem Gesicht nach unten. »Hallo? Hey, kannst du mich hören?« Keine Reaktion. Ich ging in die Hocke und legte meine Hand auf die leblose Gestalt. Keine Wärme. War er tot? Zögerlich drückte ich zwei Finger an seinen Hals. Da war ein Herzschlag, aber sehr schwach. Wer immer es war, lebte noch.

Ich nahm all meinen Mut zusammen. Dann fasste ich ihn an der Schulter und drehte ihn um.

*Nein.* Meine Knie gaben nach, und ich sank auf den Boden, als ich das Gesicht sah, blutverschmiert und durch ein paar Platzwunden merkwürdig verzerrt. Ich erkannte ihn trotzdem an seinem Feld. Ich hatte es gesehen, zweimal in meinem Leben, unter völlig verschiedenen Umständen.

*Oscar.*

Sein Anblick machte mich starr, für einen Moment wusste ich nicht, was ich tun sollte. *Du musst ihm helfen!* Aber ich hatte mein Handy im Haus gelassen und ich konnte ihn allein auch nicht bewegen. *Dann hol die anderen!* Tobys Haus war nicht weit weg, und auch wenn ich um nichts in der Welt dorthin zurückwollte, war das Oscars einzige Chance.

Ich holte vergeblich Luft, einmal, zweimal, beim dritten Mal klappte es.

Dann öffnete ich den Mund und schrie so laut um Hilfe, wie ich konnte.

# Epilog

Ein leichtes Rauschen fuhr durch die Blätter, als die Frau auf die Lichtung trat und sich umsah. Die Hütte am Rande war nur noch ein Fundament, fast vollständig von Gras überwuchert. Die Bäume waren höher, die Büsche dichter. Aber sonst war es immer noch der gleiche magische Ort wie vor über tausend Jahren. Sie erinnerte sich daran, wie sie sich früher hier gefühlt hatte. Als sie noch in der Lage gewesen war, Glück zu empfinden.

»Du bist spät dran.« Jemand trat aus den Schatten der Bäume, ein Mann in normaler Alltagskleidung – Jeans, ein Shirt, grobe Boots.

Morgana verzog den Mund zu einem gefährlichen Lächeln.

»Das sollte ich wohl eher über dich sagen. Sicherlich gibt es einen Grund, warum deine Anwesenheit auf dieser Welt vor mir verborgen geblieben ist. Ich bin begierig darauf, ihn zu erfahren.«

»Wovon sprichst du?«, fragte der Mann gelassen. »Ich bin gerade erst aus der Anderswelt zurückgekehrt.«

Sie lachte. »Für wie dumm hältst du mich, Merlin? Ich weiß, dass diese Kinder es nicht geschafft haben, dich in Dartmoor von deinem Bann zu erlösen. Das konnten sie auch gar nicht. Schließlich kann man niemanden befreien, der niemals gefangen war.«

Merlin lächelte. »Erwischt. Allerdings musst du zugeben: Es war ein kluger Schachzug von mir, verbreiten zu lassen, diese drittklassige Fee hätte es auf deinen Befehl hin tatsächlich geschafft, mich mit einem Weißdorn-Bann zu belegen. Schließlich hast *du* es geglaubt.«

»Geschenkt.« Morgana kräuselte unwillig die Lippen »Aber was hat die liebe Charlotte denn dann gesehen, als sie in die Anderswelt gegangen ist?«

»Es war die Person, die damals an meiner Stelle unter den Bann gefallen ist. Zum Glück hat Charlotte sie nicht erlöst. Das hätte uns wirklich in Schwierigkeiten gebracht.«

»Ach ja? Wer ist es?«

»Das verrate ich dir lieber nicht.« Merlin ließ ein leises, kaltes Lächeln sehen.

Morgana zog unwillig die Brauen zusammen. »Dann verrate mir doch etwas anderes: Warum hast du dich versteckt? Aus Angst?«

»Vor dir? Nein. Außerdem habe ich mich nicht versteckt. Ich habe zwar immer wieder die Gestalt gewechselt, bin ein paar Mal umgezogen ... Aber erst, als du im letzten Jahrhundert wieder in England aufgetaucht bist, erschien es mir ratsam, mich im Hintergrund zu halten und dich zu beobachten.« Merlin legte den Kopf schief und umkreiste Morgana langsam. »Ich wusste ja, du würdest Ärger machen. Schließlich kannst du nichts anderes, als Dinge zu zerstören.«

Morgana lachte gehässig. »Es kommt darauf an, wie du Ärger definierst, Merlin. Wenn du damit meinst, dass ich vorhabe, die Welt von diesem Virus zu befreien, das sich Menschheit nennt, hast du recht.«

»Das werde ich nicht zulassen.« Merlin funkelte sie hasserfüllt an. In diesem Moment hätte sich niemand vorstellen können, dass zwischen diesen beiden mächtigen Kreaturen einmal Gefühle bestanden hatten, die nicht nur Tristan und Isolde, sondern auch Guinevere und Lancelot zu reinen Fußnoten in der Geschichte großer Lieben machten.

»Ja, blabla.« Sie nickte gelangweilt. »Und wie möchtest du das schaffen? Willst du dieses Mal fair spielen oder benutzt du wieder billige Tricks?«

»Das habe ich noch nicht entschieden. Aber was immer du versuchst, ich werde dich daran hindern. Mit allen Mitteln.«

Morgana verdrehte die Augen. »Ach, deine lächerliche Liebe zu den Menschen. Die habe ich noch nie verstanden. Sie sind wie Strohhalme, der kleinste Windstoß und sie brechen. Und dann all diese *Gefühle*. Es ist schrecklich armselig, wie sie darunter leiden.«

»Es gab eine Zeit, da wusstest du Gefühle zu schätzen. Oder Menschen.«

»Richtig.« Morgana funkelte ihn an. »Wie wir beide wissen, war es mein größter Fehler, Gefühle für dich zu entwickeln. Aber das ist sehr lange her. Und was die Menschen angeht … jetzt benutze ich sie lieber. Das ist viel weniger aufreibend.«

»So wie deine eigenen Erben? Die du KORT untergejubelt hast?«

»Ich? Nein.« Ein bösartiges Lächeln trat auf Morganas Gesicht. »Ethan Mayfield war eine unerwartete Hilfe in dem Schattenkampf gegen KORT. Oder eher sein Größenwahn und seine Arroganz. So hat er gleich zwei meiner Erben durch die Initiation gebracht.« Sie sah Merlin mitleidig an. »Im Gegensatz zu dir, *deine* Linien haben sie einfach ausgerottet. Der arme kleine Merlin. Keine Erben außer einer einzigen und die ist nicht einmal ein richtiger Knight.«

»Charlotte ist mehr Knight als all deine Darks zusammen«, sagte Merlin zornig. »Gerade du solltest das doch wissen. Sie hat sie schließlich alle auf einen Streich ausgeschaltet.«

»Anfängerglück und die Gunst des Überraschungsmoments. Aber das spielt sowieso keine Rolle. Am Ende wird sie mir dienlich sein, genau wie der Mayfield-Junge. So ein hübscher Kerl und stark noch dazu, aber gegen den Fluch ist auch er machtlos.«

»Du weißt es noch nicht, oder?« Merlin verschränkte die Arme, ein triumphierendes Lächeln auf dem Gesicht. »Die Dinge haben sich geändert. Einer der Divines hatte die Vision, wie sich die Menschheit retten lässt. Charlotte und Oscar sind der Schlüssel dazu, und sie werden sich diesem Schicksal fügen, ob du es willst oder nicht. Das bedeutet: kein Noel, kein Fluch, keine Macht, die du nutzen kannst. Schade, Morgana. Damit bist du wohl raus.«

Morgana starrte ihn wütend an. »Deswegen hast du den Arthur-Knaben also befreit, bevor ich mit ihm fertig war. Weil er mir in die Quere kommen soll.«

»Ich habe ihn befreit, weil ich nicht zulassen konnte, dass du ihn tötest«, korrigierte Merlin hart.

»Oh richtig, deine kranke Besessenheit gegenüber Arthur hatte ich ja ganz vergessen.« Morgana schnaubte. »Manchmal bin ich nicht sicher, ob du etwas mit meinem nutzlosen Halbbruder am Laufen hattest, so sehr, wie du ihn vergöttert hast.«

»Es wird sicher bald eine Serie geben, die dir diese Frage beantwortet«, sagte Merlin mit gespielter Gelassenheit.

»Du hast dir Humor zugelegt, Kompliment. Ich fand dich früher ohnehin ein wenig fade.« Morgana nickte abschätzig. »Aber offenbar bist du auch naiv, wenn du denkst, dass sich der Fluch mit so billigen Tricks aufhalten lässt. Du glaubst, das zwischen Noel und Charlotte könnte durch eine Prophezeiung beseitigt werden? Dass sie voneinander lassen können, nur weil die Divines es sagen? Du solltest es besser wissen, Merlin. Schließlich hast du es selbst erlebt.« Sie trat an ihn heran – nah, noch näher – und legte die Hand auf seine Brust. Zufrieden registrierte sie, wie sich sein unsterblicher Herzschlag beschleunigte. »Sie lieben einander genau, wie wir es einst getan haben. Das werden sie nicht aufgeben. Arthur hat Lancelot und Guinevere nicht voneinander ferngehalten. Und Oscar wird Noel und Charlotte nicht voneinander fernhalten.«

»Oh, doch.« Merlin presste die Zähne aufeinander. »Charlotte weiß, was auf dem Spiel steht. Sie wird es nicht für einen deiner Erben riskieren.«

»Was macht dich da so sicher? Sie ist impulsiv, sie ist leidenschaftlich, sie ist weit davon entfernt, vernünftig zu sein. Und trotzdem glaubst du, sie wird dich nicht enttäuschen? Sei nicht so blauäugig. Charlotte ist zu schwach, um dieser Anziehung zu widerstehen. Wie könnte sie auch nicht, Generationen von normalen Menschen haben ihr Blut verwässert. Heimliche Linien sind eine Schande. Man sollte sie als Erstes auslöschen.«

Zorn durchzuckte Merlins Aura wie ein Blitz. »Du hörst dich immer noch genauso gerne reden wie früher, oder?«, spottete er und ein abfälliger Ausdruck trat auf sein Gesicht. »Und wie immer kommt nichts Wahres dabei heraus.«

»Ah, wir fahren die abwertende Schiene, ich verstehe. Das kann nur eines bedeuten: Du verbirgst etwas vor mir.« Morganas Augen leuchteten in dunklem, matten Glanz auf. »Was stimmt nicht mit deiner kleinen Charlotte? Dass sie eine dahergelaufene Streunerin ist, wissen wir ja schon. Und dass ich sie töten werde, auch.«

Schon war Merlins Hand an Morganas Kehle. »Wenn du es auch nur wagst –«

»Dann *was*? Willst du mich vernichten? Das kannst du nicht. Du hast deine Kräfte verloren, als du entschieden hast, unsterblich zu werden. Ich kenne den Deal. Ich habe ihn schließlich auch gemacht.«

»Und dennoch hast du Kräfte«, zischte Merlin.

»Ja, weil ich dafür getötet habe. Ein paar meiner unbedeutenden Erben oben in Schottland, keiner wird sie vermissen. Knights wären besser gewesen, aber dummerweise brauche ich Killian und Noel noch.« Sie löste seine Hand von ihrem Hals und trat einen Schritt zurück. »Das käme für dich natürlich nicht infrage, wo du doch so ein großer Menschenfreund bist. Du könntest keinem von ihnen auch nur ein Haar krümmen.«

»Wer sagt, dass ich das nicht längst getan habe?«

Licht flammte auf, gleißendes Licht, heller als die Sonne, obwohl es eiskalt war. Es warf Morgana einige Meter zurück, sie fiel zu Boden, rappelte sich aber schnell wieder auf. Hitze wurde entfesselt, sie strömte aus ihr heraus, trat gegen das Eis an. Für einige Augenblicke war es ein Patt, das Eis konnte das Feuer nicht löschen, das Feuer konnte das Eis nicht zum Schmelzen bringen. Beides walzte über das Gras, berührte die Bäume, aber nur das Eis ließ sie unbehelligt zurück. Die Flammen verbrannten die Stämme und fegten über die Lichtung, mit aller Gewalt drängte Morgana sie in die Richtung ihres Gegners. Die Eiswand wurde schwächer, Merlin strauchelte unter der Wucht und stürzte. Das Eis verschwand, das Feuer folgte ihm nach. Morganas Schritte knirschten auf dem verbrannten Gras. Voller Abscheu sah sie zu dem Mann hinunter, der früher ihre große Liebe gewesen, aber nun seit über eintausend Jahren ihr Feind war.

»Unterschätze mich niemals, Merlin. Das hast du schon früher getan und es ist dir nicht gut bekommen.« Ein überlegener Blick glitt über seine Gestalt. »Du bist nur noch ein blasser Schatten deiner selbst, nach all den Jahren unter diesen nutzlosen Kreaturen. Du bist zu einem von ihnen geworden.« Sie schnaubte. »Ich sollte nicht mehr Merlin zu dir sagen. Ich sollte dich mit dem Menschennamen anreden, den du dir gegeben hast.« Sie sah ihn an, mit der Gewissheit einer Siegerin, die es sich leisten konnte, auf den richtigen Moment zu warten.

»Wir sehen uns bald wieder, *Dex*.«

Sie hob die Hand, ein Feuer tanzte darauf, umschlang erst ihre Finger, dann ihren ganzen Körper. Im nächsten Moment war Morgana verschwunden.

# Dank

Liebe Leser:innen, diesmal steht ihr direkt am Beginn der Danksagung, denn das habt ihr euch verdient. In den letzten zweieinhalb Jahren habe ich so unglaublich viele liebe Nachrichten bekommen, so viele tolle Rezensionen gelesen, so oft die Worte »Lieblingsbuch« und »Jahreshighlight« gehört. Manche von euch haben sich sogar Ophelias Lilie tätowieren lassen, Don't-Torten gebacken und T-Shirts mit Zitaten aus den Büchern bedruckt. Danke an jede:n Einzelne:n von euch für all eure Begeisterung. Ich könnte nicht glücklicher sein, dass ihr es seid, für die ich immer neue Geschichten erfinde.

Vielen Dank an das Team des cbj Verlags und vor allem an meine Lektorin Stefanie Hester, die sogar ruhig geblieben ist, als ich angekündigt habe, das Buch noch einmal komplett durch den Wolf zu drehen, um das Maximum aus der Geschichte herauszuholen. Du hast wieder einmal bewiesen, dass du jeden noch so kleinen Fehler findest – auch wenn wir immer noch nicht wissen, ob man auf Korfu am Strand ein Feuer machen darf.

Wie immer gilt ein riesiger Dank Gerlinde Moorkamp. Du bist nicht nur meine Agentin, sondern auch die beste Motivatorin und Seelentrösterin, die immer einen guten Rat weiß und mich mehr als einmal gerettet hat. Dass ich dir ein Buch widme, war überfällig. Vielen Dank auch an Silke Weniger und das ganze Team der Agentur für euren unermüdlichen Einsatz, ich fühle mich bei euch so gut aufgehoben.

Meine liebe Kira, ich danke dir fürs Dasein, fürs Zuhören, für deine Empathie und deinen messerscharfen Verstand. Du bist und bleibst mein »partner in crime« und die erste Adresse, sobald es etwas zu bereden gibt. Wenn es dich nicht gäbe, müsste man dich erfinden.

Danke an die großartige Tanja – für die lustigsten Sprachnachrichten, für das tolle Zitat auf der Rückseite dieses Buches und natürlich für dein waches Auge und großes Herz, als du die Knights für mich testgelesen hast. Ich werde wohl nie wieder jemanden in Ohnmacht fallen lassen können, ohne an dich zu denken.

Ich danke meinen wunderbaren Testleserinnen Stina, Sara, Cindy, Beril und Mimi. Jede Einzelne von euch hat mir bei diesem Buch geholfen, mit Begeisterung, Fachwissen oder GIFs per WhatsApp. Dass ihr euch die Zeit genommen habt, meine Geschichte auf Herz und Nieren (und Logik) zu prüfen, ist eine Ehre für mich.

Danke an meine Familie, die mich unterstützt, mir den Rücken freihält und zuhört, wann immer ich Sorgen habe oder gute Neuigkeiten zu verkünden. Ihr seid die Besten. (Eigentlich ist Mila die Beste, aber sie ist ein Hund, also versteht sich das von selbst.)

Felix, wir wissen beide, dass das Leben mit einer Autorin nicht immer leicht ist (mit einem Ingenieur auch nicht, aber das ist nicht der richtige Ort, um über diese Sache mit dem Solarstrom und dem Fischteich der Nachbarn zu reden). Oft genug tauche ich in meine fiktiven Welten ab und vergesse alles andere um mich herum, manchmal sogar dich. Du bist dennoch immer da und unterstützt mich bei allem, was ich tue. Dafür danke ich dir von Herzen.

Foto: © Fotografin Lisa

## Autorin

Lena Kiefer war schon als Kind eine begeisterte Leserin und Geschichtenerfinderin. Einen Beruf daraus zu machen, kam ihr jedoch nicht in den Sinn. Nach der Schule verirrte sie sich in die Welt der Paragrafen, fand dann aber gerade noch rechtzeitig den Weg zurück zur Literatur und studierte Germanistik. Bald darauf reichte es ihr nicht mehr, die Geschichten anderer zu lesen – da wurde ihr klar, dass sie Autorin werden will. Heute lebt Lena Kiefer mit ihrem Mann in der Nähe von Bremen und schreibt in jeder freien und nicht freien Minute. Nach ihrem erfolgreichen Debüt mit der Fantasy-Trilogie »Ophelia Scale« und der New-Adult-Reihe »Don't«, die die Bestsellerlisten stürmte, folgt mit »Knights« nun ihre neue große Fantasy-Trilogie.

*Von Lena Kiefer sind bei cbj erschienen:*
Ophelia Scale – Die Welt wird brennen (Band 1: 16542)
Ophelia Scale – Der Himmel wird beben (Band 2: 16543)
Ophelia Scale – Die Sterne werden fallen (Band 3: 16557)
Ophelia Scale – Wie alles begann (E-Short: 24246)
Don't LOVE me (Band 1: 16598)
Don't HATE me (Band 2: 16599)
Don't LEAVE me (Band 3: 16600)
Don't KISS me (E-Short: 26832)

Mehr über cbj auf Instagram unter @hey_reader
Mehr zur Autorin auf Instagram unter @kieferlena

Lena Kiefer

# Don‘t LOVE me

**Don‘t LOVE me**
Band 1, 432 Seiten,
ISBN 978-3-570-16598-0

**Don‘t HATE me**
Band 2, 432 Seiten,
ISBN 978-3-570-16599-7

**Don‘t LEAVE me**
Band 3, 432 Seiten,
ISBN 978-3-570-16600-0

**Don’t KISS me**
Exklusive Bonusstory,
ISBN 978-3-641-26832-9

KENZIE ist nicht gerade begeistert davon, in den schottischen Highlands ihr Design-Praktikum zu absolvieren. Doch als sie bei ihrem ersten Auftrag dem jungen Erben der Luxushotelkette begegnet, ändert sich alles. Der attraktive Lyall fasziniert sie von der ersten Minute an. Doch welches Geheimnis verbirgt er hinter seinem abweisenden Verhalten?

LYALL bleibt ein Sommer, um sich am Stammsitz seiner altehrwürdigen Familie zu bewähren. Gelingt ihm das nicht, ist seine Zukunft in Gefahr. Als er der Designstudentin Kenzie begegnet, gerät sein Plan ins Wanken. Denn ihrer Anziehungskraft kann er einfach nicht widerstehen. Doch keiner weiß besser als er, wie verhängnisvoll eine Beziehung zu ihm für sie enden könnte.

20312_3

cbj

www.cbj-verlag.de